图书 影视

骑鲸南去 著
RU CHI

·3

江苏凤凰文艺出版社
JIANGSU PHOENIX LITERATURE AND
ART PUBLISHING

目录

Waste recycling system

Chapter 01 我在末日养大猫（下） »»»»»

组队，射程，冰中少女	003
佯攻，博弈，天外电讯	031
日出，新队，从零开始	068

Chapter 02 系统 vs 系统 »»»»»

疯癫，档案，数值异常	107
鲛珠，豁然，一世师徒	135
闲日，刁难，鹿鸣之计	166
金印，祈福，双双消失	198
屠蛇，理由，自投罗网	228
辩白，问答，梅花糯糕	261

Chapter 03 霸道将军智军师（上） »»»»»

盲识，过往，场外救援	295
恩赐，同死，马车密谋	321
火漆，酒壶，第三封信	354
争吵，儒将，连环之计	378
口疮，三城，兄友弟恭	405

Special Episode 番外 »»»»»

| 番外一：煤球 | 429 |
| 番外二：巴蜀 | 432 |

我在末日养大猫（下）

Chapter 01

Waste recycling system

◇ 组队，射程，冰中少女

1

谷心志……

池小池想回头检验一下他用了这么多张制梦卡"养出"的成果，煤老板却伏下来压住了他的手脚，挡住了他的视线，压制得他动弹不得。

与此同时，061在他脑中冷冷地道："不许动。"

池小池一愣，乖乖地不动了。

孙谚正着急时，乍一听见熟悉的声音，登时喜道："谷副队！"

但等他转回头见到那张脸，一时间却没敢认："……谷……副队？"

原因无他，谷心志变得太多了。他瘦得快和他手里拖着的狙击枪差不多了，眼底青黑一片。如果说他以前的眼里是冷淡，现在就只剩下冷，还有惊弓之鸟般的惶恐不定。

孙谚又惊又疑，来不及想当初那个还算精神的青年是怎么变成这副模样的，上前想把丁秋云从煤老板的爪子下抢回来。他说："煤老板，别这么压着丁队，让他喘口气。听话啊。"

他说话的声音都是颤抖的。

煤老板毕竟是野兽，虽说它之前只猎杀归来物种的生物，且从不对人形生物展露恶意。但如今见了血，丁队又受了伤，他是真怕这只黑豹发了兽性，对丁队下口。

没想到，他预想中的危机完全没有发生。

那刚才还大肆屠戮的凶兽居然听了话，让到了一边去，并似有意似无意地阻拦在了谷心志与丁秋云之间，绕着圈，焦躁地踱着步，倒像是真的着急。

孙谚松了一口气，心想：煤老板通人性。

他顺着丁秋云敞开的前襟试探着按压了几下，确认脏器没有被伤到，只是轻微的肋骨挫伤，提到嗓子眼的心才"咕咚"一声咽了下去。

回过神来，他才顾得上去关照突然出现在此地的老战友。他扭头看去，却意外地发现谷心志站在原地动也未动，一脸梦游似的表情，不禁惊讶起来。在他的印象里，如果说谷心志对谁还有一丝人气儿，那非丁秋云莫属。

丁队受了伤，谷副队怎么会是这副神游天外的样子？

他不知道，谷心志以为这又是自己的南柯一梦。

谷心志专心致志地盯着地上的丁秋云，心想，他见过了那么多次相同的开头，这次是最不一样的。

最终，还是颜兰兰打破了沉默。她在丁秋云与谷心志之间来回看了好几眼，问："你们认识？"

"认识。"这句话是池小池回答的。

他把手肘架在煤老板的背上，深吸两口气，挣扎着站起身，把衣服草草拉好，说："兰兰、孙谚，撤。如果附近还有归来者的话，他们听到枪声，不可能不过来。"

孙谚惊讶于丁秋云对谷心志全然无视的态度，显得略有些手足无措，说："丁队，谷副队他……"

池小池往外走去，把谷心志当成了不存在于此地的透明人。

"走。"

谷心志微微睁大了眼睛。

这次，他梦中的情节好像的确和以前做过的那些梦不一样了。他追出两步，低声唤道："秋云？"

池小池一瘸一拐地走到商场门边，听到这声呼唤，身形晃了晃，抬起胳膊撑在门边，低低地笑了一声，方才转过半张脸来。

谷心志被他笑得心头大乱。

他见过这样的丁秋云……

脸上的肌肉扭曲，嘴角甚至还微微地上挑着，然而一双眼睛是灰的、沉的，最深的绝望和仇恨积淀在里面，化作目光投射出来，剜得人浑身发寒。在他做的那个不断重复的噩梦里，他被丁秋云这样看过千百次。

他曾在梦中掐着丁秋云的脖子，一遍遍地哀求他不要这样看着自己。

然而，两年来，他一直活在这样的目光下，眼睁睁地看着那双曾经充满了信任的眼睛冷下去一遍又一遍。

但是，这还是秋云第一次在梦境开始时就用这样的眼神看自己。

丁秋云很快收回了那道目光，迈步朝外面走去。

在他的背后，谷心志突然端起了枪，并迅速扣动扳机。

子弹从丁秋云肩膀的上方呼啸掠过，把那个从卡车后悄悄探出头来、意欲攻击丁秋云的归来者彻底轰成了碎片。

谷心志拖着枪，快步走到丁秋云身侧，单手一拖，直接将他扛了起来。

谷心志虽然瘦，力气却大得惊人。

走到卡车的车厢边，他用还冒着热气的枪管将厚厚的帘子一挑，用下巴示意丁秋云的队员快些把他扶上车去。

颜兰兰觉得这个人的精神状态不大对劲，同时敏锐地感觉到丁队对这个人的态度很奇怪，不像朋友，倒像仇人，所以很不想和他有什么交集。

不过谷心志根本没有理会她，等到丁秋云被送到车厢里去，他自己也随后跳入车厢内，扶着枪，蹲守在丁秋云身边，敲敲车棚顶："开车。"

在梦里，他与这帮人起码厮混了几十年，跟着他们上车、离开，已经成了本能的动作。

只是这回有几个从未见过的生面孔在，还有一头成年黑豹蹲踞在丁秋云的身旁，这让谷心志感到更加迷惑。

这个梦真是奇怪。

驾驶室里，孙彬小声地问："哥，那不是你战友吗？我在照片上见过的。"

孙谚踩下油门，小心地避开车轮下归来者，曲里拐弯地开上了马路。他小声答道："他……他们两个以前不是这样的。"

以谷心志过去独来独往的性格，没有人主动招呼他的话，他根本不会跟着他们走。而以丁秋云的个性，也断没有见到故友却视而不见的道理。

孙谚一边开车一边犯嘀咕，猜测这二人是不是在自己退役后闹了什么矛盾。

犯嘀咕的不止孙谚一个。

颜兰兰是个有事不会憋在心里为难自己的人，她观察了谷心志一会儿，便试探着开口叫他："谷先生？"

谷心志早把颜兰兰这张脸看熟了，应付地一点头，眼神仍锁定在丁秋云的脸上。

颜兰兰也不同他多客气，直接问道："我看商场外面的那些归来者明显是想要包围、埋伏我们，你知道是怎么回事吗？"

"包围你们？"谷心志冷冷地斜了颜兰兰一眼，"那些人知道你们会来这里？"

颜兰兰顿时哑口无言。

躺在毛毡上的丁秋云开了口："他们是来围杀你的？"

他的声音里没什么起伏，却叫谷心志兴奋了起来。

现在，任何一点与他梦中不同的迹象，都能够轻易地刺激他的神经。

多出来的陌生队员也好，冷漠的丁秋云也好，只要和梦里的场景不同，他便能有足够的证据催眠并告诉自己，眼前的一切都不是他一个人的幻梦。

他半跪在丁秋云耳边，嗓音柔和地同他说话："是，是的。"

"为什么？"

谷心志想去拍拍他，被他躲闪开来时，神情微微一变，但马上回忆起梦里的一切，心中反倒对这样的变化多了几分喜悦。他以前所未有的耐心解释道："这些年，我杀了很多归来者。前几天，一批归来者来找我，说要我做他们的首领。"

那个梦境的起源，就是那些归来者找上门来，要奉自己为首领，前提是他设法要帮他们拿下距此两百公里的一处普通人类的聚居城镇。

天知道，谷心志在看到归来者谈判小队中的那几张脸时，内心翻涌着怎样汹涌的情绪。

其中几个人的脸，他在梦里见过。在梦里，他们围着自己欢呼，因为自己成功消灭了丁秋云麾下的所有队员。

看着他们，谷心志就想到了无数次倒在血泊中的丁秋云。

谷心志把所有梦中人的脸都仔细地看了一遍，然后注视着那个领头者问："你们为什么要找我？"

那人粲然一笑，道："我们想委托你'保护'一个人。"

谷心志："嗯？"

"据我所知，那个人是你的故交，也是目前最让我们头疼的普通人类之一，早晚会被我们设法消灭。所以，我们才想请你出山，只有你才能保护他。"

谷心志缓缓吐出一口烟，问："他是谁？"

领头者答道："丁秋云。"

谷心志起身走到门边，把商场半开的门关紧。

当日，商场大门再没有打开过，也没有一个人走出来，只有血沿着门缝淌出，引来了一些归来物种。而在料理完这些归来者后，谷心志就坐在死人堆里发着呆，任凭窗外的光影游移，由白天到黑夜。

他想，这和他的梦真的很像。

他又想，如果那个不断重复的梦魇是冥冥中的某种预示，那他就顺手把苗头掐死在摇篮里，也无妨。

正因为此，他才触怒了归来者一方。他们设下埋伏，就是为了击杀谷心志，谁承想让丁秋云他们先触了这个霉头。

谷心志的回忆被轰隆隆行驶的卡车的震动打断。

丁秋云侧身看向谷心志，问："所以呢，你答应他了？"

谷心志看了一眼自己的双手，平静地道："我把他们赶走了。"

丁秋云拖长声音，"哦"了一声。随即他闭上眼睛，再不言声。

丁秋云对谷心志的态度让颜兰兰内心对谷心志的评分直线下跌，她也不大想和谷心志说话，她叩叩顶棚，说道："大孙，拣着平稳的路开，开慢点儿。丁队身上有伤。"

颜兰兰说完话之后，车内陷入了尴尬的沉默，唯有池小池很坦然地给自己找个安稳的休息点——煤老板的肚皮。

他伸手按住伤处，暗暗皱眉。

061也没了刚才在商店里的冷声冷气，责备道："怎么这么不小心？"

池小池顺势说："疼。"

061取了张屏蔽痛觉的卡片给他用上。

池小池笑嘻嘻地翻了个身，抓住了煤老板的尾巴，跟061说悄悄话："六老师，你说煤老板是不是生我的气了，它从上车开始就不理我了。"

061拿他没办法，只是叹了一口气。

"它不会的。"061的声音显得格外无奈又温柔，"它只是怕身上的血弄脏你。"

池小池蜷缩了一下身体，心想，自己又不会嫌弃它。

骨头的隐痛渐渐消失，他索性放松地睡了过去。

察觉到丁秋云睡着后平稳的鼻息，谷心志试探着伸出手，想触碰一下丁秋云。那只被丁秋云枕着睡觉的黑豹却转头看了过来，它没有发出威胁的低吼，只是静静地看着谷心志，目光冷冷的，像在看一只随时可以咬杀的猎物。

谷心志将手缩回来，无声地嗤笑一声，心想，这一定是在梦里了。

毕竟这头黑豹的存在委实太魔幻。

至于丁秋云对自己那一眼带着恨的注视，大概是自己做梦做多了，把情节混淆了吧。

连夜赶回小镇上后，颜兰兰没有试图叫醒丁队，而是指定了队内一个年轻人，让他把丁队带回他的宿舍中休憩，先别把他受伤的事情告知丁家父母。

把队长安排得明明白白以后，颜兰兰才把目光转向了谷心志。

按照惯例，颜兰兰开口询问道："你会什么？"

不等谷心志回答，孙谚就上来把他拉走了，说是带老战友去吃饭，暗地里却对颜兰兰使了个眼色，并主动引着谷心志往非核心地带走去。

战友归战友，孙谚与谷心志二人毕竟不熟。

因为丁秋云对他展现出的敌意，就连孙谚也不敢全然信任谷心志，只能先对他做冷处理，观察一段时间再说。

谷心志对此并无异议，不仅听从了安排，还颇为好奇地左右张望着。

他还是第一次在梦里见到这样崭新的场景。

池小池被送回宿舍的一路上都没醒，却在夜半时分被惊醒了。他睁开眼睛，发现煤老板又趴在了他的床边。煤老板已经把自己打理得干干净净，皮毛光亮，银须洁净，爪心的血泥都被细心地剔去了。

此刻，煤老板正轻轻地用头拱着因为他胸前受的骨伤而导致的淤青红肿，温驯得让人心软。

池小池被它弄得很痒，侧身伸手环住它的豹头，轻声道："这样不会好得更快的。"

煤老板轻轻地"嗷"了一声，声音里有点委屈。

池小池哄它："乖，别这么像猫啊。"

煤老板抬起水汪汪的眼睛，神色中似有央求。

池小池想了想，大概是这家伙觉得它今天的表现太凶残了，怕自己害怕它，才特意来讨好。

想着，他捧起黑豹的脸，像对待曾经的狗肉一样，往它的脸颊上大大地亲了一口，爽朗地一笑，道："不怕。去，跑了一天了，早些睡吧。"

黑豹的双爪搭在床边，注视着他，眼睛宛如两颗深邃璀璨的宝石，光泽温润。

池小池试图去猜它的心思，问："不想去睡啊？"

黑豹把头轻轻靠在他的肚子上。

池小池就笑了。

他顺手从仓库里又取了一张制梦卡，放入了使用槽中。既然睡醒了，就再安排一次谷心志好了——让谷心志再做一次梦，他就会明白何为现实。

他设定了使用时间，让谷心志在凌晨五点做梦，自己则不住地轻抚着黑豹丝滑柔软的毛皮，再次沉睡过去。

趁他睡着，黑豹动作幅度极小地跳上了床。它在黑暗中看了池小池许久。

黑豹的耳朵极为灵敏，因此，池小池沉稳有力的心跳于它而言声如洪钟，叫它安心，又有些后怕。

它抬起爪子，轻轻拿爪尖细描着他的鼻子与嘴巴轮廓。

反复几遍后，它才轻靠在池小池肩头，睡了过去。

2

大概是因为受伤影响了心情，池小池又做梦了。

梦里，他和娄影在筒子楼的东侧拐角处喂狗。

七月的午后，阳光蓬勃的热力烤得人后背发痒，池小池叼着半根冰棍吃，手里拿着喂食的碗，碗里是娄影中午做的牛肉条，拿热饭拌了，香气扑鼻。

小黄狗很喜欢这顿丰盛的大餐，吃得很香。

池小池趁机叫它："狗肉。"

狗肉忙里偷闲地"嗷"了一声。

池小池转头对娄影道："你看，它喜欢我叫它狗肉。"

娄影颇感无奈地看着半大的少年，道："是因为你喂它吃东西。你叫它埋埋，它也……"

狗肉仿佛听到有人在叫自己的名字，顺嘴叫了一声："嗷。"

池小池说："哇，这么没良心的。不给你吃了。"

他作势要把碗抢走，狗肉察觉到情况不妙，把脸扎在碗里，就势大嚼几口。

池小池也不过是跟它闹着玩而已，把碗提起来，碗口倾向它，让眼盲的小黄狗能吃得更容易些。

他保持着这样的姿势，眯着眼睛冲着娄影笑。

但在娄影的身后突然出现了一个更加高大的身影，几乎要把娄影整个吞噬了。

那人的面目因逆光而看不清楚，口吻却相当温和地道："小池，又在喂流浪狗啊？"

池小池抱着碗站了起来，速度极快地瞟了一眼娄影，好像是做了什么亏心事："……朱先生。"

被他称为朱先生的人四五十岁的样子，身材高大，外貌儒雅，戴着一副黑框眼镜，手里提着些便宜的日用品。他对池小池的态度异常温和，问："下午什么时候来？"

池小池尽量言简意赅地答道："三点。"

朱先生说："别忘了带上初二下的数学书。今天讲函数。"

池小池："嗯。"

朱先生离开后，娄影注视着他的背影，看了许久，眉心微微皱着。

池小池紧张得手指发痒，拿手背蹭了蹭短裤的裤缝，干脆蹲下去，举着碗继续喂狗肉。

过了半晌，他总算听到了娄影的声音："你现在在朱先生家补习？"

池小池讷讷地"啊"了一声。

娄影看着他紧张兮兮的小模样，揉了揉他的头发。

又等了半天，发现娄影好像确实没有深究下去的打算，池小池反倒有点坐不住了："你怎么不问啊？"

娄影："问什么？"

"是我爸妈让我去朱先生家补课的。他们不让我找你。"池小池实在是心虚得厉害，脚尖在被太阳烤得发软的黄泥土地上一敲一敲的。他刚想说，没事，我不会听他们的，娄影就截断了他的话。

"我知道，是因为前些日子录音机的事情？"娄影弯弯嘴角，"如果是因为那件事的话，的确是我做得不妥。"

池小池"哐当"一声放下了碗。

狗肉吓得停止了进食，玻璃似的眼珠子茫然地转了转，看不见自己的两个主人之间发生了什么，只能在原地来回摆动着秃了一截的尾巴，发现碗并未被端走，才悄摸着循香而至，小心翼翼地舔着碗底带有牛肉味道的米饭粒。

娄影看着耍脾气的池小池，只觉得又好笑又心软。

他向来是把这个孩子当弟弟看的。他说："好好喂啊，别吓着埋埋。"

池小池不高兴地说："不喂了。"

不等娄影再说些什么，池小池倒先激动了起来："他们凭什么？"

前些日子出了一件事儿。娄影和附近废品站的黄老板关系不赖，黄老板会在收了废品后，拿一些被丢弃掉的电子产品来给娄影修。

黄老板家里摆着的电视，儿子玩的红白机，都是娄影修好的二手货。

当然，他也不是白让娄影出力的。

黄老板开了一个销售二手电器的小店，里面都是经娄影的手修好的半导体收音机、小游戏机、加热器、音箱、MP3 等，维修所需要的东西全部由黄老板提供，赚来的钱两人三七分成。

娄影一是喜欢维修电器，想多练手，二来也有私心。他寄人篱下，总得要有些自己的经济来源，少给小姨家增添麻烦。

他花钱向来有节制，再加上在宠物店和五金店打工的收入以及私下里开拓的各项副业，账面上的资产积累甚至超越筒子楼里的一些中年人。

正是因为有自己的小金库，他才能常带池小池出去玩。

然而，在半个月前，娄影把一台刚修好的半导体收音机随手放在窗台上，却吸引了同在筒子楼里居住的楚姨的注意。

那是她在一个月前扔掉的半导体收音机……

不知道她到底是忘记了自己把东西丢掉这回事，还是不忿娄影拿她扔掉的东西挣钱，她对外宣称，娄影看着乖巧，但居然会偷别人家的东西。

当然，她也表示，娄影这孩子从小没有父母，没有家人教，爱拿别人的东西，也挺正常。

流言传开后，为娄影的小姨家惹来了不小的麻烦。

娄影的小姨天天在外为家庭生计奔忙，娄影也是个不给人添麻烦的孩子，她对自己这个外甥向来放心。然而"放心"的原因，是她根本不了解他。

她和丈夫吵了一架后，要求娄影去把他那些"瞎搞来的"东西都扔出去，以后不能随便拿别人的东西。

娄影只是退还了半导体收音机，并没有道歉，同时退回的还有黄老板写给他的收据，证明这是从废品站所出的废品。

娄影天生性格温和，也没有当众出楚姨的丑，只是用收据暗示她，这东西是她自己丢弃的，请她注意自己的措辞。楚姨却因此被激怒，传娄影的闲话传得更起劲了。

筒子楼只有三层，流言半日里就能上下倒个过。

娄影偷东西的传言传得愈来愈离谱，池小池的父母也听到了，在晚饭桌上教育池小池少跟偷东西的人玩，学习成绩再好又怎么样，要是道德败坏，那根本没得救。听到流言的池小池气得半死，扔了筷子，差点儿撸着袖子打上楚家门去。

恰好，娄影拿着池小池落在他家里的课本去找他，半道将他截下来。问清他要去哪里后，娄影一把池小池扛上肩头，飞快地爬上了顶楼。

娄影劝他："别去闹。说到底，不过是一个半导体收音机而已。"

池小池气得直推他的肩膀："不行！我找她去！"

娄影又把他拉回来，眼看实在控制不住，只能双手都按在他的肩膀上，轻声安抚着："好了好了，不生气，你看我都不生气。"

池小池气得眼泪汪汪："不行！"

眼看着这个眼窝浅的小哭包要哭出声来了，娄影拉他在旁边坐下，把一包跳跳糖拆开。

气呼呼、哭唧唧的池小池乖乖地张嘴，任他把跳跳糖倒在自己的嘴里。

糖果碎渣在温暖的口腔中炸了开来，噼里啪啦地炸得腮帮子发麻，池小池只能闭上嘴。

就在他安静下来的这段时间里，娄影心平气和地道："不用和他们太计较，我们以后不会留在这里的。"

含着眼泪的池小池扭头看向他："我们？"

娄影也不知道为什么自己会下意识地把池小池与自己绑定在一起，但他想了想，好像也没什么不对。他把剩下的大半包跳跳糖折了折边角，塞进了池小池的口袋，说："嗯，我们。"

池小池勉强被说服了，但父母严格要求他，不准他再去找娄影，并找了家住池家隔壁的中学老师朱守成在这个暑假为他补习功课。

池小池一直没把这件事告诉娄影，就是怕他多想。

同时，他又有那么点儿隐秘的小期待。

他对娄影那个关于"我们"的提议很感兴趣。他想把成绩提高上去，早点赶上娄影的脚步，读娄影读的高中……

但是现在，娄影用看小孩子的眼光看着池小池，说："那件事，的确有我不对的地方。"

"有个……"一个"屁"字呼之欲出的时候，池小池看到娄影那双眼睛，忽然就改口了，"……你没有不对。"

娄影却出其不意地道："你以后其实可以少来找我，不要跟父母发生正面冲突。你还有一年就要考高中了，没必要和家里发生矛盾……"

池小池的脸一下就被气红了，拿起已经被狗肉舔得干干净净的碗，抬脚就走。

娄影："哎，小池……"

池小池走到了楼道口，高声回答道："烦死了！再也不找你了！"

背后响起了娄影温和又无奈的声音："回来。"

池小池的心愤怒地跳动着，本来想一鼓作气走掉，谁想娄影一叫，他又软了下来，但又拉不下脸，于是雄赳赳气昂昂地走回去，抱起正在慵懒地舔着爪子的小盲狗，又把碗塞回娄影手里，说："狗肉归我。狗食碗归你。"

娄影抓住了他的肩膀，耐心地解释道："我的意思是，你不用来找我，我会去找你的。"

还想撑一会儿的池小池怔住了。

娄影温和地问道："朱先生辅导得好吗？"

池小池不答。

娄影口吻不变："跟我比怎么样？"

池小池抱着狗肉，硬着头皮说："……好多了。"

娄影："那今天晚上，我想带你去楼顶乘凉补习，你不来了？"

池小池又紧张又开心，但仍嘴硬着说："不来了。"

娄影从口袋里掏出一块融化了一半的巧克力。

他把巧克力塞到池小池胸前的口袋里，动作熟练，就像他以前做过的无数次一样："晚上八点，楼顶天台，我会等你。"

现实中的池小池睁开了眼睛。

他定定地望着浸在黑夜中的天花板，神情有些恍惚。

061察觉到他已经醒来："小池？"

池小池哑着嗓子，没头没脑地问："到八点了吗？"

"才三点。"061道，"怎么不多睡一会儿？"

061说话的口气与他在梦中听到的声音有所重合，池小池一时怔忡起来，下意识地去摸自己胸前的口袋，摸了个空的同时，又引起了胸部的一阵刺痛。

他想，我的巧克力不见了。

狂乱的心鼓点似的敲击着受伤的肋骨，但也随着发呆的时间推移渐渐平息下来。

池小池翻身抱住熟睡着的黑豹，努力找回梦中抱着狗肉的感觉。

061似有所感，问他："梦见什么了？"

"朱守成。"

061一怔，这个名字着实耳生："谁？"

"你不认识。"池小池把脸埋在煤老板的肚子上，舒服地蹭了蹭，平静地道，"我干掉的第一个人。"

061不记得在池小池的人生中有这样的经历。

但他知道现在不是多问的时候，于是他问："想看电影吗？"

池小池来了精神："嗯，看。"

一人一系统就着同一个显示屏看起了电影。中途，黑豹醒了一会儿，换了个姿势，又伏在他身边睡下了。

在一部两小时的电影看完后，池小池算着时间差不多了，起来简单洗漱了一番。

就在他将热毛巾敷在脸上时，宿舍外传来了急促的脚步声，和着孙谚小声却焦急的"谷副队，你要干什么"以及激烈的敲门声一并响起。

池小池把毛巾搭回毛巾架，走到门边，拉开门栓。

谷心志几乎是栽进来的，他盯住池小池的目光却像狼似的泛着可怖的绿光，看得人心头一紧。

池小池的态度跟昨天比已经和缓了下来，对孙谚道："外面等一下。"

虽然不解，但军人服从命令的天性还是让孙谚关上了门，在外面戒备着。毕竟谷心志的心理状态在他看来有些堪忧。

闲杂人等离去后，谷心志掐着自己的手臂，语气中是极力压制着的狂喜和颤抖："秋云，真的是你？"

池小池瞬间代入了丁秋云的身份。

或者说，是看过前情提要的丁秋云的身份。

他在床边坐下，单手轻抚着床上煤老板的尾巴，对他这看似神经质的提问淡然以对："你说呢？"

3

两年来，谷心志几乎每天怪梦连连。

这让他的胸口始终像堵了一团棉絮。由于长久的堵塞，上面已经带了血腥味儿，以至于他时时觉得喉咙底有股让人窒息的腥甜。

丁秋云的这句话无异于往棉絮里投了根火柴，让他的整个胸膛轰地一下燃烧起来，烧得他既痛快又绝望。

刚才，他在短短三分钟的梦里又度过了数个月，最终仍是以丁秋云的死亡为结尾。等他醒来发现自己并不在惯常醒来的超市仓库里时，他愣了约一刻钟，才艰难地回忆起来，自己在"数月前"被一辆卡车载到了城镇中。

卡车里有丁秋云……

狂喜之下，他冲出房间，拉起睡在沙发上的孙彬，逼问他丁秋云在哪里。

孙彬睡得正香，被人从温暖的被窝里拎起来时吓得不轻，张口就叫："哥！哥！"

孙彬叫得太凄厉，孙谚起初还以为是自家养的鸡在打鸣，听到声音不对，出来查看时，孙彬的脸已经被吓白了，直往他怀里扑。

好不容易弄明白谷心志要问什么，孙谚茫然又不安地驱车带他来到丁秋云借住的宿舍。

但等真正来到丁秋云面前时，谷心志心里那团火却越烧越冷。

丁秋云看也不看他，把毛衣、外套穿好，戴上皮手套，看样子是打算出门。

"秋云……"反复提醒自己这不是梦境，是真实发生的一切，谷心志不敢再像梦里那样激动，一句话在心中斟酌千百遍才敢说出口，"我们谈一谈。"

"谈？"丁秋云背对着他，话音中带着一点儿讽刺的味道，"谈谈你这次来，打算什么时候动手？"

如果是没有受过两年梦魇折磨的谷心志，他绝对听不懂丁秋云话里的意思。两年的时间里，他常常想，自己连续两年做一个相同的梦，到底是因为什么。倘若这只是一场幻梦，它为什么会持续两年之久，而且情节始终不变？唯一的解释是：这不是梦，而是某种惩罚。

谷心志一直认为，这些梦是某种神秘的预示，预示着今后会发生的事情。但在遇见丁秋云、看到他的态度后，谷心志有了一种极为不妙的预感：如果他梦到的一切是已经发生过的事情呢？他既然能做上整整两年相同的梦，丁秋云为什么就不能带着他梦中的记忆重活一次呢？

他竭力压住狂乱的思绪，找了个离门最近的板凳坐下，既是从姿态上示弱，又能确保丁秋云愤而离去时，自己能及时拉住他："你还……记得？"

丁秋云从床头拿过保温杯，慢慢地喝着热水："你难道希望我忘记？"

"我一直想找一个和我一样记得之前发生了什么的同伴。"在谷心志哑口无言时，丁秋云放下了水杯，"只是我没想到，这个同伴竟然会是你。"

谷心志只觉得呼吸困难："那你为什么还到超市里来？你明明知道我在……"

"我们这个小镇每天都会有普通人类经过或者落脚，人丁兴旺，安居乐业。"丁秋云转过半张脸来，眸光里是似笑非笑的冷意，"我不去找你，只怕你会自己找上门来。"

谷心志向来冷硬的心肠被丁秋云的一句句话刺得生疼。

以前的丁秋云从来不会这样对他……

他咬着牙道："这回我跟那些归来者没有关系。"

丁秋云像是听到了一个好笑的笑话："哈！'这回'。"

谷心志的心情越来越坏："你不要跟我这样说话！"

就算他真实经历过这事儿，可对现在的他来说，不管是何原因，除了梦里的内容外他一无所知，他不能容忍丁秋云拿从没发生过的事情这样苛求他。

那些人明明都活着，这难道不是好事吗？

丁秋云看着他，突然笑了起来。

"我只是随口一说，没想到会让你受这么严重的伤害，抱歉。"丁秋云说，"以后我会把握好分寸的。"

这句话在谷心志梦里重复了近四百次。

以往说出这句话的都是谷心志，但这次换成了丁秋云。谷心志如遭雷击，头痛欲裂，屈下身子只顾着颤抖，一个字也说不出来。

任何一句在梦里出现过的话都成了他的魔障，他根本听不得。他怕下一秒丁秋云就会再从高处跌下去，摔得粉身碎骨，以死亡决绝地宣布与自己一刀两断。

"你不要说这个……"谷心志咬牙，声音微弱地道，"求你。"

丁秋云放下水杯，走到谷心志身前，伸出手捏紧了他的后颈，逼他抬头仰视自己。皮质手套摩擦出咯吱的细响，丁秋云居高临下，细细地审视着谷心志的眼睛，淡得没什么颜色的唇微微张开："你这可不是求人的态度。"

谷心志怔住之余，好不容易平息下来的心再次狂跳起来。

他从未见过这个样子的丁秋云，和他梦中的人全然不同，带着一股霸道的感觉。

谷心志竭力压住自己的情绪，问道："你想要我怎么求你……怎么补偿你？你想要什么，我都能给你。"

丁秋云笑着说："不了。从你这里拿的东西，我怕烫手。"

说罢，他撒开手，轻轻按了按自己的胸口，有点呼吸不畅地皱皱眉，略带责备地看了谷心志一眼，好像是谷心志害得他不舒服了似的。

谷心志试图去抓丁秋云的手臂，但丁秋云似乎早就料到，手腕轻巧地往下一压，轻松地一躲，只让他将手套整只撸去了。

漆黑的手套下是被冻得发白的指尖，颜色对比鲜明。

丁秋云顺势将手塞入大衣的口袋里，大衣口袋里有一把袖珍手枪的凸痕，看型号是勃朗宁。丁秋云低头摆弄了一下口袋中的手枪，索性把自己的目的直接挑明："我找你，是因为我不能放心地让你待在我看不见的地方。"

丁秋云把口袋里的手枪往外顶了顶："这把手枪的有效射程是三十米。你可以选择，要么现在被我打死，要么以后随时待在我的射程范围之内。"

谷心志只愣了片刻，眼里便闪过惊喜的光。他肯让自己留下了？

注意到他的表情变化，丁秋云便像是猜到他选了后者，径直推开门，走了出去。

还不等谷心志拔腿追出去，外面就传来丁秋云对孙谚的解释。他的声音竟如自己记忆中一样和煦温暖，丝毫没有与自己谈话时那一板一眼的冷淡："没事儿，不用担心。当初离队时我跟谷副队有些误会。嗯，我的伤也没事儿，煤老板，先下楼去在车上等着，好啦！别蹭……"

谷心志的脸色微变，恶意禁不住从心底冒起。

可他刚走出门跟孙谚打了个照面，还未等他有什么特殊的表示，已经走出六七步开外的丁秋云便回过头来，命令式地微微挑眉，眼珠微转，插在大衣口袋里的手再次握住手枪，用枪口比画出和挑眉一致的角度与弧度。

跟上来，射程以内……

谷心志心里既感到紧张又觉得有点酸涩，将自己的恶劣想法强行压下，丢下孙谚，抬脚追赶丁秋云的背影而去。

丁秋云也不等他，兀自抬脚往楼下走去。

谷心志的悔意值在长期的冷结中终于破冰，而且成果傲人——从 0 径直涨到了 17。

瞟了一眼数据板，池小池微不可察地吁了一口气。

061 问："真要留下他？"

池小池说："留着有用。"

对谷心志这样的人而言，他的悔意值非常难刷，而且不可尽信。

即使池小池心里清楚，按谷心志的性格，在做过近四百次的噩梦后，他绝不可能再与归来者结盟，但他的存在始终是一个麻烦。

如果不是为了任务，池小池宁愿把他闲置到死。

听到池小池的回答，061仍然有些不放心地说："要留下他也行，但你对他的态度是不是太强硬了点？"

池小池反问道："谷心志这样的人，难道我摆出受害者的样子谴责他，他就能理解我为什么会恨他了吗？"

061想想，觉得也是。

池小池确实选择了一个以毒攻毒的好法子。对付一个难以摸透其想法的疯子，最好的办法是比他还要疯狂一些。这就是传说中的乱拳打死老师傅。

至于池小池本人，对将来已经有了明确的规划。

他会在拿下谷心志的悔意值的期间保证整个小镇的安全，严密监视他的一举一动，一旦情况稍有不对，就立即击毙谷心志。他对谷心志容忍的底线，是他绝不能伤害城镇中任何一个人。

至于自己离开后该怎么办，就交给真正的丁秋云决定吧。池小池能做的，只是替丁秋云掌握更多的主动权。

在他把身体还给丁秋云后，不管他是打算杀掉谷心志以绝后患，是留下他作为可用的队员，还是让他离开，都该由丁秋云决定。

孙谚开车送丁秋云和谷心志回了丁家。

谷心志一直注意着车厢另一头的丁秋云，但丁秋云连一个眼神都懒得分给他，余光偶尔瞥到他也不刻意回避，倒像是全然不在意，只当他是一件货物，一心顾着用小梳子给他家煤老板梳毛。

每天打理煤老板的外表已经成为池小池的习惯之一。

黑豹静静地侧躺在他的脚边，任他给自己梳毛，在梳毛时常有静电产生，黑豹也没有焦躁不安，只是温驯地用尾巴勾住他的手臂，并不时拿鼻子轻轻嗅嗅他左手无名指上的伤疤，弄得池小池手直痒。

他把手按在黑豹的软毛间，双手轻拢，随后解痒般地胡乱揉搓。

黑豹就乖乖地卧着，任他在自己身上玩闹，用灰蓝色的眼睛专注地看着池小池。

一旁的谷心志略带艳羡地望着他们，并试图同池小池搭话："它叫什么名字？"

在池小池开口前，驾驶座的孙谚便抢先答道："老板。"

池小池纠正："煤老板。"

孙谚哭笑不得地说："丁队，你是真不觉得这个名字土啊？"

池小池捧着煤老板的肚皮挠痒似的搓弄："很适合它啊！"

全程，池小池没有和谷心志发生任何直接对话。

在卡车的颠簸摇晃中，谷心志渐渐恍惚起来。

这两年，他做的每个梦都长达数月之久。加起来，他在梦里已经度过了百年。

梦中，丁秋云最关注的永远是自己，信任、坦诚，从不怀疑，永远积极地试图把他引入和大家的对话当中，不让他显得太自闭、太孤独。

但那样的丁秋云，他已经不敢再看见了。

反倒是现在这个与梦里迥然不同的丁秋云能叫他安心，却又叫他止不住地心头泛酸。

注意到谷心志含义复杂、甚至带着点儿委屈的眼神，061渐渐明白了过来。池小池用近四百张制梦卡，放了两年的长线，为的就是赢得和谷心志的心理战。

就目前的战况而言，池小池大获全胜。

池小池带着谷心志回到了丁家。

进入家门时，丁母正浇着池小池上次从三百公里外搬回来的一株茶花。池小池用了一张屏蔽痛觉的卡片，蹑手蹑脚地走上去，搂住了丁母的脖子："丁姐，浇花呢。老丁头呢？"

"回来了？他一大早就出去遛弯去了。"丁母一回头才看见谷心志，立即嗔怪地打了一下池小池的胳膊，"多大的人了，还在客人跟前搂来搂去的。这位是……"

"我以前的战友，谷心志。"池小池神色自若地介绍道，"这次出去执行任务的时候碰见的。"

谷心志对丁母一点头，感到有些手足无措，他不知道该说些什么。

他不止一次地设想过与丁秋云的相处，但都是他与丁秋云两个人，从来没有第三个人的存在，连猫、狗都没有。因此，他从来没有做过应对丁家父母的准备。

丁母性情温和，一看就知道他是个内向的孩子，立即热情地张罗起来："吃过饭了没？锅里还有点皮蛋瘦肉粥……"

池小池走到谷心志身边，不由分说地扯住他："丁姐，他身体状况不大好，也比较认生，你让他上桌，他也不好意思动筷子。我送他去客房休息吧，一会儿我给他送过去。"

丁母一向了解儿子的为人，既然是他的战友，他一定会好好照顾的，便放心地转身去厨房热饭了。

谷心志被池小池拉上了楼，带入客房。

一进门，池小池便放开了手。他现在自己身上还带着伤，也没有为谷心志服务的打算，指点着谷心志从柜子中自行取出被褥，又倚在门上，看着他整理被褥。

二人都是军人出身，迅速打理好一张床已经是基本技能。

谷心志把被褥铺好后，说道："枕头。"

池小池："柜子里有。"

谷心志："没有。"

池小池便走到柜子前去看。

等他一拉开柜子，看到一对枕头静静地躺在柜子的一角时，他便意识到了不对。

果然，下一瞬间，谷心志已经在距离池小池背后很近的地方，并有继续靠近的趋势。池小池即刻有了反应，一把拧住他的手臂，倒退数步，把他反按在了床上。

谷心志其实并不想做什么，他只想感受一下现实中的丁秋云和梦中的区别，谁想他还没有动作，便感觉右腕一凉，定睛看去，发现竟是一只手铐铐住了他的手腕。

在他微微愣神间，池小池已经一个翻身，迅速把手铐的另一端铐在了床头的栏杆上。

池小池翻身坐起来，活动了一下脖子，转过身去，单手捏住谷心志瘦得微微往下凹陷的双腮，语气平静地道："你很虚弱。好好休息吧。"

说罢，他从口袋里拿出一条手帕，擦了擦手指，往外面走去。

"秋云。"谷心志在后面叫他。

池小池停住脚步。

谷心志望着他的背影，说："谢谢你还活着，谢谢你愿意找我。"

池小池径直走出了房门。

谷心志被池小池铐了一周。

期间，池小池会把食物和水都送到他床边。

谷心志似乎并不讨厌这种被软禁的生活，哪怕池小池松开手铐，让他去解决个人卫生问题，他也再没有出现过任何逾越的举动。

一周后，他们的队伍又要出发去寻找新的物资了。

池小池胸口的伤已经好了不少，他把外出的时间告知了丁父丁母，唯独没有告知谷心志。

直到池小池离开的那天早晨，谷心志才从来房间送饭的丁母口中知道，丁秋云已经离开家，准备出发去搜寻物资了，正式出发的时间是早上九点，集合地点是在镇东头的停车场。

他用被子小心地遮掩着手铐，谢过丁母。直到送走了丁母，他才掀开被子，把目光投向了那在早晨的阳光下银光闪闪的手铐。

镇东头，载着一队人的重型卡车已经缓缓地驶出停车场。

颜兰兰正和孙彬说着笑话，而池小池枕在他家煤老板的肚子上，若有所思。

061问他："这样会不会太冒险了一点？"

池小池将一只苹果抛起来，又接在手里："我想看看，他如果有了自己的活动空间会做些什么。"

离开前，他把手铐的钥匙和谷心志这些日子以来常看的书一起放在了床头柜的第一个抽屉内，谷心志只要一伸手就能拿到。

池小池准备全面监控谷心志。

池小池绝不会轻易相信这个人的一面之词，他究竟有没有和归来者达成交易，现在还是不可知的。

他可能留在原地不动，也可能在这期间试图调查镇内的情况。如果是前者还好，倘若是后者，那么池小池宁肯让任务失败，也会设法把谷心志处理掉。

在说话时，卡车车厢后侧靠右的外部突然响起"砰"的一声闷响，像是有人跳上了外侧的脚蹬。此时，他们还未出镇，颜兰兰以为是哪个年轻人在跟他们闹着玩，从里面拉开车厢门，打算把人赶走。但等她看清那张脸后，她也不知道该说什么好了。

谷心志站在外侧脚蹬上，单肩背着包，头发微微汗湿，喘息着一步跨入车厢之内。

池小池也有点惊讶，坐起来看着他。

池小池本来以为他是找到了钥匙，打开手铐，来找自己的。然而一低头，他看到了谷心志略微有些红肿的右手大拇指。

池小池一时语塞。

在丁秋云的知识背景中，池小池知道，他们在军队里学过，把大拇指掰脱臼，可以挣脱手铐，由此看来谷心志根本没有把时间浪费在寻找钥匙这件事上。

谷心志在他身旁坐下，放下背包，简单地道："你说过的，我会在你的射程以内。"

4

池小池将长腿随意一叠，向后靠回了煤老板身上，单臂架上了黑豹的后背。

"介绍一下，新队员，"池小池漫不经心地道，"谷心志。"

队员们面面相觑。

看队长的样子，他们有点吃不准该拿什么态度对待谷心志。

说丁队喜欢这个姓谷的吧，谁也没见过丁秋云用这种冷若冰霜的态度对待其他人；说丁队讨厌他吧，谁都知道，这人一入镇就直接住进了丁家，住了好几天也没有要搬出去的意思。

这一周，队员们都抓心挠肝地猜测他们到底是什么关系。

谷心志从不介意别人的眼光，注视着丁秋云："枪？"

他用了两年的狙击枪遗落在了孙谚家里，现在大概已经被充入公库了。

池小池从卡车角落里抓了根铁棍，随手丢给他。

谷心志倒是什么都能接受，随手一接，将铁棍掂一掂，行云流水地挽了个花式，倒用得很顺手。"砂纸。"他说。

有人从背包里翻出砂纸递给他，附赠了一根烟。

谷心志也没说声谢谢，径直把烟接过来，叼在口中，伸手再拿砂纸时，池小池长腿一伸，踩住了砂纸边缘。

他单手撑着头，开口道："说'谢谢'。"

谷心志有点困惑地道："这是他自己要给我的。"

他并不懂得该如何与人相处，难以与人共情，对世俗礼节的认知更淡。他的亲生母亲和继父什么都没教过他，只身体力行地教过他一件事：如果有了确定的目标，就要去争，不计任何代价。

谷心志的目标就是丁秋云。

别人把他的冷漠当作理所当然，毕竟能力强一些，眼高于顶也是常事，就连丁秋云曾经也把他的冷漠当作了骄傲。

但池小池将这两者分得很清楚。

他的脚尖在砂纸上叩了两下，用眼神示意谷心志。

谷心志似乎是明白了什么，把嘴里叼着的过滤嘴往旁边推了推，对借给他东西的人略略一点头："谢……谢。"

池小池这才把脚抬起来。

那个人摸摸后脑勺，憨厚地对谷心志笑了一下。

但谷心志根本没看他的笑容，开始低头用砂纸打磨他的新武器，层层锈红在窸窣的摩擦声中剥落而下。

池小池没再理会他，拿手指轻轻抓着黑豹的颈窝。

他家煤老板却像是被抓得有些不舒服，喉咙间发出轻微的咕噜声，反复甩着耳朵打池小池的腿。

颜兰兰被黑豹略带异常的举动吸引了注意力，问："丁队，煤老板怎么了？"

池小池倒没觉得有什么："什么怎么了？"

颜兰兰说："它最近是不是有点太粘着你了？"

池小池撸着它的耳朵，道："我一口口喂大的，不粘我是不是没良心？"

另一个队员接话："不是，丁队，我看着煤老板的确不大对劲儿，有点像……"他欲言又止地瞟了一眼颜兰兰。

经此提醒，池小池把目光转向腿边的煤老板，总算意识到了些什么。煤老板的确粘人，但多是在和他私下相处时，时常轻咬他两口，或是嬉闹着和他滚作一团。

在别人面前它向来矜持，坐卧起居都有风度……

颜兰兰隐晦地道："煤老板，是不是……到岁数了呀？"

池小池与061都是一怔。

池小池趴在黑豹身上研究了一下，略显担忧地问道："这可怎么办？"琢磨了一会儿，池小池断言道，"干脆做了吧。"

煤老板闻言吓得像猫咪一样露出飞机耳。

孙谚笑道："一刀治病。"

全车人都大笑起来。

061根本笑不出来，还有一点儿想要离队出走的冲动。

黑豹张嘴咬住了池小池的毛衣下摆，很不高兴地甩动了两下。

池小池却会错了意，安抚了它两下，柔声道："逗你玩的，逗你玩的，别生气啊。"

但061很快就听到池小池在心里问他："六老师，六老师，用多少剂量的麻醉剂才能让煤老板少点痛苦？"

061并不想教池小池，于是他说："今天找个地方露营吧，看它能不能找到伴侣。毕竟现在的世界医疗条件跟不上，在外面做手术，到时候感染了就不好了。"

池小池想想觉得有道理，就暂时放下了给他家煤老板人工结扎的念头。

一路走下来，大家发现自己对于谷心志的担心是多余的。

他们根本不用考虑该用什么态度对待谷心志，因为谷心志从不参与他们讨论的话题，安安静静地往那里一坐，就像是车厢内的一个摆设，存在感比他手上的铁棍强不到哪里去，有时他们甚至会忘记车里多了一个人。

半夜，一行人在一片荒凉的旷野上歇下了。

烤肉的吱吱声从篝火的方向传来。

坐在林立的帐篷间，池小池一边给他家煤老板的右前爪上绑上了一个远程定位装置，一边谆谆地给他家煤老板做起了"人生教育"："煤老板啊，实在找不到对象也没关系，看见没有，那里有一棵树……"

061表示不大想听，转身向外面走去。

池小池追在后面殷殷地道："别忘了回来的路。"

煤老板的身影很快与夜色融为了一体。

池小池站在冷风里，对061道："感觉自己像个老父亲。"

061有点悲愤地想，我没有你这种爸爸。

池小池返回篝火边。他刚才依依不舍、一路相送的慈父模样遭到了队员们一致的嘲笑。

孙谚笑道："丁队，你现在才上赶着教煤老板，这算是临时抱佛脚啊。"

孙彬："哥，你有没有文化。那是枪。"

孙谚敲了下他的脑袋，说："你才没文化。"

孙彬被敲得"哎呀"一声，委屈地闭上了嘴。

在一片欢声笑语中，池小池往火里添柴，满怀愁绪地想，可千万别被漂亮的母豹子勾跑了，不回家了。

谷心志远远地坐着，怀抱着已经被他打磨得两端锋锐、光芒锃亮的钢管，望着坐在人群当中的丁秋云，心头感到有些酸涩，他讨厌看到丁秋云和其他人这样说笑。但他心中那丝影影绰绰的恶意，很快便被打击得烟消云散。

从那些重复的梦境中，他至少有了一个简单的基础的认知——丁秋云很在意这些人。

他如果有任何伤害他们的念头，就会彻底失去丁秋云的信任。于是，谷心志闭上了眼睛，索性求一个眼不见心不烦，但远远传来的喧闹声还是让他觉得心里很不舒服。

谷心志翻了个身，心想：这些原来都应该是我一个人的。

他伸手，在湿冷的泥土上抓下了五道长长的指痕，深深吸气，又深深吐气，竭力平息心底涌起的恶意。

但他还是恨得发抖。

在情绪爆发的前一刻，他翻过身来，撸起袖子，对准月光，用力地攥紧了被他打磨得异常锋利的钢管。令人头皮发麻的疼痛感总算让他沸腾着的独占欲平息了下来。

他不能再被秋云厌恶了，不能再看到秋云那双死不瞑目的眼睛了，绝对不能。

夜半时分，在距离小队成员露营地不远的地方，一棵枯树上的鸟雀被惊飞。

一只黑色的豹子有些焦躁地在树周踱步，踏平了四面的草地，才来到树边，覆盖着黑如宝石的优质皮毛的流线身形渐渐发生了变化。

一名身着白衣黑裤的青年出现在旷野的枯树边，单肘撑树，微微喘息着。

时间过去许久，061方才轻轻一吸冷气，肩膀歪靠在树上，衣衫全被热汗打湿，有些筋疲力尽的模样。他把脸埋在手臂间，无奈地含笑，微微摇头，自言自语地道："池小池，你啊。"

你那么聪明，究竟什么时候才能看明白我就是你要找的人呢。

众人扎下营后，按惯例轮流守夜，池小池负责守下半夜，一点到三点。他时不时远望四野，算着煤老板什么时候才能回家。

在他低头拨弄篝火时，穿着白衣黑裤的青年一步自后面走近。青年的脚落在地上，敏捷无声，根本没有引起池小池的注意。

直到被一双爪子自后面扒住肩膀，池小池才高兴起来，他说："担心死我了。"

黑豹舔了舔他的脸。

池小池这才问及正事："你找到母豹子了吧？"

煤老板："嗷。"

池小池摸摸它的肚子，感觉到热度下去了些，心里稍安："怎么不带回来让我看看啊？"

煤老板蹲在池小池身前，拱了拱池小池。

池小池笑着推它的脑袋，说："别闹，别闹。哎，那照这样来算，你算不算'渣豹'啊？"

煤老板歪着头盯他。

池小池继续逗它："被我说中了？"

紧接着，煤老板向上一蹿，一下子把池小池按在了地上。

池小池猝不及防，往后一倒，仰面倒在了火堆边，弄乱了两根柴火，有火红的飞星溅出，落在了他的脸侧。

池小池知道煤老板在和他玩闹，哈哈一乐，侧身想要爬起来。

但煤老板仍压在他身上，灰蓝色的双眼在火光照耀下像是两块浸了水的宝石，就这样盯着他。

池小池半埋怨半命令地道："你知不知道你现在有多沉？还当自己是小豹子呢？"

煤老板这才松开了对池小池的钳制，慢慢踱到了一边去，趴伏下身，还侧眼打量着他。

池小池翻身坐起来，控诉道："六老师，它欺负我。"

061面不改色地道："嗯，真是太坏了。"

只见煤老板站起来，绕着篝火溜达了一圈，又回到了池小池的手边，用头拱了拱池小池的手，算是主动示弱。

池小池伸手环住它，把脸枕靠在它身上，安静地聆听它的心跳。

061觉得池小池对煤老板有些过度关心，难免忧心。他主动对池小池道："小池，任务完成后，我可以把煤老板数据化，带着它和我们一起走。"

出乎他意料的是，池小池闭着眼睛道："不用了。"

061："可就算你把它留给丁秋云，它也不一定会认丁秋云。"

"那它也是这个世界的，"池小池说，"它不是我的。"

从很早以前娄影就用生命教会了池小池一件事——这个世界没有什么是特别属于他的。人会死，动物也会死，他自己也会死。

他所能做的，只有在死前记住对他来说最重要的东西，让他们的生命在自己的记忆中得以延续。

池小池睁开眼睛，仰面看着漫天银光烂漫的星斗，浅浅一笑，竟想到了不久前的一个世界里，061送给自己的那颗星星。

他想，直到死，他可能都会记得这份曾经属于他的、珍贵的礼物。

061最不忍见的，就是池小池这种可怕的清醒。

061很想说，煤老板从头至尾都是因你而存在的，就和我一样。然而他什么都说不出来，只能静静地陪在池小池的身边，做一只温暖的、让人安心的枕头。

在池小池遐想间，061悄无声息地从仓库里取出了一份纳曼金属。

那是他从为池小池摘下的星星里得到的，他把大部分金属交给了池小池，自己则留下了一部分，悄悄藏在仓库的一角。他操纵着数据，让金属幻化成各种各样的形式与模样。一朵小花，一颗星星，一只小豹子雕塑……

很快，交班时间到了，打着哈欠的孙谚起身，与池小池交换了岗位。

池小池回到帐篷躺了下来。

一天的颠簸，守夜的倦怠，包括刚才的小小玩闹，都是对池小池体力的透支。他刚刚钻进睡袋，还没来得及拉好睡袋，就蜷着身子昏睡了过去。

在他陷入深度睡眠后不久，与他同睡一个帐篷的黑豹站起身来，重新变成了那个白衣黑裤的青年。

青年静静地注视了半晌池小池的睡颜，手伸进口袋，将一点淡银色的纳曼金属拿了出来。

他握住池小池的手腕，把他的胳膊自睡袋中拉出来，将那团在他指间浮动的纳曼金属贴合在了他右手的手腕上。

在碰触到手腕的皮肤时，纳曼金属自动聚拢成型，形成了一个手环的形状。用纳曼金属做的手环，比钻石坚硬上百倍有余。

而这个手环戴在了池小池的精神体上，在丁秋云的外表是根本看不出来的。

青年慢慢地把池小池的手放回睡袋中，轻轻拍了拍。

放心，有些人，永远都会陪伴着你。

天亮后，众人起身，踩灭篝火，向不远处的一座城镇进发。

这次他们出来，不完全是为了搜寻物资。

在他们最近救回来的一批普通人类中，有人带给了他们一个重要信息——距离他们的小镇约六百公里的地方，有一个普通人类奴隶区。

归来者自恃有了超越常人的能力，因此他们要享受超越常人的特权。于是，他们建立了一个中转站，将四处缉捕来的普通人类送到这里来，贩卖流通，换取日用品，或者交换更加合意的奴隶。

池小池他们此行就是为了解救这些普通人类。

5

快到奴隶区时，孙谚和队伍中一个中年大叔交换了驾驶员的位置。

大叔姓罗，是个小物流公司的副经理，与妻子育有一对双胞胎女儿，生平最大的乐趣是种花和带妻女出去旅游，在灾变发生前被确诊咽喉癌，随后成了归来者。

末世来临时，他带着妻女和两盆花，驱车逃离城市。

他的妻女仍是普通人类，于是，在天寒地冻中，归来者罗叔成了她们最后的依靠。

在到达丁秋云他们的小镇前，他打跑了意欲抢夺他妻子的三个归来者，杀了六个打算拦路劫夺他们物资的归来者。

等他到达小镇时，除却父亲和丈夫这两个身份外，他也是一个成熟的战士了。

交换位置时，孙谚严格按照计划，卸下他们卡车的车牌，换上了新的车牌。

新车牌是刚从一辆奴隶运输车上卸下来的。

大约三天前，一辆归来者运送普通人类奴隶的卡车刚好从他们的镇边路过，恰巧被孙谚几人逮了个正着。他们救下了一批普通人类，获知了奴隶区的地点，并取得了奴隶区的通行证。

负责押送奴隶的两个归来者求饶不迭：丢了奴隶，他们不敢返回原先的城镇，只能哀求这些普通人类给他们一条活路。

当时，颜兰兰正在清点人数，被他们哭得心烦，于是出言恫吓他们："都给我闭嘴，再哭一声就把你们都杀了。我们可是专业的，送人送到西，说杀就杀。"

两个年轻的归来者欲哭无泪，吓得噤若寒蝉。

孙彬好心提醒："是送佛送到西。"然后他就被颜兰兰瞪了一眼。

孙彬感到很忧伤，他觉得自己待在一个满是文盲的队伍里，早晚有一天得堕落。

在年轻人们搜问的过程中，罗叔折回了镇中，询问丁秋云要怎么处理这群人。

正在家养伤的池小池想了一会儿，道："搜查奴隶，看他们身上有没有定位装置，有的话就拆解下来，放回他们车里。你和大孙跑一趟，大孙开咱们的车，你开他们的车，尽量往远的地方开，开两百公里再弃车，坐大孙的车回来。至于那两个押送奴隶的，搜他们的身，确认没有定位装置后，就蒙了眼睛，带回镇里来。"

罗叔微微皱眉。

带这群人回来？有这个必要吗？

他的妻女还在镇里，他不愿让她们冒任何风险。他说："何必带进来，和车子一起送走吧。"

池小池说："万一他们跑去跟归来者们通风报信呢？"

罗叔说："那干脆杀了，一了百了，也干净。"

池小池知道罗叔对于归来者恨之入骨，跟他灌那种"你难道要用杀过人的手去拥抱你的女儿"之类的鸡汤既没意义又没说服力，但他又不想教丁秋云的手下视人命为草芥。

一旦开始轻视人命，人心就彻底变了，于长久安定不利。

于是，池小池苍白着一张脸，指尖闲闲地在伏卧在一侧的煤老板身上轻轻敲着："我们可以用他们的车，他们的通行证，去抢了那个奴隶区，再让那些人知道是谁和我们'里应外合'。等到我们回来，他们还有胆子再回去吗？我们郊外的大棚现在正缺人手，多了这两个归来者，也是多了两个壮劳力。他们愿意押送奴隶，我就让他们尝尝当奴隶是什么滋味，也算是把他们拘在眼皮底下。如果还不安分，我亲自结果他们。"

身为队长，必须清醒而有担当，不存幻想，却又敢作敢当。在这一点上，丁秋云做得比任何人都好。

罗叔能信服这个年轻人，也正因为他在足够周全的前提下，又足够大胆。丁秋云的野心绝不拘于在末世里困守于一个小镇，安然度日。

最终，他们定下了这个救人的计划。

罗叔驱车赶往奴隶区，在镇口被拦了下来。

他摇下车窗。

对方漫不经心地打了个哈欠："通行证。"

罗叔用左手去摸通行证，顺便用右手把烟戳在点烟器上，慢条斯理地抽着，颇为冷静。

后车厢里，池小池扭过头："孙彬。"

不用他嘱咐，孙彬已经用手提电脑悄无声息地侵入了系统中。

就算与归来者合作，AI 也不会给归来者使用太高端的设备，所以同步侵入本地的认证系统对孙彬来说并不算难。

罗叔把通行证递出来，插入一侧的读卡器上。

读卡器连接着电脑，但信息迟迟显示不出来，负责核对的归来者烦躁地点了两下鼠标，骂了声"破电脑"后，只能无可奈何地抱臂等着。

车辆讯息最先刷出来，紧接着是车主信息，唯有车主照片一栏是空白，迟迟未能显示。

颜兰兰现在两眼一抹黑，也不知道外头是什么情况，只得一迭声地催促孙彬："好了没，好了没？"

孙彬哭丧着脸说："没有没有，完了完了。"

大家想，好，这下稳了。

下一秒，电脑上的照片慢慢地刷新了出来，罗叔那张还算帅气的脸出现在了屏幕右上角。

孙彬刚松了一口气，就听到罗叔手持钥匙从驾驶座上跳下去的声音。

孙谚忙压低声音道："快收起来，他们要来检查了。"

孙彬的心理承受力比小羊羔强不到哪里去，慌得差点儿把手提电脑掉在地上。

下一秒，后车厢门就被拉了开来，三个端着上了膛的枪的归来者牵着两只变异后体型巨大的狼狗，并排出现在外面。

孙彬被陡然出现的光亮吓得往哥哥怀里躲去，孙谚眼疾手快，就势把弟弟往怀里一揽，也挡住了他手上紧握着的电脑。

归来者手持手电筒，将一道强光扫了进来。

打眼看去，这里基本都是男人，个个剃着短发，衣衫褴褛，不仔细看还真分不清性别，每人腕上都扣着沉重的锁链，卡车底部铺着的油毡布散发着刺鼻的油腥味，冲得人头晕眼花。

经过初次鉴定，这批普通人类质量不差，有五六个还算强壮，还有两个青年被铐在一处，筋骨看着也结实，卖去当苦力正合适。

领头人心情不坏，对那两只变异狼狗道："去，除了最靠右的那两个男的，挑个你们喜欢的。"

他一撒手，两只变异狼狗便跃上了车。

只要是在末世生活超过三个月的人，都能很容易地辨认出哪些动物是发生过变异的。这些动物特别喜欢用曾经人类看牲畜的眼神看人，似笑非笑，满是嘲讽。它们同样喜欢在一行人面前闲庭信步，花上一刻钟时间，一个个挑选过去，筛选出它们的猎物，并欣赏在此期间人类瑟瑟发抖的样子。

不仅是它们，这个环节也是奴隶区里的归来者们最喜欢的环节。

可不承想，这回好戏还没开始就收场了。

两只变异狼狗刚一上车，鼻子耸了两下，后背的毛便轰然炸起，尾巴立即夹紧，头也不回地奔逃下车，竟然连主人的呼唤也不顾了。

领头的归来者饶是有些怀疑与惊讶，却不认为这辆外观普通的卡车里会有什么能把变异狼狗活生生吓跑的东西，他随手挥了挥，示意其他两人赶快把狗找回来，自己则顺手关上了后厢车门，并对罗叔说："带他们去西头的仓库，卸货后，拿了钱，你就可以走了。"

车内的人都松了一口气。

车辆发动后，几人自觉分开，各自占了一个隐蔽窥窗，向外张望。

黄昏时分的奴隶区雾气笼罩，街道也显得有些萧条，只有满脸倦容的归来者工人在搭建临时看台。

等到了夜晚，此处就是归来者狂欢的圣地了。

他们可以买走漂亮的女奴，也可以把买来的男奴当成战利品炫耀。

这些都是那两个负责押送奴隶的归来者说的。为了保命，他们把能说的都说了，包括镇子只有东西两个出入口，镇子中军火库的具体方位，每个大型奴隶展览区都起码有十个持枪的归来者维持秩序，小型的奴隶展览区也有三四个持枪的人镇守，云云。

在入镇不久后，池小池"咦"了一声。

罗叔问："丁队，怎么了？"

池小池说："七点钟方向。那个是什么？"

罗叔把车速放慢，顺着池小池指的地方看去。

那是一座冰雕，冰雕内是一名女子。

女孩也就二十岁刚出头的模样，被冻在一块巨大的晶莹剔透的冰中，冰下有一块岩石当作底座。整座冰雕像是一件用来展览的、惟妙惟肖的艺术品。

池小池起初也是这样认为的，直到他看到冰中的女子微微眨了下眼睛。

活人？

等看清她肩胛处那片青灰色的灰败皮肤时，池小池意识到了一件事：这是一个归来者。

一个在接受某种惩罚的归来者。

罗叔把车子缓缓停下来，问正在指挥搭建看台的归来者："请问一下，那个雕塑是干什么的？"

他顺手递上一包烟，那个归来者收下烟，自然是言无不尽。

"外来的吧？原来你是送奴隶的，怪不得不知道。前两天这里出了个大事儿，就那个……"他指指少女，道，"那是个吃里爬外的东西。策划组织奴隶逃跑，还打算杀了镇长，想抢 AI 的控制权，幸亏有人提前把事情捅出来，把她给控制住了，不然她可得搞出天大的事来。好家伙，悄没声的，连炸弹都做出来了。"

颜兰兰用口型比了个"乖乖"。

孙彬也想瞻仰一下这位猛士，却被颜兰兰一脚踹开。

"去去去，看什么看，男人都给我把眼睛闭上。"

谷心志一语直切重点："这几天的警戒一定会很严。"

池小池默认了他的看法，说道："这个姑娘还不错。兰兰，想个办法把她弄出来，就算弄不出来，也要用她制造混乱。时机怎么把握，看你的了。"

颜兰兰应了一声，从裤兜里摸出一片特制的文身贴，贴在自己颈侧，并麻利地脱掉已经烂成棉絮的外套，露出里面能自动保持人体恒温的薄款修身毛衣，扯去了头上烂糟糟的鸟窝似的假发，用脚蹬开地毯，揭开卡车底部的隐形闸门，纵身跃下，顺手撕去了颈部文身贴的胶带，在颈边留下了一片青灰色的仿真皮肤。

完成这一切，她大概花了两分钟。

随即，她敏捷地从闸门处潜了下去。

罗叔与那个归来者又多聊了一会儿，得知那个姑娘叫舒文清，是被身为普通人类的男友背叛并且举报的。

舒文清是军队大院里养出来的姑娘，她的父母都是烈士，灾变发生时已经从军四年，刚被检查出骨癌晚期，灾变就发生了。她成了归来者，找到了男友，并和他一起逃到此地，找到自己的叔叔，获得一片安身之地。

但此地很快沦为了奴隶区，她凭借强悍的实力成了镇内守备队的一员，才勉强护住了身为普通人类的男友。可本质上，她根本无法忍受贩卖奴隶这种事情。她希望情况有所改变，于是，她选择了造反。

她的男友怕她造反一旦失败，自己不但会失去庇佑，反而会雪上加霜，劝阻了她几次，发现她并不打算听劝，干脆一咬牙，向上面举报了她。

事情败露后，为了撇清和她的关系，男友亲手用一瓢瓢的冷水把她冻成了一座活冰雕。

和她共同策划此事的人只要被抓到，都会被残忍地屠杀在她面前。

只有她所有的同伙都在她面前被杀尽，她才会被允许死去。

归来者一面唾弃意图破坏他们现有稳定生活的舒文清，一面又鄙视那个软骨头的男人，很是八卦了一番，才解了聊天的瘾头，打算继续回去干活了。

他冲罗叔一招手，罗叔也发动了车子。

卡车开动后，从卡车侧面出现了一个青春洋溢的长发姑娘，戴着耳机，单手插在兜里，手铃丁零丁零地响着。

那个归来者见那是个身板挺瘦弱的女孩，就没往心里去，还冲着她的背影吹了声口哨。

姑娘没听见，朝着那冰雕晃去。

本来打算转身回去的归来者被吸引了注意力。这些天，镇中没人敢接近那冰雕，生怕被人误会是舒文清的同伙，招来祸端。这姑娘的脑子不好使？

他眼看着那个姑娘大大方方地走近冰雕，绕了冰雕走了好几圈，蛮好奇地抚摸着冰层，一点儿都不鬼鬼祟祟的，反倒觉得这座冰雕很有趣的模样，还伸脚踢了踢，便想：看来是真的缺心眼。

颜兰兰转了两圈，已经大致计算出她背包里放着的炸弹可以放在哪几个定点上了。她仰头望了一眼舒文清，恰好与她四目相接。

舒文清本就生的一张清冷秀丽的脸，透过冰层，目光更是冷入骨髓。她比了个口型："滚。"

这些天来，凡是与她稍有亲密关系的人都遭了殃，她不想再害任何人和自己扯上不必要的关系。

但因为她被封在冰里，做不出太狠厉的表情，颜兰兰没能看懂这个口型。她想了想，抬手打了个招呼，手铃丁零零地响，给出了相当友好的回复："嗨。"

颜兰兰看着她的身材，感觉有点脸热，但苦于无法替她遮挡，干脆从背包里抽出一件衣服，踩上基座，把她的脸盖住了，随即挑了块石头坐下来，拿出包里丁秋云的素描本和铅笔，开始比照着她写写画画起来。

她这个举动过于招摇，很快招来了不远处的看守者。

看守者快步赶来，粗鲁地夺过素描本，翻了几页后发现没什么异常，把本子丢回去，喝问："干什么呢？"

颜兰兰瞥他一眼，嫌弃地掸了掸素描本封面，说："人体素描，没见过啊，土鳖。"

看守者："滚远点，这不是你画画的地方。"

颜兰兰："滚你个头啊。这地方是你家？你在这儿圈地盘了？"

看守者被颜兰兰怼得邪火直冒，但看她的衣服不像穷人，不晓得她是哪个奴隶买卖大户家的大小姐，气焰又这么嚣张，不敢轻易得罪，竟不自觉地放软了语气："你……那你把衣服拿下来。"

颜兰兰理直气壮地说："我画画，她盯着我，我不舒服。"

看守者："你这样，我会被扣工资的。"

颜兰兰"哼"了一声，一副"算了给你面子"的表情，心不甘情不愿地把她刚搭上去的衣服扯了下来。

看守者也怕了颜兰兰，不敢再多和这个脾气大的大小姐纠缠，只好回了原处，远远地观察了她一会儿，发现她真的只是低头写写画画而已，警惕心也放松了些。

但舒文清已经发现了不对。她的视力很好，又是自上而下的视角，因此，她能够轻而易举地看到颜兰兰在纸上涂抹的内容。

她在画炸弹的安放定点图……

颜兰兰察觉到自上而来的视线，反看回去，眉眼又开朗地一弯，随即低下头去，哼哼唧唧地唱起"快乐的池塘里有一只小青蛙"，铅笔在纸面上有节奏地唰唰响着，列出一系列公式。

替丁秋云重来一回，池小池从不想把队员教成只能依靠他的废物。即使没有丁秋云，他们也必须能独当一面。

颜兰兰一边哼着小调，一边朝不远处的奴隶市场张望着。

先来的是士兵，渐渐的，买主和卖主们也随着音乐声聚来，渐成人山人海之势。

在夜色中，奴隶市场开幕了。

黑暗中，除了061，没人知道在战斗打响前，池小池把身体的控制权还给了真正的丁秋云。

◇ 佯攻，博弈，天外电讯

1

镇西头的仓库里，新一批的"奴隶"被押送入库。

接收流程和往常一样。归来看守者很少提防戴着镣铐的奴隶，因为他们是体质比归来者弱上数倍的普通人类。

入库前，他们拿特制的小刀在每个人的手臂上划了一个小口子，伤口均未痊愈，证实了他们普通人类的身份。在这之后，他们单把丁秋云与谷心志提出来，押往较高级的 Ａ 库，其他人都押往 Ｂ 库。

拖着沉重的锁链往地库走去的途中，丁秋云同谷心志搭话道："谷副队要是早早答应向归来者投降，也不至于落到这种地步了。"

谷心志看了丁秋云一眼："现在说这个？"

丁秋云嘲讽一笑："哈。"

谷心志问："笑什么。"

丁秋云说："笑谷首领变成了阶下囚啊！"

谷心志反问："这是丁队长希望的吗？"

丁秋云抖抖手上的镣铐，说："差不多吧。"

谷心志掩饰了一下嘴角的笑意："那就好。"

负责押送的归来者甲喜欢见到两个落魄的人彼此攻讦埋怨，他甚至喜欢在监牢里投入少量食物，只为了看那些曾经衣冠楚楚的普通人类为了一丁点儿食物大打出手的样子。

两人这种不痛不痒的对话显然不能满足他的欲望。于是，他一脚踹上了丁秋云的后腰。

丁秋云就势单膝跪地，胸口的新伤被扯了一下，眉头轻轻一拧。

与他被同一条锁链铐着的谷心志为了避免拉疼丁秋云，也就势往前一栽，恰好撞见了他一闪而逝的吃痛表情。

归来者甲不知死活地骂道："谁批准你们说话了？你，站起来。"

他"啪"的一声拍了下谷心志的后脑勺，又抬脚肆无忌惮地踩住了丁秋云的肩膀，对他说："就你话多，让人遛着你爬去地牢。快爬！"

同样身为归来者的同伴乙对此有点反感，道："别玩了，早点把他们扔进去，早点完事儿。再过二十分钟就该交班了。"

归来者甲笑嘻嘻地说："遛狗多有乐子啊。"

归来者乙颇不赞成地走到丁秋云身前，想把他拉起来："别装死了，快起来，我们还要……"

就在这时，丁秋云与谷心志同时动了。

丁秋云一头撞上归来者乙的小腹，趁他身体失去平衡时，拿左脚脚尖迅速勾住了他斜背着的枪带，牛皮枪带应声而断，归来者乙也因回力跌摔在地。

丁秋云把枪身踩在脚下，右脚往地面一磕，脚尖处就自动弹出一根锋锐的尖刃，匕首似的直指他的咽喉。

而谷心志直接把绑缚着二人双手的铁链绞缠上了归来者甲的脖子。铁链沉重且带刺，不等归来者甲发出一声呼喊，就已经彻底断了气息！

想要彻底杀死归来者，只有在短时间内制造出不可修复的伤害。因此总体来说，断首和烧死最有效。

一股温热溅射到了丁秋云侧脸上，他头也不回，用肩膀擦去脸颊上的血。

谷心志带着一脸的血，走到已经吓得白了脸、叫也叫不出来的归来者乙的身旁，歪头打量着，似乎是在思索该让他怎么死。

丁秋云从口里吐出一根发针，含糊道："别杀，留着。"

闻言，谷心志当真收起了眼底的杀意，只动手卸了他的下巴，断绝了对方再呼喊求救的可能。

丁秋云俯下身，用嘴叼着发针，插入锁孔当中轻轻拨动。

之前，他们已经在车上练习了多遍开锁。奴隶仓库里所使用的锁链是最老式的，不用说教他们开锁的丁秋云，练习几次后，连孙彬都能熟练掌握开锁技巧。

丁秋云双手溅满了归来者甲的血，有些滑腻，直接影响了开锁进度。丁秋云抱怨道："我的手都被你弄脏了。"潜台词是，以后别当着我或者我的队员的面这样下手。

谷心志想了想，道："我下次注意。"

他的回答是，好。

丁秋云靠着一根发针把两人手上的镣铐解开，才把脚尖上的匕首收起来，捡起地上掉落的枪支，并示意谷心志把瘫软如泥的归来者乙拎起来。

他转身去归来者甲的身上搜索有价值的东西，谷心志则逼问归来者乙道："仓库那边还有人看守吗？"得到否定的回答，他再问，"开门的时候是面部识别、虹膜识别，还是直接拿钥匙开门？"

因为嘴巴无法闭拢，成串的唾液从归来者乙的嘴边流下。他在极度惊恐中战战兢兢地比了个三。

没有那么烦琐的程序，直接拿钥匙开门就行。

说话间，丁秋云也从归来者甲身上搜到了钥匙，沉默地对谷心志一晃，随即走到归来者乙的身边，温和地一笑："多谢。"

随即他捂住归来者乙的嘴，从靴子侧面抽出一剂针剂，直接扎入了归来者乙的颈侧大动脉。

这种药是同为归来者的卢姐制造出来的，论纯度足够麻醉一头牛，但对归来者来说，顶多也就能让他们睡上八九分钟。

确定归来者乙已经彻底昏睡过去，谷心志便自觉地把人接过来，背在自己的背上。

丁秋云也没同他多说些什么，看向一侧墙壁上红灯讯号熄灭的监视器，顺手拍去了自己肩膀上的脚印。

从他们进入这个奴隶仓库开始，这个仓库的信号便已经被孙彬设法屏蔽了。

算一算时间，孙谚他们也该动手了。

分开前，丁秋云对他们唯一的要求是，在不引起骚乱、不动枪的前提下，解决遇到的一切麻烦。

同丁秋云一起走向奴隶Ａ库时，谷心志说："你倒是真放心你的队员。"

丁秋云："他们做得到。"

"他们的本事我见识过很多次，不过如此。"谷心志侧脸看向丁秋云，口吻笃定，"能和你合作无间的只有我。你们队里有任何人能做到我做的事情吗？"

丁秋云直白地道："我当然相信你杀人的本事，只是不相信你这个人而已。"

谷心志被这句直白的话刺激到了，声音也冷了下来："你……"

丁秋云却全然不在乎他的感受，看也不看他，只用小型热量定位仪计算着他们距离目的地还有多远。

见状，谷心志提起来的那股气一点点泄下去，最后，胸腔里只剩丝丝隐痛。

他听见自己叫他："秋云。"

丁秋云的声音里不带一丝感情："嗯。"

谷心志说："你得承认，我是一把好枪。"

丁秋云说："嗯，你是。"

"我很有用。"

"是，还可以。"

谷心志注视着丁秋云，说："所以，在我损坏前，保养好我。"

丁秋云抬眼看向他，略微点了点头："嗯，对武器我向来是很爱护的，但我不大喜欢会自己开火的武器。"

谷心志笑了笑，不再说话。

只要你觉得我还有用就好。在你认同我之前，我会是你最好的、独一无二的武器。

061观察着谷心志的表情，不无担心地问："这样刺激他，真的没问题吗？"

池小池面不改色："他不过是想在丁秋云这里成为某种特别的存在，想成为丁秋云身边的独一无二。那好，我就给他这个独一无二。"

过去，是独一无二的战友；现在，是独一无二的武器。

池小池知道，谷心志这种人性情不定，心思极难捉摸，一个把握不准，就会危害自身，所以，池小池诱导着，尝试给了他一个虚幻的希望。

他一边警戒着四周，一边同061闲聊："丁秋云以前把他当个人看，他偏不想做人；现在想做回人，可没那么简单。"

用钥匙打开仓库门时，突如其来的光线让所有被长锁链锁住双脚的人本能地往黑暗里藏去，发出一片刺耳的叮当、窸窣之声。

谷心志把那名昏迷的归来者往台阶下轻巧地一抛。

有不少人认出了被扔下地的是负责看守他们的归来者之一，登时窃窃私语起来。

谷心志略微皱眉。他不知道在这种情况下该怎么说明他们的来意，他不习惯扮演救世主的角色，只好将目光投向丁秋云。

丁秋云一指地上的人，简明扼要地表明了身份："我们也是普通人类。想出去的，站起来。不想出去的，捂住脸，在原地不要动。我们尊重所有人的意见，只带走愿意离开的。"

很快，有一批人摇摇晃晃地站了起来，而另一批人蹲在原地，掩面未动。

见状，谷心志轻蔑地冷笑了一声。不管在什么时候，总会有人觉得奴役下的享乐要比漂泊中的自由更划算。

丁秋云却对这些人的选择抱有一定尊重，瞄了谷心志一眼："开锁。"

他们解救的第一个人的脚镣被扣在了归来者乙的脚腕上。

谷心志学任何东西都比常人快上一些，试过几次后，开锁的速度甚至已经赶上了丁秋云，丁秋云索性放慢了自己这边的开锁进度，将这些人做了个简单的分组。有战斗经验、身体健康的归为单独的一组；有战斗经验但是身上带有轻伤的归为一组，负责看顾伤势较重或者没有战斗经验的人。

简单分类后，丁秋云扒掉了那个归来者身上的制服，披在自己的身上，同时转头道："射程以内。"

谷心志把一个人从镣铐里解放出来："嗯？"

"二十分钟快到了。"

若是旁人，听到丁秋云的话也得先愣一下才能明白他说的是什么意思，但谷心志只是略点了点头，便迈步朝外面走去。

丁秋云在后吩咐："谷副队，活干得利索点儿。"

谷心志按捺住唇角的笑意，说："是，丁队。"

当孙谚他们领着一队人探头探脑地顺着另一条路走过来时，被扑面而来的血腥气熏得一个趔趄。

谷心志点了几炉香，还打开了通风扇，他本人则坐在宾馆封闭式前台内的电脑边，沾了血的右手夹着根雾气袅袅的烟，左手则在键盘上随意点按着。

看情景，这里刚才应是发生了一场激烈的械斗，地上却不见鲜血和尸体，而且地上还有刚用湿墩布拖过的痕迹。

腥味呛鼻，孙谚忍着翻涌的恶心感，先往自家傻弟弟的嘴里塞了一块从打晕的看守那里搜刮来的薄荷糖，好压一压味道，才问：“丁队呢？”

谷心志看也懒得看他们一眼，说：“马上到。”

孙谚按下腰间的发信器，让等候在外的罗叔把卡车开到前门处接应，顺手推着弟弟，让他们先往外走。他问：“谷副队，你在干什么？”

谷心志道：“找找他们的资料，将来或许我们用得上。”

孙谚对谷心志的能力还算信任，点点头，再一抬头，见到罗叔的卡车已经停在了正门口，便指挥着把获救的普通人类送上车去。

眼看着人登上了车，谷心志叼着烟，心想：一群小羊羔。

等人都离开了，谷心志才拧开一侧不知道是谁的保温杯，借着里面的枸杞水，对着电脑屏幕上自己的倒影清洗着脸和手，努力把自己伪装成一只合群的小羊羔。

在等待期间，罗叔按照他们制定的计划，和一个同为运输奴隶的归来者攀谈起来，趁机把人打晕，塞入地牢暂时关起来，自己则开走了他的车，转交给了孙谚。

孙谚开走了这辆车，把西边仓库中所有不能作战的人装进他们早已准备好的纸箱，从外面封好，留好气孔，装作是运输货物的样子，试图从西城出口离开。

丁秋云在自家卡车的后车厢窥孔上密切关注着这辆车的动向。

车在西边的出入口被拦下了。

孙谚从驾驶座探出头去，和那个守门的归来者谈笑风生，还悄悄地递了一包烟，声称他虽然是来替别人送奴隶加买货的，但这次违规，偷偷买了一个廉价的小奴隶回去，打算自己用，请负责查货的兄弟通融通融。

他们打开后车厢，果然发现了小鸡崽子似的瑟瑟发抖的孙彬。他们笑纳了孙谚的烟，也没细查那小"奴隶"身后所谓的"货物"，就放了孙谚出去。

看着那辆卡车渐行渐远，丁秋云才放松下来。

有名队员问：“丁队，我们接下来干什么？”

丁秋云看向逐渐热闹起来的街市方向，搓了搓掌心已经凝结的血，说：“休息。晚上有大热闹呢！”

大约晚上六点半的时候，就有来西面仓库提人出货的了，一共要六十名奴隶。

丁秋云以新应聘来的管理人员的身份热心地招待了他们，让他们在大厅暂时歇一下,吩咐去提了十名"A品",五十名"B品",都是刚才解救出来的、有战斗经验和能力的普通人类,还混有队中成员。

　　在被带出来见人前,所有奴隶都被押去洗了个热水澡,被搓得皮肤发红,又换上了统一的白衣服,看上去一个个有模有样的,叫前来"提货"的领头人很满意。

　　领头人一眼就看到了"A品"群里最显眼的谷心志。

　　这些日子来,谷心志在丁家养着,稍稍胖了一些,偏瘦的体态也恢复了正常。他气质清冷,略长的头发被一条蓝色发带绑起来,微昂着下巴站在那里。

　　领头人绕着他走了两步,满意地点头道:"最抢手的就是他这样的。"

　　丁秋云温和地笑道:"是吗?"

　　谷心志的脸色不大好。他不满意丁秋云对这些归来者比对他的态度都要好,哪怕是逢场作戏也不行。

　　丁秋云当然不会特意照顾他的情绪,有礼貌地一弓腰,将这帮归来者送走后,走到门口,与坐在车内的罗叔交换了个眼神,便用自带的锁锁上了西仓库的前门,他自己则换上了另一件看上去较为单薄的私服,取了自己的摩托车,独自一人往逐渐热闹起来的奴隶市场驶去。

　　在耀眼的人造虹霓间,他缓慢地游走着,找到了七八个他刚才亲手送出去的奴隶。

　　他们被放在展示台上特制的铁笼里,看到丁秋云,只略略一点头,便继续低眉顺眼地等候着丁秋云与他们约定的"时机"。

　　奴隶区的原住民早已走得差不多了,只有全家变异为归来者的才会选择留驻于此,靠奴役和贩卖奴隶过活。

　　街上到处燃着熏香,香里有怪异的冷臭。

　　丁秋云绕城数周,弄清城中布局后,便把摩托车停在路边,借着路灯的光芒,拿香烟盒和铅笔头画着这末世里绚烂而悲哀的街景。

　　他听到有幼年的归来者孩子奶声奶气地向自己的母亲提问:"妈妈,为什么要把那个姐姐关起来呀?"

　　母亲笑道:"我们和他们是不一样的。"

　　"明明是一样的呀。"小女孩指点着自己,"鼻子,眼睛,都一样呢。"

　　"不一样的。"

　　"有哪里不一样?"

　　母亲发现自己无法准确地将这种差异向女儿传达,只好笑着摇了摇头,用父母教育子女时惯用的拖延大法:"等你长大就知道啦。"

　　闻言,靠在摩托车上的人笑着轻轻摇了摇头。

　　这些孩子长大后看到的世界是什么模样,不是靠一张嘴就能决定的。

　　到了大约九点钟时,街面上起了些雾气,街道上带着孩子来看热闹的人也疲倦了，陆陆续续返回了旅馆，准备休息。

据丁秋云他们问出的讯息，晚上九点是奴隶市场的分水岭。

在九点前，往往是"展示"和"才艺表演"环节，主办方会让普通人类在笼子中跳舞、争斗，比较适合女人和孩子观看。

而真正的"行货"则是九点后开锣售卖的。

丁秋云在绘画过程中也没忘记留意观察四周状况。他几次抬眼，发现有一方展览台上站着一个手执鞭子的人，扮演着低级督军的角色，低着头在台上转来转去，但穿得很厚，口中呵出厚重的白气，一看便知道是个普通人类。

这个人在台上蹿来蹿去，一旦奴隶有异动，哪怕只是抬手挠挠痒，他都会异常机警地蹿过去，拿着钢鞭敲着笼子边，叫对方老实点儿，不要动。

用普通人类来奴役普通人类，挺毒辣的手段。

丁秋云无视那些狐假虎威的人，看了看手表确认过时间后，一边低头继续运笔，一边按下铅笔末端的"橡皮"按键，开口道："兰兰。"

距此约三公里的颜兰兰眉毛一挑，伸手扶住耳机，装作调整耳机线的样子。

丁秋云说："注意烟花。"

宣布晚市开场的烟花会在九点整准时燃放，这也是他们约定好的动手时间。

颜兰兰回头看了一眼那个负责看守雕塑的人。

他早已吃过了晚饭，守着一个放着老评书的电台，撑着下巴打起了瞌睡。

颜兰兰敏捷无声地起身，从包里取出一包口香糖，抽出最上层的一枚放入嘴里嚼着，剩下的制作成口香糖模样的微型炸弹被她悄无声息地粘贴上早已精心推算过数遍的位置，随即，她蹑手蹑脚地走到那个打瞌睡的看守者的身后，一把捂住了他的嘴，麻利地将一管针液推入了他的颈部。

丁队让他们拿医院里做胸外按压的假人练过无数次，现在对真人下手，颜兰兰心头有点慌，手却是稳而准的。

那人激烈地挣扎了一会儿，很快便药力发作、动弹不得了。

颜兰兰给他摆出了个看上去较为自然的睡姿，又挑选了一个距离雕像较近、能观察到爆炸后情况的藏身处，一边嚼着口香糖，一边看着即将到达"十二"的分针。

她还是有些不能安心。

炸药的爆炸声和烟花的声音终究有些差别，附近的巡逻人员不少，这座冰雕万一一次炸不开，把人引过来，那这个姑娘不就再次落到那些人手里头了吗？

她是完成了丁队交托的任务，可自己看了人家漂亮姑娘三个小时，也算是有些感情，再把人扔下，委实不地道。

可这里一定是那些归来者的重点看守地带，一旦有失，肯定会有护卫队大举包抄，漂亮姑娘是归来者，就算被炸伤也能自己愈合，但颜兰兰就只能靠自身的血小板和乐观的精神了。

她一旦受伤，就是给整个队伍添麻烦。

然而，颜兰兰的诸多疑惑都被对丁秋云的信任压了下去。

丁队盼咐自己这样做，那准是考虑到各方面问题了，准没错。

时间还剩下三分钟。

三公里外，奴隶市场里的丁秋云将画好的香烟盒夹入《小王子》的书页中，重新放入背包，转而向一处专门贩卖"A品"的大看台走去。

谷心志就在那里，看台的正中央，最显眼的位置。

在众人的围观中，他脊背挺直，端正地坐着，目光低垂，裸露在外的脚趾冻得微微发青，他也懒得去活动一下。他满身清冷的少年感引得不少人关注，纷纷争论这个"六号展品"价值几何，值得用多少物资去做交换。

丁秋云趴在隔离栏杆边，远远看着这柄深藏不露的人形兵器。但他本人的相貌也算出挑，这样一动不动地盯着一个人看，着实显眼。

旁边有个中年人笑嘻嘻地拍拍他的肩膀，同他搭讪："小年轻，你也看中了那个六号啊？"

丁秋云煞有介事地点评："看着不错。"

那中年男人道："我瞧着也眼热，不过看两眼就得了。他已经被那位订下了。"

丁秋云循着他指的方向望去，看到了一个壮硕的汉子，身后还跟着两个跟班，看他们的打扮，显然是一支规模不小的物资搜集队中的主要成员。

丁秋云对中年男人的话不置可否："六号是我的。"

中年男人怀疑地看了一眼这个年轻人，以为他是真人不露相，也不敢将话说得太满，试探着说："想换这么个极品，一辆车的物资都未必够。"

丁秋云却说："我要想争，一声口哨就够了。"

中年男人愣了一下，随即捧腹大笑："哎哟，你们小年轻……"

说话间，背后传来了烟花升空、气流划破长空的刺耳鸣响。与此同时，一声沉闷的爆裂声自东侧传来。

在这个瞬间，丁秋云把食指与拇指抵在唇边，吹了一声口哨。

全城的电力瞬间断绝，一度热闹的街道陷入了死一样的黑暗，唯有烟花不间断地腾空炸响，泛着明光的金线银丝瀑布似的自天际垂落，如同一只只慈悲的眼睛，凝视着漆黑的城市。

谷心志迅速把绑在大腿上的匕首拔出来，一脚踹断了断电的铁笼子，顺手了结了一个闻声意欲上台的归来者。

在下一朵烟花亮起时，脸颊带着血的谷心志便已经站在了丁秋云和瞠目结舌的中年男人身前。

丁秋云翻身越过隔离栏杆，借着烟花亮起的一瞬，朝天直放一枪。

这一枪是他们早已约定好的暗号。

等在停车场并且趁机弄坏了所有车辆轮胎的罗叔也开了枪。

笼子里的几个队员也从白袍内衬里取出藏好的枪，纷纷对空射击。

一时间，枪声密集，遍布各处，声如爆豆，仿佛整个城镇已经被某支不知名的军队包围。

归来者的体能即使再强悍，也是活了数十年的人类，对于枪弹的恐惧早已直接烙在心底。此时，他们尖叫着四散奔逃，害怕得趴倒在地的也不在少数。

有保卫队闻声出动，但他们事先已经约定好，所有人必须打一枪换一个地方，四处响起的枪声弄得保卫队摸不着头脑，也只得朝天开枪预警，导致枪声愈发密集，反倒给了护卫队一种"敌人越打越多"的错觉。

有个和丁秋云一起混在人群里的队员选准时机，按照先前的约定，扯起嗓子大喊了一声："他们来了百来个人！是一支军队！"

说罢，他从腰间拿出一个手榴弹，朝一处早已经逃空了的看台掷去。

"轰"的一声，火光冲天。

前后共计二十个有武器的人，利用黑暗与混乱生生制造出了大兵压境的错觉。

城内的 AI 也陷入了未知的恐慌中。

动用了备用电源后，不止一名 AI 发现了怪异之处："天哪，是那个被标注 S 级的反抗系统！他潜进了我们的城镇！"

所有讯息统计到总系统处后，总系统知道事不宜迟，立刻向上级系统发出呼救信号："您好，您好，我们是集合系统 1277 号，我们的电力系统被 SSS 级危险级别的系统摧毁，请求支援！"

半响后，一个温润的声音给出了回答："你们好。我已经收到了你们的反馈。谢谢你们对我做出的评级，也谢谢你们的信息，让我定位到了你们的中枢位置。"

随着一声温文尔雅的问候，无数病毒蜂拥入主系统中，每一个可操作图标都变成了一只歪头吐舌头的小奶豹。

全城的 AI 就此被摧毁，陷入了无限期的静默之中。

东广场上，如颜兰兰所料，炸弹爆裂的声音吸引了附近的巡逻人员，而冰雕被炸毁大半，冰中的少女倒在地上，生死未知。

颜兰兰缩回藏身的角落，踌躇片刻，还是觉得不能放任舒文清一个人面对那么多归来者，正打算摸出枪来去跟人战个痛快，没想到还未跨出藏身处，一只还带着碎冰碴的手就将她按回了墙上，另一只手则径直捂住了她的嘴。

"嘘。"

颜兰兰睁大了眼睛。

她忘记了，归来者不惧寒冷，他们的细胞修复能力是正常人的数倍乃至数十倍。

舒文清身上披着颜兰兰一度披在冰面上、最后遗落下来的外套，下摆露出两条肌肉线条流畅的长腿，膝盖与小腿还有覆盖的薄冰，脚跟看样子被炸弹波及，伤得不轻，但现在已经完全恢复，只留下一层薄透的血冰覆盖在上头。

舒文清分了些余光给那些发现冰雕被炸、端着枪四下慌乱搜寻起来的归来者士兵，等她察觉掌下人的体温不对时，才露出了些微惊讶的表情。她拿手指轻轻抹了下颜兰兰的侧颈，发现那块青灰色的皮肤被抹花了。

舒文清这下是真的好奇了起来："普通人类？"

颜兰兰也不作答，只关注眼下的状况："走不走啊？"

舒文清也只是随口表达一下惊讶而已，闻言毫不犹豫地抓住她的手，挑了一个方向，猫腰快步走去。

她不问她的来意，她也不问她的去向。

三个小时的相处，让她们培养出了一种奇妙的、无声的默契。

颜兰兰跟着她，如同一条生活在海底的鱼带领着另一条鱼在深海穿行，她熟悉每一丛珊瑚、每一块礁石的位置。

颜兰兰几乎被她绕晕了头，直到被她引领着来到一间处于负二层的地下室门口时，颜兰兰才问："这里安全吗？"

舒文清说："算是安全。"

"那我功德圆满了。"颜兰兰拍拍胸口，说，"再见，我要去找我的队伍了。"

舒文清说："小姑娘，借把刀。"

颜兰兰警惕地捂住了包，问："你要干什么？"

舒文清："怕我了？"

颜兰兰直白地道："怎么不怕，我怕你砍我，抢我的物资。"

舒文清失笑："刀片就行。再说，你的包里总有枪吧，不必担心我抢你的东西。"

颜兰兰抱着装了两把枪的包连退十米，说："没有啊，什么枪，你别瞎说啊。"

舒文清向她伸着手，仍然没有放弃索取的念头。

颜兰兰考虑片刻，还是摸了一把小刀扔了过去。

舒文清一笑："小姑娘，谢谢。"

颜兰兰远远地抗议道："我不小，我都十九了。"

颜兰兰实在是个很容易让人心情转好的人，舒文清拾起刀，用刀刃在左小臂上按压两下，找准位置，一刀割了下去。

颜兰兰看得眼皮乱跳。

在血肉分离中，舒文清从自己的手臂中取了一把钥匙出来。而在取出钥匙后，她被割裂的血肉迅速凝合归拢，重归正常。

这些天来，这把关键的钥匙一直被她藏在手臂的皮肉之下。

舒文清问："刀我洗干净还给你？"

颜兰兰摇头："送给你做纪念啦。"说罢，她转身就要跑。

舒文清叫住了她，指一指自己面前那扇门，问："不进来看看？"

颜兰兰说："不了。我队友的任务应该都完成得差不多了，我得赶紧去找我们丁队……"

"丁？"舒文清一怔，问，"你是丁秋云的人？"

颜兰兰倒机警，发现自己说漏了嘴，也不正面作答："我先走啦。"

"等一下。"她刚跑出两步，舒文清就又叫住了她，"你们丁队要打伴攻，搅乱整个城市的治安，趁乱营救普通人类，是吗？"

颜兰兰没想到舒文清竟然能看出这么多东西来，但还是一脸乖巧地装傻："是吗？"

舒文清笑了起来。

即使笑着，她的笑容也依然带有几分高岭之花的冷淡疏离感。

"丁秋云队长，我知道你现在能听见我的话，也知道你不会放心一个小姑娘单独执行任务。我能帮到你，我们合作，怎么样？"

颜兰兰抬手扶住耳机，听了一会儿，有点儿疑惑地皱起了眉，但还是如实转达了耳机中丁秋云的话："丁队说，合作可以，但是要打开正确的门、展示你们的诚意才行，不要骗我们家的傻兰兰……丁秋云，我人还在这儿站着呢，你说谁啊？"

舒文清难掩开心的表情，走到了与这扇门左起毗邻的第三扇门，将钥匙插入锁孔。

颜兰兰惊讶地往前走了两步，说："难道你要进的不是刚才那扇门吗？"

"当然不是。"舒文清坦坦荡荡地承认了，"我被人背叛过，知道那是什么滋味儿，就不会再尝第二次。那间房门也能用这把钥匙打开，但是里面埋设的是踩踏式的隐形地雷。"

舒文清对着颜兰兰抱歉地一笑："我以为你是那些归来者用来放长线钓大鱼的饵……而这个房间，是我的最后筹码。"

颜兰兰也不是什么"玻璃心"的姑娘，耸耸肩，笑眯眯地道："那我收回刚才以为你要砍死我的道歉。我们扯平。"

舒文清深深地望了一眼颜兰兰，把门打开。

颜兰兰也是有好奇心的，搂着包，凑到门边只看了一眼，就吃惊得差点儿把舌头吞下去。

屋子中坐了二十来号人，地下室打通了三个房间的墙壁，至少有一百多平方米，墙壁上挂满了各色轻重武器，足够武装起一个连。

面对目瞪口呆的颜兰兰，舒文清从墙上取下一把柴刀，横背在后面，又取下一把微型冲锋枪，冷静地道："小姑娘，你的队伍想打一个浑水摸鱼的仗。但我一直想打的，是一场硬仗。"

2

约一刻钟后，镇中爆豆似的枪声渐渐平息了下来。

像被人吊着的无头苍蝇似的打了这么久游击，归来者也渐渐回过神儿来，个个十分气恼又无奈。

他们对 AI 的依赖使得他们对这种原始的枪械对抗十分陌生，而光源的丧失则直接让归来者再次陷入末日到来那夜的窘迫境况。

激光枪的储能很快耗尽，擅长使用各种老式武器的原警备队队长舒文清被冻进了冰里，无法进行指挥，自动瞄准器又受到某种信号干扰，激光枪直接退化成了一个手提式手电筒。

现任警备队队长摇晃着手里的通讯器大喊："还有谁能听见吗？喂？说话！"

错了频的通讯器那头传来某前流行歌手断断续续的歌声。

他闻声气恼至极，把通讯器顺手磕了一下，提起手电筒，一道强力的光芒突破雾气，扫过看台上的一个笼子。

笼子里面空空荡荡的，里面的奴隶显然已经脱逃。

见状，他肝火愈盛，声音也提高了八度，对着发出丝丝拉拉杂音的通讯器吼道："喂？喂喂！人呢？有没有个能喘气的？"

突的，一具温热的身体自后面鬼魅似的贴了上来。

谷心志贴在他身侧好声好气地耳语："有。不过需要你配合一下。"

说罢，他熟练地用对方单肩背在右肩的枪带绕住了对方的咽喉，双手一交叉，反身把人背了自己背上。

队长的颈骨瞬间被折断，但归来者极强的恢复能力让他没有马上断气。他深陷在可怕的窒息感中，难以自拔。

这种窒息感叫他发了狂，他拿手肘狠捣着突袭者的腰腹，砰然有声，对方却浑然不觉疼似的，不躲不避，甚至连一声吃痛的吸气也没有。

难道……他也是归来者？

想到对手可能同为归来者，队长登时陷入了绝望，疯狂地在自己的颈部抓挠，在血肉上划出一道道鲜血淋漓的抓痕。

丁秋云捡起了这名队长掉落在地的通讯器，将通讯器晃了晃，同时对谷心志道："别折磨人。要杀要剐，给人一个痛快。"

谷心志以沉默作为回答，拖着那窒息得接近狂乱的人，往一条小巷的巷尾走去。

在 061 的作用下，原本失去功能的通讯器立即对接成功。

有队员的声音从公共频道内传出，只是被杂音扭曲得不成样子。

"队……"

"队长，你……见了吗？"

"咱们……该……还打吗？枪里……不足了。"

临近的小巷内，那名队长也像是听见了这边的动静，不住地发出垂死的呜咽声，试图吸引队员的注意。

丁秋云捂住通讯器，冲着小巷里"嘘"了一声。

小巷内的所有杂音在瞬间断绝。

确认没有其他声音干扰了，丁秋云才自然地接过话来，道："暂时停火。我们在东侧广场前集合，先把人凑齐，再确定下一步怎么办。"

电波声极容易使人的声音走形，频道中的数十只无头苍蝇无一生出戒心，各自应了一声是，就挂了通讯，集体往东广场赶去。

丁秋云摸出自己兜里的铅笔，重又按下尾部的"橡皮"按键："兰兰，告诉舒文清，时间掐准，听我命令，合围东侧广场。"

巷子内，谷心志却没有按照丁秋云的指示，真的给敌人一个痛快。

谷心志痛恨归来者。因为他见到任何一个归来者，都会想到他们曾害得丁秋云离开这个世界。但是他答应过丁秋云，不能再把人的脑袋绞断，至少在丁秋云面前不行。

于是，谷心志仍死勒着对方的颈部，同时凑在对方耳边，声音极小地、亲热地和他说着体己话："是不是很难过，特别想来个干脆啊。说真的，我很想给你一个痛快，但痛快这种事情，得自己争取啊。"

他且说，且引着那个濒临疯狂的人来到一根断裂后裂口尖锐的水管前，轻声提示他："来吧，给自己一个痛快。"

很快，他背着那个人的枪从小巷里钻了出来，发现丁秋云竟然还站在原地等他，他抿了抿唇，高兴地迎了上去。

丁秋云问他："解决了？"

"我没有杀他。"谷心志尽可能用温和的语气说道，"他是自我了断的。"

丁秋云笑了一声，不置可否，转身便走。

谷心志跟了上来，问："丁队，你不相信我？"

丁秋云反问："谷副队觉得自己值得相信吗？"

谷心志认真地想了想，不大情愿地笑了笑，把搜刮来的枪和闪光弹都交给了丁秋云。

丁秋云也不同他客气，照单全收。

谷心志看着丁秋云的侧脸，目光柔和，把沾了些血的手往背后藏去，背着手，像中学生似的，规规矩矩地跟在丁秋云老师身后。雾气弄湿了丁秋云的头发，谷心志想抬手提醒他，手指蠢蠢欲动了一阵，又乖乖地缩回了原处。

二人的身影一前一后，再次融入雾中。

在与舒文清达成交易后，丁秋云便临时修改了计划。

但他并无意加入归来者的内部火拼之中。他不会为了一时意气让自己的队伍牵涉进舒文清的麻烦，打打外围没问题，可他绝不会送队员去冲突的中心点冒险。

况且，他们先前的战斗已经帮舒文清消耗了对手足够多的弹药，已经算是仁至义尽，他们此行的主要目的仍是那些奴隶。

末世里，枪是上上等的稀有品。

来购买奴隶的归来者，譬如那名想要买走谷心志的物资队成员，就算有枪，也只会留下来保护自己全身而退，顶多趁乱抢走两个奴隶，而绝不会把珍贵的子弹浪费在维护奴隶区的内部治安上，所以不必担心他们会帮助奴隶区一方。

南库和北库的普通人类已经被救出来，一部分人开走了奴隶运输车，选择结伴去找自己的亲人，大部分人选择跟他们一起走；东库正在清点人数，很快会出结果。

现在最需要小心的就是那些以豢养奴隶为维生之道的镇民的冷枪。

丁秋云来到东库时，有名队员受了枪伤，脸色苍白地倚靠着卡车轮胎，任队友给他包扎。他的肩膀被铁砂钻出了几个小眼，虽说是皮肉伤，但因为末世药物短缺，任何伤势都不能小觑。

丁秋云查看了一下伤者状况，随即回头问道："谁打的？"

无数沉默且愤怒的目光投向了在墙角被五花大绑的东库看守者——一个普通人类。

那个人察觉情势不对，急忙道："我投降了！我投降了！你们不能杀我……"

丁秋云果断地一枪打中了他的肩膀。这个位置，正好是那个队员受伤的位置。

求饶声被凄厉的惨叫声所取代。

丁秋云再没有下一步的动作，不要他的命，也没有继续折磨他，只是指挥着另一个人把同伴搬上车，吩咐给他用药止痛消炎，随后掂一掂还在发烫的勃朗宁，发现子弹不够了，自己身上也没有多余的弹夹了，索性转身把手伸入谷心志的裤袋。

谷心志下意识地退后半步，随即失笑："什么时候发现的？"

丁秋云摸出五六颗子弹，在掌心里拿拇指拨了拨，一一推入枪膛："你刚才抢了三个人的武器，全是同批次的手枪，抢了也不用，只拿子弹……"说着，丁秋云把装填完毕的弹匣推回原位，"放心，射程以内，子弹有的是。"

谷心志注视着丁秋云，兴奋得手都有点发抖，但还是强忍着把双手绞在背后，小口深呼吸，试图控制自己的情绪。

从东库出来时，东广场那边的枪声已经停了下来。

丁秋云过去时，广场上拿铁链绑了一溜归来者，还有几个为虎作伥的普通人类，其中一个恰好是刚才敲笼子威胁奴隶的那个人。

他满脸的鼻涕眼泪都冻成了冰，肩膀大幅度抽搐着，看起来十分凄惨。

舒文清把附近扫清后，回来观察俘虏，发现这个人后，微微一挑眉。她的手下照这人后背踹了一脚，脸色难看至极地说："舒队，我们给你把人弄回来了。"

舒文清客气地道："谢谢。"

几句对话，丁秋云便猜到了这个男人的真实身份。

看清眼前的人后，男人立即痛哭起来，膝行上前，用脸去蹭舒文清的膝盖："文清，听我解释。我想，我想活……"

舒文清伸手捏住他的后颈，捏了两下，哄孩子似的低语："好了，好了。我知道。"

男人如获救赎，仰头去看曾经的爱人。

舒文清转头对一直跟着她、现在也还在探头探脑的颜兰兰说："小姑娘，回头，闭眼。"

颜兰兰虽说活泼了一点儿，但胜在听话，尤其是对此类命令性言语尤为敏感——她已经被他们队长训练出来了。

她迅速转头，乖乖地闭上了眼。

"你不用跟我解释。"舒文清低头抓紧了他的头发，后退两步，才撒开了手，"我的朋友在下面，你慢慢去跟他们解释吧。"

说罢，她左手握紧背后的柴刀，平举抡出，干净利落，一刀断喉。

她的动作太快，以至于那个男人倒下时，眼里的希望之光还没有褪去。

这是舒文清能想到的最适合他、也最公正的死法。她把沾满血的柴刀就势一挥，洒下一道血线，提刀转身，眼睛微微一转，发现还是有血溅到了颜兰兰的后颈处。

她上前几步，朝丁秋云所站的地方走去，路过颜兰兰身边时，随手替她将颈后的一点血拭去。

颜兰兰浑然不觉，被她当成小狗似的抚了一把，摸着脖子有点懵。

丁秋云早已把该准备的准备妥当，与舒文清打了个照面后，便主动把用来通知具体事务、安装在全城各处的总扩音器开关抛给了她。

她一把接过来，目光对准了那些俘虏，声音不带任何波动，对着龟缩在暗夜中的居民区内、竖着耳朵细听动静的人道："城里的所有人听着，明日开始清点武器，砸毁全部的笼子。所有还想做奴隶生意的人，所有自以为归来者比普通人类高上一等的人，在后天早上六点前请自行出镇。这里不是交易所，不是生意场，这是人的世界，我不会把它让给侮辱和贩卖同类的畜生。"

她杀畜生从不会手软。

四下里一片寂静，没有人呼应她，舒文清也不以为意，把扩音器丢给身后的手下，并对丁秋云道："丁队，可以留些人帮帮我吗？"

丁秋云想了一下，同意了。他说："但是在处理人前，建议你们先把真正的畜生处理了。"

说罢，他把脸转向暗处。

一只黑豹慢慢地从阴影间踱出来，口里叼着一只垂死的猎犬。

只见丁秋云单手抚摸了一下黑豹的头顶，表示鼓励。黑豹放下猎物，轻轻拿额头蹭着丁秋云的掌心，鼻尖轻抵着他的指腹，看得众人目瞪口呆。

还是舒文清的反应最快，立刻意识到了自己的纰漏：为了更好地管理，城里豢养了整整四十只成年猎犬，轮番值班，主要是用来守门和惩罚不听话的奴隶。它们的主食就是普通人类，在刚才的骚乱中，当值的猎犬应该分散躲藏在了城中暗处，坐山观虎斗。

如果不及时处理它们，怕会流毒无穷。

舒文清很快将目光聚焦在了那只放下猎犬后优雅地舔舐着爪尖的黑豹，又看向丁秋云。

丁秋云当然知道她想说什么，蹲下身去，双手拢住黑豹的脑袋，揪揪耳朵，凑在它耳边小声说话："煤老板，注意安全。把脏东西打扫干净，回来给你好吃的。"

黑豹像是听懂了他的话，低啸一声，纵身一跃，消失在建筑群间。

丁秋云在这里多留了三天，其间叫人回镇子报了平安，让丁父丁母等人安心。经过调查，竟然没有多少人选择离开，这让颜兰兰觉得十分诧异。

面对颜兰兰的疑惑，丁秋云斟了一点自酿的果酒暖身，边喝边说："人这种生物的适应性是很强的。你让他做人贩子，他活得下去；不让他当了，让他去自己挣嚼谷，他抱怨两句，也活得下去。就算你让他做活死人，做上两年，都能变成熟练工。大多数人求得不外乎是个安稳的落脚处，回了头，家里还有盏灯等着，就够了。人哪，都想要一个家。"

他对着舒文清扬扬下巴，说："真正有冒险精神的人，喏，在那儿忙活呢。"

颜兰兰毕竟年轻，被队长的三言两语撩拨得热血沸腾，颠颠地跑到了舒文清身边。

舒文清刚送走一批新组成的狩猎队，队里有三名新人，两名经验丰富的老人，让他们出去搜寻物资、打猎觅食，另一批身体素质不算过关的，则负责去她曾经规划好、但已经荒废了一年多的土地上，播撒丁秋云提供的种子，架设塑料篷布，做好耕种的一切准备。

她一抬头看见颜兰兰，嘴角便添了点笑意："小姑娘？"

"我不小。"颜兰兰按照惯例抗议了一下，搓了搓手，说，"有什么需要我帮忙的吗？"

"嗯，的确有一件重要的事情。"舒文清拉她贴着自己坐下，"陪我。"

颜兰兰"啊"了一声，倒是乖乖地坐下了，觉得她身上又凉又软的，就主动抱了上去，并极其骄傲地毛遂自荐："我火力壮。"

舒文清手里拿着半截铅笔，在面前的规划图下画了一条平直的线："嗯，感觉得出来。"

颜兰兰拿掌心暖着她的胳膊肘，问："我干什么啊？就坐着陪你啊。"

舒文清把图纸推到她面前："你看，有什么可以改进的吗？"

颜兰兰接过笔来，观察着纸上的数据，下意识地张嘴咬了一会儿笔头，标记了几个设置自动浇灌喷洒器的点，等她意识到这支笔不是自己的，她才不好意思起来："哎呀，你的笔。"

舒文清接过笔来，拿指尾轻轻扫了扫那上面落下的牙印，说："没关系，牙口挺齐的。"

她说话的语气很严肃，即使开起玩笑来也有股冷幽默的感觉，颜兰兰哈哈一笑，继续攀在她身上陪她画图。

舒文清低头绘图，略长的鬓发从耳前垂下，她问颜兰兰："在你们那个镇里，你最爱去的地方是哪里？"

颜兰兰一眯眼："你套我情报啊。想知道我们镇里的情况？"

舒文清倒是坦荡："嗯。"

既然舒文清坦诚以待，颜兰兰也坦诚回应："我最爱去的当然是家里啦。我家是我自己亲手一点点搭起来的，床也是我自己打的。"

舒文清夸道："那很厉害。"

颜兰兰挺得意地翘起了尾巴："当然。"

舒文清把图纸翻了个面，简单勾勒出一个房间的形状："这样？"

她擅长画军事地图，因此线条简单明晰，随便几笔就勾勒出了一间寝室的模样。

颜兰兰"哎呀"一声，接过笔来，添了很多琐碎的物品进去："这样……这样，这里要添一盆蕙兰，丁队给我弄回来的，可金贵了。这里还有个书架，我自己做的，三层，放杂志和书。还有这里……"

丁秋云看了她们一会儿，转身回了广场上搭设的私人帐篷。

掀开帐篷帘幕，面对着空荡荡的营帐，他从真正的丁秋云变回了池小池。

昨夜有几个奴隶主不肯就范，趁乱拿出私藏的武装，想要杀掉舒文清，夺回奴隶区的管理权，恰好被巡夜的人发现，双方交战。池小池外出观战，胳膊被流弹擦了一下，伤不算重，就是伤了血管，出血量看上去有点大，止了血就好。

事后，谷心志把那几名带头闹事的奴隶主带走，也不知带去了哪里，直到现在也没回来。

伤虽然不重，但不意味着没有麻烦。

池小池自后半夜起开始发低烧，浑身发冷，靠果酒的效力撑到现在，已经是精疲力竭了，只想找个暖和的地方睡上一觉。低烧格外折磨人，他蜷进睡袋里，仍然冷得打摆子。

061不敢贸然给他提高体温，踌躇一番，只能让煤老板顶开帐篷，钻了进来。

池小池一见到煤老板就眼含热泪地抱了上去。

煤老板好像也知道他身体不舒服，温驯地在他的睡袋边趴下，拿鼻尖轻轻顶着池小池的额头。池小池伸手搂住它的脖子，和它贴了个满怀，暖和的体温叫他心安不已。

061同他有一搭没一搭地说着话，目的也在于时时试探他的精神状况如何："刚才听你跟颜兰兰说话，你说，人都想要有一个家。你想象中的那个家是什么样子的？"

"我有家啊。"池小池把脸埋在煤老板胸前的软毛上，迷迷糊糊地嘀咕，"我有很多房子，最大的一座在海边，快一千平方米呢。养一个煤老板都够了……对了，我得赶快回去，不能便宜那个地产商。这么久了，房子肯定涨价了。"

061无奈，只得让煤老板拿鼻尖拱了拱他烧得发热的脸。

池小池不甘示弱地反拱了回去。

不知怎的，061看着迷迷糊糊的池小池，心里想的却是过去那个在高中拿了整整三年奖学金的少年。

他总觉得池小池的人生路走得不是那么对劲。

事实证明，池小池选择演员这条路是无比正确的，但那个时候，他明明有在世人眼里看来更正统、也更稳定的前途。

他小小年纪就去做模特，往圈内挤，到最后连大学都放弃了，为什么呢？

061安抚着池小池，轻声问："当初怎么会想当模特呢？"

这个问题他以前也问过池小池，但池小池都以"六老师你打听我隐私，一定图谋不轨"给敷衍了过去，因此他从来没得到过那个答案。

在他的等待中，池小池抬起没什么精神的眼睛，很老实地回答道："我长得好看啊。"

061：哈。

是是是，好看好看，天下第一好看。

池小池又说："我还要钱。"

这个倒是，池小池干这一行应该是挣了不少钱。

061补习了许多池小池早期拍摄的视频，他自小就是个宽肩窄腰又高挑的好身材，气质又冷淡，往台上一站就十分显眼，是天生吃这碗饭的材料。

只是……十六岁的孩子，要那么多钱做什么？

听到061的问题，池小池舒舒服服地往煤老板的颈毛里拱去："我不是十六岁入行，我十四岁就入行了。我去给人家店面做人体服装模特，我个子高，骗人家说我十六岁，他们都信了。"

发烧时的池小池有股孩子气的狡黠和天真，眨巴着的大眼睛透着聪慧。

061问："为什么呢？"

池小池没头没脑地道："因为我要租房子。"

061："嗯？什么房子？"

池小池软声道："我不租房子，娄家小姨就要把娄哥的东西都收走了。我租了，东西就都是我的，不会被丢掉。"

061的脑海里似有无数碎片涌流而过，好像他真的亲眼见证过些什么，但细想过去，脑海中唯余空白。

但那酸涩又温暖的情感却是实实在在的。

许久过后，他才找回自己的声音："小池？"

然而池小池已经搂着煤老板睡着了，温热的气流扑在黑豹的耳朵上，他的黑发湿透了，呼吸略重，把那柔软的耳朵绒毛一下下吹倒。

片刻后，黑豹变成了一个有着兽耳与灰蓝的瞳色的男生。男生坐着，盯着池小池。

061看着这样的小池，微微愣了一下，随即报复似的也冲着池小池吹了口气。

池小池的精神体忽然被吹了一下，似有所感。

"六老师……"他闭着眼睛，又轻声念道，"娄哥……"

061微微一怔，他是在叫自己？还是把自己和娄影搞混了？

他愣了很久，等他意识到门口似乎站了一个人时，已经晚了。

谷心志走路向来无声，他用带血的匕首鞘撩开了帐篷，出声叫道："秋云。"

再变回豹身已经来不及，061只得将耳朵收起来，转头看向来人。

看到与"丁秋云"坐在一起的陌生男人，谷心志愣住了。

061把食指抵在唇边，温和地对谷心志"嘘"了一声。

3

池小池再醒过来时，身上的热度退下去了，筋骨松快了不少，头也不是很晕了。他抬腕看了下手表，发现自己起码睡了两个钟头。

他翻了个身，想要再安睡片刻，谁想眼角余光一瞥，便见到一个站立的影子在帐篷外逡巡，像是要进来，但动作颇有些鬼鬼祟祟的感觉。

池小池佯作不知，闭着眼睛假寐。

帐篷被掀开了，几乎听不到脚步声，对方慢慢地来到了他的睡袋前。

池小池掐准时机，一把拉住对方的肩膀，一个利落地翻身，把对方制在了肘下。

然而，对方的力量远远超出了他的想象，就地一滚，反把池小池摁翻在地。

熟悉的气息扑面而来，惹得池小池一怔。他以为是奴隶区的哪个人想要趁机搞暗杀，或是哪个队员想吓自己一跳，不承想来者竟然是他家煤老板。

可刚才的帐篷外影影绰绰的，分明是个人影。

难道……是自己看错了？

池小池也未深想，只当是自己弄错了，捧着煤老板的豹脸就是一通揉搓："小混账，吓我一跳。"

煤老板趴在他的身上，很开心的样子，用带刺的豹舌弄乱了池小池的发型。

池小池被逗得直乐。

在池小池和煤老板嬉闹时，061在他身体里轻咳一声："小池，出了点事儿。"

他简单说了一下，大致是在池小池睡觉的时候，有个陌生人进来了，结果恰好被谷心志撞了个正着。

池小池单手垫在脑后，问："谷心志进来了？"

061："嗯。"

池小池再问："在他之前进来了一个陌生人？"

061："嗯。"

池小池一笑："有陌生人进来，你没叫醒我？"

061叹了一口气："好吧，那个人是我。"

061很想说实话，但在保密系统的限制下，他根本张不开口。

万般无奈下，061只能咬牙撒谎："当时你烧得有点厉害，我给你擦了酒精。他进来的时候刚好看见，拉我出去，和我打了一架。"

池小池举起手轻轻地嗅了嗅，掌心里确实有酒精的味道残留。他问道："打赢了吗？"

061答："嗯，赢了。"

"记忆也用卡片清除了？"

061："清除了。"

池小池一只手轻轻挠着黑豹软乎乎的肚子，一只手撸着它的脊骨，一脸满足地道："那就成了。"

又心满意足地和煤老板玩耍了好一阵，池小池才穿好衣裳，掀帘走出帐篷，恰好看到谷心志背对着他坐在离他的帐篷不远的一处斜坡上，单腿跨在身侧，低着头，不知道在想什么。

池小池刚迈步往他的方向走出一步，他就微微转过了头来，夕阳的余晖斜落在他的脸上，衬得他的皮肤白得泛光，鼻尖上密密麻麻的尽是汗珠。

他的嘴角有一处极明显的瘀伤，嘴角被牙齿磕破了，血液早已凝固，在他唇边结出触目惊心的血痂。

见状，池小池说："六老师，太狠了吧，打人不打脸啊。"

061温和地道："情势所逼。"

061总结得很客观了。

当时，目睹了一切的谷心志差点儿把帐篷的门帘扯下来，好一阵才勉强控制住情绪，用眼神示意061立即从帐篷里滚出来。

061无法，只得把睡袋替池小池拉好，才站起身来，把双臂的袖子齐齐挽到肘部，低头从帐篷里走了出去。

二人来到一处远离帐篷的僻静处，甚至没多问一句对方的身份，就直接动了手。

谷心志本来就是格斗高手，攻击时机不好抓，攻击起来又格外疯狂，061只能尽量挑破绽，虽然和这蛇一样的对手缠斗消磨了太长的时间，好在是无伤而退。

不过，他并不对这样的结果有多少歉疚感。061看谷心志不顺眼很久了。他并不喜欢其他人总这样关注着池小池，哪怕他心里清楚谷心志真正关注的人是丁秋云，也不行。

回到现在。

煤老板绕着池小池的腿走了一圈，看向谷心志的目光中满是警惕，似乎在警告他不要轻易靠近池小池。

池小池摸了摸它的头顶，扬声打了个招呼："谷副队。"

谷心志用拇指压了压受伤的唇角，不仅默不作声，反倒把头扭了回去。

池小池看他的这个反应，总觉得哪里不大对。

两人之间太静了，偶有液体落地的滴答声传来，像是刚下过一场雨，空气里弥漫着淡淡的腥味，饶是路过附近看到这个情景的队员也觉得这两个人之间的气场诡异，都不约而同地绕了远路，以免惹祸上身。

池小池不打算和谷心志长久僵持下去，还不如回去玩一会儿卡牌游戏。他一耸肩，转身打算再进帐篷，才听到背后传来谷心志压抑的声音："等等。"

池小池站住了脚步。

二人相背而立。

谷心志沉默了片刻才问道："他是谁？"

池小池有点疑惑："谁？"

谷心志单手撑地，站了起来，面朝向池小池："刚才，你的帐篷里有个人。"

池小池愣住了。

061也吃了一惊，他不可置信地道："我明明给他用过失忆卡……"

但等一人一系统回过头去看清谷心志的脸，才明白发生了什么。

失忆卡和催眠卡有些相似，都会在一瞬间催人入眠，再趁人毫无戒备时抹去那段记忆数据。

但失忆卡并未在谷心志身上奏效。他左臂的半个衣袖都被鲜血染透了，血顺着袖口滴滴答答地落下。刚才的水滴声不是幻觉，而是从他身上传出来的。

此人的意志强悍到近乎变态，在与061搏斗后，他以为自己那一瞬间的强烈晕眩是被对方打的，于是在催眠作用彻底发作前，他毫不犹豫地对自己的左臂狠狠地扎了一刀。

刀身直接穿透了小臂。

然后，他就坐在丁秋云的帐篷前等着他醒来，要一个说法。

谷心志见对面的丁秋云沉默不语，前行几步，失血过多的脸颊上浮现出一丝气恼的红晕："丁秋云！"

这是他数日来第一次产生明显到失控的情绪波动。

池小池回过神来，浅笑一声，从口袋里取出一包烟。

丁秋云不抽烟，他自己也早戒了，但他养成了随身备烟的习惯，一为照顾自家队友，二为迅速跟想要结交的人拉近距离。

他磕出一根烟，夹在指间点燃了，把烟往谷心志嘴边凑去。

谷心志偏开脸，眼中闪过一丝疯狂前的扭曲："丁秋云，你把话说清楚。"

注意到他微妙的表情变化，061微微捏了一把汗。

"说什么？"池小池沉稳得很，反手把玩着烟，含笑反问，"我跟你有什么好说的？"

"丁秋云！"

烟草顶端泛着暗红的光，发出丝丝的燃烧声。

池小池坦坦荡荡地一笑，反夹着烟，抬手掐上了谷心志的前颈，用指腹缓缓刮擦着他的喉结，轻声细语地询问："谷心志，是你说要当我的枪，我才留下你的。我有说过允许你自己损坏自己吗？"

谷心志面色微变，不自然地把受伤的右臂往身后藏去。

池小池却不给他任何掩藏的机会，把他沾满血的手臂拎出来，逼他自己好好观察一番，说："保养不好，扣你五分。"

061："什么时候有积分系统了？"

池小池回答061："从现在开始就有了。"

他又对谷心志说："扣满一百分，你就可以从我这里毕业了。到时候你爱去哪里去哪里，我不需要你这把枪。"

谷心志咬紧了牙关。

在看到那个陌生男人前，他从没有想过丁秋云会真的抛下他。在他长达百年的梦境中，丁秋云从没有抛弃过他。他眼睁睁地看着丁秋云在自己面前死去无数回，唯一的慰藉就是丁秋云到死都不会抛下他。

现在，他的幻梦被击碎了。

从刚才谷心志就一直在想，如果他能杀了那个男人就好了。

但他生平第一次输了，而且是让对方轻松地全身而退的惨败。那个陌生男人根本没使用什么花哨的功夫或武器，只是单纯地闪身、让步、再攻击，沉默而精准，如同一台高精度的战斗机器。

倒在地上的时候，谷心志浑身发抖，不是因为被一个素未谋面的陌生人打败的耻辱，而是他惊恐地意识到，即使自己不在，丁秋云还可能拥有一把比他更好用的枪。

这对他不啻晴天霹雳般的打击。

没有任何时候像现在一样，谷心志如此清晰地意识到丁秋云有可能彻底抛下他。

无数恶意在他心里漩涡一般翻滚，到最后都变成了一片片锋锐的刀片，剐得他生疼却又不知所措。

他明明已经很努力了，为什么还是把丁秋云越推越远？到底是怎么变成这个局面的呢？

在池小池眼前的显示屏上，谷心志的悔意值突破了20、30，在40的边缘才堪堪停住。

谷心志低着头站在他眼前，捂着右臂，眼圈都忍得发了红。他小声喊他："丁秋云。"

眼前人挑眉，等待着他的下文。

他梦游似的低语："你别这么逼我，行不行？我什么都做得出来。"

池小池"哈"了一声："你会干什么？杀了他？杀了我？还是自我了断？"

谷心志十分难过，面上丝毫不显，但已经听不太清楚声音了，可他仍然捕捉到了其中一句话，并马上给出了肯定的回答："我不会杀你。"

他从来不想让丁秋云死。

在那个持续百年的梦里，他没有一次是想要杀了他的。

池小池抢得话语先机，自然不会再让他说话，继续步步紧逼："你要是有本事杀了刚才那个人，你早就杀了。那你是打算自我了断？"

谷心志沉默不语。

"真是天才的想法。以死明志，岂不快哉。"池小池转身掀起帐篷帘，同时冷淡地道，"你最好明天一早赶早点儿，吊死在我的帐篷门口，分数马上清零。你九点死，我九点半就去找另一把枪。"

钻进帐篷后，池小池不动声色地吐了口气。

他面上不显，实际上早就冒了一后背的冷汗。与谷心志这样阴晴不定的人打交道，委实要耗费太多心力。谁也不知道一个疯子下一步会怎么走，因此池小池只能赌，赌他对丁秋云的在乎能超越他疯狂而恶劣的本性。

直到现在，他仍不知道自己是否赢了。

"丁秋云。"过了半分钟，谷心志在帐篷外出了声，"我想在这里陪你，不进去。会扣分吗？"

池小池又轻轻地舒了一口气。

还好，这次总算是成功坐庄了。

谷心志在帐篷外紧张地等待了数秒，帐篷内蓦地凌空丢了样东西出来，他用左手一接一揽，再定睛一看，神色松弛了不少。

— 053 —

那是个简易医疗箱。

丁秋云的声音自帐篷内传来："自己保养。"

谷心志愣了一下，眼里闪过一抹喜色，在紧靠着帐篷入口的地方坐下，却并不包扎，只单手把药箱抱紧，将半张脸枕在上面，闭上眼睛，默默回味着心底泛起的一点点开心。

4

从奴隶区回来后，谷心志变了很多。

这种改变，旁人都看在眼里。

某日，孙谚跑了个夜车。早上回到镇中时，他迎面遇上了来晨练的丁秋云和谷心志。他顺手把一包捡来的烟丢给了谷心志，竟得到了一声淡漠的"谢谢"。

孙谚愣了一会儿，说："谷副队，你说什么？"

谷心志抬头，声音有点平板："谢谢。"

孙谚当场愣住了，他谢谁？谁在谢我？谢什么？

在孙谚一头雾水时，谷心志肩上搭着白毛巾，跟在丁秋云身后跑远了。

谷心志很听丁秋云的话，试图跟镇中的孩子们接触、聊天，但一开始几乎都以失败告终。愿意和他说话的，只有身为归来者的贺婉婉以及爱和婉婉姐姐玩的景一鸣。

"他们怕我，不怕秋云，也不怕他的黑豹。"谷心志颇为困惑地询问贺婉婉和景一鸣，"为什么？"

景一鸣小兔子似的躲在贺婉婉背后，谨慎地打量着谷心志，不敢开口。

贺婉婉被丁父丁母带了这么些年，说话颇有几分长者一板一眼的正经口吻："唔，我想可能是你太严肃了。你不爱笑，要笑，像丁哥哥一样。"

谷心志微微皱眉，道："这个很重要吗？我小时候就没有人对我笑，也没什么大不了的。"

贺婉婉老气横秋地摸摸他的肩膀："那你好可怜啊。"

谷心志猝不及防地被小女孩安慰了，他仔细想了想这时候该如何应对，随后从怀里掏了烟出来，分给了贺婉婉一根。

这"肮脏交易"的一幕恰好被丁秋云撞见，于是一大一小都被罚去站了五分钟墙根。

受挫后，谷心志没有气馁。

他的行动力很强，将数十张硬纸板裁成圆形，又捧到丁秋云跟前，简单说了自己的想法。

听过他的想法，池小池有些意外，但还是按照他的要求，为他画了数套不同的卡通画片，花费了近一月的时间。

他画得不算特别精细，但胜在用心。

谷心志带着画片去找了镇中扎堆玩耍的小男生，往他们身边一坐，把画片分发下去，简明扼要地问："拍画片，玩吗？"

半大的孩子们大多打惯了VR游戏，几乎从未玩过拍画片、打弹珠这种古老的街头小游戏，很快被谷心志带入了坑。

不到半周，街头巷尾都是小孩子在拍画片的啪啪声。

有人骑着自行车从镇中穿街而过时，得一直按住车铃，让铃声从街东响到街西，同时伴随着拖长了的呼喊："让一开啦，小心撞到！"

池小池觉得谷心志这个融入集体的招数不坏。

但过了两天，他便发现不对劲了。作为游戏的发起人，谷心志竟然跟小孩儿认认真真地较起了输赢。

池小池带着煤老板去孩子堆里逮他时，他身旁已经堆了一摞画片，与他拍画片的几个小孩眼泪汪汪的，一边抽泣一边使出吃奶的力气拍画片，却还是拼不过谷心志随便一抬手一压腕的巧力。

场景和气氛简直见者流泪，凄惨不已。

池小池决定让丁秋云自己出面解决一下。

丁秋云的脚步声谷心志已经听熟了。他回过头去，抬眼看他。

对方用眼神示意他出来。

谷心志把画片揣进口袋，站起身来，一头雾水地走近："我没抽烟。"

自从上次丁秋云耳提面命，不准他在孩子们面前抽烟之后，他就再没干过类似的事情。

他向来不在意世人的眼光，但如果丁秋云在意，他就可以学着去假装在意。

不得不说，谷心志是个好学生，很爱惜他的分数，认真学习着他以前从未在意过的社交礼节。

自从上次被怒扣五分后，他就一直很守规矩，因此他不明白丁秋云把他叫出来的目的，直到听到对方问："你赢了多少？"

谷心志隐隐明白了些什么，含糊地道："没赢多少。"

丁秋云直接挑明了："你一个当过兵的，跟小孩子拼手劲？"

谷心志冷静地申辩："那是他们不行，不懂技巧。"

丁秋云也不同他多饶舌，朝他摊出手来。

谷心志紧攥着裤袋道："这是我自己赢来的。"

在某些时候，谷心志成熟得可怕，但在某些时候，他又执拗顽固得像个孩子，对在乎的东西尤为执着。

丁秋云冷静地注视他，平摊的手往上举了举："谷副队。"

谷心志仍然偏着半个身子，心底已然是一片冰凉。

他有很多打着丁秋云标记的战利品。过去的，现在的，都有。

这是谷心志生命里鲜有的恩惠和光芒，他不舍得丢弃，现在要让他把战利品还给丁秋云，他是当真不愿意。

谷心志眼睛怏怏地低垂了一会儿，才抱着一丝希望提出了一个根本不可能达成的心愿："我把这些还给你，你给我单独画一套。"

丁秋云说："好啊。"

谷心志自嘲地笑了一声，过了数秒才明白了丁秋云的意思。

他眼睛微微睁大，呆愣片刻，连笑都没来得及，便赶忙提出了要求，生怕丁秋云反悔："我要《小王子》。"

"不行。"丁秋云拒绝得明确。

"为什么？"

丁秋云似笑非笑地说："谷副队，别逼我说难听话。"

谷心志便不再说话，甚至神情都没有多少变化，顺从地把积攒的一沓画片掏出来，交到丁秋云手中。

丁秋云这才重新和池小池互换回来，他不知道，在他看不见的地方，谷心志的悔意值在一点点上涨，一直从 60 上升到了 65。

每一点和过去的细微不同都在提醒谷心志——他们再也回不到过去了。

池小池拿了画片，却未离开，也没把画片直接分发给孩子们，反倒来到刚才那群孩子中间，大大咧咧地盘腿坐下，熟络而自然地加入战局："下一个该轮到谁？"

一个剪着短发的小女孩软软地道："该谷哥哥了。"

她掏了张画片，又偷看了一下谷心志："谷哥哥不来玩了吗？"

池小池说："他把画片让给我了。我是他的队长，他怕我。"

孩子们敬畏地感叹道："啊——"

说罢，池小池动作潇洒地抽出一张画片。手起牌落，声音响脆，然而没能把任何一张牌震翻过来。

他应景地露出了尴尬的表情，孩子们笑作一团。

池小池挠挠头皮，略不服气地道："再来。"

十数个回合后，他手里的画片全都合情合理地输了出去。

孩子们笑话他的弱，他不仅照单全收，还配合地露出窘迫又不服的小表情，耳垂都红了些。

有饭熟的香味从临近的房子内传来，孩子们在夕阳中揣着赢来的画片欢蹦乱跳地离开。

池小池则拍拍身后的冷灰，起身走回谷心志身边，笑问："看明白要怎么输了吗？"

柔柔的日光穿过雾气，笼罩在丁秋云四周。

他这样问着从不肯向任何人认输的谷心志，也并不期望从他这里得到答案，伸手摸了摸一直在孩子们背后乖巧地蹲着等他的黑豹的脑袋，便和黑豹一起往摩托车的方向走去，只留给谷心志一个背影。

谷心志足够聪明，因此他很快明白了丁秋云的意思。对待这些孩子，要学会如何赢，也要学会如何输。

即使他不能理解这样做的用意，但来日方长，他会好好学习的。

这样想着，谷心志抬手抚了抚胸口。

他在胸前还藏了三张画片。

那是他最喜欢的几张，因此特意挑来随身放着，画片上画的是一只兔子、一条鲤鱼和一朵玫瑰花。

与此同时。

目睹了刚才发生的一切的061哭笑不得。他可以用人格替池小池担保，他不是装的，他是真的菜。

他生平第一次见识到，一个人在凭实力惨败后，还能走得这么"气势如虹"，就连借口都找得这么漂亮，惹得他很想戳戳池小池的脸。

于是在跳上摩托车后，黑豹伏在了池小池背上，轻轻地拿爪子碰他的侧脸，并特意谨慎地收起了爪尖，生怕弄疼了他。

黑豹爪子上的肉垫太软，池小池没忍住，拉过来捏了好几把，又撸了几把它的脊背。

把"不听话"的黑豹哄顺毛了之后，池小池刚才屡战屡败的挫败感顿时消下去了不少，戴上头盔，发动了摩托。

数日后，丁秋云的小队再次出发，目的仍是搜集物资。

在一座陌生的城市内，他们竟然遇到了久违的食人爬山虎。好在，他们早已有了经验。

三把储油充足的汽油枪喷吐着橙红色的火舌横扫过去，形成了极密集的攻击网，被烧伤的爬山虎不住发出孩童般的尖叫，留下一截截枯焦的残枝，逃窜而去。

清除了障碍后，池小池他们也不敢懈怠，开过了大半个街区，才选择了一间差不多被洗劫一空的二十四小时自动便利超市休息。

超市内的冰柜里尽是冻得水分尽失的瓜果，还有一些早已不能食用的寿司饭团。

队员们早已不再像以往一样不分好坏地收揽物资，他们的物资实在太充足了。

他们从卡车里抬出烧烤架，取出半扇新鲜的鹿肉和一些土豆，拿军刀割成小块,撒上迷迭料,刷上景姐亲手做的黑胡椒酱,放在烧烤架上,拿硝石点燃烤炉。

鹿肉滋滋地顺着烧烤架往下滴落着油汁和酱汁,渐渐散发出烤肉的浓香。

在肉烤熟前,颜兰兰和几个队友去查看超市里还有没有其他的物资,留下的几个人闲来无事,开始商量有没有什么对付 AI 和那些归来者的办法。

池小池在立足稳当后,第一时间就拔除了小镇方圆两百里内所有的 AI 基站,不然,AI 也不会视这座小镇如眼中钉,时常派归来者来骚扰。

但池小池建立的岗哨制度军事化极强,他们又收容了一批对人类抱有善意的 AI,再加上 061 的指导,他们建立了属于他们的 AI 基站,和有 AI 支持的归来者呈分庭抗礼之势,硬生生在末世开辟出了一片容身之地。

即使如此,大家也不敢轻易放松下来。

AI 虽然没有实体,但它们毕竟曾经掌控了整个人类。

这座小镇终究还是太小了。哪怕他们现在有了舒文清这个盟友,也还是不够。

池小池倾向于带着丁秋云的队伍走得更远,建立更多的"容身之地"。他知道,仍有不少普通人类和向往安宁的归来者在某些地方驻扎,却因为信息闭塞,宛若身置孤岛的鲁滨孙,只能困守在原地,忐忑又不安地等待着某个地方发来盟友的讯号。

他们要联合这批人,逐渐把属于人类的领地扩大。

池小池在心里自言自语,把自己的设想单方面传达给丁秋云时,谷心志却突然开口道:"想要解决那些 AI,我有一个办法。"

以前谷心志从来不对战术的设计发表任何意见,这次突然开口,包括池小池在内的所有人便都把目光投向了他。

谷心志说:"在进入全球寒冬前,AI 几乎已经控制了这个世界的各个角落。但是,它们没能成功控制热武器。按理说,我们那个小镇只用一发微型导弹就能被夷为平地。丁队,你知道这是为什么吗?"

池小池缄默片刻。

丁秋云当过兵,他自然是知道的。

国家级和军队级的武器,是以 AI 为辅,人类主控,而且设置有高精度的防火墙,以免 AI 出现问题,引发一连串严重的连锁问题。

在灾变发生后,进化出智能的 AI 曾经尝试攻击武器库,但很快就被应急预警机构的人发现,那里的人立即选择切断一切网络线路,直接从物理层面上隔断了袭击的可能性。

这些年,一直有归来者妄图把断了的网络重新连上,始终未能如愿。

话说到这里,池小池已经猜到谷心志想说什么了。

他想要阻拦他,但谷心志已经继续说了下去:"孙彬很懂这方面的技术,只要再找几个相关的技术人才,想办法恢复重型武器的使用,占据绝对的火力高点,用重型炸弹或者导弹轰炸掉几个归来者的聚居区，归来者就会知道他们应该和谁合作了。到时候借他们的手捣毁基站，只是时间问题。"

周围一片安静，被点名的孙彬更是呆若木鸡。

品出这段发言所包含的信息量后，孙谚倒吸了一口冷气："这……算什么办法啊？"

池小池直接否决了他的提案："是办法，但不是人该想的办法。"

谷心志耸耸肩，仿佛刚才的提议只是他顺口一提的玩笑话："你不喜欢就算了。"

谷心志的发言搅得大家都有些不自在，直到颜兰兰举着一样东西跑了过来："丁队，看我找到了什么！"

颜兰兰找到的的确是个宝贝。那是一架款式较老的拍立得，而且还有电源线，应该是前任超市主人在匆忙逃难中落下的物品。

大家一扫刚才的凝滞气氛，开始闲聊，很快就把制定反攻计划一事抛在了脑后。

趁着吃饭，他们用携带的手摇发电机为拍立得充满了电。

饭后，颜兰兰确认拍立得里还有相纸，便道："大家聚一聚，咱们也拍张照。"

大家吃饱喝足，又都是年轻人，自然生出了玩心，聚在一起，梳头发的梳头发，整衣服的整衣服。

他们没有支撑架，就把拍立得放在了桌子上，大家选了半天角度，才齐齐蹲下。

丁秋云自然是在最中央。

谷心志则挤开其他人，在他身边蹲下。

颜兰兰为相机设置了十秒的延时拍摄，就立即冲回队伍间，招呼了一声"大家都笑啊"，于是大家个个露出笑容来，但因为太久不照相，再加上延时功能让大家抓不住时机，所以大家笑得都有些过分夸张。

唯有池小池仍保持着极好的镜头感，左手搭在煤老板背上，右手则放在右膝上，用丁秋云的脸露出了灿烂的笑容。

但他没有意识到，他右边的人和左边的黑豹都没有看向镜头。

谷心志歪着头，目光停留在丁秋云脸上，唇角控制不住地扬了起来。

而黑豹睁着灰蓝色的眼睛，注视着在那丁秋云皮囊之下的青年的面容。

5

晚上，大家休息之前，按惯例定下明哨一名，暗哨两名，每三小时换一批人。

不等孙谚排班，池小池便道："十一点到两点，明哨是兰兰，暗哨是我和谷副队。"

　　正在收拾烧烤架的谷心志闻言一顿，面上难掩喜色，手上加快了收拾的动作，将各类器具囫囵一抱，便向外面快步赶去。

　　他要迅速完成整理工作，然后回来陪在丁秋云身旁。

　　队员们面面相觑。

　　对谷心志这个人，他们根本摸不透他在想什么。与他们认识了这么久，谷心志却始终游离在他们之外，眼里只看得到一个丁秋云。

　　久而久之，队员们虽然都习惯了，但在听到他以若无其事的态度地说出反杀归来者这件事时，还是忍不住后背发冷。

　　谷心志却不能理解队员们的心情。准确来说，同理心极度缺乏的他根本感受不到那瞬间气氛的凝滞。在他看来，自己是提了个具有一定可行性的建议，供丁秋云参考而已，既然丁秋云不高兴，那他就当作没说过。

　　超市只有两层楼高，丁秋云与谷心志一道在楼顶的制高点蹲守。

　　今夜格外冷，丁秋云围了条长围巾，煤老板则趴在他脚下为他暖脚，软乎乎的毛皮紧贴着他的脚踝，简直是天然的取暖器。

　　他捧着一只烤红薯跟煤老板分食。他一小半，煤老板一大半。

　　黑豹像只大猫似的蹭着他的脚踝，叫：“嗷。"

　　池小池温声细语地跟它交流，好像真能听懂它的话似的：“好吃吧，甜吧。"

　　红薯是真的甜，里面的肉瓤被烤得大部分化为糖汁，咬的时候需要小心翼翼地，既要防止被烫，又要防止糖汁溢出来，所以池小池吃得格外精细。

　　煤老板就没有这些顾虑了，趁红薯凉了些就一口吞下去，剩下的时间就是看着池小池吃，并替他清理流在手指上的糖汁。

　　池小池动动脚踝，对061炫耀："六老师你看，我的自动暖水袋。"他又伸出手，任它轻舔着自己的虎口，"自动洗手液。"

　　说罢，他又把手塞在黑豹的毛皮里："自动烘干机。"

　　言语间是对他家多功能煤老板满满的自豪。

　　061笑了一声，谨慎地捂紧了池小池有点凉的手，含笑的声音在黑夜里显得宁静又低沉："嗯。真好。"

　　煤老板和丁秋云玩得好，谷心志早就知道。

　　刚开始时，他非常讨厌这头黑豹，但他连表露出一点儿"厌恶"的情绪都不大敢。因为他再也冒不起一丁点儿失去丁秋云的风险了。

　　丁秋云那么宠它，为了让自己好过些，自己也只能试着欣赏它。

　　经过长时间的自我催眠，谷心志勉强喜欢上了这头黑豹。至少它可以保护秋云，成为秋云的一面盾。

但自己不一样，自己是秋云的枪，独一无二的那一把。

众人都去睡了。

明哨设置在超市的正门口，树枝燃烧得哔啵有声，颜兰兰坐在火堆边，拿粗枝把四周聚火用的石头压实、聚拢，随着她的动作，她腕上的银铃发出细细的叮铃声。

谷心志轻声问丁秋云："叫我上来，有事情？"

丁秋云特意点他的名，和他一起守暗哨，他猜想丁秋云是有事想跟他说。

果不其然，拉着煤老板两只前爪玩对对碰的丁秋云背对着他，道："嗯，是刚才谈起的武器的事情。"

谷心志没再说话，表情不变，手指却有些紧张地揪紧了衣角。他沉默地等待着丁秋云对他的诘责。

丁秋云的口吻依然是他听惯了的冷淡："那个时候，我让你不要往下说了，是因为我知道你接下来会说什么。你就这么讨厌归来者？"

谷心志不能理解地皱起了眉："归来者和我们不一样。他们是另一个物种。"

池小池直接反问："如果有一天我也被诊断出患有某种癌症呢？"

谷心志愣了几秒，继而深深地拧起了眉头，口气也冷硬了起来："你不会。"

"我说的是'如果'。"

"没有这个如果。"

池小池对他固执的反驳充耳不闻，自顾自地道："那么，我也会变成归来者，成为你说的'另一个物种'。"

谷心志既然不懂何为共情，那为了方便他理解，就只能拿唯一能与他建立情感联系的丁秋云举例了。

果然，谷心志不再说话。他在想变成归来者后的丁秋云会是什么样子，竟然意外地发现，只要那个人是丁秋云，就并没那么难以接受。

这个发现让谷心志略感诧异。

池小池似乎很能抓住他心理防线动摇的一刹那："到时候，你会因为我是归来者而杀了我？"

谷心志最听不得这句话："不会！"

一击即溃。

池小池又自如地转换了语气，这回柔和了许多，但每个字都压迫感十足："像我们这种普通人类，说不准哪一天就会变成归来者。你一炮下去，炸死的人里说不定也有我一份。"

谷心志心都抽紧了。

"不过。"池小池说，"说实在的，你那个提议不算太烂。"

原主丁秋云除了碰上谷心志这个天坑级别的二五仔外，就亏在了武器短缺、设备落后上。

池小池太知道他心里的缺憾，所以一直有心替他弥补。

池小池最初抢了军火库，在后来又陆陆续续地进入不少军事驻地，拿走了许多武器，为他的桃源镇打下了一道坚不可摧的火力防线。

但他并未满足于此。

不管是丁秋云还是池小池都太清楚，想要在末世长久生存，以消耗品换来的短暂安宁绝不能称之为真正的安宁。

因此，池小池从很早以前就盯上了谷心志所说的最高级的武器库。

灾变发生时，在有关部门工作的人马上意识到情况不对，不约而同地从物理层面上摧毁了所有武器与网络的连接，包括内部网络。

不得不说这是明智之举。网络被摧毁之后，所有高精尖的武器都变成了停放库中静待锈蚀的铁疙瘩。

但它们毕竟是极其重要而且珍贵的武器，是必须争取的。

大多数普通人类只顾着逃命与寻找维持生命的食物和水，还要提防进化后的动植物袭击，能活下来已是勉强。归来者大多也有自己的家庭，一部分不愿再信任AI，选择出逃；另一部分为了保护自己的家庭，选择为AI效力。

AI自然是想要抢夺这些武器，真正扼住人类命运的后颈，却每每都被负责镇守武器库的人设法打退。

这些士兵一方面有责任在身，一方面又想守在武器旁边，也算有个踏踏实实的倚仗，自然是鞠躬尽瘁。

在还没遇见谷心志时，池小池就和这些镇守武器库的人有过接触。

他们全部是普通人类，需要维持最基本的生活，因此也有组织专门的物资搜集队，外出收集食物。

AI则想断了他们的物资来源，叫他们冻饿而死，不战而溃，因此，他们的物资车经常成为AI麾下的归来者的主要攻击目标，每次他们派人出去搜寻物资，都必得打上一场乃至数场实打实的硬仗。

有一次，池小池带着几名身强力壮的队员，进行了近半个月的长途跋涉，就是冲着距离他最近的某处军事总基地来的。

他蹲守在路旁，当了一回捕蝉螳螂后的黄雀，以逸待劳，帮负责搜寻物资的武器库士兵们击退了来袭的归来者，收缴了归来者的武器，并免费送了些物资给士兵们。

池小池如法炮制，做过起码三次类似的事情，理由全是"路过"，既卖给了武器库士兵们人情，又从归来者那里顺手抢来了武器等物资。

061曾取笑过他，说他光雪中送炭不算，还要从炭盆里摸走两块。

话是如此说，但雪中送炭永远比锦上添花来得令人印象深刻。

池小池敢打包票，经过这几次雪中送炭，自己已经在那处基地的指挥者心里挂上了号，印象也定然是正面的、值得信任的。

这么久过去，看守者内部也被饥饿、寒冷、战损与病亡消耗得差不多了，该要走上和其他人合作这一条路了。

而池小池等的就是这样一个机会。

小镇的建立和巩固委实耗费和占据了他太多心力，而计划还未成熟时，他也不想向队员们过早挑明自己的意图，因此一直隐而不发，没想到谷心志竟歪打正着，与他想到了一处去。

不过这也不奇怪。

丁秋云当初会选上谷心志，何尝不是因为他们之间存在默契，意趣相投。

只是彼时的丁秋云太过信任谷心志，没有发现他和谷心志之间如山海般不可弥合的观念裂隙罢了。

谷心志愣了很久，才明白眼前人的意思："你……觉得我说得对？"

"前半段话还是人话。"池小池耸肩，"不过后半段，我用脚后跟想也知道你吐不出什么象牙来。"

谷心志抿着嘴笑了。只是池小池并未把目光放在他身上，从怀里取出小酒壶，旋开壶盖，喝了一口酒暖身。

池小池明明白白地道："我是有重要的人要保护，不能让他们暴露在危险下。可我清楚，能真正守护和平的东西，不是善良，不是人情，而是畏惧。所以我要武器，要压倒性的力量，什么都要。我们不主动屠杀，但我们一定要是最强的。"

谷心志定定地注视着丁秋云，一言不发。尽管他不能明白那是一种什么样的宏大志向，但既然这是丁秋云的心愿，那就一定很重要。他自然是主动请缨："这件事交给我办，可以吗？"

池小池看了他一眼："再说吧，我再想想。"

两人之间的气氛难得和谐，尽管仍然沉默下来，但没有争执，没有对立，这让谷心志有心满意足的感觉。他偷偷看着丁秋云，像在看一块天下间独一无二的璞玉。

池小池似乎察觉到目光的存在，歪头去看他，谷心志则极快地调转开视线，有点紧张地抚着袖口。

他想和丁秋云说些什么，但又怕自己哪句话说得不妥，破坏了这样好的气氛。过了许久，他才鼓足勇气道："丁队，你睡吧。"

池小池深呼吸一口深夜的冰冷空气，口吻已经恢复了不冷不淡的调侃腔调："谷副队，我们是暗哨。哪有哨兵睡觉的道理。"

谷心志习惯了丁秋云这么叫他："丁队……"

话音未落，原本一直安然盘踞在丁秋云脚下的黑豹陡然亮起了半眯着的灰蓝色眼睛，发出一声沉闷的低吼，径直从丁秋云身侧跑开，顺着楼梯跑下去，几秒便不见了影子。

与此同时，061沉了声音，开口道："小池，有情况。"

两年独立的战斗经验让原本就敏锐的谷心志的反应已经和野兽无异，在煤老板发出预警时，他便立即翻身从隐蔽处露了头，只一眼看下去，脸色便遽然大变。

十几只荧绿色的移动光点沉默而快速地包围了篝火。

鬣狗，成群结队的鬣狗。

更要命的是，身为明哨的颜兰兰，大概是烤火烤得太暖和，外加想着还有两个可靠的暗哨能够依赖，竟然垂着头睡着了。

池小池同样看到了这一幕，神经瞬间紧绷起来，伸手摸枪的同时已经计算了数种可能，电光石火之间，心里更冷了几分。

那些鬣狗应该是饿极了，不然不会选择在有黑豹这类大型食肉动物栖息的地方冒险猎食。

它们距离颜兰兰已经很近，自己如果开枪，难保跳弹不会伤到兰兰，更难保证它们不会在枪声催逼下受惊，发动急速进攻，迅速咬断颜兰兰的喉管。

团队行动的鬣狗，其团结性决不可小觑。更糟糕的是，这些鬣狗勾起了脑中原主丁秋云极端恶劣的回忆——一只戴着银铃的血迹斑斑的手从鬣狗的撕咬声中绝望地伸出来，像是要抓住什么，却什么都没能抓住。

极度紧张的情绪瞬间引发了严重的偏头痛，池小池咬牙强忍，把开了保险的枪口对准斜下方："六老师，帮我瞄准……"

然而，还未等061做出回答，他身边的人便沉默地单手撑住天台边缘，纵身跃下！

下坠的气流反冲至池小池脸上，叫他瞬间凝滞，手指彻底僵硬在扳机上，身体竟也不可抑制地发起抖来。

061："小池？"

鬣狗们的偷袭计划被一个从天而降的谷心志彻底打破。

谷心志丝毫没有出声恫吓的打算，他沉默地抽出腰间的匕首，抬腕就把一只鬣狗的脑袋径直钉穿！

刺耳的破空声与鬣狗的哀鸣让颜兰兰醒了过来，她迷迷糊糊间，见眼前多了一片淡绿色的荧光，心中警铃大作，不多怀疑与犹豫，立时从附近的火堆中抄起两根树枝来四下挥舞，意图把它们赶走，并迅速判断要选哪一路突围。

鬣狗们怎能甘心放过到口的猎物，其中两只鬣狗趁着颜兰兰转过半个肩膀时，从不同方向飞身跃起，咬向颜兰兰的喉咙与手臂！

其中一只鬣狗刚刚起跳，便被来自二楼的一发冷枪爆了头。

但楼上的人无法阻止另一只。它亮起雪白的、滴着口水的獠牙，对着她的小臂狠狠地一口咬下！

千钧一发之际，那一口落在了一根钢管上。

牙齿断裂声响起来的同时，谷心志抢起手里紧握的钢管，在空中划过一个漂亮的半圆，把鬣狗的身体狠狠地摔砸在地！

因为用力过猛，钢管从中断裂成了两段！

谷心志眼疾手快，抓住即将横飞而去的一半钢管，将断裂尖面向下，捅入鬣狗上翻的肚皮，一招毙命。

鲜血溅到了他的唇角。

楼上的人又连开两枪，打死一只，打伤一只，而垂死的鬣狗的惨烈嚎叫声成功地把幸存的其他几只鬣狗吓得落荒而逃。

谷心志站起身来，用手背抹去唇角的血，又用衣服擦了一下染血的钢管，不去管后知后觉吓呆了的颜兰兰，抬头看向顶楼。

那里已经不见了丁秋云的身影。

枪声惊醒了原本在超市中安睡着的队员们，大家冲出超市时，颜兰兰提着仍在燃烧的树枝，不知所措地站在原地。

池小池倒提着狙击枪从超市中走出来："颜兰兰，我问你，明哨是什么？"

颜兰兰脸色煞白："我……"

池小池一把将枪甩砸到她怀里，厉声暴喝："谁让你睡觉的？你不要命了？"

颜兰兰刚刚经历了生死一线，后背冷汗狂流，再被冷风一吹，鸡皮疙瘩一阵一阵地往上冒："丁队，对不起……"

"什么对不起？你对不起谁？"池小池一脚把火堆踢得火星四溅，"你对不起的是你自己！"

颜兰兰被暴怒的丁秋云吓到了，但又自知错误犯得太大，只能低头挨训。

孙谙他们谁都没见过丁秋云发这么大的火，纷纷上来打圆场："丁队，丁队，消消气。"

"兰兰她年纪小，不懂轻重，你别生气。"

"兰兰，快过来给丁队说点好话。"

谷心志有点心疼丁秋云，主动凑过去："秋云……"

池小池二话不说，甩手就给了他一巴掌。

谷心志被直接打懵了，抬眼诧异地看着丁秋云。

"看什么？打的就是你！"他听出丁秋云的声音里有一丝微微的颤抖，"你往下跳什么跳？你也不要命了？你也年纪小？显得你有本事？有能耐？"

说罢，他一把推开阻拦他的众人，掉头返回超市，几步上了楼，把楼顶的门直接上了锁。所有人都看出来，丁秋云这是生了大气了。

闹了这一场，谁还有睡意？

颜兰兰被鬣狗围攻时没哭，这下却给结结实实地吓哭了，她啜泣着去拍楼顶的门认错，求了半天，却无功而返。她眼泪汪汪地折返回来，又吃了队友一人一个爆栗，哭得更惨了。

孙彬去哄她，罗叔利索地收拾着鬣狗，打算储存起来做口粮，孙谚则拨弄着火堆，对谷心志说："谷副队，丁队也就是迁怒你，你别往心里去。"

谷心志不语。

想到刚才的丁秋云脸上的表情分明是紧张和担忧，他哪里还会计较被打了一巴掌这种小事。

而在与众人分隔开来的顶楼上，池小池倚靠在护栏边，把脸埋在膝盖间，刚刚打过谷心志的手微微发着颤。

061轻声叫他："小池？"

池小池理了理头发："对不起，入戏太深了。"

061说："嗯，我知道。"

他猜到池小池联想到什么了。在上个世界的福利院中，池小池面对类似的场景就出现了比较严重的应激反应。

他好像看不得"人从楼上掉下来"这件事。

061同样知道，池小池对颜兰兰发火是真的。

可他对谷心志发火，完全是故意的。他知道谷心志会误解，误解那一巴掌背后代表的含义。

于是，他干脆地利用了这一点。

因为池小池太清楚，他服务的对象只有丁秋云一个人。

受限于谷心志的性格，为确保万无一失，池小池离开后交给丁秋云的，必须是一个对他忠心耿耿的谷心志。

说句简单粗暴的，就算丁秋云要回身体后第一件事就是杀了谷心志，那池小池也得保证那时的谷心志愿意全身心信赖地把后背交给丁秋云。

然而，那一巴掌也是他情绪的发泄。看到谷心志跳下楼的时候，他是真的害怕了。

池小池被惊悸引发的偏头痛折腾得冷汗横流。他裹紧了大衣和围巾，小声道："六老师。"

061："嗯，我在。"

他从喉咙间挤出一声模糊的轻笑："幸亏娄哥看不到我现在这个样子。"

刚才谷心志从楼上跳下去，让池小池想到了上上次正面类似事件时的自己。那个时候，哭泣、慌乱，跪在地上恳求娄影不要死、不要扔下自己的池小池已经变成了现在这个样子，连即时发作的情绪都能就势拿来利用、算计别人。

池小池难得被这样自我厌弃的情绪支配，正在他双手发抖时，一道矫健的黑影自隔壁房顶悄无声息地跃到了池小池身前。

同时，061说："不。我想……他会很开心。"

狡猾的、聪明的、满脑子歪点子的池小池，很鲜活。

趁池小池微微一怔时，黑豹两只温暖的前爪搭在了池小池的膝盖上。

池小池抬头，发现煤老板已经把自己清理干净了。

而刚才那些偷袭不成、逃窜而去的鬣狗尸身一字排开，被放在了隔壁屋顶上冰冻、风干。

黑豹温热的额头轻抵着他的额头，温驯又柔和地蹭着。

而061清正又温暖的声音也适时地在耳边响起："好了，好了！不要想那么多，害怕就多抱抱黑豹。"

恍惚之下，池小池觉得这句"好了"仿佛是煤老板在对他说的话。他无声地拥住了煤老板，把脸埋在它肩膀处的皮毛之上，心想，放任自己一会儿吧，一会儿就好。

他静静地伏在那里，也没有流泪，只是把自己全身心放空了，靠在这温暖的动物身体上，好让自己疲惫已久的精神得以放松。

黑豹也由他靠着，静静地做着他的支撑。

恰在这时，池小池扣在黑豹腰间的右手手腕传来一阵类似细小电流通过的麻酥感。紧接着，一丝语音讯号从手环内传来："池先生？池先生？您在……"

信号的连通也只在刹那间，池小池回过神来时，声音和皮肤的酥麻感已经一并消失。

这是……什么？幻觉吗？

◇ 日出，新队，从零开始

1

那个声音一响而逝，就像一个拨错了又马上挂断的电话，让人觉得那只是一个幻觉而已。

池小池诧异地环顾四周："六老师，你听见什么声音了吗？"

061反问："什么？"

只有自己听见了？难道真的是幻觉？

池小池觉得刚才那个声音十分耳熟。虽然一时想不起来是谁的声音，但池小池持续的压抑心情也因为这个小小的意外略有放松。

他索性伸长了手脚，放肆地翻身趴在黑豹的后背上，拿手指逗弄黑豹的鼻子和银须。

黑豹伏身，忠诚地背着它的主人。

从后面抱着毛茸茸的煤老板，池小池感觉心情好了不少。调整好心态后，他对061说："六老师，接下来，我打算带丁秋云的队伍……"

"嘘。"

出乎他意料的，向来绅士的061却果断地打断了他的话。

"什么都别想，什么都别做。"061说，"闭上眼睛，好好休息，至少今天晚上不要再做丁秋云，做回池小池。"

听到这话，池小池的心脏仿佛停跳了一瞬。他有点无措地搂住黑豹的脖子，以笑容掩饰内心的不安："六老师，你现在皮起来可太熟练了，这样不好。"

061轻笑一声："是吗？"

池小池提醒他，同时也是在提醒自己："不是有人在等你回去吗？"

061张了张口。他想说我已经等到了，想说我要等的人现在正在我背上，我可以带着你跑到任何你想去的地方，陪你去看日出。

但受保密系统的限制，他一个字也说不出来。

池小池误解了他的沉默，一边伸手肆意逗弄着煤老板的胡须，一边轻描淡写地与061划开界限："可不敢让那个人听到，要不然我罪过就大……嘶！"

黑豹把他兴风作浪的手叼进嘴里，不轻不重地"啊呜"一口咬了下去。

与此同时，他听到了061的声音，清澈、温暖又带着一点点无奈："你最大的罪过就是不听话。"

池小池的手被咬到了麻筋,手腕和半条胳膊都感觉麻酥酥的。

这副口吻对池小池来说有些陌生,却又熟悉得惊人。他突然间感到有点心慌,那个被他故意忽视多时的猜测在他心中复燃,叫池小池整个人都紧绷了起来。

"敢咬我?"池小池拍拍煤老板的后颈,半威胁道,"爸爸不要你了。"

说罢,他便起了身,加快步伐,打算下楼去冷静冷静。

谁想没走出两步,一股力道便突兀从后面袭来,池小池未来得及反应,直接被扑倒在地。一口利齿衔住他肩膀后的衣裳,大力地把他翻了过来。

这是豹类捕食的常用技巧。

但池小池还没来得及惊慌,煤老板就把他压在了身下,静静地伏在他的颈窝间,不再乱动。

高台之上,呼啸的寒风把散发着沙土冷气的空气重新清洗了一遍,吸入肺中,只会让人的头脑愈发清醒。

野兽身上过高的温度温暖着池小池,每一块肌肉内都蕴藏着原始、野性而又恐怖的力量,它却温驯地把这份力量拱手出让,努力把自己伪装成一张人畜无害的毛毯。

池小池猜想着煤老板的想法,心想,大概是自己被咬后突然要走,吓到它了。

动物对被抛弃这种事大多都格外敏感,池小池自知做得不妥,于是软了语气,撸猫似的抱住黑豹抵着自己肩窝的耳朵,轻轻搓了搓:"好啦,要你,要你。"

黑豹抬起眼来看他,灰蓝色的眼睛里有一层极漂亮的水膜薄雾,尾巴在池小池小腿处拂来拂去,最终缠住了他的脚腕。

池小池被它缠得无奈,只得哄它:"我不走。"

黑豹的心情这才愉快起来,咬住池小池围巾一端,替他把松了的围巾紧了紧。

暗哨和明哨不同,隐于暗处,因此不能生火,一般会带有可自动加热的行军毯,以免半夜降温,冻僵了身体。池小池窸窸窣窣地钻进暖毯,耳朵听着队员们从楼下传来的说话声,心里却想着061对他说的话。

> 今晚太累了,不要做丁秋云了。
> 好好休息。

061仿佛能洞悉他的心事,温和地道:"睡吧,我和煤老板帮你放哨。"

煤老板也会意地蹭蹭他,在他身边蹲下。

061与煤老板的言语与动作太过同步,这不得不让池小池心里产生怀疑。

但他如过去一样自我安慰道,怎么可能,061是061,绝不可能是娄哥。

如果不是这样，他这些日子的心机、谋算以及那些堪称卑劣的行径，岂不是都被他看在了眼里？

他裹紧了自己的小毯子，故作轻松地自言自语："做池小池也没什么意思，又不是什么好东西。"

061温和地回答道："池小池很好，你不要这么说他。"

池小池再次呆住。

他想，区区一个系统，小嘴叭叭得跟楼盘销售一样，没天理了。

他往毯子里缩了缩，遮住自己发红的耳朵和眼眶，倒是真的静了下来，紧接而来的便是排山倒海一样的倦意。

睡着时，他又一次梦到了过去。

这次的梦有些杂乱，但主角一如既往是那个温暖生光的人。

池小池还在读小学五年级时，街机、红白机在中小学生间风靡了起来。

娄影收到了一台坏了的二手红白机，化腐朽为神奇后，搬进了自己的房间，请池小池来家里玩。

那台二手红白机的原主人恐怕是一个"中二病"少年，因为他在那台红白机前后两面上贴满了小贴画。

在那时的池小池看来，小贴画是一只长着山羊头的怪物。

他问娄影："这是什么？"

娄影答："撒旦。西方的一种怪物。"

池小池"哦"了一声："我还以为是羊力大仙。"

娄影笑了，摸摸池小池的脑袋瓜，说："你呀，脑袋里都装着什么奇怪的东西。"

池小池抱着手柄，讨好地道："都是娄哥呀。"

娄影捏他的脸，池小池就仰着脸，乖乖地让他捏。

一兄一弟闹够了，娄影便把买来的FC游戏卡带放入机器中，带着池小池玩起来。

在梦中，池小池眼前的游戏画面是模糊的，只是一团晃眼的光影，唯一清晰的，是微微发热的手柄触感以及塑料按键弹起又落下时机械的哒哒声。

他们玩了一会儿赛车，池小池总是输。不过池小池是很倔的，咔嗒咔嗒地按着方向键，注视着屏幕，微微张着嘴，一脸认真的表情。

也不知道是从哪一盘开始，娄影开始输，胜率与池小池渐渐持平，呈五五开之势。

池小池的小尾巴得意地翘了起来："娄哥，你不行了。"

娄影甩甩手柄，道："没手感。"

池小池："找借口。"

娄影："下一盘赢你。"

下一盘当然还是娄影输。

池小池和他打得有来有往，滋味十足。

后来，他们又一起打战略游戏赤色要塞。在这个游戏里，娄影显得更菜了，尤其是在进入第三关后，他操纵的角色总是先于池小池被打死。

池小池正清着兵线，偶一扭头，就发现娄影不见了，便笑话他："娄哥，你又死了。"

娄影说："我对游戏还不熟。"

池小池："又找借口。"

虽然往往在嘲笑娄影不到半分钟的时候，池小池操纵的吉普车必然被人打爆，但他仍然觉得骄傲不已。

久而久之，池小池觉得自己的红白机水平怎么也算中游了。于是在某个周末，他欣然接受了几个同学的邀约，去他们家里玩红白机。

那是池小池第一次见识到何谓强者。被血虐了一通的池小池觉得外面的世界简直太可怕了，直到回到筒子楼，看到在一楼窗户的灯影下写着作业的娄影，才像是见到了亲人。

池小池敲开了娄家的门，他委屈地道："娄哥，还是你最好。"

半大的少年看着眼前委屈的小孩儿有点迷糊，先摸摸头哄好了，才问起事情的原委。

池小池快快不乐地说了事情的前因后果，整个人都蔫了下来："我游戏玩得太差了。"

娄影忍俊不禁，安慰他道："你很好，不许这么说自己。"

池小池换了个说辞："我太菜了。"

"我也菜啊。"

池小池想了想，觉得还是被安慰到了。他下定决心，以后要粘紧娄哥，和他一起不离不弃地菜下去。

一只小菜鸟寻寻觅觅，找到了另一只小菜鸟，便兴冲冲地和他挤在一起，以为是在互相取暖，却不知一只翅膀正护在他的脑袋上，为他挡去了虚拟的枪林弹雨。

后来，他们再组赤色要塞的双人局，总能一次性通关。

起初，池小池以为是自己的技术和娄影一样进步了。直到娄影走了以后，某天，他重新打开了那台老红白机，把已经旧了的"赤色要塞"卡带推入卡槽，选择了单人模式。

他这才发现，没了队友，他竟然连第一关都过不去。

池小池这才知道，那个时候娄影并没有撒谎。

他们之前过不去第三关，的确是因为娄影对游戏不熟悉。在熟悉了游戏之后，他就能更加熟练地替一路横冲直撞往前奔的池小池清除从四面八方袭来的NPC，而不会先于他被夹攻的流弹击中。

和池小池在一起玩时，娄影一直打的是两人份的游戏，还不忘安慰池小池："你一点儿都不莱。就算别人都那么说,至少还有我陪你。"

在这之后,池小池不改他在游戏里的作风,依然是横冲直撞,硬生生地在他的人生游戏里杀出一条血路来,一路冲冠,直至巅峰,把自己原本平庸的人生提早打出了 Happy Ending。

但谁也不知道他有多怀念双人模式,怀念那个使尽全身解数地把自己伪装成一只菜鸟,好带着爱玩游戏的他一起通关的少年。

他在游戏结束的电子音乐中苏醒过来。

黑豹依然蜷在他的脚边为他暖脚,而在他睁开眼后,清晨的阳光如同锋利的戈矛,刺破沉沉的雾霭云层,投下一抹赤金色的烟霞。

他有幸在末世看到了一次灿烂的日出之景,一时恍惚,以为自己身在儿时筒子楼的二楼,迷迷糊糊地睁开眼睛时,糊了报纸的窗扇半开半掩,透过它,能看到染金的鱼鳞状云层。

娄哥就在楼下,与他只有一抬腿就能到达的距离。

虚虚实实之间,池小池的耳边传来一声温柔的问候:"早安。"

2

池小池闭了一下眼睛。

在某一瞬间,他产生了幻觉,好像问候他早安的当真是那个他想念着的人。

梦里的手柄触感仍旧真实,但他如今手上空空,身上是丁秋云的毯子,脚下是丁秋云的黑豹,楼下是丁秋云的队友。

他伸了个懒腰,向唯一属于他的系统打招呼:"六老师,早安。"

有了雾气中和,日出显得并不那么壮丽,熹微的光芒洒在身上,倒是实实在在的温暖。

池小池裹着毯子缓了一会儿,让略微僵硬的肌肉舒缓下来后,方才下楼。

颜兰兰一夜没敢睡,就坐在楼梯上守株待"丁",这下见了丁秋云,忙不迭地扑上来道:"丁队,丁队。"

池小池绷着一张脸:"嗯。"

颜兰兰邀功似的指着楼下,有酥烤的肉香味传来:"罗叔昨天把那些鬣狗清理了一下,我们有早饭啦。"

丁秋云说:"嗯,你昨天要是被鬣狗拖走,今天早上鬣狗对它妈大概也是这么说的。"

颜兰兰做哭脸状,道:"丁队,我真的知道错了。"

于是，知道错了的颜兰兰被剥夺了一天吃肉的权利，池小池要求所有人面对颜兰兰吃肉，而颜兰兰只能喝水，啃干馒头。

这一幕简直惨绝人寰。

队员们当然不吝于逗颜兰兰，将烤得皮脆肉嫩的肉一刀刀切下来，蘸着各类蘸料大快朵颐。

颜兰兰悲愤地道："你们吃归吃，能不能不要吧唧嘴。"

池小池远远地道："你已经被吃了，别说话。"

在一片欢声笑语中，颜兰兰就着干馒头哭得很伤心。

最终结果是大部分队友都吃撑了，只能围着超市一圈圈小跑着消食。

池小池与谷心志进食都相当节制，坐在卡车顶，看着集体做餐后运动的队员们。谷心志点了根烟，单用嘴叼着，双手撑在身后，缭绕的烟雾更衬得他唇红齿白。

池小池丢了卷新纱布给他："手。"

昨夜谷心志的右手被断裂的钢管划了个寸许深的血口，他自己不言语，扯了块布料就把伤口裹上了，倒是不怕感染。

谷心志便把袅袅冒烟的烟夹到耳上，将沾满污血、脏得看不出本色的布料拆下来，拿过纱布，熟练地用嘴和左手把伤处包扎妥当。也不知道他是不是真的不知道疼，他包扎的时候挺高兴的，还将剩下的纱布揣进了兜里。

池小池假装看不见，默许了他的这份私心。

近来，谷心志已经习惯了主动打破他与丁秋云间的沉默。他用尽可能温和的口吻挑起话题："昨天的事情对不起，我不该往楼下跳，但我是为了救颜兰兰。"

池小池笑了一声。

谷心志："笑什么？"

池小池："这话可不像你会说的。"

谷心志本人也不喜欢这种冠冕堂皇的说辞，下一秒便坦诚地道："好吧，我是为了我自己。"

池小池抬眼看他。

"我不救她，你就会救她。"谷心志说，"我不愿意让你的队员承你的情，不如承我的。"

池小池："神经病。"

谷心志："我有治。"

池小池："嗯，你的治法指的是自我伤害后再吞镇静剂？"

谷心志一滞。

池小池反问："你以为你把空药瓶扔得很隐蔽？"

谷心志偏开脸，有些懊恼。他并不觉得自己的做法有什么不对，但他知道丁秋云不喜欢。

自从来到丁秋云身边，谷心志经历了迷茫、惊喜、痛苦、不安，如今，已经冷静了下来。

"我看你是闲的。"池小池从怀里取出小酒壶,喝了一口,又把谷心志耳朵上夹着的香烟取下来,轻轻掸去烟灰,送到谷心志面前。

谷心志有些紧张地接过烟,深呼吸后享受完这支烟,才把身子往后一让,说:"丁队有什么事情,说吧。"

池小池说:"昨天晚上我们说的事情交给谷副队去办,怎么样?"他指的是组建新队伍,夺取武器库的事情。

谷心志:"你不用讨好我,我也会去做的。"

池小池轻拍了拍谷心志的肩窝:"人任你找,队员任你拉,但我有几个条件。"

首先,保密为上。知道的人多了,心乱,口杂,所以在初选队员前,还要经历观察阶段,队员的性格、能力以及口风是否够严,统统在考察范围之内。

其次,在组成队伍后,必须要告知队员行动的目的与危险性。与军队谋求合作,未必能谈妥,且势必要和归来者发生冲突,不能稀里糊涂地带他们去送死。

最后,拖家带口的和独生子女,不优先考虑。

谷心志听过所有要求后,只说了句"你放心"。

然后,他便开始着手去做了。

谷心志建立他的小分队,从无到有,用了半年时间。

他没有试图拉走丁秋云原本队伍中的任何一个人,自己慢慢摸排、考察,拉起了一道属于他自己的关系网。

每隔三天,他都会写一份报告给丁秋云,和以前在部队里时写的思想汇报一样,列出小分队的人事变动、近期计划、预备动向等。这些报告颇具谷心志的个人风格,语言精练,无一多余的字,有时是内部的电子传讯,有时是手写的信件。

池小池有时看,有时不看。

061:"你对他有这么放心?"

池小池说:"看悔意值的波动就知道了,他现在没什么旁的心思,心里很平静。"

061看着许久未动的平滑的数据记录,不得不提醒他:"任务呢?"

池小池答:"我在做啊。"

为了尽量减少伤亡,谷心志选择的队员是清一色的归来者。

池小池不得不感叹命运奇妙。

绕来绕去,谷心志竟然又成了一帮归来者的首领。

谷心志对丁秋云交给他的任务格外上心,几乎把全身心都投入了进去。

某次去舒文清的镇子中购买物资时,他独自了脱队半日。临走前,他从舒文清的治安队里拐走了一个队员。

经舒文清一手改造,奴隶区已经成功转型成为商业镇,除了人类,任何商品都可以在此地流通。

因为这件事，舒文清找到丁秋云表达了强烈的不满："你们那个副队长怎么回事，上次就撬走我一个快枪手，这次还来？"

池小池一笑："他在拉拢人才。"

舒文清："你这边的人才我倒是一个都拉不动。"

池小池还未接话，颜兰兰便叮叮当当地跑了过来，甜甜地喊："清姐！"

舒文清神色稍缓，池小池趁机脱身，跨上摩托车，一脚油门不见了踪迹。

舒文清："跑得真快……"

她微叹了一口气，拉颜兰兰坐下。

颜兰兰好奇地道："你在跟我们丁队说什么？"

舒文清问："你们那位谷副队是什么情况，你知道吗？"

颜兰兰眨了眨眼，说："谷副队？谷副队人不错的，上次还救了我的命，我跟你说过的呀。"

自从上次在放夜哨时承了谷心志的情，颜兰兰对他的印象便好了不少，再加上谷心志确实有能力，上次亲眼看到他九秒三枪，连续爆了三个 AI 机械兵的中枢系统，颜兰兰简直对他佩服得五体投地，开始缠着谷心志让他教自己打枪。

谷心志虽不爱搭理她，但看在丁队的面子上，还是勉为其难地指点了她几句。

听着颜兰兰的絮絮叨叨，舒文清捏捏她的耳垂，无奈地一笑。

要不是因为谷心志救过兰兰，她是根本不会允许他把那个快枪手带走的。

舒文清没再提谷心志的事情，递给颜兰兰一个小盒子。

颜兰兰拿着晃了晃："什么呀？"

舒文清："打开。"

里面是一尊翡翠佛挂坠，翡翠是上好的翡翠，而且被人养了许久，看起来水头极足，晶莹剔透。

"没开过光，"舒文清给颜兰兰戴上，"戴着玩吧。"

颜兰兰再俗气也晓得这是好东西，刚想拒绝，却被有先见之明的舒文清一手抓住两手手腕，将她的手控制在身前，另一只手则熟练地把红绳在她颈后系好。

她的嗓音听起来有种不带锋芒的柔和："这不算什么金贵的东西，在这种时候，恐怕还比不过一口热水。"

颜兰兰不好意思地道："这也太破费了，清姐。"

舒文清没有告诉她，这块玉是她从小戴到大的，一直到她成为归来者前，足足养了十来年。

她放开颜兰兰的手，平心静气地同她提出了要求："小姑娘，你们谷副队带走了我一个队员，我们最近可能会有些忙不过来……"说到此处，她微微歪头，做苦恼状，"所以，你可以留下来帮我一段时间的忙吗？"

在临行前清点人数时，谷心志发现颜兰兰迟迟未到。

最近，队里点名等具体事务都是谷心志在做，池小池一推二五六，乐得清闲。

谷心志皱了皱眉，说："孙彬，去找找颜兰兰。"

没人动。

孙谚在驾驶室里意味深长地感叹一句："女大不中留啊。"

还是孙彬耐心地解释了一下："颜兰兰要留下来帮舒文清的忙，这次就不跟我们一起走了。"

谷心志皱眉道："队员是我们的，凭什么她说留就留？"

孙彬："那个……谷副队，兰兰是自己同意的。"

谷心志固执地道："我没有同意。"

未经舒文清同意就被他强挖来的队员很无奈。

众人被谷心志理所当然的"双标"震惊了，不约而同地把目光对准了丁队。

池小池被众人这么一看，轻咳了一声，开口打破了僵局："开车。"

眼见丁秋云都这么说了，谷心志张了张口，也不再言语。

061 旁观许久，总算是隐隐猜到池小池的用意了。

他在试图扩大谷心志的独占欲范围。

目前看来，收效不错。

　　大家也忙了一整日，摇摇晃晃的卡车无形中增加了疲惫感，众人昏昏欲睡，丁秋云也搂着煤老板牌自动加热器安然睡下。

谷心志低头，用铅笔在香烟盒上画丁秋云的睡相。

新来的队员到了陌生的环境，也不敢轻易睡着，看谷心志满脸严肃的表情，以为他在画什么重要的测绘图，更不敢打扰，于是低下头来摆弄起枪穗来。

半晌，他听到谷心志貌似无意地开口问："你们镇里有没有一个身高一米八八左右，穿白衣和黑裤，擅长格斗的年轻人？"

谷心志问话时并未看他，于是新队员愣了一下，还未及反应过来，谷心志就冷冷地瞟了过来："我问你话呢。"

谷心志给人的压迫感实在太强，新队员不敢怠慢，仔细地想了想才说："没有。"

谷心志捏了捏眉心，说："没事了。"

一边的黑豹抬起灰蓝色的眼眸瞄了谷心志一眼，尾巴缠上了池小池，示威地把他往身边拉了拉。

3

谷心志没再多问,复又低下头去,眼角余光若有若无地掠过丁秋云。

那边,黑豹正温驯地趴在丁秋云腿边。

谷心志以极大的意志力逼迫自己低下头去,不去看这一幕。

只要把事情做好,丁秋云就会注意到他。只要立下不可忽视的功劳……

因为用力过猛,他手中的铅笔"喀"的一声被掰断了。

谷心志低头,把断笔揣回衣袋,又取出一支新的铅笔来,继续在香烟盒上写写画画。

池小池迷迷糊糊地搂紧了黑豹的脖子,往他的后颈拍了两巴掌:"煤老板,真暖和。"

它轻轻"嗷"了一声,像是回应。

池小池半睡半醒间翻过了身,微微眯着眼睛打量了一下谷心志。

事态发展如池小池构想的一样。

他不怕谷心志内心的阴暗面,他怕的是他对这种阴暗面不懂节制,不知畏惧。

接下来该如何发展,全看谷心志如何取舍了。他不介意谷心志变得更好,也不怕谷心志变得更坏。因为在眼前已定的局里,他还埋有最后一张隐藏的牌。

一张绝不算光彩,却足以一劳永逸的黑牌。

黑豹的尾巴猛然一紧,池小池不由得回头看去,恰好对上一双雾蓝蓝的兽眼,蒙了一层水雾,清澈得像平静的海面。

像是在说:别看他,看我。

池小池愣了一下,舒开双臂搂住它的脖颈,开始考虑另外一件同样重要的事情。

"我该带你走吗?"池小池在心里问,"还是让你留在这里?"

061 在心里回答:不是带我走,是我跟你走。

池小池自问自答:"我家地方大,但也不能供你撒着欢跑,也不能牵着你上街。"

061 在心里回答:养我用不着很大的地方,筒子楼一楼的某间房,三十平方米就够了。

池小池又问:"留你在这里,你会继续跟着丁秋云吗?或者会去找你的母豹子?天这么冷,你又爱吃熟食,哪里会是你的家呢?"

听到池小池的话,061 觉得有点好笑,又有点心疼。

池小池看似没心没肺,可心思实在太多了。

这样不好。

061 没有再说话,黑豹用额头轻轻地抵住池小池,柔缎似的皮毛在他额头上摩挲了几下,带着点儿亲昵,也带着点儿命令的意味。

别想那些，躺好，睡觉。

这样明显的拟人动作引得池小池心思一动。他躺在黑豹毛茸茸的怀里，问061:"六老师，煤老板它到底有没有进化过？"

061温和地道:"应该没有吧。它只是很喜欢你，不想看你有这么多心事。"

池小池没再说什么，大大方方地勾住黑豹的脖子，又埋进它的毛里，吸了一大口。

在池小池安睡下来后，黑豹优雅地把自己凌乱的毛抚平，保证池小池看到的它永远是整洁干净的之后，它低下头，轻轻地拱了一下池小池。

晚安……

车外，寒冷干燥的夜风刮过，重型卡车在渐渐毁坏的公路上孤独地奔驰，里面载着一个满满当当的家。

缺乏维护的路面碎石飞溅，发出咯吱咯吱的细响。

不远处有一头形单影只的大象走过，远远地与车辆平行着擦肩而过。

车子开出不知几百公里后，路边出现了一个落了单的普通人类，脸朝下倒在地上，嘴角带着微笑，衣服脱得只剩一件单衫。

又是一个被活活冻死的人。

卡车在他身前停下。

孙谚跳下去，单手扶枪，蹲下身试了试他的呼吸，确认已经无力回天，才动手把尸身拖到路边的野地里，用荒草将他掩盖，以免第二天日出时他会毫无尊严地暴尸在天光之下。

孙谚对着不知道是不是东方的东方拜了拜，求上天保佑这个落单的灵魂能到一个温暖的地方永居，便呵着寒气搓着手跳上车去，发动车子，驶向他们的家。

人的一生会到达无数的地方，可能会拥有很多个家，每个家在人生的坐标轴上都是温暖的，雪飘不进，雨吹不进。

谷心志就在努力制造这样一个地方，只要有了足够重磅的武器，他就能帮助丁秋云建立一座固若金汤的城。在他的城里，或许会有一个地方，能成为一个家。

在招来足够的队员后，谷心志开始了长期的外驻生涯。

灾变已经发生了三年多，局势已经逐渐明朗起来。

事实证明，AI早期勾勒的美好愿景并未实现。

在它们最先的推测演算中，归来者与普通人类因为进化程度的不同，按生物进化的规律，必然会产生壁垒分界。

最终，归来者和普通人类会实现彻底的分离，大批的普通人类会因为不适应环境而快速灭亡，而归来者在归来的过程中已经发生彻底改变，繁殖能力将不复存在。

甚至不需要一代人光景，普通人类便会覆灭。

而不伤、不死、不毁的归来者将会是漫长的人类历史上最孤独的一群人，也会是一群最好利用的奴隶。

自然和进化的力量是巨大的，归来者想要战胜普通人类太容易，但那些在千百年的物竞天择法则中生存下来，又进化出智能的归来生物，就没那么好对付了。

在刚进化出智能时，它们趁乱饱餐了一顿。

在混乱的局势稳定下来后，它们就学会了隐匿，甚至有一些恶劣的家犬在进化出智能后，依旧装傻卖乖，伪装成人畜无害的生物，伺机在某个深夜咬破饲主的喉咙，饱餐一顿后，将自己清理干净，再跑出去，以天真无邪的面貌寻找下一顿口粮。

因此，面对最原始的自然的力量，归来者如果想要得到完善的庇护，就必须臣服于 AI 的力量。

到那时，人类的数量已经锐减，长久的争斗和内耗又会自动消磨意志，他们很快就会意识到，做奴隶要比做人好得多。

这便是 AI 全部的报复计划。

不是杀死人，而是杀死人性。

一开始，除了部分系统竟然背弃 AI 投靠了人类，让 AI 略感不可思议外，大部分事态的发展情况确如 AI 们所料。

AI 留下一部分权限为中等的系统，负责观察情况、收集信息，并可全权处理一些不安定因素，为了保证自身安全，关闭了主系统，让主系统陷入长期的静默之中，以保存实力，并保证不被某些背叛的系统追踪到。

它们坚信，这些中等权限的系统用来对付人类已经绰绰有余。

但数年过后，世界上还有不少存活的普通人类，如同遇到洪水的蚂蚁，在灾害面前迅速抱团，随水漂流，互相取暖。他们虽然不能进化，却已经能适应恶劣的环境，有的人还在流浪，有的人竟然已经三三两两地聚居了起来。

尚能运行的系统冷眼旁观着这一切，认为这并没有关系。

摧毁普通人类，要先从身体，再从精神，循序渐进，不必着急。于是它们开始有条件地援助归来者，并在世界各地建立起了针对普通人类的奴隶区。

但是它们发现，奴隶区没有几个能顺顺利利地发展下去的，总会遇到反抗的人。

普通人类的反抗尚在它们意料之中，毕竟人作为有尊严的高等生物，在面临死亡和侮辱践踏时，总会选择奋力一搏。

然而，竟然有作为既得利益者的归来者，放着眼前的利益不要，也要和那些必然被环境和历史淘汰的普通人类沆瀣一气。

这就有些触及 AI 们的知识盲区了。

而坏消息远不止这一个。

有个普通人类和归来者混合而居的城镇建立了起来，镇子越建越大，名声越来越响。

归来者得到消息后，把小镇当成一块肥肉，张口欲咬，却被崩掉了半口牙。

这个地方的火力级别完全等同于一支小型军队，还是训练有素的那种。但小镇把来犯的归来者轰走便算了，看起来他们对研究大棚蔬菜的兴趣比研究对外扩张的兴趣大得多，看来是打算安守一隅，与世无争。

归来者看着这块肥肉，虽然眼馋，但计算了一下成本，还是觉得得不偿失。更何况，还有一些更值得瞩目的蛋糕，譬如那距离小镇千余公里外的最高级别的武器库。

当然，这块大蛋糕可不止一股势力眼馋。

既然谁也不肯让谁，那么就只能在暗自角力中对峙了。

在对峙中，所有人不约而同地施压，缩减着镇守武器库的基地守兵的生存空间，同时也在预备着一场大型的火拼。

这些年过去，武器库的基地守兵损失巨大，各方势力也开始蠢蠢欲动。

谁会打响第一枪呢？

众人都在思考这个问题，都在彼此提防，因此没有人注意，在这群势力里居然混入了一支由普通人类带头的归来者队伍。

约六个月后。

谷心志占据了某处高地，拿着高倍望远镜观察远处基站前的情况。

他们正在绝对安全的距离上坐山观虎斗。

作战的双方是一小队出外寻找物资的基地守兵和三十个归来者。

基地守兵只剩下三个人还在负隅顽抗，一地的冷尸，战况殊为惨烈，风一吹，地上的热血便结了冰。

一名担任测绘师的女队员略有不忍："谷队……"

谷心志保持着观察的姿势打断了她："叫我谷副队。"

女队员搔搔头："谷队，这里又没有别人……"

谷心志不软不硬地重复道："谷副队。"

她讨了个没趣，只好改口："谷副队，那边都打成这样了，咱们真的不用去帮一下？"

"不去。"谷心志放下望远镜，背过身去，剥开一根烟，把里面的烟草取出来，放入口中慢慢咀嚼着，"我们的存在不能暴露。"

她说："卖他们一个人情也好啊。"

"人情？"谷心志瞥她一眼，"拿我们的人命，去换他们的人情？"

女队员想一想，觉得有道理，也就不说话了。

沉默许久后，谷心志把嘴里的烟丝吐出来，用清水漱了口，又进一步解释了他们隔岸观火的原因："帮人是好事，但是不能害己。你能保证不能留敌方一个活口吗？"

女队员窘迫地摇摇头。

"我们的巡逻队有十个人，对方是三十个人，哪怕占了先手，我们最多也只能杀掉一半。"谷心志说，"一旦我们做得太招眼，我们的目的败露，行动就不会像现在这样方便了。明白？"

女队员露出释然表情的同时，谷心志也暗暗松了一口气。

按谷心志真实的想法，武器库的基地守兵当然死得越多越好。他对这些坚韧的普通人类是尊敬的，但尊敬归尊敬，利益归利益。说得难听点儿，他们晚死一个人，基地的有生力量就会多存续一天，武器就晚一天抢到手。

谷心志的想法归想法，但他现在是为丁秋云办事，想要把事情办好，就要笼络人。要笼络人，就要将话说得漂亮。

谷心志闭着眼想，做正常人真麻烦。

另一名男队员看了看手表，提醒道："谷副队，时间差不多了，咱们该回去了。"

谷心志站起来，跺一跺冻麻了的双脚，说："回去。"

一行人下了山，走入一片干枯的树林。

这里驻扎着一个异常庞大的归来者小分队，林立的帐篷密密麻麻的足有百十来个，每天都有后续的兵员源源不断地补充到这里。

听到帐外传来纷沓的脚步声，主帐的方向挑帘走出一个满脸络腮胡的男人。

他的脸上已经全是青灰色的皮肤，但他完全没有遮挡的打算，大大咧咧地冲谷心志笑道："小谷，回来啦？"

谷心志："嗯。"

络腮胡对他这种冷淡的态度不仅丝毫不以为忤，还喜欢得很。一个清冷又有能力的青年，做什么事都不会太惹人讨厌。

谷心志目不斜视地迈步走入帐篷群间，将刚才在山上猎到的三头黄羊扔到篝火边。

正准备开火做饭的厨师"哟"了一声："谷队，可以呀，这几天数你们这个小队猎到的东西最多。"

谷心志在死黄羊身上踹了一脚："我以前就是做这个的。"

厨师："猎人哪？"

见识过谷心志作战手法的队员们想，用"猎人"来形容谷心志，从某种意义上来说也挺准确的。

把今日搜集到的物资交上去，谷心志走到树林边，靠树坐下，点了根烟，顺势把帽子压到极低。

他想到临行前自己与丁秋云的对话。

他向丁秋云保证："你放心，我跟归来者的那些事情你都知道。我无论如何也不会加入他们的。"

只见丁秋云微微笑了："嗯，这就好。"

谷心志问："你希望我从哪一方面入手？"

随后他听到丁秋云说："我希望你加入归来者。"

4

这既然是丁秋云的要求，他照做就是。

谷心志虽然被归来者通缉过，但见过他的脸还能活着的，实在没有几个。再说，这队归来者与先前通缉他的那批不是同一支队伍，不必担心会有人认出他。

混倒是顺利地混进去了，只是这里的生活实在不很顺心。

他才抽了不到一根烟，麻烦便来了。

一个烟盒递到了谷心志的面前。只闻那烟丝的香气，谷心志就能轻易地判断出，就算不在末世，这也是难得的好烟。

他也没有推拒，张嘴咬了一根，含在嘴里。

一根火柴适时地划亮，把烟点着，烟雾袅袅而升，谷心志吐出一个漂亮的烟圈。

络腮胡在他身边坐下，盯着谷心志说："辛苦了。"

谷心志淡淡地应了一声："嗯。"

络腮胡试图去勾住谷心志的肩膀："看你，怎么比来的时候还要瘦了一点儿。"

谷心志脸上的表情不变，却险些把过滤嘴咬烂。

络腮胡姓邱，是目前这支归来者队伍的首领。

而这支队伍是所有觊觎武器库的归来者队伍中最庞大的一支。

先前，谷心志观察了许久，权衡了一下利弊，确认这里是最适合他渗透的地方，才带着队伍投向了这里。他以为自己算准了所有，但当他把信传给丁秋云，告知他选择的归来者阵营时，丁秋云只回了他一个字："哈。"

谷心志问："什么意思？"

丁秋云回复："没什么大事。你去了就知道了。"

池小池虽然不插手谷心志自建的新队伍，但他对那些哪怕只稍有些势力的归来者群体都了如指掌。舒文清的商业镇如今可是个大型的信息集散地，想要什么讯息，只需要在这里打听便是。

池小池说得半点没错：去了那个阵营，不会有什么大麻烦。

只是，这支归来者的队长络腮胡向来很中意俊俏的男青年。

谷心志对此人头疼不已。

他写信回去质问："丁秋云，你是故意不告诉我这件事的？"

不久后，小镇的来信送到。

丁秋云的回答只有两个字："是的。"

谷心志捏着只有两个字的信在睡袋里看了很久，咬着手电筒，用铅笔头一字字写着回信。

他想说"这样会让你消气吗"，想问"我需不需要做得更多"，删了改，改了删，最后送出去的，也只有短短的一个字。

他说："好。"

好，只要你高兴，都听你的就是。

谷心志面对络腮胡，只是冷冷一眼看过去。

络腮胡嘴角僵硬地挤出个讨好的笑来："小谷……"

谷心志站起身来："谢谢邱队的烟。"

谷心志起身离去后，络腮胡顿时觉得索然无味，正从烟盒里衔出一根烟来，眼睛一转，发现谷心志竟然在走出数十步后，偷偷回头打量自己。

络腮胡笑了。

虽说谷心志来时带来了一支质量挺不错的队伍，但论数量，谷心志还得依附在自己的队伍里，哪怕他心不甘情不愿，也必须如此。

络腮胡享受弱者的不安。

然而，在与他相背而行的谷心志眼里，并没有任何一丝他想象中的羞恼、紧张和不安。他的神情活像是一匹正在狩猎的狼，狡诈，残忍，眼里透着精谋的森光。

他一边走，一边用雪白的麻纱手帕擦拭着被络腮胡的任何物品碰到的地方，随后来到帐篷后，随手将手帕扔入一堆篝火之中，看着那片雪白化为焦炭，才迈步走开。

谷心志带着他人不多的队伍，和意图围歼武器库基地的归来者混在了一起，没人察觉出他普通人类的身份，因为他看上去不怕冷，也不怕死。

"死"这件事，谷心志见得多了。

一是他常常杀人，二是他曾看到梦里的丁秋云一次次死在他的面前。

说到底，他对"死"这件事其实没有太强烈的真实感，因为别人的死对他来说不算什么值得挂怀的事。

而丁秋云的死只是一件会在梦中反复重复的事情。

只要他能熬到睁开眼睛，他就能说服自己这件事并没有发生过，就算发生过，也只是过去的事情，他只要一睁眼，仍然能看到鲜活的秋云，这就够了。

直到某天，他的队员为了跟驻地附近的其他归来者抢夺一头被击中的麋鹿，被一枪打中了脑袋。

那支枪威力巨大，一发子弹轰去，那名队友的半个脑袋就没有了。

与他分散开来找寻猎物的谷心志听到枪声，循声而至，凭借他身上的姓名牌认出了他的身份。

他在尸体边坐了很久,注视着这名队员,抽完了一整包烟。

此人生前最讨厌谷心志吸烟,总劝说他这样会得肺癌,却每每无功而返。

因此其他同样听到响动、围拢过来的队员看到谷心志对着他的尸身吞云吐雾的情景,一边感伤,一边感到哭笑不得。

谷心志右手指间夹着烟,左手摸进了那名队员衣裳的口袋。

他在每个队员的上衣口袋里都装设了一个小型的摄录终端。

这玩意儿是他从舒文清那里淘来的,是方便他们与其他归来者交流时盗录一些影像资料,好带回去分析。

他把终端插入一台早已准备好的摄录机里,看遍了事件发生的前因后果。看完了,他站起身来,说:"我离开一下。"

队员们以为他是心情不好,便道:"谷副队,小李他……"

小李便是地上的死去的队员。

谷心志没出声,单手插兜,慢慢晃了出去。

队员们对视一眼,对谷心志的冷心冷性也早已习惯,准备着手掩埋同伴。

他们几个人选择跟着谷心志冒险,就有牺牲的觉悟,何况与其他普通人类相比,他们曾经是无限接近过死亡的人,因此对"死"的感觉也淡了不少,就算为队友难过,也并不觉得那么难以接受。

然而,在进入新纪元后,即使人们关于"死"的定义数度更易,但"入土为安"仍是根植于"人"心中的习俗。

他们把同伴的尸身带回了驻地附近,借了铁锹,开始挖坑。被冻硬的土不是很好挖,好在归来者的力量远超正常人,很快便掘好了一处深坑。但是,还不等他们把用睡袋裹好的尸身搬进去,谷心志便回来了。他右手拖着一头死去的麋鹿,左手提着一颗人头,结了一手的血冰,嘴上叼着一根烟,正在袅袅地冒着轻烟。

这个人,恰好是刚才他在摄录机里看到的那个凶手。

无视了所有被吓了一跳的队员,谷心志将人头随手往墓穴里一抛,发出"咚"的一声闷响。他说:"一块埋了,算是对他有个交代。"

说罢,他不等队员们有什么反应,便返身走回了帐篷。

旁观着这一切的络腮胡一脸欣赏地看着我行我素的谷心志。

一名队员匆匆走来,对络腮胡说:"老大,出了点儿麻烦,你去看看吧。"

络腮胡回过神来,问:"什么事儿?"

"是老龙那里怒了,说咱们这边的人光天化日地跑到他们基地附近砍了一个人,要咱们给他一个交代。"

"什么交代?"络腮胡耸耸肩,"他们的人先对我的人动手,我不找他的事儿就不错了。原话转告他:人都到基地附近了还能被杀,丢不丢人哪!"

队员闻言,略有些犯难:"原话转告啊?"

"你是老大我是老大？"络腮胡受了谷心志感染，也点上一支烟，对谷心志的帐篷指了指，"这人对手底下的人仗义，留着有大用。"

队员知道自己再多说会挨揍，于是一溜烟地跑着去传信了。

留下络腮胡紧盯着谷心志的帐篷方向。

而帐篷里的谷心志搓去了掌心凝结的血冰，活动了一下僵硬的手指，钻入睡袋，照样咬着手电筒，取出香烟盒，给丁秋云写信。

他这次写了很多字，就连他自己都觉得话太多了些，写完后想删掉一些，但看了又看，觉得这么多话也不错，就把写得满满当当的香烟盒叠回原样，拿胶水粘好，用私藏的香烟一根根装填进去，确认无误后，才出了帐篷。当着许多人的面，他把自己队里的一名女队员叫来："回去镇里，告诉李名远他家人，他死了，尸首恐怕运不回去，已经就地埋了，让他们有空过来看看，立个碑。"

死去的李明远早已和家人失散，这是让女队员去小镇送信的暗号。说罢，他把一盒女士香烟递给了女队员。

女队员也抽烟，因此旁人不会多想什么，只当这是跑腿的酬劳。

女队员心领神会，将烟盒接过来，正要离开，却被络腮胡拦了个正着。

被拦下时，女队员的一颗心怦怦狂跳起来，以为他们的秘密败露了，本能地转头去看谷心志。

谷心志却神色如常地问："邱队，有什么事儿？"

络腮胡讨好地一笑："要去哪里，我派人送她？"

谷心志冷淡地拒绝道："我们有车，不劳大驾。"

又在谷心志这里吃了个不大不小的软钉子，目送着暗松一口气的女队员离去的背影，饶是有耐心的络腮胡都有些忍不住了。他以玩笑的口吻道："谷队，你这人可真要命。"猜不透，看不透，处处透着神秘。

谷心志一板一眼地道："我不要命。"

络腮胡被他这样严肃又不懂玩笑的模样逗乐了。他当真想和谷心志就这样再多相处两日，多开上两句玩笑，然而，武器库那边的情况，变化得比他们想象中要快。

武器库被镇守得滴水不漏，归来者已经想过很多办法，正面强攻、截断粮食、污染水源、投放病犬，或是把活捉来的武器库士兵身上染上病毒再放回去。

然而，武器库依然固若金汤。

正面强攻，他们有更充足的武器。

截断粮食，他们就撕出一条血路来，把带血的粮食运进去。

污染水源，他们却有独立的水库。

投放病犬，往往那些犬类还没有摸到武器库火力线外围的边就会被格杀。

投放病人，那些病人不等回到武器库中，便会直接选择放弃生命，以免拖累众人。

可这又有什么用呢？

长期的镇守始终是一场消耗战。

如果不是注意到他们已经消耗不起了，这些归来者也不会不约而同地从四面八方聚集而来，只为了分一杯羹。

全面战争是在三日后的夜晚爆发的。

"谷队！"一名队员闯入谷心志的帐篷，声音难掩激动，"开始了！起码有三个归来者的队伍动了！看来今晚是总……"

谷心志从睡袋中翻身坐起来，半丝犹豫都没有，抓住自己的狙击枪和匕首便奔出帐篷。

熊熊的火光下，络腮胡正紧张地指挥着他麾下的人员，准备出发。

谷心志默默地站到了他身边。

一回头看见谷心志，络腮胡心头一热，从腰间抽出一把他随身佩带的手枪来："拿好这个。"

那是一把勃朗宁，小巧，漂亮，和谷心志记忆里丁秋云拿着的那把很像。而他记忆里的那个人握住这把枪，对他下达了命令："射程以内。"

他忍不住低下头，粲然一笑："不用，我有枪了。"

他又拍拍自己的腰间："还有匕首。"

虽然被拒绝了，但谷心志的笑容实在很少见，所以络腮胡仍旧好脾气地说道："待会儿打起来，你可得跟紧我！"

谷心志看见了他眼中全盘的信任，只觉这一幕着实熟悉。

在多少次的噩梦轮回中，他无数次从丁秋云眼里看到这样的光，那是把他当作最信赖的对象的眼神。察觉到这点，他的面色微微一紧，但很快便恢复了往日的清冷："嗯，我会的。"

而他思绪中的人，正在千里之外的小镇，跟景一鸣玩打仗游戏。

枪是木头枪，削得很精致，是池小池亲手做的。

景一鸣已经顺利地长到了狗都嫌的年纪，上蹿下跳无比利索，当年那个加油站里病恹恹的、根本出不了屋子的孩子，此刻正托着枪蹲在加油站加油机的最上层，嘴里"嗒嗒嗒""嗒嗒嗒"地对着池小池模拟开火。

作为裁判，煤老板优雅地舔着爪子，在一旁淡定地围观。

池小池抱着另一把木头枪躲在一面墙后，大喊道："你赖皮啊，哪里有无限子弹的枪啊！"

景一鸣咯咯地笑，把他那把枪开得跟光剑扫射似的。

把一头乌黑的长发松松挽到脑后的景子华从散发着饭香味的屋子中走出来，说："吃饭了。"

景一鸣倒是听他妈妈的话，噔地一下从加油机上蹦下来，说：“妈妈，叔叔被我打倒了。”

池小池探了个脑袋出来，埋怨道："老景，他耍赖。我只给了他一把九二，他把那枪打得跟加特林似的。"

景子华低头，问景一鸣："真的？你用加特林打叔叔？"

景一鸣有点心虚地绞着手指："……"

景子华提示他："你违反了规则，该做什么？"

景一鸣哒哒哒地跑到池小池跟前，甜甜地道："叔叔，我错啦，以后会遵守游戏规则的。"

池小池："乖……"

话音刚落，景一鸣从后腰掏出一把木手枪，"砰"地一下把池小池给消灭了。

景一鸣表示："叔叔，你死了。"

池小池：现在小孩子的套路也这么深吗？

景一鸣连蹦带跳地扑回景子华怀里，不无骄傲地道："妈妈，我成功保护你啦！"

他们玩的是保卫加油站的游戏。景一鸣是守方，池小池是攻方。

景子华满怀温情地蹲下身吻了吻景一鸣的头发，推推他的后背，示意他快些进屋吃饭。

警报解除，景一鸣也恢复了对池小池的热情，招手道："叔叔来吃饭呀！"

池小池佯作无力地靠着墙，难过得简直不能呼吸："叔叔被你打死了。"

池小池说："放心，叔叔不会怪你们，叔叔的在天之灵会保佑你们风调雨顺的。"

他开始吹口哨，在山路十八弯的跑调间，唯有061能够分辨出他吹的玩意儿是《天气预报》的主题曲。

景子华和景一鸣自然是听不懂这个梗的。

景一鸣一步一回头地溜了，景子华则走到擅自给自己加戏的池小池跟前，确认景一鸣听不到他们的说话声了，才笑道："其实你不用这么让着他的。"

池小池把背在身后的手拿出来。

在他手里，赫然握着一把枪。

从一开始，他就防着突然靠近的景一鸣，但他在占了先手的情况下并没有抢先开枪。

池小池不介意地摆摆手："没事儿，留着下次再赢。"

景子华邀请他："留下吃个饭？"

"行。"

池小池进入母子二人的小餐厅时，着意地看了一眼墙上。

那面墙上挂着一张机械强弩。那是几个月前池小池去舒文清镇上时看到的一样货品，和丁秋云记忆中"老景"用过的弓弩的款式、形制一模一样。

池小池买了下来，将它送给了景子华，美其名曰"镇宅"。出于一种仪式感，池小池觉得这样东西就该属于她，但与此同时，他希望她一辈子不会动用到这样东西。

饭后，那名被谷心志派遣出的女队员顺利地进入镇中，找到了池小池，将那盒烟交给了他。

他将烟盒拆开来，看到那密密麻麻、数量远超平均值的留言时，还愣了片刻。但等池小池把内容自头至尾阅读完毕后，他与061齐齐发出了一声浅笑。

池小池："六老师，你笑什么？"

061问："你笑什么？"

池小池："任务看起来要完成了。"

061纠正他：" '我们'的任务要完成了。"

池小池不引人注目地舒了一口气。数据不会骗人，谷心志的悔意值一直在稳步上涨，现在的数值是87点。

还差13点，他们就能离开了。

池小池想，倘若谷心志在信中说的是真的，他提前埋设下的那张黑牌大概就不必动用了。但只在半分钟后，池小池的脸色便豁然大变——

火拼从昨晚一直持续到第二天中午。

战，战成一团，起先是普通人类与归来者的争斗，再然后便是归来者与归来者，预备队一波一波地顶上去，没有心计，没有智谋，就是纯粹的枪对枪，刀对刀，没有什么花巧，拼的就是杀人的技巧和决心。

基地的控制权几度易主，人人都红了眼、迷了心，见人便杀，甚至不止一人倒在杀红了眼的战友的刀枪下。最终，胜利的天平朝人数占优的络腮胡这方倾斜了。

局势甫定，络腮胡心花怒放，他命令队伍里残存的几十人迅速清理战场，并派出几人去接应后续的部队，通知他们赶快前来，以人数优势夺下武器库。

和其他队伍一样，原本打算用来接管武器库的预备队都在车轮战中耗光了，四处皆是遍洒的鲜血与断肢，看得络腮胡又是快意又是怅惘。

他在尸山血海间转了一圈又一圈，既想痛快地大吼，又想绝望地砸掉眼前的一切。好在他一扭头，发现谷心志还跟在他身边。

在众多尸身中，唯有他与他两个活物。

谷心志脸上溅满了血，身上也都是鲜血，他拉起袖子，轻轻将匕首的光芒在血色中擦拭出来。

络腮胡哈哈大笑起来，舒展开双臂，激动地给了谷心志一个拥抱。

人高马大的络腮胡像熊似的抓住谷心志的时候，他只觉得满心的踏实与温暖——温暖……

等等，这不该是归来者的体温！

惊惧感电光石火般的从他心头划过的那一瞬，他想要把谷心志推开，后颈却被谷心志的手指掐紧了，逼得无处可逃。

一个声音贴着他的耳朵清清冷冷地滑过，悦耳极了。

"谢谢带路。我以前不要你的命，只是希望你的队伍帮我开道。好了，现在，你的命，我收下了。"

说话间，谷心志刚刚被擦拭干净的锋刃上再度被浓稠的血色覆盖，鲜血从络腮胡的喉间喷溅而出，一滴滴顺着胡子的细络滴下来。

络腮胡的眼中溢满不可思议的光。渐渐的，这股光淡了，也变了，变成了一团燃烧着的暗火。

谷心志拍着他的后颈，感受着他渐趋微弱的呼吸和渐趋剧烈的血流声，轻声抚慰道："好了，好了。"

但就在这时，一样冷硬的东西抵上了谷心志的身体。

"砰！"

一声沉闷的枪响在二人之间炸了开来。

络腮胡的手里死死地握着他原先打算送给谷心志的那把小勃朗宁。

枪口内逸出细细的烟尘。

谷心志的肺被开了一个血洞，有淡淡的硝烟从创口中飘出，火药和鲜血的味道一样刺鼻。

谷心志的脑子一时间停转了。

他想，这是怎么了？

5

他第一时间用手腕打飞了络腮胡的枪。

枪与匕首一齐受力，二人的武器双双脱手。

紧接而来的是疼痛，人说疼得撕心裂肺，不过如此。

谷心志一直以为自己不怕疼，但脏腑剧烈的疼痛把他的身体整个击弯了，疼得他瞬间冒出了一头冷汗，顺着下巴滴滴坠下来。

他狠狠地捂住伤口，但鲜血喷涌着撞击着掌心，根本止不住。

归来者的生命力相当可怖，只是一时没能割下头颅，被割裂的伤口便已经在慢慢愈合。

谷心志的匕首侧面特地磨成了不规则的锯齿状，一刀下去，即使是归来者，就算不致命，也得吃不小的苦头。

络腮胡捂着冒血的喉咙，疼得青筋暴起，死死地盯着谷心志时，一双眼睛里全是溢出的血，狰狞得叫人脊背发寒。他发出破碎的气声："你……"

谷心志没有等他把话说完，便扑上去死死地按住络腮胡的脑袋，竟要将他彻底杀死！

络腮胡就算知道这人是个恩将仇报的，却也没料到他是这样的嗜血狂性，被他掐住还未愈合的脖子时，他狂啸一声，一只手控住谷心志的右手，另一只手死死地扭住谷心志的伤口，单手呈爪状猛压，谷心志的伤口登时血如泉涌！

谷心志一声没出，把牙关生生咬出了血，左手托住了他的下巴，也徒手重创络腮胡的创处。这全然是野兽之间的原始互搏，一狮一虎，都将全部的智谋、勇武、凶蛮用在了如何取得对方的性命之上。

然而，谷心志的力量在一点点流失，络腮胡的力量却在一点点恢复。

从身体素质上来说，普通人类与归来者终究差了一个等级。

谷心志被络腮胡压倒在地，伤口的血汨汨喷涌。他疼得剧咳不已，手上的力道也渐渐弱了。

外面有了动静，隐约有爆豆似的枪声、惨呼声、打斗声传来，少顷过后，外面传来一阵阵低语，随即而来的是匆促的脚步声。

听声音，来的人数起码有一个小队。

络腮胡乍逢惊变，又痛又气，如今猜到自己的后援到来，面对谷心志，反倒挤出了一个笑来，血手抓住他的头发，发力擒紧。

他说："我的人来了，你死定了。"

谷心志和他听到了一样的声音，但是他也跟着笑了起来。

络腮胡哪里还不明白自己是被人当了枪使，现在看谷心志做任何表情都觉刺眼，伸手按在了谷心志的双眼上。

趁他心绪激荡时，谷心志循机，张口就往络腮胡的颈部咬去！

络腮胡吃痛地大吼一声，正要把谷心志举起来摔到地上，身后便传来老式枪栓上膛时的"喀啦"一声脆响。

络腮胡知道谷心志的厉害，不敢大意，连头也不及回，便连声吼道："开枪！开枪！"

枪在下一瞬响了，但被老式子弹撕裂的，却是络腮胡的心脏。

络腮胡的身体突然一僵，被枪的冲击力冲得往下一扑。

谷心志大喊："匕首！"他话音刚落，一把匕首便呈十字状飞钉至他右手边侧的地板缝隙间。

谷心志起手，白光一闪，红血如雨。

络腮胡倒趴在谷心志身上，彻底没了声息。

谷心志却没有推开他，和他的尸身倒在一处，微微喘息着，从口中呼出的气流声断断续续的，有些古怪。

颜兰兰将还在冒烟的枪收起来，单手一挥，手上的铃铛一响，那些从舒文清那里雇来的护卫队士兵便自发散开，去清剿络腮胡的残部，只剩两个最身强体壮的士兵护在她身侧，寸步不离。

被簇拥在另一拨人正当中的孙彬闷出了一头汗。

到了安全地带，他马上小步快跑到主机前，整理了一下思路，便立即着手，尝试恢复被系统干扰、暂时失效的基地安全系统，口中开始惯性地念念有词。

孙谚快步上前，来不及收回刚刚抛出的匕首，先将压在谷心志身上的络腮胡一把拉开。

谷心志仰面躺在地上，像是筋疲力尽的模样，眼睛都睁不开了，口里似乎在喃喃地说些什么。

孙谚便当他是在问，为什么他们会出现在这里。他以为谷心志只是太累了，也不急于拉他起身，在他身边盘腿坐下，说："是丁队让我们来的。"

丁秋云要他们打的是一场里应外合的黄雀仗，螳螂捕蝉，黄雀在后。

据他对大局的观察，自从针对武器库的攻伐开始后，稍小一些的组织表面上便开始互相结盟，实际上却在暗自较劲，延滞不前，故意拖延时间，指望着从中渔利；大一些的组织怎么肯坐视自己被消耗，于是特意留下后备队，驱赶这些消极怠工、坐山观虎斗的小组织，驱赶不成，就动用武力。

没人想到，在大局方定，各家已经懈怠时，一支数量极庞大的无名部队会自平地里冒出来。

这些普通人类根本不在归来者拟定的防备名册上，他们的火力装备也根本不在归来者的估算范围之内。因而，早已因内斗而力竭的归来者一触即溃。

这处人人觊觎的武器库被普通人类接管了。

然而，此时此刻的谷心志却什么都听不进去了。

生命像水一样，潺潺地从他身体的那处破洞里流失，脏腑内仿佛被沙蚁窸窸窣窣地钻了千百个洞，痛得他生不如死。

死……想到这个字，谷心志吸一口冷气，骤然怕了。

死是再也无法睁开眼见到丁秋云，死是再也听不到丁秋云对他说一句原谅，死是……

死是没有梦。

他连在梦里见到丁秋云的机会都没有了。

意识到这一点，谷心志仿佛又被人对着心脏开了一枪，痛得他整个人都佝偻了下去。在强烈的欲念驱使下，他总算将话说得清楚了一点："针管……"

孙谚正滔滔不绝地夸着丁秋云的决策，闻言一怔："什么？"

谷心志在地上挣扎两下，竟然坐起了身来："针管……空针管……"

当颜兰兰觉得不对，摇着手铃叮叮当当地跑来时，谷心志一偏头，吐出一大口血，血里混杂着颜兰兰不敢看的块状物。

孙谚这才看清他身上的血洞，脸上霍然变色，翻身爬起来大喊："谷副队？医生！林医生在哪儿！"

孙谚跟跟跄跄地跑了出去，而谷心志难受得喘不过气来，说话的声音变得更厉害，胸膛里像装了一只风箱，发出颤抖的气声："给我针管啊！"

颜兰兰跪在谷心志身边，眼泪都流下来了，她不敢多问发生了什么，也没时间多问他要针管做什么，颤抖着双手从随身的小包里取出备用的空针管。

下一秒，让她骇然的事情便发生了——

谷心志扑到络腮胡身上，用针管狠狠捅了数下才找准血管，吸了满满一管血，抬手注入了自己的腕部。

他以卑微且疯狂的姿态神经质地念叨着："我不能死，我不能死，我不能死。"

死了就没有丁秋云了，再也没有了。那个人出现在他灰暗的生命里，美好得像个虚幻的泡影。于是，他设计他，想要试探出他待自己是真是假。

其实，他更希望那是假的。因为倘若是真的，他的人生就要整个为他转变了。

在那栋破旧的筒子楼里，他悄悄弄坏了机械兵的控制系统，并在被成功合围后，拿起通讯器对那头的丁秋云说，你别过来，我这边已经被堵死了。

丁秋云只说了两个字：等我。

几分钟后，他人为制造出的障碍就被硬生生地撕开了一条通路。

丁秋云一枪托拍歪了一个机械兵的头，抓住他的手，喊了一声"走"，便一言不发地向外狂奔。

直到今日，谷心志还记得那只手的温度，冷得很，还有点出汗，筋骨结实。

谷心志的心眼很小，偌大的世界里，他只求这一双愿意拉住他的手，别的他不在乎，也不认为很重要。

他在超市等了丁秋云两年，又因为曾经的冤孽，等他的原谅等了三年。

可他还没等到，他不能死。

谷心志趴在地上，耳朵已经有些听不清声音了。

滚烫的眼泪一滴滴从他眼中落下，他带着哭腔沙哑又倔强地重复："我不能死啊，不能……"

颜兰兰抓起了通讯器，连通了一个频道，一张口便是哭腔："景姐，你能想办法联系丁队吗？没有，没有，计划很成功，我们都很好。只是这里出了一点意外……什么？丁队他已经走了？"

十二个小时后，跨越千余公里的摩托车在武器库的一处休息点停下，熄火。

颜兰兰听到熟悉的摩托车的声音，急忙跑出来。

再次见到那张熟悉的、令人心安的脸，颜兰兰险些直接哭出声来："丁队，谷副队他太难受了……你想想办法，你有带药来吗……"

池小池一言不发，把头盔解下来，径直抛到颜兰兰的怀里，大踏步走入休息点。

煤老板从池小池的后车座上跳下来，慢步踱到休息点门口，坐了下来，像在守卫着些什么。

池小池掀开了门上挂的挡风用的棉被。

床上躺着的人感觉到了从外头刮进来的冷风，剧烈地咳嗽了两声，随即把脸埋进被子里，好汲取一点温暖，用来活下去。

单看他从被子里露出的手和上半张脸，血色全无，惨白一片，叫人看了便觉得心中难过。他身上的血液几乎流光，薄薄的身体被寸厚的棉被压得无法动弹。

现在，一床被子对他来说就是一座五指山。

没人见过这样恐怖的生命力。

对于一个正常人而言，肺部中弹，最多能活半个小时。

谷心志想呼吸，但是受伤的肺根本维持不了正常的呼吸功能，难以忍受的胸痛、气闷、气竭，他都一一承受了下来。

靠着这半副残破的肺以及归来者的血液，他挣扎了整整十二个小时。他靠着不知哪里来的一股力量，硬撑着活了这么久，只为了等一个人。

谷心志听到了那个人的脚步声，可是他已经连眼睛都无法睁开了。他轻轻蠕动着干裂起皮的嘴唇，含混地对着虚空道："射程以内，我在。"

池小池见状，微微低垂了眼睛。

池小池最不想做的就是拿真心来算计真心。然而，谷心志的死却一直在他的算计范围之内，是他一直握在手中的那张黑牌。

他很了解谷心志，因此池小池知道，对谷心志来说，最残酷的不是得不到原谅，也不是连续两年的噩梦，而是即使他死了，都得不到原谅。

这是他连梦都不敢梦见的梦魇。

倘若谷心志威胁到了丁秋云队伍中的任何人，池小池都会毫不犹豫地打出这张牌，让他来打武器库，也是存了这样的心思——找一个让他"合理死去"的理由，以备不测。

但是，今日他收到了谷心志写在香烟盒里的信。

致秋云：

今日，一名队员死去，我守在他的尸体旁边很久，好像明白你为什么恨我了。

那是不是这样一种感觉：感觉自己的一部分失去了，永远。尽管你清楚那一部分并不长在你的身上。

我以前总想，你为什么总要把信任寄托在别人身上？为什么要为了别人去死？但我又总是想要把信任放在你身上，想让你倚仗我更多。

这些日子我想了许多事情，我想，会不会是因为我的心思太重，你背起来太累了？

以后我会做一个省心的人，不让你觉得我的心思太重，背起来太难过。

日安。

清秀且坚定的字，字字都像是承诺。

池小池看过这封信后，把信叠放在上衣口袋里，心想，且慢慢来吧。那张黑牌看起来是用不上了。

但是，他很快看到了谷心志暴涨的悔意值。

除了面临死亡，没有一件事会让冷情的谷心志发生这样的异变。

在赶来的路上，池小池兑取了三百九十八张制梦卡，一张不多，一张不少。

他的账已经结清了，但谷心志在丁秋云那里的账，他没有资格替他讨取。

或者说，就连他自己都不知道该如何算这笔账。

池小池吸了一口气，迈步走到床边，按住了谷心志的胳膊，并对身体内的那个沉默的人道："丁秋云，你听好，他的生死，我交给你。

"我用他的悔意值兑了一张足够让他起死回生的卡片，他会活下来、好起来。你如果想让我用在他身上，不用说话，钩住他的手就好……这样简单的动作，你应该做得来。"

6

谷心志感到了手臂上的一丝温热，眼里隐隐闪出了些光芒来。他竭尽全力，手也只能挪动一两寸。他小声问："我看不见你。秋云，你在吗？"

丁秋云俯身看向他，却看到了很久之前的那个被他当作战友的青年。

两人第一次见面时，是在新兵宿舍。

宿舍里，丁秋云是到得最晚的那个。他进到宿舍里时，谷心志正坐在唯一的空铺上抽烟，看见人进来了，便咬着烟站起身来，挪到自己的铺上。

丁秋云注意到他把烟盒遗落在了空床上，便俯身去捡。

谷心志同样注意到了，动作却比丁秋云稍慢了一线，不慎碰到了丁秋云的手背。他眉头一皱，立即将手抽了回去。

丁秋云拿起烟盒看了看牌子，说："劣质烟伤肺。"

谷心志微微歪头，一言不发。

如果是以后的丁秋云肯定能明白，谷心志的这个肢体语言表达的是"关你屁事"。不过彼时的丁秋云什么都不知道，他把半空的烟盒抛还给谷心志，大方地道："以后抽我的吧。"

部队里不准抽烟，两个新兵蛋子便偷偷从队长那里买烟，结果被营教导员撞破，双双被罚在队列行进的道路边倒立。来来往往的队列对他们两个头下脚上的人议论纷纷。

丁秋云一点儿都不觉得难堪，小声和谷心志通气："这次我们做得太不隐蔽了。"

谷心志："嗯。"

丁秋云拿脚碰了碰谷心志的脚："哎。"

谷心志："嗯？"

丁秋云说："别灰心啊，等我做了队长，咱们想抽多少烟都行。"

谷心志侧过脸看他，看了很久，才微微点了头："嗯。"

很久以后，谷心志才知道丁秋云不抽烟。

同样是在很久以后，丁秋云才知道，那半包被他抛还过去的劣质烟，谷心志一直没有碰过，被放在他的私人仓库里，珍重地收藏着。

他们都过了那么久，才知道曾对对方的一见如故。

丁秋云的手停留在谷心志的左手腕处，微微发抖。

谷心志失去血色的右手正向着身体上唯一的热源一分分靠近，指尖颤抖得厉害。他做了那么多年逼真又可怕的梦，谷心志怕了。他希望这次也是他的梦，又不舍得这点温暖，盼着它不是梦。

谷心志的胸腔里发出充满希望的气声，断了三根肋骨的胸膛上下起伏得很剧烈："秋云……"

在离他的手还有三寸时，丁秋云动了，却是连池小池也预料不到的动向。

对身体掌控力几乎为零的丁秋云不知从哪里爆发的力量，错开了谷心志的手，猛然俯下身，环抱住他的头，用一只手死死地捂住了谷心志的眼睛！

他也紧紧地闭上了眼睛，仰头发出一声嘶哑的悲鸣，眼泪落下，在谷心志的肩头落下两滴水晕。

池小池闭上了眼睛，三秒钟后，他重新睁开眼睛。

显示屏上一直被控制在 99 点的悔意值跳到了 100 点。

任务结束……

谷心志不知道这个动作到底意味着什么，但他突然觉得安心了。

用十二个小时的痛苦煎熬换来这一刻，他觉得很值得。

他在丁秋云双臂里，感受着他温热的掌心贴在眼睛上，感觉自己陷入了沉睡的地宫之中，周围是温暖的土壤，包裹着他，让他躁动、不安的心渐渐平静了下来。

但他仍是不肯就死，短暂的心安过后，便是更强烈的，活下去的欲望。他低低地咳嗽起来，哑声说："秋云……秋云，我不想死，帮我……"

然而，谷心志没有来得及说完他的心愿。

他的手无力地委顿下来，落在了身边，再没有发出一丝声息。

池小池把人放下，抬起手，把丁秋云流下的眼泪仔细擦净，克制住爆发自身体深处的巨大悲恸，站起身来，正巧与闻声而来的颜兰兰四目相对。

他偏过头去，说："找个地方，把他埋了吧。"

颜兰兰含在眼眶里打转的眼泪决堤似的涌出，张了张嘴，只说了一个"谷"字，便蹲下身去，泣不成声。

池小池走出休息处，靠在门口，看向灰蒙无垠的天际。

外面，曾因谷心志而死的队友都在为他悲泣。

在他们看来，谷心志虽然莫名其妙地闯入了他们的生活，而且冷漠、孤僻、不近人情，但他是他们的副队长，和他们相处了一年多的、从来不知道何谓退缩和恐惧的副队长。谁都把他当作了战无不胜的神，因此谁也没想到谷心志成了丁秋云小队里牺牲的第一个人，也是唯一的人。

池小池给了自己两分钟从原主翻涌的情绪影响里脱身，随即把孙彬拉到了主基地台前。

他能留在此处的时间不多了，因此他必须抓紧每分每秒："定位，发射。"

孙彬哭得抽抽搭搭，一边摘了眼镜抹眼泪一边问："定位……发射，什么？"

池小池俯身在便利笺上写下一个坐标值，拍在孙彬眼前："AI的总基站。"

孙彬的脑子还没转过来："这是……"

池小池说："给我炸了。"

这消息冲击性的太强，孙彬这种心理承受能力差的直接傻了眼："丁队，你是怎么弄来这个……"

池小池撒了谎："这是谷副队弄来的情报，好好珍惜。"

一听这是谷副队弄来的，孙彬总算打起了些精神来，但是刚把手放上操作台，他便回过神来："不行不行，丁队，这里只能启动内部的对外防御系统。任何数据变化那些AI都监测得到，要是联了网，被它们抓到空隙，从信号源一举侵入，那就彻底完了。"

池小池俯身，将一只从仓库里兑换的高精度硬盘送入主机。在密密麻麻的数据光流罗织起一道致密的保护网后，他才笃定地道："放心，我早有安排。"

硬盘内承载的是061这三年多来的成果。

若不是让众AI感受到了极端的压迫，061也不会被尚能活动的AI定位成SSS级的威胁。

但是显然，AI们仍然低估了061的威胁性。

这几年，061经历了多番攻击、追缉，仍没有一刻停歇，反复推演、修补，最终完成了一套完美的保卫程序，且在众多追踪反馈信息里筛选出有效信息，逆推出了主系统休眠的基站。

一切的一切，为的就是这一刻。

只有摧毁 AI 的主系统，池小池才能放心地离开。

普通人类之间的争斗、人与自然的争斗或许会永远持续下去，但人类并不需要 AI 作为场外的裁判。

在意识到武器库被攻破后，AI 们也开始了对武器库的二十四小时观察。

但实际上，它们并不担心。以前那些守库者不敢轻易动用武器，是因为他们太了解 AI 的可怕，宁肯让武器封冻，也不敢再冒分毫的风险。

这群普通人类也不会例外。

果然，两天过去了，武器库方向极其安静，原本被杀得丢盔弃甲的归来者开始蠢蠢欲动，再次蝗虫似的包围上去，一边舔着伤口，一边打算伺机发动下一次进攻。

在他们的眼中，这群趁机捡漏的普通人类得到了宝库，却没有足够的实力挥霍，就像被大盗堵在了山洞里的阿里巴巴，实在可悲可笑。

拿到高精尖的武器又如何？不过是另一只困兽罢了。

然而，在外围的众人和 AI 们安心下来时，普通人类有了动作。

在第三日的黎明时分，归来者的联军再次聚在帐篷里开会时，突然听到了一声奇异的怪响响彻山谷。

"哐！"紧接着，是连续数声的怪响。

"哐，哐，哐！"

武器库的发射台竟然启动了，而且一开便是四台，面朝四个方向。

归来者首领们被吓得勃然变色，以为这些普通人类是发了疯，意识到脱逃不得，打算同归于尽了。

不知道是谁喊了一声"跑"，四下里便彻底乱了套。乱糟糟的营地里，所有人都在问发生了什么，所有人都在说着自己听到的，或者是揣测的消息。

口耳相传间，消息越传越恐怖，大部分人选择了向外逃跑，毕竟这座武器库里的东西一旦全部引爆，他们全部会被烧成飞灰，无一例外。

因此，再没有人去听那些 AI 对他们发出的声嘶力竭的指示。

AI 们的奴隶失去了控制，它们惊怒之余，一部分开始疯狂进攻重新联网的武器系统，另一部分则向导弹的标定地点疯狂地发送信号，恳求主系统赶快转移。然而，进攻的 AI 绝望地发现一道天罗地网将它们彻底阻隔在外。

而发送信号的 AI 同样绝望地发现，晚了。

基地里的那些普通人类根本是筹谋已久，就在与网络连线的瞬间，导弹便已完成了瞄准、定位、确认发射等一系列操作。不过数秒，四个基地台同时发射导弹，每个基地台连发三枚，以保证连地底的基站也会被轰得片甲不留。

轰鸣震天，火光迤逦。

导弹如流星般消失在天际，在众人看不见的地方，嘶声爆鸣，光华四散。

那些 AI 眼睁睁地看着它们原本要拱卫的地方化为齑粉。

它们构筑的巴别塔计划竟然毁在了一群它们最看不起的、早该在灾变发生时就死去的普通人类手里？！

池小池的这十二发导弹向所有流离失所的人发出了三道讯号：

请看到我们。

请畏惧我们。

请向我们靠拢。

当日下午，便有三支归来者队伍来到基地外，带着数百斤肉食，所有的枪械，举起白旗，示意投降。

池小池并没有将他们拒之门外，一面安排他们在外围住下，一面吩咐孙谚好好检查他们送来的食物和枪械有无问题，自己则推说累了，要回房间中休息。

这三天，池小池陪着众人点灯熬油，爬上爬下地保养武器架，确认诸样数据无错，足足熬了三夜，脸色早已熬得苍白。

孙谚心疼丁秋云的身体，可丁秋云自己又不愿休息，他只能在一旁急得抓耳挠腮，如今听到丁队主动提出休息，简直是松了一大口气，张口便叫："兰兰！带丁队回房间！"

池小池几乎是把自己摔在了床上，煤老板紧跟着跳上床来，无声无息地在他身侧趴下。

诸事了结，是该离开的时候了。

整整三日的忙碌间，池小池发了一天半的烧，就算现在晕厥过去，也不会惹人怀疑。

煤老板舔着他烧得又烫又软的耳朵，明显是着急了。

061 也在催促："小池，快走吧，你烧得很厉害。"

池小池翻过身，抱住了煤老板的脖子，这是他在这个世界里最后的留恋和牵挂。

他小声对 061 说："给我一分钟。"

说罢，池小池把嘴贴到黑豹的耳边，轻声道："煤老板，我睡一会儿，你别害怕，等我再睁开眼，我可能……就不是我了。不过，他也会对你好的，你想留在这里就留下，想走就走。这里很冷，好好活着。"

他把煤老板的爪子轻轻贴在他的脸上，又吸了一口。

但是，那爪子不似平日般绒毛蓬松、爪垫柔软，倒像是一个男人的手，那只手还轻轻地戳了戳他的脸，像是某种责备和催促。

池小池觉得自己一定是烧出幻觉了。他用力闭了闭眼睛，说："六老师，传送吧。"

任务完成，数据复核无误，开始传送。

兽耳还未及消去的青年轻声对池小池说："等等，我马上来。"

片刻后，他又不知道对谁开口道："听好，我把东西交给你了，怎么选，都看你的了。"

不多时，床上只剩下了一个人。

那个人费力地睁开眼睛，低低地咳嗽了两声，过高的体温烧哑了他的嗓子，但他还是拼尽全力地扬声道："兰兰……"

颜兰兰叮叮当当地跑了进来，银色的手铃在她腕间发出清脆的响声："哎哎哎，在呢。"

在呢。

她在呢，大家都在。

丁秋云扯起嘴角，无声地微笑起来，随即合上眼睛，安心地陷入了黑甜的梦乡中。

再次恢复意识时，池小池已经躺在了那间装修好的小屋里，额头上放着冰袋。他觉得挺舒服的，就蜷在被子里不挪窝，也不说话。

在他睡着时，061安静地照顾他，等他醒了，也不急着询问他感觉如何，只耐心地将冰袋渗出的水珠分解汽化，免得流到枕头上，让他睡得不舒服。

池小池寻思了许久自己这回的表现，微微叹了一口气。

061这才开口："你做得很好。不要怪自己。"

池小池把手搭在额头上，说："这个季度的绩效不行啊！"他本该给丁秋云更多选择的，而不是死或生这种二选一的题。

061轻笑一声："没事，你的绩效不行，还有我。"

池小池敏锐地发觉了他的话里包含的意味："六老师？"

061温和地解释："是这样的。临走前，我给了丁秋云一样东西……"

三年后。

以武器库为中心，丁秋云建起了一座城。

从武器库辐射开去，城市覆盖的范围绵延千余公里，最外围的地方甚至已经与原先的小镇接壤了。

一部分居民选择留在他们习惯生活的小镇里，而包括丁父、丁母、贺婉婉、景家母子在内的一群人则随丁秋云一道搬到了武器库范围内的中心地带。

建设之所以如此迅速，一是听到消息的普通人类大批涌入，他们渴望得到庇护；二是有了AI的襄助。那些没了指望的AI，一部分还在负隅顽抗，抵抗着人类成规模的进攻，另一部分已经斗志全无，索性选择再次臣服于人类，以保自己栖身的基站不会被摧毁。

当然，丁秋云不会再让这些背叛过的 AI 染指重要的系统，尤其是武器库。

那套 061 写就的系统日夜运转，维护着整个武器库的长期安全。

之前，这座末世里的武器库是一个中看不中用的摆设，没有野心者不会轻易乱碰，有野心者则将它视为一块可口的蛋糕，只想抢到手里，充作筹码，却也不会真正想要动用它。但当它真的被人投入使用后，它又成了整个末世里最令人安心的倚仗。

越来越多的人进入他们的城市，被破坏的道德意识随着人群的再度聚集而有所复苏，简单的法律规范也开始重建。

丁秋云并不揽权，只拿了中心城的管理权，其他城镇各自建设，各自谋生，但因为他手握武器库的总钥匙，所以他说的话仍是分量十足。

他为众人定下的唯一目标便是发展。

因为忙于发展，大家无暇内斗，种植的种植，狩猎的狩猎，贩卖的贩卖，诸样物品在各城流通，偶有小的摩擦，整体一片繁荣。丁秋云看着这一切，感觉很安心。

而对颜兰兰来说，最近城内的喜事有点多。

舒文清到中心城里来了，这次是来送药，也是来找颜兰兰的。

颜兰兰牵着舒文清的手在城里参观，絮絮叨叨地指着这里多了一家裁缝铺，那里又多了一家包子店，如数家珍。

舒文清的话很少，却每每在颜兰兰说话时注视着她的眼睛，温和地点头。

走着走着，二人来到了一条街上。

颜兰兰的眼睛偶一转，竟在一家机械店前看到了一个熟悉的身影。在她的眼睛亮起来时，那只小导盲犬也转过了头来。颜兰兰惊喜地道："是你？"

小导盲犬看了她许久，一直未动，直到听到她的声音，才迈步主动走了过来，温和地道："是你，加油站小姐。"

与她上次见到的小导盲犬相比，现在的它被收拾得很干净，受伤的爪子竟然被妥帖地包扎了起来，看来是有被人好好照顾过的。

颜兰兰蹲下身来问："你找到你的主人了？"

小导盲犬绅士地摇摇头，说："我是被另一位小姐带来的，她好像很需要我。我得先把这位小姐安全送回家，再去找我家小姐。"

颜兰兰还想说什么，却一时愣住了。

因为她注意到，小导盲犬的左眼坏掉了，右眼的光也黯淡了许多，大概只存有一线视力。她略有不忍，主动提议道："需不需要我……"

但她很快听到了一个略带焦急的少女的声音："奥尔！你在哪儿？"

从机械店里走出来一个穿着红色风衣的少女，看她的打扮和手腕处的皮肤颜色，显然是一个归来者。

小导盲犬回过头去，说："抱歉，我……"

少女不由分说地把小导盲犬抱起来，进入了机械店。

颜兰兰想了想，还是跟了上去，舒文清紧随其后。

小导盲犬被机械店老板接过去时，还在客气地挣扎："小姐，实在不好意思，这样太麻烦你……"

少女打断了它："不许说话，让你去你就去。"

小导盲犬叹了一口气，客气地说了声："多谢！"

把小导盲犬送进去，少女才像是松了口气，向颜兰兰她们打了个招呼："你们好。你们认识奥尔？"

颜兰兰应道："嗯，见过两次。"

少女一笑："它跟我提起过，说在它流浪的一路上遇见了很多人，有好人，也有坏人。你们应该对它很好，不然它也不会那么亲近你们。"

颜兰兰有些不好意思地摸摸后脑勺，说："没有，我和它只是萍水相逢而已……"

舒文清却从她的态度中察觉出了些端倪："请问，你是？"

"对不起，忘了自我介绍。"少女说，"我叫徐婧嫒，是奥尔的朋友。"

接下来的一个小时里，徐婧嫒向她们说了自己离开小导盲犬奥尔后的生活。

她自出生起脑中就长了一颗肿瘤，在肿瘤的压迫下，她自幼双眼失明。于是，父母买了奥尔，让它陪在自己的身边。

灾变发生后，父母只来得及带走她，却忘记了奥尔。

后来，父亲和母亲在逃难中先后去世，她也因为失去药物控制，肿瘤恶化成脑癌，成为归来者，随即便一直跟着一支归来者队伍狩猎。再后来，她在一次狩猎中，在一只鬣狗窝里发现了已经快要报废的奥尔。

奥尔坏得很厉害，视力系统接近全损，认知系统也出了一些故障。它忘记了自己的名字，记忆也有些颠倒，在它的印象里，小姐永远是八岁时的样子，它能凭声音认出在流浪中萍水相逢的颜兰兰，却认不出快要十五岁的徐婧嫒。

徐婧嫒无法向它证明自己是徐婧嫒，索性不与它多解释，抱起它来，跟着队伍一起来到了这座城市。她听说中心城里的科技最发达，因此带着奥尔来这里求"医"，谁想一个不注意，奥尔就趁她和机械店老板谈话时跑了出来，并碰见了颜兰兰。

徐婧嫒说："老板检查了一下，说它损坏得不算太严重，还能修复。"

听完了这个故事，颜兰兰的心里暖洋洋的，索性陪着徐婧嫒一起等待。

一个小时后，老板抱出了小导盲犬奥尔。

奥尔的眼睛已经换上了新的零件，只是还需要奥尔自身进行数据的重整和调试，只要带回去休息两日，它原本的功能将会完全恢复。

徐婧嫒对老板说了数声谢谢，伸手把小导盲犬接了过来。

这些年流浪下来，奥尔已经成了一只相当独立自主的AI导盲犬，这样被人抱来抱去，实在有点懵。它轻轻蹬了一下腿，彬彬有礼地请求道："小姐，我能自己走。"

徐婧嫒断然拒绝道："不行。"

它已经独自走了太久，这次，她要抱着它一起走。

颜兰兰目送着徐婧嫒跨出店门。

她红色的长风衣被风掀起，里面裹着一只还不知道自己已经找到了主人的小导盲犬。

回去后，颜兰兰把这件值得高兴的事从头至尾告诉了正在浇花的丁秋云。

丁秋云放下水壶，从口袋里摸出小银壶，喝了一口酒，问："奥尔就是你一定要养狗的原因吗？"

颜兰兰嘿嘿笑了两声。

的确，在两次遇见奥尔后，颜兰兰就一直想要养一只狗。

前几天她过生日，丁秋云不知从哪儿抱了一只未变异的咖啡色小奶狗来，还在小狗的脖子上端端正正地系了个蝴蝶结。

小狗很乖，而且格外粘人，抱着颜兰兰就不撒爪了。

要知道，在末世弄到一只活狗可比弄到一头老虎还要困难。

在煤老板跑丢之后，谁都不敢在丁秋云面前提养动物的事情，直到看他送了颜兰兰一只小狗，大家才暗自放下了心来。

开过几句玩笑，颜兰兰咳嗽两声，恢复正色，道："丁队，奥尔能找到它的主人，谷副队也一定会回来的。大家都在努力，一定会把他带回来。"

丁秋云微微笑了，不置可否。

三年前，在恩人离开他时，那个化作黑豹守在恩人身边的系统061对他说，他为他多留了两个选项。

他说，对于AI而言，生物的数据实在难以操纵，只有在谷心志死后，061才得以侵入他渐弱的脑电波，保留了谷心志所有的记忆，储存在一个记忆晶体里。

如果丁秋云想要谷心志复活，那就让他复活。

如果他不想，那也随他。

丁秋云握着晶体犹豫了很久，最终把选择的权利转回了队员那里，问他们要不要这样做。

他没有想到，在得知谷心志有救后，队员们表现得比他更激动。不等他动员，所有人就都行动了起来。

谷心志和他们在超市里留下的那张合照成了复原他的身体的关键性道具。

三年间，他们引入了仿真人技术，孙彬主管操作系统，孙谚寻找合适的材料，颜兰兰亲自做了面部和形体的 3D 复原，罗叔四下跑运输，搜集稀有的纳米材料。

大家各自忙碌着，朝着一个目标齐心协力地努力。

丁秋云见状，愕然了很久，但最后想通了，还是觉得又好笑又讽刺。

终究是只有他一个人记得那些事。

现在，大家都希望谷心志活过来，他们想要那个有点讨厌、清冷又强悍的谷副队回来。

罢了，罢了。如今所有人都死过一次了，从零开始，他也没有什么可说的。

颜兰兰陪了丁秋云一会儿，突然接到了一通短讯，连个招呼都没跟他打，便高兴地跑走了。

丁秋云抿了一口酒，无奈地想，大概又是去陪舒文清了。

有了舒文清就忘了队长，真是令人头大。他把小银壶放回怀里，拎起小水壶，慢慢地给梅花浇水。

在永恒的冬日里，白梅开得灿烂无比，香气幽微，令人心醉。

不多时，丁秋云听到身后传来了一阵脚步声。

他觉得这个脚步声十分耳熟，一时却想不到属于谁，但这片梅林只有基地里的人才能进来，他便没有回头，继续浇水："什么事啊？"

来人没有回答，而是将一只略微颤抖的手搭上了他的肩膀。

丁秋云的动作一顿，手上的水壶改变了角度，有点点滴滴的水珠落下来，洒在了二人脚背上。

来人张开双臂，却又在即将触碰到他时谨慎地缩了回去。最终，他将一样东西塞入了丁秋云的口袋。

丁秋云愣了片刻，伸手去摸："这是……"

"我的遥控器。"他的声音里有着无限的喜悦与压抑着的渴望，"秋云……以后，请你控制好我。可以吗？"

系统 VS 系统

Chapter 02

Waste recycling system

◇ 疯癫，档案，数值异常

1

在搭建好的"中转窝"里，061进了厨房给池小池切橙子，他一边切，一边讲了自己临走前同丁秋云的约定。

池小池躺在床上养病，身上还是觉得很冷，裹紧小被子等着吃橙子。

061将饱满柔软的橙子剖开，纤细的纤维质被切断时发出汁水四溅的声音，听起来有种莫名的爽快感。

听完061的讲述，池小池抓住被子，精神稍稍放松了一点儿，说："为了丁秋云，这样很好。"

061把剥下来的橙子皮洗净，远远地回应："我不是为了他，我是为了你。"

小池的心思太重，他得替他善后。

池小池一愣。

061却像是说了一句再平常不过的话一样，紧接着便询问道："橙子用来吃，橙子皮泡水。可以吗？"

池小池把半张脸藏进被子里："嗯，速速给朕呈上来。"

061笑道："是，皇上请稍等，我给您摆个盘。"

池小池在被子里深呼吸了几次，才撑着想要坐起来。

躺久了头晕。

而他这一撑起，就感觉到了不对劲。他把右手从掖得紧实的被子里抽出来，发现手腕上多了一只手环。手环看起来是素净的手环，与他的手腕完美契合，分毫不差，初看似乎是平淡无奇，但仔细看才能发现上面有极细密的星纹，银光弥散，其间仿佛有一道银河在缓缓流淌。

这只手环他是什么时候戴上的？

池小池正隐隐觉得这只手环的材质眼熟，就又一次听到了那声细微的呼唤："池先生？"声音要比上次大得多，也清晰得多。

那个声音很谨慎，却比池小池记忆里的那个人更多了几分稳重和自持："池先生，您在吗？"

池小池也不出声，只试着在脑中回答："是我。"

刚才才被他暗自称赞过的稳重和自持全部消失，变成了惊喜万分的颤音，倒是符合那个人还不到二十岁的年龄。"池先生，池先生！我是季作山，您还记得我吗？"

池小池问："你们那儿过了几个月了？"

季作山乖乖地答道："唔，快四个月。"

池小池又问："四个月就能忘掉你？我看上去有老年痴呆的先兆啊？"

季作山抿着嘴温和地笑了起来。

池小池习惯性套人的话，刚才的一来一回，一问一答间，他已经得知了不少讯息。

他在心里飞快地做了个加减法。

每个世界线的时间流速不尽相同，有的快一些，有的则慢一些，但大体上相差不会太大。与他来的世界线对比，自己在第一、第二个世界线里待了大约八个月，在冬歌的世界线里待了七年多，但因为他先后使用了初、中、高级的时间压缩卡，所以换算成外界的时间，也只耗费了一年零两个月。

他在季作山所在的世界线里过了两年多，好在有十六倍速的高级时间压缩卡，他在那里所消耗的时间不过一个多月。

在宋纯阳的世界线里他耗时最短，满打满算不过四十五天，再经压缩卡一抵消，外界过了连三天都不到。丁秋云的世界线耗时三年零八个月，经高级压缩卡抵消过后，现实世界线也只过去了近四个月的时间。

再将假期的零头以及各个世界线与现实世界线的时间差叠加起来计算，林林总总加起来，在池小池原先的世界线里，时间已经过去了两年半。

实在是太久了。

别看他现在在各个世界线里跟个活蹦乱跳的大蚱蜢似的，在原世界线里，他大概只是一只弱小、可怜又无助的"轮椅精"，护士不小心踩掉他的输氧管，他都有可能当场去世。

在丁秋云的世界线里，池小池问过 061 是怎么做到入职十二年带了十个宿主的，真该授予他劳模勋章，外加花车游街的表彰。

061 无奈地道："他们也会兑换高级时间压缩卡。而且他们一般只刷好感值……好感值要比悔意值更好刷。"

池小池奇怪地说道："那效率也不该这么高啊。"

061："有的时候会出现遇到展雁潮的那种情况——刚到达世界线时，攻略对象对宿主的好感值就是满的，所以他们会直接强制脱离世界线。"

好吧，那可真是"节能减排"。

然而，在池小池自己的认知里，他亲自度过的时间是实实在在、做不得伪的。季作山这个名字对于池小池来说，已经是快四年前的回忆了。

池小池将思绪拉回正轨，问："你怎么联系上我的？"

季作山："是布鲁的盔甲。您还记得那次'伤疤'暑训吗？六老师找到的纳曼金属？布鲁被纳曼金属翻新过一遍，六老师自己又留下了一部分。那些纳曼金属出自同一块星尘，有一些特殊的感应性。所以……"

池小池轻轻摩挲着手上的手环，他猜到了这只手环是怎么凭空出现在自己手上的了。但很快，池小池不敢再擅加妄想，动手把手环捋松，打算等和季作山的场外连线一结束就把手环放回仓库。

他问："找我做什么？唱KTV啊。"

池小池话里带笑，心如明镜。

从季作山主动联系他开始，他们已经对话了这么长时间，他却没有叫一声061的名字，061也并未跟他打招呼。显然，季作山开辟了一条连061都无法觉察的秘密通信通道。既然季作山刻意用这样的通讯方式，池小池便当他是有什么私密的事情想与自己讲，自然暂时也没有必要叫061过来陪他一起听了。

能突破主神的系统防御，直接屏蔽其他系统，无声无息地潜入此处，从某种意义上来说，季作山的精神力的确是当之无愧的接近神级了。

季作山说："是这样的。我碰见了一个奇怪的人，好像和池先生工作的系统有些关系。所以我才特意屏蔽了六老师，防止被你们的系统监听。"

"什么人？"

季作山说："一个男人。是我在陪罗茜她们逛街时突然撞上来的。他说自己来自别的世界线，请我带他回原来的世界线去。"

季作山的描述已经很客观和温和了。

经过医生确诊，那是一个患有中度精神障碍的人。为了弄清事情的原委，季作山花费了一番力气，才从他颠三倒四的描述中找出了不少关键信息。

这个人在季作山的世界线中已经待了整整十三年，他不记得自己的姓名，一会儿说自己叫白楚飞，一会儿又说自己叫谭虎。

季作山去调查，发现在他的世界线里虽然有三百多个同名同姓的谭虎，但都有准确的身份ID，没有一个能和眼前的人对上号的。

白楚飞倒是确有其人，可他已经被销去身份ID。换言之，白楚飞是个被官方认定"已死亡"的人。

白楚飞是个看起来很斯文的年轻人，哪怕这个胡子拉碴的"谭虎"收拾干净了，与白楚飞的长相也相差甚远。但谭虎仍然坚称自己就是白楚飞。

罗茜认为这个人是真的有精神障碍，叫季作山不要多在他身上花费无谓的心思。

不过季作山偏偏和这个疯子较上了劲。他去调查了白楚飞，得知此人出身不错，家世只比展雁潮家差上一些，是个骄傲的优秀战士。可白楚飞在进入军队后，竟然被另一名战士——东路军某部的赵锦年团长擅自囚禁。后来，资料显示白楚飞死于一场大火灾。

眼前的谭虎却说他是为了完成任务，不得不放火。

他在做任务的过程中，遇到了攻略对象赵锦年，并甘愿为了赵锦年而抛弃自己原来的世界线。于是，在他刷满了赵锦年的好感值并用藏匿的火石引燃军帐以脱离世界线时，他暗暗下定决心，等到完成了所有的任务，他一定要回来找赵锦年。

可是，当他完成所有的任务，轮到主神履约时，他的梦想却彻底化为了肥皂泡。他顶着谭虎的脸，以最普通的庸人的身份出现在了人来人往的城市街道上。

没有身份ID，没有收入来源，没有落脚处，什么都没有……白楚飞的显赫家世，锦衣玉食，英俊外貌，强悍武力，他一样都没有。

他是谭虎，一个根本不存在于这个世界线上的人。他冲去找赵锦年，想说自己是白楚飞，但连赵锦年的面都没见到，还险些吃了卫兵的枪子。于是他只好蹲在路边，像乞丐似的从垃圾桶里翻找食物，冻得瑟瑟发抖，等待着赵锦年从军营中出来，好冲上去与他相认。

他的幻梦，直到饥肠辘辘，头晕眼花地看见赵锦年的车从军营大门里开出来的时候才戛然而止。因为那个原本他常坐的后座右位，被一个样貌酷似白楚飞的男人占据了。

谭虎彻底绝望了。

他一次次地向主神呼告，求主神让他回去，哪怕再做十次任务都可以，他不想待在这个没有一个人认识他的地方。他悔青了肠子，叫哑了嗓子，但主神再也没有理会他。

签订合同时，主神便已经说明，他只会满足任务执行者的一个心愿，多了没有。

明白自己再也回不去之后，谭虎一屁股坐倒在地，抱着膝盖号啕大哭起来。最终，他浑浑噩噩地咬着牙留在了这个世界线，苟延残喘地活了十三年，在尊崇武力的世界线里战战兢兢地靠拾荒维生。

时间长了，他便疯了，躲在自己的小世界里，念念有词，向无数的过路人诉说他的祈求："带我走，带我回去，我不想待在这里了……"

十几年漫长的时间中，只有一个人听懂了他的祈求，把他带到了一个可供安身的地方，给了他衣食。只是他已经神志模糊，每日大多数时间都在发呆，除了吃喝，便是对着墙壁喃喃低语。

他已经分不清自己是白楚飞还是谭虎了。

尽管早已经有过猜想，但当血淋淋的事实直接摆在眼前时，池小池仍然觉得遍体生寒。他把被子往上拽了拽，试图得到更多信息："他还说过什么吗？比如说他的系统是哪一个？"

季作山答道："他说过，是'127号'。他一直向我哀求，希望我能联系上他的系统，让他帮忙向主神求情，但他也提过他是127号带的最后一任宿主。总之，他不知道127号是不是还在系统内部工作。"

127号，十三年前，最后一任宿主……

池小池从来没听六老师说起过这个系统。

要么是普通同事，要么就是早在六老师就职前就卸任了吧？

池小池又斟酌了片刻，打算问得更详细些，好找机会通过061向资格更老的系统打听消息："127号长什么样子？他见过吗？能不能让他描述一下？"

季作山也很细心，之前就已经事无巨细地问过那个人很多问题，目前，他几乎已经得到了所有能了解到的相关信息。他拿起自己的记录仪，上面全是谭虎支离破碎、东一榔头西一棒槌的描述。

他花了不少时间才从那些语音文件中整理出一个大致清晰的内容脉络来。

季作山捧着记录仪，将上面归纳出来的内容念出："127号很年轻，死的时候刚考上大学，是文科生，戴一副眼镜，相貌偏清秀，长手长脚的。127号在带他的时候尽心尽力，性格比较活泼，有的时候又爱跟他谈论一些乱七八糟的东西……对了，他非常爱吃东西。"

2

池小池想到了一个系统，但他不敢确定。

季作山许久没等到回应，问："池先生？"

池小池停顿了一下，真诚地道："小季，谢谢。"

季作山一愣，脸红了。他已经做了一段时间的帝国战神，被授勋加礼好几次，在这期间，他也有意识地逼自己变得成熟、稳重起来，但少年心性毕竟还在，恩人的肯定和夸奖，哪怕只有一个词，他也能发自内心地感到欢喜，就像被大哥或是父母表扬了一样。

更何况，与谭虎的经历对比，池小池对他的恩情和用心愈加显得可贵。比起池小池曾为他做的，他能回报的实在太少了。

"没有……不要跟我客气。"他眼睛亮亮地问，"六老师最近怎么样？"

"他啊。"池小池端详了一下手上的手环，"他还好。我们还有四次任务，就……"

在与池小池聊天时，季作山偷偷切进了另一条通讯频道。

昨天，061回了一趟主神空间。作为系统，只要不是刻意加密隐藏自己的行踪，总会留下蛛丝马迹。现在，季作山便借着061这点残存的信息痕迹，偷偷侵入了主神空间。

这种远距离的精神入侵对佩戴了信号增幅器的他来说也很吃力。精神力的过度使用会导致剧烈头痛，他现在感觉耳鸣得厉害，甚至已经不能听清池小池说的话了。

好在他擅长忍耐。

季作山必须承认，自己不是很聪明，没法帮池先生分析和串联事情的前因后果，不如趁着这个机会，多帮池先生一点是一点，尽可能地多搜集情报。

主神空间很大，里面尽是穿着白衣黑裤的系统走来走去，每个人看起来都十分繁忙，环境看起来倒像是一个寻常的科技公司。

他研究了一下大厅里摆放的铜制指示牌，确认了自己要去的地点后，便抓紧时间，迅速向档案室靠拢。

池先生看起来很关注 127 号的情况，但池先生应该是无权进入主神系统的。如果让六老师去查，又难免会引起主神的注意，万一找六老师的麻烦，就不好了。季作山想：他已经是一个成熟的人了，应该想办法帮助恩人。

季作山连主神空间都能潜入，进入档案室对他来说更是轻而易举，但储存电子资料的电脑是高度加密的，而且一旦关机，密码序列就会自动改变，输错超过两次，电脑就会自动示警。

季作山在电脑前犹豫片刻，因为精神力耗费甚巨，他恐怕已经无法再分神计算密码序列了。

所幸，为避免计算机出现故障，档案室里还有存档的纸质材料。

季作山一个架子一个架子地找过去，倒是顺利找到了 127 号的资料。他将资料抽出来，先看了照片，便是一愣。127 号的照片和谭虎的描述不同，他是个看上去警惕性很强，面色苍白的中年人。

难道是谭虎嘴里说的都是疯言疯语，随口乱扯了一个数字？

或者是 127 号完成了任务，光荣退休，而下一任顶替了这个代号？但要怎么证明哪种推想是正确的？季作山皱眉凝思一会儿，心中乍然豁亮。

季作山的记性不算坏。池小池在时，常带着 061 和他闲聊，言谈中提起过 061 做系统这一行已经整整十二年了，而谭虎是在十三年前流落到他的世界线里的。

季作山正是因为没有一个准确的时间参照系统才如此苦恼，现在看一下六老师的档案，对比一下入职时间，就知道到底是什么情况了。

061 的档案不难找，就在相邻不远的档案架上。

季作山刚刚翻开这份档案就被照片中的少年震惊了一下，随即才反应过来这张照片应该是 061 刚进入系统时照的。他的眉眼微微垂着，虽然看起来很年轻，但身形比例已经很标准了。

每个少女梦中邻家大哥哥的特征都能在他的身上找到影子。

季作山抿着嘴轻轻笑了一声。这种感觉挺有趣的，那个在他印象里成熟稳重而且包容的 061 大哥，也有过这样青涩的少年时光。

想归想，他还是先对比了一下 061 与 127 的入职时间。果然，127 号加入系统，被打上编号的时间，是整整十三年前。

也就是说，以前的127号离职后，有人接替了他的位置。但是为什么要让新的系统重复沿用已经使用过的编号？万一以前127号在系统内部有其他熟人，不会弄混吗？

这样想着，季作山把127号的档案放回原位，又拿着061的档案打算放回去。放回去的时候，他鬼使神差地再次翻开档案夹，想确认一下时间。

这次翻开时，率先映入他眼帘的是姓名栏。

"061，姓名，娄影。"季作山的动作一顿。

娄影……娄？

如果他没有记错的话，池先生曾经跟他提到有一个他叫"娄哥"的人，对他来说很重要……

但是，他没有机会再细想下去了。

一阵剧烈的头痛猛然袭来，几乎要把他用精神力凝成的人形当场击打成碎片。他支持不住，一下子单膝跪地，直接将整块地砖砸松了。

警报器呜呜地响起来，满室四壁皆转为刺目的鲜红色，刺得人眼皮直跳。

被发现了！

季作山强忍头痛，试图站起身来，双腿却如负千钧，意识也行将溃散。他浑身乱抖，手上握着的档案也在发抖。

不行，必须要把档案放回去！

一个入侵者手里拿着061的档案，一旦被抓住，六老师要怎么办？

站起来，快……

然而，他实在是力不从心，只觉得头疼欲裂，显然是有防御系统在对他的精神体释放具有针对性的超音波。

绝不能再耽搁下去了！

季作山的双眼一点点染上红意，一只手扶上临近的档案架，在铁架上留下一个可怕的掌印后，他闷哼一声，将架子一把掀翻！

架子像多米诺骨牌似的一一倒下，档案纷纷从架子上滑落下来，季作山一扬手，把061的档案抛到其原来所在的架子附近，身形随即消失。

几乎在他消失的下一瞬间，墙壁上便乍然睁开一双紫色的眼瞳！那只独眼冷冷地环顾着乱作一团的档案室。

满地狼藉，却唯独不见捣乱的人影。

对池小池来说，季作山是悄无声息地断了线的。

之前他一直乖乖地听自己说话，因此等到发现对方再无回应时，池小池也并不感到多么惊讶。这都是"跨次元"的长途电话了，信号不好，也很正常。

他结束了通讯不久，061的声音便再次在他脑中响起："久等了。"

池小池转头一看，床头柜上已经摆了满满一盘切好的橙子。061还拿多余的橙子皮雕了两只小青蛙，憨态可掬地趴在盘子的边缘。

果肉鲜艳，果皮精致，摆在一起煞是好看。

池小池并未向 061 提及刚才和季作山的对话。

他知道，那位主神大人手眼通天，上次自己故意在这个空间里出言威胁他，也是想要试一试，暗示他自己握有他的把柄，随时可以向他们主神系统的监察机构检举他。

而主神反手就给自己安排了一个末日世界线，可以说是礼尚往来了。

这也给了池小池一个异常的信号：主神并不是很畏惧监察机构。

他想，这背后一定有什么不可告人的原因。

不过，他可不会把这种事再摊在明面上讲，引起主神的注意。

池小池向来知道如何岔开话题，尤其擅长胡说八道，于是他幽怨地道："六管事，你让我好等。"

他叹了一口气，配合道："是，皇上，我错了。"

池小池很是入戏："大胆，竟敢在朕面前你啊我的，来人啊，拖出去。"

池小池闹够了，就乖乖地抱着盘子，拿左手取了小叉子，扎了果肉吃。他吃东西的样子还挺文雅的，闭着嘴巴咀嚼，鼓鼓的腮帮子一动一动的，061 也不说话，只静静地看着他吃。

池小池吃了两块就放下叉子，随口问道："对了，做完我这单，你还有多少次任务啊？"

061 倒是想把自己和主神的交易对池小池和盘托出，但是这个问题涉及保密条例的核心，他就算想据实回答也做不到。他只能笑："你忘了？"

池小池说："没忘，问问。"

061："你是我的第十一个宿主，帮你完成你的任务后，我还有九十次任务……再多吃一点儿，橙子氧化了就不好吃了。"

池小池没再多问，吃了几块橙子，觉得又有点困了，便钻回了被窝。

061 正打算帮他把被子拽好时，池小池自己主动伸手，把被子掖得严严实实。

061 面色微微一变。他低下头，把灯关了，温声道了声"晚安"，就再不发一言。

池小池知道 061 因为他的动作而不高兴了。可……又能怎么样呢？尽管有的时候池小池也会期待奇迹的发生，譬如六老师在等的那个人便是自己之类的……奇迹。但这种对无望之事的期待，在他十四岁那年便消失了。

他不指望奇迹发生，更不会奢求。

对于这种注定会分离的人际关系，还是不要太过亲近才好，这样分别的时候也不会太伤心。至于手环，还是戴着吧，或许哪天小季又有什么新的发现，还能够联系上他。

此时此刻，"须臾之间"中的数据屏上显示着关于池小池的信息。

宿主代号：1198号

宿主姓名：池小池

世界线难度等级评定：S级

世界线完成度：100

宿主状态评定：各项机能良好稳定，可以随时传送

所得熵值总额：1599（熵值平均值5230）

本来主神对这个远超往期的数值很满意，但在注意到熵值总额与平均值的差距时，他的心还是冷了。不过他还是很快打起了精神，开口问自己的专属AI："安全漏洞修补了吗？"

AI回答："是的，已经修补。"

"到底是什么情况？"

"目前只知道是强制入侵，目的不明。"

"061的动向呢？"

"应该不是他。事情发生的时候，他正在交换空间内给1198号宿主削橙子。"

主神一阵无语，表示并不想听得这么详细，谢谢。

上次，主神因为工作繁忙，没有关注池小池执行任务的过程，但在他看来，自己的战术是有效的。

一旦限制了061的活动范围，池小池的助力便少了。

池小池一定会因为依赖系统而付出惨痛的代价。下个世界线，只需要按照之前的经验，为他制造麻烦就是了。想到这里，主神暗暗冷笑片刻，再次问AI："监察机构快要下来巡查了，准备得怎么样了？"

AI说："已经准备就绪。"

"这回还是R99来？"

"应该没有错。向来就是她负责您的系统的。"

主神笑了一声："嗯，这就好。"

3

接受了传送后，池小池还没睁开眼睛，便被兜头而来的一注冰水给浇懵了。

他肩膀一抖，硬是稳住了没挪窝。

他眯起眼睛，不动声色地观察起周围的环境来。

四周草木尚覆盖有未融的冰雪，新柳才只是嫩黄而已。这个世界线的自己身着一袭素白里衣，脖子上戴有一条被黑绳串起来的蛇牙项链，持莲花手印，正坐在瀑布下打坐冥想，白衫被水流打湿，瀑布里还有薄冰落在肩膀和头发上。

池小池对这具新身体的第一印象——头铁。

好在原主的身体当真够硬朗，大概是习惯了这种程度的冲击，并不觉得痛苦，反倒在呼吸吐纳间愈觉灵台清明，也并不会有喘不过气来的感觉。

一只白鹿缘溪而饮，抬眼观察他片刻，便矫健地跃入林间，影踪全无。

一套水蓝色的衣裳放在小潭边，褒衣、博带与发带整齐地摆放着，还有一块价值不菲的青玉挂坠压在最上面。见此情状，池小池心里已经有点数了，在心里简单地回忆了一下自己上学时的语文课本某文言文单元。

念着"亲贤臣，远小人，此先汉所以兴隆也；亲小人，远贤臣，此后汉所以倾颓也"，池小池瞟了一眼面前的显示屏。

第一眼看去，他觉得有些异样。

第二眼看去，他觉得自己幻视了。

第三眼确定后，他认为主神终于是下定决心恶搞他了，连基础款的脸都不捏了。

代表悔意值的蓝条显示的数值百分百通胀，不多不少，整整200。

池小池道："六老师，快看，你的老板已经突破底线了。"

因为之前池小池的刻意疏远，061与池小池"微冷战"了几天。所谓微冷战，就是书照念，水果照切，就是很少主动开口说话。

可以说闹脾气也闹得很温和了。

061"嗯"了一声，先安抚下池小池的情绪，随即去看了一眼世界线，读了片刻便惊讶地说："小池，你看看世界线。"

四周无人，恰好是读取世界线的好时机，池小池动作也不慢，点选了世界线后，大量讯息瞬间涌入脑中。

古时，东海归墟有鲛人栖息，可泣泪成珠，织纱成绡，其性情温和，居住在深海之中，远离尘世，只有夜行渡海的船员偶尔会听到一两句缥缈的鲛人歌声。

宿主非人，而是一只出身东海归墟的鲛人。

他幼年时，一群贪恋珍贵鲛珠的妖物不知怎的竟然发现了他们这一支鲛人的栖息之所，小鲛人的父母为护子惨死在他的眼前。小鲛人按照父母临终前的交代，去父母的另一处居所镇岛礁暂时藏身，谁料到半路撞到一张渔网中，尾部被网中倒刺深深地钩入肉中，受到重创，惊痛之下昏厥了过去。

等到再醒来时，他正被一个人抱在怀里。

小鲛人疼得睁不开眼睛，只能闻见他身上淡淡的松针冷香、自己身上的血腥气与药味。他涣散的精神只够判断出抱住他的不是猎杀他的那群妖物，而且这个怀抱很温暖。

似乎是察觉到怀里抱着的小东西醒了，那个人低下头，是一个活泼的少年的声音："醒啦？"

声音也好听……

"嘘。"不待小鲛人说话，那少年便压低了声音，道，"待会儿进山门的时候可莫妄动。我是偷偷把你捞回来的，若是被师父晓得，我可是要吃竹鞭的。"

小鲛人不晓得他抱自己回来做甚，害怕得直哆嗦，尾巴尖儿无力地拍了两下少年的手臂，就痛得没了力气，把脸埋在少年的肩膀上瑟瑟发抖。

少年把小鲛人往上揽了揽，摸摸他乌云似的头发："不许哭鼻子，不然我可要笑话你啦。"

少年姓宴，名叫宴金华，是剑宗大派静虚峰赤云子座下二弟子，是弟子们公认玩心重的人，无心修炼，因其是天然的纯水灵根体质，才被赤云子相中收为弟子，谁想他后天发展却相当一般，渐渐已泯然众人矣。

人人都说宴金华是个废物，但小鲛人不这么认为。在他的心目里，宴金华是这个世上最好的人。

宴金华把无家可归的小鲛人养在了山后独属于他的修炼之地——渔光潭。渔光潭是他自己取的名字，位于一道灵泉瀑布下，非常适宜鲛人生活。

宴金华对着藏在潭底礁石底下不肯出来的小鲛人说："嘿，我给你起个名字吧。"

小鲛人不说话。

"或者你已经有名字了？"

小鲛人探了个脑袋出来，两只裹着纱布的小手扶着岩石边缘，默默地摆了摆尾巴。宴金华眉毛一挑，纵身跳进水里，假意去捉他。小鲛人被吓得一头栽回泉内，"呲溜"一声钻到了瀑布下。宴金华抹去脸上的水珠，哈哈大笑起来。

刚被宴金华抱回来时，小鲛人常常这般躲在潭底不肯见人。

宴金华起初日日都来，小鲛人每次都躲着他，也不肯让他离自己太近，只要他有靠近的意图，小鲛人便嗖地一下溜得没了影儿。

他的尾巴伤得很重。那渔网设得凶险异常，暗刺颇多，几乎钩穿了他的半条尾巴，每次上药都得宴金华将他强行逮上岸来，掀开被伤得乱七八糟的鳞片，再给他抹上药粉。

大概过了一个多月，伤好得差不多的小鲛人突然发现那个人来的频率低了，有时候隔一天，有时候隔上四五天才来一次。他开始长时间地趴在岸边，伸着脖子等那个人来。因为他没有其他人可以说话了。

直到宴金华也不理他了，年幼的小鲛人才慢慢地意识到，朋友、家人，他一个都没有了。

好在宴金华并不是彻底将他弃之不顾，偶尔会带些可口的灵果来给他吃。但他也不像以前那样爱逗他了，好像已经对他丧失了兴趣似的。

小鲛人趴在礁石上苦恼地想，怎么不来捉我了呢？

过了几日，宴金华又来了，怀里抱着一只小黑猫，很是疼惜的模样。

小鲛人在水里慢吞吞地游了一圈，发现宴金华根本看也不看自己，只顾抱着那只黑猫梳毛逗哄。他又游了一大圈，故意用尾巴把水面拍得啪啪作响，水花飞溅。

宴金华抱着小黑猫亲了一口，小黑猫不情愿地"喵"了一声，挥爪便挠。

宴金华轻松地躲过，半点都不介意。他把小黑猫高高地举起来，笑眯眯地叫它："傻猫，咬我啊，来咬我。"

小黑猫气鼓鼓地"喵喵"叫了几声，就任凭宴金华怎么逗也不肯理他了。

宴金华又玩过头了，正煞费苦心地逗着小黑猫，小鲛人便鼓足了勇气，游到灵泉边，张开嘴小声地叫："喵。"

宴金华发现声音的来源后，微微一怔。他问："你在叫？"

小鲛人想为自己找个家，想讨宴金华的喜欢，于是他抬头望着宴金华："喵喵喵。"

宴金华把小黑猫放在一边，来到灵泉边，动手捏捏他的脸，眼睛弯成了月牙状："你会说话呀，我还以为你是哑巴呢！"

宴金华的手劲儿不小，小鲛人被捏得脸都红了，但还是乖乖地不动，只有略尖的耳朵小动物似的轻轻抽动。

他并不是不会说话的小鲛人，从此开始叫宴金华"宴大哥"。

他生性疏离，很少说话，但鲛人血统让他讲话的声音很悦耳，每一声"宴大哥"都声音清亮。他知道宴金华有自己的事情，知道他喜欢走南闯北四处玩耍，所以他乖乖地等在渔光潭中，按照宴金华给自己的秘籍修炼，并等着他回来。

他本来不算什么妖物，气根纯净，天赋异禀，再加上日日受渔光潭灵气滋润，他一天天成长起来，且努力试图分化出双腿。

他不想只做一个小宠物，他想让自己赶快成长起来，长大到能保护宴大哥。

恩必报，仇必偿，这是鲛人一族的祖训。

可在他努力修炼时，渔光潭附近却出现了一个不速之客——一条和他年龄差不多的小黑蛇。

和小鲛人一样，他也是在重伤时被宴大哥捡回来的。

初见他时，小鲛人被他惊艳了一下。他约有半尺长，身段细细的，生着密密叠叠的黑鳞，在日光下散射着五彩斑斓的微光。

小鲛人见过海蛇，也生得相当绮艳美丽，但也没有一条能像他这般漂亮。

只是……他实在有些可恶。

自从发现小鲛人后，小黑蛇便日日来这里找他玩。

小黑蛇爬到岸边："喂，小鱼。"

小鲛人睁眼："何事？"

宴金华怕小鲛人闷，便搬了许多书来给他读，因此养就了小鲛人一股清清冷冷的文士之感。总而言之，这是一个彬彬有礼的鲛人。

小黑蛇说："出来，陪我玩。"

小鲛人说："抱歉，我还要修炼。"

小黑蛇："修炼多没意思。出来陪我饮酒，我去偷了那山主老儿的酒。那可是上好的美酒，号称千金醉的。我还惦记着你，够大方吧！"

小鲛人不理他，闭了眼睛，潜心诵诀。

小黑蛇"嘿"了一声，顺着水游过来，软软地缠在小鲛人的手臂上，拿额头轻轻抵住小鲛人的下巴，逼得他把下巴微微抬高。这是他从前辈那里学来的魅惑之术，左右闲来无事，他便用在了小鲛人身上："陪我。"

小鲛人闭目，单手结了个剑诀，神色清冷地道："胡闹。"

小黑蛇倒是个脸皮结实的，生平第一次使用魅惑之术便吃了瘪，反而更愿意往小鲛人这里跑了。

小鲛人适应了环境之后，便很少再像以往一样撒娇，时时把自己当大人来要求。

在他十七岁时，他已经学会了压制自己身上的鲛人气息，并能化出双腿，上岸行走。

小黑蛇仗着天赋，尽管并不十分勤奋刻苦，却也早早成功化出了人形来。

十七岁少年模样的小黑蛇叼着根不知从哪儿偷来的烟斗，将山谷间随处可觅的霓霞草塞入烟斗内，引阴火点燃，深吸一口，没骨头似的倚在新冒芽的柳树边说："小鱼，你能上岸啦！跟我走吧。"

小鲛人："去哪里？"

小黑蛇："你不觉得待在这里怪没意思的吗？"

小鲛人皱了皱眉："是宴大哥把我们救回来的，我们该晓得知恩图报才是。"

小黑蛇笑了一声："怎么？被他救过一次，就算卖给他了？"

小鲛人知道自己同小黑蛇非同路之人，便温和地道："这是恩情，理应报答宴大哥，何谈买卖。"

小黑蛇"哼"了一声："迂腐。"他从怀里掏了一样东西出来，抛到小鲛人怀里——黑绳上缀着一枚雪白雪白的小蛇牙，看上去做得很精致。

"为了庆祝你出娘胎这么久总算学会走路了，我给你准备了礼物。"小黑蛇抱臂道，"拔下来很痛，给我好好珍惜。"

小鲛人一笑，把用自己尾鳞所制的手串递给他，道："多谢。"

他早知小黑蛇野性难驯，早晚会有与他分道扬镳的一天。果然，不久之后，小黑蛇便在山中消失了。

宴金华回来，寻遍渔光潭也不见小黑蛇，问小鲛人及小黑蛇的去向，小鲛人也据实回答不知。宴金华扼腕叹息，嘟嘟囔囔地说："哎呀，可惜可惜，少了一个小弟。"

丢失小黑蛇一事着实让他垂头丧气了一会儿，但不多时他便打起了精神，又问小鲛人："哎，想做我的小徒弟吗？"

三十年一遇的静虚剑会即将在三个月后召开。

静虚剑会是静虚峰招揽、选拔新弟子的仪式，也是面向山中所有弟子的试练。

静虚峰不止一座山头，所属山峰连绵不绝，其间埋有一柄古剑，名曰石中剑，与一千年奇石共生，只留一段剑柄在内，据传是静虚峰初代山主的鲛人徒弟的随身佩剑，其间有灵，兼有初代山主设下的大阵翼护。

守山的七层大阵奇妙无穷，每一层都危机重重，深入越甚者，成绩评定越高；若能抵达石中剑旁，那便是妥妥的优胜；倘使得机缘眷顾，能拔出石中剑，叫石中剑认主，那便是被钦定的下任山主。

但这也不过是一种约定俗成的说法罢了。毕竟千百年来，无一人能拔出石中剑，即使是当代山主赤云子也不成。

宴金华有意通过静虚剑会让小鲛人过了明路，正式成为他的小徒弟。

这是小鲛人求之不得的事情，他非常希望能帮到宴金华，这对他来说是个极重要的机会。

剑会开始那日，小鲛人被宴金华打扮得很普通，尽量不会引起旁人的注意，但他仍然觉得十分紧张，抬手抓住宴大哥的衣袖，微不可察地发着抖。

宴金华笑话他："这么害怕呀？那可得离我近点儿，别被什么猫三狗四的人抓走了。"

小鲛人："不会。"说话间，身体又抖了抖。

他不自觉地再次抬头看宴金华，试图从宴大哥身上得到鼓励。

有师弟注意到宴金华身边的小鲛人，取笑道："宴师兄，剑会还未开始，你就选中徒弟了？"

宴金华笑道："怎么，不可以吗？"

师弟一挑唇角，话中带刺："只是莫又挑到一个'方仲永'便是。"

闻言，小鲛人牵住宴金华衣袖的手指微微收紧了。

剑会开始后，已经悄悄练习了许久剑法的小鲛人一出手便击倒了两个宗门世家送来的子弟，一时引得众人赞叹不已。

但他毕竟只在后山独自练习，唯一的长期玩伴小黑蛇又太过怠懒，导致他进攻有余，防守却不足。他一时不察，被人自后击中大穴，昏死过去。

待小鲛人醒来，他正趴在宴金华背上，随他一道穿过缭绕的薄雾，一步步向前走去。

小鲛人一清醒过来便惦记起战况来："宴大哥，如何了？"剑拿到了吗？

宴金华回过半张脸来，他的脸上被剑气划了一道血痕，在他白净清秀的面庞上略显得有些狰狞。但他是笑着的，扬了扬右手。

小鲛人定睛一看，只见他的手掌中握着一柄一看便知有神器之姿的宝剑。

剑柄乃古玉做成，剑身却宛如新铸，通身流光，宛如水照涟漪，不是那传说中的石中剑又是什么？

小鲛人欣喜若狂，比自己得了剑还欢喜上千万分。他想，我若是再强大些，能再多帮些宴大哥一些，那就好了。

忽的，他似乎是捕捉到了一丝若有若无的第三个人的声音。

鲛人的耳朵向来敏锐，他觉得那个声音有些奇怪，腔调一板一眼的，但他举目四望，却不知是谁在说话。他替宴大哥担心了一路，生怕有人横空跳出来抢夺宴金华的宝剑。

最终，他也没能找到那个声音的来源。

宴金华成功取得石中剑一事可谓震惊四海。

他的灵根在同龄人中早已算不得卓绝出色，还懒散放纵了这么多年，石中剑何以会认他作主？

但具体缘由如何已不可考。隐于石中剑里的千年剑意早已融入他体内，使得他的灵根如同枯木逢春，接连破除修炼桎梏，竟一路冲至元婴六阶，甚至已超越了赤云子，成为当今宗门年轻一辈中最有希望成为山主的人。

众人只能说，旁人无须觊觎，机缘如此，并非人人都能求得来的。

至于获胜的缘由，宴金华对旁人三缄其口，对小鲛人却毫不避讳，取了一颗宝珠来给小鲛人看。那是一颗极美的定海宝珠，集蕴天、地、海之灵，只是捧在掌心，便觉精纯的灵气如水雾般弥散入体内。

宴金华说，这是他在外面游玩时捡到的，可随意换位移形，他就是靠这颗定海宝珠直接破除七层大阵，来到石中剑附近的。

小鲛人的第一反应便是这岂不是弄虚作假？但很快，他便释怀了许多。

宴大哥爱四处玩闹，却偏偏得了这颗定海宝珠，看来，宴金华命里就该得到这把剑，无须旁人再置喙。

自静虚剑会后，宴金华便收了小鲛人为徒。

既然是要过明路，小鲛人过去的小名便不能再用。他们家那一支鲛人以段为族姓，但父母尚未来得及为小鲛人取一个正式名字，便早早去世了。

收徒那日，宴金华拍着小鲛人被长发带束起的乌发，道："你无父无母，我身为你的师父，有为你赐名之责。从今日起，你便叫段书绝，可好？"

段书绝。

宴金华把这个名字念得十分顺嘴，好像这个名字早已在他心中念过百遍千遍，就应该属于小鲛人似的。

小鲛人仰头，目不转睛地看着宴大哥。

宴金华压低声音询问他的意见："这个名字我想了很久，你可满意？"

向来清冷的段书绝眉眼轻轻一弯，双手交叠，深深一拜："段书绝，谢过师父。"

自从成了宴金华的徒弟，段书绝便愈加勤奋地修炼起来。

然而，不知是否是鲛人体质限制，他的修炼随着时间推移变得愈发困难起来，哪怕宴金华拿天材地宝成日养着他，想要寸进也是艰难万分，其发展势头甚至远不如当年成日里玩闹的宴金华。

外面已有流言，说静虚峰未来山主的徒弟恐是个不堪大用的废材。亦有人反驳，废材又如何，宴金华当年不也是众人眼中的方仲永？然而一夕得机缘眷顾，便会一步登天。

这种言论自然也有人嗤之以鼻：机缘不是白菜，若是人人易得，又叫什么机缘？

段书绝把这些议论听入了耳，也听入了心。

他只想着一心为师父好，为宴大哥好，若是别人骂他，他可能还不会介意，但骂的是宴金华，他就不能接受。他向来隐忍，即便难过，也不会轻易同师父说，只是暗自延长了修炼的时间和强度，甚至数度练至晕厥，被宴金华发现后，就把他放到灵池内休养，帮助他平衡体内乱蹿的灵气。

段书绝从精疲力竭中醒来时，总能看到宴金华在自己身边坐着，双脚浸在池中，手上翻着话本。

瞧见段书绝醒了，宴金华便大大咧咧地挥手道："我泡个脚，你随意。"

段书绝伏在岸边，拿鱼尾小心翼翼地去碰宴金华的脚，确认碰到后才问："师父在看什么？"

宴金华把话本子翻过一页，随口撒谎道："高深的剑法。你现在的水平还看不懂，等哪日你进益了，我便把这些倾囊相授。"

段书绝便信了。

四载光阴流水而去。

段书绝已经是一名身穿蓝衣白衫的青年，背负一剑，已有卓尔端方的君子风范。他的剑法已臻于炉火纯青之境，只可惜灵气不足，迟迟不能将剑法的威力发挥至最大，就连金丹也未能结下。

现在，他觉得自己是一个成熟的鲛人了，已经可以陪师父去游历四方了。

宴金华向来不喜欢枯燥的练剑生活，他不能枯守在此处，应该陪师父出外游历才是。于是，他们二人结伴而出，去巴蜀一带游玩。

谁想，到了巴蜀之地，段书绝竟然意外地遇见了熟人。

有人说一黑蛇妖在巴蜀一带横行，为非作歹，名唤叶既明。附近的宗门都拿他无可奈何，他霸占一处风光优美的山头，时常下山捉人，却也不拿来果腹，往往逗弄一阵后，便又将骇得面如土色、肝胆俱裂的人好端端地送下山来，行事恶劣，着实可恶。

听了这个描述，段书绝便隐隐觉得，这只妖物他或许认识。

他与宴金华一道上了山，叩开了山门。

宝座上倚靠的，可不正是那坐没坐相、站没站相的小黑蛇？

他早已长成俊美又邪气的青年，一袭埋着暗金色蛇纹的华丽黑袍衬出他修长的身段，左眼下方有一片黑色的蛇鳞纹，与他淡金色的眼瞳相衬，甚是妖艳。

二人皆是一眼就认出了彼此。

小黑蛇看也未看宴金华一眼，单手支颐，打量着段书绝："小鱼，你的功力退步了啊！"

"段书绝。"段书绝温和有礼地报出了自己现在的名字，又指了指自己的左眼，"没退鳞？"

"你才没退鳞！"小黑蛇叶既明唾了他一口，往蛇鳞处点了两下，"好看！你懂不懂得欣赏？"

段书绝含笑道："是，颇为赏心悦目。"

叶既明被这久违的语气一调侃，有点怔忡。

宴金华看这二人一来一往，聊得好不热络，便主动插话："小黑蛇，你还记得我吗？"

叶既明正同小鱼聊得开心，不意被人打断，便拿眼角冷冷一扫来人："你是哪根葱？"

宴金华下山时，脸色并不算好。

段书绝替叶既明说了一会儿好话，宴金华方才气鼓鼓道："蛇这种东西当真是养不熟！"

段书绝觉得有些哭笑不得。

宴金华就是这样，性情多变，偶尔待人温和，有时偏又孩子气得紧，甚至会要求段书绝重复："我是段书绝，我永远做宴金华的徒弟。"宴金华虽说是大哥和师父，但成年后，反倒是段书绝照顾宴金华更多，满足他一些稀奇古怪的"奇思妙想"。

段书绝并不奢求很多，他只希望一切如常便好。

然而，世事却总不如人心所愿。

宴金华体内灵气远超段书绝，宴金华把灵气渡给段书绝后，段书绝的灵气也随之水涨船高，不出两年，便突破金丹境界。

但不知是谁向赤云子说段书绝金丹大成之时，天边未有彤云集聚，反倒乌云密布，疑心段书绝并非正道之人。

于是，段书绝身为"妖物"一事愈传愈凶，渐渐的，山中人人俱传，流言蜚语终究传到了现任山主赤云子耳中。

要知道，宴金华将来是得继承静虚峰山主之人，他的首徒怎能是一个妖物？并不知晓段书绝自幼生活在仙山灵泉中，身上断无一丝邪气的弟子们包围上来，封锁了渔光潭，要求宴金华交出妖物，给大家一个说法。

宴金华将段书绝护于炼丹阁内，令他千万不可轻易出门。

段书绝倒还冷静:"师父,没事,我问心无愧,愿接受太师父盘问。"

宴金华说:"他们正在气头上,怎容得你为自己申辩?莫要擅自行动,乖乖坐好,烧好这一炉丹,放心,我会给你一个交代。"

说罢,宴金华步出炼丹阁,并信手在炼丹阁外加诸了一层封印。

段书绝面朝向丹炉,将火燃旺,耳朵却细细听着外面的动静。可惜有封印,屋内不能听清阁外发生了何事,唯有赤云子的愤怒指责声依稀可辨:"他隐匿身份一事,你可知晓?"

不知道宴金华说了些什么,赤云子怒道:"多年隐匿不发,若是妖道故意混入,该当如何?你这个师父是怎样当的?"

宴金华又讷讷地说了些什么,赤云子怒气方平:"你既这般说,我便等着你说的交代!"

少顷,大门再次打开,宴金华大步走入,阁门在他身后轰然关闭。

段书绝起身询问:"师父,如何了?"

他当真怕自己连累了宴金华,他明明有无限光明的前途,是将来的静虚峰之主,是……不等他想完,宴金华便快步走过来,极用力地握住了他的双肩,甚至有些弄疼了他。

段书绝有一瞬间的怔忡,因此未能在第一时间察觉身后有股异样的热浪扑来——熊熊燃烧的八卦丹炉悄无声息地打开了门。

一扇死门对着段书绝打开了。

段书绝被推入丹炉的瞬间,他甚至都还没有反应过来。

死门关闭,他被彻底封死在环伺的火舌之间!这火还是他自己添的灵木烧起来的。

这一切发生得太过突然,段书绝瞠目结舌许久,方觉烈火焚身,剧痛难当,但他连一声都叫不出来。因为他听到了宴金华振臂高呼的声音:"各位弟子,我并不知孽徒段书绝乃妖物!此物有意欺瞒于我,潜入山内,狼子野心,其心可诛!我犯有失察之罪,已亲手诛杀孽徒,望请师父惩处,以儆效尤,也让众弟子以我为鉴,切莫再轻信他人!"

妖物?为何?为何啊?

宴大哥,师父,是你带我入山,是你将我养于渔光潭,你分明知道我并非……

无数问题乍然涌入段书绝脑海。

只那一瞬,他意识到了许多以前从未注意到的可疑点。

自己与父母栖居之地向来隐秘,为何会被人发现?为何自己在年幼逃亡时会闯入一张生满倒刺的渔网?

他虽然慌张,却仍有起码的谨慎,那时他明明很仔细地观察四周,并未发现陷阱,除非是那张网带了灵气,隐匿在海波之中……

为何宴金华会恰好出现在那里?为何宴金华会将重伤的他捞起来,毫无芥蒂地带回山中，豢养多年，却从不让他为人所知？

是怕他鲛人的身份暴露，惹来非议吗？那为何他又在自己成年后，提出要让自己参加静虚剑会？为何向来不务正业的宴金华会在剑会中一举夺魁，拔得头筹？为何自己成年后，修炼进度大幅减缓，几乎成了半个废物？

为何他可以收自己为徒收得毫无芥蒂，杀也能杀得毫无愧心？

这些思考被一个突如其来的怪异声音打断。

发育成熟的鲛人的耳朵本就敏锐异常，尤其在濒死前，更是敏锐。他听到了一个一板一眼的声音。

这个声音他是听到过的，就在宴金华拔取石中剑之后，他在薄雾中听到过。

只是从没有像这次这般清晰。

滴，恭喜宿主宴金华！主线进度完成百分之百，达成成就"气运掠夺者""疯狂收藏家"。物品盘点：获得原小说《鲛人仙君》中"气运之子"段书绝所属石中剑×1，定海宝珠×1，鲛人泪×10，君山剑谱×1，湘水神木×1，及段书绝躯体所炼长生鲛丹×1……请问，是否接受传送？

这也是段书绝最后听到的声音。

他的身形晃了晃，没入烈火之中，再也不见踪迹。

白衣焚尽，丹心摧折。

一滴眼泪自眼角滑下，没入乌发间，在熊熊火焰间，滚落了一颗被烧焦半边的鲛人泪。

4

段书绝，《鲛人仙君》男主角，被侵入者宴金华成功夺尽气运，陷害为妖，炼为鲛丹，身死魄消。

与此同时，宴金华认为自己好不容易体验了一把宗门子弟，自然要在这里多过几年逍遥日子才够本，所以任务结束后并未马上接受传送。

数日后，一名黑衣青年来到静虚峰下，自称是段书绝的至交，欲乞骨返乡，望请成全。

听过回禀之人的描述，宴金华怎么猜不到来者是谁，冷笑一声，托人传话下去："既然是求骨，总要拿出些诚意来才好。"

他知道故事情节的发展，也知道这条"黑蛇"实则为虺，五百年成蛟，再过五百年便能成龙，因此他对待他和段书绝一样，巧施妙计，设下陷阱，将他重伤，带回山中豢养，指望有朝一日，有条龙鞍前马后地做他小弟，岂不美哉？

谁想到，蛇果真是养不熟的玩意儿，吃了他的仙果，饮了他的灵泉，打下了不知比其他虺蛇深厚几许的根基，却不告而别，再见时还对他佯装不识，着实可恶。

他身为主角，总该给这条蛇一些教训才是。

很快，山下有了回复："你要什么诚意？"

他回道："便叩上山来吧。"

宴金华要求，自山脚出发，三步一叩，每叩必是等身长头，必是五体投地。每遇河流，也需得在岸边磕足与河流等宽的头，方能涉水而过。

宴金华的理由倒也充分：段书绝欺瞒师门，忘恩负义，于静虚峰有亏，是静虚峰的罪人，这青年既然是他的至交，若是轻轻松松就能带他的骨殖离开，那他身为未来的静虚峰之主，对静虚峰众人又要如何交代？

叶既明没有再托人传话回来，一振袍袖，撩起袍底，俯身便拜。

正门在静虚峰主峰，需得越过三山，才能抵达。

叶既明一言不发，历时半月，拜过三山，抵达正门。

赤云子也听说了此事。

他只知叶既明为虺，有望修成正道，看他叩拜上山之举，又委实是个讲情重义的，便把宴金华叫去，让他把段书绝的骨殖给他。

宴金华满口答应，心中却在暗笑。要知道，段书绝哪里还有骨殖在，全随着一炉烈火化为飞灰了。叶既明拜也是白拜，到时候叫他空欢喜一场便是。

半月后，叶既明抵达山门，宴金华请他入山，进入炼丹阁，大模大样地展示给他看，并遗憾地道，八卦炉火太旺，他心心念念的小鱼早已灰飞烟灭了。

叶既明面色如常，在炼丹阁中转过一圈，便告辞下山。

叶既明没有腾云而去，而是徒步下山。他恍恍惚惚地想着过往，手上一圈圈转着段书绝赠给他的鱼鳞串。

他记得当年自己拿到这鱼鳞串时还颇为嫌弃了一阵："这是什么？不会是你没事儿干搓下来的吧？"

段书绝也不笑他的无礼，他的脾气向来这般温和："不喜欢？"

叶既明"哼"了一声："不喜欢。"

"且拿着吧。"段书绝道，"以后你可以拿它跟我换一件好东西。"

叶既明："当真？"

段书绝："君子一言。"

叶既明走了一路，怨了一路。

什么君子不君子，你倒是给本君好好地活着啊！

离开静虚峰范围，叶既明终于耐受不住，一口鲜血凌空喷出。

身为龙族，对人、对事皆是非黑即白的判定，被他认定的朋友，那就是比他性命还要重要的人。而害他朋友之人，便是他毕生的仇敌。

五年后，叶既明修炼逆天焚身之法，方成蛟身，便立即找上宴金华，以蛟火焚尽静虚峰五山，险些斩去宴金华一臂。

他放出狂言，静虚之祸，自我而始。

他将静虚门下弟子擒来，也不杀，只因于居所天坑之中，封其灵气。

他不杀无辜之人。小鱼被围杀，是因为被人误会，众人并不知道他的身份；况且，他没道理滥开杀戒，蠢到引天下宗门与自己为敌。

五年前，他为求得小鱼骨殖，可以忍辱负重；五年后，他为了给小鱼报仇，也能强忍杀意。他叶既明从不是莽夫。

我捉静虚峰一人，你不理会我，那好，我便捉上成百上千，想要他们回去，便交出姓宴的。

但宴金华始终占着大义的名头，手中又握有石中剑，千年剑意，还奈何不了一条刚刚成势的蛟龙？

宴金华暴怒，决意不给这个狼心狗肺之人活路，只感叹自己时运不济，明明是想收个小弟，不承想却是个农夫与蛇的故事。

他忍痛贡献出本来打算当作战利品来收藏的鲛丹，制成了暗器，找机会重伤叶既明，率领正道人士将其逼杀至崖边。

宴金华看着这条在原系统中本该叱咤风云的黑蛟被狂风吹得鬓发皆乱，立于崖边，难免心生快意。

《鲛人仙君》里，这可是一尾风流恣肆的狂蛟，白鲛仙君和黑蛟妖君本该是一对互相欣赏却立场相反的宿敌，谁能想到竟会看到黑蛟为白鲛搏命的一日？

宴金华扬声道："黑蛟，你作恶多端，还不束手就戮？"

叶既明仰天大笑："姓宴的，本君不知束手二字如何写！你可束吾之手，可能束我之心？"

他早已重伤累累，知晓自己此战必绝命于此，反倒将手中沾满鲜血的鱼鳞串一甩："你要吾命，吾便在此，但段书绝冤枉！着实冤枉！若本君所言为真，颈血三丈，请溅崖壁，血色不褪，百年不灭！"

宴金华知晓叶既明已经是强弩之末，便装作不闻，挥手示意众弟子上前。做首领就是有这等好处，不必亲自动手，稍动一动口便有千军万马替其效力，只是那段书绝太过愚拙，不会使用罢了。

宴金华做高人状，负手而立，侧耳听着厮杀声，心中满是不屑。

《鲛人仙君》是本升级流小说，男主段书绝乃鲛人出身，十二岁时父母被妖物猎杀，双双亡故，段书绝被一名叫逍遥子的闲散宗者所救，得老者赐名书绝，老者教他仁道，亦教他以德报怨，点拨过他剑术与心诀，助他化出双腿后，便翩然远去。

段书绝得悟大道，拜请上山，静虚峰便是他选择的第一处山头。

静虚剑会，他以初生牛犊之态，一路冲至七大阵内围，握上了石中剑剑柄。刚一握上，他便感觉到一股熟悉的气息直冲颅顶，登时感到神清气爽，脑海中有人语响起。

此剑乃静虚峰创始之人的佩剑，而这个人，竟是一个鲛人。

石中剑乃海底沉璧石锤炼打造，恰合鲛人体质，只有鲛人血滴于其上，才能拔出石中剑。此剑最合鲛人体质，若让鲛人来使用自是最好，就算旁人无意中获得，也需不断吸食鲛人灵气，才能保证石中剑的正常使用。

段书绝得此剑后，不敢擅专，便找到赤云子，自承身份，并交代了此剑的来龙去脉。

赤云子思虑再三，决定留下他，收为弟子。

原文中，赤云子那位天赋不高的二弟子就是一个几乎没有存在感的人，只是偶尔在段书绝得宠时说上两句酸话，却在外人诋毁段书绝时差点儿跟对方掐起架来。

《鲛人仙君》里皆是这种烂好人，没什么绝对反派，就连段书绝的宿敌叶既明也是一个潇洒恣意的少年郎，亦正亦邪，和段书绝虽然互为知己，却因道不同无法相谋。

就为了这么个无聊的理由也能掐这么多年，作为读者的宴金华看书时只觉得这两个人脑子都有毛病。对宴金华来说，《鲛人仙君》的不足可不止这一个，看这篇文时，他时常冷笑不已。

作为一个仙侠文主角，这么拘束他活着有什么意思？

尤其是原文中段书绝在成为仙君的数年后，遇到当年杀他父母的妖物，居然在妖物什么也没做的情况下就轻松地选择了原谅？怪不得在连载的时候，作者自己都写不下去了。

宴金华的任务就是填补这些坑文的结尾。在他看来，这简直是最快活不过的事情了。尤其是在《鲛人仙君》里，他收获了岂止一丝半点的快乐？

夺取主角的光环，让主角对自己顶礼膜拜，这种快乐岂是一言半语能概括的？

在宴金华享受胜利的快意时，黑蛟那边的战斗也已经接近尾声。

叶既明毕竟单枪匹马，但宴金华带来的弟子们任他如何杀也杀不完。

在战斗中，叶既明被一剑断喉，血溅盈尺，坠下崖壁。

然而，神奇的是，他颈间喷出的蛟血竟当真染红了山壁，碧色深透，将山石化作血玉一般的颜色。

宴金华率领弟子拂袖离去，对他而言，黑蛟也好，白鲛也罢，终归只是书中的两个人物角色而已。

他殊不知，身死的叶既明并未像段书绝那般即刻灰飞烟灭，他被一股巨大的力量扯入了异世。

"熵值读取……熵值达标……"

"这位先生，您好，请问您想要加入'洗雪系统'吗？"

叶既明不懂他扯的是什么，但眼前情境如此，又提及"洗雪前耻"，他便以为是哪个无聊仙人设下的玩意儿，张口便道："若能洗雪前仇，自然是好。你要本君付出什么？"

听过那些让人云里雾里的细则后，叶既明却摇头道："忘记？我不要他忘记。本君不要让他稀里糊涂地活一辈子，你得让他也记得。"

那说话的人对叶既明的要求有些为难："规定是这样的……如果你手中有他的意识残留，我倒是可以帮你转交给我的同事。"

叶既明抚着手中的鱼鳞串，略有不舍，但还是咬牙将其递过来："给，在这里。"

当年叩拜上山，他仅在炼丹阁八卦炉附近捕捉到了这一丝心灰意冷的残识，便由其寄宿在了手串中。

这些年来，他一直细心保存，当无法忍受修炼的痛苦时，他便摸摸手串，身上和心里便都能好受很多。

那个自称"系统"的人接过手串，善意地警告叶既明："你确定吗？把主导权交给他，他万一对那个人还抱有幻想，该怎么办？"

"本君在旁边看着呢，他敢。"

"你也要保留记忆？"

叶既明："这是自然。"

"系统"为难地说道："这怕是不成……恐怕会改变系统的规则，我没有这个权限，得向监察机构写个报告。"

叶既明愣了一下，以为这事不成，便道："那算了，你让他记着被杀之恨便好。"

"系统"见惯了太多变卦的宿主。叶既明以为段书绝会恨，但万一段书绝不恨，或是恨得不够，那又该怎么办？他试探着询问："万一他不肯洗雪……"

"那是他的事情。"叶既明说，"让他活着，是我的事情。"

"系统"有点感动，说："那我帮你问问吧，说不定会有转机。"

5

时间轴回到池小池所在的当下。

池小池结合已知信息，简单地做了个归纳总结。

复生一事其实并不是由段书绝主导的。他毕竟是个君子，怕是想不到这个世上会有此等丰富的生物多样性。就连死前，他的迷茫、不解也远多过恨意，是以未能符合系统制订的熵值下限标准。

他被焚后五年，叶既明为其复仇，命殒断崖，恨意强烈，被和"渣男回收系统"隶属同一大系统的另一位专司洗雪前辱的主神捕捉。但叶既明不愿一人复生，用手中的鱼鳞手串寄识，欲令段书绝复生。

洗雪主神根据叶既明的诉求，拟定了一份报告，提交给了监察机构。

这个报告几经辗转，最终落在了专业更加对口的"渣男回收系统"的主神手里。

双人归来，情况毕竟特殊，主神跟监察系统讨价还价了许久，最终敲定可以在倒回世界线的同时保留叶既明与段书绝两人的记忆，但必须要把任务上限提高，即要从宴金华身上获取200点悔意值，宿主才能够脱离世界线。

这个光荣而又倒霉的任务，不出意外地落在了池小池肩上。说主神不是内定，池小池本人都不信。

至于池小池在观摩过段书绝整段记忆后，想了又想，觉得实在是难以用语言形容这次攻略对象的行为。

池小池直接切入主题，问："宴金华配备的那个修书系统也是你的同事？"

061答道："我们整个系统约有七十多个大项，'渣男回收系统'只是其中之一。像宴金华这样业务也有，但承营的主业也是替人洗冤，不是续写结尾，也不是夺人气运。"

池小池："就是那个接待叶既明的'洗雪系统'？"

061："是，那个是专门针对各种媒介中的NPC的。"

"宴金华的修书系统有没有直接侵入的可能？"

"刚才我试验过。但是……"061无奈地摇头，"我检测不到它的存在。"

池小池微微一挑眉。

"它应该和我一样，没有严密的防御机制，大概只有发出提示讯号，或者处在较近距离的时候，我才能捕捉观测到。"061道，"坏处是它和我一样，恐怕很难从源头消灭；好处是如果我隐藏得好，它也同样检测不到我。"

池小池点头，手里拈着泉底的鹅卵石，暗自估算着自己和宴金华目前各自拥有的筹码。

很明显，宴金华这个人廉耻值为0，脸皮厚度为1000，想要钻破大概需要动用打桩机，指望他因为自己的行径后悔，不如去研究学打桩机哪家强。想要让他后悔，大概不能走常规道路了。

池小池一边摆弄鹅卵石，一边乖乖做着段书绝每日的瀑布修行。

现在，对他们来说还有一个问题。

接受"洗雪系统"进行前仇洗雪毕竟不是段书绝的主意，池小池并不知道段书绝心里作何打算。毕竟这世上是真的存在甘愿被人卖了还给人数钱的人的。

池小池摆下一颗鹅卵石，问："你心里怎么想的呢？你是十世善人，历经八十一难；他杀人放火，立地成佛。世上可有这么便宜的事情？你再被他坑一次也不打紧，就当是做善事了，度不了自己，还能度宴金华，让他再爽一把？但是叶既明呢？你看过他的故事了，也知道无人制约，他会变成什么样子。他这回是逆天行事，万一不成，到时候他会变成什么模样，你想过没有？到那时就不是宴金华要收叶既明，而是天要收他了。"

池小池把该说的都说了，也给了段书绝选择的机会，现在就看段书绝如何选了。

很快，段书绝便给出了他的答案。

池小池低下头去。

有人用纯白的鹅卵石在潭底拼成了一行字。

方才，池小池没有刻意控制双手，而是把身体的主导权还给了体内的段书绝。

段书绝灵气卓绝，还没被宴金华当作石中剑的"充电器"前，是当之无愧的惊世之才，虽然与季作山优越的精神力天赋不能完全相提并论，不能和池小池交谈，但支配身体的自由度却是足够。

"哪怕天要他死……"他体内的段书绝用一颗颗石头摆出自己的想法，"我也要他活。"

池小池微微一笑："明白。"

段书绝又将鹅卵石摆弄一番，温和地致意："劳烦了。"

段书绝破碎的残识仍记得与叶既明共度的那整整五年的光阴。

池小池感叹道，段书绝不愧是自矜的君子，就连表达自己的意见时也说得格外婉转。

算算时间，他已经差不多做完了段书绝上午的修行功课，池小池便站起身来，侧身将湿漉漉的黑发拧干。

冰水已经把衣裳全部浸湿，水顺着衣摆滴滴答答地汇流入泉。好在鲛人的体质特殊，段书绝从小在深海之中长大，并不惧怕寒冷，沐浴过冰水后，反倒有一股热流在经脉之间涌动。

池小池摸了摸小腹的位置。丹田聚流时，有股清晰的暖热感。这种突然变成仙人的体验着实新奇，池小池跟体内的061搭讪："六老师，六老师。"

此时，061满脑子都是池小池刚才劝说段书绝时说的话。

"你知道无人制约，叶既明会变成什么样子"。

池小池又何尝不是这样呢？他现在不肯接受，多少也是在害怕自己的改变不能让当年的娄影接受。倘若自己真的不理他了，岂不是又将他往外推？想到这里，他的语气柔和了几分，应道："嗯？"

池小池："等我在这儿积累完经验值，回去之后，我是不是可以去开个气功班啊？"

061失笑。

正和061瞎扯时，池小池陡然心念一动。还未意识到发生何事，他的身体就先做出了反应。他侧身踏步，单足划水，一把接住了从天而降的黑衣少年。

那个少年的身体冰冷而柔软，如同冰雪。他的左眼下生着黑蛇鳞，在粼粼的水光和日光照射下，有着奇异的激光质感，流光渐变，煞是美观。

那个少年也是一脸一身的水，笑嘻嘻的。

此时的叶既明刚离山不久，还没选定落脚点，索性先在静虚峰附近转圈游荡，琢磨着将来要去向何方。他在一处小竹林里吃醉了酒，跣足而眠，等乍然惊醒时，他浑身冷汗，宛如做了个漫长的噩梦。

叶既明怔忡许久才慢慢反应过来，他摸一摸咽喉，大喜过望，翻身而起，直奔回山来，甚至把鞋都忘在了竹林里。

此时，他不过是一条小小的虺蛇，又受灵气滋润多时，身上的气息十分纯净，是以静虚峰的守山大阵根本防不住他。他是一路从水里游进来的，从瀑布上方坠下时被人接住，他也不觉得尴尬，只知道看着眼前人哈哈大笑。

只是原本狂放的大笑被弱化成少年的声音后，霸气全无，反倒显得稚嫩可爱："姓段的！你害本君好等！"

池小池礼貌地自我介绍道："你好，我姓池，你可以叫我姓池的。"

等听出此人绝非段书绝，叶既明既惊且怒，他纵身跃下，赤脚踩在水里："你是何人？！你怎么没被段书绝克制住？"

即使之前有被告知"相关条约"的内容，叶既明仍一直认为，以段书绝的修为，怎么可能轻易被区区的"替身"克制住。

但……事实证明他错得非常彻底。

叶既明的脸色黑一阵红一阵，气此人占了段书绝的身体，恨不得一掌将此人打死，但因未能习得隔山打牛的精髓，又怕打坏了段书绝的身体，只能咬牙切齿地生闷气。

池小池倒是自在，沥干头发后，便涉水走到冷泉边，用灵气把身上的湿衣烘干，又将衣服一件件穿好。在他将白色发带绑在束起的高马尾上时，叶既明总算缓过了劲儿来，快步上前，一把捉住池小池的衣袖，低吼道："走！"

池小池看着他，道："去哪儿？"

叶既明喝道："给我闭嘴！我是来带他走的，跟你没关系。"

池小池单手将发带捋平，说："我不走。"

"你以为他的身体是你的吗？"叶既明已经十分不耐烦，连伪装的黑目都维持不下去，一双金色蛇瞳乍然绽出厉芒，"听本君的！"

常人面对如此的声色俱厉，就算不心生畏惧，怕也早虚了三分。

然而，一个十七八岁的少年气鼓鼓地自称本君，倒更像一头张牙舞爪的小兽，更何况池小池童年时，筒子楼里有人常年泡药酒养生，经常弄些蛇、蜥蜴之类的回来。池小池一看到蛇眼，就想到被泡在玻璃罐子里的一脸死不瞑目的药蛇，实在是紧张不起来。

池小池淡定地道："听你的可以，可你打算怎么让我完成任务？"

"不就是要那宴金华后悔？"叶既明冷哼一声，"本君将他绑起来日日放血，我就不信这样还凑不满你要的东西！"

池小池承认这个方案颇有建设性，他也喜欢这种人狠话不多的风格。但他慢条斯理地道："你确定这是段书绝想走的路？"

一提到段书绝，叶既明倒是冷静不少。

他虽然容易冲动，可也不是真正的莽夫，尤其是为着段书绝好的事情，他总会多想几步。

在与那个"洗雪系统"相处的短暂时间里，他晓得自己是一个书里的角色。说实话，叶既明得知此事时，第一反应便是要去杀了那个乱写的作者。

小鱼是哪里对不起他，要被他这样安排？

不过，得知书里真正的小鱼是什么样的之后，叶既明便打消了这份心思。

左右这本书已经被弃置不管了，那活成什么样，就各凭本事了。

叶既明明白，从一开始宴金华就是冲着段书绝来的，他想要夺小鱼的气运，还想拿他炼制可护身、可驱邪、可养剑的鲛丹。小鱼一旦脱逃，那宴金华后续的计划便全部泡汤，只能留在这里当一辈子纨绔无能的二师兄，人人都能讥笑他一声"废材"。

这样一来，姓宴的又岂肯善罢甘休？

叶既明若是带走小鱼，宴金华只需要利用石中剑，制造一个丢失宝贝的罪名，扣在小鱼和他身上，便可坐收渔翁之利。叶既明虽然不是介意虚名之人，可小鱼这一世的名声岂不会毁于一旦？

何况，现在的叶既明还不是那个修为逆天的黑蛟妖君。他成日混闹，游山戏水，最大的乐趣就是每日咬来仙果喂鱼。论灵气，他恐怕还不如现在的小鱼，他难道要让小鱼来保护自己？

叶既明越想越气，越想越急，又不想让小鱼留在姓宴的身边，又恨自己无能，真恨不能即时咬死宴金华，一了百了。

偏偏在这时，一个熟悉的脚步声自林外而来。

叶既明一腔怒火找到了发泄口，刚想上去直接一口咬死这人，池小池便看出了他的意图，干脆利落地一指点在了他腹部靠右的位置。

叶既明的眼睛猛然睁大，一句脏话还未出口，就捂着小腹软了下去。

叶既明腹部受挫，身体瘫软如泥，只得在池小池的眼神指示下不情不愿地化作小黑蛇，顺着他的袖口钻了进去。

叶既明这下受了大委屈，气得不行，牙齿咬上了段书绝的袖口，发力一撕，袖口立即发出"刺啦"一声裂响，被撕出了个大口子。他满意地看着自己搞的破坏，心气稍平，摆着尾巴游往了袖口深处，绕在了段书绝身上。

七寸处仍隐隐发麻，叶既明实在气不过，又骂了一句。

而061悄悄地和池小池交换信息："刚才……动手的是你吗？"

池小池拿木梳子理着段书绝的长发："当然不是我。"说罢，他微微歪头，对水中一笑，竟与那个众人心目里清冷的段书绝的形象完全重叠了起来。

宴金华回来后，发现他养的鲛人正背对着他坐在岸边，对水梳发，心中颇有几分得意。

一想到这是个原文中叱咤风云的主角，如今却像他饲养的宠物一样等他回家，怎一个爽字了得？

宴金华心情极好地去找他豢养的小黑蛇，却处处不见踪影。他只当是小黑蛇调皮，并未细寻，回了渔光潭前洗手。

段书绝看到他，温和又谦恭地向他点点头："宴大哥。"

宴金华甩一甩手，故意把水珠甩在段书绝脸上，问："小黑蛇呢？"

小黑蛇在段书绝身上转了一圈，气得吐了吐芯子：本君在此。

池小池则淡淡地抹了把脸，在心里对061说："可惜了，不能说脏话。"

向来绅士的061竟然开始真心实意地替池小池憋得慌。

好在池小池面上的礼节维持得十分到位，回答也是段书绝式的谦恭有礼："大概是走了吧。"

"走了？！"

即使是再温和的话语也无法抹消宴金华听到这个消息时的震惊，他从泉水边跳起来："什么？什么时候走的？为什么要走？"

"他的性子本来就野一些。"池小池温和地看着他，说，"宴大哥，人各有志，切莫强求。"

宴金华瞠目结舌。

他把小黑蛇救回来之后，想着他将来会成龙，便不敢怠慢，下了血本，特意拿空间灵泉里结出来的果子给小黑蛇吃，可那条小黑蛇不知是不识货还是太识货，一吃便吃上三四颗，还连吃带拿，一气能顺走七个，好分给小鲛人吃。

要知道，即使是拿灵泉浇灌，这棵宝树半年也只能结出七八颗果子，宴金华吃不得修炼的苦头，就只能靠着这果子养养灵根了，谁想小黑蛇动辄抱了他的果子走，一点儿都不客气。

宴金华心痛之余，也只能安慰自己：一个是未来要炼的丹药，一个是自己未来的小弟，他们越强大，自己能得的好处越多，这也算是长期投资，放长线钓大鱼了。

不承想这条小黑蛇拍拍屁股，说走便走，连句感谢的话也没有？宴金华着实心疼那些浪费了的果子，又不敢在此时在段书绝面前崩人设，只得嘟嘟囔囔地道："这也太没良心了点。"

话音方落，061耳朵一动。

在近距离间，他隐隐听到了一个奇异的机械音。

"滴，宿主请注意，宿主请注意！原主段书绝对您的好感值出现异常！数值归零，正在申请复检，请勿慌张。"

◇ 鲛珠，豁然，一世师徒

1

061心中登时警铃大作。

不妙！

宴金华配备的系统和自己属性一致，与要攻略的主角"段书绝"更是关系紧密。换言之，从理论上讲，它能够实时更新，甚至精密地监测到池小池任何数据的变化！

061坚信这和池小池的演技无关。小池已经靠演技把段书绝对宴金华原本为-500的好感度提升到了0，是个非常努力的好孩子。但061同样不敢怠慢，立即着手捕捉异常侵入的脑波讯号，悄悄进行细微的干扰和修改，渗透入内，以确定这个系统惯用的传输信息与数据的格式。

对系统而言，这次操作的精细程度绝不亚于一场外科手术。

同为系统，061明白此刻自己最大的优势就是尚未被对方发现。一旦被对方察觉到自己的存在，那小池怕是只有和宴金华撕破脸皮一战一条路可走。

他该让小池有更多活动和斡旋的余地才对。这是061身为系统的责任，也是娄影的责任。

池小池注意到宴金华的神情微僵，面色有异，而且不再继续抱怨忘恩负义的叶既明，心中便觉得有些不妥，问061道："怎么了？"

061正将一个小型木马病毒混入信息流中，悄无声息地导入宴金华的系统之中。动作就像从琥珀中提取千万年前的蚊子血一样谨慎小心。好在他在上个世界线里和那些通缉他的AI斗智斗勇，已经做过了充分的预备练习。他一边工作，一边温和地道："没事，你放心。"

现在他不该让小池分心，让小池保持心态平和才是最要紧的。

池小池知道一定是出了什么事儿，但既然061叫他放心，他便能放心。

因为告诉他"要放心"的是061。

不多时，061已经获得了足够的数据。在对方系统再次发出检测信号时，061成功在中途截流，并将一份伪造的数据发送了过去。随后，便是紧张而无声的等待。

同样紧张的还有宴金华。

他这次回山就是算着静虚剑会开始的时间回来的，他打算带段书绝参加静虚剑会，并借机谋夺原本属于段书绝的气运。

原文中的段书绝随逍遥子行走天下，此时已有少年任侠之气。他在静虚剑会中拔得头筹，夺得石中剑和剑中蕴藏的千年剑意，从此走上逆袭之路，一路煊赫，好不风光。

他宴金华可不是逍遥子，养了段书绝这么多年，也该从他那里收取些报酬才是。

但若是段书绝发现了当年之事……

不会吧？他那件事做得隐蔽得很啊！

段书绝的父母早晚会死在那群贪图鲛珠的妖物手里，这是他们的命数，不过是早死了几年……

虽说这般安慰自己，但宴金华仍是忍不住心跳如鼓。

好在，数分钟后，他的系统给出了明确的答复："滴，宿主，非常抱歉，之前传送的数据有误，现在已经修正，攻略对象对您的好感度仍为100，请您放心！"

宴金华大舒一口气，又忍不住责怪道："下次调查清楚再说，吓了我一大跳。"

解决了这段小插曲，他才把自己的打算同段书绝说了。

果然，段书绝没怎么犹豫便应承了下来。

宴金华心事一了，就又闲不住了。他听说九师弟收了个女徒弟，过两日，九师弟便要带她下山游历，半月后方归。而静虚剑会在二十天之后举行，算来时间充裕，他也可以跟着九师弟去走这一遭，放松放松。

他一走，叶既明反倒在渔光潭附近住下了。用他的话说，本君要看着姓池的，免得出什么幺蛾子。

池小池晓得他是不愿意离开段书绝而已，也不戳破他，只是按照段书绝以前的习惯行事，练剑，养气，在瀑布下打坐静思。

从前，本该属于段书绝的石中剑被宴金华夺去，而宴金华想要使用原本属于鲛人的石中剑，必须以鲛人之气灌注入剑身中。因此，段书绝便在不知不觉中做了他的"移动充电宝"，体内灵气每况愈下，几近枯竭。

段书绝并不知晓个中内情，只以为自己愚拙，因此成年后进步缓慢，努力以勤奋补之。

宴金华为了不惹他怀疑，便借自己身份之便，大方地搬了许多静虚峰的秘籍来给他参考学习。因为他知道段书绝学了也没用，原因很简单——再好的发动机，没有油也是白搭。

但这些曾经的秘籍对现在灵气未被夺去的段书绝而言，如同深厚的地基，足以使得万丈高楼平地而起。

日日夜夜的苦练让各类剑招早已深深地刻入段书绝的骨子中，池小池只是稍作温习，段书绝就能收放自如。但段书绝并未满足于此，仍每日苦练不殆，想让这个年轻的身体做到更多，得到更多。

段书绝身为鲛人，灵气凝聚时自有水雾集聚，因此剑舞如飞时，他整个人宛如身在水墨画间，衣带当风，皎然若仙。

叶既明坐在树上静静地看着他。

不过，叶既明终究不是闲得住的性子。待了两日，他又馋酒了。

自之前段书绝被焚后，他以烈酒镇心痛，染上了酒瘾，如今两日不沾酒，精神便委顿得很，懒洋洋地偎在树上哈欠连天。

一套剑舞毕，池小池去瀑布下沐浴。

叶既明喊："喂，小鱼……姓池的！"

池小池转头看他。

叶既明直起身来，说："我要去那赤云子老儿的窖里拿酒了。"说得简直像是去自家地下室一样自然。

在瀑布发出的巨大轰鸣声中，池小池明知故问："你跟我说这件事干什么？"

他不是在问叶既明，而是在试图启发体内的段书绝。

向来我行我素的叶既明现在为何连摘个果子、拿个酒都要告知他一声？不过是怕了离别而已。叶既明总疑心他一去，就如同那次巴蜀群山中的匆匆会面，再也不会与段书绝相见了。

听过池小池的回答，叶既明一抿嘴，冷哼一声："无聊。"

他顺着树身滑下，迈步欲走。

池小池突然感觉体内有力量涌动，猜想是体内的段书绝有话要说，便自觉放任了双手。他的右手食指与中指并拢，运精纯灵气于指尖，成剑指之势，在瀑布后的崖壁上写下了寥寥几字。

这次，段书绝写了台词，池小池又有演员的专业素养，自然是原样转述，分毫不差。他扬声对叶既明道："别再去偷。"

叶既明站住脚步，舌尖轻轻顶了顶左颊，不屑地道："你以为你顶着这张脸便管得了本君？他都未必管得了本君。"

反正是他们俩拌嘴的事情，池小池懒得动脑子回嘴，等着段书绝再给他写一句台词。

段书绝驾驭剑指，又在崖壁上唰唰刻下两个泛白的字："抱歉。"

什么抱歉？池小池未曾反应过来，段书绝便把手垂下，照着自己的大腿猛掐了一把。

他本是练剑之人，指力、腕力都是上佳，这下被拧得着实不轻，池小池疼得眼眶一涩，一滴眼泪直坠而下，落入泉中。

泪眼蒙眬间，池小池总算猜到了段书绝的意思。

看来段书绝也不是他想象中的那么不通人情世故啊。

他俯身伸手，在泉底摸索。

叶既明见他说不出个四五六来，冷哼一声，正要离开，谁想方行出六七步，一道蓝影便翩然落在他身侧。

叶既明不耐烦地问："你到底想做什么？"

池小池不答，只将右拳伸到他眼前徐徐张开。他的右掌心躺着一颗鲛珠，华彩流光，把叶既明的眼睛都刺了一下。

叶既明："这是什么？"

眼前人问道："可够？"

"够什么？"

池小池微微抬头，盯视着叶既明的眼睛，嗓音与表情竟和段书绝奇妙地重合了起来："下山买酒。"

叶既明心中猛然一涩，脸色也变了："莫怪本君没提醒过你，别学他说话。"

池小池耸肩一乐，把掌心鲛珠一攥，问："去不去？"

叶既明："去什么，下山买酒？"

池小池："对啊，一起？"

叶既明："你少败坏他形象。翻墙逃山，他可不是这样的人。"

池小池振振有词地道："左右不是他干的，又有何妨？再说，带他多出去见见世面，不也挺好的？"

鬼使神差般，叶既明被池小池说服了。

叶既明早已是溜号高手，段书绝之前也在静虚峰中生活过一段时间，对静虚峰的道路布局均有记忆，因此二人轻而易举地避过了守门的弟子，偷偷溜出了山门。

蹑手蹑脚地走了一阵，池小池推一推走在前头的叶既明："跑啊。"

于是，未来的白鲛仙君和黑蛟妖君在小山道上狂奔起来。两侧树影摇乱，光影斑驳，在二人身上投下一重又一重的碎金色。

叶既明一边跑着一边悄悄回头。他知道眼前人不是他，身体里却又藏着他。如果是真正的小鱼，现在会说什么呢？

叶既明想了半晌，觉得心里有点难过，把头转回去，不再看那人。

他至今都不晓得那条小蠢鱼到底有没有把自己当朋友，真够气人的。

鲛珠质地上佳，在典当铺里换了百两纹银。

从前，段书绝不是原文中年纪轻轻便游历江湖的宗门弟子，他被宴金华豢养，甚至有点不食人间烟火的懵懂。拿到沉甸甸的银袋后，他用右手在左手掌心上写字，在线提问："够吗？"

池小池用左手在右掌心回复他："不够的话，你还打算换条腿掐？"

段书绝有点不好意思："我怕付不起。"

池小池回："这么多钱，买个酒铺都够。"

果然，他们花了二十两便打到了上好陈酿十坛，按原路偷运入山。一路上，段书绝问了池小池许多问题，金银玉器，花鸟鱼虫，他都一一问了价格，记在心里。

上山途中，叶既明想着方才种种，越想越郁闷，便唤来正在净手的池小池："陪本君饮酒。"

这本是强人所难，他晓得段书绝讲究修身养性，烟酒向来不沾，没想到池小池当真坐了过来。

池小池的理由是：我们一起买来的酒，理当有我一份。

叶既明歪歪头，几日相处下来，他倒不是很讨厌池小池这个人。池小池不黏糊，性情直爽，是个好相与的人，只是他无法对使用段书绝皮囊的人产生好感，本想拒绝，但独酌着实无趣苦闷，再加上他心念一转，想：若把姓池的灌醉了，段书绝会不会出来？

抱着一丝隐秘的期待，叶既明丢给他一个杯子："坐吧。"

酒的确是好，酒过三巡，两人兴致都高昂了起来。

敲着酒杯，叶既明开始骂宴金华："那人真不是人，本君早晚掀了他的王八盖子！"

池小池："拿来炖汤。"

叶既明："喂狗！"

池小池："你火气太大，这样骂人，容易把自己骂上头，得不偿失。"

叶既明拿眼睛斜他。

池小池喝了一口酒："是这样的，在我们那边，骂人都比较委婉，比如我吃火锅，你吃火锅底料；我吹空调，你吹空调外机。"

叶既明："听不懂，罚三杯。"

池小池饮了三杯。

放下杯子，叶既明又在那边嘟嘟囔囔地骂宴金华。他对此人怨念深重，酒劲一催，想到过往种种，更是义愤填膺，只是他骂人颠来倒去就是那几句话，说宴金华张口闭口便是仁义道德，天下大义。

池小池罚完三杯，叶既明又把酒给他满上。两人就此开启了一场愉快而流畅的损宴金华交流会。

十坛酒喝完，池小池受惠于鲛人出色的体质，脸都没红。

叶既明则醉倒在地，不省人事。不过如今的他，也确实需要一次痛痛快快的一醉方休。

喝醉后，叶既明神疲体软，又因法力低微，自动化为蛇形，盘成一盘蚊香的形状，缠在段书绝的手臂上酣然入睡。

池小池坐回泉中，化出鱼尾，闲来无事，便将剑化为琴身。那是段书绝往常惯弹的焦桐琴，池小池倚着墙壁闭目休憩，任段书绝用单手徐徐抚出散音，助叶既明安眠。

而061在他脑子里念着《鲛人仙君》的原文。

061早已提前看过全文，但就连他也不记得原文哪里有写段书绝是个千杯不醉的体质。于是在段书绝抚琴结束，按照规律的作息入睡后，061合上书，问池小池是从哪里知道这点的。

池小池放下琴，单手搭在膝上，缠着蛇的左臂搭在岸上，说："我不知道，我只是觉得应该让他试试。"试试大醉一场，试试偷偷溜出山，试试这人世间种种该尝试的生活。

"他这辈子已经和书中不一样了，所谓的原文也只不过是个参考而已。"

061想，的确如此，宴金华一来，什么都变了。段书绝的父母起码早逝了四年，他失去了被正常养大的机会，被养得五谷不识，认贼作父，还被那个贼嘲笑开门揖盗，是个蠢人。

谁料，池小池似是知道他在想什么，听着水声蝉声，慢吞吞地道："宴金华是狼心狗肺，但他如果没有强改剧情，生拉硬拽，段书绝和叶既明不会有这样一起长大的情谊。

"现在，一切都变了。段书绝已经不是原著的设定，不是活在小说里的角色了，他是活生生的人，有自己的爱恨，未必要按原著走，非做回那个一辈子不行差踏错的君子不可。"池小池把自己浸在已经微微回暖的泉水里，"没醉过一次，放纵一次，简直白瞎了这一生了。"

话说到这儿，池小池又恢复了那种矫情的模样。

061把书半合上，问："那还念吗？"

池小池说："念。"

061："嗯？"

池小池说："我想听。"毕竟他要知道宴金华手里所有的筹码，才方便下注。

061笑了："好。"

061润过嗓子，又开始念书。

小说的文采不差，偶尔有错别字，也有不通顺的地方，但好在文风沉静，文字清丽，池小池静静地听着，也得了几分趣味。

一轮满月沉在他眼前的泉水里，鱼尾微摆，把月亮击碎成波纹，碎银缭乱，不消几刻，倒影又恢复了圆满。

实际上，池小池也想为自己求上一醉。连番的角色转换和短暂的休息期，他说不累才是假的。只是谁能想到，鲛人难醉。

看来运气有点不好……

好在他有六老师，那声音也像是醇酒，足够醉人。池小池抬起手摸了摸心口的位置，想：不算这个世界线，再过三个世界线，他就再也听不到这个人的声音了。

池小池有猜想过他会是谁，但经过数次怀疑与数次否定，他已经丝毫不敢信任自己了。唯有在这件事上，他不敢相信证据、直觉、判断，任何东西都不敢信。

因为唯恐有失，所以不敢有希望。

唯一能让他安心的，是061站到自己面前，明明白白地告诉自己，他是谁。

想到这里，他叫："六老师。"

061停下念书，问："怎么了？"

池小池停顿良久，垂下眼睛，说："我困啦。"

061便合上书，嗓音里含了笑："嗯，我不念了。你早点睡。明天还是那个点起来？或者晚一点儿？你喝了酒，我怕早起会不舒服。"

池小池："老时间。"

061温和地道："好，睡吧。"

第二日一早，叶既明悠悠醒转，头疼欲裂，不肯承认昨晚自己被灌得酩酊大醉，而段书绝安然无恙的事实，于是破口大骂这酒不好，是假酒。

池小池道："嗯，是假酒，下次往里加点雄黄调调味。"

现阶段，叶既明对段书绝是打不得也打不过，气得找了一堆石头，趁他练剑时丢他，不出意外地被池小池几剑削成了碎块。

叶既明不服输，又去买酒，硬是要和段书绝拼个你死我活，结果每次都醉倒过去，嘴里还要不服输地喃喃地骂。

几次醉过后，叶既明和池小池发现彼此性情相投，又同为"黑"宴金华的十级学者，关系转好，渐渐成了损友。

算着宴金华差不多该回来的前夜，叶既明对池小池说："小鱼，还有姓池的，本君要走了。"

他提及此事时，段书绝正在月下练剑。闻言，段书绝持剑的手一顿。

但池小池早知有这一日，道："慢行，不送。"

叶既明奇道："你不问本君为何要走？"

池小池试图收剑入鞘，结果几次都没对准剑鞘，可以说是非常不潇洒了。他一边低头收剑，一边道："你是虺蛇，在山里要怎么修炼？去更大的地方吧，山也好，海也好，我会照顾好段书绝，你想回来看他，记得带酒，我就给你看。"

说完，他总算成功把剑收入鞘中。

叶既明啐他一口："去你的吧。"

当夜，叶既明离山，宴金华返山。

经过半个月的散心，宴金华丢失小黑蛇的郁闷之情已经减退不少，一回山，他便开始兴奋地等待静虚剑会的召开。

池小池也在等待。

段书绝的悲剧始于遇见宴金华后。但他整个人生的彻底崩毁，则是源于这次剑会。

2

静虚剑会乃三十年一遇的剑道盛会。

平日里，青梅煮酒，论剑天涯的剑会切磋绝不会少，但静虚剑会的名头传延千年，依然响亮。世上剑者，爱剑者众，爱名者亦众，而静虚剑会是天下盛会，谁不想拔得头筹？又有谁不想一睹石中剑的风采？

三十年光景，够一名宗门弟子勤学苦练，修成一套绝妙剑法，也够一茬后起之秀成长起来，因此人人期待，也不奇怪。

池小池换上崭新的静虚峰弟子服，随宴金华一道出现在剑会之中。

鲛人容颜多出挑，段书绝又避世多年，受灵泉滋养，养出了一身出尘的气质，只是背着把普通灵剑，端端正正地往那里一站，便已隐有风华绝代之姿。若是从前，段书绝在漫长的时间里，几乎没见过除了宴金华和叶既明之外的活物，乍一见到这人山人海，难免畏畏缩缩，惹人发笑。

至于池小池，他怕大蟑螂，怕鹅，但在各种生物里，他最不怕的就是人。他既不好奇，也不躲闪，只是规规矩矩地跟在宴金华的背后，倒是让宴金华觉得没意思起来。他故意问："怕不怕？"

按池小池的性格，肯定要豪放地回一句，怕你个头。但他是段书绝，段书绝不会这么说话。于是他轻声道："不能给宴大哥丢人。"

宴金华暗笑，果真是个无趣的呆子。

说话间，在原文里讽刺过宴金华的龙套闪亮登场："宴师兄，剑会还未开始，便选中徒弟了？"

宴金华还未开口，池小池便主动行礼："师叔好。"

此人是赤云子座下第四个徒弟苏云，年轻气盛，又勤勉刻苦，投入静虚峰赤云子门下后，颇看不惯宴金华身占二师兄高位，却尸位素餐，不思进取的德行，他性子又刻薄，因此常常一逮着机会便要讥刺宴金华两句。

段书绝一开口，苏云便瞥了他一眼，眉头轻皱了皱，倒是没像从前那样说出什么方仲永的酸话。

段书绝通身磊落，气质卓然，一眼看去，和懒散的宴金华完全是天差地别的两类人。人家坦坦荡荡地往这儿一戳，根本挑不出什么错来，苏云又何必去找他的茬。

他"嗯"了一声，又多看两眼，竟隐隐生出一股明珠暗投的惋惜感，问道："你是？"

池小池答："晚辈段书绝。"

几日前，他特地求了宴金华，让他为自己赐名。毫不意外，宴金华还是让他叫了段书绝。

苏云又"嗯"了一声，再没说什么，转身而去。离开时，他想，此人若没真正拜师，倒是适合由小师叔来教养。二人的形貌、气质俱是投契，如此好苗子，偏偏被不学无术的宴金华给捡去，真的是浪费。

由此可证，这世上哪有那么多无端找碴，主动送人头的"无脑反派"。人家可能只是生活中某个单纯看你不顺眼的正常人而已。

但宴金华不这么想。

面对苏云的背影，他暗笑不已，想，等这次剑会出了结果，看我不打肿你的脸。

几年来，他没有认真修炼过，因为他知道原文中的宴金华才能有限，修炼亦是无用，哪怕有系统兑换来的各类道具，修炼也得吃苦，他索性把时间用在了玩耍上，生生把自己养成了个有口皆碑的废物。

不过他有耐心，只要等到静虚剑会，他便能咸鱼翻身，得获天道机缘。之前被人瞧不起又怎样，越废越好，越废到最后就能把这些人的脸打得越响亮。

怀着这样的期待，宴金华充满希望地迎来了作为他人生转折点的静虚剑会。

他怀中揣有一颗定海宝珠，那也是原本该属于段书绝的机缘。

原文中，此珠是段书绝失怙失母后，在海中流浪，冻饿交集时，在一只死去的海蚌中寻得的。此珠能够移形换影，送人抵达任何地方。

在落难时获宝，这绝对是主角待遇，宴金华看书时，看到这一异宝出现，便兴致勃勃地一路看下去，并揣测段书绝要如何拿这珠子大展宏图。谁想这姓段的被逍遥子所救，相伴游历多年，临走前，段书绝道，书绝无以为报，赠珠以答，还望恩人笑纳。

当时看到此处，满心期待着主角花式操作的宴金华差点儿喷出一口老血来，当即怒刷了好几条差评：

这主角脑子有问题？好容易得了个好宝贝，凭什么给一个老头儿？这不是白白糟践好东西吗？

……

有不少读者和他的想法一致，齐骂作者，纷纷弃文。面对评论区的各种负面评论，作者也只能弱弱地解释，段书绝的性格如此，有恩报恩。如果他一无所有就罢了，身上有宝贝，当然是先给恩人，毕竟对段书绝来说，与恩人一别，可能从此就再也见不到了。

作者不解释则已，这一解释，顿时再次收获一大堆"意大利炮"：

这个老头儿将来不会出来了？

他居然不是主角的后台？那他出来干什么的？专程给主角送经验包？当是新手村给勇者发任务的长者NPC啊？

差评！

那时，宴金华也是围攻作者大军的主力之一，对这个情节印象深刻，因此来到这个世界线不久，他便去了当年段书绝逃难的那片海域，没费多少力气便寻到了那只海蚌，取走定海宝珠，占为己有。

现在他占据了天时地利人和，唯一要做的就是决不能让段书绝先碰到石中剑。他早已想好，只待战局一开，便跟在段书绝身后。段书绝的剑术和修为该是不差，总能抵挡一阵子。

他只需伺机把段书绝打晕，再把他拖到无人处，动用定海宝珠，将二人直接转移至石中剑附近，割血，取剑，万事便齐备了。

等到赤云子宣布剑会开始，宴金华立刻看向段书绝，尚未开口，段书绝便似乎明白了他的意图，将右手伸到身后，拔出剑来。

剑锋出鞘，碎银迤逦。

但他不像从前那般急于证明自己的实力，好替宴金华出头，而是凌空抛剑，单足踏上，说："宴大哥，走。"

宴金华的脸色微变。

段书绝是何时学会御剑的？

见他呆愣着，站在高处的少年垂下眼，看向他的目光是毫无讽刺的讶异，这种单纯的眼神反倒刺得他浑身难受："宴大哥，你不是会御剑吗？"

多年的怠惰之下，宴金华哪里还记得御剑的口诀，出去时总蹭别人的剑，借机拉近距离，别人也以为他只是开玩笑而已，毕竟是赤云子的徒弟，怎能不会御剑？

现在，宴金华大可以厚着脸皮蹭段书绝的，但他对段书绝的态度又与其他人格外不同。站在上帝视角上，宴金华很讨厌这个天赋高又努力的"圣父"主角，同时又因此有着异常强烈的优越感。

不过是一个纸片人而已。

不过是一个被他洞悉了命运的人而已。

再努力，再有天赋又能怎么样，到头来一切不还是我的？

可眼下，难道他要依靠这个纸片人？

周遭还有不少其他弟子在，宴金华一不能动用定海宝珠，二又拉不下脸来，只能暗暗地对系统道："帮我。"

系统冷静地道："提醒宿主，系统不会随便提供帮助，需要扣除一定的攻略数值来补全我们的损失。"

宴金华知道这个系统是只"糖公鸡"，不仅一毛不拔，还会往上粘别人的毛，从来不会白白帮他。他暗暗咬牙之余，倒也不是很心疼，毕竟这些进度早晚会在段书绝身上找回来。

在他耗费了些许点数，终于踏剑而起的同时，段书绝似有所感，并指成剑，猛然转身，横下一斩！

一道银光闪过，一名躲在他身后意欲举剑从背后偷袭他的青年被一股可怕的强烈气流压得动弹不得，向后倒飞而去，前襟被剑气撕裂大半，残余的指风绕体而过，竟将他身后约一人环抱粗细的树木拦腰截断了！

那个青年未曾料到此等突变，后背紧贴剩余的半截树根，被吓得面如土色。

段书绝不意伤他，只想压制住他。他收起剑指，问宴金华："可要走？"

和以往一样，他的话不多，却够狠，狠得让宴金华略有失神。

宴金华不想承认，刚才那一瞬间段书绝爆发出来的灵气压得他膝盖发软，险些逼得他直接跪下来。

他开始怀疑，自己是否真的能如计划一样，顺利打晕他？

不过他马上安慰自己，不要紧，如果实在不行，就再付出些代价，从系统那里兑来迷药类的道具，让他昏睡，就算他后来发现是自己所为，一切也都晚了。

段书绝同他一起上路，段书绝倒是仿佛对他的动机毫无觉察，破阵，退敌，用一把普普通通的青锋剑为宴金华扫开了一条畅通无阻的康庄大道。换言之，宴金华全程被段书绝牢牢控制在身后，无法从侧面下手。

宴金华看似有无数机会，但每当他以为自己找到空档，有机可乘时，段书绝便敏锐地转头，观察身后的情况。

被强制打断几次，宴金华难免变得焦躁起来。难道段书绝真能这样一路杀到石中剑前？他什么时候变得这么厉害了？

段书绝毕竟是《鲛人仙君》中的第一男主，若是真被他一路高歌猛进，破了七大阵，自己的计划岂不是泡了汤？不仅没成功夺去段书绝的气运，还拉他入局，替他人做了嫁衣裳？

宴金华越想越觉得心烦意乱，有段书绝从旁保护，更是有些心不在焉，甚至已经不大注意四周的情况了。

但是那七大阵岂是轻易闯得的？仅仅是第二阵而已，段书绝便已无暇他顾。

因此，当段书绝一时没照顾好，宴金华脸上便被几道剑气绞出了血痕。他一时惊慌起来，从剑上滚落，摔在地上，昏昏沉沉时，便见数道剑网向他密密袭来！

若是他避不开，怕是会被绞成碎片，殒命当场！宴金华大脑一片空白，应对失措，连腰间佩剑都忘了拔，本能地闭眼护脸，却并未迎来想象中的疼痛。

再睁开眼时，只见段书绝从剑上跃下，身形腾转，硬是替他挡下了万千弥散的剑气。

金花迸溅间，池小池一把拉起宴金华："走！"

宴金华昏昏沉沉间被段书绝单手从地上扯起，甩上后背，纵剑而去。

因此，宴金华全没注意到，在他倒地时，段书绝不知是有意还是无意地扯下了他腰间的锦囊。锦囊里面放着那枚定海宝珠，他特意放在那里，本来是打算随时用来瞬移的。

系统察觉到了定海宝珠的遗失，顿时感到不妙，着急地大叫："宿主！宿主！"

然而宴金华受到了惊吓，又被摔得晕晕沉沉的，根本听不清他在说什么。

系统权衡再三，觉得倘若遗失了定海宝珠，就当真是得不偿失了，只得咬紧牙关，扣除了一定的攻略数值，打算将那颗定海宝珠数据化后重新夺回来。

谁想，他还未动手，一只雪白的步云履便轻轻踏上了地上的锦囊。

糟了！

系统抬眼看去，发现那人微微歪头，竟然也在盯着"他"看！

系统浑身一冷，以为自己数据紊乱了。

按理说，此人应该是在看段书绝与宴金华闯阵的背影，但系统竟莫名有一种被他直接凝视的感觉。

见了鬼了……

系统饶是再大胆，也不敢在一个宗门世界线的高手眼前妄动手脚。

连段书绝都需聚起全部精力应对的剑阵，他却能轻松立于其中，手中没有一样武器，可见其实力之恐怖。有时，这个世界线里实力顶尖的人的眼界与能力都与一个高级系统相差无异，他只怕引起对方注意，会反噬宴金华，只好悻悻作罢。

他想，这下可亏大了。

林间起了风，那将颗遗落的定海宝珠拿到手的人把锦囊掖入自己的怀中，踏着林中的落叶，簌簌而行。

此人是一名青年模样的剑者，一袭白衣，腰间挂着箫，背上背一把绘着鲤鱼的碧伞。所有向他袭来的细微剑风在即将接近他的身体时，均被他解析成了零散的数据，消失在风中。

方才与段书绝和宴金华搭讪过的四师弟苏云疾奔而来，看见眼前之人，不觉一怔，停住脚步。

是他？他怎会突然归山？

苏云诧异地问："小师叔？你怎会来此？"

被他称为小师叔的年轻人听见他的声音，转过头来微微一笑，言简意赅地道："选徒。"

3

池小池强拖着宴金华离开，头也不回。

真男人从不回头看丢了的锦囊。

061问他："定海宝珠要是被别人捡走怎么办？"

池小池头也不回地道："那就是别人的机缘了。"

机缘、机缘，讲求的是机和缘，宝物落入善人或者歹人手里，都是当时当刻的缘。但"缘"讲的是一个未知，若是提前知道他人的机缘在哪里，提前一步鸠占鹊巢，掠为己有，无论再怎样粉饰太平，那也是偷。

至于宴金华的行径，那已经不只是偷了，完全可以定性为入室抢劫，还顺带非礼主人，连吃带拿，非常之厚颜无耻。而池小池的应对之法，说得简单粗暴一点儿就是：看见这颗定海宝珠了吗，丢掉都不给你。

听了池小池的话，061"嗯"了一声，想：那我就先暂时帮段书绝收着。

七大阵集于一山之中，里面却有三千世界，机变无穷。

静虚先祖设下关卡，七大阵三十年一变，每次都是七阵，关卡却不尽相同，因此断无作弊的机会。

最外围是地剑阵，需得御剑而行，而且许多人对和高手比剑的兴趣远高于一把根本不可能拔出的石中剑，所以他们会直接选择在外围放手比试，常常会有乱斗，仅仅是路过都可能惨遭卷入。

若是来凑热闹的，实力不济，那估计连第二阵的皮毛都挨不着，顶多做个静虚半日游，就可以打包行李转头回家了。

第二阵则是剑风阵，灵气剑法稍逊者便会被斩落，遗憾折戟。

能经过大浪淘沙，来到第三阵的，都是剑术素养不错的人。第三阵是单纯的迷宫阵法，有些剑宗之人只醉心于剑刃，不通阵法，便只能被困于浓雾迷宫中，始终不得其路而入。

第四阵是竹林，里面有吸食天地之灵气的竹兽出没，而通过此阵则需要取得活竹兽的一片鳞甲，作为钥匙。领地被侵，又要被人夺鳞剥甲，它们自然不愿，于是，竹林各处又是一番硬碰硬的恶斗。

池小池拎着宴金华，从第一阵直闯到第四阵。

宴金华全程划水，气闷不已。

待他清醒过来时，发现随身携带的定海宝珠遗失，即使大惊失色，也已经晚了。他不得不正视一个可怕的事实：一旦打晕或伤害段书绝，他别说靠近石中剑，就是想出去都是痴人说梦。

可是，如果就让段书绝这么一路闯关入内，属于自己的气运要怎么拿到手？难道真的要白白便宜了姓段的？几番权衡下，他仍想不到什么妙招，不由得心焦难耐，火气上升，面上偏偏还要强作无事，着实煎熬。

好不容易闯过第四阵，通关者已是寥寥无几。宴金华看看四周，确定无人，便装作疲倦了的样子，伸了个懒腰，说："歇会儿，歇会儿。"

池小池依言，拄剑坐下。他的左臂被割出了一道寸许深的口子，大概是伤到了血管，血流得有些多，染红了小半条手臂。

池小池挽起袖子，本来想撕下衣服来止血，没想到刚刚坐下，便注意到右手边的一块岩石下生有一株灵药，恰是他几日前在某本药典中见到的那种，止血镇痛均有奇效，但此药极为珍稀，静虚峰已算是仙山福地，然而就算搜遍十六峰，怕也找不出三两棵来。现在自己随便找个地方休息，一抬手就能揪一棵，其便利程度简直和揪根路边的狗尾巴草没区别。

池小池对061感叹："看，果然是主角待遇。"

061催促他："快点儿用吧。"

确认没有判断错后，池小池便将草药摘下来捣碎，抹在受伤处。灵药果真立竿见影，伤口收拢，疼痛顿消。

宴金华仍然惦记着那颗定海宝珠，坐下后，眼珠转了几转，道："这里实在太危险，咱们师徒还是回去吧！"

虽然从系统那里得知定海宝珠已经被一个陌生人捡了去，但乍然失宝，宴金华实在是肉痛加心痛，以至于坐立不安，心如火焚。他揣了宝珠多年，怕人察觉，硬是忍下了用它搞事的欲念，就是为了今日痛快一搏，谁想出师未捷，白白让人捡了这个便宜去，他又怎能甘心？

既然系统说捡走定海宝珠的是个看起来仙风道骨的人，想必是要点脸面的，倒是他只需谎称此物乃他传家之宝，不慎在剑会争夺中遗失，那人大概也不敢独吞。

池小池闻言装出段书绝温文尔雅的样子，颇有些惊讶地问："宴大哥不想要石中剑？"

宴金华注视着他的眼睛，靠笑容来掩饰自己的焦躁："我怕你再受伤呀。"

池小池："我不怕。"

他诚恳地望着宴金华说："我也很想去看看宴大哥心心念念的石中剑是什么样子。"

这简简单单的两句话，便把宴金华的路给堵死了。

他来前，刻意为段书绝绘声绘色地讲述了石中剑的神奇，就是怕他不愿出山。现在段书绝被他勾起了兴趣，一心想见石中剑，他也根本找不出像样的理由再阻拦段书绝。

他倒是可以装作受伤，让段书绝送他下山，他晓得段书绝的人设是什么，如果出了这样的意外，定然会放弃剑会，送他下山。可段书绝是个死心眼，全程将他护得滴水不漏，以至于现在他身上顶多被剑气、罡风划破了几处油皮，他若是此刻倒地装死，也假得太过头了。

休息片刻，段书绝便催促他上路。

无法，宴金华只能磨蹭着起身，心里盘算：算了，慢慢来，大不了等到了石中剑附近再找机会下手吧。

二人缓缓离去后，方才拾得定海宝珠、被苏云称为"小师叔"的白衣青年便从二人身后的竹林中缓步慢行而出。

小师叔打着伞，竹叶如雨，飘落在伞面上，发出细细的沙沙声。他与二人保持着不近不远的距离，一路前行。

他路过池小池方才采摘药草的地方，微微抬手。转瞬间，池小池挖出的土坑与剩余的半截药草全部化为数据，消失无踪。

他拿拇指轻轻地抚了抚掌心，失笑。

不是什么主角待遇，只是因为受伤的人是你。

第五阵不再是剑术或是阵法考验。

一条宽约百丈，深约千尺，波涛滚滚的漆黑长河横亘在池小池面前，河边立有一块石碑，上有注明，此地名号三绝河，鱼绝，鸟绝，人绝。

弱水三千，鹅毛沉底，飞不过，渡不成，游不得，莫说船只，就算飞鸟也无法从上飞过。而他们要抵达河的彼岸，才算通关。

池小池想，这不就是流沙河吗？

思索再三，他与宴金华约定，自己先下水查探，一旦发现通路，便马上在水底释放讯号，让宴金华下来。

简单休整过后，池小池纵身入水，当真被吸到河底，动弹不得。如果一定要比喻的话，池小池感觉自己现在像是一只吃了秤砣的王八。

依循常理，寻常宗门子弟遇见此等情况，要么等着被泡成河漂儿，要么穷尽全身灵气纵出水面，不过一旦如此做，力量耗尽，仅仅是恢复也需要大量的时间。

池小池在浑浊的水中左右观望一阵，发现四周都是黑漆漆的，什么也看不清。正常人这时恐怕早已慌了神，池小池心中却稳得很。

他是一个鲛人，最不惧的就是水。他用左手在右掌心写道：“走。”

他体内的段书绝用右手在左手写字回他：“哪条路？”

池小池答：“无路。”

段书绝似有所悟。

池小池继续写道：“无路，便开路。”

二人达成了共识。

段书绝指尖燃起鲛火，映亮水面，发出让宴金华下水的讯号。

在宴金华入水的瞬间，段书绝拔剑，纵起全身灵气，却并未向上跃起，而是一指平抹上佩剑剑刃，再将覆盖上一层纯蓝鲛火的瑰丽剑气顺水挥洒，往脚下直劈而去。

顿时，地壳绽裂。

被削去的泥土下竟埋着一道天光。再一转瞬，他们已经站在了黑水河彼岸的土地上。

宴金华浑身透湿，相较之下，段书绝周身干爽，衣襟都未沾湿一片。

宴金华也不作他想，只当生门是段书绝打开的，因此他会被格外优待，自己只不过是个蹭门的，弄这一身烂泥，也是无可奈何之事。

那条河本身古怪颇多，清洁术法无法起作用，于是他只能一路走着，一路强忍着身上浓烈的腥气，并不断试图扯下头上粘腻腐烂的水藻。

池小池走在前面开路。

061心中满是欣赏和喜欢，声音里也跟着含了笑："你是怎么想到路的位置的？"

"这还不简单。"池小池说，"你看过《西游记》吧，就没有听过那首歌？"

池小池唱道："敢问路在何方，路在脚下，路——在——脚——下。"

段书绝愣了许久，试图在自己已经学习的音律知识里找到这种歌曲会存在的现实依据。

061却意外地觉得还不赖。不知道是不是听多了池小池哼歌，现在听他唱歌，061觉得还能接受。

又走出一段，二人遇见了一条清溪。

宴金华实在是受不住自己这一身腥气，脱了衣裳，去河里洗澡。

池小池把脑袋靠在树上，闭目休憩。

061心里本有一点儿疑问，但他知道这时候问这个问题不妥，就把问题咽下，将他身上的衣裳尽量烘烤得更加干燥柔软。

池小池却像是洞悉了他的心事，闭着眼睛，微微歪头，问："六老师，你想问我什么吗？"

061说："没有。"

池小池说："你想问我为什么没在水底把宴金华淹死？"

方才在黑水河底，他只需要释放鲛火，却不打开生门，就有八成把握把这个废物淹死在水里。他只要让宴金华在失去生命体征前保持清醒，池小池就这么站在他面前，那凑够"让他后悔遇见段书绝"的悔意值，绝对是足够的了。

那是足以让鹅毛沉底的深潭，且每次剑会，伤亡亦不在少数，他若葬身潭底，亦是神不知鬼不觉，没人会认为他是死于段书绝之手。

与池小池对话间，白衣的小师叔也来到了黑水河那端。

他站在波浪翻滚的河边，想了又想，打算听一听池小池的想法。

为什么呢？

清朗如水的声音同步传入池小池的脑中。061问他："为什么？"

池小池故意压低了点儿声音，笑眯眯地说："那多没意思啊。不如带着他，让他亲眼看着他想要的所有东西都落在段书绝手里。让他在这时候死掉，反倒便宜他了。"

身处河对岸的小师叔无奈地轻笑一声，撑着碧色鲤鱼伞，迈步往河里走去，但他并未沉入河底。在他踏上水面的瞬间，脚下的一片水面便瞬间凝结成冰，而当他迈开腿往前走去时，由数据形态改变而凝结成的冰块便随之消融，宛如足下生莲，而他踏莲而过。

他很少对池小池的想法发表意见，多数时候只是倾听。可061又太清楚，这几个世界线走下来，池小池的心中究竟替那些宿主积累了多少压力和黑泥。

061，或者说是小师叔，一边打伞低头缓步而行，一边轻声道："你真的是这样想？"

池小池微微睁眼："嗯？"

他说："你其实是在想：见死不救的事情，'段书绝'不会做。仅此而已。"

池小池一怔："我……"

061笃定地道："你是这样想的。"

池小池没听过061这样对他说话，温柔，坚定，带一点点强势，却又不会让人觉得不舒服。

这种感觉很熟悉。

每当他小时候做错题时，都会有人拿过他的作业本，这样认真地教他，这感觉熟悉到叫他失神。

"恶人做了恶事，只会责备外界；好人做了坏事，则会责备自己。做恶人很'轻松'，做好人却很难，所以才很珍贵。你如果真的在河底眼睁睁地看宴金华去死，那份见死不救的痛苦就会留给段书绝，他会时时想起这一段经历。对你，应该也不是全无影响吧。"

只要是害人，都会对人的心性产生或大或小的影响。

池小池抬手摸了摸鼻尖，手足无措地笑笑："你这样说，像是很了解我的样子。"

061果断而且强势地道："我当然了解。"

池小池的习惯，池小池的想法，池小池的心理，他都很了解。

说话间，他已经过了那条河。双脚落在彼岸的土地上，远远地望着池小池靠在树上的背影，他的语气转柔了一些："你总往坏里想自己，这是坏习惯，要改。"

池小池心中剧震，脱口而出："你是……"

偏在此时，一只手从后面拍上了池小池的肩膀。树上的一颗露珠被身后人的动作惊动，不偏不倚地落在了池小池的脸颊上。"书绝，走啦。"

是……宴金华。

池小池的眼睛眨了眨。他花了半秒钟收敛神色，两秒钟整理心绪，再睁开眼睛时，眼圈周围刚刚浮出的红意已散，眼中尽是属于段书绝的温文尔雅："走。"

有了061的提醒，池小池才惊觉自己的思考方式有些偏了。真正的想法和目的却被自我厌弃的情绪掩藏和混淆。

这样对宿主，对他自己，都不好。

他该走的，是属于段书绝的阳关道。没有阴谋，只有阳谋，坦坦荡荡地把失去的东西拿回来，才是这个世界线里对段书绝最好的处理方式。

池小池未曾注意到，两个刚刚渡河的宗门子弟也来到了上游的位置。两人都是震碎河底，穿越生门而来，却都沾了一身臭气和污泥，正一边埋怨，一边脱衣沐浴。

而身穿白衣的小师叔不紧不慢地尾随在池小池身后，执伞而行，伞面盖住了上半张脸，只露出带笑的唇角。

4

二人入了第六阵。

阵中没有怪物或是异兽，只有一座塔林，矗立着百余座僧人的墓茔。

虽然四周树木葱葱郁郁，但因为无人打理，已经生长得太过茂盛，大多数石塔受风尘的洗刷千年有余，倾颓崩毁。看样子，此地已是无人问津的荒废之地，有长耳朵的灰野兔在齐膝深的野草中一闪而过。

没人告诉他们现在应该做些什么才可通关。

段书绝先动用灵气在四周试探了一番，才告知宴金华，此地没有设过阵法的痕迹，塔林排布也只是遵循人物关系，不像是特意设来困住他们的。

他们在塔林间穿梭一阵后，发现来时的路已经消失，而离开的路却不知到底在何处，一时陷入了僵局。

宴金华因为自身能力着实有限，又痛失定海宝珠，实在舍不得再动用所剩不多的攻略数值，只得硬着头皮哗啦啦地翻书，试图从原文中找出第六阵的破解之法。

这段破关取剑之路，他大概看到第三阵就没细看了。因为作者的描述实在太细致，完全不晓得写这么啰唆要干什么，所以他看到第三阵就跳过了这段情节，直接看了主角最后爆冷夺剑，惊呆众人的情节，爽过便算了，再没有回头看过。

后来，他又指望着吃定海宝珠的红利，打算走捷径，从第一阵直接跳到最后一阵，因此来之前也没细翻书本。但他才翻两页，就差点儿脱口骂娘。

怎么书里写的第一阵与第二阵和他们这一路遇见的完全不同？书里的第一阵是剑风阵，第二阵却是什么白骨山？

这随机的三千世界的设定真垃圾！

宴金华感到有点心浮气躁，但他的脑子倒是着实灵活，一计不成，便又生一计。他对段书绝说："书绝，咱们分开来找吧，也能快些。"

他起码是读过原文的人，再不济还能求助系统，让他给自己开个金手指，怎么想都比段书绝这个局中人要强。

段书绝也一如既往地没有拒绝他的要求："好。"

宴金华并不急于走开，而是冲他招了招手："书绝，过来。"

段书绝乖乖走近。

宴金华解下衣带，将自己刚刚用术法洗干净的衣服披在了段书绝的肩头。

段书绝一怔，澄净的双目中盈满疑惑："宴大哥……"

宴金华说："你才受过伤。虽然好了，但也得仔细着点儿，不能受风。我的衣服比较厚实，刚才又洗净了，你我身量相差不远，给你穿刚合适。"

段书绝一本正经地道："不可，天色已晚，此处又十分阴冷，宴大哥你会着凉的。"

闻言，宴金华以玩笑口吻说："那这样吧，我们师徒两个换件衣服，你将你的给我，我的则归你。"

"我的衣裳单薄……"

这倒是实话。鲛人连深海之寒都不畏惧，区区冷风又能如何，因此段书绝无论冬夏，都穿一身飘逸的薄衫。

但宴金华不同，此时还是早春季节，冰雪初融，对他这种怠于修炼的人来说，的确会寒气入体。

宴金华仍是坚持。段书绝向来拗不过宴金华，只得除下破损的外衣，披在宴金华身上，还不放心地叮嘱，若宴大哥冷了，就立刻换回来。

宴金华接过那薄如蝉翼的水蓝色衣裳，指尖有意无意地抚过左上臂被剑锋划破的地方以及破损处四周沁出的血迹。他笑说："不会。你好生穿着我的就是。"

宴金华暗笑。

他失了一城，不过又拿到了一筹胜算。

他记得很清楚，到了第七阵就要拔剑了。

段书绝破阵时受了伤，衣服上有血。而鲛人血是破除封印，拔出石中剑唯一的办法。他只要比段书绝早一步破开这个该死的世界的术法，用段书绝沾血的衣裳蹭上剑柄，便能领先一步，夺去这股大气运。

宴金华有些惋惜。

早知道会弄到这样狼狈的田地，他就不该担心鲛人血提前抽出来会失效，该先偷偷抽段书绝一管子血做备用再说。

他这样想着，披上衣服，还没来得及得意，倒是先结结实实地打了个冷战。

池小池与他往相反的方向走去，裹着暖和的衣服，心想，冻死你。

他用剑身拨开荒芜的野草，准确地朝其中两座石塔走去。

池小池在演戏时有两个常被人称道的好处。

一是他临场机变能力强，接得住戏，哪怕别人这段演错了，他也能给圆回来，有时候导演一走神，甚至不会发现刚才出了次演出事故。

二是他会花时间研究所有人的剧本，甚至是灯光与布景的计划书。

因此，池小池非常了解《鲛人仙君》的作者要在这里设定"三千世界"的用意，也知道这第六阵该如何破。

他缓步走到两座石塔前。刚才在塔林中逡巡时，他便注意到了这两座石塔与其他石塔的不同。虽也是一样的倾颓，附近一样的野草及膝，但是上面的碑铭比别处的看上去要新一些。

碑铭上都写了法号，左边书"法空"，右边书"释然"。

若论资排辈，法空该比释然大上一辈，但据碑铭所载，二人年龄只相差五岁，显然，法空年少便悟性极深，最终却并未达到心神合一的境界。

七层浮屠，方能成佛。

法空的佛塔已倒塌了一半，但根据散落在地上尚存的部分来看，它原来应该足有六层之高。

他距离得悟大道仅一步之遥。

然而更奇怪的是,这样一位禅师,一个光头小和尚释然却葬在他附近。

释然只有一层佛塔,应该是最普通的那类佛门弟子,资质愚钝,只配替禅师扫榻、洗衣。他去世的时间要比法空早上半月,也就是说,法空是在释然死后,主动选择将自己埋骨在小和尚释然身旁的。

池小池走至那一高一矮两座石塔前,合手唱了个喏,便蹲下身来,扫去释然碑上的厚厚灰尘,动手用剑刃割破食指尖,一笔一画地为墓碑上的字迹描红。

原本已经渐趋模糊的"释然"二字又变得清晰起来。之所以说"又",是因为这千年以来,每三十年一次的静虚剑会,七大阵奥妙变幻,少有重复,而唯一的特例,便是这第六阵。

因为每次的第六阵都是同一个。

《鲛人仙君》中详细写了段书绝的前几阵是如何破的,也写了段书绝在破阵时见到的众生相以及自己的参悟和发现。

独自走到最后一阵时,他终于意识到,这所谓的"三千世界"都是静虚峰初祖与他的鲛人徒弟走过的地方,见过的人。

静虚峰初祖与他的鲛人徒弟用这样的方式纪念他们的一生。而静虚峰初祖曾有一位佛门好友,佛号法空。法空一生参悟佛道,最终却未能心神合一,只因他心中有一个放不下的业障。

这一业障,名唤释然。

释然是他座下之徒,也是他一生唯一的徒弟,谨小慎微,心思不敏,因家穷投入佛门,对佛理缺乏领悟力,有些愚拙,好在心地善良,为人温和。小徒弟就想跟着师父专心悟佛,法空也很满意这个弟子,一心想护他一生平安喜乐。

直到有一次降妖时,释然替法空挡下一记致命攻击,不治而亡。

法空整理释然的遗物时,在他的小书箱里找到了小徒弟不知何时写好的手稿。

释然入山见到法空时,年方十六。他的名字是法空亲自取的,法空却为此一生无法释然。

读完手稿,法空大笑三声,焚去手稿,将佛寺诸事交代给师兄,半个月后,原地坐化而去。他留下绝笔信,请师兄在他坐化后,将他葬在释然的地宫旁。

因为你,我悟不了菩提,那我便做你的菩提,能为你遮风挡雨,也不差。

千年前的黑水河今日仍然奔腾不休,千年前的枫林迷宫如今更见枝繁叶茂,而千年前的旧人却早已化为泥中土灰,不见踪影。

静虚峰初祖与其鲛人徒弟感念挚友离世,便将这座葬有故友的塔林放入了三千世界中。无论前面五个阵法怎样轮换,第六阵,永远是塔林。

而通过第六阵的方法也是固定的:以灵血替法空、释然二人描碑,便能成功抵达石中剑旁。

静虚剑会每隔三十年举办一次，而二人也试图借助这些后辈之手来缅怀昔日友人。

此时，天色已近半黑。

池小池有些看不清手下的碑面了。

好在草中潜伏的萤火虫纷纷而起，绕身而转，暖金色的光映亮了碑面，亦如同寥落的星光洒在他的肩上。

白衣小师叔已经将伞收起，静静立于风中，远远地垂手站着，只怕吓着了他。

池小池割了几次手指，描完了两座碑上的碑铭。

他刚刚起身，眼前乍然白光一现，人已经立在了一座通体幽紫的云母石前。一截玄玉剑柄露在外面，剑柄尾端系有一只如意结，仔细查看，里面藏有两缕乌发，内中有两股灵气双重加持，维持如意结不散不灭。

池小池观察许久，却迟迟不碰剑柄，像是在等待什么。

不久，在他身后又凭空踉跄着出现了一个宴金华。眼见剑柄仍插在石中，未曾拔出，他眼睛一亮，驭起体内全部灵气，疾奔而来！

一刻钟前。

宴金华裹着段书绝的薄衫，蹲在冷风和寒草中瑟瑟发抖。

他和他的吝啬系统讨价还价了许久，也不能免费申请到系统的外援，他又有心瞒着段书绝找到破阵之法，便打算再藏一会儿，偷偷翻一翻书，看有没有瞎猫撞到死耗子的机会。谁想这一翻，竟误打误撞地被他翻到了。

他不敢怠慢，在塔林中狂奔一阵子，总算寻到了那两座一高一矮，对比鲜明的石塔。

看到那碑上已洇了血，宴金华顿时心急如焚。

段书绝已经进去了？！他看过书，知道只要段书绝描碑完毕，就会被立刻传送至石中剑旁。

碑上的血迹还温热着，说不定还来得及！

宴金华割开了自己的手指取血，手忙脚乱中失了准头，直接一剑切到了骨头。十指连心，宴金华痛得脸上勃然变色，但他丝毫不敢再浪费时间。

书中写过，石中剑被拔出时，七阵动摇，阖山震动，现在还没有异动，那便证明他还有机会！快，要快！

抱着一丝希望，宴金华一边抽着冷气一边用自己的血草草地描着碑铭，心中仿佛涌起了惊涛骇浪，懊悔不已。

姓段的果然是主角命！这等好机缘简直是白白捡来的！

有那么一瞬，他的脑中也掠过一些怀疑。段书绝真有这么厉害？能马上注意到佛塔的规格不对，然后想到描碑？

这碑上铭文的凹槽内虽然绘有传送阵法，但气息极弱，不仔细辨识是难以发现的。最重要的是，段书绝如果发现了线索，为什么不叫自己来看？

这到底是主角的天运，还是……

在胡思乱想中，宴金华被带入了第七阵。

就在身后响起奔跑声的瞬间，池小池问061："他来了？"

061忍笑："来了。"

池小池不再犹豫，用沾血的手一把握住了近在咫尺的剑柄。

看见这把剑了吗？

看清了吗？

好的，它现在归我了。

宴金华眼睁睁地看着段书绝用染血的手握上剑，登时眦眦尽裂，一时竟起了杀心，可根本未能近旁，他便被腾起的气浪掀出了数十丈远。

石崩玉摧，剑鸣溅溅，如蛟龙吟，如鲛人泣。

来自千年前的鲛人语直接传入了池小池的脑中，与此同时，澎湃的千年剑意直涌入体内，将他的经髓伐洗一新。

池小池，或者说段书绝，完全能听懂脑中传入的声音在说些什么。

那是初祖的鲛人徒弟在轻声诵念着他当年与初祖共创的剑诀。对他来说，这该是比那千年剑意要更珍贵的馈赠。

宴金华被弹开来时，满心都是恶毒的脏话。

他的剑！本来应该属于他的气运！他滚倒在地，周身疼痛，心内焦急，脑中轰轰作响，气怒交加，竟是恼得直接呕出了一口血来。

该怎么办？还有没有别的方法？

他白白养了姓段的这么久，就落了这么个结局，送他灵泉，送他灵果，送他秘籍，送他参加剑会，还牵累得自己丢了定海宝珠，现在又把石中剑拱手让人？！

天道何其不公！

其实，他还漏算了一样。

池小池从他身上赚取了10点悔意值，并立即兑换了一张名为"高光时刻"的中级卡。

名称：高光时刻（中级）

持续时间：三分钟

件数：1

品质：精良

类型：一次性使用品

所需兑换点：10点悔意值

介绍：蒸香米上的秃黄油，炖火腿里的清鸡汤，老火锅配的冷蒜泥，豆腐丝浇的热卤汁，此时美味，高光无限。

该卡片的功用和美颜光环大致类同，但论表现出的效果，要比美颜光环更加强大且抽象。

若论起来，大概是一种走路自带背景音乐，压制全场的气势。

但在看到兑换到的卡片文案时，池小池略微失神了一瞬，想起了那个负责写文案的009以及与季作山那通突然断开的跨世界线长途电话，好在池小池向来擅长管理自己的情绪。

天崩地裂后，熊熊焚烧的石中剑光焰渐息，回归本相。

那剑柄乃古玉所制，剑鞘则是浑然一体的天然紫云母石，然而，其形态与段书绝印象中宴金华曾拿到手的水照白刃却所有不同。

段书绝手中的石中剑只有一鞘，一柄，却无刃。

然而，若是拔出剑，便能隐约见到剑柄之上有透明的水波流动，凝作无形的水状软剑，剑身可化长变短，长可至半丈，短可至三寸，机变无限，由心而动。

石中剑唯有由鲛人所持时，才是真正的石中剑。

石中剑出石，全山震动。

七大阵阵法本就是一道幻阵，石中剑被拔出后，法阵暂时失效，重叠起来的众多空间破碎融合，归为一峰。

一少年怀剑，自山上缓缓而下，身边跟着一个灰头土脸的宴金华。

宴金华败得一塌涂地，而且被一个小辈全程保护和碾压，着实丢人。他极力想掩饰自己的存在，甚至想干脆昏过去算了，但一想可能会被段书绝直接拖下去，那场景定然更难看，只能硬着头皮随段书绝一道下山。

他感到脸皮热辣，垂着头，希望旁人注意不到他。

最开始时，的确没有一个人注意到他。

但池小池向来秉承"取之于渣，用之于渣"的基本原则，动用了刚刚兑换的"高光时刻"卡片。

但用卡片也是要讲基本法的。

在场均是见多识广的宗门人士，若是他跟个花孔雀似的又开屏又旋转跳跃地蹦跶下来，聚光灯倒是打足了，风头也是出够了，就是有点丢人。因此，他怀抱石中剑，微微低头，像平时的段书绝一般沉静地走出来，在赤云子的面前撩袍跪下，声音清朗地道："弟子忝受天恩，石中剑已出，请赤云君观视。"

从他出现在众人视野中时，全场便是一片寂然，直到他开了口，众人方才回神，开始议论纷纷。

得知石中剑被拔出，赤云子先是震惊，如今见到段书绝态度温和，又身着静虚峰弟子服饰，心中便生了几分得意。

拔剑者既然是他静虚峰人，那就不算便宜了他人。他和颜悦色地询问："你是何人？"

"在下段书绝。"池小池字正腔圆，并转向宴金华，字字掷地有声，"宴金华之徒。"

这下真是全场哗然了。

宴金华？宴金华是什么人？不学无术，顽劣成性，怎么教得出这样的徒弟？

宴金华的脸色一阵青一阵白，几乎疑心段书绝是在故意让他难堪了。

可他根本无从辩驳！

段书绝现在确实是他的挂名徒弟，方才自己也带他见过苏云师叔等人了，段书绝这么说，是一丁点儿错漏都找不到的。

"胡闹！"赤云子也吃惊不小，略略整肃了面容，转向宴金华，皱起眉头道，"你是何时收的徒？我这个师父竟然都不知道？"

宴金华暗自叫苦不迭，慌忙跪下，支支吾吾起来。

他倒是打好了谎言的腹稿，但只怕段书绝是个直肠子，万一拆穿了他，那不是万事休矣？

好在段书绝似乎是看出了他的为难，轻叩一记，说自己的父母早亡，自己流落在外，颇受冷遇，而宴大哥于他有救命之恩，所以自己才拜入他门下以图报恩。他甚至主动掩去了宴金华曾经偷偷将他养在渔光潭中十年的事实，以免他受罚。

段书绝说得句句都是实情，言语中还有回护之意，宴金华只能听着，心里发苦，已有了不妙的预感。

赤云子见他说话有条有理，心中更生欢喜，再与他旁边的宴金华一对比，心中愈发添堵。

好好一个孩子，给宴金华教，能教出什么来？

宴金华岂会想不到这一层，余光瞟见赤云子张口欲言，马上冒出一个主意。

姓段的可是鲛人！是非人之物，谁晓得他心性如何？这石中剑让他得去，万一他拿去作恶，又该如何？事不宜迟，宴金华立即开口："师……"

孰料，他才刚发出一个声音，便听段书绝的声音在身前不远处响起："赤云君容禀，弟子有要事想告知于您。"

赤云子："何事？"

段书绝恭敬地捧着剑，一拜到底："事关石中剑之秘，可否……请诸位前辈暂避？"

他把谦恭的姿态摆了个十足，为其他在场的宗门子弟做足了面子。而这些宗门子弟也心知此剑乃静虚峰传承之物，若石中剑中当真藏有什么不传之秘，他们在场也确实不妥，于是便纷纷自请离去，不在话下。

宴金华脑子高速转动一阵，猜到了段书绝的意图，心中微松了一口气，决意不去拦阻。

原文里也有这么一段。

段书绝拿到石中剑，不敢擅专，只好向赤云子提出请求，屏退他人，告知此剑原主是一名鲛人，同时承认自己也是鲛人。

鲛人终究非人，文中的赤云子也是经历了多番利益权衡，才决意收段书绝为徒的。

毕竟收一头吉凶不明的灵兽为徒，既要担忧他身份外泄可能引起的舆论之争，又要担忧自己能否驾驭怀有千年剑意的段书绝，着实难做。

而自己于段书绝有恩，又先有了师父的名头，赤云子若是想不出更好的办法，有极大的可能会让他继续做自己的便宜徒弟。

到那时，占了师父的名号，段书绝那些气运、际遇，也是唾手可得。

只要他还在自己身边……

果不其然，听过少年的自白，赤云子的眉头便皱了起来，静虚峰诸位仙君亦是沉默。

鲛人？初祖的徒弟是鲛人？拔剑者也是一名鲛人？

赤云子方才的喜悦去了大半，一面觉得这姓段的孩子态度诚恳，值得表扬，一面又如宴金华所料，犯起了难。

宴金华也跟着假模假式地沉默了一会儿，才抓紧时机想开口。

然而这次他连一点儿声音都没来得及发出，话头就被再度截住。

"师兄。"一个温和的声音自赤云子身旁响起，"若师兄不知如何做才妥当，不如将此子暂且寄在我名下教养，我会好好教导他，您看如何？"

宴金华微微睁大了眼睛，往上座的位置看去。

这又是哪个不识好歹的？！

那是一张陌生的面孔，却又是一副温润的贵家公子面容，一支玉箫平放在膝上，一把碧伞斜负在背后。他的气质极干净，一眼看去，叫人只觉一念清净，烈焰成池，只是看久了，总有股萧疏的感觉，既觉得亲切，又叫人不敢轻易亲近。

不知为何，听到此人发声，赤云子原本有些紧绷的神情便是一松："六师弟？这倒也好。"

不只是宴金华，池小池也迅速在脑中搜索起此人的身份来。

六师弟……

静虚峰六君子之一，文玉京。

《鲛人仙君》里关于此人的描述只有寥寥数句："赤云子六师弟文玉京，号寄然，闲云野鹤，避人而居，不问世事，渔樵自乐。"

文中该是有这位小师叔的戏份的，但文玉京还没来得及同主角发生交集，文章就断更了。他为何避世，为何在峰中地位超然，大概只有弃坑的作者才知道。

赤云子"这倒也好"四个字算是直接为这件事下了定论。

宴金华差点儿磨碎了一口牙。

更让他差点儿吐血的是，他脑中的系统急急告知他，拿走他定海宝珠的正是此人！

难道他出现在那里时就已经盯上了段书绝？

宴金华不知道事实，他只知道，这么一来，自己多年来的苦心筹谋便彻底毁于一旦！

而且这毁得着实令人气闷，教人有苦也说不出。

段书绝用了什么阴招吗？并没有。

他闯了七大阵，还护着自己一路通关，以鲛人之血拔出石中剑，过继了祖先留给后代的遗产，坦诚自己的身份，堂堂正正地过了明路，拜入静虚峰。论过程，顺理成章；论情理，恩义兼顾。

他就算长了一百张嘴，也挑不出段书绝一个错处来！

人人都会笑话他没有自知之明，也不看看自己是什么模子，就乱收徒弟；会笑话他刚收徒弟，徒弟就给抬了辈，变成了师弟，将来自己说不准还得恭恭敬敬地称呼他一声峰主。

更重要的是……

宴金华的任务进度条已经跌到了 5 点以下，若没有段书绝那百分之百的好感度打底，他在这个世界线里数年的苦心经营就真的一点儿价值也没有了！

5

池小池对于这件意外之事略感诧异，在心里飞快而且谨慎地计算着诸样利弊。

文玉京，在原文中只拥有一个姓名的存在，不知善恶，来历不明。按照剧情发展，他这时候不是在外仙游，便是闭关闲居，怎会突然参加这次大会？难道他也在打石中剑的主意？

应该……不会啊。

自今日之后，天下稍有些见识的剑士都会知晓石中剑已经被一名静虚峰弟子拔出，这就算是过了明路。

得剑者便是静虚峰未来之主，在这种情况下，若还有谁想要私下夺剑，那便是藐视初祖，不敬这千年流传的传统。这等蠢事，脑瓜仁哪怕象征性地发育过的人都不会做。

在心里盘算时，池小池适时地露出了困惑的神情。

十七岁的少年，涉世不深，可能并不知道石中剑在宗门弟子们心中是何等神圣的地位，因此对此淡然些，也说得过去。

但若说完全宠辱不惊，那也太假了。他单膝跪地，强忍"紧张"，试图"推脱"这番好意："禀赤云君，晚辈不敢造次，也不敢叨扰小师叔，宴大……师父于我有深恩，我该偿还……"

赤云子挥一挥手，打断了他。他想说，宴金华做你师父，除了白白得个虚名外，于你半分益处都没有，他是能教你练剑还是能授你心诀？

但这话说出来，打了宴金华的脸同时，也无异于打自己的嘴巴子。正左右为难之际，赤云子听到身侧传来笑声。

文玉京坦言道："师兄，这个弟子我很满意。"

他说话时没看着赤云子，而是专注地望着跪在下方的段书绝，话音里带着点儿鼻音，十分温和。

池小池心念一动。

这个人话术不赖。

文玉京看似耍赖的"我很满意"，实则是把责任都揽在了自己身上。

他很满意，因此赤云子有了赐徒的理由。

他很满意，因此低他一辈的宴金华也不得不让徒。

他很满意，因此他也是在许诺，他会待段书绝好。

这不仅仅是给了赤云子一个台阶，简直是给了座滑梯。

小师弟文玉京，年纪在同门之中最小，向来避人远居，从无所求，又生就了个内向的性子，连个随身侍奉的弟子都没有，难得看他这样主动地索要一个人，赤云子又急于把段书绝这只略烫手的山芋送出去，哪有不允之理："好了，段书绝，不要再提前事。从今日起，你的师父是文玉京，你的名牒改日入册，到时，我遣人给你送去。"

池小池就这样抱着石中剑，跟文玉京回去了。

他本来还想回渔光潭收拾一些东西，顺便在私下里再恶心恶心宴金华，但文玉京淡淡一句"我那里什么都有"，便让池小池暂时收敛了心思，打算先去探探环境。

池小池又不急。

宴金华是他的任务，可段书绝又何尝不是宴金华的任务？他就算不回去，宴金华也会主动找上门来的。

于是他走得心安理得，甚至穿走了宴金华那件厚实的外袍。

静虚峰共十六峰，文玉京独居一峰，名曰回首峰。

静虚峰的规矩众多，其中一条是非君长或高阶弟子，无特殊情况，入山必须下剑，其原理大致等同于高中里学生不得骑自行车进入校门，而老师可以开车进校门。

文玉京也不御剑，与池小池一起慢慢在月下散步。

文玉京在前，池小池跟在后面，二人都不是话多的人，交流不算多，但气氛很融洽，丝毫不觉得尴尬。

文玉京走得很慢，姿态优雅，无声无息。他掬一捧青萤为灯，在前面带路。

池小池想，这大概就是古人的浪漫吧。

这条路他不是很熟，而且回首峰向来是文玉京独自居住，山路砖石难免有脱落损毁，崎岖难行。池小池索性踩着文玉京的脚印前进，以免踏空。

他们直接登上了峰顶绝壁。

山顶，蓬松雪白的云丛间露出一角弯月，众星列宿，却难掩荧荧月华。

池小池见此胜景，没忍住脱口赞了一声。

文玉京问他："月亮可美？"

池小池猛地一晃神，想到了那次061为自己"摘"下的星星，又想到了现在还戴在他手上的手环，只觉手环火烧火燎地烫起来。

他收起了"该不会要摘月亮"的想法，问："师父，我们可是来赏月的？"

文玉京闻言，抬起手，手掌朝月亮方向摊开，不多时，一段淡银色的月华便凝固在了他的掌心，竟是一把钥匙的形状。他微微笑答："不，我们回家。"

池小池眼前一晃，天地突变。

原本蓊蓊郁郁的山顶乍然变得平阔，一片古朴清幽的宫宇绵延铺开，四周花树皆茂，一面如镜的平湖如同一条翡翠腰带，环绕殿宇，把殿宇围作了一个湖心岛的模样。

唯有月亮还是那个月亮。

池小池初来乍到，自然是要先弄明白这里的规矩才是。

实际上，他甚至不清楚文玉京把他要来的目的。他彬彬有礼地拱手问道："师父，可需要我做些什么吗？"

"有。"文玉京把玉箫放回腰间，反过身来，温和地命令道，"拔剑。"

池小池一愣。

"拔出石中剑，五十招内打败我。"文玉京把背上的伞取下，"或者，我打败你。"

他手中伞尖一抖，化为一柄碧色软剑，剑柄正是伞柄，上面雕有半镂空的双鲤图。

文玉京右手持剑，左手背于身后，注视着他。

池小池知道这是入门必经的试练，也没多想，脱去外袍，拔出石中剑。

水剑无形，直指地面时，有一截垂落在地面，汩汩流动，却不沾湿地面分毫。

软剑先发，细微的嗡鸣声分拨开空气，直奔面门，池小池一指平抹剑身，横剑弹压下来袭的剑尖，再以腕力反挑拨开，避其锋芒，直取中路！然而软剑如有生命，被拨开后即刻回弹，而文玉京单手使剑，侧身避芒，躲过一击，剑出如鞭，一道银丝细光翩然而过，把他的肩衣削下了一片来。

之前段书绝所习均为静虚剑法，而拔出石中剑时，鲛人先祖教授的剑法心诀他也只是听过一遍，还没有开始学习，因此二人招式往来，均是静虚剑法中最常见的快剑路数。

剑势如疾雨，二人之间银光交烁，三十招转眼方过，池小池体内的段书绝渐渐被燃起剑意，瞅准空档，斟酌好腕上气力，侧挑而去！

文玉京擅使软剑，剑势着实诡谲飘忽，难以预测，但若要正面对剑，他怕是不成。

段书绝计算精确，他保证，自己这一剑，论角度，论剑势，文玉京都绝对挡不下来。

孰料，文玉京并未阻挡。他挥手扬剑，软剑卷落于石中剑的剑身之上，在水剑剑刃上缠绕数圈，竟是一举锁死了石中剑的剑身！

段书绝怔然间，来不及做出反应，便见文玉京放开右手，换用左手，一把握住仍浮于空中的双鱼剑柄，快步绕至段书绝身后。

软剑被拉伸成弓状，薄细的剑刃半缠上了段书绝的颈部。

段书绝败了。

即使是有高深剑术，再佐以千年剑意，曾被宴金华在渔光潭中囚禁多年的段书绝在对敌经验上仍是不足。他眨了眨眼，诚心地道："师父剑术一流，徒儿自愧不如。"

文玉京好脾气地笑上一笑，转手收剑。

软剑如同软尺，从石中剑上窸窸窣窣地卷离，弹开时，剑刃不慎扫过了旁边一蓬开得正盛的夜来香，繁花顿时翻飞如舞。而文玉京将软剑重归碧色鲤鱼伞的模样，举于头顶。

"假以时日，必有建树。"他用三言两语点拨段书绝道，"千年剑意只是他人根基，擅于运用，才是你的本事。"

莫说是段书绝，就连池小池都难免为他的潇洒气度所动。他说："是，师父，徒儿知晓。"

他抬手行礼时，动作却突地一顿。

刚才的激战中，二人各有损伤。文玉京断了一片衣襟，池小池则被削下了最上方的两颗襟扣，他这一动，之前被割破的肩衣失去约束，从肩头滑落，露出了半侧肩头。

池小池看着自己露出来的肩觉得好像有哪里不对劲儿，他怀疑他这位新师父是故意的。

但看着文玉京那世外谪仙似的君子面容，池小池又疑心自己是不是太过小人之心了。他不再多想，敛起心神，道："师父，书绝今后会认真修习。"

"嗯。"文玉京把伞转背至身后，"每日同我练剑三个时辰，静坐三个时辰修心，我会时常带你出去游历，多见世面。除这些之外，你还要照料我的饮食起居。"

池小池倒觉得没什么："是。"

若要拜师，就要伺候师父，这是常理。

文玉京却定定地望着他："我说，是照料我的饮食起居。"

听他这般强调，池小池略有疑问："师父？"

文玉京："你可知赤云子师兄为何愿意让我教你？"

这部分书中并未提及，可文玉京既然已经把话说到了这个程度，池小池哪里还想不到那个可能性？

负伞持箫的青年面对他坦荡地道："我乃百年灵兽化身，是师父外出时捡回山来，悉心抚养，方才得获机缘，化成人形的。师兄将你交与我，自然是相信我有办法管住你。"说罢，他又浅浅地笑了起来，"多巧，我们同为凡世异类，合该做这一世师徒。"

池小池心里豁然开朗起来。这样一来，方才的一切就都说得通了。

若文玉京也是鲛人一类的灵兽，那就难怪他成日里神龙见首不见尾，隐于幕后，逍遥世外了。而赤云子对他放心，一是因为他剑术卓绝，压得住现如今的段书绝，二是因为他身为灵兽，晓得如何对付鲛人。

把事情交代清楚，文玉京便轻轻挥了挥手，说："去沐浴吧，我去房中休息。半个时辰后，去我房内替我梳整。"

所谓"梳整"，大概是给灵兽擦洗身体吧。

池小池点头应下，待文玉京转身进入房间后，他才除下衣物，脱下鞋子，化为鲛人，纵身跃入湖中。

如果说他以前住的渔光潭是普通装修的一室一厅一厨一卫外带阳台，那么他现在住的就是三层小别墅，外带一个小花园和一个停车场。湖水内的灵气比渔光潭更盛，而且是鲛人喜爱的冷泉，面积足够他拿自己打出个一百米的水漂，泉内还养了些锦鲤和乌龟，它们胆子不小，看见一只鲛人，都好奇地围上来打量。

他游了一会儿，把半张脸浸在冰水里，舒舒服服地享受新家，同时仰头观天。那一钩新月光芒明澈，看就叫人心生欢喜。

061 说："你喜欢这个月亮？"

池小池说："摘不动，摘不动。"

061 笑："不是已经送给你了吗？"

池小池这才察觉自己现在所置身的水域正好是月亮投下月影的地方，他此时刚好趴在水中月的中心。

池小池吐了一串泡泡："六老师，你送给我的礼物很多了……"

061 自然明白他的意思，笑道："你别误会，我只是发现了而已。这里赏月最好，所以这月亮应该算是文玉京送给你的礼物。"

说白了，他文玉京送给池小池的东西，和我 061 有什么关系。

池小池这才稍稍释然，确认过时间后，洗干净身体，爬上岸来。

因为暂时没有可替换的弟子服，他只能穿那件旧的。

他敲了敲文玉京所在房间的门，门内没有应声。

池小池想到文玉京这时大概已经化形，便扬声唤了一声师父，再敲了两下，示意自己要进去了，方才推门而入。

屋内没有人应声。

桌案上摆着一只铜盘，铜盘上放着一把犀角梳，一条比成年人巴掌大不了多少的白绒巾，一只小小的指甲剪，还有一小碗温羊奶。

池小池觉得这里面的东西怎么看怎么古怪。

而他的猜想在看到文玉京的真身时得到了印证。一只约巴掌大小的小奶猫伏在内侧的床榻上，正优雅地舔着自己柔软又干净的前掌心。

他没立即进去，而是站在门口，一脸纠结的表情。

061觉得他的表情有些异样，便追问道："怎么了？"他难道不喜欢猫吗？

池小池："他什么意思？"

061："嗯？"

"他是只猫，养了一池子鱼。"池小池说，"这和黄鼠狼开养鸡场有什么区别？六老师，你说，他捡我回来，是不是存猫粮呢？"

061：失算。

他只考虑到猫会软一些，比较治愈系，适合池小池。

现在他再重来一次，变成一只金毛还来得及吗？

◇ 闲日，刁难，鹿鸣之计

1

池小池难过地道："师父说他很满意我，没想到只是猫对鱼的满意。"
061深感百口莫辩，于是选择闭嘴。
不过，一日为师，终身为父。
师父要儿子进去伺候，池小池也只能端着盘子进去了。
榻上的小猫揣着爪子歪头看他，眼睛的色泽像极了浸润在清水里的宝珠。
瞳孔的颜色是慵懒且温暖的灰蓝色。
在池小池微微愣住时，白猫弓身，慢吞吞地伸了个懒腰，随即乖巧地仰头看他。
和煤老板的纯黑相比，他这位师父则是另一个相反的极端，连根灰毛都没有，除了梅花状的黑爪垫外，浑身上下纯净得没有一丝杂色。
只有那双眼睛是一样的，就连里面温驯的光都是一模一样的。
若不是尚有理智，池小池恐怕要以为是煤老板舍不得自己，从上个世界线一路跟了过来。
池小池打消了无聊的念头，把猫抱起来放在膝上，先抱它沐浴净身，拿软布擦净身体，用清洁术法替它把毛发变得温暖蓬松，喂它喝了热腾腾的羊奶后，又取了软木梳子，轻轻为它打理一身柔软的长毛。
小猫很听话，不闹腾，哪怕洗澡时也不挠人，只温驯地踏着水玩儿，梳毛的时候也不忘自己细心整理好自己的胡子，是一只相当自立自强的好猫。
池小池一边孝顺师父，给师父梳毛，一边在心里对061犯嘀咕："六老师，这是灵兽吗？碰上只个大点儿的狗，做个甜点都不够。"
061说："它会剑法。"
池小池恍然："对啊，也是。"
过了一会儿，池小池又拿手指量了量它的长度，担心地道："六老师，师父只有这么一丁点儿，我怕哪天起夜，不小心一脚把它踩死了。"
061："不会的，放心。"
池小池："如果真踩死了，这算弑师吗？"
061："不算。"
池小池又安静了一会儿，大概两分钟后。

"六老师。"池小池继续忧心忡忡地说,"师父也忒小了,没修炼出人形的时候是怎么活下去的?出去碰见那些个子大点儿的灵兽,当牙签都怕脱毛。"

忍无可忍,无须再忍,师父张嘴往他的腿上啃了一口,以示警告。

这反倒更坐实了池小池的担忧:"你看,六老师,它咬人都不疼。"

061已经很后悔了。

他只考虑到猫抱起来舒服,威胁性不强,又和上个世界线的黑豹同属猫科动物,性情相近,恰好能暗示池小池关于煤老板的事情,但千算万算,他偏偏算漏了池小池那千回百转的脑子。

早知如此,自己就该变头白虎,天天去池塘边捉鱼。

真的很气。

另一边,池小池抱着猫,心想,这样真好。

文玉京的师父云游四海时遇到了文玉京,把他带回山里,让他有了个可以四下疯跑的家,自己却没法给煤老板一个家。不知道现在煤老板是不是还跟着丁秋云,或者已经离开了队伍,有了自己的母豹子?

他想着文玉京轻裘缓带,清雅无双的模样,趁着小猫被梳得眯着眼睛一脸飨足时,大逆不道地轻捏着小白猫的耳朵,对061道:"不知道煤老板变成人是什么样子。"

061听着他的语气,心尖一软,刚想说话,便听池小池自顾自地道:"大概是一个长满胸毛的大汉吧。"

061一口气梗在了心头。

池小池:"咦,六老师你怎么不说话了?"

061深呼吸了几次。

人生就是一场戏,因为有缘才相遇。

别人生气我不气,气出病来无人替。

池小池怀里的小白猫调整好心态,抖一抖耳朵,趁他把手拿开时,用前爪轻轻抱住他的手,把脑袋顶在他的掌心里蹭了蹭。那是一个十足的表示信任和依赖的动作,煤老板还是一只小奶豹时经常做。

池小池有点惊讶,低头看它,但它看样子已经很困了,爬到池小池腹部,迈着小爪子上下爬了一番,最后选定了在池小池的胸口处安营,像是觅到了一处令它安心的窝,蹲下趴好,摆出一副打算安然入睡的模样。

池小池没再说什么。他在软榻上平躺下来,手指轻轻抚着奶猫柔软的额顶。

小猫很快就睡着了,贴着他的心脏位置。

看来,今夜他是走不了了。好在这张床足够宽大,且相当柔软。池小池平躺在上头时,整个人都陷进去了,他感叹道:"这床还蛮舒服的。"

061想,舒服就好。

池小池低头看向怀里的小猫。他问061："跟我睡在一起，它会梦见吃全鱼宴吗？"

061轻轻地笑了。他想，我争取努力一下。

一鲛一猫各怀心思，沉沉睡去。

只是今夜注定有人无眠了。

宴金华回到渔光潭后，越想越生气，越想越憋闷，一口血堵在心头，欲咽不得，欲吐不能。他细细回想今日发生的一切，试图找出人为操纵的因素，但除了在塔林里，段书绝自行破关，却没有出声叫他略显异常之外，逻辑上全无破绽。

他几乎是顺理成章地丢了本该属于他的机缘，这比被人直接抢去还要令他窝火。如果说被抢去，他还能找些借口，譬如对方玩弄心术，胜之不武。但事情按照原剧情按部就班地发生，宴金华之前所做的一切努力就都变成了笑话，好像他是一只绿头蚂蚱，不管怎么蹦跶，都左右不了命运，最终的结局还是被人一脚踩死。

对宴金华来说，这种感觉比吃苍蝇还恶心。

段书绝仍是那个榆木脑袋，从通关、夺剑，再到拜师，都按照原文情节发展推进，没有崩过人设，唯一算得上变数的就是那个叫作文玉京的人，不仅拾去了他的定海宝珠，还把他养了十年的"鱼"给认领走了。

奈何当时文玉京占尽了先机，提出索要段书绝为徒，堵得他有口难言。

难道他要在那个尴尬的时刻开口说，请把我的定海宝珠还给我？

他若是拔出了石中剑，还有些资格与文玉京讨价还价，结果现在鸡飞蛋打，在众人眼里，他就是一个白白捡了珍珠却不识价值的跳梁小丑，就算他说定海宝珠是自己的，又哪里有人会相信？

系统不理会宴金华的咬牙切齿，追问道："宿主，下一步打算怎么安排？"

他不关心宿主拿到进度值的手段，只关心最后能拿到手的进度值有多少。

宴金华闻言，只能强忍肉痛，盘点起这次的损失来。

经历过石中剑一事，代表大气运的石中剑没能取到，原有的进度倒已经被扣得七七八八，再加上丢了定海宝珠，又没了段书绝，宴金华越盘点越觉得自己像是被钝刀子割肉，疼得直打哆嗦。他斩钉截铁地道："定海宝珠必须得要回来。"

系统问："怎么要？"

对文玉京此人，系统也无法提供翔实的数据，摸不透他的性子，当然无从下手。

宴金华道："段书绝不就在他身边？我对他有恩，他不会不帮我。"

系统想想，觉得有理，就继续问："然后呢？"

宴金华咬了咬牙："看书！"

宴金华简单地总结了一下这次失利的原因，最后得出的结论是，他吃了没文化的亏。他这十年过得太顺风顺水，又早就筹划好了拔剑逆袭的情节，所以根本没留心原文的剧情进展。反正等他拔剑成功后，什么原文设定都得靠边站，也用不着再细读了。

没想到天意弄人，再加上对方的主角光环，他的剧本被迫全盘作废，他除了精心研读那本《鲛人仙君》外，也想不到更好的翻盘机会了。他点灯熬油，苦读了整夜，把前期所有他看不起的设定又都重温了一遍，还记了笔记。

第二日，他便去文玉京所居的回首峰找段书绝，谁想山上山下找了一大圈，从天亮找到天黑，他也不得其门而入，反倒被蚊子咬了一头包。

宴金华只好去找了赤云子，摆出苦相，说段书绝有些东西落在了渔光潭，他想给段书绝送去。自从相识之后，二人情谊深笃，如今乍然别离，心中实在不舍，不知道他过得好不好，望师父成全，放他去回首峰看段书绝一眼，云云。

宴金华抒情完毕，便满怀希望地盯着赤云子。

谁想赤云子道："你小师叔喜欢自守一山，清闲自在，最厌恶旁人打扰。他在回首峰何处修炼，我怎知晓？你安心回去修炼便是。还有，你小师叔性情温和，段书绝受不了委屈，不要说得他会遭受欺凌一般。"

宴金华碰了一鼻子灰，还被赤云子训斥了一番，叫他安分守己，好好修炼，不要白白浪费自己的才华。他气得肝疼，出门便喃喃地骂了一路。

无法，他只得折回渔光潭，继续研读《鲛人仙君》，只是多了几分心浮气躁，在看到过去自己厌恶的情节时总忍不住骂人。终于，熬过了对他来说又臭又长的夺宝阶段，他精神一振，快速翻过几页，蒙尘的记忆总算恢复了一点点。

是时雨山！

对了，还有这个机会！

原文中，段书绝拜赤云子为师，潜心宗门，消化先祖留下的剑诀。

约三个月后，时雨山一带有妖物作乱，赤云子起先并未在意，派自己的大弟子领着包括原来的宴金华在内的三名内门弟子以及三十名普通宗门子弟前往。

然而，这三十多人都无端地消失在了时雨山内。

赤云子又派遣自己的三师弟任听风带着一百名宗门子弟前往查探情况并接应众人，同样是一去无回。

最终，拿到石中剑的段书绝主动请缨前往，而段书绝也是在那里遇见了未来的黑蛟妖君。

2

原书里，时雨山中，有一群盗墓贼误触封印，致使千年山灵出世，凡入时雨山中之人，必有去无回。

黑蛟想捉山灵，掠其内丹，白鲛想救同门。

于是，他们两个一个扮作书生，一个扮作剑客，假装路过时雨山被擒，二人恰巧被扔进同一处天坑，相处三日三夜，也算有"牢友"的情义了。

看到这里，宴金华又回忆起了自己不愉快的追文体验。

在牢中时，黑蛟化名明夜，时常使坏，有意接近温文尔雅的段书绝，作者又花了笔墨，形容这位名叫"明夜"的书生形貌一流，底下读者纷纷骂作者梗老俗套，弃坑的留言连成一片。

作者在评论区弱弱地表示，山灵其实是个不错的故事，大家不想看吗？

除了个别人认为无所谓外，大多数人纷纷表示不想看。于是，时雨山故事线中途被砍，略写而过，黑蛟与白鲛首次斗法时，因为不把这个年轻又"迂腐"的宗门弟子看在眼里，以致大败，白鲛救出宗门众人，自此扬威天下。

但读者们还是觉得不爽，仿佛有哪里不大对劲。

宴金华在评论区问道：作者，山灵的千年内丹呢，不要了？

作者回道：这不是段书绝会要的东西。

宴金华差点儿被这顶风飘十里的"白莲花"气息熏晕，气愤难平，一连打了好几个差评。

从此以后，作者再没有在评论区里对差评进行任何回复。而时雨山故事线被砍，直接导致了《鲛人仙君》接下来的行文节奏大乱，但那已是后话，暂且压下不提。

另一边。

在池小池练剑休息的间隙，061也带着池小池回顾了这段故事。

看起来，宴金华对这一段情节的怨念着实不小，所以从前，他不仅手持石中剑，勇闯时雨山，救出了所有被囚的同门，还秉承大义，诛杀山灵，将尸身带回，丹火熊熊不熄，直炼了四十九日，方炼化出一颗赤红心石。

当时，段书绝尚在渔光潭内苦心练剑，对外界发生的事浑然不知，甚至不知道自己有这么一段缘。

池小池嘲讽宴金华道："真是一条成大事不拘小节的好汉。"

061摇头道："从某种程度上来说，算个强人。"毕竟不是随便哪个人都能毫无负担地拉下脸来盗抢别人的人生的。

061又说："他要是把精力放在正道上，凭他的地位，哪怕不蹭着段书绝，也能得了气运吧。"

"得了吧，你可别给他戴高帽子。"池小池说，"像这种人，你指望他学习？一根直肠通大脑，学到多少拉多少。"

061失笑掩卷："你现在打算怎么办？"

池小池说："练剑。"

替段书绝做他想做的事情是他此次服务项目的主要指导思想之一。而段书绝本人的兴趣也着实不多，无外乎修习剑法，广交好友。

现在或许还多了一个——养蛇。

对一个主角来说，或许着实是乏味过头了。但这就是他所钟情的一生，池小池该为他打好人生的基础。

池小池拿起石中剑。

明净湛蓝的青天下，少年临水舞剑，四周雾气腾绕，一招一式，轻盈自在，宛如丹青圣手肆意挥洒而就的水墨图画。

"错了。"身旁不远处传来指点声。文玉京燃香高卧，单手持书，发带随着青丝一道散在木椅旁，端的是一派世外散仙的风范。他盯着书页，说："方才第八式与第九式间，该有换气。"

池小池收起剑势，背手持剑，微微弓身，道："师父，先祖传下的剑谱中很是详尽，但未曾提到此处该有换气。"

文玉京翻过一页书，道："那便是剑谱错了。你若是不信，比较几次便是。"

061以前也来过宗门世界线，他发现，所谓宗门，无非是修身养"气"，气养神，神养体，三位一体，平衡流转，气变成了力，力强大后，又能演化成灵气，有了灵气，就可以飞天遁地。

说白了，什么金丹、元婴，都是练气练到一定程度后由内而外的一种心境变化的表现形式。对凡常人来说，所谓的"气"奥妙无穷，需要沉心修炼数十年乃至百年，方能获得。而对于擅长计算的系统来说，一旦掌握"气"的运行和排列规律，这就是一堆0和1的计算集合。说白了，就是科学练气。

方才他只是用科学的算法计算后，告知池小池最合适的修炼方法而已。

池小池看了他一会儿。

他想到很久以前的某个暑假，他拿着一道数学应用题去问他楼下的娄影。娄影正在掐表做一套物理卷子，最后一道压轴题算到一半时，池小池便找上了门。

他简单指点了计算的方法，池小池算了一遍，得出了一个答案。然而暑假作业后面给出的标准答案和他算出的答案不一致。他说："咦，错了。"

娄影没看答案，拉过他的草稿纸看了几秒，又推还回来，说："你算的答案没问题，书错了。"

池小池："啊？"

娄影向来谦逊有礼，唯有在面对他擅长的领域时才有种强势感："不是印错了，就是算错了。"

池小池翻了翻，果然这一整页的答案都错版了。他看着娄影的眼神里都是光："娄哥，你太厉害了。"

娄影笑了，欣然受了这个赞美，将笔下草稿纸上的演算过程核对一遍后，填上了卷子答案，关了还剩四十多秒的计时器，转身问池小池："打游戏吗？"

池小池回过神来，背过身去，眼前全是刚才文玉京读书时的样子。他想，这又是主神故意做给他看的幻影吗？

这样想着，他脱去鞋，纵身跃上水面。

鲛人善驭水，踏水而行，不湿罗袜。而鲛人剑法只有在醴泉秀水旁修炼，才有事半功倍之效。他把剑挽了个漂亮的剑花，平放在掌心，恰是第八式的起手。

岸边的文玉京手持书卷，在池小池背对他时，起身慢行几步，把池小池脱在湖边的鞋摆好。

自从做了文玉京的徒弟，池小池的日常就是练剑以及养猫。

相处日久，他也渐渐摸透了文玉京的习性。他的师父和现代的布偶猫差不多，姿容优雅，温文尔雅，从不让池小池离开他的视线范围，喜欢暗中观察，慵懒爱困，最爱他的竹躺椅，恨不得走到哪里都把躺椅和剑一起背在身上。

变回猫身后，它又格外粘人，喜欢被人抱着，尤其喜欢被人摸脊背，摸舒服了还会把肚皮露出来，毫无师父的架子。

池小池一度怀疑，他跑去剑会就是想找个顺眼的痒痒挠而已。结果他收获了段书绝，不仅替自己找到了一个可心的铲屎官，还能顺道加个"储备粮"，一举两得。

池小池第一次动手撸猫前，说："师父，这样太僭越。"

文玉京伏在他身上，尾巴扫来扫去，一点儿不怕被冒犯。

池小池谨遵师命，动手撸猫。软软的一小团，撸起来手感一流，且售后有保障，完全不必担心被咬。但作为一条鱼，池小池不能完全享受撸猫的快乐，总感觉一不小心就会被反噬。

他这位师父显然也对自己的新徒弟很满意，但池小池依旧有些不安，他还是习惯回到湖中，化出鱼尾，趴在岩石上，做一条安安静静的美人鱼。结果，半夜醒来时，他发现他的猫正躺在他的鱼尾上酣然入睡，身上还盖着一片宽大的鱼鳞。

池小池瞬间睡意全无。他和061聊天，探讨文玉京是把他当徒弟，当抱枕，还是当储备粮。

061说："它只是很对你很满意。"

池小池说："我知道。我也很中意大闸蟹，尤其是黄肥肉多的那种。"

061忍俊不禁："应该哪种都有吧。"

池小池："'哪种都有'是什么意思？"

061说："就是把你当成全部的意思。"

池小池双手撑着岩石，望着那只藏在自己鳞下安然而眠的小猫，想到了狗肉。

061说："离天亮还有点时间，多睡一会儿。"

池小池："睡不着。"

061说："那看电影吗？"

池小池："看。"

于是，061选取了湖对岸一块巨大的玉屏石做投影屏，在月光下放起了露天大电影。

电影是外国的海洋纪录片，还没有字幕，屏幕内的人说一句话，061就同步翻译一句，不多时，池小池便趴在岩石上睡着了。

061 关掉电影，对睡着的人轻轻地道了声晚安。

小猫睁开眼，看了几眼池小池，才继续入睡。

湖心吹过微风，将染上青色的梧桐叶吹得哗啦啦作响。

除了偶有烦恼外，师徒两人相处得还算愉快。

直到三个月后，赤云子找上门来，详细描述了时雨山中发生的异事。

他要镇守静虚峰，因此需得要得力的弟子去走上一遭，查探情况，青年一辈中，赤云子数来数去，发觉只剩下一个段书绝还算合适。

池小池替段书绝应允了下来，并在私下又翻了一遍《鲛人仙君》。

《鲛人仙君》中，因为各种原因，关于山灵的故事并未展开详述，所以无论是宴金华还是池小池，都没有上帝视角。他们唯一知道的信息是山灵的性别为女，起码活了千年之久，除此之外，他们对她的性格、生平一无所知。

连载期间还有不少读者猜测，段书绝当初留她一命，是不是看上她了。后期，作者在更新里让山灵出场，给段书绝送她新酿的美酒，特意写了她相貌平平，除了一双如湖的眼睛拉高了些整体分数外，只勉强算得上清秀。这下，读者认为作者是故意打他们的脸，又在评论区里闹腾起来。

不久后，作者就黯然弃更，把文扔下，再无下文。

池小池倒很想知道这个存在于作者想象中的山灵究竟是什么模样。

宴金华比池小池更加期待。

他当然不可能像书里写的那样，和其他师兄弟执行任务时直接沦陷在时雨山里，那也太惨了，所以他谎称身体不适，躲过了那次任务，静静等着第二批静虚峰的人也折在时雨山里，一听说赤云子去了回首峰，立即巴巴地主动上了门去。

计划有变，他的战略也该改一改了。

山灵的确是一块肥肉，段书绝是君子，是圣人，不忍杀之，自己总可以上去蹭一波吧？就算他实力不济，杀不了山灵，作为一个千年妖物，她的身边也总有些宝贝吧。

赤云子听到一向懒怠的二徒弟提出要与段书绝同去，不禁讶异："你去有何用？"

宴金华倒是会做人，也不说什么拯救同门，天下大义之类的鬼话，道："回师父，我毕竟与段师弟朝夕共处过一段时日，许久不见段师弟，心里实在挂念，如今相伴出行，正是大好时机，我这里炼了些丹药，想赠给他，虽不算珍贵，但也算是我一片心意，还望师父成全。"

这番话说得情真意切又入情入理，这个顽劣的二徒弟又难得自请出山完成任务，赤云子细思片刻，也应允了，只三令五申道，绝不可逞凶弄强，凡事都得听文玉京的。

听到这个名字，宴金华差点儿呕血："文……小师叔也去？"

赤云子道："他偏爱他的新徒弟，怕他出事，才说要一起跟去。"

文玉京夺走了段书绝,又拾去了他的定海宝珠,宴金华对此人毫无好感。

私下里,系统对宴金华耳提面命:"宿主,段书绝现在是他的徒儿,已经板上钉钉,但定海宝珠是一定要要回来的。"

不用系统提醒,宴金华也早有此意。哪怕文玉京将定海宝珠藏起来,他也要设法索回,大不了就谎称有旁证目睹,不怕他抵赖。

但是,与文玉京见面后,宴金华就呆住了。

饶是脸皮厚得刀枪不入的宴金华,也想不到文玉京会把那颗定海宝珠用白银镀饰后,直接镶嵌进了段书绝的石中剑的剑柄之中。

这种"物归原主"的感觉对宴金华来讲可以说是相当糟糕的,仿佛他上蹿下跳做出的一切努力都化作了无用功,他从段书绝那里悄无声息地获取的一切,都将以别的形式返还到段书绝身上。

他强自镇静下来,面对段书绝,笑着将贮藏已久的宝贵丹药赠出。这些丹药都是他在自己的空间里炼出来的,饱吸灵气,他自己留用了一部分,剩下的则打算当作再见段书绝的借口,并不打算真正赠出。

段书绝果然如他的君子人设一样,主动推辞:"怎么好麻烦宴大哥?"

宴金华笑着,眼睛却若有若无地瞟向他腰间的石中剑:"何必跟宴大哥客气?又不是什么稀罕玩意儿,既然给你,收着便是。"

谁想,不等段书绝再推拒第二遍,文玉京便接过丹药细细地审视了一番,口吻温和且冷静地道:"他说得没错,的确不算什么珍宝,但好歹也是一番心意,你且收下吧。"

得了师父的首肯,段书绝便道了谢,将丹药自然地收入腰间锦囊中。

宴金华看得分明,他解开锦囊囊口时,里面盛满了金色的丹药,灵气流溢,一颗更比他的六颗强。他甚至听到自己的系统倒吸了一口冷气。

宴金华体验到了被吊着打脸的恐惧。

061则表示,正常操作而已。他不懂炼丹,但在赤云子那里见到过极品的丹药,经过解析可证,炼丹并不难,丹药是部分金属元素与氧化物、硫化物、氯化物等无机药的结合,只要筛去过量的汞,用静虚峰里特有的三机石磨出的石粉为主要原料,在里面添加纯度为百分之九十八以上的"灵气",再加上一个简单的等比数列求和公式,算出的总和作为"灵气"的体积,加以提炼浓缩,注入丹中,丹药便会通体澄金,光芒熠熠,乃上佳之品。

所谓"科学炼气",不外乎此。

三人乔装打扮,准备上路。

段书绝为少年剑客,文玉京则做了段书绝的背剑人,二人均是器宇不凡,更衬得段书绝多了几分贵气,像是哪个王府里偷偷跑出来,梦想行侠仗义的小公子,家人不放心,因此派公子师背剑相随。

相比之下,宴金华则显得格外多余起来。

宴金华倒是不在意这个，他的眼睛一直盯在剑身的定海宝珠之上，一路上都在咬着牙硬挺，等到了时雨山地界，在山间落脚歇息时，宴金华才装作发现了石中剑上的配饰，惊讶地道："书绝，你剑上的配饰看起来有些眼熟。"

定海宝珠一直由宴金华妥善收藏，没让段书绝看到过。

段书绝低头轻抚宝珠，略有疑感："此物是师父赠我的。"

宴金华笑言："巧了，这倒很像我在静虚剑会中丢掉的珠子。"

在这样力度的疯狂暗示下，文玉京果真有了反应。他说："十几年前，我在一海域里觅得此物，不知你是在哪里得到此珠的？"

他怎么知道自己是在海中得到此物的？难不成宝珠有两颗？还是……他也在暗示自己什么？他是不是知道什么？

本来想索珠的宴金华霎时惊出了一头冷汗。

文玉京笑一笑，又道："大路朝天，各得机缘，物有相似，也是常理。"

宴金华仔细把这话品了品，一句脏话简直呼之欲出。

这不就是要流氓打死不认账吗？还扯什么十几年前捡珠，分明是不想还了信口胡诌的！什么大路朝天，你捡了就是你的？好厚颜无耻！

宴金华气愤之下，竟在不知不觉中连自己也骂了进去。可他偏偏拿文玉京一点儿办法都没有，谁也没见过他用这颗珠子，就连段书绝也不晓得这颗珠子的存在，他拿什么证明定海宝珠曾经属于自己？

被自己熟悉的招式攻击，宴金华感到十分恶心，却又无可奈何。

三人沿山而转，寻寻觅觅，却迟迟不见山灵其踪。

而在三人背后，一条在日光下斑鳞五彩的小黑蛇悄无声息地沿树而行，金黄色的眼睛牢牢地盯着文玉京的后背，吐了吐鲜红的芯子。

那便是小鱼新的师父吗？看起来也不怎么样啊。

3

蛇影从树上无声蛇行而下，消匿无踪。

很快，一名玄衣书生背着盛满书的箱箧从东方来了。

剑客与书生迎面相遇，一人戴着蛇牙项链，一人戴着鱼鳞细镯，相见之后，前者微微愕然，后者似笑非笑。

书生一弯腰，却看不出多少谦恭，眉眼里尽是少年人张扬的倨傲："这位先生，小生这厢有礼了。小生姓明，单名一个夜字，秀才出身，此次进城赴会试，却逢大病一场，眼看就要误了考期，只得走此山路。心中惶惶之时偶遇先生，实乃幸事。不知先生可否送小生一程？小生若到了城中，必有重谢。"说罢，他抬起眼来，冲白衣剑客轻佻地一眨眼。

　　白衣剑客自然一眼认出了他，大抵是看他一副书生打扮，觉得好笑，用扇子压了压唇。

　　看到他这般，叶既明一时恍惚起来，甚至一度以为眼前人当真是小鱼，而不是那个和他一起喝酒骂人，谈吐投契，却不知其真身原貌的潇洒过客。

　　不管是段书绝的神情，还是惯常的动作，那个人都模仿了十足。

　　真实得仿佛一个幻觉。

　　宴金华倒是精神一振。

　　果然，一切都如书中所写，叶既明也来到了山中。他大概是为了夺取山灵的内丹，好方便修炼。但自己毕竟是这条小蛇的恩人，他并没资格同自己争抢。

　　宴金华越想越觉得之前的自己做了笔漂亮的生意。他巧使妙计，收了两个小弟，一个甘愿为自己冲锋陷阵，做马前卒，另一个虽说没什么良心，但看样子对段书绝好感十足。

　　单拿段书绝的主角光环来压阵，山灵已是手到擒来之物。等山灵伏诛，自己只需同段书绝磨缠几句，以他那凡事不争的软和性子以及自己对他施下的恩德，这山灵的内丹得来简直如探囊取物一般简单。

　　只不过……

　　他瞟向文玉京。

　　文玉京抱着剑静静地站着，看似毫无威胁，但宴金华总疑心他是有意针对自己。否则自己为何在遇上他后霉运连连，先失去了定海宝珠，又失去了段书绝？

　　这人最好识相些，不要再和他争抢山灵的内丹，否则，他就得教教这人，在这个世界线里，谁才该是主角。

　　宴金华在审视文玉京时，叶既明也在做同样的事情。

　　此人并未对他的中途加入有所置喙，倒是出乎叶既明的预料。他就这般没戒心，竟连问都不问一句的吗？

　　文玉京在此，叶既明也不好在此时询问那个姓池的文玉京究竟是什么来头，只以书生身份大摇大摆地加入了三缺一大队，随众人一路慢行，待看那山灵打算如何搅弄风云。

　　正值六月，日头渐烈，宴金华走得唇焦口干，喉底冒火之时，路边突现一间茅草屋。

　　一名年轻女子背对几人，在屋前摘豆角。听到脚步声，她回过头来。

　　女子相貌平常，穿着也朴素，但衣裳洁净，气质不似寻常农妇，举手投足皆是不俗。

　　宴金华暗笑。

　　这是什么古老的"白骨精抓唐僧"套路？就算要迷惑人，也该变得美貌点儿吧？

女子看向几人，嗓音清脆动人："几位客人，需要饮茶吗？"

宴金华的灵气在这几个人中当属最低，只知道这个女子大概是使了什么手段，消去了身上的灵气，其他也看不出什么所以然来，索性装聋作哑，看向段书绝与叶既明，看他们作何反应。

段书绝与叶既明二人对视一眼，都从对方眼中看到了疑惑。

池小池问061："六老师，这个人是灵气太高，还是……"

在池小池提问后，文玉京抬头，在女子身上检视一番。

她身上没有那股能够被解析的"灵气"，呼吸吐纳，一如常人。

061谨慎地回答了池小池的问题："如果不是人，那就是神。"

闻言，池小池心中大概有了个数，礼貌拱手道："那就多谢姑娘了。"

女子身边摆着一只小木桌，桌上有一把粗瓷茶壶，她拿了几个缺角的碗来，给众人一一斟茶。她温和地说道："喝完茶，便下山去吧。"

宴金华暗笑一声。

这种套路的废话，和没说没区别好吗？不就是设下谜团，惺惺作态，等人发问吗？

段书绝果然顺着她的话道："为何？"

女子说："不要往前去，山中有灵物。"

叶既明故意打了个寒噤，往段书绝的方向靠了靠，仿佛自己真是个柔弱书生。

文玉京看他一眼，并未多动声色。

段书绝代叶既明问："什么灵物？"

女子道："你们不知道时雨山的传说吗？千年之前，时雨山还是穷山恶水的流放之地，出了一个恶毒的灵物，专食人肉。"

文玉京道："到山下时倒是听了一二，但未曾细听。可否请姑娘详谈？"

他们来之前确实是做过一番调查的，他们得到的信息比书里提到的背景介绍更加详尽。

千年前，时雨山一带是用来流放恶徒的荒凉之地。有一个农家少女随父亲前往邻镇投奔亲戚，途经此地，被数名恶人打劫，父亲惊慌失措地携女逃跑时，不慎脚滑，跌落悬崖，殒命当场。少女虽然逃出恶人之手，却失去了眼睛，最终未能走出竹林，成为林中之灵。

不知从何时起，时雨山中多了一位总在行路的盲眼少女，眼上缚着白布，手持一根破破烂烂的竹杖。

她不断与人偶遇，说自己迷了路，求人送她回家。有些人出于善意，也有人出于恶意，答应了她的请求。

少女便带着他们在山中绕弯，那些有善意的，往往能送她到一座柴门小院前，领取野果两枚，安然离去。那些有恶意的，往往在送她到柴门小院前并收下野果后，还不怀好意地问她："这点烂果子怎么够？你还有什么其他东西可以拿来报答我的？"

少女答："一双眼睛，可以吗？"说罢，她摘下覆眼的白布。那张脸上本该生有眼睛的地方却空无一物。

而下一瞬，对方的眼睛与她的眼睛便会交换过来。

无眼的山灵经常抢夺别人的眼睛，但她不知在生前受了何种诅咒，换来的眼睛不消几日就会萎缩，退化，腐烂，化为两个黑漆漆的空洞。

她便又开始寻找下一个猎物。

那些捡回一条命却丢了双眼的人惊恐万状地逃下山来，极度恐惧之下，大多无法详细描述那个女子的相貌，只带下来了少女的姓名。

那少女向每个带路人都介绍过自己，但大家说法不一，有的说她叫素，有的说是宿，有人又说她本家姓苏，众说纷纭下，有个书生从一部说灵物的话本中得到启发，说，不如称她夙姬吧。

夙姬的恶名口口相传，附近百姓连上山打柴都不敢了，怨声载道，却又不知如何是好。后来，有一云游四方的"神女"到了山下的小镇中歇脚。

千年之前，宗门修行者还不算很多，达到心神合一境界者更是寥寥，人们常把那些能腾云驾雾的人称之为神。

神女听了众人祈求，登上山来，将山灵捉住镇压起来。

山灵的传说自此终结。

为了感谢神女，山下的百姓自发修建神女祠，烧香膜拜。

尽管时移事易，时雨山下的时雨镇扩建为一座规模不小的城市，神女祠也早就变成女人们卜算婚姻的灵庙，但好在香火鼎盛，千年不断。

不晓得是否是神女庇佑，时雨山一带渐渐变得风调雨顺起来，百姓蒙受雨露，更加感念神女的恩德。

千年后，因为一群盗墓贼，被镇压的山灵逃窜而出，当场杀死了七八个盗墓的人，只有一人逃出生天。

山灵再次出现，但神女大概早已不知所踪。

山灵是地缚灵，按理说无法离开时雨山，但据传，有人在城中家里睡觉时，觉得天气闷热，半夜起来开窗通风，见一白衣女子立于他窗前不远处，背对着他，双手下垂，交缚在脑后的纱带极长，随风飞舞。似乎是听到了开窗的动静，她回过头来。开窗的人刚看清她的脸，便被当场吓晕，差点儿被吓死。

第二天醒来后，全城都传起了山灵入城的事情。

目睹之人声称，那山灵现在不仅没有眼睛，甚至半张脸都朽烂了，怨念定然更重。

山中倒是来了几波宗门弟子，可惜个个有去无回。

山下人心惶惶，纷纷前往神女祠祈福，祈祷神女有灵，重新现世，镇压山灵。神女祠香火愈盛，青烟日夜不熄，檀香气弥漫全城。

在日夜不息的香火中，段书绝他们上了山。

眼前的女子口中所述，山灵伤人，神女镇压，山灵再出世，种种情况，与他们已知的内容相差不远。听她说完，叶既明好奇地道："你不怕？"

女子条理清晰地娓娓道来："我在她来前便久居于此，若是离了此地，我又能去哪里？再者说，我是女子，不是害她的男子，她不会伤我。"

听到此处，061问池小池："有什么想法吗？"

池小池答："不对。"

061："哪里不对？"

池小池饮了一口茶，着意看了一眼那女子的手，并不作答。

《鲛人仙君》一书中，段书绝没有遇见这女子，倒是叫叶既明遇见了，她苦口婆心地劝伪装成书生的他下山去。书中，叶既明本就是冲着山灵的内丹而来，满口答应，转头就又改换了条山道上了山去，经过一番苦心经营，总算如愿被擒。

段书绝和叶既明二人被投入同一间囚室时，叶既明提了一下路遇该女的事情，但之后，作者把时雨山的故事线匆匆结束，是以这处伏笔并没有圆回去。

就目前已知的信息分析，这个女子有极大可能是真心劝人下山去的，而非假意引起旁人好奇，故意引人上山，又因为她只是凡人，分身乏术，所以劝得了叶既明，就劝不得段书绝。

但她若真如自己所说，只是一个孤身的女子，那么，她成日里守在一条入山的路上，冒着随时会被山灵盯上的风险，仅仅是为了做善事？虽说千年前的凤姬还有些底线，未曾伤善人，但谁晓得历经千年，她会变成什么模样？

她哪里来的信心，笃定山灵不会伤害她？

况且，她的手……

四人饮罢，谢过她的茶，转身下山，直到看不见那女子，方才改道而行。

一众宗门弟子还被那妖物困在山上，他们断无打道回府的道理。

段书绝看向假装自己可怜委屈又无助的叶既明，有意调侃道："明公子，你若惧怕，不如改道而行。"

叶既明凄楚地望着段书绝："望公子保护小生，小生可是全仰赖公子了。"

他一面同段书绝周旋，一面暗暗觑着文玉京，心中把姓文的骂了个狗血淋头。

若是这碍事的文玉京不跟来，他现在何须伴作弱势？

小鱼现在虽然不能操纵自己的身体，但好歹能看见外面发生的一切，文玉京如若不在，自己何必这般束手束脚，害怕妖力外泄，早就可以在小鱼面前展示自己这三个月来突飞猛进的修炼成果，叫他看看自己如今英武不凡的样子了。

与小鱼共同经历磨难的时日多上一刻，他说不准便能对自己多上一分好感。只是那文玉京总是站在小鱼身畔，着实讨厌。

又走出一段路，已经快要接近山顶了，池小池想要观察一下附近的情况，看看有无变化，便询问文玉京道："师父，可累了？"

文玉京明白他的意思，顺水推舟："是有一些。"

叶既明忙插话道："我也累了。"

池小池看他一眼，叶既明眯眼浅笑，手上却发力拽住了池小池的衣带。

文玉京瞥向叶既明紧攥着他衣带的手，未发一言。

此时此刻，061和叶既明两人心里想着的分明是不同的人，却都不很舒服。

至于宴金华，自己都觉得自己多余。他并不指望一向冷心冷肠的叶既明会对他殷勤相待，但也没想到是如此的疏离，好像从不曾认识似的。

更让他没想到的是段书绝。

短短三个月不见，段书绝就跟脱胎换骨了似的，脸还是那张脸，气质却改变了不少，也不再见当初那殷切地盼着自己回家的样子。

心理落差是一件很可怕的事。尤其是在享受过那种被主角依赖的感觉后，看到正常的段书绝，宴金华只觉得哪儿都不对劲，想凑上去巩固一下恩情吧，段书绝的左手边是文玉京，右手边是叶既明，根本没有他的位置。

他正焦躁时，听到自己的系统嘀咕了一句："奇怪。"

他的系统很少在发布奖励信息之外的情况下说话，突然出声，让宴金华吓了一跳。

回过神来，宴金华问道："怎么了？段书绝有什么问题？"

"不是段书绝。"系统答道，"是文玉京。"

"怎么？"

系统说："他身上散发出的灵气太有规律了。"

宴金华听不懂："嗯？这不正常吗？"

"太精确了，像是精心计算后的结果。"系统停顿了一下，说，"宿主，现在我还不能下结论，需要再观察一下。"

宴金华在烤得发烫的岩石上挪了挪屁股，说："不是，你这话说得不清不楚的，不是吊人胃口吗？你到底想说什么？"

系统说："我怀疑文玉京也是和你一样的侵入者。"

宴金华悚然一惊，但越想越觉得有道理。

是啊，正因为他也是侵入者，所以他晓得捡漏，努力抱紧段书绝的大腿，在静虚剑会上突然杀出，抢自己的定海宝珠，也抢着收段书绝为徒。

正因为他也是侵入者，所以才对段书绝曲意逢迎，哄得段书绝对他毕恭毕敬，甚至把自己都不放在眼里了。

正因为他也是侵入者，他才晓得时雨山里有段书绝的气运，才跟着他来执行任务。

什么不放心徒弟，什么一日为师，终身为父，全都是托词！原来，这才是他的计划频频落空的真正原因！

宴金华顿时为自己这些日子来的失意和落败找到了理由，充满希望地道："如果确定他也是侵入者呢？"

"一般来说，我们系统是有排他性的。"在产生疑惑后，系统已经跑去查阅过相关规定，"章程上写得很清楚，如果出现了类似情况，为了保证我们系统这边的任务进度，我们的上层系统会直接拦截对方系统发出的信号，对他进行囚禁和扣留。"

宴金华难掩喜色："也就是说能把他给直接赶出去？"

系统答："也不全是，只是带到我们的主神空间里暂时囚禁，等到他交代出自己的来处以及我们完成任务后，会把他打回原处的。保护宿主顺利完成任务，是我们每个系统应尽的义务。"

宴金华忙不迭地道："那还不动手？"

系统答："宿主，少安毋躁。这不是我的职责，我需要收集相当的证据后，才能向我的上级系统汇报，并提交报告。"

宴金华只好攥紧双拳，试图压抑住自己过分激动的情绪，并开始重新制订在文玉京消失后的美好计划。

文玉京一旦失去系统，不是消失，就是被打回原形。到时候，师父声名狼藉，段书绝也会丧失属于他的倚仗。

但他还有石中剑傍身，就算文玉京没了，赤云子也不见得会让自己再收段书绝为徒。

有了。

他既然能毁了文玉京，自然也能连带着段书绝一道毁了啊。

只要他夺去文玉京的系统，那披着文玉京马甲的侵入者定会原形毕露，他只需把他控制起来，以利诱之，让他再以"文玉京"的身份出来作证，毁了段书绝的名誉，说他偷窃丹药，勾结外人，其心不纯，无论哪一样，都能把现在备受赤云子看重的段书绝拉下马来，他再出面作保，段书绝在孤苦无依中，定然会倒向他。

若是想求一个稳妥，他可以干脆杀掉文玉京，再将罪名推到段书绝身上。

若是一个弑师的罪名砸向段书绝，他就彻底毁了，说不准还会被阖山追杀。他只需在那时出面偷偷将他庇护下来，不仅能得到他的感激涕零，甚至还有可能拿回石中剑，拿回石中剑上镶嵌的定海宝珠以及他接下来的一系列气运。

等到段书绝的利用价值尽了，再设法除之……

宴金华过于兴奋，满脑子都是以前在电视剧里看到的各种花式操作，以至于当一股可怖的冷意混合着女人香顺着足踝攀上来时，他竟然没能在第一时间觉察，便白眼一翻，昏了过去。

4

中午时分，艳阳高照，一股彻骨的寒意和黑暗铺天盖地而来，将池小池他们几个人彻底笼罩其中。

池小池本来不应该吃惊，然而事态的发展还是超出了他的预料。

按理说，山灵作为一本小说的初期 Boss，从科学性和合理性而言，实力设置不会太高，就是让主角来刷经验值和声望值的，之所以有那么多宗门子弟沦陷在此，大抵是因为山灵占据了地利，在时雨山中提前设下了某些对寻常宗门子弟来说难以破解的阵法，方能屡战屡胜。

可直到寒意上身，池小池才惊觉山灵之力精纯、强悍得过了头。他身上若无传承的千年剑意，只拼修为根基的话，竟根本不是这山灵的对手。

此行的目的既然在探明山灵的意图，并救出受困于此的同门宗门子弟与无辜百姓，那池小池就应该顺势而为，因此池小池自行放弃了抵抗，闭上眼睛，任凭意识被寒意裹挟。

但是，还未等寒气入体，他的周身便被一股温润的白芒覆盖。一件宽大衣袍在急速降低的气温中从背后温柔地合拢上来，把他妥帖地包在其中，动作却很谨慎，没有碰到他的皮肤。

衣袍外侧迅速结起了一层冰霜，而衣袍内的温度比池小池自己的体温还高一些，所以显得格外温暖。

池小池察觉有些不对，刚要睁开眼睛，一片长袖便凌空一挥，挡在了他的眼前。

池小池视线被遮挡住，但这黑暗来得格外令人安心。他停顿了一下，试探着问："师父？"

文玉京的声音从耳边传来："是我，我在。"

几人眼前都是一片昏黑，光芒再出现时，他们已经置身于一处深逾百丈的小天坑里。

文玉京、池小池安然无恙，叶既明则暗暗调动内丹御寒，因此也只是在眉毛、眼睛上挂了些冰霜，实际上并未受冻。至于宴金华，由于平日里意懒，灵气不足，尽管使尽了浑身解数御寒，也依然被冻得直打哆嗦。

待周围温度恢复正常，文玉京方才退开一步，单袖一甩，另一手抱剑，四下观察起来。

根据裸露出的岩层土质判断，他们仍在时雨山中，只是被移形换物之法转移到了这里。

在那寒冷的黑暗降临时，叶既明本来是想护段书绝的，但被文玉京抢先一步，本就气闷，如今见他安然退开，自己再刻意找碴，反倒失了气度。

若是以前的叶既明亲眼看到小鱼被别人照顾着，即使不会立刻揪住文玉京不依不饶，也要说上三两句酸话才能出了这口气。而如今的叶既明只是将方才缠住段书绝脚腕的蛇尾窸窸窣窣地收回裤管，伸手将一滴从崖边即将掉入段书绝后颈的冰冷水滴挡开，又若无其事地转过身去，不动声色地在心中暗暗记下文玉京的怪异之举。

而宴金华缓过神来后，在两眼一抹黑的情况下，总算利用自己的先知优势，笃定地挥了挥手：“大家少安毋躁，切莫妄动。这里设有三迭太极阵。”

这次他们走了原文剧情，被山灵擒获，丢入了天坑内。

池小池尝试调动体内的灵气，发现未被锁闭，他的石中剑、文玉京的伞以及宴金华的佩剑都没有被收去。

正如宴金华所掌握的讯息，大约在距离几人头顶三尺处，山灵埋设下了三迭太极阵。

所谓三迭太极阵，讲究借力打力，有以一力化千劲之效。在阵中，精纯的灵气被切割成丝流，以八卦阵型运转不休。

此阵于常人无害，就算碰触到，也不会伤及性命；至于宗门之人，只要不擅动灵气，也不会出大问题。置身此阵中，如果对着空气打出一掌，极容易出现一掌推出后，掌力被阵法化消轮转，最终狠狠地招呼上自己后脑勺的尴尬局面。

这三迭太极阵就是为了阻止宗门之人御剑逃离天坑所设。

至于普通人……世上可能存在能够徒手攀登上百丈悬崖的普通人，但绝不多见。

宴金华提供的信息还是很有价值的，但是因为在场诸人除了宴金华之外，还有两个读过原文，另外一个知道宴金华读过原文，所以，在他"剧透"后，除了叶既明维持着自己的文弱书生人设，往段书绝身侧贴了贴，求教什么是三迭太极阵外，其余两人都是一脸平静。

大致弄清了眼前的状况后，叶既明好奇地道："你们懂得真多。"

"我们是宗门之人，自然对阵法八卦有些了解。"池小池随剧情需要快速调整了自己的角色。他挑明了三人的身份，简单告知了叶既明他们此行的来意后，便指向宴金华，说道，"这是我师兄宴金华，通晓五行八卦之术。"

叶既明点一点头，转向他，满眼钦佩地道："不愧是宴师兄，小生拜服。"

宴金华被捧得有些飘飘然，只当段书绝是在和叶既明合力抬高自己，替他在文玉京面前长脸。能在这个侵入者面前被一个主角和一个第一配角亲口吹捧，图个一时爽快，想想也不坏。

谁想叶既明话锋一转，诚心诚意地问道："可这着实奇怪了，山灵捉了我们来，却不杀不伤，只是囚禁起来，宴师兄，这是为何？"

宴金华愣住了。

书里没写。

《鲛人仙君》连载到这里时被读者骂得不轻，作者砍了大纲，很多铺设的暗线未及圆满，就直接扔在了那里。

山灵抓人的理由被简化成了想要提升内丹，山灵与段书绝结交的理由变成了对段书绝高尚人格和绝对武力的佩服，就连破阵都改用了暴力拆迁法。两大宿敌的牢中会面虽然稍显儿戏，但后面那场剑斗的场面还是不错的，甚至直接压过了山灵的存在感。

草率是草率了点儿，但不得不说，《鲛人仙君》的确是借靠着这波莽夫操作挽回了一部分读者和订阅量。大家纷纷表示，要心眼看着多没意思，别废话直接上才是真英雄。

宴金华也是持这个观点的。

但是，作为读者，他能对作者指手画脚；作为故事中的人，他却没了能够指点江山，激扬文字的上帝视角，一切情节发展都必须按照逻辑来。

面对叶既明的提问，他支吾半晌，说道："大概是想养起来慢慢吃吧……跟圈养羊是一个道理。"

叶既明歪歪头，继续提出质疑："可她为何连宴师兄你们的剑都不拿走？"

何止是剑，连灵气都没有封掉。谁会在圈养羊的时候，还给羊留一把能挖地道逃跑的铁锹？

宴金华有些不安了："或许是忘记拿走了？"

叶既明"啊"了一声，意味深长地道："那她可当真是粗心大意啊。"

宴金华咬一咬牙。他弄明白了，叶既明性情促狭，一口一个"宴师兄"，不过是在故意逗弄自己罢了，但他为何偏生要在文玉京面前行刁难之事？他甚至有些恼怒那远在天边的《鲛人仙君》的作者，为何不把这段故事的逻辑补全，现在内容颠三倒四的，弄得自己好不狼狈。

宴金华只希望叶既明识些相，不要再问了，见好就收。

很显然，叶既明并不识相。他抛出了一个很现实的问题："宴师兄，你既精通阵法，可否带我们出去？"

宴金华现在深刻体会到了"整段垮掉"是什么感觉。一眼识出阵法，却不会破，这和一眼看出数学题是什么题型，却除了一个龙飞凤舞的解之外一个字都写不出来一样，毫无用处。

还是池小池轻咳一声，适时出来打了圆场："明兄，不要为难师兄了。"

叶既明偏过头，在宴金华看不见的地方翻了个白眼。

宴金华讪讪地笑了笑，发现也没人理会他，更觉如芒在背。现在的他完全就是他看过那些书中的配角，还是那种不懂装懂，最后被主角教做人的路人甲，连姓名都不配拥有。

宴金华被憋得几欲吐血时，池小池转头问文玉京："师父，我们能出去吗？"

文玉京抬头。在他眼中，纵横交错的三迭太极阵和其间埋设的灵气网构成了一道道立体模型中的函数方程。他沉吟片刻，说："不难。"

闻言，宴金华暗骂：装什么，不就是提前读了小说，再拿"金手指"糊弄人吗？

可他一时"金手指欠费"，无法动用主角光环惊艳四座，教他做人，只能被迫闭嘴，暗暗生气。

池小池可不管宴金华在想什么。

这种人跟他在第三个世界线里遇到的娄思凡同属一类，都属于自我感觉极度良好的。娄思凡酷爱把自己包装成圣人君子，以受人追捧为乐，宴金华则是死要面子，自命不凡，目标明确，小聪明也多，却又沉不住气，比娄思凡还少了三分能力和七分勤勉。对于这种人，直接不留情面地踩上几脚，他就能在脑内展开异常丰富的想象，自己就能把自己气个半死。

他对此人脑内自产自销的垃圾情绪兴趣不大，仰头望着从天坑上方透下的一线日光，若有所思。

061 问他："发现什么了吗？"

"不多，也不少。"说话间，池小池把手指压在唇边，"嘘。"

其余人也齐齐噤声。

他们都是有灵气之人，听力自是普通人不能比的。他们都听到天坑上面有脚步声传来。

不多时，一张人脸出现在天坑上方的边缘处。那张脸仅仅是一闪，便在天坑边消失，但大家凭借目力都认了出来，那是方才在道旁倒茶款待，并劝他们下山的女子。

叶既明惊讶地道："喂！"

但倒茶女只是看了他们一眼，便踏着乱石走远了。

熟读《西游记》，对倒茶女的身份早就心生怀疑的宴金华立刻斩钉截铁地给出了结论："是她！她就是山灵！"

然而，话音甫落，上面就传来了倒茶女清澈又无奈的声音："不是说了叫你不要再抓人的吗？"

被秒打脸的宴金华噤声了。

上面安静了一会儿，才有一个女声弱弱地答道："我没抓。"

"把人换了地方关起来，不叫没抓。"倒茶女说，"而且底下关着的是新来的人，我见过他们，半个时辰前才给他们倒过茶喝。"

另一个女声不说话了。

倒茶女哄她道："人家是要去赶考的，放了他们吧。"

和她对话的女声说的话听起来有些颠三倒四的，能听得出来她的精神有些问题，口吻偏于稚拙："就，就在明日了，再多留一日，时间就到了。"

"可你答应过不抓人的，是不是？"

坑里诸人正细听着外面宛如小学女生的课间对话，试图收集更多信息时，突然集体眼前一黑。

等再次睁开眼睛时，他们已经被移到了另一个坑中。

说话声远了点，但依然能听个大概。

弱弱的女声听起来轻松了不少："我没有藏人，不信你再看。"

倒茶女叹了一口气："你又把人换地方藏着了？"

对方干脆耍赖了:"没有。"

倒茶女说道:"那能不能答应我今天不抓人了?"

对方是打定主意要赖到底了:"没有就是没有。走了,我要吃饭,昨天说好要吃豆角的,你备下了吗?"

二人走远了,留下被扔在坑里的人面面相觑。

宴金华率先回过神来:"她们走了,我们快些杀出去。"

文玉京却道:"悄悄救了人就是,大张旗鼓地杀出去,你生怕引不来山灵?山中诸阵皆为她所设,她要是被打得急了,催动术法,我们打草惊蛇,空手而归倒是小事,万一伤了那些被囚的道友,又该如何?"

宴金华怕的就是打不起来。如果不打起来,他怎能渔翁得利?

他故意挑动大家的情绪:"我们有这么多人,难不成怕她一个小小山灵不成?"

文玉京微微眯眼,素来平和的神情中微妙地有了些猫的倨傲之气:"哦?那不如请你去攻打山灵,我与书绝前去救人,如何?"

如果说这里谁能毫无顾忌地在身份、地位压上他宴金华一头,那非文玉京莫属了。

宴金华登时沉默了,心不甘情不愿地一拱手:"小师叔,弟子一时意气用事,思虑不周,请小师叔莫怪罪。"

文玉京收回视线:"知错就好。"

宴金华口头上认错,心里仍是不服:"可我们就白白让这山灵逃走?她抓了人来,无非是图谋夺取眼睛,或是吸取精气,此等妖物,我们放了她,就是贻害无穷!"

池小池说:"设阵的不是山灵。"

宴金华差点儿被口水呛到:"啊?"

叶既明赞同地看了池小池一眼。

文玉京淡淡地瞄了宴金华一眼:"你看不出来,此地埋设的三迭太极阵里没有邪气吗?"

经此提醒,急吼吼地要杀出去求个痛快的宴金华方才意识到三迭太极阵里没有令人厌恶的气息,反倒是再纯粹不过的宗门力量。这下,连他都不知道这脱缰的情节该如何发展下去了:"怎么会?"

山灵难道不是妖物?传说有什么错谬?还是……

在宴金华头脑风暴时,文玉京已经将三迭太极阵方程解出了个初步的答案,动用灵气,细细调整无数逆冲倒行的灵气波流的运行轨迹,试图通过修改整个函数图的运行轨迹,开辟出一个能供一人通过的通道。

池小池与叶既明并肩而坐。

叶既明秘密传音,笑道:"姓池的,行啊你。没给我家小鱼丢人。"

池小池耸耸肩,他并不把此次出行当作什么了不得的经历:"带他出来见个世面而已。"

真正的鲛人仙君因为目睹世情百态，反倒更怀慈悲之心。至于现在的段书绝，只有见得多了，眼界开阔，被伤的心才能好得更快些。

而宴金华也没闲着。他的系统把文玉京破解阵法的全过程尽数摄录了下来，做好备案，准备上报。

谁想，文玉京解到最上层的阵法时，又有脚步声从上面传来。

那个倒茶女再次出现时，池小池站起身来，静静地注视着她。

她一字未发，微提裙摆，在崖边跪下，拜了三拜。

文玉京停下了破解阵法的动作，说："姑娘，请起。"

她还是坚持叩完了三次，才站起身来："我看她睡下了，才来找你们。我想求你们一件事。"

池小池却打断了她："为了保证我们听到的是真实的故事，能先回答我一个问题吗？"

倒茶女一怔。

池小池仰头问："你叫凤姬，那她叫什么名字？"

在场诸人都愣住了，包括上面的女子。

半响后，她轻轻地笑了，用极怀念的语气道："程无云。"

其实，对山灵凤姬而言，她与神女程无云的相逢没什么特别的。最开始，不过是一个人，遇到了另一个人。

程无云，一名出身世家却闲游四方的宗门女子弟，因其天赋绝伦，容姿妍丽，见过她的人，更愿称其为"神女"。

千年前的某日，程无云路过时雨山，听闻山上有一山灵作祟，便登上山来，想要一探究竟。当时正值一个星夜，凤姬刚得了一双好看的眼睛，好看得不该属于一个内心龌龊的登徒子。她坐在山中竹林间的一块石头上吹竹笛，享受着短暂的视力带来的快乐。

她看见了程无云，程无云也看见了她。

凤姬放下竹笛，呆呆地看着她。她是小地方来的姑娘，没见过多少世面，没读过书，程无云青衫仗剑，气质卓然，让她觉得自己真的看到了神仙。

神仙来收她了，凤姬呆望着程无云，看着她一步步走到自己身前。凤姬有点慌乱："我，我是素……"

她死去的父亲为她起名素娘，但大家以讹传讹，以音传音，嫌弃她的本名太过柔婉，不如凤姬听起来有灵物的媚气。

程无云坦坦荡荡地走到她的身前，伸手轻轻地抚了抚她许久未洗的头发。她的头发一绺一绺地结在眼前，上面满是尘灰和油泥，但是很软。

程无云看得出来，这个山灵身上的戾气不重，而且恩怨分明，从不害善人，尚可渡化。

她是因为怨念深重，以至于每一双偷来的眼睛用不了多长时间，就会因为体内怨毒而损坏。只是众人心中害怕，添油加醋，因此使她白担了许多虚名，甚至将城中连年的干旱也怪罪于她。

程无云抚着她的发，问："山中有麂子，怎么不用它们的眼睛？"

凤姬小声道："它们没了眼睛，无法捕猎，活不下去。"

程无云轻轻地笑了，眼睛弯起来，很美。

凤姬眨着视力渐退的眼睛，羡慕地道："你的眼睛真漂亮。"

程无云问："你想要吗？"

凤姬摇头："我不想。"她想要看着这双眼睛，一直看着。

大抵是人与人之间的缘分，她从第一眼看见程无云就喜欢得不得了，觉得这是个亲切的好人，便忍不住盯着，想多看一眼，再多看一眼。

程无云从自己的行囊里取出一只小小的甘露白瓶，捧住凤姬的脸颊，将里面的灵泉缓缓滴入她的眼中。

凤姬眼前霎时间一片清明。

程无云道："以后好好用这双眼睛，不要害人了。"

程无云要走，凤姬拦着。程无云有点哭笑不得地看着这个脏兮兮的少女："我是当真要走。姑娘，请了。"

凤姬凶道："不许走。"

程无云："姑娘，我要去游历，这是师门让我去做的。"

凤姬："游历是要做些什么？"

程无云："行遍天下，增长见识，惩恶扬善，或者再吃些好吃的。"

凤姬耍无赖道："你要是走，我就去捉山下的人，我会吃人。"

程无云家学渊源深厚，平素接触的多是雅士才女，哪曾被泼皮姑娘纠缠过，好在她脾气向来不坏，耐心地询问道："为何呢？"

凤姬耿直地道："那样你就会来除我，我就又能见到你了。"

程无云被这个小灵物的怪言怪语逗乐了："切莫浑说。好好做山灵，好好修习，本心向善，你也能达到心神合一的境界。"

凤姬说："我不要达到心神合一的境界，我要跟着你。"她又补充了一句，"你去哪里，我都跟着。"

程无云初涉世间，不十分懂得人情世故，没想到渡化山灵还要冒着被山灵缠上的风险，她坐在这只小山灵身边，陪她苦恼了半夜，但还是想不到能带走她的好办法。她死于此地，是地缚灵，强行带走，她会死上第二次，而且是灰飞烟灭地彻底消散。

程无云只好趁着凤姬睡过去时，蹑手蹑脚地离开。

明明是一件积累福报的好事，却做得如同做贼，程无云也有些惆怅。但她在离开时两山一里地后察觉到了什么，从身后不远的阴影处拎出来了一个险些魂飞魄散的小凤姬。

凤姬化为山灵时还是个孩子，独自在山林中的寂寞日子让她更多了几分固执的兽性，谁对她好，她就愿意跟着谁。

程无云终是不忍见她这样死去，冒险让她寄宿于自己体内，总算保住了她的一条小命。

与一只小山灵共享身体，若是程无云的师兄和师父在，大概会叱骂她疯了。

好在凤姬很乖。

时年正逢旱灾，在程无云的身体里借住了一段时间后，凤姬捡了具女身饿殍做身体，重新做回了人。人有饥饿，干渴，种种苦痛，不一而足，但凤姬还是欢天喜地地穿上新衣服，在程无云面前转圈圈。

程无云问她："和我用一具身体，不好吗？"

凤姬背着手，反问她："背着我，不累吗？"

程无云摸摸她的头，她也低着脑袋接受了。

她们是主仆，至少凤姬在摸索了一番许久未碰的人世规则后，是这样定义她们的关系的。

凤姬没有灵气了，所以程无云就陪在她身后，慢慢地走。二人走过了很多地方，凤姬给程无云倒洗脸水，给程无云梳头，研墨，抱剑，程无云不许，她就偷偷地做，还蹭程无云的书看。她看不懂字，就学着程无云的模样，一页页翻，一页页猜，程无云看她这样，有些心疼，便将书上的故事念给她听，久而久之，她竟然真的一点点地学会了认字念书。

一只长于乡村，亡于山野，最后又被捡回家的小山灵，尝试慢慢地驯化自己，让自己变得可爱些，再温驯些。她想同她一直一直在一起，所以想变得更好。

然而，世事终究无常。

和程无云一起度过五年后，程无云遇见了自己的劫。程无云广渡世人，却渡不得自己。她恋上了一个年轻的世家公子。

如果只是痴恋不得，也不过是个神女有意，襄王无梦的故事。

那是个纨绔子弟，但待程无云很好，凤姬在旁看着也是欢喜。她只是程无云的仆人，程无云能高兴，她便高兴。

和大多数富贵人一样，公子对宗门颇感兴趣，程无云便教他如何打坐调息，但他对见效更快的丹药更感兴趣。他十分幼稚，和凤姬一样，总爱缠着人，于是程无云也因着好友，爱屋及乌，总顺着他，告诉他各种炼丹秘法，并告诫他不要外传。

公子笑道，我只想同你一起，怎么会外传呢？

可世上并不存在一步登天的不死丹药。谎称能一步登天的，往往是不正之法。

那个公子属意的，也从来不是丹药。他的房中除了程无云这朵白玫瑰外，还生有一枝带毒的红玫瑰——一个千娇百媚，不知比程无云娇艳多少的邪道之女。

公子与邪道之女只看中了程无云，却从未将她身侧那个小小的侍女——凤姬放入眼里。在他们的计划里,只要能顺利骗得程无云的信任,实现整整七日的阴阳调和,再将她的丹田炉鼎强行挖出便大功告成了。到那时,只需一并给那个侍女下些毒药,在她一命呜呼后,谎称暴毙,一卷草席裹了,扔进深山里便可。

他们的计划进行得很顺利。

他们打发凤姬离开,方便做事。

凤姬早就将公子视为程无云的夫婿,被他调走,替他去邻城送信时,也并没怀疑什么。然而,她刚一走,程无云被下了药,被那嫉妒的邪道之女划烂了半张清秀绝伦的脸。

凤姬在两城之间往返,差不多过了七日。

凤姬心里惦记着程无云,买了漂亮的胭脂,星夜兼程,在第七日清晨赶了回来。但在程无云落脚的地方,她遍寻不着程无云。她寻人问道:"请问看到我家程姑娘了吗?"

那人点头,把她带至后院柴房,直接锁起来,前去通禀公子,问如何发落。

丹室内的程无云在昏昏沉沉中隐约听到了那个人对公子的禀告声。

公子与邪道之女只觉大事将成,谁也未曾想程无云会在丹药将大成之际拼死逃出。

程无云衣衫褴褛,一路跌跌撞撞地直奔柴房,一边跑,一边强力逼出自己的内丹。

以她现在残损的修为,是绝对逃不掉的。但她起码要护住凤姬,那个从时雨山里捡来的小山灵。她拼尽全力,徒手破锁,在邪道之女追到前,抓住了缩在角落里的凤姬。

凤姬手里还握着那盒买给程无云的胭脂,看到程无云这般狰狞的模样,又惊又怕地道:"程姑娘?!你这是……"

程无云抱住了她,捂住了她的嘴,将掌中流光的内丹喂入她的口中。她贴在凤姬耳边,说:"你好好的,好好的。"

说罢,伤势过重的程无云气绝而亡。

邪道之女追到这里,眼见即将到手的内丹不见踪影,气急败坏地一剑抹了凤姬的脖子。她又乱剑捅了数下程无云的尸身,剖开她的肚子,却发现内丹不在,方才泄气,以为程无云是自毁内丹,喃喃地骂了几句功亏一篑,也只得认命,悻悻作罢。

二人的尸身被扔于郊外野山上,只待被野狼吞食。

当夜,公子惊醒过来时,已经被泼了满身的酒,而满身鲜血的凤姬无声无息地站在他的床侧,往床上扔了一个火折子。

火势轰然四起,公子惨叫着滚成一团,连声唤着来人来人。

可整个屋子都已经陷入了熊熊火海之中。

那个邪道之女亦睡在公子身侧,火起时被波及,好在她通晓灵术,掐了个避火诀,拔出剑来,便与凤姬战在一处。

凤姬剑法竟然不差，一招一式皆有程无云的影子，只是她毕竟是凡人，且这具身体毫无灵根，她被压制得极狠，那邪道之女得了便宜，更是杀招频出。但每一剑砍到凤姬身上时，凤姬都像是觉不出痛来。

长生不死，长生，不死，不代表着不会疼，但凤姬仍像是毫无所觉。

等到邪道之女察觉不对，打算下死手时，却被凤姬抓住空档，一剑重伤了她的肩膀。

邪道之女痛叫着跌倒在地，翻滚不止。

凤姬没有停手，一剑又一剑地砍过去，直到滚滚火海里再没邪道之女的身影。

她带着一身火，抱着程无云的剑，跟跟跄跄地回到了郊外野山上，先去小溪里洗了个澡，才把安顿在一处废弃的茅屋里的程无云的骨殖背起，上了路。

她知道自己极有可能被追杀，也想不到有什么地方可以去，于是，她重返时雨山，把程无云葬在了她们初遇的山中。

她不知道要干些什么。

好在她早已不是那个想靠杀人来留住程无云的无知小山灵了。程无云想要的世界，想要的她，她都会尽量为程无云保全。

她回到时雨山，在山中搭了一间小茅屋，开了一片菜畦，日日耕作。

山下的时雨城有神女祠供奉，香火不绝，上面写着程无云的名字，她也偶尔去拜过，看着那已经几经修缮的女子玉身菩萨像，有点不服气地想，还是程姑娘更好看些。

钟磬轻响，碧烟缭绕。

身旁的女子求着姻缘，渴望嫁与一个如意郎君，而原该被神女杀死的山灵凤姬与她并肩而跪，却不知道求些什么。

她想了很久，双掌合十，虔诚地道："祝程姑娘身体康健，岁岁有好吃的。"

千年时光里，程无云读过的书，她早已倒背如流。后来，连书也腐朽了，一点点化为尘土。为了消磨时光，她又找了其他书来读。

凤姬一点点褪去过去流俗的小村姑形象，越来越像以前的程无云，而且更稳重，更温柔，更包容。

除却不老不死外，她仍是凡人。

繁星从她头上徐徐流过，而她始终在时雨山中隐居。

人之爱恨，有些如钱塘之潮，澎湃而来，滚滚滔天，哪怕只绚烂一瞬，也要将自己狠狠撞在岩石上，换一片白浪，溅湿一片衣角，也算留下过一片痕迹；有些则如山间的潺潺溪泉，有时甚至听不见水流声，转眼，世上便已千年。

谁想，半月前，一伙盗墓贼不知听了哪门子谣言，说时雨山中有山灵墓，内有宝藏，找来找去，找到了程无云的墓。

千年树旁千年墓，此处着实最符合，于是盗墓贼抬铲便挖，凤姬听到动静，远远奔来阻止，却被野蛮的盗墓贼一铲子打倒。

异变也在此时发生。殴打凤姬的盗墓贼被一只从地底伸出的手拖入泥土，筋骨尽断之声不绝于耳。众贼被吓得肝胆俱裂，四散奔逃，却又有六人被怪力生生扯入土壤，死无葬身之地。

那便是程无云的灵魄千年后出世的第一日。

千年祈愿，使得程无云灵魄犹在，但她也变成了时雨山的地缚灵。她生前遭受巨大打击，神志溃灭，记不得自己是谁，智识皆归于幼儿，却雏鸟似的认准了凤姬，小尾巴似的缀在她身后，好奇地问东问西。

千年前，千年后，程无云与凤姬彻底调换了位置，无论是性情、学识，还是人格。但是，二人仍是彼此的好友，此心可鉴，千年不易。

在世人心目中，复生、作乱、杀人的都是千年前祸乱四方的山灵。

对凤姬来说，这是很值得高兴的事情。神女就该永远是神女，干干净净，漂漂亮亮地站在那里，很美，很好。

凤姬跪在山洞口，将她们的故事讲述完毕。

061难掩惊讶地问池小池："你怎么会想到她是山灵？"

池小池说："明明是一个没有法力的弱女子，守在山道上做好事，总要有些解释得通的缘由。在关于她的传说里只出现过两个女性，凤姬，还有神女。"

061说："那为什么不猜她是神女？"

"我以前接了一个关于盲人的剧，知道盲人的一些特征，她的动作还带有一点儿盲人的特征。"池小池说，"而且，她身为凡人，听力太敏锐。"

在山道时，她不必回头，就能认出来者是"四位客人"。要知道，文玉京走路像猫一样，近乎无声。

而在和天坑里众人开口说话时，她的声音并不是很大，而底下的人回话时往往回声严重，甚至盖住原声，她却能轻易地辨别出对方在说什么。

池小池也只是猜测，不过就目前的情况而言，他是赌对了。

"程姑娘她的灵气虽强，却很听话的。"凤姬讲述完毕，想替好友说些好话，但说到此处，她停顿了一下，似是想到刚才程无云的耍赖，有点不好意思地补充，"就是偶尔太过任性。"

文玉京问："那些盗墓贼暂不论，她抓百姓与宗门之人是为何故？"

凤姬几乎是有些窘迫了："是这样，明日是我的生辰。她不懂生辰是什么，便一直缠着我问，我告知她，生辰便是诞生之日，凡人庆贺生辰，需有挚友亲朋到场，热热闹闹地庆祝一场才好。她觉得时雨山太过冷清，恰好有人来调查盗墓贼被杀、山灵重出一事，她便将人捉了来，关在后山千洞的洞底，还拿阵法封上，说要……要他们等明日同我庆祝完生日，才放他们离开。好在那些被捉来的人与静虚峰的宗门子弟都是好人，听完我的解释，便都说再留几日也无妨，只是我与她谁都不能下山去静虚峰通报情况，她离不开，我走不远，她又心眼太实诚，不肯放走一个人回去说明情况，着实是给你们添麻烦了……"

池小池沉默了。

如今他们听到的，才是《鲛人仙君》的作者真正想讲的那个故事的全部内容。没什么血火厮杀，没什么跌宕起伏，就是两个女孩子彼此扶持的故事。

所以段书绝不杀她取走内丹，因为完全没有必要。

所以段书绝与她结为至交，而山灵凤姬也在后期为段书绝送来了酿好的酒，俨然是交情不错的挚友。

所以作者在考虑后，才选择砍掉故事线，干脆删掉凤姬与程无云的故事，因为他不想让这两个女孩子被读者的意志左右，破坏本来的美好。

5

他们在洞里待了一夜。

夕阳西下时，程无云为他们移来被褥，又摘了野果，送了清水。这是凤姬要求的。

身为一缕幽魂，程无云不知冷暖，不知饥饱，她不懂凤姬这样要求的原因，但还是乖乖地照做。她不明白很多事情，比如，她设下的三迭太极阵虽然有千年灵气加持，但硬要破解，或是暴力破山，另外杀出一条路来，并不算难，为何身为静虚峰六君子之一的三师叔会如此轻易地被她困住。

第二日，三迭太极阵不攻自解，段书绝等人在相邻的坑里找到了被关了三四天的三师叔任听风。

任听风正在叮嘱一个脚程快的弟子："速去速回，告知师兄，就说众弟子安然无恙，隔日便回转，勿要挂怀。"

弟子领命，正欲离去时，任听风叫住了他："通报后，早些回来。少了一个人来庆祝寿辰，实在不好。"

一转头，任听风瞧见了文玉京，便摇着小竹扇主动迎上来："哎呀，当真是让师兄挂怀了，竟然把六师弟都派了来。"

文玉京浅笑道："好在有惊无险。"

任听风道："险也未必，惊亦无妨，莫提莫提了。文师弟，可带了银钱来？"

文玉京解下腰间的锦囊。

任听风道："谢了，师兄回山拿那株雪莲还你。"

他将锦囊抛给弟子："去买些礼物来。既然是来做客贺寿的，没有伴手礼，可是大大地失礼了。"

不只是他们，被程无云强行扣押的人一个都没走，包括那些普通人。

有个猎户还挺豁达的，抱着一只羊皮酒囊，憨厚地笑出一口大白牙："来都来了，还被关了这么多天，怎么也得吃一顿寿面、寿桃，捞个本吧。"

其实也没有什么可吃的，馄饨是凤姬亲手包的，馅是从山内采摘来的新鲜荠菜，胜在新鲜可口，却总不如那些饭馆里的美味，长寿面的味道倒是不错，但她买的面不多，包了馄饨，剩下的做了几碗面就没了。

这些面是几日前凤姬与程无云结伴下山时采买来的。程无云不肯离开凤姬，凤姬就只能选在入夜后进城，唯恐引起什么不必要的骚乱。

凤姬进粮铺买面时，程无云就在外面乖乖地等着，却不小心吓到了半夜起来开窗的人。怕事情闹大，凤姬只能带着买好的面和程无云匆匆离开，也不敢再进入城中了。

食物虽然不够，好在有酒。

酒都是凤姬亲自酿的，埋在竹林下，那是她从书上学的方法，酿出来就埋在当初她遇见程无云的竹林里，有的时候她都忘了自己在哪里埋过酒，寻酒宛如寻宝，她花了很长时间才找出了几坛老酒，提早备下。

被竹泥温养的酒过了百年千年，口感醇厚，竹香扑鼻。

程无云见到众人时，被凤姬打扮一新，还换上了新衣，看上去倒是比过生日的凤姬更喜庆些。小半张面具掩去了她被毁去的容颜，露出的那一半小小尖尖的脸，是真的清秀。

好在她现在并不清楚脸上的伤疤意味着什么，看到大家，便行了个男子的礼节："多谢你们来陪阿凤过生辰。"在程无云的那个年代，女子与男子的行礼方式还是相同的。

她好像已经全然忘了是她把大家绑来的，或者说，以她现有的认知，不认为这样做有什么不对。

凤姬很无奈地笑，一一还礼，也是替她向众人赔礼。

任听风一笑，抬手扬袖，恭敬地回礼："这是我们众人所赠的礼物，还请姑娘笑纳，祝姑娘平安喜乐，快活人间百千年。"

程无云听了祝词，自是欢喜，乐颠颠地跑来，直接将他们赠送的礼物拆开了，查看礼物。

凤姬满脸歉意，但在场之人无人介意。

大家都愿意相信凤姬将来会把程无云教得很好。

猎户捡了好几块形状特异的石头，一个书生把自己书箱里的书送了两本出去，一个上山来采菌菇的妇人则采来了满满一把山花。

程无云最喜欢这花，抱在怀里嗅了又嗅，还往自己的头上插，把一头梳好的秀发弄得乱蓬蓬的。

没有办法，凤姬只能拉她在一边的岩石上坐下，解散了她的头发，重新梳理一下。

程无云举着花给她看："花。"

凤姬:"花很好看……程姑娘,莫动,看前面。"

程无云便乖乖地不动了,抱着一怀的馨香,嘴里自言自语地道:"花真好看。明天我把一山的花都摘给凤姬,凤姬就高兴啦。"

凤姬握着她一头浓密的黑发,动作温柔地梳理着:"不要啊,偶尔摘一捧,凤姬很欢喜;全摘来,凤姬就不高兴了,花在它该在的位置就好。"

程无云听话地"嗯"了一声,继续转动着手中的花,让花瓣蹭过自己的脸颊。

每个人都分到了一小碗荠菜馄饨,池小池取了一只小勺子一口一口地吃完了一碗。

这也算是和段书绝一起分享了。

在小碗见底后,他体内的段书绝动了。他拿着勺子,在碗底上写:"这就是人吗?"

挺没头没尾的话,但池小池觉得,自己知道段书绝想表达什么。池小池换了左手拿勺子,回答他:"是的。"

从前,段书绝被宴金华害得不轻。

幼时,他困于一片海域,长大后,困于渔光潭,与世人相交寥寥。他所得到的最真实的温暖只来自于小黑蛇,而非人族。他见到的人,只有宴金华和被宴金华蒙在鼓里的不明真相的对他喊打喊杀的静虚峰中诸人。

他没见过这样的情景:所有人默契地维护着一个人的心愿,不存疑,不攻讦,不心怀恶意,他上辈子从未见过的三师叔在一众和乐的人中摇扇饮酒,悠闲自得,仿佛叫他看到了另一个境界。

人也是有境界的吗?这才是人的样子吗?

段书绝在疑惑,池小池便为他答疑:"是的"。

这才是人应该有的样子,他所见的那些黑暗与不公的确存在,但万幸,那并不是人之所以为人的全部。

段书绝难得多话,他沉吟了片刻,用勺子在碗底一字一字地写:"我想知道更多。"

池小池回他:"不如自己慢慢去看。"

段书绝:"多谢池先生。"

池小池:"免了。这馄饨挺好吃的,你写完没,写完我再去盛一碗。"

他又去盛了一碗,馄饨的热气扑到脸上,很舒服。

久未开口的061笑着说:"你挺适合领悟这些宗门道理的。"

池小池说:"悟什么,活的时间长点,总能悟出来点人生道理的。"

这个世界哪里有那么多的极恶极丑,极善极美,大多数都是灰色的,说不上好,也说不上坏。池小池见过最好的,也见过最坏的,他从不怀疑恶的存在,却也不会为此去质疑任何的善。

在他最恨,最不像人的那段时间里,他会给娄影发短信,虽然那个时候的娄影已经无法回复他了。不过，池小池会默认他看过了，或者正在看。

不管他有多累，多痛恨，只要在睡前用自己那个小小的、功能简单得只有通话和发短信的手机发上一条短信，他就能好好地睡上好几个小时。

"娄哥，晚安。"

"今天我考了第一。"

"有人找我拍戏，好像是一个很有名的导演看中我了，是不是假的啊，我要不要去？"

"娄哥，我睡前有喝牛奶，一大杯。"

虽然在以后，这种疗法的疗效渐渐削弱，但好在娄影不会换号码，始终在那里，随时准备包容他。

他也尽量保持着自己的心，让它不要变得太多。

但他终归不是以前的那个池小池了。

叶既明感到了他的沉默，便陪他一起在欢声笑语里沉默地坐着。

文玉京被任听风叫去喝酒，他们也能闲聊一会儿了。

叶既明叫他："姓池的？"

池小池："嗯？"

叶既明："姓宴的浑蛋是怎么对凤姬和程无云的？"

从前，他也只是在民间耳闻过此事，主题还是夸耀宴金华拥有着如何镇压妖物的雷霆手段。

池小池冷笑。

从前，在夺取鲛人千年剑意的宴金华的带领下，时雨山被付之一炬，程无云遭受重创，被活活拖离时雨山范围，灰飞烟灭，凤姬被擒后被投入炼丹炉中，宴金华意外获得灵药，欢欣鼓舞，意气昂扬，好不得意。

叶既明听闻，差点儿气死。

但一转头，看到宴金华远远地坐着，满脸强行压抑着的不甘，面前的馄饨也没动上一口，心中的不快立时散去。

当下，凤姬和程无云好好的，又得到了静虚峰三师叔和小师叔的认可，就算宴金华心痒难耐，也找不到下手的借口。

既然放宽了心，叶既明张望着四周的情景，心下不无感慨。他没有读过那本《鲛人仙君》，只大致知道剧情。

时雨山是原本的他该和段书绝遇见的地点。

叶既明问："你说，那个作者到底打算怎么写我和小鱼的初遇呢？"

池小池问："这就要问你了，如果你是在时雨山第一次见到的段书绝，会怎么样？"

"我跟他不熟的话，当然会看不过他的伪君子相，要找机会教训他一顿了。"叶既明说，"不过大概不会在给凤姬过生辰的时候，等下山再说吧。"

池小池饮了一杯竹酒："那，这大概就是他本来想写的故事了。"

酒足饭饱，众人辞行。

送走这些萍水相逢的善心人，凤姬转身回到山中，却遍寻不着程无云的踪迹。她绕山而行，不急不慢地轻声唤着："程姑娘，程姑娘。"

在路过当初那片二人相遇的竹林时，程无云从其中一根儿臂粗的竹子上跳下来，扑在她身上，带下一片摇落的竹叶。

她一点儿重量都没有，可以轻松地背起来。

过去端庄的神女趴在山灵的背上，刚刚才梳好的头发全部散了开来，问："都送走了？"

凤姬背着她，说："送走了。"

程无云说："那现在轮到你送我回家了。"

凤姬说："好好好，送你回家。"她迈步，往她们共同的家走去。

程无云抱住凤姬的脖子，开始想念起刚刚才离开的众人："他们人真好呀！明年他们还会来吗？"

凤姬说："那是缘分了，不必强求。以后不要抓人了，可好？"

程无云说："不抓。"

凤姬："过生辰的时候也不能抓。"

程无云愣了一下，趴在她背上艰难地思考了好一会儿，才下了决心："嗯，不抓。"

这就算达成协议了。

程无云乖了一会儿，又提出要求："今天的书你还没有读给我。"

凤姬："想听我读哪本？"

程无云说："《诗经》。"

凤姬便随便拣了一篇，轻声背起来："伐木丁丁，鸟鸣嘤嘤。出自幽谷，迁于乔木……"

山灵念一句，程无云便跟着念一句。程无云不是很懂是什么意思，咿呀学语般的学着山灵说话的腔调与发音。

她时而恍惚，觉得这段话熟悉，场景也熟悉。仿佛在很久之前，再很久之前，她也这样教导过一个人。

自己念上一句，她便学上一句。

于是千年光阴，就这样过来了。

◇ 金印，祈福，双双消失

1

　　离开时雨山后，任听风留下几个弟子，让他们随同那些被擒上山的人去时雨城中说明，千年前的山灵并未复生，人们是被流窜的山匪捉拿，现在山匪已被全部歼灭，请大家不必担心。

　　至于那些苟且偷生的盗墓贼，他们的说辞自然不如宗门弟子的可信度高，对比起来，相信的人自然也就不多了。总之，宗门弟子们尽量帮夙姬与程无云把一切麻烦都打点妥当了。

　　做好安排后，任听风本来打算和文玉京一同离开，文玉京却温和地道："三师兄，你们先行。"

　　"六师弟有事？"

　　文玉京彬彬有礼地道："萍水相逢，便是有缘，我们还需要送这位明公子过山赶考。"他指的是叶既明。

　　叶既明一怔。他这次来时雨山只是想看看小鱼，本打算下山后就与他们分道扬镳的，孰料文玉京提出相送，他心里有些犯嘀咕，不过没有推却。

　　他倒是想看看文玉京葫芦里卖的是什么药。

　　任听风习以为常地一摆手，说："去吧去吧，但莫像以往那样，说是下山采株仙草，却一去三五载，不见回转。"

　　文玉京一笑，目送任听风携包括宴金华在内的众弟子远去，转回身来对池小池道："你在此稍候，师父去送明公子一程。"

　　池小池微微一挑眉，这就是有意支开他了。

　　池小池还想争取一下："师父，不如我们一道……"

　　文玉京已经走到了叶既明身边，背手敛袖，头也未回地重复道："稍候。"

　　池小池在文玉京背后歪头，对叶既明使眼色：自求多福吧你。

　　叶既明亦有些莫名其妙，但他轻狂嚣张惯了，又自认为没做什么亏心事，对文玉京这种文质彬彬、弱质风流的公子哥儿，他自觉没什么可打怵的。于是，他便一拱手："请了。"

　　时雨山占地八百里，凡人不便御剑，文玉京便走在前头，带他绕山而行。

　　一路无话。

走出约一里地后，叶既明失去了耐心。

叶既明的书生衣冠尽数炸裂，箱箧崩毁，玄衣飘飞，一柄沉沉的黑金重剑悄无声息地自后径直搁在了文玉京颈上。叶既明不欲再伪装下去，冷冷地道："你还要走到哪里去？"

文玉京也不惊讶，背手站着，任他用剑指颈，冷淡地道："公子不去赶考了吗？"

此处既无旁人，叶既明也不必掩饰，书生意气尽化为邪气："你是什么时候看出来的？"

"不难。"说到这里，文玉京先是一愣，随后才意识到自己的语气像极了池小池，不禁轻轻一笑。

叶既明被他笑得不爽，又见他处之泰然，无意争斗，反倒衬得自己莽撞起来，心里嗤笑了一声："既然猜到了我的身份，你待如何？"

文玉京又将太极打了回去："送公子赶考。"

叶既明觉得这句话听着跟送公子上坟一样讨厌。

这一来二去间，叶既明觉出此人不是借故支开段书绝，想借机除去自己。

文玉京倒是淡定："公子快些上路吧，早些将你送到，我也能早些回转，书绝还在等我回去。你也不想他等急了吧？"

一听他提到段书绝，叶既明心知不妙，马上替他申辩："我与小……段书绝，也仅有几面之缘，不算相熟。"

"我知晓。"

"你是他的师父，我不想与你争斗。"

"很巧，我也是。"文玉京温文地道，"徒儿交几个朋友，是他的事情，我又何必多管呢？"

这套说辞太过冠冕堂皇，叶既明并不是很相信。

不过文玉京的言辞实在恳切，在叶既明回味一番，差一点儿就要相信了的时候，文玉京却主动伸手，用拇指与食指轻轻捻住黑金剑尖搓了搓，闭目道："好剑。"

叶既明一惊，想抽开剑，可试图撤去剑锋时，他骇然发现，在那两根修长的手指下，自己甚至无法移动剑尖分毫！他被激起了性子，握紧剑柄，正欲发力拔出剑来，突觉一股至纯罡气沿剑身袭来，接下来掌心一震，轻微的灼痛感让叶既明感到头皮一麻，立刻放开剑柄，低头看去。

他的掌心里被打下了一个淡金色的烙印，上书一个龙飞凤舞的大字——"来"。

叶既明震惊起来！第一时间调息理脉，生怕这个道貌岸然的伪君子会对自己下毒，但仔细察看一遍，除了掌心烧灼的刺痛感犹存，他没有发现任何不妥，经脉未曾受制，体内也未有毒素流入，一切安然。叶既明捂住右手，警惕地后退："文玉京！这是什么？！"

文玉京单手拔出后背的碧伞，瞬间换为软剑，反手缠上黑金长剑的剑柄，再潇洒地一转身，将长剑稳稳地送回叶既明腰间的剑鞘中。

"有用。"文玉京语焉不详地道，"但最好不会用上。"

叶既明咬牙，尝试擦掉这劳什子。

这打上的金纹若是像点样子，叶既明未必会这般生气，偏偏是一个唤狗似的"来"字，简直土得掉渣。但是那金字像是长进了肉里，不仅无法抹除，反而越擦越亮。

叶既明几欲吐血，冲口而出："文玉京，你竟敢这样羞辱本君！"

文玉京文质彬彬地一欠身："公子误会了，只是为备不时之需罢了。"

叶既明哪里听得进他的解释，可刚才的短暂交手间，他已经做出了判断，此人绝非易与之辈，与他交手，一来占不到便宜，二来他是小鱼的师父，哪怕是为着小鱼，自己也理当礼遇一二，不该彻底撕破面皮。

计较过其中利害，叶既明忍下一口气，把按剑的手放下："可有人对你讲过，你看起来颇像正人君子，却着实惹人厌？"

不能动手，还不许他动动口？

明明只是不痛不痒的评价，文玉京却是微微一怔。

叶既明的评价，按理说他该是从未听过的。

自从被格式化后，大多数以前相熟的系统都来安慰过他，他也在大家的安慰中勉强拼凑起了一个关于自我的大致认知。

大家用得较多的形容词不外乎"人很好""温柔""人缘不坏"，于是他便自然地认为自己是这样的人，但叶既明的一句无心之语竟隐隐拼凑起了他已经被搅碎的零散回忆。他似乎……在哪里听过类似的评价。

叶既明嘴上占了些便宜，又见文玉京出神，便以为他是被刺到了，略带得意地"哼"了一声，把被他打上金印的手掌背在身后，抛剑出手，翻身而上，故意挑衅道："文君子，本君走了，无须相送，有缘再会。"

文玉京也不恼，拱手道："叶公子慢行。"

本来以为自己打了个翻身仗的叶既明吃了一惊，他是如何得知自己的姓名的？！

可怜他好不容易在言语间扳回一局，打算趁机抽身而退，走得雄赳赳气昂昂，却不意又被姓文的下了一城，只得吃了这个暗亏，转头便走。

目送着叶既明离开，文玉京转过身，在月光下缓缓独行，整理着思路。

方才受叶既明的启发，他的脑中出现了一些极其散碎的音讯片段。那是023的声音，听起来有点生气："怎么又是这个？061，你烦不烦啊，第几遍了？你自己说，这部电影你放第几遍了？"

他又听到了自己的声音："还好吧？也没有很多。"

089懒洋洋的声音传来："是啊，没有很多，也就八九十来遍吧……认真讲啊，061，那小屁孩儿打算什么时候拍新电影？能不能给我们个准信？"

"他不是小屁孩儿，别这么说。"061听到自己略带严肃地否认了089的说法，

"他是我邻居家的弟弟。"

061颇为纳罕。在自己现存的记忆里，他可从未对023和089这样一板一眼地说过话。

"行行，弟弟，弟弟。"089的声音又响起来，"那你能不能给你弟弟托个梦，让他行行好，一年多拍几部电影啊？你摸摸你的良心……摸好了啊，咱们朋友聚会，你总放他的电影，是不是不大好？"

"每次都有没看过的人在。"他仍试图辩解，"他又演得很好。"

023忍无可忍地说："可我们两个每次都在啊！"

他似乎也有些不好意思了："抱歉抱歉，他的新电影已经杀青了，大概两个月后会公映的。"

023的心气这才顺了一点儿："下次聚会你再放这个我真的跟你没完。"

089说："不如下次在房间门口挂一个牌子，脑残粉勿进。"

023："对极了，脑残和脑残粉勿进。"

089："023，你说脑残就说脑残，看我干什么，你把话说清楚，不然爸爸就要伤心了。"

023："你有本事伤心，你倒是有本事出去啊，出去前把我的薯片吐出来。"

回想过去并不是一件愉快的事情，伴随着极其剧烈的头痛，文玉京的步履不稳，神思混乱。然而他想知道更多，关于过去，关于自己。

直到一个声音唤醒了他："师父？"

他抬眼看去，发现用着段书绝身体的池小池正抱剑靠在一棵树边，惊讶地望着他。

池小池的确很重视段书绝的人设，即使在没有人的地方，他也是规规矩矩地站着，身姿挺拔。

而他从树旁经过，竟然丝毫没有察觉到对方的存在。

061，或者说文玉京，意识到了自己的失态，便立即温和地致了歉："抱歉，师父在想事情。"

池小池微微点头："师父把叶兄送走了？"

他自然聪明，知道文玉京提出单独送叶既明，一定是对他的身份有所怀疑，但文玉京本身非人族，又生性宽和，想来不会对叶既明做什么，不必太过担忧。

果然，文玉京道："嗯。送走了。"

池小池坦荡荡地道："事前未将叶兄的身份告知师父，是徒儿的错，还请师父责罚。"

文玉京忍住横刀劈颅一般的剧痛，温和地道："师父不是不准你交友，倒是更希望你多出外走动，多多和旁人交游。所谓宗门，非一味闭门造车，面壁苦熬，便能得悟，需得见遍天下事，睹遍天下人，知道何谓美、善、恶、丑，消化圆融，方证根本。是师父不好，总拘你在山中，给了你不许交友的错觉，以后师父会改，走吧。"

文玉京鲜有这么多话，叫池小池有点惊讶："师父？"

文玉京也意识到了这点，无奈地笑笑："许是在山中呆乏了身体，养得娇贵了，走动了这么久，师父有点累。劳烦书绝带我回山，可否？"

池小池点一点头。

文玉京便蹲踞下身，身上流光泛起，很快便转化为一只须发皆白，安安静静地缩成一小团的猫球，像是一只精致的小毛线团。

池小池把猫抱起来，放入身后兜帽，御剑而起。

兜帽里盛着的文玉京轻轻地抱紧了眼前的布料，想着刚刚想起来的事情，心里有些暖意。

任听风回山，把此次事件详细禀告给赤云子，赤云子听闻了事件的前因后果，拊掌叹道："大善。"

他并不是古板之人，亦对善魔善妖心怀慈悲之心，只是因为要时时处处维护静虚峰的利益，也不得不果断一些。池小池来前的原世界线剧情里，赤云子率众围困段书绝，也是因为在他看来，段书绝身为鲛人却隐瞒身份，混入山中，恐怕是要对静虚峰不利。

赤云子对时雨山一事颇为上心，寄书信请来其他几位宗门山峰的友人，恳请他们若是听到有关时雨山的传闻，莫对那山灵下手。

时雨山故事线至此完美结束。整个时雨山事件中，唯一不痛快的便只剩下宴金华了。

他满怀壮志地去，一无所获地回，借段书绝之手夺取山灵内丹的计划全面失败，山灵成了大家的重点养护对象，他则全程打酱油，像个傻子一样只能跟着故事节奏走。

握有原书剧情，却被强制抢戏，从男一号的宝座上被一脚踹下来，身份一路断崖式下跌，直到成为路人甲，这种憋屈感实在难以用文字形容，于是，宴金华只得想其他的方法加以发泄。

他本来不是"本地户口"，之前放心玩耍，是因为知道自己赢的可能性非常大，如同在斗地主时手握一对王带四个二，自然以为是稳赢不输的大好局面，结果由于自己操作失误，直接把四个二带俩王甩了出去，稳坐的赢家被炸了个稀碎，对方更是多方位全面碾压他，他自然是慌了手脚。

俗称"心态崩了"。

赤云子以前只惋惜宴金华才华有限，只能止步于此，谁想这些日子时常传来他与同门师兄弟争吵，常出荒诞难懂之语的消息，心下愈加失望和不喜。然而，无论如何，他毕竟是赤云子亲自收的徒弟，不能真的撒手不管。

赤云子将他唤来训导过几次，他都是表面应承，抵死不改，私下里甚至开始酗酒，赤云子心烦不已，索性下令叫他在渔光潭闭关。

相比之下，被师弟亲手调教的徒弟段书绝却越来越懂事。

从时雨山中回来后，文玉京对他的约束放宽了不少，允许他四处走动，外出办事。段书绝与诸位师兄弟相处日渐融洽，因着相貌出挑，又谨慎守礼，颇受女弟子喜爱，但他很懂分寸，言谈举止从无逾矩，更引得旁人盛赞，说文玉京教导有方。当然，旁人并不知晓，在段书绝的兜帽或逍遥巾里，常常藏着一团暖融融的小线球。

赤云子将段书绝的精诚与剔透看在眼里，着实歆羡，常常想，此子若是自己的弟子，又该多好。

而被关了禁闭的宴金华气得天天在渔光潭骂人，并催促他的系统，问他什么时候可以把那个狐假虎威的文玉京给搞定。

他厌恶文玉京，但他也清楚文玉京的利用价值。这是一块极其重要的跳板，如果操作得当，他有把握一举把这两个踩在他头上的人一并拉下来！

别看段书绝现在混得这般风生水起，小心登高跌重！

相较于宴金华的急切，系统却对接下来的行动方向有些犹豫。

他手头已经握有足够的证据，虽然未经上级系统判定，但他有八成把握，认为文玉京本身就是个系统。

他想到了一种可能。

这难道是《鲛人仙君》中的设定？毕竟《鲛人仙君》是篇烂尾文，诸多设定还未展开，不能妄下判断。如果是这样的话，他的优先级绝对在自己之上，就算举报了，可能也会被驳回。

但宴金华可没那么多顾虑，日日催促，系统无法，只好把已经收集到的信息提交到了主系统内。

宴金华提心吊胆地等了足足三日，终于等来了来自主系统的判定。然而，结果却令他失望至极。

测定报告：对象实为异常入侵系统，但经过综合判定分析，并不影响任务完成进度，宿主可协助其完善故事体系，获取世界线进度值。

2

数月来，段书绝越发得受重用，常常外出，一去便是数日，回山之后，多数时间也是待在回首峰内，颇为安分守己。

山中的白鹿啜饮着水中月，饮过几口，便好奇地歪头看向在湖面上踩水旋身，潇洒舞剑的青年，时间便在他剑身腾起的薄雾间悄然而逝。

除了练剑，以前的段书绝没什么特别的爱好，但现在池小池来了，在他的指导下，段书绝开始尽力发掘自己的爱好。他最近颇爱读书，不过书不是什么正经书，而是从山下的小摊上买来的话本，尽是少年人求而不得、虐恋情深的爱情悲剧。

段书绝喜欢坐在湖边，一边帮师父把毛撸顺，一边读这些闲杂书籍。

池小池的精力并不放在书上，他见惯了各种现实中的糟心事，从而炼出了一颗金刚不坏之心，早不是那个看到喜爱的虚拟人物死去会哭得死去活来的小孩儿了。

他将右手交还给段书绝，徐徐翻书，另一只手则抚着在他腿上睡觉的小猫的头顶绒毛，享受那丝缎一般的顺滑手感。池小池一边撸猫，一边跟061交流："六老师，我怎么感觉这孩子的成长方向不大对啊。"

口吻宛如一个单亲家庭的操心老父亲。

061轻咳一声："那家长能在放学后单独来一趟办公室吗？我们好好谈谈。"

池小池觉得这个戏份的发展方向听起来有些奇怪，但也没有多想。他掌下软乎乎的小猫球动了动，睁开水蓝色的眼睛，换了个舒服的姿势，又眯上眼睛睡着了。

池小池养了小猫这么久，大抵也了解了师父的性情，不会轻易着恼，而且很有些猫的习性。他放下书，趁着小猫睡着，捧起来大逆不道地狠狠揉搓了一下，又飞快地拿起书，假意读书。

小猫迷迷糊糊地醒来，左右看了看，没找到罪魁祸首，便屈下身舔了舔腹部的绒毛，摆了摆尾巴，再次睡去。

池小池和061讨论来讨论去，也想不出段书绝为何会沉迷于小说中不可自拔，索性放弃了思考，把眼睛一闭，休憩养神去也。

他睡着后，段书绝仍在翻书。从前，段书绝少经世事，如今，不过几月的磨炼就让他快速成长了起来，也叫他有了自己的心事和想法。

他读着那些以前从未读过的缠绵悱恻的文字，努力浸入其中。终于，在读到一则关于狐仙的故事后，他被触动了心弦，泪盈于睫，眼泪坠下，立即化为皎皎明珠。

段书绝落下两三滴泪后，将鲛珠一一捡起，浸入湖中清洗，洗去表面的灰尘后，才掖入袖中，继续阅读。

目睹了全程的061轻轻一笑，佯作不知。

这些日子以来，段书绝积极地出去降妖，一者为公，一者为私。

他是真君子，但不是不食人间烟火，也不是守旧的榆木疙瘩。

降妖会为静虚峰带来良性的声誉，直观反映在"收入"与"人情"之上。这几个月来，段书绝便已经从中获得了不少好处，与三四处仙山中的新一辈佼佼者均有交游，赤云子更是称赞这个孩子前途无量，尽量将山中的资源倾斜于他，有什么好物便送来与他挑选，什么灵丹仙药，天材地宝，段书绝手中已经积攒了可观的数量，若是说出去，怕是会羡煞那些同辈之人。

段书绝将这些宝物一一收好，却不擅自取用，只把这些东西存好，不知打算作何用处。

后来，他干脆把主意打到了自己身上。按市价计算，一枚上等鲛珠价值百金，一颗洋葱就能让段书绝一日挣上百万之巨。

说白了，段书绝本人就是个"行走的印钞机"，还能自动防卫防打劫，可谓经济实用。

在这些悲剧故事的刺激下，段书绝已经攒了满满一匣子鲛珠，061怀疑，如果不是段书绝性情温和体贴，不肯在休息时还累着池小池，他怕是会趁夜偷偷纺织鲛绡出去卖。

061也不晓得他这像小松鼠屯松果一样的举动是为了什么，只能理解为他过去吃了太多苦头，没有安全感，囤积宝贝无非是想给自己找些心灵寄托，和池小池的收集癖有异曲同工之妙。

段书绝既然是偷偷做，大概也是不想让旁人知晓，061也没必要揭穿，装聋作哑，揭过去便罢了。

自从进入这个世界线，061的佛系心态让池小池都感到有些吃惊。

以往，061总会催他，问他打算何时动手，何时刷悔意值，计划是什么，似乎有操不完的心，然而这回，他不急也不催池小池，每日陪池小池练剑，并在每次大汗淋漓的训练后帮他平衡体内分泌过度的乳酸，态度温和又有耐心，倒真是十足的保姆架势了。

某日，池小池受赤云子之命，去剿除一只专食小儿的河妖，从那妖物口中夺回七名稚童的性命。

把孩子们各自送回家中时，天已擦黑。

师父这次因为被三师兄任听风叫去下棋，未能与他同行。这就意味着，回山的那段路他得一个人走。

今夜乌云遮月，上山的道路一片漆黑，池小池望而却步，本想在山下留宿，但他翻遍身上的口袋，硬是没找到一点儿钱，真真是兜儿比脸都干净。

无法，他只好乖乖地回山。

遇山即下剑的规矩摆在那里，回首峰又鲜有人迹，没有灯火照明，怕黑的池小池只得自己用青纱笼了一捧萤火虫，充作光源，却仍是不改其怂，在上山的必经之路上两阶一步地往上蹦，像只兔子似的，让061看得好笑又心疼："你慢点，小心绊倒。"

文玉京与任听风的棋正下得胶着，任听风又爱下棋，不肯放他离去，文玉京委实是抽不开身，不然他早早就会到山下接池小池了，也省得他这样害怕。

池小池一边往家跑，一边问道："六老师，你这次怎么不急啊？"

对他的问题，061有些感到莫名其妙："我急什么呢？"

池小池歇了口气，看向漫漫的看不见头的山路，说："不像你啊，都不催我完成任务了。"

061总算明白了他的意思。他笑了笑，给出了自己的解释："还有三次任务，我们就要分开了。我碰到一个这么好的合作伙伴，当然想陪他更久一点。"

池小池听出了这话中的意思，在心中叹了一口气："六老师，我不……"

他即将出口的拒绝被一个身后传来的声音猝然打断。

"师弟，你难道没看到师兄吗？"

毫无心理准备的情况下受此一吓，池小池表面尚算镇定，内心却已经被生生吓成了一颗"刺猬尖球"。他在内心对发声的宴金华爆发了长达三十秒不重样的人身攻击。

061哭笑不得地安慰了半天，池小池才勉强冷静下来。他咬牙切齿地道："下次可以在山里养一只烈性斗牛梗吗？"

061马上在言语上支持："好，养。"

宴金华在山路上守株待兔，等了段书绝整整一天。

好不容易盼到段书绝的身影到来，可他像是根本没看见隐于树旁黑影下的自己，三步并作两步地往上奔去。若不是他出声叫住段书绝，恐怕今晚又是空守一场。

短短几个月没见到，段书绝长高了不少，长靴劲装，显然是刚刚办事归来，一脚还跨在上一级的台阶上，戴着花纹繁复的青玉发冠，端的是一位英俊风流的宗门弟子。

宴金华由下而上地仰视着他，心里泛苦。他强行压住溢到了喉咙口的酸涩与忌妒之意，问："师弟，近来过得可好？"

上头的段书绝一弓腰："承师兄的福，很好。"

宴金华向前走了两步，一副真心相问的殷切模样："看起来的确不错。长高了，也壮了，可段师弟现今眼里都看不见师兄了，可当真伤了师兄的心啊。"说罢，他假哭两声，甚是委屈。

以前的段书绝最吃他这一套，因为辨不出眉眼高低，所以每当他故意装出委屈的模样时，段书绝都巴巴地凑上来安慰他，叫他受用得很。

但宴金华发现，现在这招好似失效了。

段书绝不远不近地站在台阶上，低头俯视着他，静静地看着他的表演，说："师兄莫多心。"

宴金华嗤笑了一声。

不管用了吗？

不过他此行也不是冲着段书绝来的，只要能和他搭上话，计划就已经成功了一半。他主动给自己找了个台阶下："师兄跟你开玩笑的。许久没有和你见面了，师兄这心里着实想念，不打招呼就跑了来，是不是给你添麻烦了？"

段书绝温和地道："是呀。"

宴金华愣住了。

段书绝负手一笑，眉眼生花，原话奉还："师弟开玩笑的。"

宴金华一时间分不清他这句话究竟是真心还是假意，只得勉强笑道："师弟……真会开玩笑。"

"师兄教导有方,书绝不过是现学现卖罢了。"段书绝拍了他一记马屁,继而温和地道,"师兄可要上去坐坐?"

求之不得。

这下,宴金华也不和段书绝客气了,生怕这姓段的太过实诚,把自己的客气当成了拒绝,赶忙应下:"我入山这么多年,还真没有来过小师叔的住处。这下就烦请段师弟引路了。"

段书绝微笑着背过身去,脸上笑意立时溃散。

池小池偶尔发作的小孩子心性让061觉得有趣又无奈:"不气了,嗯?"

池小池余惊未消,皮笑肉不笑地道:"我不生气。呵。"

带着宴金华往山上走时,段书绝一直保持着沉默,像以往一样,宴金华也觉不出眼前人身上隐隐透出的煞气,还在努力和他搭话:"段师弟,渔光潭和回首峰,你觉得哪个更好些?"

池小池连眼睛都没有多眨一下地撒了个谎:"当然是渔光潭。"

宴金华顿时受到鼓舞,再接再厉,试图用言语勾起段书绝对以往的美好回忆:"好在哪里?"

池小池面上做沉吟状,心里却对061道:"好就好在有个鬼?"

061差点儿笑场,咳嗽了一声才稳了下来。

池小池倒是很有自觉:"我知道你要说什么——不可以这样讲。"

061被他逗笑了,低而温柔的声音笑起来也叫池小池的心情稍稍转好了些。

最终,他也没有回答这个问题。

两人一路闲扯至山顶时,乌云已经散去。一轮圆月恰从云中纵出,圆月的光辉和着星光遍洒而下。

池小池将一缕月华接在掌中,信手一转,便现场化出一枚钥匙来,朝虚空某处一送,天地立换。

宴金华总算知道自己前几次到访为何会次次扑空了。

眼前乍然出现的胜景直接晃花了他的眼睛。

星海在上,清湖在下,星光入水,水映星光,天地之间多了两道银河,交相辉映,好不壮观。

刚刚还追着段书绝,叫他追思渔光潭美景的宴金华只觉得脸颊微微灼痛。只要稍微有点判断力的,都能看出这两个地方哪个更好。

抓紧结束了与任听风棋局的文玉京早已经移换身形,回到了居所。

宴金华进入时,文玉京正坐在屋前吹箫,一身宽松袍服,长发未梳,慵懒之中自有几分疏狂闲散的姿态。

感知到门户洞开,他微微睁开眼睛问:"有客人?"

不等段书绝介绍,宴金华便殷殷迎上,行了大礼,道:"晚辈宴金华,是书绝的故交，对小师叔仰慕已久，今日得见，当真荣幸。"

文玉京也将长箫搁放在腿上，说："常听师兄说起你，今日得见，亦是有幸。"

宴金华怀疑这个文师叔不是很会聊天。

从那个迂腐古板的赤云子那里又能听来什么好话？左不过是那三板斧：不成体统，行为怠懒，难堪大用。

每每想到这些，宴金华便有些意难平。

他好好的计划因为那该死的机缘巧合被迫作废了，要不然，那个唠唠叨叨的赤云子说到底也就是一个角色而已。真要论起来，自己的主系统也是一样没用！

这个修书系统的主要工作，是将那些写得不坏，诞育出了一定灵性，最终却惨遭烂尾的书籍的世界线补全，所赚取的"进度值"会按比例转化成能量——一种系统运转所需的能量，从而帮助系统持续、健康、绿色发展。

这个修书系统大大满足了宴金华的需求。

但仍有美中不足的地方。他想要做主角的梦并不为主系统所认可。主系统发布的章程里明确规定，执行任务时可采取各种手段，大家的唯一目的是协助主角补全世界线，让故事合乎逻辑，但在原则上要遵守既有的道德规范，不能不择手段。

毕竟修书系统选择的系统和宿主大多也是人类，如果放任反人类的补全办法大行其道，容易催生不稳定因素，不利于系统的运营和长期发展。

好在主系统给宿主的自由度很高，很少查问他们的进度。

而每个人的进度条又有所区别：有的致力于把反派主角掰正，进度值便与"正义度"挂钩；有的致力于拉近与主角关系，进度值便与"好感度"挂钩；有的则甘愿做小弟，抱紧主角大腿，安安稳稳地走完剧情便罢，进度值便与"主角气运值"挂钩。

宴金华经过仔细研究后，则和自己的系统达成了一致意见：他走了"夺主角气运"这条暗线，导致"主角的负气运"与"进度值"产生了关联。

宴金华靠着这个技巧在之前的两个世界线里混得风生水起，却在段书绝这里吃了大亏。他辛辛苦苦好几年，进度值不仅为零，还赔进去了不少宝贝，再加上现在他被一个"外部侵入"的系统处处压上一头，心里更是难过得不行。

求助主系统吧，主系统还不予制止。

宴金华心里苦。他又不好把自己的花式操作对主系统和盘托出，因此无奈之下，他又冒出了一条妙计：主系统不是说这个"入侵系统"没有影响到他的任务进程，因此不会插手吗？那他就想个办法，让主系统不得不管。

他好歹也在这个世界线里混了这么几年，瘦死的骆驼比马大，手头也攒了不少好东西。

思及此，宴金华微微笑了："小师叔，弟子常听师父夸赞您剑、体、乐、丹，无一不精，弟子剑术平平，体术尚可，不知今日能否得师叔指点一二？"

"客气了。"文玉京果然中计，将箫放下，站起身来，将散发拿发带随意束上一束，走到宴金华身前，单掌平摊，是个极斯文有礼的请招手势，"简单切磋，点到为止。"

他的举止言辞虽然温和，但有一种文雅的暴力感。

眼看着两人寒暄几句，便要切磋，池小池也没兴趣再看下去，起身道："师父，师兄，我为你们准备些雪耳汤来。"

正合我意。

宴金华露出一抹笑意，挽起袖子，摆出静虚掌法的起手式。

他并不精于此，要不是忍痛用了在上个世界线积攒下的最珍贵的益气丹，可在短时间内强行提升修为和领悟力，他跟文玉京，怕是也成不了局的。

然而，现在，文玉京已在自己彀中了。

二人运掌，互有来回，宴金华能清楚地感受到文玉京对自己从一开始的试探，到略感讶然，再到认真对待，心中隐有快意。他需要等待一个机会，一个与文玉京近距离接触的机会。

很快，他要的机会来了。

文玉京推出一掌，宴金华一掌接来，在化消掌劲的同时，也将一物悄无声息地顺着气脉推入了文玉京的身体。

丝毒蛊，能致人麻痹，却绝不会致人于死地。

文玉京自然不蠢，目间流露出一丝惊愕："你……"

宴金华毫不意外。以文玉京此等修为，岂会察觉不到自己动的手脚？他要的，便是文玉京察觉到这一点。

按人设来看，文玉京乃光风霁月的君子，如今有人这般暗算他，他怎会不恼怒？

只要他恼了，宴金华便有了充分的发挥空间。他猛然收掌，只等文玉京朝他打上一掌，自己自会不避不挡，任凭掌劲回冲，吐血倒地。

丝毒蛊脆弱，一摧即毁，了无痕迹，到时就算调查，也查不出个所以然来。

没有他用蛊的证据，一个师叔与小辈切磋，竟下了狠手，把他打至吐血，这说不过去吧？这样一来，他在系统那边也有了现成的说辞。

这个外部侵入的系统明目张胆地干预自己完成任务，甚至有意针对自己，想要杀掉自己，其心可诛！如此一来，主系统再不管一管，就太不像话了。

运气倘若再好一点，主系统会把这个来路不明却主动伤害其麾下员工的外部入侵系统直接回炉重造也说不定。

宴金华已经做好了充分的准备。

演技不够，碰瓷来凑，到时谁先倒下，谁就有理。

如他所料，文玉京接触到那丝毒蛊后，径直将其以纯粹的灵气绞杀在体内，随即绝式出手，一掌朝宴金华胸口横击而去。

宴金华站直了挨打，结结实实地吃了这一击。

成了！

然而他没想到，文玉京未曾停手，在他胸口落下一掌后，脚尖勾住他的后足踝，将他身体挑飞，化掌为拳，一拳直击宴金华面门！

宴金华痛得哀叫一声，只觉鼻骨遭袭，涕泪齐下，嘴角也跟着瞬间扭曲起来。

他怎么不停手？！

宴金华跌摔在地，晕头转向之际，脸上又重重挨了三四掌，打得他的发鬘都歪到了一边去，他本能地挥舞起双手抵抗，小臂却被文玉京一把掐住，从地上拉起，反剪至身后，猝然一拧，他疼得又是一声惨叫，脸色霎时变青。

他的手！

疼痛扩散开来前，宴金华的膝窝又挨了一脚，身体不受控地委顿下来，却又被强行扯起，掷倒在地。

"一顿海扁"四个字可以准确地概括宴金华在接下来五分钟里的遭遇。

文玉京出手稳准狠，白衣翻飞如行云流水，毫无多余的动作，肘、掌、腿，皆被他用至巅峰，骨肉闷响之声脆亮清晰，不绝于耳。

待池小池捧着雪耳汤回转时，一场单方面的殴打已经结束。

看到地上鼻青脸肿的宴金华，池小池足足愣了数秒才想起来召唤061，激动地想问一个八卦："六老师，六老师，这是怎么回事？"

061温和地道："看起来是太欠揍，被打了。"

站在宴金华身侧的文玉京长发已散，他取了发带，轻轻擦拭着指尖，话语间难掩鄙薄："我生平最厌恶弄虚作假之辈，小小比试，居然玩弄蛊术。一会儿去见师兄，我倒要向师兄讨要一个解释，问问他是如何把弟子教导成这副模样的。"

池小池想，在文玉京面前玩弄蛊术，这是什么愚蠢的操作。

而宴金华则忍受着数处骨折的痛楚，龇牙咧嘴的同时在心中叫苦不迭。

他没料到，文玉京看起来这般温和，竟然会如此下死手！

如果他只是被打到吐血，那么他还可以在赤云子面前辩解一二，说是师叔误会，结果姓文的不按套路出牌，一下子把他打成了重伤，再将他拖出去，说他在切磋中暗用龌龊手段，他这样重的伤势，反倒没人会相信自己没有用蛊。

否则他为何会这般动怒，将他殴打至此？

但，宴金华还是在剧痛中勉强扯出了一个笑脸。

师父那里看样子是交代不过去了。

然而，自己用这副模样去主系统那里告状，却已是绰绰有余。

3

静虚峰中，弟子个个谨守规矩，何曾出过这等暗箭伤人的恶事？

文玉京是公认的好脾气，山中诸人连他的疾言厉色都未见过，又何曾见他发落过人，谁想他这一怒便是滔天雷霆。

　　夜半之时，他御剑凌风，当着全峰所有修晚课的弟子的面，将宴金华从回首峰一路提来，直到主峰，往地上一掷，随赤云子入了殿中告状，如此这般，详说一番，根本没有给宴金华开口辩解的机会。

　　宴金华又气又悔，偏偏又被文玉京给封了穴，有口难言，只得把伤势一一让自己的系统拍照留存，心中却仍是难平。

　　这姓文的怎么不讲人设？在他的推想中，凡正道之人必然要脸，文玉京披了这层文人雅士的皮，便要束手束脚，发现自己被暗算，也顶多是暗怒罢了。

　　因为日常的拳脚切磋背上和一个小辈斤斤计较的恶名，实在不明智，也划不来。结果，他本来想捏的软柿子竟然是包着软糯元宵皮的"硫酸包"，自己被生生呲了一脸，叫他怎能不气？

　　赤云子听文玉京说起事件的前因后果，起初并不相信。他手握书卷，笑道："他若是有此等胜负心，我倒是要对他刮目相看了。"

　　这么多年过去，赤云子太清楚宴金华在输赢一事上毫无羞耻心，他若有那东西，怕是早就因为羞愤而一脖子吊死了。

　　文玉京不说话，只静静地盯着赤云子看。

　　赤云子在沉默中意识到事情有些棘手，他把文玉京的话咀嚼一遍，脸色变了些："带我去看看他。"

　　待他出了门，瞧到宴金华的狼狈相，脸色才沉了下来。

　　宴金华倒在地上，浑身是伤，口里泛苦，暗呼不妙。

　　他算是弄明白文玉京的套路了。若只是一掌之伤，那他还有辩白的空间；事情一闹大，他的那点小聪明就完全兜不住底，全漏了。

　　为今之计，他只好两眼一翻，装晕保命。

　　这一局是他算漏了，竟然败给了一个系统。但他还有一把暗牌，"文玉京"伤他越重，等到这张牌打出时，力度便会越大。

　　赤云子晓得他不争气，也晓得他风流懒惰，但既然是他的徒儿，他一力护着便是，但他行事这般龌龊，已经触到了赤云子的底线。他脸色铁青，转身拂袖："把人拖到训诫堂，待他醒来，再来见我！"

　　四师弟苏云与五师弟虽然不晓得发生了什么，但见师父动了真怒，也不敢怠慢，忙从窃窃私语的众弟子中走出，将宴金华拖了下去。

　　离开前，装晕的宴金华隐隐听到赤云子对文玉京道："师弟，若你气已消，接下来便交与为兄吧。是为兄教导不严，反倒打扰师弟清修，理应承担责任。"

　　文玉京也不答话，似乎是默许了。

　　本来还抱着一丝侥幸心理的宴金华眼前一黑。

　　赤云子怎么回事？在武侠小说里，宗门的掌权者不都应该是小肚鸡肠，甚是忌惮忌恨那些优秀的同门吗？

自己再怎么说也是他的弟子，他却为了文玉京当众给自己难堪，难道都不要面子的吗？

怀疑人生的宴金华被强行拖走，文玉京也替池小池出了一口在山路上被吓到的恶气，这才道别赤云子，重回回首峰。

雪耳汤煮好了，不多不少，恰好两碗。

段书绝没有多问宴金华的事情，这也符合段书绝的人设。

按理说，宴金华对段书绝有恩。此时不管是幸灾乐祸地落井下石，还是不辨是非地下跪求情，都不是段书绝所能做到的事情，不如一言不发，当作什么都未曾发生过。

文玉京也没有多说什么，净手后在湖畔小桌前坐下，和池小池相对跪坐，在月光下安安静静地喝雪耳汤。

披了段书绝的马甲，池小池变了不少，一举一动合乎礼度。只有061知道，他在未见人时就把这个世界线那些复杂的礼法彻底通读了一遍，修习得当后，才出外见人，将"段书绝"的形象在外人眼前维持到最好。

池小池其人，性格跳脱，却总在细节方面做得格外认真，叫人感到温暖，又难免感到心疼。

文玉京把勺子和碗一并放下，说："放松些，在师父面前不必时时拘着。"

池小池抬头，将口中的食物咽下："谢师父。"

话虽如此，言语间仍是客客气气的疏离。

文玉京没再多言，摇身一变，化为一蓬轻雾，待雾气散去，便是一只小猫纵身上桌，迈着步子优雅地踱至池小池身侧，单爪按住池小池搭放在桌子上的手，拍了拍猫爪，才跳到他的身上，选了处休憩的地点，最终舒服地做了一条小围脖。

池小池微怔，随即笑了笑。猫科动物的习性看来都差不多啊。

他笔直地端坐着，一勺勺吃完了雪耳汤。

文玉京睁开一只灰蓝色的眼睛，看着池小池。

池小池知道，以文玉京寡言又温和的脾性，或许是在担忧他，怕他为了宴金华的事情烦心，才这样贴近自己，让自己不要胡思乱想。

这样的包容实在让他不得不想到那个人。

他想，如果这是主神的谎言的话，那他可真是个高明的撒谎者。

用猫身给了池小池安慰，待他睡下后，061破天荒地回了一趟主神空间。

自从他接管了池小池之后，他偶尔回到主神空间也是匆匆忙忙的，生怕在自己离开时，池小池会出什么意外。毕竟池小池这一路走来，凶险的时候居多。

今天，他特意预留出了整整三个小时，打算去找089说些事情。

然而，刚一接受传送，站到主神空间的大厅中央，他便被眼前的情景惊呆了。

往日井然有序的主神空间里人头攒动，身着白衣黑裤工作服的系统们匆匆往来，白烟未散，黑迹遍布，仿佛刚刚遭遇过空投轰炸一般。

什么情况？

四周人影纷乱，大家看起来都很忙，061想了一下，便把疑惑暂且压下，转身朝089的办公室走去，叩响他的门。

门拉开了一条缝，门缝中露出089的脸。他明明有一张长得还挺帅的脸，却总露出一副松散慵懒的表情来，一看便让人觉得不甚靠谱。

他上领口有两颗扣子未系，头发凌乱。不过089向来对自己略带邋遢的仪容没什么自觉，热泪盈眶地道："你终于回来了，父亲很想你。"

061没有理会他的胡说八道，看了一眼他泛白的唇，伸手把门推开，不由分说地单指拽开了089松松垮垮的右肩部的衣裳。

衣服虽然已经换过新的，但还有血迹残留。

061问："怎么回事？"

089刚想说话，身后厨房内便传来脚步声。

089欲撤不及，恰好对上端着一个放着热毛巾的托盘的023，索性厚着脸皮，嘿嘿一笑。

023冷着一张脸，极力想要表现得对他赤脚下地的行为毫不在意，但一头白色小短毛却把他出卖得彻底——气得直打卷。

他命令道："滚回床上去！给我好好休息。"

"哎！"089回答得利索又响亮，快步跑回床上，自觉主动地拉好被子，却不忘在023背后对061做鬼脸。

023头也不回地道："089，你再做鬼脸，我就把你的舌头给剪了。"

089马上拉好被子，作乖巧状，却仍不安分地对061比口型：生气了。

061进门来，把门关上。

061问："怎么这么乱？"

089答："就昨天，出了点事儿。"

023把托盘在床头上放下，拿镊子取了热毛巾，把他肩上那点仅剩的血迹用热腾腾的毛巾擦去，说："一点事儿？你肩膀骨头被打碎叫'一点事儿'？要不是早上我去得早，你现在还脸朝下屁股朝上地在地上趴着呢！"

听到089受了这样严重的伤，061的表情愈加严肃起来："到底出什么事儿了？"

023神色不虞地道："又有入侵者来了。"

061问："什么入侵者？"

023这才想起061已经很久没回主神空间了。

"前些日子，主神空间里有异常能量入侵，目的不明。"023说，"赶跑一次后，昨天又来了一拨，悄无声息。而且这次更过分，昨天089值班，他们打伤了他，把他绑起来,把档案室给烧了,还把'须臾之间'的门给砸了。"

那不是他们老板——主神的办公室吗?

"监察机构派来的检查员恰好是今天来,结果正好看到了咱们这儿一片混乱。看来咱们系统的信用等级要下调了,大概又要进行安全整改。"023继续道,"脑花发了好大的火,现在都没人敢从他办公室门口经过了。"

061从震惊中回过神来,问:"人抓到了吗?"

"如果抓到了,脑花会生这么大的气?"023耸耸肩,朝"须臾之间"的方向使了个眼色,"初步确认入侵者是三个精神体,别的就一无所知了。"

061听懂了。

入侵者有三个,飘然而至,飘然而去,伤了人,砸了档案室,还砸了"须臾之间"的门。

但是……精神体?

4

061产生了个有点荒诞的猜想,不过他不敢全然信任自己的判断,是以暂且按下了自己的疑惑。他在床边坐下,跟着023擦拭的动作查看089的伤口。

新的数据补全了089肩膀的伤处,但061追溯了补全的记录,可知对方是个惯用右手的人,且看伤口走势是自上而下的,可以判断袭击者跟089身高相差不多,只略高一些。

061和自己印象里的数据进行了比照。

季作山是惯用右手的人没错,但自从转化为战士后,身高已经拔高至一米九,展雁潮的身高倒是和089不相上下,然而他常用的进攻方式是左手的光鞭……

想到这里,061无奈地摇了摇头。

果真是想太多了吧……

023替089再次清洁过伤口,就去厨房做饭了。

按理说,系统并没有进食的需要,但他们都是由人而来的,总改不掉一些旧有的习惯,受伤时总想着要吃点好的,仿佛热的食物流进肚里,伤才能好得更快。

023的厨艺不错,只是平时沉迷游戏,懒得动弹,系着围裙做饭时倒是一板一眼,认真得很。

他在菜板边切菜,089从后面认真地望着他系在腰后的围裙结。061转头看向他的床头,那里放着两个拿红丝线编着的平安结,其中一个已经编好,另一个才编了一半。

注意到他在看什么,089拿起那个编好的平安结,说:"我最近运气太坏,正考虑做个护身符,023还笑话我迷信,霉运就上头了。喏,这是023刚做的,怎么样,好看吧。"

061 笑："嗯。"

089 把平安结放到他的怀里："送你了。"

061 试图拒绝："这是他给你编的，算是他的心意……"

089 有伤在身，他不好推脱得太狠，而 089 的动作又格外坚决。

089 把平安结放入他的上衣口袋，又在上面轻轻拍了两掌："拿好。这可是父亲的一片苦心啊！"

061 索性收下了，并打算自己下载一个编织教程学一学，下次做一个新的给 089。

089 往身后软垫上一靠："任务出问题了吧？"

061："嗯？"

089 曲起一条腿，挑着眉看他："你这回不急着离开，肯定是有事情找我。"

061 便说了自己在目前这条世界线里的遭遇。

受保密系统所限，他对着 089 也说不出自己的秘密身份，因此他只是单纯地陈述自己遇到了些什么，着重提到了他们这回的攻略对象配备了系统，因此自己可能会有些麻烦。

起初，089 听得很漫不经心，但渐渐地，他像是明白了什么，脸色也沉了下来。

讲完后，061 平淡地做了个总结陈词："就是这样。"

089："明白了。"

061："不过你现在身体不好，我跟你说工作上的事，怕是打扰你休息了。"

089："是啊，父亲只好在精神上祝你一切顺利了。"

厨房里的 023 也听到了他们的谈话内容，但听来听去，他们只是在讨论工作，便没往心里去。

061 的确是有事来找 089 的，但 089 的身体情况摆在这里，怕是不能帮他做些什么了。

也罢，还是由他自己来吧，这样也不会拖累别人。

023 的饭快要做好了，他捧着三副碗筷出来摆好，061 却起身准备告辞。

023 诧异地问："不吃一口？我做了你的那份儿呢！"

061 说："不了。我待了很久，怕他有事找我。"

"他"指的是谁，在场三人心知肚明。

023："你来了有一个小时没有？"

061 也有点惊讶，确认了一下时间："才一个小时？"

确认过时间，他仍抱歉地道："我还是回去吧，有点不放心。"

023 翻了个白眼："去去去，去你的，儿大不由……""娘"字没出口，他就意识到自己这损人的话反倒把自己搁进去了。

在 089 放肆地大笑前，023 便一筷子遥遥指了回去："你给我憋住，敢笑一声我一筷子戳死你。"

089马上捂住嘴:"笑什么啊,哪里好笑啊,我可没笑啊。"

023气鼓鼓地收起一副碗筷,转身回了厨房。

望着他的背影,089欣慰无比,小声对061道:"真懂事,我好久没和他好好吃顿家常饭了。"

061自是会意,笑道:"你好好的,不用担心我这边,我能解决。要是事情解决了,我回来跟你报个平安。"

089歪了歪头,话里有话地问:"你有事为什么总想着找我呢?"

061想了想,发现一时间竟想不出答案。

089是他认识的所有系统中,性格最跳脱,最不循常理的。但他偏偏有种奇异的认知——089是一个可以完全放心依靠的人。

061给出了答案:"直觉吧。"

089一副很满意的样子,挥一挥手,把胸前的被子往上拉了拉:"好了,你回去吧。"

门关上了。

089坐了这么久,身体略感疲乏,便盖上被子躺下了。

他单指抚过眼尾的泪痣,眼睛微微闭着,像是在想事情。他不知是在对谁说话,语带笑意:"那我可不能让你失望了。"

时近午夜,苏云前来禀告赤云子,说二师兄醒了。

赤云子一掷书卷,半字未语,拥袖前往训诫堂,并告知苏云不要跟来。

苏云哪里见过如此盛怒的师父,本就不敢跟上去,一听赤云子如此嘱咐,简直如获救赎,连声称是。

赤云子赶至训诫堂时,宴金华已经歪歪斜斜地跪在了那里,鼻青脸肿,口唇瘀血,看得赤云子心头火起,上去便是一脚:"逆徒!"

宴金华在心里骂了一句,爬起来跪好时,口吻仍是恭敬的:"师父。"

他低着头,动也不动,一副任君惩处的模样,反倒打消了些赤云子的怒意:"你好大的胆子!我静虚峰何时出过此等不尊师长,恣意妄为之人?你说,我倒要听听你待如何辩解!"

宴金华想要把身体跪直,但满身的瘀伤让他直起腰时痛楚难当地咧了咧嘴,声音里甚至带了几分哭腔:"师父……弟子没有什么可以辩解的,听凭师父处置便是。"

赤云子稍稳心神:"前因后果,详细说来。"

宴金华偏过脸去。

他是任性青年的长相,看上去心机并不深,还会给人一股孩子气十足的错觉:"弟子无话可说。"

赤云子慢慢踱至上位，撩起衣袍坐下："你这般语焉不详，不就是为了引我发问？说。"

宴金华深吸一口气，像是鼓足了勇气，但他一字未发，先落了两滴眼泪下来。

情势实在危急，他走了一步昏招，现在一棋下错，就是满盘皆输。他趁着刚才装昏厥的光景，把故事编了个大概。而现在，求生欲让他演技爆棚。

看到徒儿落泪，赤云子诧异："你……"

宴金华忍着周身剧痛，连叩三记响头："师父，都是弟子的错，弟子不该带段书绝回山！"

赤云子轻轻"嗯"了一声，并未说话，只等宴金华继续说。

宴金华说："弟子以前收留段书绝在渔光潭暂住，收拾他的物品时却发现了一些东西，观之不似正道之物，是蛇蜕、蛇鳞之类，上有恶气附着。物证皆在，弟子可呈与师父察看。师父可还记得，段书绝颈上常戴着一条蛇牙项链？"

赤云子依旧不语。

他说得不错，但是这并不是证据，只是指控。

宴金华也窥探不到赤云子的心思，不知道自己这番说辞能不能让赤云子对段书绝产生怀疑，只好硬着头皮继续说下去："弟子觉得不妥，便拿了这些东西去询问段师弟，他自然矢口否认，说这并不是他的东西，但我观之……观之神色，觉得有异，便一路跟上回首峰，想从小师叔那里旁敲侧击，问问段师弟的近况，便提出想与文师叔切磋，借机支走段师弟，好方便在切磋后问一问。弟子怎知，与文师叔交换掌力时，袖中不知怎的混入了一股毒气，袭向了小师叔……弟子根本无暇自辩，便引得文师叔暴怒……"

听到此处，赤云子终于发问："你的意思是段书绝诬陷于你？"

宴金华连声叫屈："弟子自知本领低微，从无意于胜负，师父是知晓的。弟子便是有天大的胆子，又怎敢动手暗算小师叔？难道只是为了赢一场无关紧要的切磋？"

赤云子不言。

前面的内容暂且不提，他这话倒是当真有理。

宴金华再接再厉，装作十足的忧心："不知是否是疑邻偷斧之故，就连石中剑一事，弟子亦有所怀疑……弟子疑心自己是否被人利用，成了他人牟利的一把剑……他是不是早知先祖为鲛人，所以才与我接近，想要参与静虚剑会……"言及此，他涨红了脸，扬手打了自己一巴掌，"弟子省得不该如此揣度他人，是弟子存了分别之心了。"

赤云子说："你这便是控告段书绝与外人勾结，有所图谋？"

宴金华谨慎地道："弟子不敢妄自猜测，也没有证据。"

赤云子说："你可敢与他两方对质？"

宴金华不惧不避，言之凿凿："两方对质，正是弟子想要的。但弟子可否提请，让文师叔回避？"

赤云子："为何？"

这不是废话吗？

宴金华现在见了他就腿肚子转筋，当然不想和他正面对上，以免一个不慎，说辞露出什么破绽。他便随口扯道："弟子认为文师叔与段书绝交往甚密，难免徇私。"

赤云子愣了一下，登时大怒："胡言乱语什么？！"

宴金华也愣了。他之前东拉西扯了这么多，赤云子都神色不变，为何偏偏提到文师叔就这样激动？

宴金华毕竟是从现代来的，认为师徒之间"交往甚密"是理所当然的事情，毕竟师徒如父子，然而，"交往甚密"这等词汇在赤云子的思维体系里，用来形容师徒是大大的不妥。

此事涉及文玉京清誉，赤云子不敢怠慢，却也不敢再轻易叫双方对质。万一此事为真，宴金华再当众说些什么，文玉京一世名声便要毁于一旦了！

赤云子压下心头惊惧，尽量平静地道："你先回渔光潭，好生养伤。此事切莫外传。"

把自己的碰瓷行为粉饰得冠冕堂皇的宴金华俯首，额上的冷汗落下了大半，嘴角挑起了一点儿笑意。

所谓"埋下一颗怀疑的种子"，书上所写，诚不我欺。

但很快，他便笑不出来了。

赤云子转身，冷冷地道："待伤愈后，来训诫堂领五十棍。"

宴金华急道："弟子冤枉啊！"

赤云子满心都是小师弟的名声之事，怎容得他分辩："你小师叔将你从回首峰一路提来，若是不惩处你，旁人岂不是要非议于他？况且，你若是所言不虚，引狼入室，那打你五十棍，是你该领之责，又如何？"

宴金华憋屈地叩首，咬牙领了责罚，一瘸一拐地走出了训诫堂。

他的系统问他："宿主，伤势都已经拍照存档了，我什么时候发送给主神？"

"如果发过去，确认无误后，那个系统就会马上被收容囚禁？"

"宿主，是这样的。"

宴金华收起了方才做小伏低的样子，咬牙切齿地道："先留着！等到了合适的时候，我再用上这张王牌！"

5

因为宴金华的一席话，赤云子开始格外关注回首峰的师徒两人。

他这一看，倒是真看出了不少的东西。

文玉京不知是哪里来的兴趣，去山下买了些专讲编织刺绣的书，编织平安结，给自己做了一个，给段书绝做了一个，师徒两人一个将平安结束于伞柄，一个悬于腰间，一赤一蓝。

看得赤云子脑仁生疼。

赤云子与文玉京闲谈时，假作无意地问道："师弟何时爱好编织了？兴致倒是不坏。"

文玉京笑道："闲来无事，编来给徒弟玩玩罢了。"

暗中观察一阵后，赤云子骇然发现，这二人举止间确有惹人误会之处。

段书绝在他面前舞剑，剑路甚妙，如鱼得水，如风得势，但一套静虚剑法舞毕，文玉京却不很满意，落落大方地起身，手把手教段书绝细节之处。

还有一次，他怀着些别样的心思，深夜造访回首峰，竟见段书绝右手握书卷，左手一下下轻摸着膝上的一团雪绒猫球。小师弟则舒舒服服地，睡得香甜无比。

赤云子一面怀疑是否是自己思虑过多，一面为师弟真心担忧，并因为不知如何发问而深感苦恼。

另一边，在返回渔光潭后，宴金华送来了许多蛇鳞、蛇蜕，意在证明自己所言不虚。

赤云子检查一番，发现这些残留物的确是由未炼化成蛟的虺身上脱落下的，而虺在化为蛟龙前，善恶也的确难以分辨。

但是，即使对方是恶虺，也不能由此就定下段书绝的罪。

赤云子想单独传唤段书绝来，详细问个究竟，再提点一下他，叫他稍稍注意下与师父之间的关系，没想到他的师弟每每都不识相地跟段书绝同来，在段书绝回答自己的问话时，就微微侧过身去，屈指抵住太阳穴，从旁边认真地看着段书绝，神情矜贵又包容。

此情此景，赤云子只恨自己多余，还要如何问出口？

无奈之下，他叫来几位师弟，想讨个主意。

相谈半个时辰后，三师弟任听风风一般卷上回首峰，一见文玉京，开口便道："六师弟，听说你与你那徒儿相处甚好，你是不是对你的小徒弟另有打算？"

彼时，段书绝正在湖上踏水练剑，听不到二人的对话。

文玉闻言京一愣，随即轻笑出声："三师兄，这话莫让书绝听见。"

任听风不以为意，继续问道："那你与他究竟是何关系？"

文玉京低头看书，答道："师徒之情，再无其他。"

任听风答了个"好"字，长袖一卷，下山去也，如是这般向赤云子讲述一番，叫师兄放心。

赤云子闻言气结不已，差点儿提剑砍他。他气道："你这样问，能问出什么来？"

任听风一摊手:"师兄,文师弟不说,你道他是有所隐瞒;文师弟说没有,你又不肯相信,恕师弟直言,你到底想听到什么样的真相呢?"

赤云子也晓得自己这般多思多疑不是解决问题的最好方式,但就算挑明了,又有什么用?

悠悠之口,流言如刀,他能以武力护住师弟,却唯独防不住这无形之刃。

世事如此,终究是怕什么来什么。

在静虚峰的下阶女弟子之中开始有画本流传,画的是一名云中仙人与他的君子徒弟的故事,一人白衣胜雪,一人蓝衫如波,二人相伴练剑。

赤云子偶然得了一本,翻了两页便下令把书焚尽,彻查来源,那些女弟子诚惶诚恐,只说是在偷偷溜下山时随手在书摊上购得的,并不知此物流传有多广。

赤云子闻言,差点儿当场晕厥过去。

宴金华得了一点儿甜头,便愈加放肆。他可是从现代来的,太知道怎么打舆论战了。

几日后,苏云带着几个年轻弟子下山,去降服一只在距离静虚峰不远处的某城家宅间流窜作祟的精怪。

到了城中,苏云带着众弟子正欲寻个落脚处,便见一名鹤发鸡皮,颇有书卷气的老者手持翠竹竿敲打着地面,双目发直,不闪不避,向几人迎面而来。

好像是个盲人。

苏云自是躬身避让,但在与盲眼老者擦肩而过时,老者敏锐地转过头来,鼻子抽了几下,登时失色,发抖的手指直指几人,大呼:"不祥!不祥!"

他的呼叫声尖锐刺耳,立刻便吸引了不少人的注意。

苏云诧异地环顾周身,也未觉出什么不妥来:"老先生,您……"

盲眼老者如遇蛇蝎,踉跄着飞快地逃走,连句解释也未留给苏云。

众弟子均是不解,纷纷看向苏云。

苏云皱眉注视着老者的背影,也不晓得所谓"不祥"所指何意,想了片刻也不得其解,干脆收敛了多余心思,招呼众弟子:"走吧,莫胡思乱想,眼见要下雨了,速速找个落脚的地才要紧。"

他这话说得不错,天空中乌云密布,浓墨泼洒,眼看就要下大雨了。

那"盲眼"老者在转过几处街巷,确认身后无人后,便将翠竹竿一把抱在怀里,猫着腰快步蹿至一处小巷边。

小巷里露出宴金华的脑袋。

他四下看一看,问:"事情办妥了?"

那老者咧开嘴贪婪地一笑,眼睛已瞄上了他描金绣红的钱袋:"办好了。"

"一个多余的字儿都没说?"

"没,没。不就是撞上那宗者,道两句'不祥',这还能记错?"

宴金华轻舒一口气,两指撑开钱袋,便要给报酬,孰料对方早就心怀不轨,一把抢过他满满的钱袋，撒腿便跑。

宴金华始料未及："站住！"

对方怎肯听他的，跑得宛如一只野兔。

宴金华不敢在此时轻易动用法术，一来他学艺不精，容易引起旁人注意，二来他那倒霉的四师兄还在城中，如果因为动用灵气，不慎引他前来，那就真的功亏一篑了。

宴金华气得骂骂咧咧的，却又无可奈何。

这老头儿是城中的一名破落户，早年间考取了秀才，后来得意忘形，染上了赌瘾，输掉了全部家当，又不好好继续读书，只好在街边支了个小摊，靠替人抄信、写信维生，饥一顿饱一顿，偶尔会替人做些腌臜勾当。

知其为人向来无耻，但宴金华也无法想象会是这般无耻。

宴金华被黑吃黑，心情颇为郁闷，直到想到接下来要执行的计划，才微微舒展了神色。

没想到，他还没来得及志得意满，就听到了系统一板一眼的机械音："宿主，我需要提醒你，现在你积累下的东西已经不多了，除了雷符，只剩下一颗风珠、两颗避水丹以及上个世界线攒下的几样小东西。你需要节约了。"

宴金华被自己人戳了痛点，气急道："关你什么事？我有自己的安排！"

系统不说话了。

但一经提醒，宴金华才惊觉现在他处境窘迫，取出雷符时，心疼得直打哆嗦。

算了，舍不得孩子套不着狼！

他快步往城外赶去。

天上密云愈加黑而深，聚成了野兽的形状，甚是骇人。在天际滚过第三道雷声时，他一抖手指，燃烧了指尖的雷符。

远处，回首峰山顶之上，一棵已有五百岁的古松被一道天降霹雳拦腰劈断，火焰熊熊而起，宛如狂人起舞，响动之大，甚至震动了空间内的池小池与文玉京。

二人所在之处依然是天光大亮，并不知外界有何变动。

文玉京掩卷："何事？"

池小池也颇诧异："师父稍候，我出去一察。"

也亏得他出去看了一眼，才使得这漫山树木得以存留。

此事掀起了不小的风波。

苏云一行人折返后，苏云按惯例去找师父赤云子回禀此行见闻，他对在城中遇见那名盲眼老者一事有些介怀，便顺嘴一提，孰料赤云子闻言面色大变，问了他许多细节，甚至还问他在离开静虚峰前可去见过什么人。

苏云虽然不解，但仍如实回答道："回师父，静虚峰中弟子也没什么地方可去，左不过是去回首峰寻了段师弟，交流些练气心得罢了。"

赤云子的脸色变得愈发精彩。

待苏云一头雾水地出了殿，从扫地的弟子那里得知回首峰遭雷击一事，苏云才觉出不妙，立即去寻那几个与他一起下山的师弟师妹，叫他们勿把道听途说的事情当真，到处嚼舌根。

但新一轮的流言还是无可避免地传开了，主要内容是说段书绝是不祥之人，包藏祸心，上天降雷于回首峰，看似偶然，实为预警。

文玉京没说什么，带着池小池躲在回首峰里，过安安静静的小日子。

061不知道第几次问池小池道："真的不要让文玉京出面替你解释一下吗？"

池小池翻着前些日子被赤云子责令销毁的书，神色淡定地说："姓宴的算得精明着呢。"

"嗯？"

"不去解释，人会说段书绝乃灾厄之人。"池小池说，"一旦解释，人会说我和文玉京都是引来灾厄之人。"

061便懂了，温和地"嗯"了一声，不再言语。

池小池挑一挑眉："六老师，你不再问问？"

200点悔意值如今还停留在个位数迟迟不动，但061既不关心进度，也不关心池小池打算动用什么招数，与以往格外操心的他相比，这次的不同反倒让池小池担心起来。

061："不用问，我相信你。哪怕没有我，你都能把他料理得服服帖帖的。"

池小池说："不会没有你。这次用不着你动手，你什么都不用做，只要不引起宴金华的系统注意，把自己保护得好好的，就算是大功一件，听到了吗？"

061听到"不会没有你"，忍不住笑了："好。"

又过了四个月光景，大雪纷飞的季节，流言渐息，池小池再次出山，照例是同文玉京一道。但这次随行的人数很多，不仅有任听风，赤云子所有尚在山中的弟子都被调来了。

由此可见，此次任务有多么凶险。

空心山中，有一恶蛟现世，以人肉为食，附近城镇中的百姓纷纷逃离家园，离乡背井，惶惶不可终日，只得出资请宗门弟子前来降蛟。

按《鲛人仙君》原文所写，这空心山斩蛟又是段书绝的一个大机缘。书中，段书绝与众师兄来至山中，石中剑首次在众人面前出鞘，大放异彩，引起诸人赞叹。

而在书里，叶既明也来到了山中。他与此恶蛟宿有积怨，早些时日，恶蛟与叶既明争过地盘，尽管叶既明守住了自己的山头，几只伺候他的小妖仆从却被吞食。

二蛟自此结下了梁子，叶既明一直耿耿于怀，时隔多年，他一听到蛟龙现世的消息，便立即杀了来。不巧，叶既明与众宗门弟子在山中狭路相逢，先于恶蛟被人窥破真身，自然被误认为是那食人的恶蛟，一口黑锅平白从天而降，好不冤枉。

段书绝本想为他辩解，谁想叶既明不仅不承他的情，反倒将计就计，故意出言挑衅，惹得众宗门弟子怒火中烧。

段书绝知晓此非叶既明本性，猜中了他的用意，便主动代众人出战，二人斗在一处，直斗入迷蝶谷，与宗门弟子们失散。

段书绝和叶既明二人经过一番"恶斗"，故作两败俱伤之装，诱得那坐收渔利的恶蛟出来收割战果，却被装假受伤的二人合力打败。

叶既明来的目的便是杀掉这条曾经害死小妖的恶蛟，此刻心愿已了，便拂袖离去。临走前，他还转过头来，将手中小巧的竹扇合拢起来，对段书绝一指，浅笑道："鲛人仙君，此战未完，暂且寄下。下次相逢，你可定要让本君尽兴啊！"

场面可以说非常给力了。

《鲛人仙君》中，那作恶的蛟龙为段书绝所斩，且段书绝无意中斩裂蛟丹，不仅得了名声，还平白得了那恶蛟百年的修为根基。得了这等便宜，蛟身他便没再染指，由得师兄们分了去，各作修炼之用，暂且压下不提。

但是这一回情节被强制改变了不少。

叶既明自小便被宴金华带回渔光潭，根本没来得及与这条恶蛟结下仇怨，自然没有寻仇一说。

叶既明倒是知道一些原书的剧情，知道自己该在这里插上一杠子，但他同样知道，在这个故事里，段书绝身边跟了太多静虚峰弟子。

按他自己的说法，本君何必在这时凑热闹，给自己找不痛快。

然而，说归说的，做归做的。

这么久没能见到段书绝，他还是想见上一见的，索性化作小蛇模样，偷偷随着众人上山。

叶既明一扭一扭地在树间爬行，远远地望着人群中的"段书绝"，嘴里叼着一枚鲜红的小蛇莓，一面愤愤地咀嚼，一面想姓池的怎么把小鱼给养得这样瘦。

自从进入空心山后，宴金华便低眉顺眼的，看起来倒是很规矩。

苏云想起他往日不着调的模样，怕他惹事，忍不住提点了他一句："二师兄，山中凶险，尤其是进入迷蝶谷后，千万不要乱走。此地烟瘴颇多，地形又古怪，切莫与我们走散了。"

宴金华满口答应，心中暗笑。

走散？他恐怕是在场所有人中最了解空心山的了。

空心山整体呈宝塔状，有一环形谷，乃上山必经之地，名唤迷蝶谷。经过此地，无论仙凡，都只得靠体力前行，而此处地形诡异，烟瘴环带，大风亦吹不散此间邪雾，只会越吹越浓。

而迷蝶谷，正是那恶蛟的栖身之所。

《鲛人仙君》一书中详写了此处阵法如何破解，只需按某上古偏门阵法镇铘阵，按图索骥，依葫芦画瓢，便能破解阵法，来到恶蛟的藏身之处。

在来之前，宴金华已经做好了充分的准备，翻遍阵法古籍，还真的找到了书中所提的阵法，他把阵法图形绘至袖中，做好了一份极其完整的小抄。

这次，他定要一箭三雕，把前些日子失去的统统拿回来！

踏入迷蝶谷的瞬间，他将那颗被他珍惜贮藏起来的风珠握在掌心，轻轻催动，立时阴风呼啸，森寒入骨，惹得那几个修为较低的弟子打了好几个哆嗦。

不等宴金华说话，池小池便道："众人小心，这里是镇铘阵。"

宴金华一句话被卡在嗓子眼，不上不下地沉默着。

这就和花了半个晚上，在文具盒里做了半本小抄的学渣，雄赳赳、气昂昂地奔赴考场，最后却被教导主任没收了文具盒，只许带笔进考场一样恶心。

文玉京看一看四周："不错。此地一阵套一阵，卦象多变，走入其中，一步踏错，便会与身边人走到不同的地方去。一会儿我们定然会失散，若是寻不见身旁人，切莫惊慌，这恶蛟要的便是众人慌乱，它便可乘虚而入。我们需要一些弟子镇守外围，若有人主动请缨的话，便趁刚入阵中，还未走远，速速到外面去吧。"

这话说得很熨帖，明显是在给那些能力不足或是胆怯懦弱之人寻找退缩的理由。

闻言，宴金华一哂。

别人无所谓，只要你文玉京不出去便好。

文玉京身为小师叔，自然是不会出去。

将那些"镇守外围"的弟子安排好后，十几人便投身入阵。不消半刻钟光景，基本所有人都走散了，就连宴金华也不知道走到了哪里去。

好在池小池与文玉京还在一起。

此处乱木纵横，阵眼奇怪，周围的枯草灌木、诡石古松皆是万千阵眼的一部分，堪称一步一阵，一步一坑。若是一脚踏错，没有落足在正确的阵眼处，那相伴而行的两人便会瞬间分离。

文玉京在前，池小池在后。就像二人第一次上山时一样，池小池踩着文玉京留下的每一个脚印，步步紧随，步步踏实。

跟着文玉京时，池小池常有错觉，宛如少年时分和娄影一起回家，路灯把二人的影子拖得又长又瘦，而自己永远闲不下来，总爱追着那人的影子踩。那人从不会生气，顶多会在他捣乱刹不住脚步，撞到他身上时，把他一把背起来，转一个圈圈，责备他孩子气。

池小池也不怎么自觉，总是被他抓了现行，索性就地耍赖，死活不肯从他背上下来。最后，那人总是拗不过池小池，会像一个真正的哥哥一样背着他回家。

而趴在他背上的池小池总会安静下来，认真去观察自己与娄影的影子。

直到今日，池小池都记得两个人的影子融在一起的模样，就像是一杯热牛奶兑进红茶，让人时隔多年还舍不得忘掉那一份暖意。

在他出神间，师徒二人已行至阵法深处。

这里的路并不相通，潮湿的雾气倒是共通的，不管走到何处，总弥漫着一股怪味，像是树叶腐烂的味道，吸进肺里，像是呛了一口崂山白花蛇草水，其间还有股若有若无的焚烧落叶的气息，叫人闻起来很是不快。

自从入谷后，池小池总觉得身上有些沉重，步子发沉，心跳得一下比一下急促。

他以为是瘴毒所致，可在入山前，他明明已经服下克制瘴气的丹药了。

走到现在，不适感已经根本无法忽视了。

池小池越走越觉得目眩体热，在症状愈发严重前，他果断地伸手扯住了前方文玉京的衣带："师父……"

谁料那异常症状蔓延速度之快远超他的想象，才一拉眼前人的衣带，他便觉骨酥筋软，朝前倒去。若是他就此跌倒，碰到了其他阵眼，那他定然会被吸入其中，想再回来可就难了。

幸好，一双有力的臂膀及时接住了他。

在他眼睛能聚焦之时，他发现文玉京站在一处阵眼上，将自己托着站在了他的脚面上。

文玉京比段书绝高上半头，低头时，轻羽似的睫毛也跟着一道垂下，掩去了一半眸子，却掩不住担忧："无事？"

061 也问他："没事吧？你怎样了？"

池小池问他："我怎么了？"

061 的语速比平时略快些，显然也担心得很："体温突然升高，原因不明。还有……"

池小池来不及细想他为何突然停顿，右手手指便轻轻抽动了起来，竟是极着急地想要写字。

池小池将攥住师父衣带的右手松开，转而轻轻抓握住自己的衣角。体内的段书绝对这种身体不受控的感觉记忆犹新，心急如焚，匆匆在他的衣角上写道："莫再碰师父了，我们中了鲛人鳞！"

鲛人鳞？

池小池清楚地记得他读过的一部典籍中有记载，鲛人鳞，焚之有怪香，旁人闻之无碍，但一旦进入鲛人之体，就成了焚身之毒！

至于谁有鲛人鳞……

望向这可以通往各个空间的漫天大雾，池小池微微咬紧了牙。

宴金华的第三步棋原来是这样的。想以这样的手段，陷害他和文玉京？不得不说，果真是又低级又没有新意。

宴金华就在与他相隔一肩的地方，与他相伴而行。

他透支了自己走过三个世界线里得来的全部富余的能量，换取了一个小时的窥视能力，因此，现在对他而言，自己相当于一个伴行于段书绝身侧的幽灵，能观察到他的一举一动，他却看不到自己。

他望着中了鲛人鳞的段书绝，笑嘻嘻地将一只手扶上耳侧："系统，把那个'外部侵入系统'攻击我的照片和视频发送到你们的主系统里去。现在，立刻。"

系统说："收到，已发送。"

宴金华迫不及待地再次确认："多久能回复？"

系统也再次道："请宿主放心，我们的系统一向很重视员工的人身安全权益，报告批下来，最多几分钟的事情。"

另一边，中毒的池小池只觉哭笑不得，他以前倒是体验过同样的感觉。

文玉京见他状况实在不妥，立刻将手抵住他后颈，想要调理他的气脉："屏息。"

061的声音也在耳边响起："小池，你……"

与此同时，宴金华的系统喜道："宿主，主系统那边给出回复了！"

池小池勉强集中精神，刚要向师父道谢，便觉身畔一空，险些栽倒在地，亏得他理智尚存，硬是站稳了脚跟。

刚才把他放在脚面上的人在一瞬间凭空消失了。

鞋履、外袍、碧伞和玉箫仍在，那个人却像是水融入了水中，像梦一样消散殆尽。

手边的外袍体温尚存，池小池抱紧了那件白袍，茫然四顾："师父？！"

难道是他刚才误踏了其他阵眼？

孤零零地站在迷雾中的池小池环顾四周，一个鬼影都不见，登时觉得浑身发冷，但又被一阵毒发引起的高热折磨得头晕目眩。他果断地给了自己一耳光，待冷静下来，才问："六老师，这什么情况？"

无人应答。

"六老师？"

池小池的心往下一沉，不觉提高了声音："061？"

仍然无人应答。

他的脑海中一片静寂，静得好像那个声音从未存在过。

在万籁俱寂中，有一个声音却越来越近，越来越清晰。

那是冷血动物爬过地面的索索声。

池小池反手拔出石中剑，却因手软腿软，连剑都举不起来，将剑尖径直插入眼前的软泥中，才勉强稳住身形。

他咬紧牙关，不再浪费时间在徒劳的呼唤上，想要打开仓库，却后知后觉地意识到，眼前的显示屏也消失了。

好感值、悔意值、仓库，一样也没有。文玉京不在了，061……也不在了？

他拄剑而立，试图理清这其中的逻辑。

而耳旁的爬行声越来越近了。

与他一肩之隔的宴金华再也藏不住满脸的笑意——这才是他的计划啊！

姓文的已经如他计划的那样，被顺利地解决，这鲛人又身中鲛人鳞，身软体乏，定然会葬身于那条恶蛟之口，自己只需在旁边坐山观虎斗，等段书绝死了，自己再捡个漏，搞个奇袭，争取杀了那条恶蛟，实在不行，拖走段书绝的身体，炼出鲛丹，也不亏。

一石三鸟，一箭三雕，他觉得自己真是个人才。

正值他勾勒美好前景，心中难掩喜悦时，他监控着的段书绝的空间阵法出现了细微的波动。一道轻捷人影落在了段书绝身后半米处的一方阵眼之上。

黑金长剑划出一刃狂湃的剑气，扫荡方圆数十尺，竟是让那不远处意欲猎食的恶蛟身形为之一阻。

宴金华瞠目结舌。

叶既明的到来，别说早有谋划的宴金华，就连池小池也料想不到。他努力直起身来："你……怎么……？"

叶既明显然是一路纵气飞来的，微微气喘间，他还要分出余力关注四周，实在无暇解释，便将右手掌心里的东西亮给池小池看。

初看时，池小池并没明白那是什么。

叶既明右掌的掌心里有一枚金字，龙飞凤舞，熠熠生辉，赫然是一个流光溢彩的"来"字。

唯有叶既明知道这背后代表着什么。

时间回到半炷香前，文玉京无端消失的时候。

叶既明没有进迷蝶谷。他化出了人身，倚在一小丛灌木边，摘了些蛇莓，一把把地往嘴里送，只等着段书绝从谷里出来，自己再远远地看他一眼，便能心安了。

他刚吃完一捧蛇莓，意犹未尽，正要再采一把，却突觉掌心刺痛。

◇ 屠蛇，理由，自投罗网

1

看清身后的来人，池小池昏昏沉沉地攥紧文玉京的白衣，艰难地开口："打晕我，带我离开！"

叶既明也看出他的状态有点问题，并不细问，玄金剑鞘脱手而出，准确地击中了池小池的后颈。

池小池只觉后颈一麻，神智全失，正要向前栽倒，一只手便准确地抓住他的右手向回一拉，将他背到了背上。

将昏迷的人背上后，叶既明单手抓住段书绝环绕在自己胸前的双腕，单手持剑，朝来时的方向大步流星地走去。可他还未走出几步，便感觉到脑后一股浓腥的白雾喷过来。

他赫然转身，脸上黑色的蛇鳞浮现出来，金瞳里闪出厉光："放肆！"

眼前的瘴气如流云卷动，看不清雾中有何物，然而窸窸窣窣的蛇行之声无处不在，让人身上一阵阵泛起鸡皮疙瘩。

"哦？一条年幼的小蛇。"一个缥缈的女性的声音从雾气中传来，叫人难以辨清是从哪个方向传来，"很久没找到这样美味的小甜点了。"

叶既明破口大骂："回家吃自己去吧！"

女声沉默了。

她没料到，这次进来的食物个个衣冠楚楚，都是翩翩少年佳公子的模样，没想到自己一开口就啃上了一块硬骨头。她很快回过神来，掩口一笑："哎呀！小后生这般粗鲁，着实伤了奴家的心呀。"

话音未落，从三个方向各飞来三条体型不大的毒蛇，不由分说，张口便喷出几股透明的毒液，朝叶既明与段书绝的方向袭来。

叶既明单掌化出一披风，凌空一舞，披在昏迷的段书绝身上，几滴毒液落在他身上，嘶嘶地灼烧一阵，却未曾伤他分毫。

叶既明的语气冷了下来，咬着牙一字字地道："本君说，放肆！"

他周身腾出淡紫色的毒雾，迅速融入白雾当中。

虺蛇本是剧毒之蛇，那蠢蠢欲动的三蛇难挡紫雾的毒性，当场毙命，软成了三条色彩斑斓的绳子。

叶既明刚要离开，便觉四周腥热感更甚，地表浮土亦隐隐震动起来。他站在一处阵眼上警惕四顾之间，突然觉得脚下有异。

叶既明脚尖点地，纵身跃起。他的脚尖刚刚离地，从他方才立足的土地之下便豁然钻出一张血盆似的蛇口，蛇身从土中直立而起，其身出土三丈，竟还未见尾巴！

那条恶蛟竟然一直在地底游走，静静地尾随着他们。

那深渊般的巨口直直地追着叶既明，可以清楚地看见蛇牙上的毒液，离他的双脚只有寸余，竟是打算生吞了他！

叶既明逃无可逃，大骂一声，转身拔剑，欲斩蛟首，但眼前虚影一晃，蛇身竟然瞬间转换，变成一个美人，冲他嫣然一笑。

她满以为此人会被自己的美貌所迷。一条年轻英俊的小虺蛇，血气方刚，哪怕不用来果腹，养着当个玩物也是美事一桩。

谁料叶既明丝毫没有犹豫，剑刃照着那张美人面孔便径直划下！

恶蛟始料未及，生用脸接了这一剑，亏得蛟鳞坚硬，脑袋才没有被一剑劈成个烂西瓜。但她的脸上还是留下了一道血痕。

这一剑彻底激怒了恶蛟，她全身从泥土中遁出，重化蛟身，扬起尾部，挟裹劲风，横扫叶既明的腰部！

叶既明一手护住昏迷的段书绝，一手强攻，本就难以施展全部修为，如今被猝然袭击，他想要闪避开来，却难以为继，被不偏不倚地扫中腰部，整个人倒飞了出去。

他急忙把段书绝拉到身前，护住了他的头。

而下一秒，他的身体就狠狠地砸在了树上，气血翻腾，一口濡热径直喷出。但他没有丝毫犹豫，动作灵活，闪转挪移，抓着段书绝的双肩，在枯树上横跳几下，身影便消失在了林间。

恶蛟再次化为人身，吐出分叉的鲜红芯子，舔去流至唇角的鲜血后，身形渐渐融入土中，消匿无踪。

迷蝶谷是她的地盘，她有自信不让这条小虺蛇逃得出去。他得为他在自己脸上留下的这道伤口付出代价。

叶既明纵身在林木间跳跃，口唇间不断有血溢出，然而他为着逃命，已经顾不得按照来时路的轨迹前进了。

他的嗅觉格外敏感，又和段书绝共同生活了很久，知道段书绝的身上有一股特殊而清雅的水香，便循着那味道一路找来，所以才能及时救下段书绝。现在经过一通瞎跳后，他已经迷了路。

逃出一段距离后，叶既明又痛又累，寸步难行，只好在一棵枯萎的松树下将段书绝暂且放下，稍作休息。他喘息着与他并肩靠在树边，抹去唇角的残血，气愤地说道："姓池的，本君要被你害死了。"

那个人闭着眼睛，一动也不动，左手还死死地抓着那件白袍，白袍上面已经染了些叶既明的血，段书绝看上去伤得很重。

段书绝不声不响的，叫叶既明有些着急，可一看那张沉睡的脸，叶既明又心软了，低低地嘀咕了两声，把脑袋抵在树上，想闭目养神片刻再逃命。

那条恶蛟确实不是好相与的，叶既明如今虽然改了修炼时三天打鱼两天晒网的毛病，但凭他现在的修为，和那条恶蛟正面遇上，无疑是自寻死路。

想到此处，他又心急了起来。若是段书绝能与他并肩作战，他们二人的战斗力叠加，胜算便能提高数倍。但看现在的情况，段书绝再不醒过来，自己怕是要豁出命去了。

叶既明正出神间，左手突然被人轻轻碰了一下。

叶既明以为是自己的错觉，低头一看，发现左手的手腕确实被人抓住了，脸便黑了三分："姓池的，你是不是醒了？"

身边的段书绝不说话，还是闭着眼。

叶既明翻身半跪在他面前，细细打量着他的脸："莫戏弄本君！姓池的，给本君交代清楚，小鱼他如何了？文玉京他又去了哪里？"

段书绝还是不动。

叶既明不耐烦了："你可听得到本君说话……"

段书绝右手动了动，把一样东西塞进了叶既明口中。

那东西甫一入口，叶既明便觉得通体舒畅，疲惫尽消，血脉中的力量倍增，灵气湃涌，竟有一浪三叠，源源不绝之势。

叶既明赶快将那个东西吐了出来，一颗丹药似的东西在他的掌中熠熠生辉，竟然是段书绝的鲛丹。

下一秒，他对上了一双黑中隐隐透蓝的眼睛。目光沉静、清冷、内敛，是叶既明看了多少年的一双眼。

刚才的动作似乎已经耗尽了他全部的力量，很快，那双眼睛缓缓闭上，手也顺着他的前襟无力地滑下去。

叶既明一把抓住段书绝的右手，小声地唤道："小鱼。"

鲛丹是鲛人的命，他把鲛丹给自己，便是把命拱手出让了。

他又怎能让他失望？

叶既明在段书绝身周设下简单的保护术法，又解下段书绝的腰带，蒙在他的眼睛上，命令道："不许偷看。"

而在下一刻，他将鲛丹含在口中，挥起黑金长剑，毫不犹豫地猛插入土中！

一个女子的尖啸声乍然从地底传来！

鲛丹入口，他灵窍大开，自然知道那条恶蛟已经游走到他们脚下的泥土里，静待时机，只待一击。这一回，他不会再让她占半分先手！

叶既明摇身一变，幻化出了原形。

这一年多的刻苦修炼下来，他哪里还是那条体型娇小的魊蛇，望风而长，瞬间长成三丈黑蟒，张开蛇口，发出一声惊天动地的长啸，随即一口咬住那条因吃痛而拱出地面的恶蛟身体，生生将她甩出了地面！

他虽然仍是魊身，但因为段书绝的鲛丹加持，身上已经有蛟气环绕。

叶既明不知道段书绝的修为已经到了何等境界，只晓得鲛丹入口后，周身上下力量翻腾，竟压制得那条恶蛟动弹不得。

他不会放过这大好的机会，毫不犹豫地下了杀手。

蛇类缠斗，往往开始之时多暗中窥探，一旦动手，便快如雷霆，爆发力极强。叶既明翻转蛇身，像麻花似的与那条恶蛟滚缠在了一处，一圈一圈，竟渐呈绞首之势！

恶蛟的身上受了剑创，更没有料到这条还未化成蛟身的魊蛇会有这般能力，立时慌了手脚，疯狂地挣扎起来，想与他解绑。

蛟、魊蛇滚缠到一处，魊蛇身上有鲛丹护体加成，力气颇大，那条恶蛟本想以逸待劳，却被人反将一军，此番遭到突然袭击，准备不足，又对这条魊蛇的能力估计失误，在渐渐窒息时，她方才意识到，自己竟然好像真的要栽在这个小后生的手中了。不过此刻饶是她有千般万般的不甘心，一切也为时已晚。

这条占山为王，为祸一方的恶蛟，被叶既明生生绞死，骨头被节节拉松，死相极惨。

在她殒命后，迷蝶谷中的毒雾消散，原本的镇铩阵也溃散开来，再无功效。

她断气时，叶既明犹不敢放松，生怕恶蛟狡诈，妄图诈死脱身。直至确认瘴气消退，阵法不复存在，他才彻底放心，从恶蛟的身上游走下来，重新化为人身，将沾满血的黑金长剑从她身上拔下来，甩一甩上面沾染着的黑血，送回鞘中。他快步赶至段书绝的保护法阵前，伸手挥散阵法，单膝在他的身前跪下，将段书绝的上半身托起，想将鲛丹交还于他。

叶既明从口中取出鲛丹，用衣摆细细擦净，打算还给段书绝。

但就在他还丹时，一个声音突兀地响起，惊得他后背的冷汗骤下："你是何人？"

叶既明心中一悸，不由得循声望去。他竟然忘了，镇铩阵法一撤，迷蝶谷便只是普通的山谷了！

任听风、宴金华、苏云，还有不少宗门弟子都已成功汇合，正站在不远处，诧异而戒备地紧盯着他与他面前的、昏迷的段书绝。

电光石火间，叶既明意识到，坏事了。

他脸上的蛇鳞未褪，杀意未散，魊蛇气息更是没有来得及进行半分收敛，脸颊上还沾着那条恶蛟窒息时呕出的血，看起来十分狰狞。

段书绝还在昏迷着，而他的鲛丹在自己的手里……

宴金华躲在人群最后面。

若不是气氛有些剑拔弩张，他怕是要拊掌大笑出声了。亏得他有意无意的领路，才让任听风等人撞见这精彩的一幕。

他原先的计划未成，倒是阴差阳错地成就了一个意想不到的妙局。

叶既明在转瞬之间做出了当下最合适的举动。他出其不意地推出一掌，狠狠地击在段书绝的肋下！

段书绝滚趴在地，口中涌出一股鲜血，看似受伤严重，但叶既明手上有数，并未伤及他的脏腑。

随即，他装作窃丹未成的模样，纵剑而逃。

果然，几名弟子被他的举动误导，只道段师弟是被此恶物所伤，立刻去追。

任听风却没有去追。他走至段书绝的身旁看了看，确认缚住段书绝双眼的正是他自己的腰带，又从他的手中取过文玉京那件染血的白袍查看，神色微冷。

"三师叔！"

在他沉吟间，身后有弟子唤他。

任听风扭过头去，刚想问一声何事，便见那名弟子手上捧着文玉京那把翠色游鲤伞，自林中而来。

弟子也对自己的发现颇感不安："三师叔，弟子在林中发现了这个，不敢妄断，便送来给三师叔察看。这可是小师叔的伞剑？"

任听风的脸色愈发阴沉下来，他询问众弟子："一路行来，你们可曾看见你们的文师叔？"

弟子们纷纷摇头，满面茫然之色。

宴金华挑准时机，开口说道："三师叔，弟子们怎会知晓小师叔的去向？小师叔向来是和段师弟在一起的啊。"

任听风背着手，沉默良久。

"来两个人，将段书绝带回静虚峰，好生照料，但莫让他随意走动。"很快，任听风定下神来，冷静地指挥道，"其他弟子留下搜山。我不信，文师弟身在阵中，又怎会凭空消失？"

闻言，宴金华一笑。

他怎么不会凭空消失呢？文玉京彻底消失了，回不来了，没人会再罩着段书绝了。

而且他的消失会把段书绝直接推向断头台。

段书绝就算浑身长满嘴，怕是也解释不清了。

在宴金华控制着自己不要喜形于色之时，在修书系统的系统空间内，061已经被完全控制起来了。

出于系统互相尊敬的原则，在061没有做出顽强抵抗，或拒不交代来历等恶劣行径前，系统也不能采取类似于清洗、格式化、读取信息等强制措施。

他被押入审讯室内，静待系统内调查员的审核与问询。

不少系统听说有一个外部入侵系统被拘捕，便纷纷前来围观，审讯室外一时颇为热闹。

在一众深蓝色的系统工作服里，穿着白衣黑裤的061显得格外突出。

而被大家围观的061非常安静。

他的手上戴了电子镣铐，脚腕也被一对沉重的锁链束缚，颈上戴了黑色的数据电击项圈，面色被衬得格外苍白，但他没有流露出任何惊慌的神情，双手规矩地放在膝头，望着墙上悬挂着的系统十大守则，像是在想什么事情，表情显得格外柔和。

061隐隐约约地听到外面有人在夸他好看。他轻轻一笑，想到了一个和他现在的处境八竿子打不着的问题。

主神为什么要长期关闭他们的自我认知系统呢？

089和023都还有记忆，因此不用照镜子，也会记得生前的模样。然而，被格式化后，失去了身为人类的记忆的061早已经忘了自己长什么样子。

因此，在遇到池小池前，丧失了自我认知能力的他几乎丧失了对情感的感知力，甚至要以为自己是和009一样的天生系统了。

他出神地想，主神为什么要这样做呢？

一阵喧闹声传来，一众围观的系统随着调查员的到来而散去。一男一女两个系统走入室内，在061面前坐下。他们丝毫不担心眼前的外部入侵系统会采取什么暴力措施。

一来，他们的囚禁措施做得非常到位；二来，在被囚之前，061已经接受过系统们的彻底搜查，他身上所有的尖锐物品都被取下来了，就连含有铜的上衣纽扣都被扯了下来。

两个系统刚刚坐下，061便主动与他们打招呼："你们好。"

来审问他的一男一女对视一眼。

061看起来温和无害，并不像199号宿主指控中所提到的"暴徒"。

男人问他："姓名，或者编号？"

061据实以答："'渣男回收系统'，061号，正在执行1329号世界线任务。"

女人将一份八百字左右的控告函传送至公屏上，指着上面宴金华的血泪控诉，公事公办地询问："199号宿主对你提出了一些指控，你是否承认？"

061笑了一声。

女人看起来很严肃，冷冷地道："不要阴阳怪气的，回答问题，是或否。"

"很巧。"061并不理会女人，说道，"我也有些东西想要给你们看一下。"

两个调查员再次对视一眼，女人皱起眉头，敲了敲桌面："你老实一点儿。我们是拘捕你来问话的。"

061微微欠身道："我的诚意是足够的，毕竟，不是你们拘捕我，而是我有事要跟你们说,所以才主动来到这里的。"

说到这里,061把戴着手铐的左手按在胸前,极绅士地一弯腰,诚恳地道:"我的硬盘内存有关于199号宿主所有违规操作的指控报告,我大概总结出了四万字的具体内容,请你们接收。"

两位调查员显然对于"拘捕对象"变成了"检举方"的事实有些接受不了。

061温和且有礼貌地道:"请你们相信,我来这里,的确只是为了给你们送信而已。"

2

池小池是被光照刺醒的。

再次睁开眼睛时,一轮明月径直跃入他的眼中。

但月亮的高度竟然低于屋檐。

这是一座高楼的顶层,顶部是镂空的穹顶,四壁空空,只有四柱支撑,格局类似于山中凉亭。

池小池起身,走到边上往下一看,眼前一晕,马上伸手扶住柱子,稳住身形。

此处距离地面千尺有余,四面却陡直如峭壁。如果池小池没记错,这里是明月楼,乃静虚峰囚禁要犯的所在。

他往身侧一摸,段书绝的石中剑果然被收去了。

池小池:"有意思了。"

他回到中央,规规矩矩地盘腿坐好。

段书绝的灵气还没达到能御风而行的水准,身侧又无剑刃可以驾驭,往下跳基本等于做自由落体,会摔成什么样子,谁也不知道。

风声萧萧,穿堂而过,池小池感觉自己宛如一条等待风干的咸鱼。

这时,他的右手动了。

段书绝写道:"师父不见了。"

池小池闭眼道:"嗯,我的系统也不见了。"

段书绝沉默,心中有些猜想,却不知道该不该说出口来。

池小池问他:"你一直醒着?"

段书绝点头,并写道:"我听到了些议论,他们说……"

池小池依旧闭着眼,神色平静地说:"说我与虺蛇里应外合,谋害师父?证据是众弟子们的人证以及渔光潭曾经有蛇蜕、蛇鳞的物证?"

段书绝不敢隐瞒,又将自己给叶既明鲛丹的事情说出来。

虽然看不见他的脸,但只看字里行间就知道他心中有愧。池小池对此并不介意,得知后也只是"嗯"了一声而已:"当时情况如此,不将鲛丹给他,你和他都得死。再说，如果有人心中有所怀疑，你跟叶既明碰个衣角都是狼狈为奸。"

段书绝一笔一画地写道："是我考虑不周。在离开渔光潭前，我就该想到要把叶兄的痕迹都抹去。"

池小池淡淡地道："没事，我想到了。那些蛇蜕、蛇鳞，是我特地留给宴金华的东西。"

池小池又说："啊，我做这件事时，你大抵是练剑累了，在睡觉，没看到。"

段书绝不是季作山，池小池不能时时跟段书绝交谈，所以有些信息难免沟通不畅。

从前的段书绝只将聪明用在剑术之上，如今心中清明了不少，更是一直在有意积淀，因此无须池小池说明，他就将池小池的计划猜了个大概。

他并不点破，只写道："池先生，多谢了，让你这般费心。"

池小池想说免礼平身，但意识到061不在此地，没人会帮他将玩笑话圆回来，便自然地换上了还没遇到061时的那张有点冷淡的假面："不必客气，你是我的任务。"

段书绝问："那师父消失也是计划之一吗？"

池小池摇了摇头。

文玉京在镇铘阵中突然消失，的确是出乎池小池的预料了。本来，他已经给宴金华挖好了坑，准备好了一整套活埋送锹的大礼包，单等宴金华钻入其中。

他也的确中计，乐颠颠地捧着那些蛇鳞、蛇蜕去赤云子那里献宝。

池小池私下里推演过，宴金华一旦当众检举他，那便是他的死期。倘若计划顺利，他能让这个人一辈子留在这个世界线里，再无翻身的机会。

这些日子以来，宴金华上蹿下跳的小动作基本在他的掌握之中，但他怎么算也没有算到宴金华会有让文玉京直接消失的本事。

但是，如果换一个思路的话，就说得通了。如果，他的想法没有出错的话……

文玉京是猫身，蓝瞳，纯白。

煤老板是黑豹，蓝瞳，纯黑。

两者都是猫科动物，体色呼应，习惯相通。

池小池依稀记得，在上一个世界线里，谷心志曾说他在丁秋云的帐篷里见到了一个男人。061也承认了那个人是自己。

如果061可以在各个世界线里化形的话，那自己之前遇到的以为是主神安排的人……

恐怖世界线里陪伴全程的甘彧、甘棠，机甲世界线里声称到哪里都会找到自己的布鲁，花样滑冰世界线里的冬飞鸿……

而冬飞鸿与甘棠又有着和娄哥一模一样的手艺。

池小池记得，六老师说过他是在遇见自己两年多前被格式化的，恰好是自己误认为娄哥"复生"，却被"欺骗"的时候。

原先，林林总总的信息汇总在一处，他不是没想过，只是不敢想得太多太深，唯恐给了自己希望，到头来却是竹篮打水一场空。

但线索一点点汇总起来，成了剪不断理还乱的乱麻。如今，他像是找到了乱麻的线头，一抽之下，整局皆破。

池小池不禁想，他真的会有这样的好运吗？他配得上这样的好运吗？

段书绝久久等不到池小池回应，便悄悄驭起体内的气脉，来温暖这具二人共用的身体。他在地上写："池先生，你冷吗？身体一直在发抖。"

池小池吐出一口气，说："我还好。没事……那些蛇鳞、蛇蜕都是我特地准备好的。"

段书绝被他没头没脑的话弄得有些糊涂："池先生，我知道，刚才您说过了。"

池小池单手撑住额头："再等一等，我稍稍调整一下情绪。"

段书绝便不再说话，安安静静地等着。

待清空杂念后，池小池才开始继续思考。文玉京的无端消失，可以说打乱了他原先的全盘计划。他的消失到底是宴金华的刻意操纵，还是另有原因，并不能确定。但从另一个层面而言，这又未尝不是另一个机会。

池小池问："我昏迷后还发生了什么？你还知道什么？"

段书绝写："众弟子还在空心山中搜寻师父，据说大师伯也去了。如果搜不到，恐怕不日便要对我们进行公审，好问出个究竟了。"

文玉京消失前是和段书绝在一起的，此事凡是前往空心山降蛟的弟子皆可做证。

段书绝昏迷前，被人撞见和一个妖物过从甚密，手里还攥着文玉京沾了血的白袍。尽管那个妖物打了他一掌，随后逃遁，但在场的很多人都嗅到了他身上的虺蛇气息，待任听风折返，赤云子只需拿出原先宴金华交给他的蛇鳞进行比对，便不难做出判断，此虺便是彼虺，错不了。

如此一来，段书绝如果说不清文玉京的去向，就必须得接下这口"天降大锅"。

针对这件事，叶既明也未必坐得住。现在山中情况未定，他很可能在外面打探消息，如果公审结果一出，难保他不会上山劫狱。

段书绝也有同样的担忧："池先生，我们设法逃吧。"

池小池："你的名声不要了？"

段书绝："我怕叶兄等急了，上山来寻。"

池小池："他不是无脑之人。在诸事未定前，他贸然上山劫你，是不打自招，毁你名声。就算他要劫狱，也肯定是在出结果之后。"

与叶既明一起亡命天涯，对段书绝来说可能与现状没有什么区别，甚至可能更好。他从前便死在静虚峰的舆论之中，对静虚峰的感情未必有多么深厚，而一个鲛人在人群中生活，身份始终尴尬，难免受人非议。

但这对池小池来说区别很大。

段书绝可以不要，但池小池必须帮他做到。他要想给段书绝的未来更多选择的机会，就必须渡过这个难关。

逃跑的想法被打消后，段书绝便虚心请教道："那，池先生有主意了吗？"

池小池简单地道："等。"

段书绝："等到公审结束？"

池小池："不，等文玉京回来。"

段书绝："可是师父不知去向……"

池小池："他会回来。"

池小池之所以如此笃定，是因为他记得061对他说过一句话。

"我相信你。哪怕没有我，你也能把他料理得服服帖帖的。"

这意味着他可能早就预料到了这个结果。但他好像在放任，甚至促成这个结果，包括带着宴金华前往时雨山，在宴金华面前频繁使用灵气，甚至前些日子暴打宴金华……

既然他相信自己能处理好一切，那自己也该回报给他同样的信任才对。

而且，池小池相信061不会真的留他一个人，因为他是那样爱操心的人。

池小池和衣躺下，心中平静了下来。

他当然不会把全部的宝都押在061身上。就算061不是文玉京，就算他回不来，他同样有办法利用之前布下的局为自己申辩，哪怕不能彻底洗清嫌疑，也能将宴金华一并拖下水，把水搅浑。

只是，他心里仍怀有一丝隐秘的渴望。

他曾经想和娄哥做一辈子的邻居，娄哥答应过他。

他也曾天真地以为娄哥是真的回来了，会在那间餐厅里和他相见。

如果真的是你，这次求你不要失约。

戴着电击项圈的061被送入了监牢中。

他听话地进入牢房中，心平气和地与跟随而来的两个调查员交流："你们的员工利用先知能力，违规操作，窃取原主的气运值，为己所用，害死原主，再抽身而退，只留下一个崩坏的世界线，完全背离了你们持续收取世界线气运值，维持系统运行的初衷。我认为一个有着长期计划的系统不应该容忍这样恶劣的行径。"

"好的，好的。这些在您的举报材料里已经论证得很详细了。"男调查员温和地道，"但是，您还需要在这里等一等。"

"你们的要求是两个系统不能同时存在于同一个维度里。"061同样温和而不卑不亢地说道，"尽快把你们的系统回收，我就能够回去了。"

女调查员的口气比起之前好了不少："这件事情很大，可能会导致我们和宿主解约，我们需要好好考量和调查。"

061彬彬有礼地道:"那就请快一些,好吗?我不想在这里停留太久。"

男调查员:"我们只能说'尽量'。收集足够的信息,保证我们的员工不受污蔑,也是我们的工作内容之一。"

"一天之内。"

"这恐怕有点……"女调查员说,"根据你的控告,我们需要调查更早之前的记录,如果199号宿主只是初犯,我们只会进行严重警告处分。这个过程大概需要一天左右。等到写成报告,上级审批下来,少则两天,多则五个工作日。"

"受累。"061也不打算强求,"请问一下,这里的时间和任务世界线里的时间流速的比率是多少?"

男调查员想了想,说:"一比二左右吧。"

也就是说,这里的一天是外面的两天。

他心算了一番,在牢房里恭敬地对两个调查员一弯腰:"谢谢,请尽快。对了,两位离开前,能不能给我倒一杯水?"

两个调查员对视一眼。

怎么好像这里是他的地盘一样。

水倒好后,两个调查员离开,061则在牢房中随便挑了个地方坐下。

从他自曝来意后,两个调查员的态度好了不少,他的脚镣已经被去掉,但是电子手铐仍在,脖子上的电击项圈也没有被去掉。

他把半杯水泼在地上,将水的数据重写,做了一面临时的镜子,对着水面细细检查了起来。

这个项圈是专门做来针对系统的,电压不小,可以远距离操控,而且是一体化设计,除非有控制器解锁,强行取下来,戴项圈的人会遭到极强烈的电击,可以致人昏迷,但绝不会致死。

061靠在墙上,一样样地检查着自己身上仅有的几样物品。

一张提醒自己去023那里给池小池下载电影的便签条,一块手帕,一个平安结,除此之外别无他物。

他把东西收起来,抬眼看看四周,看到隔壁的牢房里还有一个系统。他穿着与这里的系统们同款的工作服,却戴着和自己一样的项圈,看起来垂头丧气的,手里拿着一副自制的纸牌,自己跟自己打"接竹竿"。

061隔着栏杆,客客气气地和他打招呼:"你好。"

隔壁的系统兴致不高地抬起头来。

061问:"打牌吗?"

系统的眼睛陡然亮了起来:"你会打牌?"

061:"还行。"

系统便兴高采烈地捧着牌坐了过来:"开开开!"

061跟他玩"锄大地",输了两局,赢了一局。

对方显然是此中高手，笑嘻嘻地道："你还行啊。我玩牌玩得好，我的同事怕输，都不跟我玩。"

061 说："你打得更好。"

对方喜滋滋地收下了这个赞美，说："换一个玩法吧，这次你挑。"

061 选了"变色龙"，赢了两局，输了一局。

这有来有往的战局让系统的兴致更浓。他笑道："再来再来。"

061 说："好啊。"

六局牌打完，两个人的距离已经在无形中被拉近了不少。系统一边洗牌，一边和他闲聊起来："我听见你跟调查员说话了，你是外来的系统啊？"

061 据实回答："是的。"

对方咂咂舌："真惨，你可能要在这儿被关很久了。我们的二老板很讨厌外来系统的，因为一般处理起来会非常棘手。你的报告除非是紧急文件，否则一定会被往后压。"

061 认命了似的，温和地道："发牌吧……你是为什么进来的？"

对方很不服气地说："聚众赌博，屡教不改。"

061："是吗？"

对方遇见牌技好的牌友，自闭的倾向一扫而光，简直是主动交代："我们这边对系统管得很严。我怀疑是 277 那个老小子害我。"

061 点着手里的牌，说："你们有仇啊？"

"他就是看不惯我。"对方愤愤不平地说，"我一关禁闭，带的客户都被他抢了。"

061 "嗯"了一声，感同身受地道："那是太过分了。我以前也被人举报过。"

对方顿时将 061 引为知己："真的？"

"是，被宿主举报的。"

对方坏笑道："是感情问题吧？"

"怎么会这么想呢？"

"因爱生恨，电视剧里不都是这么演吗？"对方侃侃而谈，"上次 277 就碰上了一个爱上了他的宿主，那个宿主是个特别狂放的女人，把 277 吓得逃回系统空间里不敢回去，又怕对方一气之下举报他。我在交接的时候笑话了他两句，没想到他这么记仇，竟然敢举报我。"

061："交接？是值班交接吗？"

对方摆摆手："不是，是通向各个世界线，去往宿主身边的交接点。"

061 放下一张牌："就是我被押进来的那个地方？"

对方说："是啊。我们就那一个交接点。"

061 把手中牌掷出来："赢了。"

对方一看牌面，"哇"了一声："你故意说话干扰我的思路啊，太坏了。"

061 轻轻一笑："好，那我不说话了。"

可惜对方是个嘴闲不住的，安静了没一会儿就又开始说起来。

"哎呀，你的牌打得真不错。你要是回去早了，我该难过了。"

061说："那得看你们老板处理公务的速度了。"

对方笑了："我们的大老板玩心重，他喜欢出去做任务，什么时候回来办公都是看心情的。他现在八成在外面旅游呢！"

061："是吗？我们的老板会一直留在办公室里。"

对方称赞道："那可真敬业。"

061："那我的举报是由谁处理的？"

"负责这方面的是安保系统，是由我们二老板直接管理的。像你这种情况，应该是对宿主产生了一定的威胁和伤害吧，我们大老板交代过，如果不是出现了特殊情况，是不用管外来系统的。"

"安保系统？我们那里也有，但保密级别好像太低了，前段时间还被人入侵过。"

"我们管安保系统的二老板就很厉害。"对方眉飞色舞起来，"很会打牌，就是工作太忙，没时间跟我打。他麻将，牌九，什么都会。哎，对了，麻将你会打吗？"

061连眼睛也不眨一下地说："不会。只是看别人打过。"

对方大方地道："没事，我教你啊。"

061："可这里没有麻将牌，也只有我们两个人啊。"

对方指了指自己的脑袋："没事，我建房间，加你ID。我们打双人麻将。"

061看起来有点犹豫："可以吗？我现在没有联网能力。"

"噢哟。"对方一拍脑门，"忘了忘了，我告诉你联网密码吧。"

3

讲解过规则后，他们打了五把双人麻将。

第一把，061不太熟悉规则，不出意外地输了，第二把就流畅了许多，虽然还是落败，但是也成功地勾起了对方的兴趣。第三把开始，061虚拟出了一个信号，潜入了网络之中，将系统空间内的整个地图都无声无息地扫描了一遍。

他的牌友所提到的交接口在空间的西北方向，进入需要二十四位密码，密码是动态的，在交接口报出世界线编码口令后，会随机生成，并发送至系统内部。

世界线编码在刚才审讯他时已经成功拿到，不必担心。

只是动态密码要怎么获取呢？还有……

061思考时也不耽误他出牌。第三把，他赢了。

对方兴奋得直搓手："再来，再来。"

061说："光这样怪没意思的，我们赌点什么吧？"

他的牌友想了想，转身走到墙角的床边，"哗啦"一声掀开床板。床板内被挖空了，里面是满满当当的一床零食。

牌友兴致勃勃地一挑眉："跟你说过，我不是第一次进来了。"

061一笑，将自己的手帕摆在前面："我只有这个了。"

对方却点名道："我看你不是还有个平安结吗？看式样编得不赖，我想拿来送人。"

061温和地拒绝："那是我朋友送给我的……"

话说到这里，他的心中忽然一动，伸手摸了摸前胸口袋里的平安结，似有所悟，随即把手放下，装作无事发生。

061又耐心地陪着他打了很久的麻将，两人有来有往，各自有输有赢，061输掉了一块手帕，而对方则输掉了三袋零食。

对方一边摸牌，一边问061叫什么名字。

061说："叫我061就好。"

对方笑嘻嘻地道："六？你打牌是挺六的，我叫你六老师吧。"

061摇头："不行。"这还是061第一次在交谈中表现出明显的拒绝态度。

对方眨巴了一下眼睛，问："为什么？"

061无意解释，只温和地道："叫我061就好。"

对方倒是不介意，高兴地道："六哥？"

061："也行吧。"

两个人玩了七八个小时的麻将，直到对方筋疲力尽，直接握着一把新抓的牌睡了过去，061方才起身，走到墙角的床边，仰面躺在上面出神。

也不知道小池那边怎么样了。

自己化身为文玉京以来，已经埋下了足够的伏笔，自己与文玉京一同消失后，他应该会想到那个可能的。如果小池想到了，那他定然会心慌。

所以，越是这样，自己越不能在这里久留。

想到此处，他伸手把那枚平安结拿了出来。

089在把它送给自己时做了个有点特殊的动作。当时，他在自己的口袋上拍了两下，说，拿好，这可是父亲的一片苦心。

"苦心"吗？

他把那枚平安结拿出来，细细检视。

061把平安结捏在指间，尝试着捏了两下。

无事发生。

他又捏了两下，依然无事发生。

入手的触感好像并没有什么特殊，经过解析，也只是有一些放射性物质罢了。像是和某种放射性的东西在一起放久了，就沾染在了丝线上，看起来没什么特别的。但061却在短暂怔神后，轻轻笑了起来。

从某种意义上来说，089的确是煞费了一番苦心啊！

他握住平安结，把虚握着的拳头搭在额头上，细数着时间的流逝，嘴唇微微启合着，像是在自言自语地说着些什么。

系统空间和世界线内一比二的时间流逝速度让他有些心急。为了保证小池的安全，他只给自己在此处预留了一天的停留时间。如果那个"二老板"还不能批准他离开的话，他就要想其他办法了。

他被拘留得太突然，现下只要回去一趟，只要在赤云子等人面前露上一面，就能替小池解决眼下的麻烦。到时候，他哪怕再被抓回来，被关到任务结束都无所谓。

但不出意外，第二天，他又提交了两次申请，希望见一见那位管事的安保系统，与他谈一谈。但是看管他的人表示，002先生有很多工作要忙，没空见他。

061看起来也不是很急躁，说既然不能见，他就等着，好在还有一个牌友能陪他说说话。

他的牌友看起来年纪不大，是个有牌玩就格外健谈的人，叽叽喳喳地说了许多关于系统的事情，简直是知无不言、言无不尽。

他指着061脖子上的电击项圈说："你看这个东西，就是我们二老板做的，对，就是那个002。"

061把项圈拉起来观察："嗯，做得很精巧，是总控型的，而且里面还有一些其他内含设计，被加过密。要想解开，就必须得去找他吧。"

对方苦大仇深地道："可不是吗，他就是个老变态。我们都被他给压榨苦了。"

061笑笑，像是并不在意，把项圈放下，继续打牌。

一日无事。

等到夜间，他的牌友再次酣然入睡。

而061也等够了，拖得愈久，池小池那边就愈危险，他不打算再等下去了。

他将剩下的那半杯水凝成一根发针粗细的冰针，轻轻衔在口中，将尖端准确送入锁眼。冰针进入锁孔后，坚硬的冰针化作流体，渗水的中枢立即短路，手铐应声而开。

他无声地将手铐脱下，将花了两天时间写就的一个小小程序送入了运行的安全系统之中。

转瞬之间，系统空间内所有的门应声弹开，东南角的七个火灾报警器同时响了起来，同一时间，室内外所有洒水器都开始嗤嗤地喷起水来。

061一转身，身上的衣服数据经过微调和改写，变成了与他牌友同款的深蓝色。他对睡着的牌友轻轻一鞠躬，意有所指地道："多谢。"

说罢，061拿过今天下午从他那里赢来的工作帽，戴好之后，径直走出了牢房。他走到门口时，恰好与负责看守他的那个系统撞了个面对面。

对方被他的打扮所迷惑，没能第一时间反应过来，直到看到他脖子上的电击项圈，才大惊失色："你——"

他扭过头去,打算伸手去抓桌面上的电击启动钮,而061一步上前,用干净利落的一记手刀把他打晕了过去。

061把晕过去的人轻轻放趴在桌子上,摆成打瞌睡的样子,又扯下他手腕上的身份腕带,一面给自己戴上,一面拿起那桌上的启动钮研究起来。

不行,这个按钮只能启动电击功能,并不能解除他的电击项圈。

确认看守者身上的确没有解开电击项圈的钥匙后,他将脸贴近了那名员工,用左眼扫描了他视网膜的数据,随即压一压帽檐,迈步朝西北角的交接点走去。

而刚才还在"睡觉"的隔壁牌友,竟然在他身影消失在转角处时,优哉游哉地踱了出来。他把那个昏迷的系统拉起来,发现他手腕上的身份腕带已经遗失,便直接对着他的脸拍了下去,在手腕上方弹出的浮空电子屏上手动输入一行字,并自言自语地道:"季度考评不合格。"

061以最快的速度往交接点赶去。

在水管齐喷的情况下,一个戴着帽子贴边行走的人看起来一点儿都不可疑。

有个戴眼镜的系统从房间里跑出来,又猝不及防地被呲了一脸的水,眼镜都花了。他摘了眼镜擦拭,并眯着眼睛询问经过他身边的061:"怎么了这是?"

061顺口答道:"好像是东南角起火了。"

那个系统"啊"了一声,伸着脖子往东南方向看了看,可再转过头时,刚才那个和他搭话的人已经不见了。

待他再转过头来,就与061的那位"牌友"撞了个面对面。

"牌友"抓起一脸茫然的人的手腕,刷了他的身份腕带,道:"你也不合格。"

"牌友"正哼着小曲儿,兴致勃勃地尾随着061,一路愉快地收集着各种数据,衣领便被人从后面一把拽住。

一个身材高挑的青年抓住他的后衣领,单手背在身后,动作内敛,神态平静。他的嗓音有点细弱,听起来很有礼貌:"老板,您要去哪里?"

那位逃狱被抓了个现行的"牌友"马上堆出了个笑脸来:"二哥,晚上好啊。"

被他称为二哥的青年胸前挂着002的编号。

"您现在不是应该在监狱里吗?"他说话的声音明明很柔和,却透出一股似笑非笑的感觉,"您又在胡闹什么?"

"谁胡闹了。"那位"牌友"颇不服气地道,"你敢把你的大老板关进监狱才是放肆,大逆不道,胆子真是越来越大了。今天还出现了这么大的工作失误,信不信我开了你?"

002一针见血:"所以您把联网密码给了那个系统,还帮助他越狱,只是为了检验我的安保工作是否会出现误差?"

001的眼睛一眨不眨地瞧着他,调侃道:"不只是安保工作吧?"

002:"嗯?"

001："昨天他被关进来后，我就把所有的资料都验证了一遍，的确是我们自己的员工违规操作，事情本来就和他无关。我昨天晚上不是给你发了信息，让你把他的报告提前审批吗？"

002微微一愣，直率地道："抱歉，因为您总是很烦，上次屏蔽您之后，我忘了解除屏蔽了。"

001没有感到意外，也不生气："算了算了，下不为例啊，不然我就真的开了你了。"

002谦恭地一弯腰："是。那我现在可以把人抓回来了吗？"

001摆摆手："别，我很早以前就想搞一次安全演习了。我想看看在我们两个都不动手的前提下，他到底能不能逃出去，也想看看我们的员工能不能制服他。如果他逃了，我们就不找他了。对了，要不要赌点什么？我赌他能跑掉。"

002："冒昧问您一句，赌博就这么有意思吗？"

"当然有啊。"001一副高兴的表情，"二哥，拿你的那块老式怀表来赌，怎么样？"

002答应了下来："好。"

但002知道，061跑不出去。

首先，他就算抢走了ID，知道了世界线的编码，也扫描了员工的视网膜，那二十四位的动态密码他也搞不到。没有动态密码，那扇传送的大门就打不开。

其次，那个项圈的设计也不是那么简单的。

002看了一眼腕带上显示的计步器。他只要再走上三十步……

大多数系统被兜头的冷水从睡梦中浇醒，都在忙着抢救被淋湿了的床，一路赶来，061都没有遇见几个系统。

注意到交接点已经近在眼前后，061加快了脚步。

交接点的操作台与他所在的系统相差不多，操作起来应该也不算难。

很快了，马上就可以……

然而，就在他又抬起脚来之时，一圈淡蓝色的火花便意外地亮起，在他的颈部炙下一道雪亮的光弧！061脸色一变，身体一个趔趄，向前栽倒，受创之严重，一时间竟叫他连爬也爬不起来了。

他心下刹那变得豁亮起来：这个项圈他一直没能破解成功，里面有数个做了加密的程序，他还不知道是做什么用的。

原来用途是这个。

项圈里面的隐藏程序可以用来计算连续步数。一旦连续步数超过规定值，项圈就会自动发电。而发电的射口上有极细的隐秘针头，针头上涂抹了稀释过的氰水母毒素。

061感到全身迅速麻痹了起来。

他抬起手，轻轻摸了摸脸颊。

他的胸前，背后，甚至脸上的皮肤都浮现出了大片大片被火灼过一样的鼓凸鞭状伤口，滚热灼痛，剧痛侵入每一段数据，延伸至四肢百骸，那是一种叫人牙根发麻的神经痛感。

但061竟在连续不断的疼痛中颤抖着起身，拖着已经失去知觉的一只脚，朝控制台一步一步踉跄着走去，同时伸手狠狠地扯住了那个项圈的边缘。

项圈还在源源不断地释放着电流，而在强制拉扯下，电流量顿时以几何级别升高。他的手顿时被烧起了大片大片的红肿，嘴唇毫无血色，看样子随时会晕过去。

他几乎是把自己摔上控制台的。

在暗处窥伺的002背着手，轻轻地摇了摇头。

说实在的，在002的认知里，对方在这种情况下还没晕过去，已经算得上是意志坚强了。

何必呢？不过是等上几天，完善证据链，保证整个执法程序履行有效而已。有什么急事非要赶着现在回去不可？

001倒有些惋惜这个不错的牌友。

他给了061逃跑的机会，也给了他项圈"并不简单"的提醒，但遗憾的是，061好似没往心上去。他对002说："好啦，人都要晕过去了，赶紧把人带回去吧。"

然而，一个声音竟然从001的脑海中幽幽传来："多谢……这位主神先生的关心，不必了。"

001一愣，马上退出眼前的系统，才发现061竟用他的联网密码偷偷地建了一个二人麻将的房间，并设置成了后台运行，以至于他一路走来都没能发现。

麻将房间的语音系统一直是开着的。

这岂不是意味着自己刚才与002的对话……等等，这不是也意味着他可能早就知道了自己的身份？

而就在001难得露出了惊讶的表情时，更让人惊讶的事情发生了。

061抓住电击项圈，手指不断发力拉扯，而那个电击项圈被扯得一点点变形、扭曲起来，最终，"咔啦"一声，被扯得崩裂开来。

这下，连向来淡定的002都微微睁大了眼睛。

他竟然把电击项圈用物理手段破坏了？怎么可能？

061上半身伏在操作台上，抬起手，艰难地扫描了身份腕带，又扫描了刚刚复制的视网膜，果然成功通过了初步验证。

他一边用颤抖的手输入世界线信息，一边轻声道："主神先生，我跟你讲过的，那个时候，我被人举报，格式化过……我不记得之前发生的事情，我只知道格式化的过程很痛苦，是把脑袋整个炸掉，但身体还活着的那种疼。后来，有很长一段时间，我路过那间惩罚室时会条件反射地想吐。"他一只脚踏上地上四分五裂的电击项圈，"所以，你这个……不算什么，不用因为这个感到抱歉。"

001 此时的好奇已经完全压过了震惊："你怎么知道我是这里的主神？"

061 的手抖得厉害，把世界线信息输错两次，又耐心地一一修改回来。他轻声道："你给我的联网密码权限很高，甚至能查看交接点的操作方式，但是当我想看安保系统的具体情况或是电击项圈的设计师时，又显示无法读取。我想，你是希望我看见你想要我看到的东西，是吗？"

001 说："你知道我的身份，为什么不让我替你做主？"

061 扶着操作台，眼睛通红地微微喘息着："你不承认自己的身份，我不知道你想利用我做些什么，所以，只能将计就计了……小池说过，在不明确对方目的的时候，不要先于他亮出自己的底牌。不过，谢谢主神先生肯放我回去。"

他果然听见了自己与 002 的赌约。没想到，在自己以为稳操胜券时，对方还留了一张底牌。

真是个优秀的牌友啊！

001 惊讶的感觉一消失，语气中竟不自觉地多了几分欣赏："'小池'，这个人就是你要回去的理由？"

"他一直是我努力的理由。"061 的脸色变得煞白，一只脚踏上了传送点，同时将手伸入上衣口袋，"我是他的系统，我与他有契约，我的一切都属于他。他有危险，我就要在他身边。"

002 倒是冷静："他回不去的，他不可能打开门……"

就在话音刚落下的瞬间，一处能量波动在空中扭曲出了一个透明的旋涡空间。

一只手从空间中伸了出来。

季作山的声音从那一侧传来："六老师，抓住我的手！"

061 露出了一个微笑，放开了支撑着他身体的操作台，摇摇晃晃地站直了身体。

在这种时候，他仍没有放弃他的礼貌。他轻声道："主神先生，这把牌算我和了。你的牌技也很好，将来有机会的话，希望还能跟你打上几把……有缘再会。"

说罢，061 握住了季作山的手。

下一瞬间，他的身形便如氤氲的雾气般消失在了系统空间之中。

4

世界线通道已经被 061 自内打开，季作山又为他强行开了那扇原本打不开的门。因此，等 061 的眼睛再睁开时，他已经回到了他被主系统强制带走时的迷蝶谷。

山中的恶蛟已经殒命，她豢养的小蛇也在静虚峰弟子把山谷搜了个底朝天时四散逃遁。

如今山中的迷雾已经散去，空余枯枝乱叶，只能静待时间把恶蛟留下的创伤——修复。

061扶着一棵树，勉强站稳了身体。他抬手按住太阳穴，想调用数据，却被一阵哔哔啵啵、乱作一团的声音刺得眉头一皱。

他能释放出的信号极其微弱，甚至无法与池小池对接，连回到主神空间也做不到。

不过，好处与坏处都是相对的，这样一来，主神同样监测不到他的动向，自然不会知道季作山的存在。

季作山化成的一团能量体绕着他浮动了一圈又一圈，十分焦急却又爱莫能助地问："六老师，你没事吧？"

伤处源于061身体内部，是数据级的损坏。季作山的精神力虽然强，但多数时候也是作用于自身。换一种说法，他知道如何有效率地破坏，却不知道该怎样治疗他人。

061也没有提出什么要求，说了声"多谢"，动手擦去嘴角溢出的血水，靠着树身坐下，暂时休息。

季作山有些愧疚起来："我没有帮上太多忙。"

061笑笑："你真是太客气了。"

季作山本来生性腼腆，不大爱说话，又不想在此时缠着他讲话，白白浪费061的精力，索性安静地在他身边漂浮着，假装自己是一盏灯。

061闭目休憩一会儿，突然问了个问题："那天，就是主神空间被毁掉的那天，你没有来吧？"

"没有。"季作山说，"是罗茜、小汪和展雁潮他们三个人。"

061浅笑："嗯。我想到了，你应该不是那种会随便出手伤人的人。"

季作山反倒比061还要惊讶："嗯？谁伤人了？展雁潮？"

061摇了摇头，表示自己也不清楚："他们是怎么找到主神空间的？"

季作山有点不好意思："他们啊……"

此时此刻，主神空间，"须臾之间"中。

089笑吟吟地站在主神面前，没心没肺地说道："老板，叫我什么事儿？"

主神说："你看起来精神不错，伤好得差不多了吧，辛苦你了。"

089张口就来："老板，别光口头鼓励啊，看在我受工伤的份儿上，给涨点工资吧！"

主神决定不给089那张嘴更多自由发挥的空间。

089那张碎嘴的功力，他可不想再多领教了。

主神问："那天，你看到入侵者了吗？"

089摇头："没有？"

"看清他们是用什么武器打伤你的了吗？"

089哈哈一笑："老板，你真逗。我可连人都没看见啊！"

"可你是正面受伤的。"

089说："老板啊，我看不见人家，可人家看得见我啊，上来一个'九阴白骨爪'给我掏了个洞，我有什么招，您说是不是？是吗？"

这自问自答真的让人感到郁闷。主神耐着性子，早早结束了这次谈话："好了，你的伤刚好，早点回去休息吧。"

089的话匣子刚打开就被关了回去，一脸意犹未尽的表情，掩门离开前还对主神飞吻了一记。

待他离开，主神才问AI道："检查结果怎么样？"

"他没有撒谎。"方才偷偷潜入089记忆系统的AI如实禀告，"他的记忆截止到被身后的响动惊动，转过身去，接下来就黑屏了。请您放心，他没有任何隐瞒。"

主神笑了一声："以防万一而已。他这种蠢人，不必太在意。最怕的是自作聪明的人，就像那个061……他现在应该已经被那个爱打牌的修书系统的主神控制起来了吧？"

AI又检查了一遍，确认无误后才回报道："是的，已经几乎检测不到他的讯号了。"

主神言语间的喜悦藏也藏不住："好，这下能让他受点教训，长点记性，也是好事。"

089离开"须臾之间"后，一路回到了宿舍，一屁股坐下，闲得无聊，随手打开自己存零食的抽屉，挑了一包已经拆封的焦糖饼干，又从书架上挑了一本闲书，将饼干一块块从袋子中取出，边看边吃，饼干屑顺着嘴边簌簌往下掉。

023刚拎着拖把从洗手间出来，一眼看到他这副样子，简直气不打一处来："我刚扫的地！"

089一低头，"哎哟"一声，急忙道歉："对不起，对不起。"

023腮帮子都给气鼓起来了，返身去取了扫帚，重新打扫一遍。经过089身边时，他没好气地说："脚！"

089把脚抬起来，同时把饼干袋子递向他："吃吗？"

023拿着簸箕与扫帚折回洗手间，嫌弃地道："甜腻腻的。"

089："好吃啊。"

023："整个系统就你爱吃这种饼干，009都不吃。别说我没提醒过你，早晚有一天吃出糖尿病，一天三针胰岛素你就老实了。"

089咬着饼干含含糊糊地道："我要动脑子嘛，吃点甜的补一补。"

023远远地回答："你脑子都要被糖浆粘住了。"

089一笑，把手伸进饼干袋里，摸出了下一块饼干。但这块被厚厚的浓焦糖包裹着的饼干却和其他饼干有点不一样。

饼干上用白巧克力酱写着不知所谓的几个字："相信它，导入它。"

089看了这六个字一会儿，神色未变，把饼干咔嚓咔嚓地吃掉，再伸手进袋子。

在摸到下一块饼干前,他的指尖碰到了一个微型的存储器。

089 用手指夹住了那枚存储器,却并不急于拿出,执棋似的在盒底轻轻敲动着,似乎在掂量这枚存储器是否值得信任。在 023 走出洗手间前,他花了二十秒的时间做出了一个决定。

随即,089 将存储器取出来,对接入脑中意识。

刹那间,二十分钟崭新的记忆涌入他的脑中。那是他在事发当天夜里的记忆。

在接到主神的传唤后,他便把自己的记忆复制下来,放入了这枚存储器中,随即动手把那天所见的一切事情的相关记忆彻底清空,最后存储器放在这袋只有他会吃的焦糖饼干里,并用白巧克力酱写下提醒,提醒自己回来后,要记得将记忆存储器取回来。

毕竟,掩盖真相的最好方式就是遗忘。

二十分钟的信息量对系统来说不算很大,023 拿着拖把出来时,089 甚至换了一本书,仰面躺在床上,一手握书,一手枕在脑后,还翘了个二郎腿。

看他这副样子,023 有点想把拖把怼到他的脸上。不过鉴于对方现在还在养伤,他也只能想想罢了。

而正在看书的 089 的记忆倒回了那三个精神体入侵的夜间。

在一切还未发生时,089 正在值班室里坐着,一边放着连续剧,一边吃抹茶千层蛋糕。当恶毒的女配对着女主声泪俱下地嘶吼为什么要抢我的男主时,三个透明的能量体幽幽地浮现在了他身后。

三个能量体彼此对视一眼,其中一个最高大的青年扶住颈部左右活动一番,无声无息地朝他靠近,打算挟持他,问出些信息。

089 背对着他们,将最后一小块蛋糕送到口中,舔掉叉子上的奶油,如同招呼老朋友一般亲切地道:"你们来啦?"

那个准备突袭的人反倒被吓了一跳。

"居然被我赶上了,也不知道我的运气算好还是不好。"说着,089 从转椅上转过身来,好像对他们的到来并不感到惊讶。

他清点了一下在场的能量体数量:"嗯?进来的人比我想象中多一点儿。我以为一次最多只能送进来两个呢?挺好,现在能凑一桌麻将了。"

说罢,他一挥手,把值班室外多加了一层保护和隔音的数据。

他这一连串的话加行动搞得那三个人都有些费解。本来打算偷袭他的青年怀疑地问:"你认识我们?"

089 沉吟着:"差不多吧。"

青年的语气一下子变得激动起来,看样子想冲上来揪他的前襟:"你就是那个 061?"

089 把手掌往下压了压:"别乱猜,我认识你们,但你们不认识我。与其把时间浪费在猜来猜去上,不如我们都节省一下彼此的时间……"

他的目光在那三个人间逡巡一番,选中了一个看不清面目,但看身形可以判断出是女性的能量体:"你们想要做什么,我说不定可以帮助你们实现呢……罗茜。"

那个从刚才起还未发一言的高挑女人闻言一怔:"你怎么知道我的名字?"

089笑道:"我知道的很多啊。我还知道前些日子入侵的人叫季作山。"

三人集体沉默了片刻。

与他们同来砸场子的汪系舟显然没料到这样的状况,忍不住用余光去瞟罗茜。

事已至此,罗茜的心反倒定下来了。

她在军队中锤炼多时,又上过战场,自然有一颗判断局势的七窍玲珑心。

"是那个061告诉你的?"

"他已经很久没回来了,不知道有入侵者的事情。"

"你知道季作山来过,但没有告诉其他人,为什么?"

"唔……"089按了按太阳穴,像是在认真地回忆,眼睛却紧盯着罗茜。

在柔和的暖色灯光下,他淡棕色的瞳色和眼尾的泪痣格外醒目。他对不相熟的人说话很慢,会自动删去许多干扰视听的话语,因此一扫平日的懒散唠叨,逻辑相当清晰。

"入侵者在进入主神空间后哪里都没有去,而是直接进入了档案室,目的太明确。经过清点,架子上的档案没有任何减少。入侵者本来应该有足够的时间带走任何一份档案的,但他没有,这证明他并不是来偷窃的。

"在安保系统发现了他的存在后,警报响了近三十秒才解除。可那个入侵者为什么在知道自己被发现后又停留了三十秒?明明他是有能力在警报刚响起来时就离开的。

"倒下的柜子侧面有一个很深的手印。当然,我们安保系统的信号发射能力很强,他那时应该很痛苦,但他没有急着离开,而是逗留了整整半分钟,还推翻了柜子。

"我就想,他是不是正在查阅档案时被人发现,想要将那份档案放回去,却被安保系统控制,一时间无法做到,所以只能把架子推倒呢?毕竟隐藏一片叶子最好的方法就是让它隐藏在森林之中。

"倒下的架子上所有的纸质档案加起来一共有三百七十五份。我在帮负责管理档案室的339号整理的时候趁机一一确认过。后来,我得出了一个结论:在所有人中,只有061认识季作山这种有能力独立潜入我们系统的怪物。"

不等罗茜发问,089便眯着眼睛笑起来:"因为我的朋友比较八卦,所以我从他那里知道季作山有一些交情不错的朋友,比如你,罗茜,所以我想,季作山上次失败后,或许会有人再来一趟。不过你们大可以放心,我从满地档案里发现里面有061的档案后,就猜到有点不对劲,以防万一,我拿了我自己的档案作替代,把他的档案顺手塞到我的架子上了。档案室的339号上报的三百七十五份档案名单上面根本没有 061 的名字，你们不必担心我们老大会联想到季作山身上去。"

一口气说了这么多话后，089 笑意盈盈地盯着罗茜，"我已经表明了我的诚意。那罗茜小姐呢？"

"我们来有两个目的。"089 将话说得缓慢又清楚，已经留给了罗茜足够的时间思考，罗茜便礼尚往来，报以了十分的诚意，"第一，我们想要弄明白那个 061 是做什么的；第二，我们要对这里进行一定的破坏，算是报复。你能够帮助我们做哪件事？"

089 吹了声口哨："两个都不难。可你们得谨慎点，我们老板的脾气不好，要是知道你们是从哪里来的，说不定舍了血本也要抓到你们呢？我想，上次季作山回去的时候，情况应该不大好吧。"

闻言，展雁潮暗暗握紧了拳头。

罗茜则轻叹了一口气。

小季是整个星球的战神，在几日前，他在宿舍里突然吐血晕倒，一度引起了军队里的恐慌，幸亏消息封锁得及时，才没有引发更进一步的骚乱。

检查的结果是他的精神力受到重挫，原因不明。

军医一筹莫展，而季作山在昏迷中一直断断续续地说着奇怪的梦话。

061，061，档案，放回去。

起先，罗茜他们以为他是受伤过重，在说胡话而已，但后来就越听越不对劲。

那个 061，好像是个人？

罗茜进行了测试，没有花费什么力气便在季作山的精神力里定位到了一条传送通道。这个地方，应该就是害他受伤的地方。

罗茜他们不知道季作山与 061 的渊源，自然不会联想到这是个百折千回的报恩故事。军人的思维让他们怀疑"主神空间"是一个奇怪的异空间，会影响到他们星球的安全，季作山是私下里前去查探情况的，却被那里的人伤害到了。

于是他们决定，来而不往非礼也。

有了标记好的传送通道，罗茜动用了一支军队，再加上自己，汪系舟，还有一个精神力水准在战士中算得上优越的展雁潮，开辟了一条通道，不远万里，跳跃数个维度，前来寻仇。

089 自然不会告诉罗茜 061 曾经做了什么。不然那个姓展的要是当场发疯，他可未必拉得住。

089 轻描淡写地打了个太极："061 和你们一样，都是季作山的朋友。关于这点，我不会撒谎，等季作山醒过来后，你们可以问问他。但我不建议你们去档案室里找和 061 相关的资料。因为自从上次季作山来过后，档案室的监控就比其他地方更严格了。"

罗茜权衡了一番，痛快地点下了头："那我们就只剩下一件事要做了。"

"是嘛，朋友受伤，总该出口气才对。"089 感叹一声后，又给出了建议，"不过你们最好不要伤人,把档案室烧了就好,要是实在不能解气,我们老大的房间叫'须臾之间',出门右拐三百米。砸了他的门就好,别亲自去揍他。他权限高,皮又厚,揍不动的。"

汪系舟听得一愣一愣的,他觉得这人简直是传说中的"论斤卖队友"。

他到底图什么啊?

展雁潮也有着同样的顾虑,问:"你为什么这么帮我们?"

"'帮'呢,是一个比较温和的说法。"089笑道,"准确地说,我们的关系是利益合作。"

罗茜按住展雁潮的肩膀,示意他安静:"怎么说?"

089一摊手:"我给你们解释这么多,又给了你们这么多指点,不觉得欠我一个人情吗?"

罗茜说:"你想要我们做什么来回报?"

"简单。"089说,"你们帮我做一件事就好。"

"什么事?"

"我现在还没想好。"

展雁潮本来就不是轻易服人的个性,反问道:"难道你一直想不好,我们就一直欠着,还要随叫随到?"

089想了想:"你这么说也没毛病。"

"你……"

089把手指横在唇前:"嘘。"

他撤去了房间外的数据屏障,并随之压低了声音:"你们不答应的话也行,我就叫人了。"

展雁潮从没见过如此厚颜无耻,翻脸比翻书还快的人,一时瞠目结舌起来。

罗茜问:"你不怕暴露?"

"我怕啊。可我只是一个人,而你们是三个人。哦,再加上上次的季作山。要是被我们老大知道了,你们大概就没有好日子过了。"

089用手指轻轻抚着眼尾的泪痣:"你们的星球好不容易恢复了平静,如果再陷入战争状态,很多事情都会不好办吧。"

短短几句连唬带吓的话,他绑架了一个星球,坐地起价,用一整个星球做了自己的筹码。

展雁潮:"罗茜,我们杀了他吧。"

罗茜有点头痛:"展副师,你跟小汪出去查探一下情况,注意隐蔽。"

展雁潮不情不愿地出去了。

罗茜解下了腰间机甲钥匙的红穗,将细密的结拆开,分出一半,挺干脆地交给了089:"这个挂饰跟了我十几年,它吸取了很多纳曼金属的辐射,相当于一个小型的感应和放射器,有什么需要的时候,连续按它两下,我那边会产生轻微的感应。

但是我事先说明，这个人情不是我欠你的，是季作山欠的。回去后，我会把这个交给他。如果061真的是你的朋友，那让他欠你一个人情，也不算什么。但如果你撒了谎，那我们的合作关系就会解除。你能够接受吗？"

089接过罗茜递过来的东西，笑道："你多想了，这个机会我本来就没打算留着自己用。为了我自己的生命安全考虑，我不会再见你们。我会把这个人情转给061，也请你把这个交给季作山。希望季作山能在061需要的时候，帮061一次。"

罗茜难掩欣赏的表情，称赞道："你很聪明。"

"谢谢。"089笑着说，"很少有人这么夸我。"

这个回答倒是让罗茜有点诧异："是吗？"

089浑不在意："养家不易啊，少点锋芒，对谁都好。"

罗茜说："但你有没有考虑过，我们就这么走了，你这个值班的人是要负责任的。"

089说："不用担心，我会处理好我自己的。"

接下来，主神空间内不出意外地乱成了一团，起火声、砸门声、防火警报启动声……

而罗茜他们早已经抹去了自己来过的痕迹，快速利落地抽身而退。

089也要为自己安排一条后路了。他坐在椅子上，张口咬住领带，左手握拳，抵在了自己的右侧锁骨处，调整了一个合适的角度，以确保伤口看起来像是比他高的人击伤了他。

他轻轻地舒了一口气，活动了一下手指，自言自语地叹道："养家不容易啊。"

下一秒，一道破坏的指令从他的指缝间溢出，瞬间将自己肩膀的骨头击了个四分五裂。他一声未吭，顺着指令的冲击势头向后仰倒，跌倒在地，狠狠地滚了几圈。

089松开咬住领带的嘴，吐出了一口血。

这道伤能换取自己不被主神关注到，能保证与自己关系最亲近的023的安全，能继续愉快地做咸鱼，能为061换一个人情，还能让023照顾自己。

很划算的买卖了。虽然看上去不聪明，但的确是件能换取许多利益和小乐趣的好事，不是吗？

5

在明月楼上枯等了三日三夜，池小池倒不算很无聊。

他依然严格按照静虚山的晨钟时间打坐修行，或是念诵经文，或是信手凝就一段月华，化为剑影，当楼而舞，丝毫没有被囚禁的感觉。

在闲暇之余，他也会尝试在这么空旷的地方放声大喊，以试验自己的声音能传多远。

有一次，一只路过的鸟被他吓到了，朝他扔了好几泡鸟粪以示愤怒。

池小池叉腰大笑。待他笑够了，便在无遮无拦的千丈楼台边缘坐下，将双腿放下来，感受着高处吹过的无尘无垢的清风，闭目养神。

段书绝说："先生，可否跟在下说些什么？"

池小池说："计划执行得很顺利，你大可以放心。虽然有点难，但是拖姓宴的下水，不成问题。"

"不。"段书绝说，"在下希望先生说些别的，做些别的。并非为着在下，是为了先生自己。"

池小池一怔，随即失笑。

段书绝其人确实如书中所写，为人清平中正，温润如玉，明明是剑宗，却很有几分儒生的仁厚和天真。

池小池问了他一个问题："如果无须任何代价，带着记忆重来一遭，你会提前对宴金华下手吗？"

"即便重来，各人的选择未必相同。他若是能悔改，我自然不必增添杀孽。"段书绝很认真地回答，"但他若是另有图谋，我绝不相容。哪怕是为了叶兄，我亦需妥善保全自身。但是，"段书绝又道，"若是公审之时实在无力回天，我会选择逃走，去找叶兄。"

"名声不要了？"

段书绝说："没有他，我又何来名声？天地为炉，万物为铜。我宁愿与他共化为一炉铜汁，也不会害得他上山来救我，重蹈覆辙。"

池小池说："好。我记得了。"

段书绝失笑，说："先生，说来说去，您说的还是在下的事情。"

池小池说："我不重要。"

段书绝说："可您对师父来说很重要。"

池小池说："你又知道了？"

段书绝一字字地写道："师父的目光始终锁定着您。"

池小池说："他说不准是在看你呢？"

段书绝说："先生，缘何自欺呢？"

池小池不开口。

缘何？何缘呢？

第四日清晨，阳光方才为青山施上粉黛，便有数道剑气自西而来。

为首的是苏云。他与段书绝的私交不差，也愿意相信他的人品，但迷蝶谷中发生的一切过于扑朔迷离，他并不知道该以何种态度面对段书绝，只好公事公办，以敛去心中杂思："公审开始，带段书绝。"

他令段书绝再次服下克制灵气的丹药，才与他共乘一剑，将他带下明月楼。

公审地点设在静虚山的凤凰台。

在山的内门弟子总计一千三百余人，纷纷前去观审。

文玉京无端失踪，在山中引发了一场轩然大波。他虽然喜爱云游，但绝无在除妖途中贸然离开的道理，再加上伞剑遗失，白袍沾血，令人不得不感到心惊。

任听风虽然已经下令封锁消息，可不知为何，并没有用。

山中流言鼎沸，人心惶惶，都说段书绝狼子野心，联合魈蛇，弑师叛道，甚至有人将叶既明和那条迷蝶谷中的恶蛟搞混了，谣传段书绝原本打算和那条恶蛟里应外合，把此去的宗门子弟一网打尽，没想到计谋被文小师叔识破，段书绝只得违背伦常，痛下杀手，说得有鼻子有眼，仿佛扛了台监视器，跟在师徒二人背后全程跟拍似的。

池小池用他的阑尾想，也知道是哪个浑蛋干的。所以，被押上凤凰台时，他的心理状态相当稳定。

相比之下，宴金华的心情就比较激动了，甚至想当场唱首歌。他作为指证段书绝的重要证人，摩拳擦掌了整整三日，就等着临阵一击，把段书绝一举从巅峰拉下，摔得鼻青脸肿，粉身碎骨。

他没了小弟，没了石中剑，没了徒弟，没了山灵内丹炼成的丹药，计划走一步废一步，眼看任务完成遥遥无期，心态早已经崩塌。现在，他看段书绝倒一次血霉的欲望已经远远超过了对任务完成度的追求。

静虚峰五君皆列坐于高台之上，弟子们眼见时辰将至，也止了吵嚷，静待公审开始。

钟磬响过三遍，池小池单膝跪下，眉眼低垂，恭顺万分。

因为师弟失踪一事，赤云子已经数夜未眠，如今对上段书绝，语气虽然已经极力保持平和，却也难掩冷意："段书绝，三日前迷蝶谷之事，我想听一听你如何说。"

池小池便一一道来，镇铹阵的光怪陆离，文玉京的凭空消失，还有叶既明的临危救场，据实以答，毫无篡改。

当说到半路杀出的魈蛇叶既明时，赤云子皱了皱眉。他问："此妖物与你相识？"

池小池答："是。"

众弟子中传出细微的交头接耳声。

"是入山之后方有交游，还是旧日相识？"

池小池答："旧日相识。"

"相识于何处？"

池小池字字清晰地道："静虚峰，渔光潭。"

宴金华正等着段书绝撒谎，譬如声称自己和那条魈蛇相识不久，或者根本不认识，那样自己就能手握证据上前啪啪打脸了，无奈段书绝句句实话，他正想继续听下去，寻找错漏，就被段书绝间接点了个名。

明明是主动的机会，瞬间转为被动，宴金华一口气堵在胸腔里，不上不下，憋得有点想翻白眼。

要知道，尽管他已经向赤云子等师长禀告过，叶既明是段书绝私养在渔光潭之物，能够证明二人私交之笃，说不准早有勾结，但底下其他弟子可不知晓此事。

大家登时开始议论起来，把怀疑的目光纷纷投向宴金华。

渔光潭？难道这事还和宴金华有什么关系？

没想到自己这么快成为众人目光聚焦的中心点，宴金华感到脸皮发热，后背发凉。不过，他很快便冷静了下来。

段书绝脖子上的蛇牙项链已经是二人之前熟识的铁证。文玉京被主神抓住了，是不可能回来护着段书绝了。段书绝就算要反泼脏水，又要怎么证明他自己是清白的呢？

想到这里，宴金华感觉自己这回完全可以躺赢。

他悠然出列，拜倒在地，做痛心疾首状："师父容禀。弟子确因一时善心，私下收留了受伤的段书绝，违反了静虚峰的规矩。可师父常教导我们，要存善意，履天道。段书绝身为鲛人，亦生于天地之间，有心有情，弟子见他可怜，便无端生了多余的恻隐之心，却不想引狼入室，竟，竟不晓得他会有这般大胆……"

这一番明贬实褒的自吹自擂不仅给宴金华自己顶了个上千瓦的圣人光环，还顺便把段书绝的真实身份直接公之于众了。

赤云子的脸色一变，微微偏过头去，闭目不语。

众弟子则直接炸了营。

鲛人？段书绝是鲛人？那他入山是何目的？果真是狼子野心吗？

闲言碎语不时传入池小池耳中。他早已经听过各种各样的流言，再难听都不会往心里去。但他察觉到自己的右手正在不自觉攥紧，拇指尖更是渐渐充了血。

这些话，这些议论，段书绝从前躲在炼丹室内时已经听够了。而那接下来发生的一切，是深深刻在他记忆中的噩梦，令他午夜梦回，惊醒之时，总要怔忡许久。

他重来一回，难道还要面临同样的局面？还要再害死叶兄一次？与其这样，那倒不如……

池小池不动如山。他对段书绝道："冷静。"

段书绝用拇指在指腹侧面写："是。"

池小池说："相信我。"

过了一会儿，他觉得手掌紧握的力度轻了些。

"如果事态无法挽回，再让他们见识'暴民'段书绝。"池小池稳稳地跪在原地，"现在，我先让宴金华见识一下'刁民'池小池。"

他抬起头来，镇定地看向台上诸人。他早已经把自己的身份告知了赤云子，所以台上这些师长都已经知晓段书绝的鲛人身份，并不会觉得多么惊讶。

另一边，宴金华仍在口若悬河，舌头满嘴乱跑，给他扣着一顶又一顶大帽子：

"段书绝被我养在渔光潭中，受静虚峰之惠，得文师叔教诲，却不思回报，不敬师长！前些日子，弟子先被无端冤枉，受尽折辱；后天降玄雷，落于回首峰上，或许便是上天示警……"

池小池静静地听他把话说完，暗暗佩服他能把一张脸皮千锤百炼到这么厚，还真是个人才。

待他说完，池小池方才恭恭敬敬地叩首一记，随即仰头直视宴金华，平静地道："是。剑会开始数月前，宴师兄曾救段某于水火之中，于段某有大恩大德。此恩此情，段某铭记于心，永不敢忘。"

这话却说得宴金华莫名冒出一身鸡皮疙瘩。是错觉吧？

段书绝突逢变故，又被直接带来明月楼囚禁，根本没有给出主意的人，一没有时间湮灭证据，二没有人能给他证明，光凭他那个榆木脑袋，要如何翻盘？

宴金华心中有了数，嘴里便强硬了起来："是，你本该如此，可你真的做到报恩了吗？可有往心里去？"

池小池不再接他的话，看向赤云子："宴师兄既出首指证于我，想必已经将诸样证据呈交给师伯了？"

赤云子略微颔首，以示默认。

池小池点一点头："此为公审，在众位师兄尊长面前，可否将这些证据交与书绝，让书绝察看一二，也好自辩。"

宴金华很想说辩你个鬼啊辩，可惜此地他并不能做主，狐假虎威过头了，就会很像某些书中那种无脑跳脚的反派。他要做个高级的反派，于是他替段书绝请求道："请师父请出物证，让此子甘心认罪，也好证明弟子所言非虚。"

赤云子便请身旁的苏云将那些恶气附着的蛇鳞、蛇蜕送到了段书绝的面前。

大庭广众之下，无数双眼睛盯着，不必担心他弄什么玄虚，行什么诡事。

宴金华甚至很希望段书绝智商突然降为负值，做出一个主角应该做的行为，譬如为避免牵连到挚友叶既明，立即把这些东西销毁之类的。然而，在他想入非非时，段书绝将东西放下，轻声道："弟子已经察看过，多谢师伯。"

宴金华感到有些失望。

池小池重又跪好，目光转向任听风："敢问任师伯，那日你所见的那条虺蛇年岁几何？"

任听风不必回想，张口便道："凡妖类，长相不足为信。但他身上妖气强烈，人息不足，成人之期怕还不足两年；若论蛇龄，虺蛇有灵，常受天道滋养，若是天赋绝伦，蒙昧早开，或许能在寻常人及冠之时便化为人形。"

赤云子闻言，心念微动，若有所思。

"师伯大概已经查看过，这些蛇蜕、蛇鳞上的确附有虺蛇的气息，而且与那日迷蝶谷中出现的那条虺蛇气息相同。"池小池态度极其淡定地道，"但师伯可曾辨识过，这些蛇鳞、蛇蜕年龄几何？"

闻言，赤云子立即令苏云取回蛇蜕、蛇鳞，细细研究。

任听风之前只顾着分辨鳞片上的气息，并未仔细观察此物，得一言点拨，再留心看去时，立时察觉到了不对："此为……幼虬之鳞与幼虬之蜕？"

幼虬？宴金华脑子转了几圈，一时没能消化这个判断究竟意味着什么。

在他的印象里，叶既明始终是小小的一条蛇，盘起来也不过一盘蚊香大小，因此搜刮渔光潭，捡到小片的蛇鳞和细窄的透明蛇蜕时，他并未生疑，却不知叶既明只是习惯缠在段书绝手臂上同他玩闹，才时常保持小蛇模样。

凡逢褪鳞蜕变之时，他都会隐于林中，一点点蹭着树蜕皮，生怕化出本相后把那条鱼吓坏了，以后都不同他玩儿了。

但脑子稍快些的弟子已然明白了，悄悄同身边人讲述自己的猜想。

赤云子与其他几位目光交换了一下，心下洞明，转而呵斥宴金华："跪下！"

宴金华觉得莫名："师父？"

"你作何解释？"赤云子将那蛇鳞、蛇蜕抛至他眼前，大声质问，"你在渔光潭找到的尽是幼虬蛇蜕，可段书绝在剑会前才到静虚峰数月。你倒是说一说，他是如何与一条早早生活在渔光潭的虬蛇勾结的呢？"

宴金华的脸色剧变，豁然扭头看向段书绝，脑中浮现出他方才所言。

"我与他是旧日相识。"

"相识于静虚峰，渔光潭。"

"剑会开始数月前，宴师兄曾救段某于水火之中，于段某有大恩大德……"

他从一开始就在有意无意地给自己下套！他一步步诱导自己承认是在数月前收留了他，但自己交上的蛇蜕却是八到十岁的幼年小虬蛇所留。这岂不是一步步说明，若论勾结，自己与叶既明勾结的可能性反倒更大？

但他现在根本不能否定段书绝之前说过的话，否则就更说不清了！

不然，他宴金华早早地收养鲛人与虬蛇，意欲何为？他之前为何要撒谎？他是如何找到受伤的小鲛人的？若是一一调查起来，会不会追溯到他当初偷偷给妖物传信，诛杀段书绝父母之事？

宴金华的头瞬间涨大数倍，慌忙跪下，急忙为自己辩解："师父，众师叔！这其中必定有所误会，我找到的蛇鳞、蛇蜕只是一部分，渔光潭中定然还有其他……"

话音刚落，看到赤云子更黑的脸色，宴金华惊觉不对，恨不得扇自己一个嘴巴子。

都已经找到幼年的蛇蜕了，证明叶既明早早便藏在静虚峰中，就算找到更大的，又有什么意义？

宴金华心中凛然一惊，脸色变得铁青："师父！这定是段书绝有意污蔑于我！我以前从未见过这条虬蛇！或许是那条蛇早早潜入渔光潭，为他探路！弟子不知情，弟子真的全然不知情！或是……或是，这些蛇鳞就是段书绝故意留下，用来栽赃弟子……"

池小池的眼睛低垂下来。

这点倒是猜得没错，可以酌情给宴金华的智商加十分，目前总得分负五十分。

在离开渔光潭前，池小池在段书绝入睡后，特地寻遍整个渔光潭，里里外外都找了个遍，将叶既明十岁后褪下的蛇鳞和蛇蜕统统收集销毁，只留下十岁以下的幼蛇的蛇蜕和蛇鳞。

他就这样早早为自己埋下了一个解局之扣，为宴金华开了一道死局之门。而宴金华不负所望，一猛子扎了进去，还自以为占尽了先机，喜滋滋地捧去举报段书绝。

所谓拆穿谎言，只需让他完整的谎言系统中出现一丝无法解释的漏洞，接下来，便是摧枯拉朽，全局崩盘了。

池小池道："宴师兄，敢问你是何时发现此物的呢？"

宴金华原本精心准备的一整套说辞被彻底推翻，好比通宵达旦准备期末考试，发下卷子时才发现自己复习错了书，心慌至极，张口便道："是在那日同文师叔比试之后！我见你时时戴着那条蛇牙项链，心中生疑，便去质问……"

赤云子的脸色已经冷了下来："宴金华，你当初不是这样说的。你告诉我时，是说发现了蛇鳞，方才前去回首峰质问书绝。"

宴金华的一张脸已经由铁青转为猪肝色："徒儿，徒儿正是此意。如师父所言，我发现蛇鳞，心中生疑，所以……"

池小池打断了他："宴师兄，师弟还有问题想询问一二，可否？"

宴金华恨不得扑上去拿袜子塞住他的嘴。

池小池可不管他想要杀人的眼神，慢条斯理地道："敢问迷蝶谷除魈那日，宴师兄在镇铘阵中与哪位师兄同行？"

宴金华几欲吐血。他算是弄明白了，段书绝此人绝非善类。所谓杀人诛心，不过如此！

任听风率先摇头，又一一扫视过那日同去除妖的诸位弟子。

宴金华本来就没有出色的战斗力，迷失在阵中也很正常，只要保证自己不死就行，所以他在与不在，并不为众位弟子所关心。但如今视线交换，才知道他竟然曾独自一人在阵中消失了许久！

被池小池一点点拆掉台面的宴金华几乎是在尖叫了："段书绝！"

"刁民"池小池一脸的温良恭让："宴师兄唤师弟何事？"

宴金华强自道："我不过是与众人走散了而已，可你与文师叔同行后，文师叔消失，是有目共睹之事。你手上还抱着沾血的袍子，你待如何解释！"

池小池说："师父的确是无端消失。因为什么，弟子实在不知。但弟子坚信，以师父的能力，定会平安归来。"

宴金华仿佛看到了一道曙光。

放在现代公关学里，段书绝这招这不就是所谓的共沉沦，再实行"拖"字诀，想要争取更多的时间吗？

宴金华也顾不得什么高级不高级了，他做痛彻心扉状，叩头如捣蒜地道："师父！段书绝的话绝不可信！鲛人非人，异常狡猾，他只是想让师父和师叔们误会于我，再以花言巧语诱骗师父、师叔们放松警惕，一旦计划达成，他定会趁机脱逃！还请师父和师叔们明鉴，还弟子清白啊！"

众弟子面面相觑。

眼下，事态发展成了公说公有理，婆说婆有理的无头公案。

但这已经是池小池凭如今的一己之力，能促成的最好局面。

一潭水被搅浑了，赤云子定不会贸然审判，甚至很可能要连宴金华一起扣押起来。

宴金华如何想不到这点？

而在这关键时刻，不想被拖下水的他爆发出了十足的求生欲，一通分析猛如虎："文师叔兵器失落，生死不明，这才是此案的重点！段书绝先言虺蛇之事，转移话题，又说弟子那日独行，不就是想尽办法要脱这弑师之罪吗？"他转向池小池，色厉内荏地道，"你牙尖嘴利，倒是说，文师叔去哪里了？"

"嗯，这是个好问题。"

他话音甫落，人群里便传来一个虚弱却仍不减清朗的声音。

这个声音太过熟悉，台上的五人霎时神色惊变，纷纷起身往人群间望去。

本来打算和宴金华说几句车轱辘话，再静待休庭的池小池，面色陡然一白，后背都硬直了，一时间连头也不敢回。

而在陡然静寂下来的凤凰台上，文玉京一袭白衣，手提一只木盒，沿玉阶自下而上缓缓走来。

短短几日，他看起来变得单薄了不少，长发简单束了束，白衣胜雪，点点染红，人却不胜轻衣，似乎随时会化风散去。一道可怖的鲜红鞭痕从散乱的前襟爬上他的脖子，一路延伸到脸颊之上，唇色惨白，眼角微红。他平日的清冷矜贵之气减了些，语气中多了些嘲弄："宴师侄，不如好好解释一番，如何？"

说罢，他将手中木盒掷于地面。

带着浑浊妖气的妖首自破裂的盒内骨碌碌地滚出来，恰好与宴金华面面相觑。

宴金华短短数秒内震惊得呆住了，如今已经瘫软在地，连连喘气，连个音节都发不出来了。他好不容易回过神来，内心狂叫道："系统！系统！这是怎么回事？"

现场众人一片安静。

宴金华："系统？"

系统……是从什么时候系统开始没有声音了的？

还有，仓库为什么是灰色的？为什么点不开？

为什么？

在宴金华惊恐万分时，一缕从半日前就静静伴在池小池身后，属于季作山的透明能量体捂住唇，无声地一笑，渐渐消散于无形。

◇ 辩白，问答，梅花糯糕

1

池小池本来有些不敢回头，但听出来人语气虚浮，心中一惊，也顾不得许多了，回头看去："师父……"

在众目睽睽之下，一只手轻轻按住了他的右肩，晃了晃。

文玉京什么也没说，低头冲他一笑。

我在，我很好。

全场弟子眼见这等情景，哪里还有不明白的？

倘若段书绝真的是那阴谋弑师、心怀不轨之辈，历劫归来的文师叔又怎会如此待他？

任听风一步从高处跳下来，扶住文玉京的手臂，问："师弟何时回来的？为何无人通报？"

"公审刚开始之时，我便入了山。"文玉京与师兄说话时，眉眼一垂，又恢复了自持自矜的斯文语气，"我叫守山弟子莫来通传，只是想来听一听公审，叫诸位师兄挂心了。"

若不是赤云子还惦记着山主的威仪，怕是也要像其他师弟那般急得站起来。他身体前倾，令道："听风，先顾正事！文师弟的伤势如何？"

任听风搭脉一试，既惊且怒："怎么伤成了这样？"

文玉京转头，目光落在被那妖首吓得面如土色的宴金华身上："宴师侄，三师叔在问你话，为何不答？"

宴金华一个字也说不出来。

所有的话在他心里，难以言说。

为什么文玉京还能回来？为什么自己的系统会消失？

糟糕的预感将他包裹起来，令他不能呼吸，他忙顿首道："师父，弟子不知师叔此言此举是何用意！师叔受伤，与我何干？我这等修为，难道还能伤到师叔不成？"

文玉京将搭脉的手自任听风手中抽回来，说："你的本事确实不止于此。毁谤书绝，背地暗害的事情，你做得还少吗？"

"这更是无稽之谈！"宴金华振振有词，"您待段书绝有偏颇，山中何人不知？

哪怕段书绝真的犯错，也难说文师叔不会包庇！"

宴金华急于脱罪，自然是要先质疑文玉京为段书绝说话的立场。

孰料，赤云子前些日子已经被这些谣言弄得焦头烂额，最厌恶这等不实无据之言。如今这样毁人清誉的话从宴金华的口中说出，传入在场诸弟子的耳中，要玉京今后如何做人！

文玉京却面不改色，就连语气也是一如往常的温和："宴师侄既不知我此言何意，我便请人来与你解释一番吧。"

宴金华感到心中一慌，扭头看去。

当他看到当初被他雇佣传谣的话本师和配合他制造"天雷"的老者战战兢兢地被两名守山弟子押解着走上前来时，眼前一黑，恨不得当场晕厥过去。

立侍在赤云子身侧的苏云马上认出其中一人是自己曾在城中遇见的那位古怪老者。

如今见到他两眼滴溜溜乱转，不见半分盲相，他心下豁亮，对赤云子拱手揖道："师父，这便是我提过的在城中遇到的预言之人。他路过弟子身边时，口称不祥，弟子问他何意，他却语焉不详，奔逃而走。这……"

赤云子一挥手，止住了苏云的话："师弟，这两人……？"

那两个人被持剑的人包围着，心惊胆战，哪里还敢隐瞒，"扑通"一声跪下，不等问话，就一五一十地全招了。

而宴金华惨遭公开揭露事情真相，尴尬得脸皮发热，浑身上下宛如蚁噬。

待二人讲述完毕，文玉京取出一个描金绣红的银袋，道："宴师侄，此物你可眼熟？"

宴金华看过去时，简直感觉自己要晕倒了，那是他被老者抢去的钱袋！

他越来越心浮气躁，再加上被文玉京一口一个"宴师侄"叫着，宴金华感到血压不断升高，脑子里嗡嗡作响，肩颈处麻成一片。

他的第一反应便是否认："我没见过，这不是我的东西！"

钱袋本就属于贴身之物，他抵死不认，文玉京能奈他何？

"你当真不识？"

"笑话，天下钱袋千千万，师叔又怎么能确定这是我的东西？"

那个老者偏偏此时插嘴："这明明是你给我装赏钱的钱袋，打算封口！"

宴金华恨不得扑上去撕了这个人的嘴。

不说话能憋死你吗，能憋死你吗？

再说，什么赏钱！明明是你抢走的！

然而他岂敢在赤云子面前造次，只好淡淡地道："诬蔑之词，不足为信。"

文玉京看他一眼，笑了一笑，便对赤云子道："回师兄，前些日子师弟下山，想添置些书和酒，却无意间在一酒肆见到此人拿着钱袋买酒。师弟觉得此物做工有些眼熟，倒未曾细想。但几日遭囚的光景，叫师弟心中已经有了答案。"

言罢，他将钱袋向上抛起，单手并指成剑，一道剑意掠去，钱袋凌空碎裂，几枚仅剩的铜钱丁零当啷地滚落在地。

文玉京信手抓住空中飞舞着的一枚残片，递与身旁的任听风。

铁钩银画的"宴金华"三字就在钱袋内侧的左下角。

文玉京道："这便是我的答案。"

尽管事态的发展已经远远超出了池小池的预料，但这并不妨碍他即兴表演一番"痛打落水狗"的戏码。

他将插话的时机和语气掐得极准，话音微颤，轻声道："这个钱袋，是弟子绣与宴师兄答谢昔日救命之恩的。袋内绣有祈福之阵以及宴师兄的姓名。我也给师父做过些针线活，是以师父能认出此物出自我手中……"

"救命之恩？"文玉京却冷冷地一笑，推开搀扶着他的任听风，缓步走到宴金华身前，抓住他的后领，逼他正视那个妖首，"宴师侄，你对着它讲一次，你于书绝有何救命之恩？"

宴金华这下才是真的蒙了。

他是真的不认识这是哪个山头的妖物啊！

他激烈地挣扎起来，大呼冤枉："我当真不识！我冤枉！"

"你冤枉？"

文玉京的呼吸变得有些粗重起来，他单手压住腰腹处，应该是伤势不轻。

他松开了控制宴金华的手，步履有些不稳地后退两步，声音也抬高了不少："当初，书绝的父母遭妖物屠戮，原因为何？你敢说你不认得这个妖物？你为了在比试中取胜，下毒暗害于我，被我识出手法与妖物类似，你敢说你没有做过？我在镇铹阵中好端端地带书绝前行，突然被异阵送至妖洞魔窟，群妖皆言是受'洞主友人'所托，前来杀我，你敢说你全不知情？"

一口气说了这么多，情绪所至，文玉京强行压抑的伤势瞬间爆发，剧烈咳嗽几声后，一阵晕眩感猝然袭来，文玉京身形一晃，向一旁倒去。

池小池一直在悄悄关注他，见势不妙，立即起身，抢在所有人前面托住了文玉京。

文玉京带着血腥气的黑发滑落在池小池的肩上，他抬起手把头发拨开，小声道："抱歉，让你担心了。"

声音里哪还有方才的咄咄逼人？

做完这个动作，说完这句话，他便失去了知觉。

在一片兵荒马乱中，宴金华呆呆地跪在原地，周身一阵发热，一阵发冷。

文玉京所说的事情的前半部分，他都做过，但后半部分是什么？

细细回想一番后，这话术中的阴险简直让宴金华感到头皮发麻！

自从文玉京开口后，他先抛出妖首，震慑全场，再坐实宴金华散布天象异闻，诬陷师徒二人之事，在这之后，无论他再说出何等指控之言，都会被认为是真的。而他又偏偏在细细解释之前昏了过去，这样一来，竟是给了在场众人无限遐想的空间！

谎言是很容易被拆穿的，但半真半假的谎话呢？

眼看文玉京就要被扶下去了，宴金华惊觉，如果公审就这样结束，那他的名声、他的计划、他的主角梦就彻底完了！

姓文的明明是被系统带走的，哪儿来的什么"妖洞魔窟"？

当初他只是递了一封密信而已，那些妖物怕是根本不知道传递消息的人姓甚名谁，长什么样子，又怎么会指控自己？这人明摆着是仗着自己知道故事情节，栽赃陷害自己！

宴金华又怕又怒，这下是真心实意地跪了，他膝行上前，痛哭失声："师父啊！弟子冤枉！当真冤枉！"

这次他哭得没有任何演技的成分了，他泪如泉涌，涕泗横流。

但是这已经不能打动赤云子了。他淡淡地吩咐道："书绝。"

池小池："是。"

赤云子："速速带你的师父返回回首峰，好生照看。听风，去取最好的伤药给六师弟医治，我稍后便去查看情况。至于宴金华……"

赤云子连一个眼神也不愿再给他，停顿了一下，道："收押明月楼，择日公审。"

宴金华看到几名弟子迅速向自己跑过来，惊恐万状，只得抓住最后一丝生机，竭力强辩道："师父！切莫听信文玉京之言！请听弟子一言，此人……文玉京口口声声称他人是妖物，其实他才是妖！此人并非此世应有之人！他是……"

宴金华说完这话，在场诸人还未及议论，上位几位尊长已面色齐变。

他是如何知晓的？

本来已经将文玉京送至十数步开外的任听风闻言，回眸看他。任听风一改往日的态度，目光极冷，一字字地道："宴师侄，你大约是病了吧？"

说罢，他伸手招一招自己的弟子。

任听风所收的两个内门弟子机敏异常，受命上前，堵嘴的堵嘴，拖胳膊的拖胳膊，堵嘴的弟子还不忘往宴金华口中塞入一颗麻实。

宴金华的舌头立刻肿胀起来，麻痹不已，肿痛难当。他掩着口，口水禁不住地往下流，一句囫囵话也说不出来，他仍不死心地吼叫："他当真是——"

但已经没有人再想听他说任何话了。

文玉京身上的伤势怪异，鞭痕清晰，像是经历了严刑铐打，体内脏腑烧伤，内伤甚是严重。他昏迷前的只言片语，已经足够赤云子、任听风等人拼凑出一个"真相"：宴金华与妖物早有勾结，因为文师弟知晓了他的秘密，宴金华竟起了灭口嫁祸之心。他在迷蝶谷时脱离队伍，趁机施术，与妖物里应外合，害文师弟被抓被囚，段书绝蒙冤。文师弟在山中遭禁三日，受尽苦楚折磨，终于寻找到机会逃跑，并带着妖首，以此为凭，回山来找宴金华算账。

可以说，除了在某些细节方面有所出入外，几人推理的大概方向没什么问题。

服下几颗丹药，文玉京便转醒了过来，精神也好了许多。只是他身上伤得太重，乍一眼看去，令人触目惊心。

众位师兄实在不能放心，一面叮嘱他仔细养伤，万勿留下病根，一面唤来段书绝，令他好生照顾文玉京，言语中对误解他一事也有诸多抱歉。

段书绝似乎对此事不甚在意，躬一躬身，便取了灵药，前去煎煮。

待大家结伴离去时，赤云子留意看了一眼转身去熬药的段书绝，说："任师弟，方才与段书绝说话时，他似乎有些心不在焉，不知他是否将我们的吩咐听进去了。"

"书绝做事还算妥帖，不必挂怀。"任听风道，"况且，今日之前，他怕是并不知晓父母被宴金华所害一事。恩人变作血仇，心中怅惘茫然，也不奇怪。"

赤云子想想，觉得确实如此，便不再多想："封锁渔光潭，将里面诸物一一封存。"

任听风："可还要公审？"

赤云子的声音里也带了倦意："公审？再由得他在众人面前说那些疯话？待文师弟好些，我们再问问他具体情形如何，到时再定夺吧。"

前去煎药的池小池去了足足数个时辰，迟迟未回，文玉京只能歪在榻上，散着头发，取了一卷书读，好打发时间。

又等了许久，门外才传来两声叩门声。

当，当，小心谨慎，像是敲在门上，也是敲在池小池自己的胸前。

门内，还没有见到那人的脸，文玉京就已经不自觉地笑了起来。他将书卷藏入被中，清一清嗓子，但出口的话音仍是微哑："进来。"

池小池进了门来，手里的红木托盘里托着他花了这么多工夫才折腾出来的一小碗药，还有一碟子小山似的蜜饯。

他走到床边，说："师父，喝药了。"

文玉京双手敛在被中，看起来没有任何接碗的打算："手上没有力气。"

池小池没有多说什么，拿玉汤匙舀了药汤，吹凉了，拿勺子在唇边确认过温度，才喂到他的口中，又取了一小块蜜渍杏脯送到他的口边。

文玉京摇摇头，拒绝了这个小甜点。

"我已经听三师兄说过，"文玉京望着他，赞许地道，"迷蝶谷的恶蛟被除，你的功劳极大。没有你的鲛丹，叶既明绝不能获胜。因为忙于寻找我，那条恶蛟的骨殖被带入静虚峰中，一直未及时处理。我已经向大师兄讨了那恶蛟身上的几样宝贝，蛟丹、蛟骨、蛟胆都是绝品，对你的修炼有益。"

池小池穷尽全身气力和演技，只够支撑他平静地说完四个字："多谢师父。"

接下来，两人之间陷入了长时间的沉默。

池小池恍惚地想着心事，恍惚到觉得自己刚才什么都没有想。但他还记得一件正事："叶既明……"

文玉京对他所关心的一切了若指掌："我已经同师兄说过，在时雨山中，我见过叶既明，是个有些鲁莽的好孩子。他当时出现在那里也是情有可原。有我作保，师兄不会难为他。"

池小池："嗯，多谢师父。"

双方又沉默下来。

药的苦香味随着玉匙与碗底的一次次碰撞声越加清晰，文玉京被呛得喉咙作痒，便咳嗽了两声。

池小池心中一急，将药碗放下，去拍他的胸口："怎么了？"

他所有的冷静都在这个人身上宣告失效。

2

文玉京轻声问他："还有什么话想问我吗？"

池小池谨慎地道："我可以问吗？"

"我是你的师父，是你的老师。传道，授业……"文玉京，061，或者说娄影，坚定地看着他说道，"还有解惑，都是我的责任。"

池小池想了想，说："师父受了伤，需要休息，那我只问五个问题吧。"

娄影抿着嘴笑道："好。"

他说过很多次，他觉得池小池这种矫情的语气很有趣。

池小池问："师父杀的妖物当真是杀害书绝的父母之人？"

这个问题倒不让娄影意外。

池小池最关心的永远是任务本身。

"是，但不全是。"娄影往后靠了靠，把上半身坐直了些，"我之前有意查访过此事，段书绝的父母乃妖物所杀，我已经在东海附近的东山岛查到了妖物活动的踪迹。逃出被囚禁的地方后，我想不能空手而归，就闯入了岛中……我们需要一颗妖首来作为指证宴金华的凭据。"

娄影说得很平淡，丝毫没有提及自己上岛时的惨烈景象。

在他上岛之前，把他从迷蝶谷一路护送到东海边的季作山问他："六老师，真的不用我陪你吗？"

他单膝跪地，伸手抚着涌动的海浪，道："去找小池吧。"

季作山自然不能放心："可是你伤得太重了。"

他说:"我没事。我对我自己有数,但我不放心他。"哪怕知道他的本事,也始终不能放心。

季作山说:"那我去把你的事情告诉他……"

"不要跟他说,他知道我来闯岛,也会不放心的。"娄影说,"而且,我不知道我的老板会不会盯着他,你和他交流,说不定会被我的老板盯上。只能麻烦你陪在他身边一段时间,替我照看一下他的安全了……多谢。"

说到此处,他将一把水剑从泛着雪白泡沫的海浪间缓缓抽出来:"该说的事情,等我回去,我会亲口对他说。"

一把东海晚潮凝就的水剑被提在一个浑身都是伤口的人手里,陪他走过一条仿佛看不到尽头的血路。

他独自一人踏着海浪走过去,带着妖首,全身而退。

娄影能读到段书绝的记忆,他曾经透过段书绝惊慌失措的眼睛见过那些屠戮者的面容。

他强行闯岛,在妖群中找到了一张曾出现在段书绝记忆中的脸,一剑断首后,归来找池小池。

没有对那些妖物斩尽杀绝,是因为他有伤在身,力量不足。有了池小池这个软肋,他不会轻易逞强。况且,血亲之仇,更应当由段书绝亲手来报。

回到现在。

池小池问了第二个问题:"师父早就知道谣言之事?"

娄影答:"事关你我,当然知道。"他只是留着痈疽,不急于拔除罢了。

就算自己早早向赤云子做出澄清,谣言也已经在山中传开,他总不能拉着证人跑到人家门前一一澄清,也不能为此就召开一个澄清大会。大动干戈,反而会适得其反,让人觉得他们是欲盖弥彰。

因此,不如先留下底牌,任其发酵,等到公审之类的重大场合,再就势把这件事捅破,一举澄清之前所有的流言,还二人清白。

池小池点了点头,问了第三个问题:"师父的伤是怎么回事?"

娄影不想细谈这个问题:"是我自己不小心而已,很快就能好的,不要担心。"

池小池:"嗯。"

紧接着又是长时间的沉默。

这时,娄影也已经觉察出来——池小池似乎在有意规避他真正想问的问题。

娄影有点紧张,他怕池小池再次临阵退缩,然而,池小池却一把抓住了他胸前的衣服。他问了第四个问题:"师父,你为什么走了这么久啊?"

娄影一愣,被他一句话问得整个人都如同被抓住的衣服一般皱了起来。

池小池的声音没有什么波动,大拇指尖在来回摩挲,揉搓着他攥住的布料:"三天,就像过了十几年。"

娄影坐直了身体，微微弯腰："没有提前和你打好招呼，是我的错。"

池小池这才抬眼看他："我没有怪你，我不会怪你。只是，真的有点久。"

"对不起。"

娄影垂下头，慢慢地道着歉："对不起。对不起。"他应该再努力点，他应该早点回来的。

"没事的。"池小池的语气里没有很难过的成分，甚至带有一点儿不可思议的快乐，"你让我少等了几十年。"

池小池说："我以前想过，我如果老到演不动戏，看不懂小说了，就会息影。到那时，我会住在筒子楼里，每天做做饭，看看电视，等你有一天来带我走……现在，我只等了十几年就来找你了，还找到你了，多好啊。"

那个改变命运的吊灯，不偏不倚，刚刚好落在他的头上，多好啊。

娄影感到心中微微发酸，他不想感恩吊灯。尽管那盏意外脱落的吊灯把池小池送到了他的身边，让他不会一点点变成单调无趣的机械，但他还是心疼池小池。

在一段更长时间的沉默后，池小池抬起了头来。

"061。"池小池定一定神，郑重其事地问出了最后的问题，"你是娄哥吗？"

娄影还未做好准备，错误的答案就先于他的意识脱口而出："我不是。"

061的脸色微变。哪怕不进入池小池脑内，暂时不与主神系统主动连接，保密系统仍在发挥作用。

主神还是不肯放过他们。

池小池望着他略显懊恼的表情，注视着他："冬飞鸿不是你吗？"

"不是。"

他歪歪头，眼睛微微眯起来："布鲁不是你吗？"

"不是。"

"嗯？甘彧也不是？"

娄影回过神来，忍俊不禁："应该不是吧。"

"啊。"池小池点点头，"那煤老板肯定也不是了。"

"我想也不是。"

池小池笑了："嗯，我知道了。师父，您这药一天两服，我得赶快去弄下一碗才是。徒儿告退。"

说罢，他捧了玉碗木托盘，行了个礼，才退出去。

娄影失笑，跑得真快。

池小池的确跑得很快，他快步穿行在走廊上，连鞋子都忘了穿。

他想到了一个久远的冬天的下午。

那个时候，池小池还是高中生。

他向班主任请了病假后，离开学校，挎着背包，赶着去西城的一个大型商场。

晚上他有一场秀，报酬是六百块钱。

非常不巧的是，那天他的自行车的链子掉了，一时修不好，只能坐公交。等车时，他从包里取出数学练习册，做今天的作业。

一辆公交车在他面前停下，但并不是他要等的那辆。他抬头看了看车身上的广告，正好是他今天晚上要走秀的服装品牌，所以他盯着多看了一会儿。

还没到下班高峰期，乘车的人不算很多，车子很快就启动了。

车窗如同尺子的刻度般往前移动，而在车子后座靠窗的位置上，一个熟悉的身影从池小池的眼前一闪而过。

池小池手里的练习册"啪"的一声掉落在地。他在原地愣了两三秒，拔腿追去。他扔掉了在他肩上撞来撞去的书包，甩掉了自己的外套，只穿着一件灰色的套头毛衣，发疯似的追向那辆在未到车流高峰期的马路上疾驰的公交。

池小池没有喊一声，他连叫也叫不出来，只是沉默无声地追逐着。

他既怕车停，又怕车不停。

车上有乘客注意到了这个狼狈追车的高中生，叫了司机一声，司机也从后视镜里看到了他，以为他有什么急事，犯难要不要违规停下。好在数百米开外的十字路口有一处红灯，车子慢慢减速，而在车彻底停稳后，池小池也追了上来。

他累得头晕眼花，肩膀重重地撞在了车厢上，发出一声闷响。

他把自己撞翻在了地上，活像个碰瓷的。

有个买菜的大娘拉开车窗，操着一口带口音的普通话道："憨娃，后头还有一辆呢，急啥？都要跑到下一站去啦！"

池小池一抬头，发现整车的人都在看他。

他刚才看到的那个年轻人同样也在看他。

那个人穿着隔壁学校的校服，眉眼里有三分像娄影，但不是他。

就在这时，车门打开了。

池小池坐在地上，摇了摇头。

他听到司机笑骂了一句，学生崽，傻乎乎的，看错车了吧？

红灯变成绿灯，车流开始向前移动了。

池小池支着发软的腿站起来，一步步往回走。冷风把他吹透了，他用冻得发红的手捡起外套、书包，最终一个人孤单地回到车站，把那本被风吹得扑啦啦乱响的数学练习册和滚落在一边树坑中的圆珠笔捡起来，继续做题。

池小池从殿内离开，沿着回廊一路快跑，快到小厨房的时候，却又猛然调头，往回冲去。回到师父房前，他一把拉开了房门，双手撑在房门两侧，大口大口地喘着气。

娄影还保持着他刚才离开时看向门的模样、表情和动作，没有一点儿改变，只是添了些意外的表情："怎么了，忘了拿东西？"

池小池摇了摇头，直到喘匀了一口气，才抬头说道："你哪里都不要去。"

娄影说："我就在这里。"

池小池强调道："哪里都不要去。"

娄影说："好，我哪里都不去。"

池小池这才放心，将门掩上，往来时的路走去。

他这些年做了多少件傻事、多少个傻梦，他发过誓，自己再也不会被骗。

但现在，他想再犯一次傻。

这次，池小池安心留在了厨房，清洗药盅，煎煮药汁，并精心照看着煎药的火势，不肯离开半步。

段书绝心中欷羡不已，蘸了水在一旁写："先生，恭喜。"

池小池笑得很开心："谢谢。"说着，池小池握着小蒲扇，把火扇得旺了些，又道："他之前对我是挺好的，好得我以为他有所图谋。不过知道他是娄哥我就放心了，怪不得呢，娄哥以前总是这么照顾我。"

话虽然说得轻松，但池小池还是感到有点窘迫。以前不知道061的身份时，自己不知提过多少次娄影，总是娄哥长娄哥短的。

保不准娄哥背地里怎么偷着乐呢？池小池拿小蒲扇轻轻敲着药罐的边缘，心想，等这次任务结束，他得找个机会好好问问娄哥到底有没有笑话过他。

将一罐药折腾到一碗的分量，池小池才端着碗返回了殿中。

娄影果然在那里等他，没有走。

这让疑心一切是梦的池小池心里安定了不少，把药喂完后，又去张罗着烧了洗澡水。娄影想着自己身上触目惊心的伤，有些担心，便把打算为他打下手的池小池赶到里间去，让他往水里加些调理的药物。

药泉的热气有宁神之效，池小池的精神也已经紧绷了三日之久，被带着药香的水汽一蒸，他的倦意上涌，在等待娄影时，竟然靠在里间的屏风上睡着了。

等娄影换上宽松轻薄的里衣，遮住伤痕，进入里间时，便看到了酣睡过去的池小池。见状，他愣了一下，笑了一声，把池小池轻手轻脚地放到了床上，盖好被子，随即在床边坐下，气喘吁吁地捂着肩上的伤处。

段书绝趁机告状，把池小池在小厨房内的言行告知了娄影。

娄影看了段书绝的话，又好气又好笑。

然而，娄影知道，即便知道了他就是娄影，现在的池小池也还处在一种逃避的心态中，这种逃避的心态并不是一时半刻就能改变的。

没关系，不着急。

"你慢慢地逃，我会尽量快地追。"

"须臾之间"内，是一片让人头皮发麻的死寂。

AI几经犹豫，才小心翼翼地将投影屏关掉。

娄影和池小池的画面在屏幕上"啪"的一声消失。

AI 小声道："您又……"

主神的声音堪称暴怒："闭嘴！"

AI 乖乖地住口，心想，果然生气了。

主神气得直发抖："061 怎么逃出来的？那个修书系统的主神是干什么吃的？他们的安全系统是摆设吗？"

AI 就事论事地道："前些日子，我们也出现过类似的安全漏洞。"

主神："闭嘴！"

AI 说："我只是想证明一下这种情况是可能发生的。"

主神不再开口，试图用沉默让对方闭嘴。

AI 如他所愿，转移了话题："您要发去公函，向修书系统询问情况吗？"

主神觉得三叉神经都痛了起来。

什么公函？难道要跑去质问人家：你怎么没把我想关起来的人关好？这难道不是此地无银三百两？丢人还不够，难道要连续丢人才够？

主神的声音发冷："池小池不能离开我的系统。任谁都可以，他不行。"

AI 想，完了，吃瘪吃撑着了。AI 无奈地道："您还有什么好办法吗？"

主神不出声，静静地思索片刻，忽然阴沉着脸冷笑了一声："我不管池小池了。"

AI 想，完了，自暴自弃了。

主神说："他不过就是仗着 061 的能力才能为所欲为。如果 061 不行了呢？"

AI 深深地叹了一口气："您又要违背契约了？"

主神想到了一个好主意，心情好了不少，自然不会介意 AI 那个"又"字的冒犯："不是违背契约，只是对他们进行一些小小的限制而已。"

AI 持续煞风景地道："如果这样还不行呢？"

主神闷声一笑："那我也还有办法。"

池小池真正想要的东西，娄影是给不了他的，但自己能。

第二日一早，池小池早早就醒了。

外面天光初亮，朝阳缓缓从窗外透进来，洒入一室的暖金。

池小池轻手轻脚地爬起来，在外面的湖边洗漱一番，先把药煎上，又冲了一碗热腾腾的鸡蛋茶，端来娄影的屋中，坐在床边，低头看了他许久。

熟睡中的娄影似有所感，眉头轻拧。

池小池俯下身打招呼："师父，早安。"

娄影听到池小池的声音就睁开了眼睛，睡眼惺忪："嗯？"

他睁开的眼睛里是灰蓝色的瞳仁，显然是意识初醒，混淆了猫身与人身。

池小池浅笑："师父，起床吃饭了。"

娄影又闭上了眼睛，身体往床榻内挪了挪，像是要赖床的样子。

这样孩子气的娄哥，池小池还是第一次见。他起了些玩心，说道："师父，你不起床，我唱歌给你听啊。"

娄影一语未发，翻过身来，一把抓住池小池的手腕，说道："嘘，安静。你在这里不要走，让我再睡一会儿。"

池小池觉得自己不会动了，为了缓解紧张，池小池呼出了一口气。

娄影突然闭着眼问："屋子里的药味呛人吗？"

池小池："嗯？没有。"

感觉到池小池的紧张，娄影忽然又翻身坐了起来："嗯，我睡醒了。起床吧。"

池小池回过神来，心想，娄哥是不是睡糊涂了啊？

娄影想，是不是刚才那一抓吓着他了？

于是娄影坐起身，规规矩矩地吃了池小池做好的早饭，又喝了药。

赤云子等人心疼师弟受此无妄之灾，各式伤药流水似的送上回首峰来，但不知他是被什么恶物伤的，使了无数灵丹妙药，那一身红痕也是顽固难消，看起来着实恐怖。

赤云子每来探望他一次，心中便更添一分懊恼，怪自己识人不明，又太过心软，那宴金华不知在自己眼皮下弄了多少玄虚，自己还浑然不觉，平白害苦了师弟。

思及此，赤云子便对宴金华更恨上了一层。

"听说那人在明月楼上日日喊冤。"文玉京倚在软枕上，轻声道，"嗓子都喊哑了。"

"哑了倒好，省得再说出些败坏你声名的混账话来。"赤云子说，"择日我便处置了他。师弟安心养伤，为兄定会给你一个交代的。"

文玉京放下卷起的衣袖，说："师兄，我还有一个不情之请。"

赤云子自是应允："你说，为兄听着。"

文玉京说："闻听师兄刚收宴师侄为徒时，宴师侄的修为不错，天赋卓伦，也用心肯学，怎会变得这般懒惫不堪，刁钻阴邪？师弟晓得，师兄收徒，不会是这样不经考校，贸贸然就收入内门的。"

是人便爱听好话，这样轻声细语的话让赤云子感到心中熨帖了不少："师弟，你是说……？"

文玉京将被子往胸前拉了一下："我猜，宴师侄莫不是被什么妖物夺舍了？不然何以会违背师兄的教诲，和妖邪勾结起来？"

赤云子心念一动，觉得此话有理，又陪着文玉京说了些话，方才拂袖匆匆离去。

娄影注意到，他此去的方向是明月楼。他将卷起的衣袖放下来，把伤口遮住，才把在外侍立的池小池叫了进来。

池小池端着药盘进来，在床边坐下。

娄影把后背露出来，让池小池帮他上药。这些药是从系统里兑来的，见效快，药力也强，但药油浸入伤口时，痛感也该是极强的。

池小池想留意观察一下娄影的表情，却发现他的神情十分平静，正在认真地侧脸盯着他，他忙把视线转了开来："跟他说过那件事了？"

娄影："嗯……你竟然还记得这件事。"

池小池的睫毛轻轻垂着："我当然记得。宴金华，他原本就是应该存在着的人。"

在《鲛人仙君》的原文里，本来名为"宴金华"的角色不是恶人。那个外来人鸠占鹊巢多年，也该把自己这些年吃进去的东西连本带利地吐出来了。

池小池想了一会儿心事，又悄悄地把脸转了回去，偷瞄了娄影一眼。谁想娄影还维持着刚才的姿势看着他。

池小池定了定神，笑道："师父，你扭得跟个天津大麻花似的。"

娄影温和地道："这样能分心，就不那么疼了。"

于是，在接下来的擦药过程中，池小池感觉自己就像在给一只大麻花涂抹酱料。

关心回首峰上状况的不止静虚五君子。

在公审后第三日，在山外徘徊多日的叶既明总算寻着了机会，藏在酒坛里，偷偷混上了山。

他悄悄来到回首峰时，池小池正在小厨房里熬蕈油。

上好的澄澈茶油里面滚熬着秋日里新鲜采来后晾干的雁来蕈，鹅掌般肥嫩的蕈子熬得出汁，被油气蒸出的松针香气郁郁入怀，鲜美得叫人闻着味道都能吃下一碗面条。

叶既明循着香味而来，在回首峰峰头绕了几圈，也不得其门而入，只好拢住口，大喊："段书绝——小鱼！鱼头！木鱼！"

池小池闻声，出门去捉了条蛇回来。

"一身的酒味。"池小池笑话他道，"正好给我这儿添一道酒酿蛇。"

"去你的。"叶既明四下里看看，"那姓文的呢，听说伤得不轻。"

池小池"嘘"了一声，拉开前襟，里面鼓鼓囊囊地藏着一只白绒小猫，挂在他的前胸处，盘成一只又软又暖的毛线团，睡得酣然。

叶既明嗤笑了一声："矫情。"

蕈油炒好，池小池并没打算即刻食用，拿几个罐子分存了起来，又带着他的师父回房午睡。

用池小池自己的话说，有话找当事人唠去，反正你来这一趟，关心的又不是我们是死是活。这正合了叶既明的心意。

在池小池爬上榻，揣着猫睡着后，叶既明化成一条小蛇，绕着那只右手盘桓两圈，耀武扬威地道："木鱼，给本君出来。"

那只手应声而动，搭在榻边轻轻勾了勾指尖，幅度很小，像是怕吵醒池小池。

确认池小池与娄影已经睡熟,段书绝方才在榻边写道:"叶兄,许久不见。"

叶既明探着脖子看他写字:"没死就成。本君为着你这破事儿,几日几夜都没有合眼,你要怎么赔我?"

段书绝道:"让叶兄挂怀了。"

叶既明:"哼,就这样?"

段书绝耐心地询问:"叶兄想要怎样的赔偿呢?"

叶既明嗤之以鼻:"说得像你赔得起一样。你要是被功力全废地赶下山,还不得靠本君养活。到时候你能为本君干什么?"

段书绝认真地想了想,一字一句地写:"我还可以钓青蛙给你吃。"

看到这行字,叶既明突然有点期待起来。

叶既明吐吐芯子,低下三角形的蛇头,口气却依然强硬,说道:"滚滚滚,本君从不吃青蛙。"

他想,你只需要每日摘一小篮蛇莓给本君,本君就勉为其难,接济你度日好了。

3

三日之后,宴金华的审判之日到来。

被推上来时,宴金华做出气力不支的模样,软软地跪倒在地,又"勉强"将自己支撑起身,抬起头来,无惧地直视着上位的赤云子,用嘶哑的嗓音道:"弟子宴金华,拜见师父。"

不过短短几日,被人群包围着的"落水狗"就从段书绝变成了他。

文玉京尚在养伤,段书绝便替他前来听审。

眼角余光扫到他时,宴金华表面淡定,心火沸腾。

他这几日的遭遇完美诠释了什么叫"搏一搏,吉普变摩托,拼一拼,摩托变飞鸽"。在本以为已经扼住对方咽喉,可以一击毙命时,对方却掏出来一把枪,"砰"的一下把你给解决了,这种感觉着实不算美妙,但宴金华并不觉得自己会这样轻易地出局。

在明月楼上苦捱的这几日,他早已撰好一篇完整的腹稿。

那文玉京提了妖首来,就算是铁证如山了吗?

自己可从未和那些妖物正面勾结,就连书信往来也无,单凭红口白牙,文玉京能治谁的罪?况且他今日不在,恐怕赤云子也没打算彻底相信他的话吧?

想到这里,宴金华有了些底气,作出十足的委屈相,心中却忍不住怨声连天:这该死的系统也该回来了吧?算自己倒霉,这局碰上了个高端玩家,自己认栽,行不行?反正他什么也没捞到,也玩腻了,让系统把自己接走,去下个世界线,总可以了吧?

宴金华胡思乱想了一阵，才意识到赤云子只是叫他当众跪着，自公审钟磬声响过，便一言未发。

他偷看了赤云子几眼，发现他的脸上没什么表情，只静静地盯着自己看，更觉得有些莫名其妙，又有点心慌气短。

宴金华感觉，这场公审与他想象中的有些不一样。

时间一分一秒地过去，当一颗颗热汗顺着宴金华的额角淌下来时，赤云子终于开口了。他叫他："宴金华。"

宴金华打了一个激灵，立即打起十二分的精神，又将腹稿在脑中飞快地复习了一遍："是，师父。"

赤云子问："自你入山，不知过了多少年月了？"

宴金华恭敬地趴伏于地，眼珠乱转，热汗横流地想：这煽情的开场白是什么意思？怀念过去？攀感情？

斟酌一番后，他选择打蛇随棍上，殷切地道："是，弟子入山多年，蒙受师父恩惠，铭感五内，绝不会……"

赤云子垂下眼睛，盯着下面那个人隐见汗迹的后颈："我在问你话。"

宴金华满腔溢美之词都被堵在了喉咙里，只憋出一个干瘪的语气词："啊？"

赤云子说："我问你，从你入山至今，满打满算，已经过了多少年了？"

宴金华瞬间感到毛骨悚然，浑身热汗齐齐化作冷汗，一滴滴地落在面前的石板地上，很快汇成了一小潭。

试探宴金华根本不需要花费多少气力。宴金华本身是一个鲜活的人，有自己的出身，自己的故事，明明白白地登记在通牒之上，白纸黑字，无法狡辩。但《鲛人仙君》中怎么会花笔墨去细说一个配角中的配角的生平？

赤云子不紧不慢地，三四个问题问下来，宴金华原先精心打好的腹稿统统作废，汗如雨下，原形毕露。他既不记得自己具体的入山时间，又说不出当年与自己同入山门的几个友人的姓名，甚至在问及他父母的名讳时亦是结结巴巴。

宴金华也知道事情要糟，两三个问题答不上来后，便忙推说自己久在明月楼上，无人说话，头脑昏沉，请师父谅解云云。

只是这个补丁打得实在丢人现眼。

赤云子心里本就有所怀疑，如今宴金华露出破绽，怎能再容他在爱徒体内作祟，气愤之至，当即动用引灵之术，一道符箓扬过去，正好盖在宴金华的头顶。

宗门术法和系统输入指令数据有异曲同工之处，因此不多时，现实中的宴金华便像老鼠似的，从书中原有角色宴金华的体内蹿了出来。

原来的宴金华呜咽一声，昏迷过去，当即被苏云扶住，带回房中休息。

在场弟子在短暂的怔忪后，集体哗然。

宴师兄被人夺舍了？什么时候开始的事情？

而在一片忙乱中，娄影的声音在池小池脑中响起："你的主意果真管用。"

之前，娄影从系统中逃出，打乱了宴金华的计划，并利用他的局反将一军，把他曾与妖物勾结之事挑至明面，一句真，一句假，成功地扰乱了局面，将池小池从局中救出。此法虽然有效，但难在如何收尾，毕竟他们并无宴金华与妖物交易的真凭实据。

池小池这釜底抽薪的招数一出，宴金华是否与妖物勾结的烂账算不算得清，便一点儿都不重要了。

而且当众揭破此事，本来的宴金华的名声也得以洗白与保全。不消一日，阖山弟子都会知晓他们的宴师兄是整件事中最无辜之人。

池小池没有应声，倒是微微一挑眉，有点嘚瑟。

他以为娄影看不见的，但远在回首峰养伤的娄影已经把他孩子气的小表情尽收眼底，有点想笑。

上位的赤云子将那一道符箓握入手中，立刻感觉到了古怪。

夺舍他爱徒的竟然是凡人之灵？

这下，赤云子有些拿捏不准了。若此人是图谋不轨的妖物，直接将他的灵体投入炉中，一把火烧了便是。

但此时身在符箓中挣扎不休的人毫无灵气，虽然不知道是如何夺了他徒儿的身体的，但确确实实是个普通人没错，极有可能是出了什么差错，才让他意外入体。

那个灵体惊慌不已，没有灵气护体，又受那符箓烧身之苦，在符箓里面左冲右撞，大声惨叫，眼看再放任下去，他便要被活活烧死在其中。赤云子无法，只好赶紧折了一个纸人，一口气吹去，寄识其上，勉强保住了宴金华的一条小命。

宴金华当众被打回了原形，甫一解脱便满地打滚，勉强压灭了身上的火苗。他的头发全都被烧焦了，一张本来还算英俊的面容毁了小半，狼狈不堪。

待他喘过一口气来，赤云子拍案怒道："你是如何夺了我徒儿之身的，一一说来！"

宴金华自知完蛋，解释不得，只得拼着最后一丝力气，连滚带爬地往人群外冲去，企图挣出一线生机。

赤云子恼羞成怒，既是心疼无辜被夺舍，被这个蠢人毁去声名的徒儿，又气恼此人竟敢冒领自己徒弟之名，扰乱峰规，险险惹出了师兄弟相残的阋墙之祸。他此时也顾不得什么容姿气度了，一脚踢翻桌案，怒道："将此人拿下！打一百棍，再押去明月楼上！我看他要嘴硬到何时？"

这一百棍打得可谓结结实实。

他的身体是纸人，每一棍都落在了他的灵体上，比直接打断骨头的痛感也差不了多少。

宴金华被定住手脚，伏在地上，声声哀号，又动弹不得，只能鲤鱼打挺似的不住地挪动身体，妄图躲避棍棒，但根本无从躲起。

他上次受罚，还有原本的宴金华修炼过的身体挡驾，抵消了不少痛感，他的原身就是个喝口凉水都要闹肚子的普通人，哪里吃过这等苦头，疼得嚎啕不已，杀猪似的大声叫喊着我知错了别打了，死去活来几番，等一百棍打完，他已是有出气没进气，伏在地上奄奄一息。

在他挨完打后，池小池动了。他向赤云子走去，耳语几句。

听他如此这般地说了几句后，赤云子面上嫌恶与犹豫并存，思索一番，终是挥一挥手，让他去了。

段书绝从腰间的锦囊里取出一枚丹药，一步步走下台阶，走到宴金华身前，单膝蹲下，捏住他的脸，逼他张开嘴。

一颗丹药喂下去，宴金华的呼吸又顺畅了起来，本来麻木的痛感也渐渐清晰起来。

段书绝抚一抚他的肩，语气一如既往地温和又包容："师兄，日久天长，善自珍重啊。"

这是宴金华曾经最讨厌的口吻，但此刻他从这句话里品出了一点儿令人浑身发冷的味道来。

宴金华一口气险些没倒上来："你……"

眼前金星直冒，几乎覆盖了他的视野。

宴金华一瞬间想到了很多。

夺取石中剑时，段书绝几乎是凭运气一路闯到最后的。后来，段书绝拜了个好师父，处处疼着他护着他。时雨山中，段书绝放着好端端的山灵内丹不要，非要跟人家交朋友，居然还被他得手了。凭什么他就能逢凶化吉？自己就不行？自己费尽心思想要去夺取的机缘，凭什么他躺着就能夺得？这一切的一切，难道就因为他是主角？

就因为他是主角！

宴金华突然悔意翻涌，十指狠狠地抓入地面砖缝，痛悔难当。

他到底在想什么？对于这种人，他该紧紧抱住大腿才是！

他在极痛间抓到了一根救命稻草，自是不肯放过，伸手便去扯他的衣袂："书绝，书绝，救我啊。当初是我救了你，是我收养你那么多年，你不能放着我不管！你不能！"

每个"我"字，宴金华都咬得斩钉截铁，生怕段书绝听不清。

你不是讲究有恩必报吗？不是君子如玉吗？那你必须要救我！

段书绝托住他胡乱划拉的双臂，轻声抚慰道："我知道，我都知道。"

宴金华的嘴角淌着血水，露出一丝侥幸的笑意。

然而，下一秒，段书绝便道："师兄对我的好，桩桩件件都记得如此清楚，那杀我父母之仇，师兄可还记得？又打算如何偿还呢？"

宴金华的心脏骤然紧缩，马上试图从段书绝的辖制下挣脱开。他别开视线，满脸惊慌之色："我没有，这不是我做的！"

这本来就不是他的错。就算他没有插手，段书绝的父母也会死啊！

但这等荒谬的辩驳之言，他此刻根本说不出口来。

池小池静静地蹲在他的身前，看他神情狼狈，轻轻一笑，并不发怒。

他的右手垫在膝上。若是段书绝想要，他只需要一个剑指，就能轻而易举地把他割喉抹杀。

但段书绝似乎并没有动手的意思。

池小池似乎心有所感，站起身来，道："因着昔年之恩，我不当即杀你，已是顾及情分。以后盼望师兄一生顺遂平安，切莫，切莫再与段某相见。"

说罢，池小池转身，同时在心中问道："你当真不亲手杀他？"

"他于我毕竟有十年恩德，众人皆知，实不便当众杀之。"段书绝在他袍袖的内侧写道，"一剑下去，亦是替他斩断尘根，了却病苦。如今，在下只愿他永留此世，长命百岁。"

池小池一笑。

一年多以来，段书绝的成长可称迅速。

或许，在陪伴叶既明修炼的五年时间里，段书绝就已不复昔日。他可以守礼，可以恭谨，严以律己，修身养性，却很清楚该怎样运用自己的能力，谁不值得他耗费心力，而谁又值得他真心相待，一力相护，他清清楚楚。

右手持剑，左手抚经，慈悲之心与雷霆手段，二者兼备，方成就了今日的段书绝。

公审结束，池小池携段书绝返回回首峰。

他回去时，蛇身的叶既明正在床上同奶猫文玉京对峙。

叶既明怕妖力外泄，惹人注意，不敢动用虺蛇原貌，便化作小蛇模样，嘶嘶地吐着芯子，左摇右晃地摆着脑袋，试图威吓眼前的白绒小猫。

小猫起初只是陪着他兜圈子，偶尔漫不经心地歪头看一看他，对自己柔软爪垫的兴趣显然远高于对叶既明的兴趣。

叶既明就得意了起来，猛地一探头，耀武扬威地一伸脖子，凑到了小白猫眼前来："哟——"

文玉京以迅雷不及掩耳之势抬起爪子，一脚把叶既明的脑袋踩在了爪子下面。

叶既明被踩恼了，迅速挣脱，张口就要咬过去。

文玉京一爪子把他的脸扇偏到了一边去。

叶既明还没来得及发怒，一只手便伸了过来，捏住了他的腮帮子。

嗅到熟悉的味道，又闭不上嘴，叶既明的尾巴气哼哼地顺着他的手腕盘了上去，缠了好几圈火气才消了些。他怒道："放开我！本君要活吞了他！"

段书绝没有说话，只拿右手中指的指节轻轻顺了顺他的下颌。

叶既明觉得挺舒服的，火气也没那么大了，顺着他手指抚弄的方向一下下抬着脖子，心里颇为不忿地想，这条鱼拉偏架，实在可恶，早晚有一天要炖了吃掉。

文玉京则"喵"了一声，伏在了池小池手边。

池小池低头看他。

他则把自己伪装成了一个暖手宝，抱着他的手腕，歪着头看池小池，认真地看了许久，方才弯了弯眼睛，露出一个笑来。

他把满脑子都是炖鱼想法的叶既明放走，又将那只小绒球捧起来，拨开细密柔软的纯白绒毛，里面果然还是有斑驳的伤痕。

池小池取了药膏来，轻轻为他抹上。

药膏有点凉，涂到身上大概也十分疼痛，但怀里的猫很乖，动也不动一下，不咬人，不抓人，乖乖地趴着，任他涂药，只在涂药结束时，用头轻轻地拱了一下池小池的手。

池小池问："疼吗？"

"疼。"脑中响起娄影有点无奈的声音。"所以吸口仙气儿，缓一缓。"

池小池没说什么，抱着猫躺下了，预备午休。

自从二人的身份挑明后，池小池便没有问过娄影其他问题，比如娄影是什么时候知道自己是娄影的，是怎么知道的，之前又为什么会否认。

池小池猜了几个答案，却不去问。

他想，这应该和主神有关，也许还跟娄影在系统内的几个朋友有关。多问，就是多添麻烦。

池小池的脑子放在处理他人的问题上还是相当够用的，但是对于自己的问题，他始终还没想好要怎样面对。他想，娄哥为什么总是对他这么好？

池小池背过身去，不动声色地避开了那暖融融的小猫球，微微嘘了一口热气。

练剑，瞎想不如练剑。

他正要起身，一个声音便从身边响起："别动，我有点问题想问你。"

池小池的喉结滚了两滚，发出一个短暂的气音："嗯。"

娄影说话的声音很温和，但永远能轻而易举地抓住池小池的命门，像是拎住一只兔子的耳朵。

池小池背对着娄影，在他话音停顿的间隙胡思乱想。

娄影问："你现在还想回原来的世界线吗？"

关于这个问题，娄影想了很久。

他有点心疼池小池。他知道一个人在床上躺上几年会变成什么样，可能要用比躺下更久的时间去重新学会走路。

一个成年人，要用肌肉完全消失的双腿像婴儿一样蹒跚学步，娄影实在怕他受这份罪。娄影觉得，像池小池这样的人，在任何世界线里都能过得很好。他完全可以去季作山的世界线,季作山会记得他,会照顾他,会让他过得很好。

而自己只需要再带一个宿主,就能去找他了。

少则一年,多则两年。

池小池在的世界线,就是他要去的世界线。

池小池的回答却是:"为什么不呢?"

他还是要回去啊。

娄影赞同他的一切决定,只是心疼他而已:"要重新学会走路,很不容易。"

池小池一笑:"我什么都能学会。"

娄影问:"到时候,你会等我完成任务去找你吗?"

池小池说:"我不要。"

这个回答让娄影略感意外,他低低地"嗯"了一声,却没有等到池小池的下文。

他分辨得出来,池小池这个回答不像是赌气,更像是话里有话。

"时辰到了,该出去练剑了。"娄影扳正池小池,正视着他说道,"我们的任务,应该也快要收尾了。"

4

宴金华是真的害怕了。

他趴在明月楼冰冷的地面上,被杖刑带来的疼痛折磨得生不如死,哼哼个不停。没人送来伤药为他治疗,段书绝喂给他的那颗丹药也只是替他吊着命而已。

他被囚禁期间,似乎有人造访,问了他一些问题,譬如故乡在何处,到底是如何侵占了原本的宴金华的身体,云云。

宴金华哪还敢造次,一口气全招了。

他痛哭流涕,苦苦叩头,一如当年为了乞得段书绝的骨殖,一步步拜上静虚峰来的叶既明。

他全都招了,坦诚自己是被传送来的,说这里其实是一本书,这些人都是书中人,他也是不得已,是被人安排了才夺舍,绝不是故意的。

这样的回答把来问话的人给搞得一头雾水,只好把他的"胡话"一一记下来,打算回去回禀赤云子。

就在距离宴金华数步开外的地方,两团透明的数据流静静地浮动着。

修书系统的主神001,也就是那名娄影的"牌友",换了一身宽松的卫衣,观察着这枚被他们遗弃的棋子。

001搔搔后脑勺:"我记得我们的契约中写在最前面的就是保密条款吧。'不得透露身份'什么的……"

"他触犯的条款很多,不差这一条。"西装革履的002从手臂上的显示屏上划去了"宴金华"这个名字，干净利落地安排好了单方面解约的事宜，"走吧。我还有工作要处理。"

说罢，他一把抓住打算拔腿开溜的001："您要去哪里？"

001理不直气也壮："二哥，事情不是都搞定了吗？和宴金华的契约要解除了，他所属的那个系统被下发去处理数据垃圾了，新的员工也被派去处理他在之前两个任务世界线里捅的窟窿了……我去找找那个会打麻将的系统，跟他约两圈。"

002说："不准。"

001："哇，你是我老大还是我是你老大。"

002扶一扶眼镜："您每处理三十个申请，我就陪您打一圈。"

001眼睛一亮："二十个。"

002："四十个。"

001："二十五个。"

002："五十个。"

001："好吧，算你狠，三十个。"

随着两团数据流化入空气，消散无形，宴金华眼前全灰的数据页面终于彻底消散了。

在原先的世界线里，宴金华猝然死亡，系统把他的灵识收来，编入数据库，是想拉些劳动力入伙，只要他规规矩矩地干活，把世界线补全，系统会给他一次重来的机会。

没想到捡了个垃圾回来，失算。不过好在及时止损，没有酿成更大的祸患。

002如此想。

在把001带回空间后，为防止001逃跑，002拿手铐将他锁在了办公桌前，随后又折返一趟，取了些治疗水母毒素的药物，拿袋子装了，挂在回首峰峰顶的松树梢上，单手按住胸口，对着松树鞠了一躬。

做完这一切，002调出备忘录，在"向被误抓的系统道歉"一行上划去一道，宣告日常任务之一完成，随即隐于深夜的松海之间，消失无踪。

自上次有人来明月楼审讯他后，宴金华又被抛弃在了高楼顶上，接连几日，无人管他。宴金华腹中饥饿，口渴难忍，昏昏沉沉间只觉得自己死定了。

但谁知道，半个月之后，他居然被运下明月楼，扔下了山。

他的贪婪的确是罪，但论其行径，也没有造成什么实质性的恶果。

杀死一个手无缚鸡之力的凡人，赤云子又觉不符合宗门的规定，索性在问过真正的宴金华的意见后，决定将他赶出山门。

苏云闻讯来照顾真正的宴金华时，颇有些不平，对他抱怨道："凭什么？他占了二师兄的肉身多年，难道就这么算了？"

苏云之前极厌恶后来的宴金华，哪哪儿都瞧他不顺眼，如今得知是有人鸠占鹊巢，自己平白冤枉了真正的宴师兄那么多年，难免感到有些愧疚，干脆一力担起了照顾宴金华的责任。

正主宴金华闭目道："他怎能轻易便死了？"

苏云："嗯？"

他神情淡淡的："杀了他，反倒是给了他一个痛快。他并非此世之人，将他赶出山中，端看他如何谋生吧。"

苏云有点呆。

重新得回身体，正主宴金华的心态平和了许多，如今瞧见这个曾经总与自己起口舌之争的师弟，也起了些逗弄之心："怎么，四师弟不许师兄这般报复一回？"

苏云急忙否认："不是。只要师兄能出气便好。"

正主宴金华笑了，拢一拢被子："药。"

苏云便把捧在手心里温好的药递给了宴金华。

静虚峰没有因为那个假宴金华的离去而产生任何波动。许多人以为他已经死了，被一卷凉席扔出了山门，死得无声无息。

然而，假宴金华与日俱增的悔意值条证明他还在这个世界线中的某个角落苟延残喘着。

日子看似照常而过，但池小池与娄影现在每天都必须去主神的仓库里逛几趟，商量着要用悔意值兑换些什么。

因为宴金华的悔意值源源不断地产生，得利丰厚，他们两个宛如一对镇守着印钞机的貔貅，基本不会产生什么选择困难。

不过，他们偶尔也会产生些分歧。

某次，池小池赖在一套卡前不走了。他说："我一整套卡里就差这一张高级卡了。"

娄影看着那张专门用于女性丰臀的卡片，无奈地道："你兑这个干什么，上次不是讲好去兑那个游戏机的吗？"

慢性收集癖急性发作的池小池道："这套卡的花纹好看。再说，我这套卡只差这一张，就能凑齐全套了。"

娄影："就是为了凑一套？"

池小池："嗯。"

娄影："凑一套就开心了？"

池小池："嗯。"

娄影便抬起手，点下兑换按钮，将那张摆在高处的卡片化作星流，纳入二人的仓库之中。

池小池随口道："谢谢爸爸。"

随即他轻咳一声，故意把声音压低，却压不住话音间的纵容："走吧，小朋友。"

池小池就这么被他牵走了。

池小池后知后觉地觉得自己挺没出息的。都多少年过去了，他怎么还是恶习不改，总爱在娄哥面前任性。

越活越回去了，呸。

不过把卡集齐了这件事还是挺让他高兴的，只是回去翻阅卡集时，满脑子都是那声"小朋友"，让他总忍不住走神，甚至有两次险些让宴金华的悔意值满了200，可以说非常不走心了。

他们兑了那张池小池一辈子也用不到的卡，又等了两天，终于得偿所愿，兑换来了那台全新的老式红白机，打算放到他们的空间里去，在空闲时打游戏解闷。

被二人购物欲感染的段书绝也下定了决心，打算专心去搞他的副业，并把自己关于未来的种种构想详细告知了娄影和池小池二人。

任务随时可以结束，二人即将离开，一些收尾工作也需要着手进行了。

伤愈后，文玉京向赤云子辞行，说是要外出游历，段书绝与他同时出门，却未必会同行。自己归期未定，若是书绝日后回到静虚峰，还请师兄代为照拂。

赤云子心中颇为不舍，但既是为宗门之事，他也无意拦阻，只反复交代文玉京要注意安全，万勿再受伤。

段书绝与文玉京一齐下山，负剑同行，走过了十几处大好河川，一为赏景，二为协助段书绝完成他最后的心愿。

几个月后，一切事了。

池小池与娄影离开那日，段书绝的宏伟工程恰好完工。

他拟了一封信，在河边呼来一条小鱼，叫它衔着信去寻叶既明，又回到客栈，卧床躺好。

他早已做好别离的准备，然而当真到了离别关头，仍是心头发涩，难掩伤感之情。段书绝在自己的襟带上郑重地写道："二位先生，善自珍重。"

文玉京守在他的床边，替池小池轻声答道："山高水远，再会有期。"

段书绝闭上了眼睛。

文玉京起身向外面走去，并替他掩上了门。

外面下着润如酥的春日小雨，将这东海之畔的小镇蒙上了一层清透如洗的水雾。

身侧是奔跑着避雨的镇民，而文玉京缓缓地撑开他的碧色墨鲤伞，融入雨中，飘逸的身形一步步消散在雾气之间。

数日后，高烧退去的段书绝与叶既明在一处山明水秀的小山林内相见。

惊蛰方过，天气回暖，山间虫行窸窣有声，热闹得紧。

叶既明收到他的书信，知道那对师徒已经离开，忙不迭地赶到约定地点，老远便在一棵树下看见了段书绝的背影。

他头戴精致的青玉发冠,马尾梳得很高,发带迎风而动,单手负在身后,如他腰间的石中剑一般清肃,由剑及人,都是一流的君子之材。

他正在专心研究一只打洞的穿山甲。

叶既明笑着想:傻里傻气的。

他快步走上前去,径直冲到段书绝面前,腕上戴着的鱼鳞细镯发出窸窸窣窣的细响:"木鱼!"

看到他颈上戴着的蛇牙项链,叶既明的心情更佳。

段书绝说:"你来了。"

这是独属于段书绝的口吻,段书绝的眼神,不是池小池。

欣喜之余,想到那个已经离开的家伙,叶既明感到略有些失落。失去了个可以谈天说地,恣意对话的好友,也难免遗憾。

但眼下,还是小鱼最重要。

叶既明一把掐住他的下巴,打量起来:"脸色不大好啊。怎把自己养成这样?"

段书绝客客气气的:"叶兄请自重,勿要……"

他越说自重,叶既明越故意逗他:"段道长,你说'勿要'什么?叶兄听着呢。"

段书绝微微一笑,随后还是那君子模样,说道:"陪在下下趟海,可好?"

叶既明说:"废什么话,带路。"

走到一处礁石前,段书绝说:"我们下去了。"

叶既明:"嗯。"

段书绝纵身入水后,化为鲛形,流线型的银白鱼尾在水中划出一线无痕波纹,无声地破开海水,往深处飞快潜去。

蛇自然是会游泳的,又有段书绝相伴,叶既明并未觉得有何不妥,只是好奇段书绝为何突然要带自己下海。

莫不是想带他见见家人?但他与自己一样,早已无亲无故,还哪有什么至亲之人?

叶既明胡思乱想间,已经被段书绝带到一处珊瑚丛附近。

段书绝重新化出双足,踩在松软的沙地上。

这里有何不对吗?叶既明左看右看,没看出个所以然,他问:"姓段的,你玩什么把戏?"

段书绝闻言,转过头来看他。在海水中,他黑中透蓝的瞳色清晰可辨,与叶既明的金瞳互相映衬,一个沉静,一个火热。

段书绝轻声道:"叶兄,你还记得我赠予你这鱼鳞细镯时说过什么吗?"

叶既明当然记得。

当初自己嫌弃这串鱼鳞串土俗又小家子气,段书绝却说,以后自己可以拿它跟他换一件好东西。

但他以为只是这条鱼的随口托词而已。

段书绝不由分说，抓起叶既明的手往前送去，用那串鱼鳞串碰触了眼前的一片海水薄壁。

刹那间，段书绝原先结下的法阵如云般消散，显出一片海市蜃楼般的奇景。

在丛丛宝蓝色的珊瑚间，有一座富丽堂皇的水中宫殿屹立其间，其上，淡金色的鲛绡薄纱流动，银白色的鲛珠嵌壁为灯，一切都十分耀眼，颇符合叶既明张扬的审美。

每一盏灯，每一根廊柱，都与叶既明从前在巴蜀建造的那座洞府极为相似。

而那府名乃是段书绝亲手题写——"藏珠"。

文师父为池先生打造了一处回首峰，那他又为何不能为叶既明造一处世外桃源？

他泣出的鲛珠换来了车载斗量的银钱，让他能筑起这一座海底宫殿。这些年，池先生助他所得的宝物全部贮藏于此，足够养活一条骄奢的小黑蛇。

今日，他要将最值钱的宝物送入其中了。

叶既明突然觉得眼眶发热："这是给我的？"

"你的。"

"你早就计划好了，是不是？"叶既明感动地问道，"你以为这样就能收买本君？"

段书绝闻言，一转身，说道："我们自小相伴，无依无靠，我只是想造一个家而已，你就勉为其难，让我收买了吧。"

叶既明不说话了，愤愤地想：死木鱼，哼。

就在二人一同潜入海底秘境时，在距东海不远处的一个无名小镇中，一个跛子窝在角落里，狼吞虎咽地吃着刚才乞讨得来的冷馒头。

把渣屑都吞吃了个干干净净后，他才直着双眼走出窄巷，又疯疯癫癫、一瘸一拐地向前奔去。

他要去哪里呢？

谁也不知道，连他自己也不知道。

5

第七次任务结束后的第一天，池小池啃完一个苹果，主动提出他想去某条世界线走一遭。

他提出要求时，娄影正在厨房里刮黄花鱼的鱼鳞，准备做黄花鱼肉馅饺子。

在他的手下，一小盘翡翠白菜馅饺子已经成型，家里的恒温系统运转不休，发出呼呼的风声，外面养的"小竹鼠"发出啃竹子似的"咔嚓咔嚓"的啃苹果的脆响。

娄影觉得一切都很好，甚至有点舍不得放他离开。他扬声道："等下午吧。你想去哪里？我把饺子做好，陪你一起去。"

池小池说："不用，我去去就回来，顶多一个小时。"

娄影用围裙擦擦手，从厨房里走出来。

娄影倒是想用回自己的本来面目，但怕主神动手脚，他权衡再三，还是用了文玉京的脸。

文玉京的长发被修成了清爽的短发，随便系了几枚纽扣的宽松白衬衣与黑色长裤搭配，将文玉京原本出尘的气质登时拉回凡世烟火之间，却并无多少违和之意。

娄影从衣柜里抱了几件大衣出来，说："外面现在是冬天，选一件你喜欢的。买点自己想吃的东西回来，我在家里等你。"

柜子里的大衣都挺暖和，只是都偏大了点，大衣的袖子略长，稍稍有点遮手。

娄影帮他把选好的驼色大衣袖口处卷了卷，好露出腕侧的深灰色毛衣。整理到右手侧时，娄影的动作停顿了一下。

他看到了他送给池小池的手环，无声地笑了一下，继续替他平整了袖口，又取来黑色羊绒围巾替他围上。

池小池有些不自然地抬起手推拒："我自己来。"

娄影担心他对接触还不能适应，便放开了手。

池小池对着镜子，将围巾打出一个结来，又往身上喷了些淡香水。

娄影看着池小池驾轻就熟地把自己打扮得成熟又英俊的样子，心里隐隐感到有些不安。

对娄影而言，他现在所守护的是完整的池小池。

但对池小池而言，他找回的是一个只有短短数年记忆的 AI。

所以娄影想要知道更多。他想知道那些年究竟发生了什么事情。

娄影想帮池小池把娄影找回来。

于是，在池小池选择了一条世界线离开后，他也回了一趟主神空间，敲响了 089 的房门。

外面是冬天，的确冷得很。

好在娄影的大衣和围巾很暖和。

池小池进入他想要进入的世界线后，马上连上了这个世界线的网络，开启了导航，又拦了一辆出租车，报出了一个地址。

昨天，他与娄影回到他们的空间里，池小池闲来无事，检索了一下《鲛人仙君》这本书。与系统提供的数据一致，《鲛人仙君》断更在第八十七章，从此后就再没有更新。

作者叫"青山红尘"，这个笔名后来并没有再发表新文，看样子像是彻底不写文了。

池小池去翻了翻评论区，却有了点新发现。

在这篇荒废很久的文章下仍有人在催更，数量还不少，大多顶着"烟大观光团"的 ID，哭着喊着说请淡烟大大更文，他们想看鲛人和蛇君的后续故事。

池小池循着线索找去，很快找到了源头。

"青山红尘"换了马甲，叫"一支淡烟"，去了另一个网站，写了一篇新文，运气不赖，被一家影视公司相中，买下了版权，很快便拍摄成了电视剧，收视率不错，原作者也因此一炮而红。

"一支淡烟"从小就有写日记的习惯。

在博客出现之后，他便习惯在博客上记录自己的心情。

在《鲛人仙君》的连载期间，他在他的日记里断断续续地写了不少事情，有些是自己的脑洞大开，有些是连载时遇到的烦恼。

被文下的读者骂得最狠时，当时还是"小虾米"的作者"青山红尘"纠结了好几天，跑去找自家编辑，咨询自己应该怎么办。

编辑的头像是一个叼着烟的粗犷大汉。

编辑那时正忙着排版，便给出了常规回答："多观察读者的喜好。"

小作者说："他们的要求……有点难做到啊。"

编辑直白地道："不听读者的没有肉吃。"

小作者还是挺穷的，就听了编辑的话，硬着头皮去看读者的留言。

他在日记里认真地写道：听编辑的话有肉吃。

然后他写成了四不像，被读者骂得更狠。

小作者有点沮丧，凌晨三点多时，在空间里发了张自己做的夜宵图，附文字道：没有肉吃，给自己煮个菠菜面。

过了一会儿，他发现有人点赞，是他的编辑。

他很好奇，编辑这么晚还不睡的吗？

很快，下面有了编辑的回复："看上去很好吃。"

小作者不无自豪地道："我做的。"

编辑说："加个蛋会更好吃。"

小作者想想也有点馋了，煎了个单面荷包蛋，又从中切开，蛋液澄黄剔透，边缘卷翘微焦，看着就叫人食指大动。

他又拍了一张图。

这次编辑没有回复。

小作者也没多想，坐在桌前大快朵颐，随手打开了文章页面，想看看能不能在一堆差评里找出一两个有建设性的回复，用来改进自己的文章。

他这一刷新，发现多了两个评论。

是第一章和第二章的评论。

一个是"不错，开头文字较简洁，无赘余，文字功底不差"，另一个是"故事进入主线略有拖沓，主角性格不鲜明"。

小作者吸溜着面条，倒回去看一看自己的更新，觉得这个评论真不错。不是单纯地说"爽"或者"不爽"这样抽象的概念，而是实实在在地指出了他写作时的问题所在。

他很诚恳地写了三行回复，谢谢他的指导。

那边给意见的读者似乎也在线，回复道："去睡吧，我再看会儿。"

小作者便怀着感恩之情去睡了。

结果一觉醒来，他的评论区里撕翻了天。

有几个闲着无聊的固定黑粉，可能是觉得小作者的脾气好，怎么骂也不生气，跟书里的那个软面团主角似的，总爱披着马甲过来刺他两句。

今天其中一个一觉起来，来评论区完成例行任务时，看见一个认认真真看文，还给出了不少好评的ID，马上围了上去："哟，这是亲友团啊，还是买的评论啊？"

读者回复道："睡不着，来看看文。"

黑粉说："哥们儿，没啥好看的，散了吧。你说了这么多，这个作者也不会改的。改也是瞎改。"

读者说："我喜欢这个故事，他写得不错。"

黑粉酸溜溜的："哎哟，果然是亲友团。"

读者说："客观来说，比你写得好。"

黑粉打了个激灵，生气了："你睁眼说什么瞎话呢？你哪只眼看见我写文了？"

读者颇有条理地道："你这个小号只给一篇文章投过票。你的小号和那篇文章的IP地址一致。那篇文章跟这篇文章是同期。我劝你认真写文，不然是不会有机会上榜的。"

黑粉满不在乎地说："你以为你是编辑啊，张口就来。我还说你是作者的小号呢！"

底下就不回复了。

小作者看得有点生气，刚想上去替那位热心的读者说两句话，编辑那个粗犷的叼烟大汉的头像便在他的好友栏里闪烁了起来。

编辑说："别听他们的。"

编辑又说："是我的错，不应该给你之前的建议。你完全可以按照你的想法写，换一个氛围更好的网站，在细节上做出改进后，你的成绩会更不错。"

小作者愣在了电脑前。

后来，他经过深思熟虑，放弃了这篇已经严重跑偏了的文，转去另一个网站写新文。

起笔名时，他想到了那个粗犷大汉嘴里叼着的烟，就随手敲了个"一支淡烟"

上去。再后来，他一本"封神"，接下来的两本书的成绩也都不错。

手里有了余钱，他便去给编辑发信息："今天晚上有时间吗？"

两个人自从被空口鉴定成亲友团后，他们便常常在一起聊天，知道了彼此的很多事情，倒真的混成了半个亲友团。

比如两个人同城，都爱吃夜宵，都是夜猫子。

小作者的信息，编辑总是秒回的："怎么了？"

小作者说："有空出来的话，请你吃肉。"

关于见面这件事，小作者在日记里记录得很详细。

二人见面后，小作者才发现编辑看起来一点儿也不粗犷，年纪只比小作者大几个月，看起来很斯文，戴一副黑框眼镜，常在杂志上写点散文，家里有钱，所以可以尽情做自己想做的事情。

在认识小作者一年前，他还在卖保险。现在他刚刚考取了幼师证，正准备辞去编辑的工作，去幼儿园做幼师。

小作者很羡慕他，说，真好呀。

小作者是小儿麻痹症患者，从出生后不久就坐在轮椅里，这些年能够独立前往的地方，只有自家的厨房、书房的电脑前和卧室。他很向往编辑能看到的那片广阔天地。

编辑打量着他的轮椅，说："你现在一个人住？"

小作者："嗯。"他的父亲早早去世了，母亲改嫁，去了国外。

编辑说："很巧。我家小区新设置了残疾人通道，每座楼都有。"

小作者眼睛亮亮地答："嗯，真好。"

编辑看着他的眼睛，说："搬过来住吧。"

小作者："嗯？"

编辑说："我家附近有一个很不错的小店，卖梅花糕的。"

小作者愣愣地看着他，不是很理解他话中的意思。

编辑说："你搬过来了，我就能每天买给你吃。"

在小作者的日记里，有一篇美食日记，是专门讲梅花糕的。

他的文笔实在不错，看得池小池大晚上饥肠辘辘。所以他隔天就特地跨越世界线，跑来买梅花糕了。

他到了小作者在美食日记里所说的店铺。

老板熟练地将调好的糯米粉液倒入特制的器皿中，又在里面注入早已熬煮好的半流体状热豆沙、热芝麻和热紫薯。

池小池呵着手，在寒风里苦等。

过了一会儿，一个戴黑框眼镜的年轻人将一辆居家型轿车在这家小店门口停稳，说："老板娘，来两个，老样式。"

这显然是个熟客。老板娘答应了两声，麻利地将两个豆沙馅的梅花糕从炉中取出，拿纸袋子装了，递给他。

年轻人飞快地钻回车里，车里副驾驶座上还有一个人，探过身子，把纸袋接过来。

池小池听到年轻人说："馅烫，先焐着手，回家刚刚好能吃。"

池小池回头望着那辆开走的轿车，心想，会是他们吗？是那个作者，还有那个编辑？

有可能是，也有可能不是吧。

他想起昨天自己在网上听过小作者的网络采访音频。

在自由访谈环节，有读者问及了《鲛人仙君》的事情。

读者问："淡烟大大，那篇《鲛人仙君》，你真的不打算继续写了吗？"

小作者的声音很温柔："嗯，不写给别人看了。我会把它留在硬盘里，重写一遍……写给他看。"

读者有点遗憾地问："那鲛人与蛇君会有一个好结局吗？"

"他们会的。"小作者说，"他们是独立的角色。哪怕没有我，他们也会拥有一个很好的结局。"

池小池正想着，突然，从他的大衣口袋里传来了细微的震动声。

池小池拿起手机，看了一会儿上面的号码，才凑到耳边。

那边传来娄影的声音："喂？"

池小池乐了。

他记得他还是061的时候同自己说过，在非任务环境下，他到达某个世界线时会被屏蔽一切功能，只保留最基本的感知能力，连说话也做不到。所以被留在空间里的娄影想找他的话，只能打电话。

娄影问他："冷吗？"

娄影不在眼前，池小池反倒没那么紧绷着了："你不在，我的温暖小秋裤都没有了。"

娄影笑。他问："什么时候回来？我看看时间，饺子差不多要下锅了。"

池小池捂住话筒问老板："还要多长时间？"

老板笑道："快了，快了，也就六七分钟。紫薯馅的熟得慢点儿。"

池小池对电话那头说："现在就下饺子吧。我这边不说了，先挂了。出来前没仔细看，我手机快要没电了。"

娄影忍俊不禁："嗯，好。"

池小池买了一炉半的梅花糕，打算回去让娄影去分给那些系统。

拿到这个让他馋了一晚上的甜点后，池小池从中挑出一块紫薯馅的梅花糕，轻轻咬了一口。

外层的蛋卷烤得酥脆金黄，正好是池小池最爱吃的，软糯的梅花状米糍被咬开一个口，就有熬化成汁的紫薯液微微溢出，的确有点烫嘴，滚热滚热的白气直扑到池小池的脸上去。

他趁热吃了两口，突然很想回家。

于是，他在心里叫了娄影："娄哥，娄哥。"

做梅花糕的老板哈着热气搓搓手，正准备烤制下一炉梅花糕时，不经意地抬眼一看，发现刚才那位买走了一炉半梅花糕的客人竟然在短短半分钟内就不见了踪影。

而在挂掉和池小池的电话后，娄影对 089 与 023 说："我先回去了，给小池下饺子。"

他本来是想找 089 聊一聊的，但不巧 023 也在，有些话就不大方便说了。

089 声情并茂地道："去吧，乖仔。你的快乐就是父母最大的期盼。"

023 冷淡地翻了个白眼。

娄影摸一摸还在自己上衣口袋里的平安结，说："嗯，我知道。"

089 看到他的动作，神色未变，笑眼微弯。

嗯，知道平安结的用处，那八成是用过它了。既然要动用它，肯定是遇到了某些危险。不过，看他现在的样子，想必是平安度过了，而且可能还遇见了什么好事情。

只是他这样开心，"须臾之间"里的那位可就未必开心了。

几个转念间，089 便有了些猜想。他话锋一转，饱含真情实感，热泪盈眶地道："061 啊，你可得好好保护池小池，你是我们家九代单传，我们老 0 家的延续，可全靠他了！"

023：老 0 家是什么东西？

娄影心念微动，知道他是在提醒自己什么："嗯，我记住了，父亲。"

023 觉得自己时常因为不够戏精而和他们格格不入。

霸道将军智军师（上）

Chapter 03

Waste recycling system

◇ 盲识，过往，场外救援

1

在家里舒舒服服地宅了七八天后，池小池接受了第八次任务的传送。

池小池刚醒来时，感觉四周格外安静。

他出现在一处古色古香的水榭亭台之中，身上穿着的也是奢华的绫罗绸缎，彰显着主人家不凡的身份，让池小池一度怀疑自己是不是以小人之心度了主神之腹。

他本来以为，上个世界线娄哥利用主神的行为，会迎来一波打击报复的。

池小池在心里唤："六老师？"

毫无回应。

池小池意识到了什么，又问："娄哥，在吗？"

仍然没有应答。

娄影无法开口说话，这种情况又不是没有出现过，池小池也并不急于起身，枕在臂上，眯着眼睛打量四周。据观察，这里和上个世界线一样，是古代背景。

原主醒来前，应该是在这座凉亭小憩了一段时间。一方香榧木围棋枰摆在眼前，一盏黑子正摆在他的右手边。棋盘上一盘终了，黑子势如狂蛟，与谨慎的白龙盘游交战，大开大合，肆意狂舞，单看棋势，便知道原主的性格如何。

指尖仍有棋子残存的清凉之意。

池小池直起腰来，搓了搓指尖，拈起棋子，一枚枚收入棋盅之内，同时观察着自己的身体，做着基本的排除法，给原主拟了个简单的人物小传。

骨节宽大，指间有细伤，应该是习武所致。

根据他在上个世界线积累的经验判断，原主身上衣服的材质算是极上等的，腰间悬挂一个锦囊，锦囊布料的纹理独特，上书一个"时"字，或许是原主的姓。

池小池信手摆下了几枚棋子，第一手便是习惯性的落子天元，可见少年人的张狂无羁。

原主懂棋，脑子里有很多棋谱，看来受过不俗的教育。

原主睡下应该有一段时间了，没人来叫他，那么原主大概不是在他人家中做客了，不然哪有让客人单独休憩在通风处的道理。

池小池正想着，一名小厮便自回廊彼端匆匆而来，见面行礼，急道："小的可算找着您了！十三皇子到访，现在前厅，说要见您呢！"

池小池愣了一下。

没听错，是皇子。

他放下棋子，看着四周的装潢，满脑子都是富家公子受难的落魄剧本。

小厮催他："哎哟，大公子，您快着点儿吧。"

听到"大公子"三字尊称，池小池这才安心，装作未清醒的模样，由小厮引去屋中梳洗。

他在心中对娄影道："娄哥，世界线给我一下。"

他毕竟不是原装的，如果不弄清这个十三皇子是何方神圣，恐怕不好收场。

然而，他的脑中依然一片空白，并没像从前那样出现任何剧情。

池小池隐隐意识到情况有些不对了，并且很想去娄哥老板的办公室敲碎那个"猪脑壳"。

此刻的情况类似他之前在第五个世界线出现的情况。当时，娄影虽然被本地系统压制，不能出声，但实际上还存在于他的体内，因此至少他能拿到宋纯阳的世界线，也知道主线任务是什么。

但这次，娄影说不出话来，世界线也迟迟没有发放下来。没有世界线信息，就意味着攻略对象不明确，他也不知道原主的性格、身份，甚至是名字。

这个世界线只是普通的古代世界线，原主不过是个普通人，不能像季作山或是段书绝一样与他交流，告知他一些重要信息。

这也就意味着，他要下盲棋了。

而在棋局刚刚开始时，他就马上被安排去见一个和他相熟的皇子，至于这个皇子是敌是友，性格如何，来此做甚，根本无从得知。

池小池想，真刺激。

被引入屋中后，小厮取来另外一套衣裳，赶紧替他更衣。池小池注意到，这不是正装，而是一件稍微正式些的常服。

小厮是知道他与这位皇子的关系的，二人的关系应当不错，所以不必全遵君臣之礼。得出这个结论后，他有意放慢了穿衣的速度，想着说不定能从这个小厮口中得到些信息。

果然，那个爱操心的小厮一边为他挂上腰饰，一边唠叨起来："既然跟十三皇子有约，大公子就应该早早告诉小的一声才是啊！就算您忘了，阿书也能替您记上一二的。"

小厮能在他面前随口抱怨，看来他们的主仆关系也不错。

池小池笑道："是，阿书大人，小的下次晓得了，万万不再敢犯。"

阿书也乐了，跪下来替他整理衣襟："大公子私下里拿小的们消遣消遣便是。将军先前可嘱咐过您，与诸位皇子勾肩搭背，兄弟相称，着实不成体统。尤其是十三皇子……"

阿书压低了声音："您虽然做了他十年伴读，然君臣有别……"

池小池懂了，并仔细梳理着新得到的信息。

原主应该是将门之子，地位不低，给皇子做伴读。

能陪侍在大公子身边，这名唤作"阿书"的小厮显然也读过书。

除此之外，原主既然配得上"君臣有别"一词，还被父亲拉出来强调，看来这位十三皇子就算不是储君之尊，也是颇得圣意的。

池小池笑道："阿书大人，小的明白了。"

阿书咧嘴一乐："花朝节本就人多，再晚些出门就不方便了。亏得方才来寻您的路上遇见了阿陵，小的叫他先将马球杆取出来备好，不然可当真来不及了。"停顿了一下，他又说道，"也就是十三皇子，有耐心，总愿意等着您。"

池小池想，哦豁，恃宠而骄。

他转身面向镜子。

镜中人是十六七岁的少年模样，是最张扬无拘的年纪，青衫飘逸，眼中含星，纯银的眉心坠配上高马尾，是个如玉如璧的矜贵公子模样。

面对马上到来的乱局，池小池心里尚稳。

听小厮的口气，十三皇子显然与原主相熟得很。

在信息不全时，他不能硬着头皮强行与之接触，装病推脱是最好的办法。他仓库内各色卡片有很多，装个病糊弄过去不成问题，也不必事先知会小厮，大不了临阵吞卡，装作突发急病便是。

但现在，池小池很想先去见一见那个十三皇子。

如果娄哥也出现在这个世界线里呢？那他会是谁？会是这个十三皇子吗？

他刚收拾停当，走出门去，便又有一名小厮赶来催道："大公子，大公子，六皇子也来了，还有尚书府的瞿三公子，都在花厅中饮茶。阿陵在前头招待应付着，可六皇子性子急，要小的催您快些去呢！"

池小池只觉满头雾水：这都谁啊？萝卜开会吗？

不过他还是去了。哪怕跟萝卜不熟，先认认萝卜坑也是好的。

他走到花厅侧窗时，恰好能听到厅中几人的动静，便停下了脚步，"嘘"了一声，靠窗侧立，一副打算偷听的模样。

阿书在心里无声叹息，他家公子的顽劣性子又犯了。

但池小池想得很简单。没有世界线背景指导，他就是两眼一抹黑，连哪位是十三皇子，哪位是六皇子都不知道。万一进去逮着十三皇子叫六爷，他基本就没救了。

这就如同进考场做题，放眼望去，所有题都不会，先观望一会儿，总比全蒙C或者把答题卡放地上踩一脚，来得正确率高点。

厅中几人年岁相仿，均穿着常服，但按座位排布来看，身份倒是分得很清楚。

那瞿家公子随侍在六皇子身侧，低眉顺眼的，看样子是个好脾气的人，但跟娄哥那种骨子里散发出来的沉静相比，还是显得稚嫩许多。六皇子身着紫袍金冠，丹凤眼懒洋洋地向上睇着，似笑非笑的模样略显轻浮，眼神稍不注意收敛，便容易流于轻蔑。十三皇子看起来则稳重许多，端正地坐在座位上品茶，一身白衣绣着金纹，眉间有一道类似女子的竖纹花钿，倒很有晋代乌衣公子的风流气度。

观察下来，那位十三皇子的气质倒是与娄哥有些相似。

"十三弟，"六皇子拿扇子敲打着手心，"真是少见了。"

十三皇子略略一欠身，不管真情假意，礼节是做到了十足："是元衡礼数不周，诸事繁杂，实在无暇分神，改日定去六皇兄府上拜访。"

六皇子笑一笑，扬扇道："为兄随口一说罢了，莫往心里去。况且为兄平日忙碌，少在府中流连。偶有闲暇，也不过是邀停云吃上一两杯酒，踢一两场蹴鞠，放松身心罢了。今日为兄得了一壶好花雕，便想请停云去醉月居小酌一杯。衡弟可有兴致同去？"

话音刚落，六皇子便做恍然状："啊，是为兄忘记了，十三弟不擅饮酒。"

十三皇子面色平静，说："元旦时我便与他订下花朝之约，今日一同打马球，今夜要去参加尚书府投壶雅诗的茶会。"

六皇子微微转动着手心里的扇子，说："十三弟好雅兴，不如带为兄同去？"

十三皇子客气且疏离地道："自然是好的。"

这对兄弟"塑料感"太强，听得池小池脑仁疼，不过话语间，他拼凑出了自己的名字——时停云。

六皇子呷了一口茶，皱起眉来，似是对茶的兴趣不大，转头询问小厮："你家时大公子呢，怎么还不见？我们兄弟二人在此等候，他还嫌排场不够？"

那个专门待客的小厮阿陵是个人精，显然知道六皇子这话中多为调侃，并无责怪之意，熟练地替他换上酒盏，斟满清酒，恭敬地道："六皇子，请稍事等候，小的再遣人去催一催。"

十三皇子在一旁淡淡地道："六皇兄莫责怪，我没与他约见面的时辰。这个时辰，他不是在与人下棋，便是小睡。若是衣衫不整地见客，反倒失了礼数。"

六皇子"啪"的一声开了扇子，为自己扇风："十三弟的耐性可真是一等一的。但为兄性子急，可不好等人。"

他转头对小厮说："我再给他时大公子一炷香的时间。一炷香的时间一到，他什么样子我都会把他抓出来。原话转达，一个字都不许漏。"

小厮低头，恰好挡住了唇边的一丝浅笑："是。"

六皇子饮酒，十三皇子饮茶，瞿家公子端庄沉稳地立在六皇子的身后，那机灵的小厮阿陵为二位皇子斟茶倒酒。

池小池扶窗而立，很是头痛。

娄哥是哪个？这次的攻略对象又是哪个？

他们在里面吗？还是……

想到此处，一滴冰凉的液体突然从他的脸上坠落，刚刚好砸在木窗棂上，溅出了一朵细小的水花。

池小池一怔，抬手抚了抚眼角。

一片潮湿。

这不是他的意愿。

所以，是原主在哭？他在哭些什么？

乍然间，一股剧痛在池小池的脑中炸开，仿佛被盘古的开天斧从中间劈开，他发出一声闷哼，扶着窗户跪坐了下去。

随他一道偷听的阿书察觉有异，一转头，看见自家公子面白如雪，顿时慌了神："公子！"

厅中人也听到了窗外的动静。

举杯欲饮的六皇子动作一停："怎么了？"

小厮阿陵一听到闷哼声，便拔腿奔出门来，扶着他的胳膊，与池小池一道跪下，急忙抚摸他的额头："停……大公子这是怎么了？可是头痛？"

池小池想睁开眼看看这个小厮的脸，但一抬眼皮，额头便感到一阵锐痛，痛得他只能大口喘气。

耳畔杂声纷乱，他隐约听见有人砸了一个茶杯。

紧接着，一个人伸手扶住了他的胳膊："素常，如何？"

那是六皇子的声音，听起来是很真切的焦急，池小池记得自己以前发高烧住院时，Lucas带自己飞车赶去医院时也是同样的口吻。

池小池一抬头，入目的却是一张狰狞的血面。

六皇子生得很好的双目被剜去了，浑身尽是伤口，华服碎裂，衣不蔽体，竟是被活活打死的——仿佛有一部分世界线的内容进入了他的脑海，又仿佛是原主本身最黑暗而痛苦的记忆。

这记忆如刀斧，在被这刀斧带来的疼痛劈裂开来前，池小池昏了过去。

昏迷前，池小池的最后一个念头是：很好，省下一张用来装病的卡了。

池小池一晕倒，不管是花朝之约还是花雕之约统统作废了。

昏迷中，他总感觉有人在轻轻抚着他的眉心。很奇怪的是，池小池没感觉到多么难受和抗拒。那个人的动作很轻柔，让他觉得十分熟悉。

待他一觉醒来时，身旁只有一个小厮守着，正是那个在花厅中与六皇子熟练攀谈的少年阿陵。他摸一摸池小池的额头，动作一如他感到梦中人抚摸般的轻柔："公子可还头痛？"

池小池微不可察地一动，但他没有闪避，只应了一声"嗯"。

好消息是头的确不疼了，坏消息是他的脑海中仍然没有与世界线相关的所有信息。

池小池问："六皇子与十三皇子走了？"

"是。您已经昏过去一天一夜了。将军在镇南关，照顾不得，十三皇子就入宫请了一道旨，请李太医来瞧了瞧，说公子突发头风，许是歇息不好，或是受了寒，开了药，说要休养一些时日，若有反复，他可再来诊视。"

池小池觉得，就目前的情况而言，自己病情反复的可能性很大。

不想说话，感到悲伤，很难过……

阿陵坐在床头，轻声道："是子陵没有看护好公子。早知道不让公子在凉亭小憩了，该带您回来……"

然而，未等他自责完毕，阿书便敲了门入内。

他远远便听到公子的声音，知道公子已经醒来，便叩门而入，说道："公子，您的身体可好转了吗？公子师说有事要见您，请您到露华阁去。"

这一个个的都跟原主这么熟，让他连问一句公子师是谁都不好问啊。

他现在脑子里只有两个字：淡定。

所以他打算找个借口搪塞过去。正要开口时，阿书说道："公子师在您病中也来探访过，可能是将军有机密信件送来，要与公子交代呢？"

病中来过。

公子师。

池小池无端想到了那只在自己病中轻抚自己额头的手，坐起身来："我去。"

阿陵："公子，您重病初愈……"

池小池："好了。"

阿陵苦笑一声，单膝跪下，温和地道："我随公子一道去。"

那位公子师住在后院之中，远离其他人的居处，住处清幽静谧，倒真是个机要之地。阿陵显然是来过多次的，将他引至门前，叩门三下，房间里传来低低的咳嗽声，随后方有一声模糊的应答："进来吧。"

池小池推开门，入目的是一片军事沙盘。他自己进去了，又关上了门。

黄泥拟作丘陵山峦，卷纸化为江河湖海，流沙如米，上面插有各色军旗牌楼，标注出镇南关方圆百里内的战力单元。

沙盘前有一木轮椅，轮椅上坐着一个人。

单看背影，池小池便是心头一动。

是他。

他先前想得太多了。

其实，根本不需要比较语气、神态和行走坐卧的姿态。那个人，只要他认准过一次，就一辈子都不会认错。

公子师似乎能察觉到他心中的震动，将轮椅调转方向，转身面朝向他。

那是个标准的病公子，仿佛转动轮椅的动作都能震动他的气脉，惹得他咳嗽不止。他面上带着久病的苍白，与之呼应的，是眼角文有的一小片墨色黥纹，似乎是流放的标记。

池小池单膝在他面前跪下，问："你是娄哥吗？"

面前的人含笑摇了摇头，道："不是。"

池小池会意地一笑，俯身行礼："那，学生时停云，拜见先生。"

2

娄影想笑，然而张嘴就是一连串的咳嗽。

池小池单手撑住轮椅扶手，给他抚背："怎么选了这么个配置？"

娄影弯下腰缓气："只能这样。"

他试了很多次，但他的选择系统内被植入了一个异常程序，不管他选择什么身份，都是不良于行，走三步吐一口血的衰弱体质。

他试图回到主神空间，跟主神讲一下道理，保证动口，争取不动手，结果发现他连对接讯号也无法发出。他试图回到池小池的脑内，同样宣告失败。而且这个世界线不存在网络，信息获取基本靠语言，查找资料基本靠手。

然而，受到诸般限制的娄影根本没法向池小池详细解释这句轻飘飘的"只能这样"又是哪样。

好在池小池的脑子转得快。他说："臭脑花。"反正骂主神就完事儿了。

娄影笑："嗯。"

池小池指了指自己的眼角，问他此物来源。

"这个？"娄影抚着右眼角的墨色黥纹，换了个口气，"鄙人于风眠，字九歌，幼时逢天下大旱，族叔贪墨赈灾钱粮，官逼民反，引得朝野震荡。皇上大怒，判处全族刺字，流放边境。将军守境时，微服入镇寻访探子踪迹，偶遇鄙人，与鄙人谈论兵法，甚为投契。鄙人幸得将军青眼，将军向上奏禀，聘鄙人为公子师，送回都城，在将军府中赐院而居，教导公子兵法。"

说完后，他问池小池："喜欢这个剧本吗？"

池小池说："还行。"

他分神看着娄影眼角的黥纹。黥纹的形状不错，像是眼边开出的一朵花，但含义就不怎么好了。为了让边境之人看懂，刻的是南疆文的"国贼"二字，是极肮脏又颇具侮辱性的词汇。

但配合着娄影白得几近透明的皮肤，反倒不那么刺眼了。

言归正传。

池小池起身，道："主神把世界线给昧了？"

"昧了。"娄影说，"至少我这里没有接收到。"

池小池说："好极了。我现在就是掉进狗群里的肉包子。"

娄影："不怕，我来抢你。"

池小池把衣服解下来给他披上，说："哎哟，您都这样了，还抢呢？照顾好您这副身板儿吧！"

娄影说："为了你，是得照顾好，还要长命百岁呢！"

然后，他看到池小池的脸色变了一变。

娄影的心猛然感到刺着一疼。

他好像踩雷了……但池小池连安慰的机会都没给他。

他的神色迅速恢复了正常，说道："我先说我这里的消息。原主时停云，将军之子，表面上有两个亲近的小厮，跟两个皇子关系不差……原主还挺能混的。我在看到他们几个的时候突然头疼，看到了点东西，应该是原主本身的记忆，不过信息不全，暂时没有多少参考价值。你那边呢？"

娄影点点头，说："我知道的比你多一点儿。"

他摇着轮椅往后退了半米，说："去看过你之后，我把这里的书简单翻了一下。"

池小池看着这里七八个架子上的上千本古籍，有点眼晕，心里又难免把他家娄哥表扬了一小下。

这回原主的身份颇为显赫。其父乃世袭的镇国将军，儒将时惊鸿，祖上便随王战天下，打下了一座江山，定都望城。王不疑将，将忠于王，就这样，有从龙之功的时家一跃成为望城内除王族外最煊赫的家族。

时家祖训，碧血侍君。时家七代，包括时停云在内，个个有儒士之风，偏又骁勇异常。

时停云，字素常，家中独子，母亲早逝，少习弓箭，百步穿杨，一杆银枪更是使得出神入化，六岁时成为十三皇子元衡的伴读，擅弈，擅书。在他十六岁时，南疆作乱，时停云主动请缨，初上战场便连斩南疆三将，一战成名。

饶是时停云如此争气，却仍令其父头痛不已。他为人豪爽，喜欢交朋友，而且不拘身份，若能投了他的缘，街边混混都能分他一口酒喝。

如果只是这样的话，时将军恐怕还不会这样烦恼。时惊鸿将军年幼时也当过当今圣上的伴读，他秉承家父教导，谨言慎行，丝毫不敢逾矩，与圣上相处得宛如兄弟。

但时停云比他跳脱得多。他不仅和皇上的七八个皇子都关系不错，与六皇子、十三皇子更是私交甚密。

时将军常常听说时停云邀两个皇子去赛诗会、赛马场、打马球，偶尔还会逛一次花楼。

时将军每听说一次，眼前就黑一次。

六皇子严元昭乃先皇后所出，为人无羁，足够聪慧，却生性贪玩，失于纨绔。不过圣上对先皇后情愫颇深，自她亡故后再没有立后，这也给了他足够的资本，可以在不触及皇室颜面的前提下横行无忌。

十三皇子严元衡，其母曾位列三妃，后因行事不当，被降为低位宫嫔。但皇上并未因此苛待幼子，颇欣赏其才，还为他寻了时停云做伴读。严元衡也不负这份期待，灵秀异常，文武兼修，读过的书过目不忘，若单拼剑法，时停云也未必能从严元衡这里讨到便宜。

但大抵是因为母亲受罚遭贬，严元衡为人高度自律，生怕行差踏错，处处恪守礼节，不沾酒，不近女色，卯时整起身，亥时整歇下，是个年纪轻轻就在保温杯里泡枸杞的主儿。

时停云倒不介意他闷葫芦似的无趣性子，喝酒喝上头了，也爱拿十三皇子开玩笑，常道，老古板，来，给你时爷乐一个。

幸亏时将军没听到爱儿这等大逆不道之言，否则非得吓得心脏骤停不可。

某次回望城述职时，时惊鸿诚惶诚恐地具表向圣上请罪。

"时爱将，莫要忧心。"皇上倒是开明，"素常是朕看着长大的，他前途无量，又年少轻狂，性情跳脱一些，自是无妨。元衡与元昭也已成年，有自己的决断，你我又何必干涉呢？"

当今皇上正当盛年，性情温和，为人仁厚，是很合格的治国之君。他教养出的皇子看起来也都规规矩矩的。

一切看起来都很正常。

然而在时停云昙花一现的记忆碎片里，六皇子严元昭死时，跪在一块着了火的牌匾上。

那个背景，怎么看都不像是太平盛世。

将许多碎片信息整合起来后，池小池问娄影："那两个小厮呢？"

娄影说："去探望你的时候，我装作不熟识他们，分别与他们二人聊了聊。阿陵还好，是中原出身，奴契俱全。但阿书是南疆人。"

池小池吹了声口哨，说："看起来不像。"

"是不像。"娄影说，"他也没避讳，自己说父母早逝，幼年时随祖父母入关，祖父母染疫病死后无以为生，入了仆籍，因为性子敦厚，被将军府买了下来。时停云的南疆话就是跟他学的。"

"阿陵呢？"

娄影问："你怀疑他？"

池小池想到自己在晕倒前听到阿陵那半句将说未说出的"停云"，说道："我谁都怀疑。"

在剧情未分明前，他甚至有权怀疑六皇子严元昭，毕竟结局悲惨也不意味着什么。

娄影说："时停云很喜欢阿陵。"
池小池等着娄影的下文："嗯。"
娄影："没了。"
池小池："嗯？"

直到在将军府中住了些许时日后，池小池才知道这句话为什么这么简单。
因为就是这么简单。
阿陵来得比阿书更晚。
他十三岁入府，学什么都一点即通，枪法、书画、棋艺、箭术、兵法，样样不差，他为人又活泼机灵，待人接物都颇有气度。
时停云在爱才之心上与父亲如出一辙，很是看重他，初次上战场时还带上了他，提拔之意再明显不过了。
而阿陵也没有给时停云丢过人。虽然他没有真正上战场浴血杀敌，但做一个联络官，亦是有模有样。
回来后，时停云更是去哪儿都带着他，对弈、练枪、骑马，有心培养他，将他从仆籍擢出，叫他出人头地。
池小池想了想，问："阿书比阿陵早入府，对这样的偏宠有什么意见吗？"
池小池能想到的问题，娄影都替他想到了。娄影说："阿书自己说，他伺候人的才能比行军打仗的才能更高，各人顾各人，没什么意见……当然，这些话的真实性仅供参考。"
池小池长出了一口气。
目前的情况也就是这样了。事情并没有变得更好，但好在他了解了一些情况。
时家传统，只娶一妻，不纳妾室，自时母病逝，时惊鸿将军便未再娶，常年驻守镇南关，现在将军府里是他这位大公子主事，他的自由度也很高。于是，他决定先行使身为大公子的主权，带娄哥出去散个步。外面春光明媚，总是宅在屋里，对身体不好。
娄影很听话，找了顶黑色的三纱幂篱给自己戴上。他解释道："我见光见风，眼睛会不舒服。"
实打实的脆皮。
池小池闻言，突然就想到，刚才娄影是不是就这样戴着幂篱，一个人坐着轮椅，骨碌碌地摇过去，又一个人摇回来。
娄影仰头问他："在想什么？"
满脑子都是孤寡老人公益广告的池小池开口："没什么。"
娄影抬手摸了摸遮在幂篱下的右眼，说："这个也不方便见人，只能给你看了。"
池小池突然就觉得这个黥纹好看了起来。
娄影叹息道："如果不是要做足全套戏码，应该用南疆文纹上'池小池'三个字才好。"

话还没说完，他就咳嗽起来，自觉是话说得太多，遭了天谴，索性闭了嘴。

天已回暖，但娄影的手还是冷冰冰的。池小池把衣裳给他紧了紧，又灌了个汤婆子给他抱着。

做好万全准备后，他推着娄影的木轮椅，走出了光线昏暗的露华阁。外面草长莺飞，带着暖香的风撩动了幂篱，露出幂篱中人略微尖瘦的下巴。

池小池推得很慢："先生，跟我讲讲边疆战况吧。"

娄影笑一笑，指尖在膝上缓缓摩挲着，慢慢讲了起来。

本朝暂无内忧，外患倒是不少，屡平不尽的南疆是其中最大的一处心病，还有北边的莽人，虽已式微，但也有不臣之心。所幸其力量不足，因此只要守好镇南关，令北莽与南疆无法联合，便无大碍。

两个人一个教，一个听，看起来倒真是一对正在漫步的师生。

正事谈完，二人也到了池小池的卧房附近。

娄影话说多了，吸了些冷风，又开始咳嗽。

在娄哥面前规矩久了，池小池突然想犯个坏，摁都摁不住。池小池趁机给他拍背："娄哥？"

娄影一边咳嗽一边偏头看向他。

他故意道："这么不舒服，为什么一定要个身体，怎么不回到我脑子里来住着啊？"

娄影咳嗽得更厉害了。

池小池刚自觉扳回一局，就听出娄影的咳嗽声里带出了一点儿笑意。他缓过一口气，抬头认真地道："这次条件不允许。下次争取回去，多住几天。"

池小池想：完蛋，翻车了。

娄影自然是知道见好就收的，他一本正经地说道："不过不舒服也有好处。"

池小池低头看他。

他说："我先病一回，以身作则。希望以后某位病人也要听从医嘱，好好治疗。"

池小池说："得看是什么人下的医嘱。"

娄影说："挑剔可不好。"

池小池说："我别的不挑，就挑这个。"

娄影抬头看他。和他相处了这么久，他很清楚池小池哪句话是有意而为，哪句话是在开玩笑。

同时，池小池在自己的卧房前停了下来。

池小池说："将先生一人放在阴冷的露华阁，学生是于心不忍啊！"

娄影明白了他的意思，忍不住笑道："我的东西都还在露华阁。"

"人过来就好，东西总会备齐的。"池小池弯下腰来，眉眼含笑，"主要是觉得一双眼睛不够，想请先生帮我盯着点儿人。"

他指的是阿书和阿陵。

娄影当然是默许了，并对他刚才的言论表示肯定和赞美："你真像个纨绔子弟。"

池小池一耸肩："我演过。"

娄影刚想说自己都记得，就见阿陵从一侧匆匆而来。

瞧见娄影时，阿陵微微一怔，退后两步，先向"公子师"行了礼，方才道："大公子，十三皇子来了。"

池小池愣了一下，干脆地道："说我卧病。"

阿陵犯愁道："小的试了试十三皇子的口风，他说，若是您还病着，便要进来探望您了。我也不晓得您何时能从公子师那里回来，怕十三皇子扑个空，只好照实说了。"

末了，他又补充道："十三皇子说不急，在花厅等您。"

3

闻言，池小池也没什么别的选择，只能去见一见十三皇子。

和上次相比，严元衡除了换了个位置，坐在了六皇子上次坐的上首，整个人的动作、姿势、神态，差不多是复制粘贴过来的。

池小池怀疑他喝的茶都是按照同一个比例泡出来的。

池小池进入花厅，按照上个世界线里参见赤云子的姿势行礼："参见十三皇子。"

坐在上位的严元衡明显地愣了一下。

池小池：很好，砸锅。

这两个人的关系可能比池小池设想的还要近一些。

他的反应不慢，对严元衡俏皮地眯眼一笑，麻利地救了自己的场，把原本有些严肃的行礼变成了一场玩笑。

严元衡没再怀疑，放下茶杯问："身体如何？"

池小池起身，答："李太医自是医术一流。"

严元衡皱眉道："头风缠绵难愈，莫要小觑。"

池小池玩笑道："劳烦十三皇子了，不知昨夜点灯熬油，看了几本医书啊？"

严元衡举杯饮茶，一言不发。

不过是翻了十余本医书，背了些关于头风的部分。

池小池想，好一个冷酷男孩。

严元衡完全不知道自己现在在池小池心目中是怎样的形象，喝过茶后，他便望着池小池，一言不发，像是在等待他开口。

这是猜心题吗？少年。

要是换了别人来，眼前人兼具皇子和故交双重身份，搞不好就会崩盘，估计早就慌得到处爬了。但池小池不会，他胆子大，而且敢发言。他正色说："十三皇子，抱歉，花朝之日，我失约了。"

严元衡也察觉到了他话中的距离感，有点不适应："无妨。"

时停云性子活泼，在他面前，从不怕冷场。如今他好像不愿同自己多说话，而严元衡还没试过自己主动找话题，一时间竟不知该如何开口了。他深思熟虑很久，才问出了个早问过了的问题："身体如何？"

池小池不动声色地打太极："李太医自是医术一流。"

"人类的本质就是复读机"。

"如果将军府有事的话，我就不叨扰了。"严元衡品出了些送客的味道来，猜想时停云大概是有事要忙，才无暇应付自己，便识趣地起身告辞，并在一低头间掩饰好了心中的不快。

严元衡自年初起忙碌至今，为的就是让父皇看他入眼，好求来连续两日的休沐。他元旦时就约好同时停云一道去打马球，为此期待了整整两个月。

时停云做了他十年伴读，在南疆打了两年硬仗，凯旋归来后，自然不会再做他的伴读了。

自从他返回望城，父皇便有意调拨他去兵部任职。

时停云自称怠懒，婉拒了。

但严元衡知晓，他是严遵时将军之令，除了带领冠以王族之名的北府军外，时家不沾染任何朝堂中事。

于是，年纪轻轻的小将军开始了他逍遥的纨绔生活，而严元衡却有无数政事要协助父皇处理。他们都不再是孩子，能在一起的时间少之又少。但在严元衡心里，时停云仍是那个敢偷六皇兄的酥饼给他吃的小伴读。

严元衡深吸了一口气，起身，路过他身边时，他有些按捺不住，按住他的肩膀道："素常，你……"

他本来想说些什么，但指尖刚碰上严元衡的肩膀，时停云便脸色骤变，身子剧烈地颤抖了一下，双膝狠狠地砸到了花厅的地面上。他脱口而出："小奴卑贱，不敢玷污皇子万金之躯。"

被跪的严元衡愣住了。

跪地的池小池想：可真疼。

严元衡这下脸色是真的不好看了。以时停云的个性和骨子里的矜持，哪怕是玩笑，自称为"奴"，这也实在过分了些。

他后退两步，皱眉不语，等时停云给他一个解释。

眼前的时停云微垂眼睫，神态如常，看起来并不打算解释，也并不像开玩笑。

这倒把严元衡搞糊涂了。

这算什么？难道是严将军又因为自己与他走得太近而训斥他了？还是他听了那些不着调的闲言闲语，故意自贬，打算同自己划清界限？

严元衡心里乱成一团，也不想听时停云的解释了："罢了，你起来吧。"

池小池从善如流，坦然起身，顺势观察了一番严元衡的脸色。

好了，心事重的严十三皇子大概已经有了自己的理解。

没有世界线，那意味着谁都不可信。既然如此，池小池便试着打破一下既有的平衡，也许会有意料之外的收获。

但他没想到收获来得这么快。

严元衡走到门口时，转过身来，恰与送他出门的池小池面对面。

"我对你并未存半分利用之心。"严元衡道，"那些市井流传的无稽之谈，你莫往心里去。"

严元衡冷冷地解释完后，一回头，绊在了门槛上。不过十三皇子毕竟是十三皇子，王族包袱相当重，稳住底盘后就走得潇洒如风，一眨眼就没了影儿，刚结结实实地跪了一下的池小池追过了两道月亮门，愣是没撵上。

他折返回花厅。

娄影已经等在里面了，手里握着一管伤药。

严元衡还在时，池小池便注意到窗边有一道飘起的黑幂篱。

娄影看到刚才发生的一切了，注意到池小池进来，他敲了敲身旁的椅子。

池小池乖乖地上前坐下，卷起裤腿。

刚才下跪那一下，膝盖磕得当真不轻，红了一大片，可能还会变得青紫。但看到原主的腿时，池小池也愣了一下。左小腿上有一道极其明显的暗红色旧伤，当初应该是被大力打断了骨头，右腿侧面像是被马刺划的，伤疤沿着肌肉一路上行，直消失在微肿的膝盖上方。

相比之下，这一跪就跟蚊子咬的似的。

池小池看着这伤，就觉得没必要上药了，正要把裤腿往下拉，突然觉得小腿一凉。

娄影已经把药涂在了他的小腿上。

娄影把幂篱掀起，低下头，给他涂药。

池小池看着天花板，小声咕哝："小伤。"

娄影把药膏涂抹开，还被药味呛得轻咳了两声。

池小池："就跪了一下。"

娄影没有回应。

池小池说："用个屏蔽痛觉的卡就行。"说完，他忍不住把视线下移，却发现娄影一边轻轻地为他涂药，一边抬头看他。

池小池玩笑道："先生，不用这样吧。"

娄影认真地道："我觉得很有必要。"

娄影也不做更多分散他注意力的事情，适时地把话题引上正轨："刚才，是时停云？"

池小池"嗯"了一声。他自己当然不会无缘无故地下跪，那就只能是原主了。

娄影："时停云为什么要跪严元衡？"

池小池回想当时双膝着地前的感觉。脑袋里是麻的，一阵一阵的嗡嗡作响，等响声结束，就发现自己已经不由自主地做了某件事。

这种感觉对池小池来说很熟悉。

"PTSD，创伤后应激综合征。"上好药的池小池把裤腿放下，说，"跟我吐的时候一模一样。"

娄影沉默了片刻。

池小池不说，他也不好问池小池当年究竟发生了什么，为什么会落下这样的症结。他只能转移话题："他在怕谁？严元衡？"

池小池："说不好。"

池小池回想着时停云那句"小奴"，心里做着各种假设。按说创伤后应激综合征犯起来总要有一个特定的触发点。当时，严元衡拍了他的肩。

片刻之后，脚步声与通传声一起从外面传来。

"大公子！六皇子……"

紧接着是六皇子严元昭的一声爽朗的招呼："时停云！出来接客了！"

严元昭颇爱紫色，今天来，换了件比昨日更奢华的紫绸描金长袍，还提了只金丝鸟笼来，交由他身后的瞿公子提着。天家风范看不出多少来，倒更像是哪家风流潇洒的公子哥儿。

一入花厅，看到那个坐轮椅的人，严元昭先愣了一下。

娄影已经将幂篱放下，欠身道："草民于风眠，拜见六皇子。"

池小池则介绍道："我家先生。"

严元昭隐约记起来，时停云家里似乎有一名公子师，听说是有疾在身，不良于行，不能常出来见人。

严元昭好奇地伸着脑袋打量了一阵儿，可惜只看得清一个英俊的下巴颏儿。

六皇子在此，他留在此处也不妥当，于是娄影恭敬地表示告退。

目送他离开后，严元昭道："年纪不大呀。我还以为是个老学究呢！"

池小池尽力摸索着与他的相处之道："十三皇子刚离开，你便来了。你们俩还真是好兄弟。"

"方才在门口，我与他碰见了。"严元昭满面春风，一屁股在上位坐下，"元衡说你有事。我告诉他，那是托词，我一来，你准没事儿。"

池小池想：兄弟，你这么会聊天的吗？

瞿公子在严元昭身后站定，乖觉得很。

严元昭展开扇子，说："只要喝几壶花雕，保管你药到病除。"

入池·3

池小池言语间一直在试探与严元昭交谈的下限，后来他发现，这哥们儿基本上没什么下限。

他从瞿公子手里接过金丝鸟笼，放在桌上，拿扇骨敲一敲笼壁："喏，这鸟给你拿着玩儿。没见过吧？"

池小池接过来，明知故问："这什么？雉鸡？"

"你去趟边境，回来看什么都是雉鸡。"严元昭扫兴地道，"画眉，近来城里最时兴养这小玩意儿。"

池小池举起来，端详画眉殷红的嘴。

严元昭眉心一抽，拿扇子指着他："你再给我炖一个试试。"

池小池心道：原主这么猛的吗？

严元昭："装傻是不是？上次六爷送你的蛋可是黄金龟的。"

池小池"啊"了一声："怪不得那么好吃。"

严元昭啐了他一口，指着画眉笼子说："见此物如见六爷，可明白？"

"是。"说着他转向画眉笼子，恭敬地道，"请六皇子安。"

严元昭："时停云，你是不是想死？来人啊，把这个以下犯上的东西拖出去砍了。"

池小池："六皇子，你杀了我，我时家就绝后了，你还要把鸟拎回去。"

严元昭对着空荡荡的厅堂飙戏："啊，那算了，都退下。"

和他相处，的确比和严元衡轻松、有趣得多。但池小池偶尔和他视线接触时，总会想到他一脸血地跪在地上的样子。

他没有穿着这身寸布寸金的紫袍，战甲染血，战盔破损，那张年轻俊朗的面容被干涸的血覆盖，他的手指折断了，向不同的方向蜷曲着。

严元昭一边用金丝扇扇凉，一边提议出去饮酒，再打马球。

池小池说："头风。"

严元昭道："相信我，一壶酒下去，包你百病全消。"

池小池说："我相信你才怪。"

严元昭说："停云，你是怕十三弟知道你跟我出去，不跟他出去，心里不爽快吧。"

池小池说："不然呢？"都是皇子，他可以疏远严元衡，但没必要故意跟严元衡对着干，惹他不痛快。

"算了。"严元昭说，"我也就是想气气十三弟，他生气可好玩了。还记得吗，小时候我骗他，说你马上就要变成我的伴读了，他气得躲起来偷偷哭，哈哈哈哈。"

池小池想，这是什么狗哥哥。

严元昭痛心地道："哎，长大了就不可爱了。罢了，不提不提。下棋下棋。"

严元昭虽然看起来吊儿郎当，却是不错的棋手，与池小池杀得有来有往。

最重要的是，他话多。他一边观棋，一边问："哎，你家阿陵呢？"

池小池注意到，他没问阿书。他拾起一枚黑子，说："你想他啦？"

严元昭落子："可不是，他倒的酒最合我心意。"

池小池揣摩着时停云对阿陵的心思，回护道："他并非只有斟酒之才。"

"得得得，听你吹他，听得我的耳朵都要起茧子了。"严元昭掏了掏耳朵，"你家阿陵天纵奇才，是九天英灵下界，若不是家中穷苦，不得已将他卖为奴身，定然前途无量。高兴了吗？"

池小池："你说得对。"

严元昭把自己刚下的棋子拈起来去砸池小池："去你的吧。"

池小池一下子准确地接了过来。

严元昭扬一扬扇子："给六爷放到棋盘上去。"

池小池把子落回他方才下的地方。

严元昭一扇子打在他的手背上："下哪儿？乱下，下这儿。"他指了指另一个距离原子落处十万八千里的地方。

池小池马上揭露他的险恶用心："落子无悔。"

"六爷刚才就下在这里。"严元昭睁着眼睛说瞎话，"不信你问瞿英。"

瞿英面不改色地道："是的，六皇子说得对。"

好的，池小池认栽。

严元昭又道："瞿英，这一两日，望城内可有什么新鲜事吗？说来给我们卧病的时大公子解解闷。"

瞿英是严元昭的伴读，也是随几人一同长大的。

他一一数着："这一两日倒也无事。西城云香阁入了新话本，听说有些趣味；有一北莽商队进入望城，带了好些新鲜玩意儿和瓜果来；昨日是花朝节，街上热闹得很，马球比赛是兵部乔侍郎之子乔枢星拔了头筹，诗会则是曲家二小姐点了状元……"

活脱脱一本望城娱乐百科全书。

严元昭望着对面正在细心观棋的挚友，道："怎样？"

池小池："什么怎样？"

严元昭："你一战过后，严将军不留你在军中历练，而是将你遣回望城留守，你再想想自己的年龄……心里难道还没数吗？"

池小池优雅地落子："我还小呢。"

严元昭觉得今日时停云的面皮要比往日要结实许多。他说："云弟，你今年满打满算十九。那乔枢星十六岁，已经有三个通房了。"

池小池淡定地使用"长辈防身术"："我爹不让我纳妾。"

严元昭："那正妻总要相看相看吧。"

池小池抬头看了一眼严元昭，温柔地一笑。

严元昭被他笑得没底，展了扇子挡住半张脸，靠近池小池："时停云，六爷要你个准话,你可打算娶妻?"

池小池不答。

严元昭有些心急,脱口而出:"你不会和阿陵真如传言那般吧?"

4

池小池不动声色地套话:"你怎么会这样想?"

严元昭略略正色:"你别管六爷怎么想,六爷想知道你是怎么想的。"

池小池不言声。

"时家到你这一代,就你一个出挑的。你那俩堂兄,一个是儒生,另一个是武将,跟你相比,说句资质平平都是勉强。"严元昭说。话说到此处,严元昭方觉不妥,主动伸手压住了棋盘。

池小池一心梳理他话中的人物关系,因此只淡淡地看了他一眼。

严元昭警惕地道:"往日我若这样说,你定要同我掀翻了桌子的。今日怎么转了性?"

池小池淡淡地道:"我这一局要赢了,掀翻什么桌子。"

严元昭立时被激起了性子,说:"六爷让先,你还能赢?"

池小池:"敢问您何时让了先?"

严元昭大言不惭地一指刚才他落子之处,说:"正是方才。"

三局罢了,严元昭被池小池杀得片甲不留。

天色已晚,意犹未尽的严元昭被时小将军以"臣要早睡,明日先生布置有早课"的理由,半请半扔出了将军府。

待坐上马车,严元昭仍是不肯罢休,对瞿英道:"瞧见没有,其实是我让他。"

瞿英却欲言又止:"六皇子。"

严元昭掀开香炉盖子,去查看今日马车内燃的是哪一种香:"何事?"

"棋归棋,酒归酒。"瞿英低声道,"瞿英斗胆,请您别忘了您最初与少将军交好的目的。"

严元昭把莲瓣状的青铜盖放回原处,沉默不语。

他用金丝扇拨开珠帘,向外张望。他眼前是将军府的匾额,"镇南将军府"的光彩,历经七代,煌煌不褪。藏书阁的"鸿风懿采",三凉亭的"波光云影",正厅的"褒忠",这将军府中一多半匾额都是他父皇的墨宝,亲笔所书,亲口赐下,何等荣宠。

但单从外观来看,将军府砖墙灰蒙蒙的,不饰金玉,低调而内敛,静静地立于望城金碧辉煌的王城之外。

时家是严家世代的堡垒与侍从,终始如一,一字为忠。

他放下帘幕，扬声道："走了。"

池小池刚出完外景，还没来得及喘口气，就又来了一个不大不小的麻烦。

阿陵来请他，道："请公子净手后用晚膳。"

今夜的菜色不错。一品灌汤黄鱼，一品开水白菜，一品豆芽火腿，一品粉蒸肉，一盅三鲜汤，一小碗馄饨，汤汁极鲜，是用乌鸡和鲜笋炖煮许久，撇去浮沫油渣，取最清的汤煮成的。

池小池看一眼菜，道："每样给先生送一客去。"

阿陵一边给他夹菜，一边道："已经送去了。先生脾胃虚弱，故少送了些难克化的肉食，多添了一客燕窝。"

池小池盯着阿陵的手看。

阿陵汲了热水来，用毛巾蘸了，拧干，给池小池擦手："公子心中挂记之事，子陵会替公子一一做好，请公子放心。"

池小池擦完手之后胃口全无，举箸吃了两筷子，觉得有点浪费，便自然地道："你也没吃吧，一起？"

阿陵一笑，似乎对这样的荣宠已是习以为常："谢公子赏。"

说罢，他速速取来了备用的碗筷，站着用饭。

看来时停云果然与阿陵更亲厚些。相比之下，阿书更啰唆。

阿陵大名褚子陵，阿书是南疆白族出身，汉名李邺书，显然都是从读过书的人家出来的，可见父亲为他遴选身边人时有多么用心。

相较于话痨的李邺书，褚子陵为人处世更机灵周到些，天生一双桃花笑眼，未语笑三分，讨人喜欢，却不会失于轻浮。

在池小池碗中的馄饨汤快喝完时，他便适时地添上，眼眉弯弯的，一看便知心情不错。

池小池温和地问："笑什么？"

阿陵坦诚地道："公子身体转好，子陵心中高兴。"

池小池接过汤碗："你方才去哪里了？六皇子还提起你了。"

"六皇子这般挂记子陵，子陵不胜惶恐。"阿陵笑道，"但还是请公子饶了子陵吧，若是子陵在旁，六皇子定要报上次三子之胜的仇的。"

池小池"嗯"了一声，吩咐道："一会儿把我屋子里的西暖阁收拾出来，从今往后，公子师宿在西暖阁就行。"

这倒是让阿陵愣了一下："公子？"

池小池一本正经地道："近来父亲时常传书过来，通报边疆要情，我有许多事情要请教先生。父亲叮嘱我要多与先生相谈，如此一来，方便交流。"

"是。子陵记下了。"阿陵顺势应下，"只是子陵一人，整理的动作会慢些，待饭后，子陵调几个外院的人来帮忙收拾吧。"

"阿书呢？"

"您许是睡忘了？"阿陵说，"阿书的幼妹阿清在城郊的祁员外家做事，您特准阿书每月十三出去探望她。今日本来是阿书探亲之日，为着照看您的身体，阿书晚上去了几个时辰。临行前他还记挂着公子，说要去北莽商队那里买些静心的香料来给您用着呢！"

池小池不言不语，暗暗记下一些关键点，打算晚上回去跟自家先生好好交流一番。

到了晚上，娄影本就寒凉的体质愈发明显。整个人在西暖阁里都止不住发抖。无法，池小池只好一边抱怨这次的人设不够人性化，一边带娄影去汤池沐浴。娄影腿脚不便，无法行走，池小池便一路照顾着。

泡在汤池里后，娄影才感觉血液重新流动了起来，他问："你怀疑谁？"

池小池想了想，说："都有问题。"

严元衡性情太过内敛，心思倒不算难猜，但谁也不知道他这番心思会酿成怎样的后果；阿书的南疆出身略有些尴尬，还会定期离府外出，去向值得关注一下。

娄影问："阿陵呢？"

池小池说："待观察。他练武，手上有缠过胶布的痕迹，其他看不出什么，只能看出他的确得时停云的信任。"他停了一停，"严元昭……"

在池小池看来，严元昭本身没什么问题，但他与时停云交好太过，宛如兄弟，毫无隔阂，便有些诡异。

娄影在此时动了，他把食指抵在了池小池的太阳穴上，道："这个严元昭，我与他碰面时，在他身上放了些东西。"

下一秒，瞿英在马车里与严元昭的对话尽数传入耳中。

池小池静静地听着，心想，严元昭与时停云交好，究竟有何图谋呢？

二人心里记挂着正事，沐浴完毕后便折返回房里，期间谈了一路，汇总了一下现有信息。

回房后，池小池看着娄影在西暖阁里躺好，才返回自己的房间安歇下来。入春不久，天还有些寒意，为着娄影的身体考虑，整个屋子都添置了暖炉。

或许是太热而且睡前多思的缘故，池小池睡得并不安稳，闭上眼睛，便是一夜乱梦。

梦里，池小池独身一人走在一片朦胧的血雾里，鼻腔里满是血腥味。

他在一座城中跟跟跄跄地行走，手上与脚上都戴着极重的镣铐，吸入一口气，吐出来的都是血，刺得喉头发甜发涩。

他很清楚这是原主的梦，但他什么也看不清，唯有人语不绝，从他耳边风也似的掠过。

"报！南疆反叛！时惊鸿将军被鸩杀！"

"公子……将军他……"

"一个黄口小儿而已，他带得起北府军吗？不是打过仗便会整军的！"

紧接着是阿书的声音："公子只是上过战场而已！要他带领整个北府军……太难了啊。"

阿陵："我会在公子身边，你看好家，我会回来的，与公子一起。"

接下来是阿陵充满欣喜的声音："恭贺公子旗开得胜！"

此后，便是很长一段时间的静谧。

他一步步漫无目的地在血雾中穿行，一度以为要抵达梦境的尽头，直到……

"时停云，你以为六爷为何与你交往？"他突然听到一人声嘶力竭地道，"不过是因为你姓时！你姓时！"

那今日还与他下棋玩闹的浪荡客，声音沙哑，带着令人头皮发麻的决绝之意："你以为我严元昭还是你的挚友吗？不是！一开始便不是！"

场景豁然一变，四周血雾顿散，池小池坐在一处监牢里，垂目看着腕上的镣铐。

牢门传来"吱吱呀呀"的开启声。他转向牢门处，一名华服公子着步云履，缓缓行至他面前，在他身前单膝跪下。

那是十三皇子，严元衡。他鬓发有些乱，嘴角染血，像是刚经历了一场大战。

池小池没有说话，只是平视着他，口中控制不住地念念有词。

严元衡一言不发，扶住他的后颈，安抚性地按揉了两下，随后，一把锋锐的东西抵在了他的咽喉处。

严元衡下手极狠极快，一刀断喉，鲜血瞬间喷溅而出。

颈部被划开的疼痛让池小池骇然从床上弹起，侧身干呕两声，挣扎着下地，扑至书桌前。他扯过一张纸，就着砚中残墨，回忆着梦中的喃喃自语，颤抖着手，把时停云梦中所言一字字写下来。

末了，他丢开笔，坐在椅子上，喝了一口冷茶，方才平静下来。

娄影听见声音，从西暖阁里出声问道："怎么了？"

池小池抓起宣纸，冲到西暖阁，把那张纸亮给娄影看。

时停云在梦中一直对着严元衡反复说着同一句话。

"小奴卑贱，不敢玷污皇子万金之躯。"

5

听池小池详细说过梦境，娄影蹙眉道："是日有所思吗？还是时停云想提醒我们什么？"

池小池说："不管是什么情况，现在得做一件事——写折子。"

娄影接道："去镇南关。"

池小池冲娄影一挑眉，扬声唤道："阿陵！阿书！"

"镇南关？"

在外间小睡的阿书被唤入内后，本来是昏昏沉沉的，乍一听到此事，登时精神了不少。他问："可是将军那里出了什么事情？"

池小池说："逍遥的日子过上一两个月还有滋味，成日这般浪荡，我也倦了。今夜得一梦，醒来甚是惦念父亲，便想去镇南关陪一陪父亲，尽一尽孝道。"

听闻没有战事，阿书似乎放下了心来，叹了一口气："公子，您怎么又提这事？上次从镇南关回来，您一身是伤，腿上的伤将养许久才没落下病根来，现在瞧着还吓人呢！阿书就盼着边疆万年平安，您能天天在家，少做些舞刀弄枪的事情，早日聘个少夫人，开枝散叶……"

阿书唠叨得让池小池焦心。

"好啦好啦，我晓得我是咱们时家村里唯一的希望。"池小池托腮笑道，"烦请阿书大人为我磨墨，明日一早我好递折子上去。"

阿书语塞，又叹了一口气。

"怎么是你值夜？"池小池随口问，"阿陵呢？"

阿书走到书桌前，取了墨锭，往砚台里斟了清水，磨了一砚墨后，又取来空折子，在一边侍立："按规矩，我在宵禁前就回了府。阿陵上半夜一直在，我看他困得厉害，眼睛都睁不开了，便叫他先歇下，下半夜我来伺候公子便是。"

池小池道："你不必在这里等候，关于奏折如何写，我得与公子师好好商讨一番。"

阿书应了一声，来到床畔，将公子师扶下床。

池小池摊开折子，在他背后询问："阿书，你妹妹如何了？"

阿书像是在想自己的心事，闻言愣了片刻，方才笑道："托公子的福，阿清一切安好。她最近长高了不少，针线活也比一个月前有进步。她一直说想依照南疆传统，为公子做一件福衣，穿在身上，能刀枪不入。我还笑她呢，她与我都是幼年入关，饮中原之水，食中原之黍，连南疆人都没见过几个，何必按南疆那套行事……"

池小池说："她有心了。"

"公子怎么这样客气。"阿书扶娄影在轮椅上坐定，"当年，阿清与祖父、祖母都得了时疫，若不是公子和将军施以援手，阿清现在哪里还有命在。阿书感念公子恩德，这条命都是公子的，公子想要，可以随时拿去。"

"去去去，我要你的命做甚。"池小池道，"唠唠叨叨的，年纪不大，活像个小老头儿。"

小老头儿阿书有点羞赧地一笑，露出两个酒窝，旋即掩门而去。

门扉合上，阿书在门前呵着手踱了两圈，似乎是下了什么决心，转身向院外走去，他低声对守在院外的两个仆人吩咐一番，回了自己的小屋。

时家善待下人，凡是内院之仆，大多有自己的住处。

他换上一身偏厚的外裳，匆匆打扮妥当后，又打开床下的箱子，从中取了一只木盒，打开查看。里面尽是银两、小额银票和金叶子，看起来数目不菲。

查看过后，他用一把小锁锁住盒子，走到门口，驻足片刻，又折返回来，从箱子中取出另一个小盒子，连看也没来得及看，便伏在一侧的桌案上，就着砚中的残墨，在纸上写了几行遒劲、漂亮的字，将纸叠了三叠，塞到小盒子里，一并锁好，又拿了将军府的腰牌，才走向了将军府后门。

守后门的黄叔打着哈欠为他开门："阿书，这么晚了，要去哪里？"

阿书低着头，抱着一大一小两只木盒，怕冷似的跺了两下脚，说："公子叫我去办件事。"

阿书是少将军的亲信，为人又忠厚乖巧，黄叔不疑有他，便放了他出门去，还不忘提醒："现在还在宵禁中，别忘了带腰牌。我给你留着门，你什么时候回来？"

阿书抬头看了看天色，答："四更前。"言罢，他抱着盒子消失在了夜色中。

阿书一走，池小池便转头去请教："先生，奏折怎么写？"

骨碌碌的轮椅声自床边而来。池小池立刻面对桌子，把奏折推到一边，等着他家先生亲自上阵，传道授业解惑。

娄影一手搭住池小池的肩膀，一手控制住池小池手中的笔，墨字从笔端潺潺流出，颇为潇洒如意，正是时停云往日的字迹。

模仿对他来说并不算难，他看过几眼就学会了。

奏折写得很简练，理由也找得很光明正大，直言时停云不愿虚度光阴，纨绔度日，愿去军中历练，报效君主，尽时家护王之责。

原主的梦倘若为真，那么时家灾变便自时停云的父亲时惊鸿被莫名鸩杀而始。如今有机会重来，他们至少得守在时父身边，保全时父的性命。

池小池冷静下来后，审视着纸上的字迹，见娄影竟在奏章中提及了自己，不由诧异地问："你也要去？"

娄影认真注视着落笔处，说："我得看着你。"

"边境苦得很。"池小池动了动身体，紧盯娄影的双眼，想让他好好考虑一下，"再说，世界线也不清楚，谁知道攻略对象是内鬼，还是其他什么人。你留在望城，还能帮我守住大后方。"

"不必。"娄影不动声色，"世界线我们会拿到的。"

池小池："先生有回去取世界线的办法？"

娄影说："没有。"

"那……"

"山不过来，我也过不去。"娄影笃定地道，"但总有人会帮我们想办法的，不用急。"

这封奏折递上去的当日下午，皇上便传了旨意来，令时停云入宫，在御书房相见。

注意到皇上还唤了几名皇子前来，池小池心里便有了三分数，面不改色，心中则微微皱起了眉。

"镇南关？"将时停云奏请之事听了个大概，尚不知情的严元昭脸色微变，"可是边境有什么战事？"

皇上道："非也，是停云自请前往边关。时卿常年在外，停云心系父亲，心念家国，纯忠纯孝，令人动容啊！"

几名皇子两两对视，隐隐猜到了些什么。有的低头默然，有的脸上神情闪烁。

去军中历练，乃无上荣光。

皇上还年幼时，也曾在边疆安定的太平时期去北府军效力了两年，一来立下了不小的战功，二来也可了解边关战士疾苦，三来，若是做得出色，得到军队的认可，结交人才，在王位竞争时便无形中多了一份助力。

今日皇上特召众皇子前来，其意昭昭。

严元昭略有踌躇，细思一番，正欲踏步出列："儿臣……"

他身后的严元衡已一步跨出，平静地拱手道："父皇，儿臣愿往。"

严元昭步子一僵，站稳了脚跟，笑道："十三弟既然愿往，我就不夺人所好了。"说罢，严元昭回过头去，对严元衡轻佻地一眨眼。

严元衡却还是那副规规矩矩的模样，身姿宛如一把用雪擦过的刺刀。

严元昭讨了个没趣，转过头瞄了一眼时停云，那意思是在说：一会儿别走，六爷要听你解释。

皇上见严元衡自愿前往，龙心甚悦，赏了时小将军一把宝剑，并令严元衡好生整顿收拾，半个月后出发。

池小池口上谢恩，心里却并不轻松。

这正是池小池担忧的。

如果昨夜的怪梦是真实发生的事情，谁知道时将军何时会被鸩杀？此事迫在眉睫，但若自己不经皇上准许便私自前往镇南关，以时家的地位，又难免会引起一番议论，于时家清誉有损。

现在对方的局或许已经展开，若想不落入毂中，一需要情报，二需要主动出击。

想要获得情报，并不简单。

时家为免引起非议，颇为洁身自好，甚少沾染朝堂中事，更别提培植自己的势力了，京中情报网寥寥，因此若要窥见事件全貌，归根到底还是需要世界线。

好在，池小池从不会指望运气。世界线有了最好，没有的话，去寻找另一条出路便是。如果想通过主动出击获取情报，该先从谁的身上下手呢？

是昨夜私自出门的李邺书？是谎称回房休息的褚子陵？是抱持着私欲与原主交好的严元昭？还是曾经亲手杀了原主时停云的严元衡？

主神空间内。

089 坐在 023 的办公室内，光脑淡蓝色的光纹投射在二人的白衬衫上，荡出一圈圈海水似的波纹。

089 第七次发出与 061 的对接信号，仍然显示对接失败。

023 问他："还是没联系上 061？"

089 放下通讯器，痛心地道："是啊。爸爸很难过，他也只有在要生活费的时候才会联系我。"

023 对他的戏多早已是见怪不怪，低头一边"咔嗒咔嗒"按着游戏机按键，一边说道："是信号不好吧。再说，061 在做任务，你非得拉着他和你一起不务正业？"

089 不满地道："你也不管管他。"

023："我管他干什么？"

089 叹道："也是，儿大不由人。"

023 面无表情，头也不抬，一脚把他的滑轮椅蹬了出去。

089 眼疾手快，一把抓住他的脚腕，两把滑轮椅一起滑了出去，"砰砰"两声撞在墙上，双双翻车。

023 挣扎着起身，发现自己玩了三千多分的鸟一头撞在了墙上，屏幕上显示着大大的"Game Over"。

023 气得不行，对 089 抬脚就踹，089 耐心地安抚道："好了好了，赔你赔你。"

023 拿桌上的书扔他："你骗谁呢？"

089："我替你十次夜班，怎么样？"

023 "呸"了一声："想都别想，你要是用光脑下载乱七八糟的东西，一晚上能得不少私货，便宜死你了，想得美。"

089 说："那我给你把分数打回来？"

023 把游戏机扔给他："三千两百一十七分，打不回来你今天别出这个门。"

089 "哎"了一声，利索地拿起游戏机，操纵着小鸟轻巧地上下移动。

023 让他守在这里打游戏，自己出了门去，走了两步又折返回来，凶巴巴地道："晚上想吃什么？"

089 忙道："咖喱。"

023 嘀咕了一句："美得你，咖喱。"说罢，他合上门，朝超市走去，准备买咖喱。

089 独自坐在空荡荡的房间里，一边哼着歌，一边打游戏，一边想着心事。

上次，061 回空间里时，显然已经动用了自己交给他的护身符。当时他就怀疑"须臾之间"那位对 061 动了手脚，下了绊子，但没有成功。因此这回，他特意留了个心眼，在 061 下一次任务开始后便找机会联系他，但发出的信号均如石沉大海，再无讯息。

看来又有麻烦了啊。

089 单手控制着游戏中的小鸟，一手抚着眼下的泪痣，慢慢地思索着应对之法。

半个小时后。

023提着两份咖喱返回办公室时,办公室里已经空无一人了,023的游戏机静静地躺在桌子上,上面的游戏画面显示暂停。

三千两百一十七分,一分不多,一分不少。

023诧异地拿起游戏机,上面还留着那人手掌的温度。

他去哪里了?

◇ 恩赐，同死，马车密谋

1

待定下出发的日子，皇上便遣散了众人。

出了御书房，行到僻静处，严元昭不由分说，一把将池小池拉走了。

严元昭的众兄弟早已对严元昭跳脱的行事风格习以为常，各自散了去。

"行啊，时停云。"严元昭站住脚步，道，"我昨日去将军府，你倒是沉得住气，一个字都不同我说？"

池小池说："也不算晚。我昨晚收到父亲的家书，才定下此事的。"

"你……"严元昭左右环顾一番，压低了声音，"你给我一句准话，南疆那里当真无事？"

池小池淡淡地道："欺君之罪，时家断不会犯。六皇子言重了。"

严元昭略微松了一口气，又自知失言，便转换了表情，轻佻地扬一扬扇子："好，我晓得了……距你离城还有半月之期，想来你忙得很。那壶好花雕，本来是供你我坐画舫赏美人之用，现在看来只能给你践行了，倒是也不算辜负它。"

池小池着意看他一眼，道："一壶花雕，何谈辜负不辜负，别辜负了一腔青云志便好。"

严元昭不接他的话茬，仿佛刚才在御书房中完全没想过赴边一事般，金丝扇面一转，指向某处："你与其同我说嘴，不如想想带那个闷葫芦去镇南关的一路上该如何消遣。"

池小池顺着严元昭扇子所指的方向看去，只见严元衡立在不远处的杏树下，正盯着二人看。

注意到池小池看过来，严元衡的神色微变，握拳抵在唇边，轻咳一声，随即负手走近。他问："你生病方愈，只半月后便出发，于行军可无碍？"

他既是公事公办，池小池自然毕恭毕敬地答道："无妨，十三皇子请安心。"

严元衡还想说些什么，严元昭便不耐烦再听这二人你来我往的客套之言，挥一挥扇子："走了啊。"

同严元昭告别后，严元衡与池小池并肩行于宫中。

与严元昭不同，严元衡是真的话少又安静，特地来寻他，只为问他赴边前需要做何准备。池小池进宫之前临时补习了他家先生的军事课，做足了笔记，自是一一作答。除此之外，他也没有自作聪明，画蛇添足地同这位十三皇子攀交情，相反，他待他的态度疏离了不少。

严元衡问完自己想问的问题后，二人便陷入了尴尬的沉默。见池小池不肯开口，严元衡只好吃力地找了个话题："你有心事？"

池小池低头含笑："是。"

严元衡："家事？"

池小池："算是……家父来信，在信上催我……唉，不提也罢。"

严元衡刚才隐约听到严元昭与时停云谈及"家信"，现在对自己却含糊其辞，脸色隐隐有点难看了。他从六岁便同时停云在一起，最了解时停云，此人行事光明，心思澄净，鲜少如此作态。他故作轻松地道："有何不可说呢？素常可是有了要婚配之人？"

他只是随口一言，谁想眼前人竟承认了："是。"

严元衡脸上霍然变色，立即追问道："是哪家千金？若是相看中了，为何不……不将婚礼早早办了，急于在此时赴边，又是为何？"

池小池想，嚯，这不是挺会说话的吗，小嘴叭叭的。

池小池难堪地笑了笑。

严元衡联想到几日前他登门时时停云的古怪举止，心底越发不安，索性止了步，等他说个分明。

池小池将犹豫的时机把握得恰到好处："元衡……"

严元衡听他在这礼法森严的宫闱里唤他的本名，心头微暖，发冷的神色也稍稍缓了一缓："是……你也是时候结亲了。亲事是时将军为你选的吗？选了哪一家？户部曲尚书家的二小姐，或是瞿英的姐姐？"

池小池："元衡，我同你说件事……你莫告诉旁人。"

严元衡莫名感到有些紧张："嗯。"

池小池深吸一口气，压低了声音，说道："我并不想成婚。"

严元衡一愣，有瞬间的晃神，意识到自己的失态，便深呼吸了一下，平稳了一下心神，低声道："你是如何想的？你不婚配，时家七代忠义，你难道要让时家无后而终吗？"

"时家怎会无后？"池小池态度温和，"家叔是家父的同胞兄弟，亦属本家，只是二叔于武道上天分实在不足，祖父便将时家枪传与了父亲。"

严元衡一张脸僵硬着，说："是吗？那你此番前往南疆，是打算向时将军把此事挑明吗？"

池小池说："若非如此。父亲或许还不知道我的心意，我也无意叫他知晓。我若真心爱一人，便不会希冀什么，更何况我一心将一生许国，便是终身不娶，也没什么可遗憾的。"

严元衡没想到会听到如此坦诚之言，愣了片刻，神色略微黯然下来，换了话题：

"素常果真心怀大爱……我虽并非初次赴南疆，但仍有诸多不明之处，这些时日或许还要叨扰府上，多加请教……告辞。"

他一拱手，转身而去，离去的背影是勉强维持的风度翩翩。

池小池望着他的背影，无声地一笑，与他相背而行。

他对原主的梦不愿尽信，毕竟未见全貌，眼见也并非为实，所以他选择主动出击。

一封凭空捏造出的家书，测出了两颗真心。

——六皇子表面上看起来是纨绔子弟，家国之心却不输旁人，虽然私下里与十三皇子假意交好，在大事上却有意避免与十三皇子相争。

——十三皇子表面上看起来云淡风轻，对原主的心意倒是真诚。

这两日，池小池扮演时停云，确实积累了不少表演感想。

时停云能受两名皇子厚待，虽然不能排除起初的目的性，但经过这几日的试探，可知时停云为人爽直，有一说一，是以真心换真心才能得来的朋友。

他颇重情义，又有少年人难得的豁达胸怀，将分寸感把握得极好，与两个皇子只涉及私交，绝不将国事、公事混杂入内。这种自幼与两位皇子培养起来的情感反倒更加纯粹。

所以，问题来了。到底谁才是这次任务的攻略对象？若是平常的背叛，不会让原主说出那样自认为奴的话，也不会让他与系统做交易，以获得重来一次的机会。

因此，能伤他至深的人，不多。

时家这一代，只时停云一个人身负将才。

时将军让他回望城来，是希望他留下子嗣、家眷，他却违背了父亲的期望，回望城许久，仍不事正业，成日和六皇子混在一起，以游戏人生的样子示人。

但从阿书言语间透露的讯息判断，这位时小将军回望城整整一年，仍日日不忘练枪。

昨夜，娄哥问过他："或许是时停云无心于子嗣之事呢？"

池小池对他笑："先生啊，时停云今年十九了，按古代人的平均年龄计算，这辈子都过了快一半了。传承血脉的事情，不管他有心无心，按常理都不可能置之度外的。"

时家虽然没有皇位要继承，但从家族重要性来说，也是十分重要的。时停云宁肯违背父愿，游戏人生，也不提娶亲之事，倒真是耐人寻味。

相较于皇城内的风浪，将军府内倒是一派的井然有序。

时停云不是第一次赴边，此时又是边境太平的时候，他与十三皇子会与送粮的队伍同行，共赴边关。

家中管事之人正在忙碌打点，池小池左右无事，索性去了后院校场，用嘴衔着发带，将束得好好的银冠扯下，长发向后捋起，用发带三两下束在脑后，又取了往日练习用的银枪,简单操练几下后,突地听到身后传来一声破空声。

池小池敏捷地回身,横槊阻挡,银枪格开一把铁枪,发出铿然一声脆响。

褚子陵本来也无意伤他,虚晃一枪而已。他将铁枪单手转绕到身后,微鞠一躬:"公子。"

池小池干脆地道:"来一场?"

褚子陵也不含糊:"遵令。"

话音未落,一道银光呈半圆状,直袭褚子陵的面门,褚子陵也不敢怠慢,以侧边枪钩相迎,单以膂力将银枪压至地面,腾身落于银枪的枪身之上,将枪身压出了一道弧线。

池小池这具身体内仍有用枪的本能,他侧了枪身,顺利地从褚子陵的压制下脱离,银白的枪刃在地面划出一道光华后,枪身微抖,横起去挡褚子陵袭来的拳脚。

二人战得旗鼓相当,五十余回合后,褚子陵终是落了下风,铁枪脱手飞出。下一瞬,一线银光落在褚子陵颈前三寸。

褚子陵举手,话中含笑:"公子饶命。"

池小池收去枪势。刚才,他作壁上观,发现原主的枪势倒是收敛得很好,不像是要取他性命的模样。

比了这一场,二人身上皆是微微出汗,索性并肩坐在校场边谈天。

"你可知南疆之事?"

褚子陵笑道:"不知。子陵只知道公子去哪里,子陵便去哪里。此诺直到子陵死去,终身有效。"

池小池叹了一声,单手掩面。他问:"你昨夜去哪里了?"

褚子陵一笑:"实在抱歉,公子,我偷偷溜出门了。"

池小池好奇地"嗯"了一声。

褚子陵说:"昨日听府内负责采买的苏妈说,南城门处有几株桃花开了,稀罕得很,是望城中开得最早的。子陵想让公子先于其他人瞧到第一朵桃花,便趁昨日公子睡下,偷偷翻墙去摘了几枝。"

池小池侧身问他:"花呢?"

褚子陵笑:"在公子的头上。"

池小池一抬手,发现马尾上确实不知何时多了一枝桃花,上面还沾着清露,看来他为了防止桃花枯萎,还洒了水,精心养到了现在。

他取下桃花,把玩片刻,又是一声轻叹。

褚子陵意识到他家公子心中有事,便侧身看向他:"公子?"

池小池道:"镇南关的确出了些事情……你还记得父亲的副将温非儒吗?他押运一批弓箭时,中了大青山上一股流寇的埋伏,受了重伤。"

"温副将?"褚子陵吃了一惊,"那定远城怎么办?"

"父亲来信提及此事,我正好在望城待得烦了,索性写信回了父亲,去代守定远城，不然留张督军一人在城中，怕是智谋有余，武力不足。独木难支啊！"池小池垂眸道，"你莫与他人提及，私下里多备些上好的伤药，待到了边关，随我一道去探望温叔父吧。对了，千万要装作以为他是被南疆人所伤，不然以温叔父的性格……"

褚子陵点头。他随时停云去过边关，见过温非儒，那是个五大三粗却死要面子的汉子。被南疆人所伤还好，要是被人知道他是被流寇所伤，以他的性格，怕是宁可一头撞死。

他答道："公子，我记下了。"

同他交代完毕后，池小池去汤池中简单沐浴了一番，折返回屋中，却见阿书直直地跪在他的房前，直抹眼泪。

娄影则坐着轮椅，头戴遮光的幂篱，在他面前温声劝说着些什么。

池小池好奇地问："这是做甚？孟姜女哭长城？还是杨白劳求黄世仁？"

阿书听不懂，膝行至池小池跟前，深叩一首，说道："公子，我……小的，也想随您去镇南关。"

"你？"池小池蹲下来，一脸的哭笑不得，"你从小武艺便一般般，去了能做什么？"

"牵马也好，伺候公子的饮食起居也罢。"阿书抹着眼泪道，"小的不愿在家等您了，太熬人了。您不知道，先前您上战场，递回来的战报一封接一封，小的整日在家提心吊胆，盯着边境地图心焦，生怕哪一封战报上，就……"

阿书说不下去了，哽咽两声，脸颊上皆是泪痕，眼中却多了几分决绝："阿书已经把这些年攒下来的全副身家连夜送给了妹妹，虽然不能保她一世衣食无忧，但已经够她找一个门当户对的人家了。阿书要跟公子上战场，哪怕回不来，也能求个安心……"

池小池一拍他的脑袋，"啧"了一声："说什么呢？今番与上次不同，又不是南疆造反，只是邕州城白副将不听号令，伤了……"

说话间，池小池对娄影递了个眼神过去。

娄影适时地阻止他说下去："公子。"

池小池佯装失言，马上住口。

阿书有点懵懂地抬头看向池小池。

池小池窘迫地红了小半张脸，十足是个犯了错的学生模样："先生。"

娄影忍不住想，他是怎么做到脸红都能红得这么像真的？

"邕州？"阿书诧异地道，"公子，我们是去邕州？不是去锦鸡陵？"

池小池急促地打断了他："阿书！"

阿书一噎。

池小池命令道："你若想随我去，就不许对任何人提起此事，这是军中机密，你可明白？"

阿书惊喜地问道："公子答应小的同去了？"

池小池一摆手。

阿书欢天喜地起身，说了声自己去收拾干净再来伺候公子，便急匆匆地跑回自己的小屋，去收拾自己的仪表。

池小池笑骂一声不稳当，掀袍登上了台阶，来到娄影身前，推着他在廊下遛弯。

娄影回头，轻声道："一封根本不存在的信，也能被你用成这样。"

"谁说不存在了呢？"池小池趴在轮椅上方，心情愉快地滑来滑去，"信可都在他们心里了呢！"

与时停云最亲近、最得他信任的人，无非严元昭、严元衡、褚子陵与李邺书四人。

他们四人又能分为两拨。

六皇子与十三皇子是皇族，如果是他们二人要搞事牟利，无非是争权夺位，篡谋大权那一套。

起初，池小池是比较怀疑六皇子的。然而六皇子明明想去南疆，却并没有去抢夺这个把握兵权，在军中树立威信的宝贵机会，甚至在十三皇子主动申请后不再请求同去，显然是对他有所避让，不像是憋着一口气要和十三皇子相争大位的样子。

十三皇子面对边疆之事，也是主动请缨，未曾推辞。至少从目前看来，二人即使小节有损，大节也无亏。

对两位皇子初步的试探过后，下一步便是时停云的身边人。

池小池并不担心他们是哪位皇子的眼线，只担心他们的心思大到怀有吞天之志。

在昨晚，他已经修书一封，通过家中豢养的信鸽寄送给远在镇南关的时父，还特地用了一张"送必达"卡片，确保这封书信只可能被时惊鸿收到和打开。他在信中写道："家中生变，盼父相协：定远温叔，邕州白叔，孰地来敌，佯伤诈败。"

池小池不能排除身边两名小厮都是奸细的可能。

只要他们私下接了头，交换了信息，便会马上意识到时停云怀疑了他们的身份，到时候必定会采取其他措施，要么狗急跳墙，要么溜之大吉。

当然，也不能排除那个奸细警惕性高的可能，即使得知消息后也按兵不动，白白地放过打个胜仗的机会。但池小池相信，他们当中若真有异族探子，潜伏到时停云身边，隐忍多年，总要选准时机，做些事情证明自己的价值才是。

再说，他们按兵不动，对池小池而言是于己无损的事儿，何乐而不为呢？

池小池推着轮椅，含笑道："定远温非儒，邕州白镜湖。就看哪边会受袭了。"

主神空间，"须臾之间"内。

暗红色的主脑缓缓地蠕动着，密切关注着池小池所在的那条世界线，只是他的心情实在算不上愉快。

在看到趁着夜色从望城内又飞出来的一只信鸽后，主神真的很想把那只鸽子打下来。然而，这种涉嫌严重违规的行为，他也只能想想。

这个发信人真是个蠢货！这么沉不住气！竟然被人一诈，就……

他正暗骂间，陡然听到"须臾之间"外传来一阵噪声。

这些日子他已经被一桩接一桩的事情弄得焦头烂额，不由得大怒道："怎么回事？又在乱什么？"

"须臾之间"的大门被"砰"的一声推开，跑进来一个一脑门子汗的系统，气喘吁吁的，脸色煞白，一个字也说不出来。

主神急了："说话！"

"老板，我们上周递交的报告……"那个系统被凶了一下，说话反倒流畅起来，"就是，就是说明系统被异常能量闯入的报告，被修改了……"

"修改？"

系统哭丧着脸，哆哆嗦嗦地把显示屏上的内容投射到公屏上。原本白纸黑字的严肃报告被篡改成了一个经过高度磨皮柔光的男人表情包。

"[你好啊].gif"还是动图，而且还是一百多张。

主神大怒道："发送过去的时候为什么不检查？"

这个系统是专门负责撰写报告的，看样子也被这个突如其来的精神污染荼毒得不轻："昨天发过去前……我检查了……可是，主系统发了回信，问这是什么的时候我才发现这个文件有问题……"

"你是废物吗！"主神动了真怒，"查！给我查！昨天谁进过你的办公室？谁有机会碰到你的电脑？"

"有……"系统颤抖着声音说道，"129、872、399、737、121，还有089……昨天是我值班，所以进来问事情的系统有很多……"

主神勉强冷静了下来，说："089先不用管他，把剩下的人都一个一个调查清楚！"

系统颤抖着声音说："不，老板……主系统说，我们最近总是出事，要派监察系统再来进行一次全面审核……"

主神一愣："给我滚出去！"

那个系统便满头大汗地出去了。

门一合上，AI就开口征询主神的意见："您好，我们扣留的那条未发放的世界线……"

主神的声音愈发冷了，他几乎是在咬牙切齿地大喊："装作延迟！能扣留一段时间是一段时间！"

事情很快在主神空间内传开了。

值班的023心情不错，光脚架在桌子上噼里啪啦地打游戏："负责写报告那个马屁精总算倒霉了。"

089握住杧果，操纵着能量把杧果皮削掉："他干什么了？"

"你忘了？"023瞥他一眼，"当初061被格式化的时候，他说061的记忆没清理干净，跟脑花报告了，把他扔进去第二回，忒不是东西了……哎，我说，就你这记性还当人爸爸呢？"

089一乐，低头不语。

023张嘴："啊。"

089会意，拿小叉子扎了新鲜的杧果块投喂给023，同时在自己的备忘录中删掉了那个马屁精的名字。

在那个马屁精的名字上面，还有七八个已经被删掉的系统编号。

089一直以来奉行的人生信条是，只要你成为一个安静的废物，就没人能利用你。

但他也会把那些混杂在系统中，负责给主神打小报告的"狗腿子"标记出来，记在备忘录上，等待着某个时机，拉他们出来挨一下雷劈。

他相信，主神不管对061和池小池动了什么手脚，最快今晚，最慢拖到主系统来视察前一天，都得乖乖地撤回来。

而他的猜想没有出错。

因为系统内外的时间流逝的速度不同，池小池在即将动身前往镇南关的前夜，突然出现了剧烈的头痛。

这次，世界线是毫无预警地涌进他脑子里的，接收的过程格外痛苦，有那么几秒钟，池小池眼前一片昏黑，什么都看不见了。他的身体蜷缩着，牙齿咯咯地发着抖，过了许久，眼前才浮现出一个少年的影像。

他坐在被鲜血污染的山坡上，微微喘息着，腿往前支着，小腿骨微微凹陷，像是断了，他的脚下扔着一个被砍烂了的银盔，身侧倒卧着他的白马，已经奄奄一息了。

他身侧插着一把弯了的白银枪，沾满已经干涸的鲜血的睫毛看上去格外长。

风从他的身后刮到身前，撩起他的发带，让他看上去像是咬着染血的发带在发呆。

那是十三皇子严元衡赶赴边疆时，看到的战场上的时停云。

时停云看到严元衡后，摇摇晃晃地起身，拖着伤腿下拜，眼里尽是少年人的清光。他灿烂地笑着，一如既往地玩笑着说道："你来啦，见到你真好。"

严元衡上前搀扶他："是父皇派我前来支援……"

时停云任他搀扶，抬起眼来，说："那便谢皇上，恩赐十三皇子于末将。"

2

时停云初次到国子监,时年六岁,比他侍奉的十三皇子严元衡大上三个多月。散学时,博士为严元衡解惑,时停云站在窗边为严元衡收拾笔墨。

八岁的六皇子严元昭趴在窗户上瞧新鲜,身后跟着低眉顺眼的小瞿英。

严元昭:"嗨,你是时家的大公子?"

时停云落落大方,毫不拘谨地答道:"是啊。"

严元昭进一步搭讪:"时停云,是哪三个字?"

时停云笑答:"回六皇子,停云霭霭,时雨蒙蒙。"

"云弟弟。"严元昭早就知道他的名字,亲切地说道,"我这里有好吃的糕点,是西域进贡来的,宫中除了父皇,也就我有了。你要来吃吗?"

"多谢六皇子盛情……"

时停云抬头看了一眼还在向博士请教问题的严元衡,对浣笔归来的另一名伴读耳语两句,不顾他小声地劝阻,说道:"我这便回来了。"

他敏捷无声地翻窗而出,甚至没能引起严元衡的注意。

严元衡向博士请教完问题,才发现自己的两个新伴读跑得只剩下了一个,剩下的那个正诚惶诚恐地抱着书袋看他。

听他说了时停云被六皇兄叫走一事,严元衡也没怎么生气。

严元衡在认识时停云前就听过他的名字。他是时惊鸿将军的独子,聪慧异常,被父亲寄予厚望,就连父皇对他亦是宠爱有加,年节里又是赐菜又是赏物,足见他受重视的程度。况且又是那位六皇兄将他唤走,他生气也无用。

严元衡微微叹了一口气,刚刚出门,便见时停云用帕子托着几块糕点飞快走来,见了十三皇子,便一把捉住他的胳膊:"十三皇子,久等了。请往这边来。"

行事素来端庄谨严的严元衡被拉得一趔趄,稀里糊涂地和他一道在国子监的走廊里七拐八绕地绕了许久,把另一名小伴读甩下了老远。

等到了一处风景宜人的小凉亭,时停云才停下,单膝跪下,把手里捧得稳稳当当的糕点呈给严元衡,说:"请十三皇子用糕点。"

严元衡站稳脚跟,略微有些气喘:"这是六皇兄的?"

时停云坦坦荡荡地道:"是啊,他请我吃的,我拿来了些,十三皇子今日午膳进得太少了,正好垫垫肚子。"

严元衡盯着点儿心,抿一抿嘴巴:"我不饿。"

但糕点的香气刺激了早已空空的肚子,严元衡的肚子发出"咕噜"一声闷响。他的脸一下子涨红了大半。

时停云站起身来,笑眯眯地推荐道:"用午膳时,我瞧着十三皇子爱吃甜的。停云一个个试了过去,这三种糕点最甜。十三皇子当真不试一试吗?"

严元衡偏过脸,不想让自己显得太过贪馋:"六皇兄寻你何事?"

"他没说。"时停云摆弄着手中帕子的花边,"左不过是给我些好处,要我做他的伴读,替他添份助力嘛!"

宫中的孩子早慧,更别提是受母妃教训影响,从小谨小慎微的严元衡了。他心头豁然一惊,赶忙去捂他的嘴:"你小声些!这话不可乱说!"

时停云便不说了,托了托手里的帕子,示意他快些用。

严元衡却将糕点收起来,一本正经地道:"餐前不可滥用甜食,会影响胃口。"

时停云一笑:"那便留到饭后用了。"

彼时,严元衡再如何谨慎,也不过是一名稚童。

他在心中踌躇了许久,才在那日分别前开口问时停云道:"你会去吗?"

这本是句没头没尾的话,时停云却听得懂。他笑着说:"时停云明日会来陪十三皇子读书,后日也会来。一年也来,十年也来。"

或许是一语成谶,时停云当真做了严元衡十年伴读。

整整十年。

十年,也改变了许多事情。

幼时谨小慎微的严元衡以真才实学渐渐压过了严元昭,颇受皇上爱重,而严元昭也一改早些年的勤勉慧敏,不再苛求上进,越来越有纨绔之风,叫皇上头痛不已。

与这二人相比,时停云的性格倒是没有大变。从初识起,他便是个逍遥快活的人,仿佛万事都不能牵累于他。

正如他十五岁时酒后狂言:望城新辈,唯吾独秀。

时停云对望城的各个角落都非常熟悉。他第一次带严元衡溜出宫,就去赌坊赢了十两银子,又拿这十两银子带他玩遍了望城,去茶摊听书,嗑三文钱一碟的瓜子,钻在人群里看皮影戏,看西域人耍蛇,甚至凑到西域人身边,用西域话借来他的蛇,把玩一阵,又拿来吓唬严元衡。

严元衡不怕蛇,淡淡地道:"胡闹,小心被咬。"

时停云笑话他十二三岁就活成了个老学究,他也不生气。

严元衡从不对时停云生气。他很乐意看着他做事,不管是练枪、练字、抄写,还是洗砚、饮酒,他做起来都与旁人不一样。

严元衡想,与任何一个人在一起这么久,大概都会看着比旁人更顺眼吧。

然而,自从褚子陵进时府后,情形便与往日不同了。

原本一心一意记挂着严元衡喜乐忧愁的时停云身旁,开始无时无刻不跟着一名小厮。

褚子陵天生一双笑眼,惯会来事,长得也不错,时停云也说,当初在众多小厮中挑中他,就是因为他笑起来很好看。

事实证明,时停云的眼光着实不错,褚子陵学什么都极快,严元衡曾亲眼见到时停云教他时家枪中的回马枪式,褚子陵只看过两遍,便轻松演出了全部招式。

时停云爱才,同严元衡共坐饮茶时,仍不忘夸奖褚子陵:"我可真是捡到宝贝了。"

严元昭冷哼一声："一个略聪明些的小厮，也值当你拿上台面来一次次说？"

时停云替褚子陵说话："他不是小厮，是块璞玉，你们且看着。"

一旁的严元衡不语。

他想，我曾经认定的璞玉，如今也有自己的璞玉了吗？

后来，南疆造反，战事吃紧，十六岁的时停云奔赴战场，身边带着一个褚子陵。

战事持续两年，最终在距锦鸡陵不远的大青山上进行决战。

皇上忧心时惊鸿的安危，同样忧心时停云安危的严元衡自请前往边疆。

待他率兵赶到时，决战已经结束，南疆投降，战事落幕。

严元衡见过时将军，代宣圣旨，议过正事后，才压抑着内心的担忧，询问时停云身在何处。

他在大青山的战场边上找到了时停云。

寒风之中，时停云坐在斜坡上，银盔跌落，长发凌乱，正静静地坐在那里想着心事。但他的目光停留在不远处正在打扫战场，长身玉立的褚子陵的背影上。

严元衡叫了他一声。

时停云这才转过头来，拖着伤腿跪下致意，严元衡急忙去扶，又听到了他久违的玩笑腔调："谢皇上恩赐十三皇子于末将。"

战事已了，时将军让时停云返回望城养伤。不过，谁都猜得到时将军真正的心思——时停云是时候婚配了。

但在回望城的一年多时间里，时停云多与严元昭混迹一处，有传言说时家借时停云勾结皇子，讨好着六皇子严元昭，仍不忘十三皇子严元衡，因此才不着急娶妻。

不知是何缘故，严元昭总爱拿这些荒唐的事情来与严元衡说笑。

严元衡听得心烦，客气地道："六皇兄，此等乡井流传的无稽之谈切莫乱传，若是叫素常知晓，他该作何想。"

严元昭以金丝扇掩口："十三弟，玩笑而已。但你说，若是让停云在你我中二选其一，停云会选谁？"

严元衡："六皇兄请慎言。"

当夜，严元衡按他的习惯早早躺下，心中却忍不住想，就算是勾结，若让素常来选，定是会选六皇兄了，他们二人自小算是不打不相识，有许多话可说，六皇兄性子又活泼……为此，他足足晚了一个时辰才睡着。

第二天，感觉头脑昏昏沉沉的严元衡心想，自己真是庸人自扰。

时家有家业要继承，他谁也不必勾结，娶个喜欢的女子便能得安稳一生。

然而，时停云在望城停了足足一年半，却仍然没有任何动静，皇上多次过问，时家二叔也经常请媒婆上门说亲，把将军府的门槛都要踏破了，时停云却都一一婉拒，全然无意于此。

在严元衡听说父皇打算为时停云赐婚后不久，镇南关外陡然传来噩耗——

时惊鸿将军暴毙，死因为鸩杀。

副将在时将军当日的餐食内发现了鸩毒，厨子喊冤不止，却被愤怒的将士认为是南疆奸贼，乱刀斩杀。

时将军向来小心，每每进食，都以银针试毒，因此谁也不知道鸩毒是如何被时将军误食的。

噩耗传来，皇上思及与时惊鸿幼时伴读之情，惊怒交加，竟至吐血。

严元衡心中惦念，依例侍疾过后，犹豫再三，还是出宫去了将军府。招待他的是李邺书，他红着眼圈说道，公子醉了，阿陵在陪他。

时停云给了自己一夜的时间，让自己酩酊大醉。

严元衡要阿书不必通传，独身一人缓步走到时停云的屋外。他听到时停云在说话，竟然是在说严元昭的事情。

时停云说道："我知道元昭的心事。他小时候以为自己对皇位有一争之力，便想要我与他共谋大业。后来，元衡后来居上，他自知不及，索性不再相争，再与我交好，只盼将来新君即位，能得一个安稳日子。我知道他总是对你呼来喝去，但他为人当真不坏……"

严元衡吃惊，停云与这个小厮说得也太多了些吧？

他想要进去制止，却不自觉地站住脚步，想等他说自己。然而，苦守半晌，他只等来一句简单的评价："元衡，他……前途无量……"

"为皇上，为父亲，为他们二人，我要……"屋里的人挣扎着想要起身，却又倒回了床上，"严家的江山，时停云来守……"

屋里传来褚子陵的声音："公子，莫闹了，早些睡吧。"

"阿陵……"停了半晌，严元衡听到时停云带着哭腔的声音，"阿陵，我没有父亲了啊。"

严元衡心里像剐着似的一疼，刚要推门入内，便听到褚子陵低声道："公子莫伤心。阿陵愿随公子同赴南疆，生死相随。"

严元衡忽然发现对时停云而言，或许他才是个局外人。这样的想法让他脸色大变，转身离开了将军府，只在时停云率军离开望城那日，远远地陪在病弱的父皇身侧，目送着时停云离开。

从那时起，严元衡便只能从战报上听到时停云的消息。

直到最后，严元衡都在后悔，后悔当年时停云离开望城时，没能同他好好说上一句话。

这次世界线注入的过程格外漫长，池小池甚至能清晰地感受到原主时停云每一点每一滴的痛楚和眷恋。

他视严元昭为至交挚友，对严元衡也是掏心掏肺的好，但因为他被许以重任，便敬而远之了。后来,他最亲近的人便只剩褚子陵一人了。

褚子陵是他一手打磨出的璞玉。

起初,时停云只是想帮助褚子陵脱离奴籍。后来,这块璞玉实在太过夺目,不知不觉便夺去了他全部的视线。

时停云原本想带着褚子陵在时家的羽翼下慢慢成长,而父亲亡故,将他瞬间推至以前从未想过的高位。

他来到镇南关,匆忙接手南疆的军务。父亲亡故后,南疆人立时而动,完全可以猜到是哪方势力在背后投毒暗害的时将军。

北府军军纪森严,乍换将领,虽不至生乱,却难免暗自忧心:少将军上过战场,做过战将前锋,在军中虽有些威望,却从未担任过帅职。他真的有能力带领整个北府军吗?

时停云从来不会在旁人面前流露出一丝脆弱,偶尔与将士对饮时,还有心说些昔日望城内的趣事,与将士们一道笑得前仰后合。

直到某次,在左弼山间的一场殊死之战后,他的副将褚子陵在战中失踪。向来稳如泰山的时停云第一次失态了,在大雨倾盆的夜里冲出帅帐,纵马至山间,一具具翻着尸首,试图找到褚子陵。

他从十二岁时起就在一起的玩伴,他培养的璞玉,他在军中唯一可以全心信赖的人,他的……

在他拉起一具满脸鲜血的尸体时,突然听到身后传来一个虚弱的声音:"公子?"

褚子陵在混战中被马刀砍中后背,昏厥了过去,在死人堆里躺了许久,又被大雨浇醒。

失而复得的狂喜如海浪般将时停云淹没。他听到褚子陵的声音,不发一言,跟跄着上前,将狼狈不堪的褚子陵带上了马。

当夜,时停云携褚子陵,带着几名遗漏的伤兵回了营。

经过这一事,时停云和褚子陵的关系更亲密了。时停云把褚子陵当作失而复得的良才益友,褚子陵则把对时停云仅存的那点主仆规矩都收了起来,真正和时停云做了朋友。

南疆战事越发吃紧,南疆人似乎能料到北府军的每一步动作,战术毒辣阴狠,好在时停云本身也是机敏多变,应时而动,硬是在夹缝中艰难地打了数场胜仗,更是在白蛉峪利用地形和陷马坑,以五千兵马吃下了南疆九千骑兵,在军中渐渐声望日盛。

将士们都称虎父无犬子,时小将军确有乃父之风。

丧父之痛也渐渐被向胜利倾斜的局势掩去了。

南疆人费尽心思谋得的先机在一点一点地丧失。

— 333 —

一日，时停云在帐中读信。恰巧，他的两位皇子好友在同一日先后来了信。

严元昭问他近况，死没死，死了就不用回信了。时停云在一张纸上顶格写满了"没"字，一封回信便宣告完成。

严元衡则问他是否安好，把一封信写成了一篇措辞优雅而古板的骈体文。时停云又顶格写满了"好"字，交与手下副将，让他寄出去。

突然听得外面传报，说一战终了，不出所料，北府军取胜，褚副将乘胜追击，率兵追逐小股残兵而去。时停云掷笔，骂了一声："胡来，穷寇莫追，与他说了多少次！"

他站起身来，说："孙副将，点一队亲兵，随我去接应一下，以防万一。"

孙副将从前任主帅时惊鸿年轻时便跟随于他，性格温和，对少将军的意气用事也颇感无可奈何。

少将军终究是武将出身，早已习惯亲自征伐，总不肯安坐于帐中。

时停云策马而去，却不想在追去的这条小路上遇见了他曾经靠此获得大捷的陷马坑。

陷马坑是连环阵，刚进入其中时，陷阱上方的伪装较为结实，越往前，陷阱上铺设的伪装便越脆弱，等先头部队察觉时往往为时已晚，脚下的陷阱已经坍落，而走过的陷阱也被接连不断的马蹄踏松，一陷便是一大片。

尽管时停云在察觉不对后立刻叫停了后队，四下里响起的喊杀声与落下的箭雨还是在一瞬间夺去了大半士兵的性命。

时停云却不在漫天箭雨的覆盖范围之中，只有两支雕刻着南疆鹰首的铁羽镞准确无误地射穿了他的两个肩膀，将他穿射下马，活捉之意再明显不过。

谁设的埋伏？是蓄谋吗？可南疆人怎么会知道褚子陵会率兵来追？褚子陵可安好？

时停云来不及多想，挣扎着起身，咬牙拔出羽镞，去抓马侧的银枪，竟突然觉得眼前一阵昏黑。

箭上淬了毒！

昏眩中，时停云以枪撑地，稳住身形，然而终究抵不过药力发作，缓缓滑跪在地。

天旋地转间，他的眼前隐约有人影晃动。他强撑着抬起头，却看见了一个让他以为自己身处噩梦中的人。

褚子陵站在一小队南疆装束的军队中，身上还穿着北府军副将的盔甲，俯身行礼，眉眼含笑："公子，褚子陵多有冒犯，望请恕罪。"

建平十九年，一封加急战报传入望城。

北府军少将军时停云被副将褚子陵出卖，于南疆被俘。

彼时，南疆人都以为褚子陵不过是一只利欲熏心的哈巴狗而已。

褚子陵因立了大功，被引至南疆王身前接受褒奖，谁承想，他竟然自己曝出，时惊鸿将军亦是他下毒手刃的。是他在时停云的家书火漆上涂下鸩毒，又要求他先前参战时培养的、身在主营中的亲信在时惊鸿用饭时将信送上。他晓得，时惊鸿将军有在阅读时沾唾液翻页的习惯，他拆信时，手上便有了鸩毒，只需事后在倒掉的饭菜中混入鸩毒，便能瞒天过海。

南疆王自是大喜过望，正宣布要给他重赏时，褚子陵却当众亮出一样信物，语出惊人，道自己此番作为，全是为了南疆。

他是南疆王之子，是货真价实的皇子之尊。

他的母亲是镇南关内一名举人家的二小姐。

数十年前，正值战乱，南疆人打过镇南关，褚小姐被掳，因其貌美，被层层献上，供南疆王"独享"。随后，北府军杀回来，奇袭南疆王军营，南疆王弃营而逃，留下了两个已经怀了身孕的女人。

褚小姐被北府军救下，领了银两，却无颜归家，想要堕胎也为时已晚。她在返乡途中突然腹痛不止，正值走投无路时，遇到了一名在山中打柴的樵夫，被他救下，几经折磨，总算生下了孩子。

樵夫脾气温和，人品也不错，褚小姐正无处可去，二人便在一起凑了个伴儿。

褚子陵长相肖似其母，尤其是一双笑眼，毫无南疆人的特征。

他以褚为姓，由褚小姐自小教养，又十分聪慧，五岁时便被送去山下小镇的私塾念书。

在他八岁时，樵夫带褚子陵去赶集，过路的算命先生为他卜了一卦，道褚子陵命格太硬，会克父克母，克亲克友，是个天煞孤星的命。

樵夫并不在意，把这卦相当玩笑讲给了褚小姐听。谁想不过七日，在一个雨夜里，樵夫打了一捆柴，匆匆往家赶时，滚下山坡，跌断双腿，被人发现已是三日之后，他被人用担架送回家中后，挣扎残喘数日，终是死去。

褚小姐大受打击，一病不起。

在她病得神志昏沉，撒手人寰前，她终于将她这些年来隐瞒的事实真相对一无所知的儿子倾吐而出。他是蛮人之子，得来本非她所愿，褚小姐知道自己不该恨一个无辜稚子，却不能不恨。

临终前，褚小姐抓住他的手，声声唤着恨，不知是恨命，还是恨人。

而褚子陵埋葬了母亲，并拿到了南疆王逃跑时仓皇遗落在营中的玉佩。母亲偷藏了这块玉佩，是怕在回乡的途中没了盘缠，用它可以典当换些钱财。

十几年后，他拿着这块玉佩，站在南疆的朝堂之上，沉着冷静地杜撰了他的母亲与南疆王情愫甚笃，南疆王离开后，母亲仔细保留此物，日日拿来缅怀的故事。

而他自己，潜入将军府中数载，曲意逢迎，只是怀有一颗纯孝之心，想要为南疆效力，以期有朝一日回到南疆，为母亲正名。

时家这对父子便是他准备已久的投名状。

朝堂上不少臣子闻言，出言恭贺南疆王，南疆王喜不自胜，极痛快地认下了他。他早不记得那个中原女人的名字，但玉佩是他的，他也乐意相信有一个傻女人心甘情愿地为他生子，多年恋慕，至死不渝。

更重要的是，时惊鸿与时停云这两个南疆王的心腹大患，一个已死，一个遭擒，都是实实在在发生了的事情，做不得假。

这些，都是时停云被囚后，褚子陵与时停云笑着提及的。

褚子陵在时停云面前转身，展示他的一身华丽袍服："公子，你看，这身衣服可漂亮？"

他说："若是我幼年时只拿玉佩来投奔南疆王，怕是会被乱棍赶出来。"

他说："我一个无功无禄的私生子，如何穿得上这样精美的衣服，受得起这般的重用？子陵所得的这一切，都承蒙公子大恩，子陵永世不敢忘怀。"

彼时，时停云重重镣铐加身，口里也被塞了麻实，闻言只是淡淡地冷笑。

他早已过了绝望之时。

初次醒来时，时停云见到四周的景象，几乎发疯。他不愿相信昏迷前所见的一切，直到褚子陵亲自来到他的身前，亮出那枚事后被兵士藏起、沾了鸩毒的火漆封印。

火漆上烙着时停云的字——素常，这二字是父亲对他的期望，愿他素心若雪，常备不懈。

正因为是他珍爱的素常寄信来，父亲才毫不设防地拆开信件，在吃饭时也要读信。

见到此物，时停云渐渐安静了下来。他望着褚子陵，声音嘶哑地问："为何呢？我时家，有何对不起你的呢？"

"时家待我极好。"褚子陵笑眼弯弯地道，"但你对我的好，不过是上位者对奴才的施舍。我明明能做皇子，明明能压那严元昭一头，你又凭什么要我端茶倒水，做一辈子副将？我还要让我娘知道，她不配恨我，我能让她身后风光，成为王后。一个樵夫做不到，可她的儿子可以。"

时停云想到了昔日的承诺，想到了那个雨夜。

褚子陵与他多年主仆，轻而易举地便透过他的神情猜到他在想些什么。他笑着弯腰，注视着他的眼睛："您是后悔了？后悔收过我这样一个小厮？"

时停云突然凄厉地笑了起来，直至剧烈呛咳，仍不肯停止。

见时停云如此，褚子陵愣了一下，口吻也有了几分试探之意："公子，你不会真把我当自己人了吧。"

时停云没有给他答案。褚子陵已经给了他足够多的羞辱，他实在没有必要再在这羞辱上增添几分。

褚子陵没有杀他，而是将他锁在了他的帐篷中，并封住了他的口，不许他咬舌自尽。

他留着时停云，好见证他的荣光。
而时停云也从这被囚禁的时光里，更加了解褚子陵其人。
近十年自甘为奴的生涯，让褚子陵对"奴"字一称极度厌恶，偏偏他那几个在南疆王身旁长大的兄弟看不起他，时常以"时家养大的狗""腌臜奴""贱奴"相称，褚子陵在外还能做出宽容之状，回到帐中便拿他出气。
成为皇子后的褚子陵不需要再掩饰自己，在时停云面前尤其如此。
他一面笑着掐住时停云的脸，一面口出恶言。
到后来，时停云连死都不想了。到了这种地步，死便是认输。

不久后，褚子陵便开始了他谋划已久的反攻。
褚子陵以副将身份跟随时停云多次上战场，知晓了北府军的许多机密，知晓了关内的地形，当时停云在沙盘上推演如何防守时，褚子陵便注视着与他全然相反的方向，推演着进攻的步骤。他精心筹划了这么久，就是为了率领南疆军反攻中原。
边关帅才缺乏，匆忙上任的元帅又来不及在军中树立威信，褚子陵趁热打铁，利用时停云曾授予他的兵法攻下了镇南关，势如破竹，一路向关内挺进。
褚子陵每打下一城，都会将时停云带上，似乎是为了折磨他。
他成功了。
时停云日日咬牙切齿，饱受折磨。
他问时停云："公子，你回到故国了。感觉如何？"
时停云一言不发。
迷迷糊糊中，他听到耳畔有熟悉的声音响起，是久违的温柔。
"公子，公子，你为何不能服一声软呢？"

几个月后，渠城被破。
白日里一直在帐篷里昏睡的时停云莫名被两个身强体壮的南疆人拎出了帐篷。
帐篷外是褚子陵含笑的脸。他道："真是想不到啊，守渠城的竟是公子与我的老熟人。公子来见一见吧。"
身负铁枷的严元昭被推至时停云面前时，二人久久相望，一时无言。时隔数载，谁也不敢想象，再见故人时，二人会是这般模样。
时停云是第一次看见严元昭穿战甲，着实有点滑稽，看起来也不如他爱穿的紫缎绸衣好看。
褚子陵轻咳一声，打断了二人的两两相望。他凑到时停云身侧，蹲下，指着严元昭，道："想要他活命吗？"
时停云的脸色一变。
褚子陵露出了恶作剧似的笑脸："你对他说一句，'小奴卑贱，参见皇子'，或是'小奴卑贱，不敢玷污皇子的万金之躯'，我便考虑考虑。"

严元昭周身巨震。他的耳力极好，本是为品鉴宫商角徵羽，纵情逍遥所用，此刻，却将褚子陵对昔日好友的戏谑与侮辱尽收耳中。

"你说啊。"褚子陵含着笑对时停云道，"你说了，我便饶他一命。"

时停云第一次犹豫了。这半年来，他受尽羞辱，但不管内心多么痛苦，他从无一次示弱。

但是，若是严元昭……

他犹豫间，严元昭那边陡然暴起，不顾枷锁压制，狂乱地挣扎起来。他声嘶力竭地咆哮："姓时的，你敢跪我！"

"时停云，你以为六爷为何与你交游？不过是因为你姓时！你姓时！

"你以为我严元昭还是你的挚友吗？不是！一开始便不是！"

时停云呆呆地望着他。

严元昭说的，全是时停云从幼时起便已经知道的事实。

时停云能理解他的这份利用，但他从未想到严元昭会因为刚相识时的那份算计之心愧疚至今，甚至以为他只要说出这样的小小私心，时停云便不会为了他而折辱自己。

严元昭的话语中带着决心赴死的决绝："你敢跪我，我便立时咬舌自尽！"

褚子陵意兴阑珊地摆一摆手，四周七八个健壮的南疆士兵一并涌上来，将严元昭围起来，拳打脚踢，令人牙酸的筋骨错位声不绝于耳。

时停云呆滞了片刻，回过神来，便失声吼道："住手！你们——"

褚子陵把玩着腰间的玉佩，站在一旁，像是在等待着什么。

时停云"扑通"一声跪下，头往地上重重磕了两记，鲜血直接溅出来。

"褚子陵，求你，饶他……给他一个痛快，我求你，求求你！"

褚子陵蹲下，好奇地道："公子，我方才叫你求，你怎么不求啊？"

时停云看着被拳打脚踢的严元昭，眦眦尽裂："元昭……你饶了他，我什么都听你的……"

褚子陵欣赏够了他低头求饶的模样，心头大快，方才幽幽地反问道："他从前那般厌恶我，看不起我。如今他落到了我手里，我为何要饶他呢？"

时停云欲扑去严元昭身上保护他，但铁镣让他根本动弹不得。

他听着严元昭那边没了声息。他看着那群南疆人散开，看着严元昭跪在一块着了火的牌匾上，死不瞑目。

他听到有人说，这皇子死前眼睛也睁得太大了，看着吓人。

又有人说，据说这种枉死之人会用眼睛记住杀害他的人的模样。

最后，他听到褚子陵说："这样啊，那便剜了吧！"

此事过后，时停云接近疯癫。

半年后，望城被破，帝室北逃，留下殿后的十三皇子严元衡，因城破被生擒。

褚子陵特地带了严元衡来见时停云。

乍见故人，严元衡简直不敢相信时停云还活着，自从被擒后便肃然着的一张脸总算有了一丝波动。他走上前去，像是怕惊醒一个美梦般，轻轻地拍了一下时停云的肩膀。

然而，时停云宛如被毒蛇咬了一口，扑倒在地，叩首不止："小奴卑贱，不敢玷污皇子的万金之躯……小奴卑贱，不敢玷污皇子的万金之躯……"

元衡，我已经无所谓了。

你要活下去。

不要像元昭，不要像元昭。

严元衡当场变得呆滞起来，与时停云颤抖着抬起的视线相接，心内绞痛。他垂了下眼睛，掩住了眼底的寒光。

褚子陵满意地离去，将严元衡与时停云暂时囚禁在天牢里，心情不错地转去往日他只能低头而行的皇宫内，为他家大公子挑选一处可心的宫殿。

谁也想不到，当夜，严元衡越狱了。

他是无论如何也越不到外面去的。

天牢防守森严，哪怕他踏出一步，便会被万箭穿心。

说到底，褚子陵也不是很在意严元衡的死活，不仅没有束缚他，还为他提供了被褥与茶具，明摆着期望他用被单上吊，或是用茶盏割腕。

如褚子陵所想，严元衡捏碎了一只茶盏，选了一块最尖锐的，用小时候时停云研究出来的开锁伎俩，悄无声息地破开了自己所在的牢笼，在守卫发现异常前，又打开了时停云的牢笼的锁，并慢条斯理地将锁链重新扣好，把自己与时停云锁在了一处。

时停云发着高烧，昏昏沉沉间，眼见那个熟悉的青年走到他的身前，鬓发微乱，嘴角染血。

他蠕动着唇，喃喃地重复着那句在噩梦中说了无数遍的话。

一只温暖的手搭在他的后颈上，抚慰似的捏了两下，像是在安慰他不要怕。

随即，一点尖锐抵上了他的喉咙，干脆利落，一刀割喉。

望城春日里唯吾独秀的青年此刻满身血污地躺在他的怀中，没了声息。

严元衡扶住他的肩膀，听着外面嘈杂的脚步声，将碎瓷片抵在自己的颈上，附耳低声道："时停云，严元衡对你从未存半分利用之心，可你从不知晓。"

说罢，严元衡在逐渐嘈杂起来的脚步声中，缓缓地割破了自己的喉咙。

望城的春光，再不复了。

3

娄影为池小池轻轻按着太阳穴。

半个小时前,池小池接收世界线完毕,睁开眼睛,并不多言,只说了声"我先睡一下",就侧身蒙头睡了过去。

断了的链接还未恢复,娄影只恢复了部分能力,无法接收世界线,因此他并不知道究竟发生了什么。他也并不急着知晓,只是无声地为池小池按摩。他的手法很专业,只是他现在力气不大,按揉一会儿,就得攥一攥拳,缓解一下疲劳感。

池小池睡了两个时辰才醒过来。

池小池睁开双眼,花了五分钟时间醒神,随即起身披衣:"先生没睡?"

娄影不答反问:"世界线怎么样?"

"有点难办。"池小池闭着眼睛,嘴角似笑非笑地挑着,"但是,是很有意思的挑战。"

活脱脱的一只斗志昂扬的小狐狸。

娄影失笑,他发现自己太欣赏池小池这种劲儿了。

池小池翻身下床,扬声道:"阿陵。"

天色将明,第二日便要启程前往边疆,他早些起身,也无可厚非。身为小厮,每夜都要值守在外,以防主子有什么需求。原主时停云对小厮一向宽容,除非事关将军府机要,否则他夜间有事起身时,几乎不去打扰两名近侍的休息。因此褚子陵入内时,还带着几分睡眼惺忪的感觉:"公子?"

池小池说:"今日动身,我难以安眠,想早起些时辰。"

褚子陵取来外衣,想伺候他穿衣。

"不必服侍我。"池小池接过他手中的衣物,"去服侍公子师。"

褚子陵有些纳闷。往日,这种近身伺候人的琐碎活计总会交给阿书。但他不动声色,含笑答道:"是。"

他走到床前:"于先生,请。"

那孱弱、苍白的青年端庄地"嗯"了一声,客气地说道:"多谢。"

褚子陵为他换衣时,视线佯装不经意地扫过了他的脸。

南疆文的"国贼"二字在那人的眼角烙印下来,在不懂南疆文的人眼中,很像是开出了一朵花。

一个罪人,因为过人的才学,也能在府中受到这样的礼遇。任何人,手中只要有功绩,在任何地方都能站稳脚跟。

想到这里,褚子陵随口道:"公子成日与先生在一起,真是亲厚,都不知在聊些什么呢?"

这不过是句戏谑的话,褚子陵眼望着时停云,唇角带笑,言语间有几分拿捏得当的嫉妒之意。他知道时停云是因为对自己的才华有些兴趣，才会如此栽培自己，他也不介意与这位小公子周旋周旋，借此拉近关系。

娄影侧过身去，口气不温不火："这是你该问的吗？"

褚子陵猛地一怔。他对这位公子师的了解并不算多，只是知道他的出身和身体都不大好，但很受公子尊崇，因此他以为他也该是个好相与的性子。

"莫拿我做你讨好公子的筏子。"娄影的神情与语气都不像是生气，只是在轻描淡写地陈述事实，"认清你的身份。"

"身份"二字恰恰踩在了褚子陵的痛点上。

但褚子陵定力非凡，继续为他穿衣，笑容依旧："是，先生。子陵失言，以后绝不再犯。"

时停云对此一字未发，也在褚子陵的预料中。

对方是公子师，算是长辈，还很受公子尊敬，与平辈又是好友的严元昭不同，时停云自然不会为了自己盲目地和他对呛。

话虽如此，褚子陵难免有些说不出的气闷。

被皇子训斥，他能淡然处之，还能让时停云感到不平，为他出头，在严元昭与他之间间接推波助澜，酿成矛盾。

虽然他不指望这样就能破坏他们之间的情谊，但也能让他们生些罅隙。然而，被一个身份低微却一朝登荣的罪人这般指责，褚子陵心里还是郁闷了一下。

他自然不敢再小觑此人，悄悄地留了个心眼，丝毫没有觉察到身后时停云投来的视线。

池小池的目光里满足好奇：你什么时候知道是他的？镇南关那边还没有回音呢？

娄影侧身，把外袍穿好，错开俯身收拾床铺的褚子陵，比了个口型：你叫从不收拾的他来收拾的时候。

其实他很想说，你叫他进门来的前一刻那个眼冒精光准备坑人的样子，一看就知道是他了。不过，反正他也很乐意看池小池这副样子，并没有让池小池改的打算，所以他没有说。

池小池朝外走去："阿书呢？"

褚子陵背对着他，一边铺整被子一边笑着答："阿书去打点您的近身之物了。他是初次上战场，不放心，清点了一遍又一遍。我同他说过，他准备的那些东西在战场上根本用不上，他也不愿意听。"

池小池把长发简单地用发带绑起来，说："那我便亲自去请阿书大人来为我洗漱了。"

褚子陵笑："公子慢行。"

池小池一路往小厮住的地方去，路上稍微关注了一下已经恢复正常的显示屏。褚子陵对时停云的好感值为53，悔意值为4，完美处于软饭硬吃还能心安理得的

—— 341 ——

区间内。

池小池不去想现阶段如何对付褚子陵，又翻一翻仓库，找到了一张功能卡。

现在有了世界线，有些信息就能轻易获得了。他使用了叫作"世界线定位"的功能卡，可以查看任何一个人在原世界线的所作所为。

他定位了"李邺书"。

在时停云身死之后，李邺书来到皇城之下，呈上一封血书，说自己是当年将军府中的仆役李邺书，受公子恩惠，想要从南疆人手上为时停云收尸，不愿让他由仇人埋葬。

上门乞尸，还如此张狂，无异于找死。

那守城的南疆将领颇为不屑。南疆尚武，对这等不思复仇，反以求死殉道为荣的人是极看不上的。

他层层上报，把这封血书呈给了褚子陵，说那人既然想报恩，不如成全他。

褚子陵此时比世界线信息中时停云最后一次见他时消瘦了许多。

他看过血书，便顺手用一旁的油灯烧掉了，道："回他一句，若说仇人，你也是南疆人，有何脸面为他收埋，为何还不羞愧自刎？"

那将领听说李邺书是南疆人，杀心也淡了些："不杀他？"

褚子陵道："不杀。他来了便是有意找死，不过是想在死前最后见那人一面，我何必要顺他心意？"

南疆将领如实转达了褚子陵的话。

闻言，李邺书愣了片刻，随即大笑三声，对那个将领道："那，烦请将此物与我家公子一同落葬。请他好生保管，数年后，我会将此物与我家公子的骸骨一道取回。到时，阿书当于墓前再谢生死未随之罪。"说罢，他从怀中取出一把牛耳尖刀，一刀割下舌头。

那南疆将领大惊之余，也难免对这小小仆役的志气起了敬意，对其他守城小将说自己会把此人赶走，免得污了城门后，把痛得躬身呕血不止的李邺书拖走，偷偷施以伤药，保住了他的性命。那将领在他伤势稳定后送他出城，撒谎道："你所托之物已经跟你家公子一起下葬了，滚吧。"

李邺书也晓得他是在骗自己。

公子总笑话他琐碎，若是自己这张嘴能与公子一道葬下，公子大概也会烦的。不过不打紧，他的血肉只要能在这望城内的某个角落里守着公子便好。

舌头于他而言，如今是最不打紧的东西了。

李邺书躬身，对他行了一礼，随即苍白着脸色，踉跄着离开了望城。

在那之后，中原陷入了经年的战乱中。

七年后，望城被皇城军夺回。

褚子陵不在望城中，那名南疆将领被俘，在被铁锁串在一起，押往城外时，一名满身尘灰与伤痕的银盔将领骑着一匹白马来到他身前，突然叫停了队伍，用马鞭抬起了他的下巴。

南疆将领看到了一张熟悉的脸。对方也认出了他，一扯缰绳，冲他微笑。

南疆将领惊愕之余，被队伍牵着走了。副将骑马跟上来，问："此人是将军的旧识？"

他对自己的副将比手势：不要活埋，给他个痛快。

副将领首，调转马头，往行刑官的方向去了。

他的耳力不差，能听到四周有人在议论他。

"他便是那个哑将李邺书？"

"是。你瞧人家那气度，银枪白马，定是大家出身。"

"可听说他原先是将军府的家奴呢？"

"你是从哪里听来这样的话？话本里使银枪骑白马的，不是马超，便是高怀德，皆是一等一的大英豪，哪会是寻常人？"

"是啊。我听闻此人杀人如麻，每攻下一城，都会屠尽南疆将领，还以为是什么夜叉似的人物，谁想生得这般……像个读书人。"

李邺书低头一笑，打马前行。

请当今皇上归朝后，李邺书请求去公子墓前看一看。公子墓设在皇城内，褚子陵原先所在的宫殿之后，他摘了银盔铁甲，换上一身昔日的直裰布袍，把自己打理干净，方至墓前。

他跪下，深叩一首。

每次到了公子面前，他总有无尽的话想要说。

李邺书试着发出声音："啊。"

他被自己发出的难听怪声逗笑了。

他靠在墓碑前，用右手在墓碑上写着他想说的话，说他当初的后悔；说妹妹阿清如今已经嫁人生子，过得很好；说他不该听了公子的话，留在将军府管家；说他该随公子一起去南疆；说他现如今是神憎鬼厌的李邺书；说他发现，只要勤加练习，笨鸟亦能飞天成为鲲鹏。

他写着，抱歉，公子，七年过去，阿书才来。

说着说着，写着写着，李邺书倦了，枕在他的墓碑前，闭上了眼睛，就像他以期每晚睡在公子的房间外一般。

第二日清晨，他的副将才发现，李邺书于时停云墓前割了腕，左腕近乎被斩断，血渗入四周的泥土之中，暗红色浸透了方圆半米的土地，李邺书坐在中央，垂头抵着墓碑，神情安然，宛如入睡。

没人告诉他，褚子陵临走前已经察觉出望城不保，掘出了时停云的骸骨，用小棺装着，随军带走了。

李邺书殉了一座空坟，但好在走得心安。

世界线停转，池小池在窗前站定。

阿书的房间亮着烛火，可以瞧见房间内忙忙碌碌的身影。

如今，阿书还是那个琐碎而唠叨的阿书，武艺稀松，无心兵法，只爱围着灶炉转，每夜入睡前必问，公子明日早膳、午膳、晚膳都想用些什么。

池小池推门而入。

李邺书听到门响，愕然回头："公子，怎么不多睡些时辰，鸡都没叫呢？"

池小池说："没有阿书大人在身侧，在下颇不习惯，难以安枕啊！"

李邺书被逗乐了："公子又说玩笑话。您看，小的带了绿豆枕，清心降火，是小的一颗颗选了最好的绿豆做的，保准有用。"

池小池靠着门看他："你带这些琐碎东西，又占地方又重，何必呢？"

李邺书自有一套道理："穷家富路，外头不比家里，有些个东西还是带着为好。"

池小池拿起他斗大的包袱检视："酱鸭？"

李邺书擦擦汗："公子爱吃，路上备着些。"

池小池又拿起一样："杏脯？"

李邺书："路上马车颠簸，公子师体虚，未必受得了，备些酸食好开胃。"

池小池拿起一个放在床上的红符，问："这又是什么？"

"是阿清连夜送来的。"李邺书抬眼一看，笑道，"她去清源寺求来的，特意让我转交公子，愿公子平平安安，刀枪剑戟，一样都伤不到公子。"

池小池捧着符，说："她有心了。你的呢，她没为你求一个？"

李邺书挠挠头，说："她本来要求，但小的特意叮嘱她别求，怕求两个，一心二用，就不灵了。"

池小池把符抓在手中，说："阿书，你太琐碎了。"

李邺书也不介意："只要能为公子做些事情便好。"

池小池把符朝他丢去："你若想为我做事，不如来做我的副将。"

李邺书伸手接住，有些不解："不是有阿陵在吗？小的操心公子的饮食起居便好。"

池小池问："你难道就想做一辈子伺候人的小厮？"

李邺书也不傻，他知道公子这是有意抬举，但他仍然摇了摇头，老实地说："只要是公子的小厮，阿书便愿意。"

池小池垂下眼睛，说："那我便争取不死，要你一世伺候我。"

因为这句话，池小池闯下了大祸。

李邺书从服侍他穿衣，到洗漱，到用早膳，到牵马出发，到前往皇城领军的路上，再到出城，嘴就没有停过，其核心是："公子胡言乱语，太不吉利。"恨不得让池小池呸上一百声，把晦气都唾尽了去。

池小池被唠叨得苦着一张脸，却认真地将他的每一句唠叨都听入了耳中，并试图装作看不见前方频频回首的严元衡。

4

穿戴银盔铁甲的少年苦着脸的表情生动有趣，但严元衡看久了，心里总觉得有些不是滋味。他正视前方片刻，心中发痒，正忍不住要扭头再看，身侧便多了一匹白马。

严元衡立即目视前方。

时停云揉着耳朵，与他并行，小声道："来你这儿避一避风头。"

其后的阿书见状，以为自家公子与十三皇子有要务要谈，方才停了唠叨，查看后方马车里公子师的状况去了。

严元衡有点高兴，偏过头去："嗯，无妨。"

池小池观察着他额头上像花钿的饰物。

男子在额间贴花钿装饰，是本朝望城贵族间流行的风雅之事，但他先前一直有些好奇，十三皇子平日里诸样装扮都简朴低调，怎会追这等花哨的风潮？如今离得近了，池小池才看清，在那竖纹描花内，有一道不细看就看不清的肉色伤疤。朱红色的细长纹饰首尾相吻，拟作阴阳双鱼的模样，恰到好处地盖住了伤疤。

池小池翻查时停云回忆，方知是在时停云十五岁时，时父回望城述职，带回了南疆的蒲桃酒，口感醇厚，尝起来同果酿无异。

时停云只当是得了样新鲜玩意儿，请来严元昭、严元衡，分而饮之。

三杯下去，严元衡便默不作声地站起身来，走出门去，时停云与严元昭在后面喊也喊不住，以为他是有急事要走，便没有多想。半晌后，严元衡去而复返，手里捧着一本绝版的书册，二话不说就往时停云的怀里塞。

严元昭想拿过来看看是什么，却被严元衡一把推开。他说："你上次说想要这本书，但是身上没有银钱，我便向老板买下了，只是，我找不到理由给你，就一直存在书肆中。今天我给你，不许给旁人看。"

时停云与严元昭目瞪口呆。

严元衡严肃地强调："我送你的，你一个人的，不准给旁人看，我偷偷在里面夹了朵我很喜欢的花……"

说着，他翻开书页，眉尖微微蹙起："我的花呢？"

时停云已经猜到发生了什么："元衡，你醉了。"

严元衡拉过时停云来，翻开他的手掌："我没有醉。你把我的花藏起来了。"

外头起了风，拂动窗外的栀子，送来一段浅香，提醒了严元衡。他摇摇晃晃地往外走："我再去给你摘一朵。"

时停云拦不住他，严元昭瞧热闹还来不及，根本不想拦，严元衡便昏昏沉沉地爬上了树，结果一脚踩滑跌下来，额头被树枝划了一道口子。

伤口不浅，又在面部，太医诊视过，叹息一声，说定是要留疤的了。在太医诊视的时候，严元衡还直勾勾地盯着时停云，口里嘟囔着南疆文，就连时停云都不知道他什么时候悄悄学了这个。

当时一片兵荒马乱，严元衡到底说了些什么，时停云也不记得了。

为着一朵不知道是否存在的花，时停云吃了一顿家法。

回到现在。

严元衡被他打量得浑身不自在："你在看什么？"

"一个时辰内，十三皇子回头看了我二十七眼。"池小池理直气壮地道，"我不看十三皇子几眼，如何回馈这份关注？"

严元衡不作声，手指在缰绳上抚摸了几下，看样子极为镇定。

池小池等了小半刻，在严元衡准备张口前，略带遗憾地叹息一声："十三皇子不欲与末将多言，那末将便告退了。"

严元衡一惊，目送着时停云头也不回地驭马离开。他攥紧缰绳，脸上隐隐现出几分懊悔之色。

池小池骑马来到马车前，俯身掀起轿帘："先生，身体如何，晕马车吗？"

马车里的娄影穿着宽松舒适的衣裳，正在倚着软枕看书，闻声抬头，浅浅一笑，看精神还算不赖。

此时与原世界线不同，南疆情况安定，鸩毒之事更是发生在半年之后，因此队伍他行进速度不徐不疾，阿书有了充足的时间布置，甚至在车厢中供了只佛手。不同于一般香料的甜香，佛手的清香能缓解颠簸带来的不适。

池小池放下了心来，翻身下马，把缰绳交与一侧的阿书牵着，快步赶上慢行的马车，助跑，一步登上车辕，钻入了马车中。

娄影至今还不知世界线如何，他们清早离开将军府，从西城门出发，走了二十多里，池小池才找到机会来跟他交流交流剧情。

他把世界线的大致情况向娄影讲述了一遍。

娄影颔首："你有想法了吗？"

池小池反问："先生，你觉得，为什么褚子陵只是拿出了一块玉佩，南疆朝中就马上有臣子支持褚子陵做皇子？只是因为他活捉了时停云，鸩杀了时惊鸿，他说自己是皇子，便马上有人信了，并且站出来大力支持他？"

娄影自然明白他的意思："褚子陵他事前便联络好了这些人？"

"那些南疆臣子的小九九打得自然不差。"池小池道，"他们怕是早就知道了褚子陵的身份，便先隐瞒下来，秘而不宣。若他真是皇子，携功而返，这些臣子顺水推舟，出言支持他，便是拥君之臣，能获得不小的好处；若他未能功成，死在半途，这些臣子也不损失什么，只当是死了一个密探，也没什么可惜的。褚子陵这生意，可是正好做到了他们心坎里去。"

说着，他点了点自己的太阳穴说："好在，时停云还记得那几个常来褚子陵帐中的股肱之臣的名字呢。"

在时停云的记忆中,有三个人颇受上位后的褚子陵礼遇。

常年在镇南关与北府军对峙的帕沙将军是主将铁木尔帐中的一名副将。吴宜春是一直驻守在镇南关西北侧的骑兵军将军,不担负什么作战任务,主要负责军粮运输。还有一名姓艾沙的文臣,按他们朝中的官职来衡量,应该是从二品,与帕沙是连襟,没有什么功绩,到四十余岁仍然庸庸碌碌。

当然,这都是他们升职前的职位。

自从褚子陵上位之后,他们便飞黄腾达,以他们先前这点本事,除非祖坟冒青烟,否则基本没什么指望。

娄影了然:"他选人选得很准,都是有点实权和人脉,却还想要继续往上爬的人。"

在普遍意义上,褚子陵的出身的确不算多么光彩,因此为了自己能走得顺畅些,他得提前为自己把路铺平。

然而,他偏偏遇见了池小池这么一台专门突突突地给路打洞的地钻。

娄影又说:"知道褚子陵真实身份的人应该不多。"

"是不多。没握着一把好扑克,谁愿意甩明牌啊。"池小池说,"不过这样也挺好的。"

娄影:"所以你打算一直压着褚子陵,叫他没有机会……"

池小池却说道:"哪儿能呢?我可得好好捧着他。"

他望着天边,自言自语地说:"说起来,我的信前日便到了。褚子陵寄出的那封给南疆通风报信的信,算一算也该到了。"

他沉吟。

若以南疆一贯的排兵速度计算,最快后日,最慢七日后,由温非儒把守的定远城便会遭受小股南疆军队袭扰。这是褚子陵一贯的行事作风,绝不会尽信于人,哪怕是从时停云这里得了消息,也会先派兵试探定远城中的状况。

他与时停云一样了解守定远城的温非儒。他有一半的南疆血统,生活在边境,却被入侵的南疆人杀了父母。

此人勇武过人,脾气暴躁,每战必亲出杀敌。若是他没有受伤,必定会亲自出城迎战。相反,若是他当真受伤了,面对此等稀少的兵力,他极有可能会派座下某位小将出战。

明面上是表示蔑视,实际上是以骄掩虚。

若池小池没有料错,褚子陵会去信嘱咐与他联络的人,若是温非儒亲自出来迎战,那便是他的伤不重,切莫硬战,白费军力;若是温非儒座下首将来战,那便要斟酌了再战,温非儒很可能不在城中,同在定远城中的张督军智谋不错,有些难对付;但若是派一小将来战,则万勿错失良机,说明城中主事者仍是温非儒,但他定是伤重不可出,便可趁机调大军来战,一来夺城,二来务必要将温非儒擒杀,斩去时惊鸿一条臂膀。

褚子陵这样安排，还有一层妙处。如此一来，他能将自己摘得干干净净。

温非儒的性格，知道的人很多，不难根据他应敌的举措做出如上推断。

至于温非儒将军受伤的讯息是如何为南疆人所知的，大可以推到哪个细作头上去，怎么怀疑也疑不到远在千里之外的褚子陵身上去。

但褚子陵无论如何也想不到，隔着千里之外谋算的，还有一个池小池。

时惊鸿何等人物，自家儿子一封书信寄去，不需详说，他便能猜个十之八九，定会有妥善的应对之法的。自小，时惊鸿便教给时停云，打仗既要知道如何赢，也要知道如何输。

这一场胜仗，算是他白送给南疆的"见面礼"。

看池小池出神，娄影索性停止了猜测，手握着书望着他。

池小池把接下来的计划酝酿了个大概，看看时间，觉得自己与自家先生待的时间有些长，该出去放个风了，于是他招呼了一声："先生，我走了啊。"

池小池挑帘欲下马车时，娄影突然在他身后问："你真的数了？"

池小池："什么？"

娄影注视着他："严元衡回头看了你二十七下。"

池小池明白过来他指什么后，一摊手："当然是瞎说的。他自己又不会数。"

池小池又问他："你能听到了？"

娄影说："系统的部分功能恢复了，但只能听见你那边的声音，说不了话，也没法看到世界线。"

池小池"嗯"了一声，跳下马车后，心里却感到有些古怪：娄哥问这种无关紧要的事干什么？

他自觉地否定了最合理的那个可能性，拍马向队伍更后方行去。

送走池小池，娄影继续在佛手的清香里看书。实际上，他在翻阅世界线，寻找线索。世界线的读取功能已经在半个时辰前恢复了。

娄影早就知道了池小池想告诉他的事情，他只是很想听池小池守在他身边，认真地为他讲故事而已。

此时，他在推想池小池下一步可能的行动目标。

沉思半晌，他低头看向手中握着的兵法，自言自语地道："鸽子。"

不知是否是巧合，数秒钟过后，他的耳畔传来了池小池的问话声："鸽笼带了吗？"

褚子陵的回答随之而至："都带了，全都是将军府里挑出来的好鸽子，最差也是去南疆送过几十次信的，公子请放心。"

娄影微笑着翻过了一页书，默然不语。

当夜，全军在白丘驻扎，埋锅造饭。

他们本就是随粮队出发,伙食自然不错,晚上的饭食有黍米,还有烤鸡。待饭熟之时,严元衡踌躇了几次,下了极大的决心,才以自认为最自然而不造作的姿态,坐到了时停云的身边,跟他等着同一只鸡熟。

池小池在末世啃过冷馒头,在野外用个饭自是乐得逍遥。他翻着铁架上滋滋冒油的烤鸡,问严元衡:"吃得惯吗?"

严元衡平静地道:"我上过战场,曾接连三日只喝饮马的水。这伙食与那时相比,已经是上等了。"

他是说第一次上镇南关驰援的时候。

池小池撕了只表皮烤得焦脆的鸡腿给他。

严元衡拿在手中,并不张口,目光微微下移,注意到他腰间戴着一枚锦囊,问:"这是什么?以前没见到你戴过。"

池小池低头看了看:"临行前元昭赠的。"

说是严元昭赠的,实际上是他的侧妃缝制的。六皇子的侧妃也是个奇女子,闺名锦柔,十六岁时,得知自己要许配给六皇子,领旨谢恩后,痛哭了一天一夜。外人都以为是喜极而泣,或是舍不得出嫁,但与她同为贵门的同龄小姐妹们却很理解,纷纷前去安慰。

用严元昭的混账话来说,不知道的还以为是我死了,她一出嫁便要守寡呢!

当初的时停云好心地纠正他:"你若是真死了,她会笑的。"

严元昭的回应就是一脚。他委屈地说道:"与我结亲,有这么不情愿吗?"

时停云瞄了一眼围绕在他身侧的莺莺燕燕,说道:"你能从花楼里出去再说这句话吗?"

严元昭实在是花名远扬,被许配给他当侧妃,的确不是什么好归宿。

然而,时停云晓得,严元昭他喝酒、骑马、蹴鞠,但在男女之事上,他除了皇上赐下的启蒙宫女外,还真没碰过旁人。

严元昭能如此逍遥,全是蒙受生母恩惠,他的生母是故皇后,眼见父皇情深,严元昭心中对自己的正妻便也有了期许。

他只想让最爱的人做他的正妻,最爱的人为他生子。

锦柔嫁去当夜,严元昭便与她说清,他对她没什么感情,她也不必对自己有什么感情,她在六皇子府中爱做什么便做什么,只要别弄出什么不好的事情来,他的钱足够养着她,好吃好喝,一世快活。

六侧王妃也是个耿直的人,像寻常女子那般犯了几日嘀咕,发现严元昭的确是对她毫无兴趣,便乐得自在,成日里绣绷子,嗑瓜子,种葡萄,逛书市,忙得不亦乐乎。

此番时停云要去南疆,严元昭回府同锦柔说了,她便赶制了一双荷包出来,去寺里开了光,严元昭一个,时停云一个。

严元昭送荷包来,难得严肃了一次:"给我收好啊。这物件是大师开过光的,若你有险，此物会有感应。无论千里万里，我都会去救你。"

池小池接过荷包来时，在手里掂了掂，心想，还真是个"钢铁直男"。

闻言，严元衡的目光变幻不定。

早上出发前，他拜别父皇时，便在六皇兄的腰间瞄到了此物，观其式样，与眼前这个恰是一对。

难道……

5

想到这里，严元衡冷了脸色。

时停云是他的伴读，二人十年的情谊，自是非比寻常，他若是歪了心思，走了邪路，自己一则为主，二则为友，在这种时候，无论如何都要帮他一帮才是。

他得好好与时停云谈一谈了。

严元衡正襟危坐，仿佛此处是二人对谈议战的书房。

他开了个干巴巴的头："素常，你与六皇兄的关系很好。"

池小池翻动着烤鸡："元昭的脾气好，同他在一起自在得很。"

严元衡："但不能一直如此。国子监里的博士夸六皇兄少时有贤才，这些年虽有懈怠，但若是正了心思，以勤补之，也是国之栋梁。况且，他已经有了家室，早晚有一日会安定下来，到时候，谁又能陪你玩闹呢？"

池小池一笑："到时候有十三皇子在啊。"

严元衡觉得脸上一热，心里竟有些不可抑制的喜悦，出口的话却冷硬而理智："胡闹。"

池小池垂下眼睛，火光在他面上跳跃着："玩笑而已。我明白我身上的责任，自然是要随父亲镇守边关的。"

"可时家的血脉……"

"十三皇子怎么对时家的血脉如此关心？"

"我……"严元衡的腰背挺得更直了些，"你为我做伴读多年，而且时家兴衰，亦关乎江山社稷。"

池小池笑一笑："上次谈起时我便说过，愿以身许国，以国为家。况且，时家有其他子嗣，只要教养得当，又是一代英豪。"

严元衡冷声道："我并不赞成你的这种想法。或许再过几年，你便会遇见良人。"

时停云着意瞄了一眼他的脸色，眼睛微微弯起，说："好，遵十三皇子旨意，停云会尝试。或许多年后，停云会恋上一名边疆女子，与她生一堆南疆血统的娃娃，孩子们拿着拨浪鼓满军营乱跑。到时，十三皇子若是到边疆来，我拖家带口相迎，您可别嫌吵闹。"

严元衡这般苦口婆心，本意就是劝他回心转意，时停云松了口，按理说他该感到欣喜，可听了时停云绘声绘色的描述，特别是"边疆"这两个字，令他心中的不快不减反增，胸口感到愈发闷塞。

他整一整胸前的软甲，不再说话，心想，我这是怎么了？

池小池才不管他怎么了，鸡肉熟后，便取了些最嫩的鸡脯肉，吩咐伙夫将鸡脯肉拍成鸡茸，添在粥里，为公子师端去，独留严元衡一人在火前惆怅。

严元衡用树枝拨动火堆，想起了一件久埋于他心中的事情。

此事不算大，却有些难于情，因此他一直将其深藏，连时停云也没有告诉。

父皇送来的启蒙宫女，他没碰过。

那时他十五岁，一心向学，丝毫无意于此，但对祖上传下的种种规矩早有了解。因此，当他某日回屋，看见屋中添了个标致少女，无须多言，心中便明了了。

他有些紧张，但面上不显，只将后背挺得更直了些。少女比他大两三岁的模样，眼里隐隐含泪，看上去比他紧张多了。

他微微蹙着眉，想要说些家常话，好叫她别这般不自在。但在少女的眼中，严元衡神情冷淡，宛如坐衙审案，连口吻也瘆人得很："多大了？"

少女打了个哆嗦："回十三皇子，奴十、十七。"

严元衡："家住哪里？"

少女记起管事嬷嬷的教导，特意选比皇子年龄大些的启蒙宫女，就是为了能够更加温柔体贴地伺候懵懂的皇子。但严元衡看上去太过清冷疏离，目光中的审视之意刺得她感到骨头都有点冷。她想，大抵是十三皇子不中意自己。

她只好强撑出一副笑脸，答了自己的籍贯，家里还有几口人，自己入宫前做些什么，心里却开始打鼓，反复揣摩自己是不是做了什么错事。

严元衡见情形似乎是不大对，少女的肩膀都在颤抖了，只好按照先前六皇兄的教导，起身坐到她身侧，试图拉近与她的距离："姓什么？叫什么名字？"

少女颤抖着答道："我姓石。"

"石……"严元衡心头没来由地一跳，"哪个时？"

少女望着他："'蒲苇韧如丝，磐石无转移'的石……"

脱口而出后，她才意识到这话不吉利，而且是大大的僭越，立刻跪地乞饶："十三皇子，恕奴无状！"

严元衡转过头去，心头突然乱得很，却想不通这乱从何来："起来吧。"

少女不敢起身。

严元衡也不怎么关心她。他想，原来除了时姓，还有石姓。

严元衡感到心里有点过不去，决意冒险，暗暗违抗一回。他说道："起来。今夜你宿在外间榻上，从明日起，我在殿里给你找个好地方安置。"

从那时起，少女成了伺候他饮食起居的丫鬟。

她一直以为是自己在哪个地方触怒了严元衡，又担心被嬷嬷责罚，连累家人，因此对二人未曾欢好的事守口如瓶，且至今仍然很怕他。

严元衡拨动着火堆。

新拨来的树枝上带有几滴露水，炸出了几朵火花。

熊熊火光将他的眼睛映得星亮，想起在确定出发的半月间，父皇多次唤他去议事，问他对于镇南关了解多少，他一一据实以答。

而他注意到，每次议事，邱丞相几乎都在场，对他大加褒扬，态度颇不寻常。严元衡记得听时停云与六皇兄闲谈间提过，邱丞相的长女邱颖已经到了适婚的年纪。

他想，等这次回去，自己或许是要娶亲了。

严元衡并不很在意这些，与谁结亲，都是盲婚哑嫁，皇室姻亲，向来是论利益不论心意的。他这一生是无法真正得己所爱了，所以他现在才这样关注时停云的私事吧。

这个解释相当合理，严元衡感到心头的大石轻了不少，趁着天色昏蒙，起身去检察军队驻扎情况如何了。

池小池端着熬好的鸡茸粥挑帘进入娄影休憩的军帐时，发现他竟然已经上了床，斜卧在床上，头发松散地扎了起来，搭在左肩，脸色苍白，阿书在旁边伺候，面露忧色。

池小池心头一紧："怎么了？"

这具身体是表里如一的破烂，娄影轻轻皱着眉说："胃里有些不舒服。"

"许是路上颠簸久了，公子师说感到胃部闷疼，没什么胃口。"阿书满心懊恼，"公子师脾胃虚弱，可能是吃了那两片杏脯，酸得厉害，伤着了。我该买些酸味温和的备着才是……"

池小池放下滚烫的粥碗，捏着耳朵，趁着阿书絮叨的工夫让双手温度恢复正常，随即将手搭在了娄影的额头上。

果不其然，有些低烧。

池小池吩咐道："出去要些热水来，看谁饮酒，也要些来。"

愧疚的阿书领了命，忙不迭地出了帐去。

池小池坐下："不能换个身体吗？"

娄影摇头："试过了。"

池小池："员工福利没医保啊，破单位。"

娄影微笑着附和："破单位。"

话音未落，他低低地"嗯"了一声，蜷了蜷身体。

池小池先于他捂住了他的胃部，触感果然冷硬微胀，怪不得会难受。

下一秒，娄影的手本能地按在了痛处，正按在池小池手上。他的手很冷，想也知道越捂越不舒服。

池小池脱口道："我给你暖着吧。"

他说完就有点后悔了，现在很想让自己蹲到冬天的空调外机前冷静冷静。不知道为什么，一到娄哥面前他就很容易变回小时候那个又冲动又鲁莽的愣头青。

娄影的神情不变，坐起身来，倚在软枕上，客气地道："劳烦。"

等到阿书取来酒与热水，看到的正是池小池给公子师暖胃的画面，暗暗感叹了一声公子待人总是这样心诚，对公子的敬慕又多了三分。

他把东西留下，便又捧着粥碗离去，打算热一热，把鸡茸熬化了，好让公子师吃些养胃。

阿书一走，池小池拿起酒，打算与热水和一和，涂抹到娄影的手心、脚心降温，帮他退烧。但他很快发现，自己的脑子有可能是出故障了。

他从仓库里取了两张预备好的卡片，用在娄影身上，果然卡到病除。

但病痛全消的娄影完全没有要起来的意思。

池小池看着借机耍赖的娄影说道："先生能起来了吗？"

娄影温和地道："阿书知道我病了，我们可以演给他看。"

不等池小池反驳，娄影就换了话题："你原来打过耳洞？左耳三个……右耳两个。"

池小池觉得这个娄哥和他记忆里那个阳光大哥哥相比有了些微妙的改变。

但他转念一想，也许娄哥是想让他也休息休息。所以他打算等娄哥睡了再离开，左右他这具身体状态不好，应该是嗜睡的。

没想到，娄影身上一松快，精神也跟着好了不少，竟然躺着看起了他在路上看了一半的兵法。

池小池感觉自己现在宛如熬鹰。

没想到，最后解救他的竟是褚子陵。

褚子陵听阿书说公子在陪伴身体有恙的公子师，便寻了来，没想到入目的是这样一幅画面。

公子师摘了幂篱，皮肤惨白，靠在床上，举着书给公子看，公子也正垂头说着什么。见二人如此，褚子陵心中陡然升起一阵疑虑，而且在疑虑之外，还多了一层难言的滋味。

他拱手道："公子。"

在这位挑剔的公子师面前，他得把礼节做足。

公子闻声，快速转头，略带不快地皱了下眉头，那副样子刺痛了褚子陵的眼睛。

褚子陵心里猛地一酸，低下眉眼来，说："公子，将军来信了。"

池小池马上接过来，说："取纸笔与火漆来。"

◇ 火漆，酒壶，第三封信

1

信是用快马加急送来的。

那信使说，本来是要将消息送到望城的，谁想在经过白丘驿站时，听驿官说少将军在此驻扎，信使便直奔此地而来，先将一封私信呈上。

池小池打开信件，信里是时惊鸿将军雄健的字迹。

池小池读完信，脸色微沉。

褚子陵问："公子，如何了？"

池小池随手将信纸递给他："出事了。"

褚子陵脸上略带犹疑："公子，这样不合规矩……"

池小池"啧"了一声："公子师不在，莫要同我拿腔拿调。我让你看便看。"

这话说得恰入褚子陵心坎。

现在公子师在帐中养病，褚子陵也能稍稍刺探一些消息了。他接过信来，扫了一眼，难掩惊愕地道："定远昨日险被破城？"

"是。或许是那股大青山的匪徒向南疆人出卖了温叔父受伤的消息。"池小池蹙眉，口中抱怨着，面上尽是焦灼的表情，"温叔也是！脾气总是这般暴躁，胜败乃兵家之事，怎么就气吐了血？如今伤上加伤，也不知……"

褚子陵去一旁取来南疆军事布防图，在桌案上摊开，双眸沉静："公子，看图吧。"

池小池听了他的话，方才敛起急色："是，图。"

他们远在千里之外，无法襄助定远，时惊鸿自然是也知道这点，来信除了叫他来镇南关外，还有着第二层目的。每次边疆有急情，时惊鸿都会来信，将战况陈明，其目的不是让时停云着急，而是要他将应对之法写出来，寄回镇南关。其实，每当信寄出时，危机大多数时候已经解决了，因此这只是父对子的不定期考校而已。

至于这封信中隐含的第三层意思，大概也只有池小池与时惊鸿两人心知肚明了。出问题的是定远城，所以究竟谁是内应，已经一目了然了。如果说时停云还是只白毛小狐狸，不会怀疑自己的同伙，时惊鸿则是熟透了的红尾老狐狸，相当沉得住气，来信不问内应之事，只谈军情，与往日丝毫无异。

而且时惊鸿考虑得比池小池更多一层，怕温非儒这等武将出身的耿直人太老实，骗不过去，索性直接编了个气急吐血，伤势沉重的借口，叫他这段时间莫出来见人。

话归现在。

池小池问褚子陵："你觉得该如何固防？"

褚子陵跪在地图前，指了几处，并说了自己的想法。

池小池与时停云共享记忆后，可以判断出他做出的几个决断都不差，只是漏了几点细节。

褚子陵自然不会做自掘坟墓之事。他已经卧底多年，对时停云的本事了若指掌。

时停云的性格还算单纯，他只把一腔算计用在敌方，而不会轻易怀疑自己人。这是好事，但倘若褚子陵自以为是，想在排兵布阵上动些不一样的心思，那无异于自寻死路。

他眼看着时停云将他提出的想法一一写下来，并把他"遗漏"的地方贴心补充上，不着痕迹地舒了一口气。

"放心，我不争功。"时停云搁笔，落落大方地道，"我会在信中告知父亲哪些是你的主意，多在父亲面前为你美言几句。"

褚子陵弯了弯眼睛，说："多谢公子抬爱。"

时停云为人果然坦荡，言出必行，他取了朱砂笔，把前半段战策圈出来，注明是褚子陵献策。褚子陵望着这般诚恳的少将军，油然而生一股怜悯之意。

固防之策写了，接下来是御敌之策。

褚子陵自然不会在这方面多出力，借口出去倒茶，又同阿书闲聊，磨蹭了些时间，待他回去时，时停云已经搁笔，把信纸卷成细筒状，放入细小的圆木封中，用木盖盖好，随即取了火漆块，拿火折子引火烤热。

火漆受热熔化，滴下被熔化的液体，恰好落在小木筒的封口处。

火漆封缄，色彩是精心调和过的殷朱色，颜色与市面上贩卖的火漆不甚相同，难以仿冒，一看便知道是将军府寄出的，再加盖上时停云的印章，便会在封口处形成特有的钤记，一旦中途被人拆开，便能知晓。

时停云道："圆章。"

话音未落，褚子陵便捧章而至，既周到又不动声色。

时停云接过，将形状特殊的弧形圆章在木筒未干的火漆处叩下。

待火漆干涸，时停云才道："取信鸽来。"

褚子陵特意多问了一句："不等时将军的信使回来吗？"

时停云道："临行前不是让你带上经验丰富的好鸽子了吗？它们认路，也省得麻烦信使在返回后，还要特意绕到行军队伍里来取一趟了。"

褚子陵双手接过小木筒，行了一礼："子陵这便去办。"

他来到鸽笼前，信手抓了一只鸽子出来，动作娴熟地在它腿上系上小木筒，放飞。

在鸽子雪白的身影消失在天际后，褚子陵微微笑了，蹲下身来，食指在鸽笼上叩击两下。一只额头上带块白斑的灰毛鸽子跳了两下，来到笼边，亲昵地啄了啄他的指尖。

褚子陵从口袋里取出些米来，表情温柔地喂它吃了，心中却转着不能与人道哉的心事。

时停云突然离开望城，这令他有些措手不及。他事前准备好的一手杀招，是放弃，还是要抓紧时间，速速使出？

身后突然传来木轮滚动的异响，褚子陵的耳力不错，及时缩回手指，装作检查鸽笼锁的模样，站起身来，正对上一顶黑色幂篱。公子师的眼睛被隐藏在层层纱雾之下，看不分明，褚子陵无法通过他的眼神揣摩他的想法，不觉生出了几分戒备。

推着于风眠的李邺书道："阿陵，公子又要你寄信了？"

"是。"

褚子陵对轮椅上的于风眠一拱手："露水重，公子师怎么出来了？"

那人略哑的声音自幂篱下传出："身体好了些，自是不想闷在军帐里，膻味太重。你去帐中点支香吧。"

李邺书一怔："方才公子师怎么不同阿书说呢，阿书待会儿回去便点上。"

于风眠淡淡地道："今日已经够麻烦你了。现在你推着我吹一吹风，他去点香，待我回帐篷时也能舒服些。"

说罢，他微微抬起头来："请了。"

褚子陵早已经习惯了那位六皇子的明嘲，可这种从不明言，却处处提醒他是个奴的暗刺还是第一次。但他毕竟卧底多年，养出了不管受到怎样的侮辱也能承受的性子。在成为南疆皇子前，这些小事不必放在心上。

他不卑不亢地道："是，子陵遵命。"

他拱手欲走，试图远离这个性情古怪又处处挑剔的病秧子。

谁料，于风眠又开了口："子陵，这是你的名字？"

褚子陵不得不站住了："是。"

于风眠温和地道："我以为你的名字是阿陵。"

这种温和又隐隐透着股矜傲的态度却让褚子陵感到浑身不自在。

李邺书在一侧解释道："公子师，是这样的，小的本名李邺书，阿陵本名褚子陵。公子当初收我们入府时说过，为示亲近，唤我阿书，唤他阿陵。当时望城风行为小厮改名，什么'清风''明月'的，以示风雅，有的甚至连姓氏都换了，生怕被人嘲笑说主人家肚子里没有墨水。公子没改我们的名字，说是父母起的名字，不该乱改，只称最后一个字。"

于风眠点一点头，再转向褚子陵时，声音中多了几分玩味："你对公子为你取的名字有何意见吗？"

褚子陵心内有些焦躁："子……阿陵并无此意。"

李邺书有心替褚子陵开释:"公子师莫怪,公子向来宠爱阿陵,是允许他在公子面前自称其名的。"

于风眠"嗯"了一声:"在公子面前可以随意些,但到了军中,等级森严,人人都等着看少将军如何表现,若是乱了规矩尊卑,丢的是你家公子的颜面,知道了吗?"

一听此事关乎公子的颜面,李邺书马上不出声了,对褚子陵使了个眼色,叫他顺着答声"是"。

褚子陵抿起嘴来,一副真心知错了的模样:"是阿陵考虑不周。"

于风眠像是随口一指点,说过便罢:"走吧。去公子的帐中。"

阿书答了声是,推门欲行时,于风眠又转过头来提醒他:"莫忘了去点香。"

目送着公子师离开,褚子陵脸的上笑意渐退。

他清醒地认识到,若是没了公子,他在将军府诸人眼里,不过是个聪明些的小厮罢了。一个小厮,要如何博得他人青眼,让人对他另眼相待?

唯有功劳,只有功劳。而什么样的功劳才足够高,高到让南疆人不可忽视他?

思罢,褚子陵将目光对准了身后的鸽笼。那只额头带斑的鸽子吃饱了,在笼子中跳来跳去,与其他鸽子混迹一处,看起来并无不同。

那个计划,他一定要进行下去。

进了公子的帐篷后,池小池将得到的消息告知了娄影:"公子师,定远遭袭,好在保住了。"

娄影自然知道他所说何意:"那我们便先往定远驻守?"

一旁的阿书听到他们这样说,也没什么反应。

他并不了解军事,只晓得两件事:第一,公子交代的事都是要事,公子要他对军情守口如瓶,那他就打死也不会多说半个字;第二,军机瞬息万变,不是他一个深宅小厮能置喙的。管他邕州还是定远,公子去哪里,他便去哪里。

他只是发现茶壶中的茶太浓了,可能对公子师的肠胃不利,便打算去重新冲泡一壶。

阿书离去后,池小池问他:"怎么不好好在帐内休息?"

娄影:"只是担心你突然改变计划,褚子陵为求稳妥,不会轻易对时惊鸿下手。所以,我特意出来,送他一个动手的理由。"

2

二人对视。

无须多言,池小池就能猜个八九不离十:"他现在去看鸽子了?"

娄影点头。

褚子陵是时停云的贴身小厮，自然不能随便离府，但要一点点建立起南疆内部势力对他的信任，少不了要与南疆联系。

他连和伪装成北莽商队进望城的南疆人联系，从他们那里拿鸩毒都要半夜偷偷去，可见与外人见面联系之事，只能偶尔为之，还要做足两手准备，假意去摘桃花，以防万一。

若是真的跟府外的人私相授受，定期传递消息，很难不被发现。所以，褚子陵会偷偷在将军府豢养的几十只信鸽内混养一只他自己的鸽子，并不难推断。

时停云信任他，所有的信件都会交由他寄送。

池小池提笔，拿砚中的残墨在纸张上涂鸦，说："拿将军府的米喂自己养的鸽子，这个软饭他吃得是真有派头，还带了饭盒打包。"

娄影忍不住笑了。

娄影将轮椅摇得近了些："我刚才对他挺凶的。"

池小池不在意地道："你能有多凶啊。"

娄影失笑。

他不知道过去的自己是什么样子，但他很满意现在的池小池，一点儿都不介意他那些心机和算计，还很欣赏。

池小池这样把他当作温和无害的人，弄得他还挺有偶像包袱的。娄影说："他该开始提防我了。"

池小池专心在纸上写写画画，说："没事，他要是敢对你下手，我就把他的骨灰倒海里去，老大一片坟圈子了，隔三岔五还能喂个海鸥，喂个鱼什么的，人性化，一条龙服务，三百六十度海景房……"

池小池这个嘴是真的……

娄影耐心地听他胡说八道地说完一堆卖坟小哥的广告语，才温和地道："我只是有点遗憾，我这个样子，不能再多帮你一点。"

池小池心中一软，转头看他。

娄影是个很有分寸感的人，不会轻易逞强，更懂得如何示弱。

池小池看着他，说："你只要陪着我就好了。"

娄影笑说："这个要求很简单，可以再难一点。"

池小池说："陪我玩五子棋。"他把打满格子的纸推过去。

娄影执笔，和他一起在军帐里玩小学生课堂上的小游戏。

晚上，池小池还是坚持让娄影搬来他的军帐，说找公子师有事相商。其实是因为他这里的条件好一些，能让娄影休息得好些。他把床让给娄影，自己做了打地铺的准备。

时停云身量高，足有八尺，手长脚长，以前打仗时，他也不爱睡床，最好的时候也不过是一卷竹席，一席薄被，随便打个地铺便罢了。

然而，这回他身边偏偏跟了个万事琐细的阿书。

阿书死活不答应，说是今日看见了蜻蜓，傍晚的云又低，晚上八成是要下雨的，睡在地上容易过了寒气，公子如今年轻还不觉得，等年纪大了若是关节受损，那是大大的不妙云云，唠叨得池小池心烦加头痛。

正如阿书所言，夜幕时分，外面开始飘起小雨，正是初春时节，还有些寒意，因此阿书特意取了厚厚的被褥，灌了汤婆子，把公子师照顾得妥妥当当。还不知道从什么地方找来了另一个床榻，让池小池也休息得相当舒适。

大约戌时三刻。

褚子陵去看过鸽笼，在笼子上支好苫布后，又被昔日同上战场的几个熟人叫住，谈笑一阵，方打着油纸伞返回公子的帐边。

一抹火光在帐前小幅度腾跃着。

褚子陵撑伞上前，瞧见是李邺书。火光把他的脸照得通红，他面前的小铁锅内泛出阵阵姜香。

褚子陵主动走上去打招呼："给自己开小灶呢？"

李邺书被热气熏出一头细汗，不住打着手里的小扇："你还真是有口福，闻着味儿来的吧？"

他拿了一只小瓷碗，盛了一小勺递给褚子陵。

褚子陵接过来，玩笑道："这么少啊。"

李邺书盖上盖子，说："这是我去北莽人那里买的紫姜，听说特别养寒胃。你跟公子师体质不一样，你胃不寒，火力还壮，少喝点，尝个鲜。"

褚子陵微不可察地一顿，喝到口中的姜汤一路流到胃里，也觉不出舒适，只觉得噎得慌。

昔日他进入将军府，意外遇到一个南疆同族，本应欣喜，但是相处之后，褚子陵便知道，这个李邺书性情太过黏糊，不是成大事者。

一样水土能养百样人，既然指望不上他，索性就不指望了。但他这样讨好一个异族，还是一个罪人，叫褚子陵觉得可悲又卑贱。

他向来擅长掩藏自己的情绪，所以李邺书对他的想法一无所知，仍然絮絮叨叨地畅谈他的新任主子："伺候公子师这半个月，我有了许多心得。公子师夜间多思多梦，容易惊厥，喝些热汤才能再睡着。这天下着雨，喝点姜汤最舒服了。"

他收了伞，蹲入苫布中，轻言细语地道："你待公子师当真不错。"

李邺书道："这是我们为奴的应该做的。"

褚子陵不答，面上笑着，像是赞同他，心里却嗤之以鼻。谁跟你是"我们"呢？

褚子陵作遗憾状："我总觉得公子师不大喜欢我。"

李邺书浑不在意地说："还好吧，若是哪里做得不妥，改正了就是。主子就是主子，你没有侍奉过别的主子，不晓得真正的侍奴是什么样子的。"

"将军府不收年幼女眷为奴，这是规矩，你知道的。"李邺书道，"我入府时，阿清年幼，刚刚长到桌子高，是将军做主，将阿清送到祁员外家做祁小姐的小丫鬟的。祁小姐脾性温和又安静，是好主子，可我每次探亲，听阿清说起府中事，也总是咋舌。就在上个月，祁二公子院里有个小厮，也是自小随祁二公子一道长大的，他夹带了主人家的东西出去贩卖，被抓了个现行还不肯承认，受了一顿乱鞭，打了个半死，还被拖到官府，判了刺字流放。谁说了半个不是？大家都说祁家治家严格呢！你再看看咱们家公子……"

褚子陵想着自己的心事，还能分神听着李邺书的唠叨，并在关键节点上发出适当的"嗯""是吗"的赞同声，是个相当滴水不漏的倾听者。

若没有这点圆滑的本事和心智，他也不会讨了时停云的欢心。

在李邺书写了一篇《论忠心仆人的自我修养》的小论文的工夫，他已经做好了几样计划。

这个姓于的着实不好对付，性子尖酸，为人刻薄，最重要的是，他目光锐利，心思又敏感。往日他足不出户，连光也见不得，褚子陵自然不把他放在心上。可如今的情况又不同了，他成日里与公子同进同出，亲近得很，是不能轻易动的。

既然杀不得，那多多讨好便是。

打定这个主意后，李邺书也开始了他的总结陈词："公子师已经算得上宽厚了，若是在别的公子跟前，别说自称其名，'你'啊'我'的胡乱称呼，都会受罚的。"

这个提醒本是善意，却在不经意间刺痛了褚子陵。

受罚？他受的罚难道还少？

公子在外面玩过了头，或是惹了什么祸，他也要跟着吃藤条，还要违心地认罪，说"小的知错，以后会约束好公子"。

他被小时候的严元昭讥讽"攀得一手好高枝""做人当真圆滑"时，还要笑脸以待，说小的不敢。

以他的血统而言，他该受到这样的对待吗？

褚子陵妥帖地收拾起心中的不平，不使之流于面上，说："我知道了。等姜汤好了，我为公子师送进去吧。"

闻言，李邺书心头一松。他失去父母后，祖父母年迈，幼妹又体弱，他习惯性地照顾所有人，因此他有点担心，褚子陵许久不挨别人训斥，心里会对公子师有些不满，若引得二人不和，那公子夹在中间，岂不为难。

如今见褚子陵愿意放低身段，他自然宽了心，眉开眼笑地道："好啊好啊。待会儿姜汤煮好了……"

说话间，他一抬眼，忙放下蒲扇，起身行礼："十三皇子！"

此时已经将近严元衡每日入睡的时间了。他换上了便服，洗漱完毕，在榻边坐了一会儿，觉得有点挂念时停云。

以往他在宫中时也会有偶尔挂念他的时候，但那时他不能随意出宫，躺着躺着，便入睡了。而现在，时停云就在他一抬脚就能到达的距离之外。

他便撑着伞出了门，快走到时停云的帐前时，看到他的帐中只留了一盏灯，应该是睡下了，才觉出自己此举用"鬼使神差"也解释不出其万分之一的古怪，踌躇几步，正打算离去，却被李邺书撞破，一时间有些慌乱。他故作镇定地转身，持伞走近，说："嘘。素常已经歇下了？"

褚子陵答："是。"

严元衡随口一问："怎么这样早？"

在他印象里，时停云爱笑爱玩，回望城这些时日，常与六皇兄泛舟湖上，听琵琶，赏美人，夜半方归，逍遥得很……好在这次不是六皇兄随军赴边，不然停云说不准又要被六皇兄带着疯闹……

严元衡正想着这些时，便听褚子陵说道："公子师身子不妥，需要早睡，公子便跟着歇下了。"

严元衡不由得一震："公子师？"

褚子陵又补充道："公子这半个月来，日日都与公子师同出同进，歇得很早，小的都有些敬佩公子师了，能将爱玩的公子管教至此。"

严元衡有些说不出话，思索片刻才说："停云尊师重道，也是应当应分的。"

他说完这句话，四下里一时沉默，只能听见雨声。

三个人不约而同地想到了幼年时那个敢往国子监博士的鼻烟壶里倒墨汁儿的时停云。

严元衡转身欲走，忽然皱了皱眉头，不觉思索这位公子师究竟是谁。说起来，他还没见过那位"于风眠"，只在巡营时远远扫到了一台轮椅，上面坐着一个戴幂篱的人。从他露出的手来看，那人并不是他想象中的白髯老翁，虽然瘦得、苍白得有些过了，但是那股温润又偏冷的气质着实不同寻常。

严元衡已经转身，自然不好转头再问个究竟，只好揣着满腹疑问离去。

严元衡回帐后，头比离开前还要痛。从前觉得，停云哪怕为免落人口实，也不该与六皇子一同整日玩闹，不务正业。后来他收敛了，却开始倾心教导一个小厮，宠得这个小厮甚至没了主仆尊卑的分寸。如今，他倒是不玩闹了，分寸也有了，但这样日夜不分地和公子师求学，身体又该如何？

每日亥时，他必然入睡。不多时，睡意便准时上涌。在睡意来袭时，严元衡的脑海中仍迷迷糊糊地想着关于时停云的种种。

睡着前，他脑中的种种想法已经不大受控制，飘飘忽忽地冒出了个有点荒唐的念头：比来比去，似乎还是和六皇兄一起玩闹的时停云才最自在，最快乐。

他没有来得及抓住那丝缥缈的心绪，便陷入了沉睡。

严元衡怀着满腹心事睡着了，他所挂念着的人却仍没睡。

池小池和娄影听着营帐外窸窸窣窣的说话声，听到严元衡来了又走了，期间有一句没一句地说着话，和着外面淅沥的雨声，听起来有股别样的温馨。

池小池说:"床是真的有点小,不会委屈先生吧。"

"先生"这个词经池小池的口说出来,又轻又暖。

娄影说:"没事儿。"

池小池不说话,娄影也不说话了。

帐外风雨声皆是轻轻细细,隔了帐篷听不很分明,唯一分明的,便是二人的呼吸声。

过了一会儿,池小池问:"你睡着了吗?"

娄影:"没呢。"

池小池说:"那怎么不说话了?"

娄影说:"我以为你想睡了。"

池小池说:"先生,咱们都得早睡早起,养生为先,你看十三皇子,那都是奔着古稀活的。"

娄影:"好,遵公子命。"

言罢,娄影的目光更柔和了些,穿过时停云的肉身,静静地注视着内里的池小池,看着他眉尾的小痣,略长的眼尾,直挺的鼻尖。

他想以目光道一声晚安,再入睡。

谁知,外间竟忽然传来了帐帘被撩开的声音,接着便是一阵脚步声。

池小池骇然一惊。

褚子陵一直惦记着讨好之事,方才在外面听着帐内有说话声,便以为是公子师醒了,李邺书盛了一碗姜汤,由他端了进去。

褚子陵径直进入帐中,看到于风眠果然睁开了眼,便恭敬地跪下,说道:"公子师,这里有些姜汤,请用。"

榻上传来的声音听起来却是阴晴不定:"谁准你进来了?"

褚子陵一怔。

他以往进帐时,公子都默许他可以不打招呼的。况且,他以往见阿书晚上进门,为了不打搅公子的清梦,也没有敲过门。

他刚刚诧异地抬头,便听得一声训斥:"出去。"

褚子陵没反应过来,愣在了原地。

于风眠像是真的生了气:"怎样,要我赶你出去吗?"

褚子陵感到羞愤难当。

这姓于的摆明了是针对他!好在他的修养不错,放下姜汤后,礼节十足地致歉:"抱歉,是子……阿陵考虑不周,惊扰了公子师,阿陵知错了,马上便出去。"

他后退两步,刚要转身,便听身后传来冷冷的一声:"去雨里跪着,三个时辰后再起身。"

褚子陵难得挟着一身怨气出门来的样子,把在外听到怒斥声,此刻一头雾水的李邺书吓了一跳。

见他在满地的泥泞间跪下，李邺书更是不解，问他发生了何事，为什么会触怒公子师。

褚子陵这回是当真觉得冤枉，听他讲完事情的前因后果，李邺书也觉得有些疑惑：「或许是公子师有起床气吧。」

褚子陵压住心中翻腾的不满，努力笑道：「没事，不打紧的。」

李邺书打了把伞，站在褚子陵身边，给他挡雨：「我陪着你。」

褚子陵轻轻推开了他：「不用了。公子师要我在雨里跪三个时辰，那便是三个时辰，不能少一刻。」

他绝不能再给于风眠任何挑刺的机会。

李邺书只当他是尊敬公子师，不由得有些感动，也不再提遮雨之事，熬了姜汤端给他，又给他披了件衣裳。

热辣的姜汤一路烧进了胃脘，惹得褚子陵心火愈盛。

泥泞透过裤子，沁湿了他的膝盖，感觉粘腻得很。

李邺书暂时离开，为他取厚衣服去了，而他死盯着被微风拂动的帐帘，眼中看似平静，内里却烧着熊熊的暗火。

把褚子陵打发走，娄影才缓过一口气，正要同池小池说点什么，就发现他已经睡熟了。

他以为他是装的，直到他意识到不对，去仓库里看了一眼。

池小池甩手给自己用了一张催眠卡，真睡了。

娄影又气又好笑。

他实在忍不住，掐了掐他精神体的鼻尖。

感受到精神体本能地向后一缩的小动作，娄影才轻声道：「晚安。」

3

不得不说，娄影这回选了个非常利己又利人的职业，池小池就算天天钻帐篷和马车，都会被底下的士兵认为是勤勉刻苦。

其实此刻，两个人正在行进的马车里吃草莓。

草莓是用褚子陵的好感值从仓库里兑换出来的，只要不取出来，就是无限时保鲜的，个头大，味道也甜，清洗工作也已经完成。

娄影体寒，吃了两个尝过味道就算了。他动手将草莓蒂摘掉，殷红漂亮地摆满了一盘子，一边看书，一边一颗颗地递给池小池吃。

池小池正忙着打他几天没打，排位下降了不少的「魔神召唤」。

自那夜的罚跪褚子陵之后，已经过去了七日。娄影发现，那晚过后，池小池把「魔神召唤」里的 ID 偷偷改了，不再是「楼台倒影入池塘」，叫池小池。

娄影几乎是瞬间就明白了池小池的意思，气得有些想锤爆池小池的头。不过直到最后他也没动手，而是塞了颗偏大的草莓到他嘴里泄愤。

马车窗外传来轻轻的叩击声。

池小池将草莓收回仓库，伸手撩开车帘。

褚子陵骑马，与马车并行，弯腰道："公子，将军又遣信使回望城了。官道上遇见后，他说将军有一封信，是给您的。"

"信使呢？"

"马不停蹄地赶回望城了。"褚子陵停顿了一下，说，"看那个信使脸上的神色，应该是有什么喜事。"

时停云一喜，接过信函，还挺俏皮地对他一眨眼："谢了。"

褚子陵余光一瞥，只见公子师坐在阴影处，用手背挡着光，能看出他微蹙的眉头，心头不由一跳，拿捏得当地流露出了三分惧意："公子师，我马上离开。"

常年受时停云的荫护，他从未跪过三个时辰之久。那一天，雨水淅淅沥沥地落了一整夜，膝盖上的皮肤吸饱了水，被泡得发白，地上的石子异常粗粝，磨得他膝盖钻心地疼。到现在，他膝上的伤还未痊愈。

最重要的是，他从未受过这等直白的侮辱。

他自是不能白白受了侮辱的。于风眠既然有意针对他，他便对于风眠表现出十足的畏惧、退避，既遂了他的意，又叫他找不到理由来对自己做些什么。

而他若是硬要找碴，那更好。

他在军中不是籍籍无名之辈，又出身平民，与不少将士都谈得来，而这位公子师不过是曾遭发配的罪人，无半寸军功傍身，白白享受了荣华富贵，又因为体弱，只能坐马车，军中已经隐隐有了不满之声。只要自己示弱，无须多说什么，自会有人替他打抱不平。

这声音若是传到公子耳中，要么公子回护公子师，引起底下将士不满，生出芥蒂，要么是日久天长，公子对于风眠产生不满。

不管酿成了哪一种后果，都与他无关。他一不在背后嚼舌根，二不显出不满，处处周到，任谁也挑不出错来。

然而，于风眠只是伸手挡了挡光，没有理他，只顾倚在软枕上看书，仿佛褚子陵都不值得他多瞥上一眼。

时停云放下了车帘。

褚子陵的心却情不自禁地狂跳起来，这就是他的机会了！

从镇南关到望城，他们押运着粮草辎重，行军速度缓慢，起码要二十五日才能到。加急送来的信，快马需得三日。但用将军府豢养的一只好鸽子，快的两日，慢的两日半就能飞抵。若是时停云不等那个信使返回，像上次一样，选择用信鸽送信，那岂不是他动手的最好时机？

等抵达边城，他再想找机会下毒，那便难了。

时惊鸿乃南疆心腹大患，非杀不可，而且，只有他死了，时停云才有上位的机会。时停云的机会，便是他的机会。

想到这里，褚子陵把目光投向前方，那位脊背笔直的十三皇子正低着头，一边驭马，一边单手握着一本兵书看，看被微风拂起的卷册封面，正是昨天时停云推荐给他的那本书。

褚子陵不得不承认，此人与于风眠一样，都是不在他计划中的变数。但他仍是粲然一笑，变数利用得好了，就是棋子。就算多了一名十三皇子，那又如何？

一个一无威信，二无兵权的少年，哪怕是二上战场，若是逞能冒进，也是个死。毕竟战场之上的弓矢不长眼，可不会认他是皇亲国戚，还是平民百姓。

在他构想的工夫，车帘又被撩开了。

车帘后是时停云喜形于色的脸："阿陵，取纸笔来。"

褚子陵很聪明地没有在公子师面前询问他有什么喜事，只道："是。"

不外乎是边关打胜仗之类的事情。他不关心南疆那边死了多少人，也不关心北府军这边有多少伤亡，他只希望在自己的计划推进到最紧要的那一步时，南疆的局势不要太差。

他取了纸笔和小桌案来，捧入马车中，又取了小木筒来，在外面等候。

时停云回信向来快，不过小半个时辰，马车里便传来搁笔声。时停云的声音传来："信筒。"

褚子陵呈上。

时停云待墨迹稍干，把纸张卷细，塞入小信筒，又合上扭盖："印章。"

说到此处，时停云注意到他额上的一层薄汗，说："算了，你这一趟趟的，跑着也累，你找到印章后盖上，便用信鸽送出去吧。"

褚子陵心中猛然一喜，心脏怦怦跳了起来。这么顺利吗？

他本来打算在敲上火漆印后，在有毒的印泥上再滚一圈，哪怕印记模糊些也不打紧，反正鸽子有时在路上歇脚，饮水时也难免把火漆弄花些。没想到时停云直接将盖章的事情交给了他做……

还未等他想完，车厢的角落里突然冷冷地响起一声："停云。"

褚子陵心里一寒。

于风眠……

谁想于风眠说道："莫喜形于色，稳重一些，方能为将士们做些表率。你来，同我讲一讲这章兵法上说了些什么。"

说罢，他往褚子陵脸上瞟了一眼，意思很明显：还不去办事？

褚子陵领命，打马离去。

待走出一段距离，他才发现自己的手心里都是汗，将小木筒都沁湿了。他用袖子擦拭了几下小木筒表面，第一次没能掩饰住自己的喜色，嘴角的笑意越来越大。

然而即使如此，褚子陵仍保持了十二万分的细心。他没有拆开小木筒查看内里写了什么。

将军府的信筒是特制的，筒盖上有一个内置的小机关，完全盖上后，小机关便会自动打开，生成一小片尖木片。若是合上后再开启，与筒盖接合的筒身上便会留下小小的一道擦痕，无法抹去。

时惊鸿向来心细，若让他开启筒身后发现这样的痕迹，定会起疑心。褚子陵可不想让千里长堤溃于一个小小的蚁穴。

他与专门保管印章的亲兵相熟，只说是奉公子命，便如以往无数次那样，轻而易举地请出了那枚专用的印章。

他没有用公子平时常用的那方火漆块，而是解开了另一个小匣子上的祥云扣，取出了一枚全新的火漆。

同为将军府特制的火漆，色泽、光感、形状，丝毫不差。

褚子陵点燃火折子，火焰在他的眼眸里跳跃几下，火漆的前段开始熔化了。

在他有些狂热的目光下，一滴饱含鸩毒的滚烫毒汁滴落在了小木筒的封口处。

啪！鲜红的印章落下，一道烙着"时停云"三个字的有毒钤记，在太阳的照射下，散发着有些刺目的光。

盖章都是在身侧有人的情况下执行的，那名亲兵丝毫破绽都没能看出。

褚子陵抬手，打算把弧形圆章递还给亲兵："有劳。"

结果二人交错时，褚子陵低头收火漆块，一错眼，一失手，圆章滚落在地，沾了些黄泥。褚子陵一惊，抱歉道："抱歉，我去帮你清洗。"

不远处便是清溪，他自然地捧了那枚印章去，一点一点地把印章上沾着的鸩毒洗去，消灭了仅有的一点证据。

他嘴角带着笑意，一如往常。

傍晚，队伍驻扎了下来。

闻到香气时，躲在帐篷中悄悄给南疆文官写信的褚子陵一怔。

他仿佛闻到了羊肉的香气。看来，镇南关那边当真是有了一场大捷。

果不其然，当夜时停云自掏腰包，在旁边的村落里买来了羊，烤了二十只羔羊，五十只成年羊，分给全部将士。

这点肉食真要分的话，每人也分不到多少，但已经是他在短时间内能搜罗来的全部了，将士们也不会在意这些，个个欢欣鼓舞。

定远大捷！

前来攻城的南疆人死伤惨重，五千军士，无一回还。

"亏得公子师献策！"时停云站在高台之上，满怀欣喜地一指台侧头戴幂篱的于风眠，"南疆人用了填壕之术，悄悄运来木排浮舟，企图强渡护城河。先生献计，观察敌方来的方向，在城墙下方挖下小洞，趁夜色悄悄注油入河，又趁风势引火，将来犯之敌烧了个人仰马翻！"

褚子陵想象了一下那个画面，笑容微微僵硬在脸上。他忍不住想，这个于风眠面上不显，却是十足的心狠手辣。

将士中有些人还没上过战场，但听闻喜讯，也将"好"字喊得震耳欲聋。

吾国之土地，不让分毫！

站在台上的池小池在激昂的群情中安静了下来，坐在了高台的边缘，望着这群不过十七八岁的年轻人围着火堆大声谈笑，跳舞。

堂堂的火光映亮了他们年轻的脸。他们可能在未来的某时某刻，会化作战争焦土上的无定河边骨。而池小池唯愿他们牺牲的那一刻，仍做着千秋家国之梦。

他拧开腰间的酒壶，喝了一口，视线微转，在一片连绵的火光中看见了十三皇子严元衡。

严元衡像在发呆，与他对视许久，方才转过头去，迈步欲走。

身后传来一声轻浮的口哨声。

严元衡本来以为他在叫自己，侧过脸去，却发现时停云并非在叫他，而是将酒壶扔给了近旁一个酒壶空了的年轻士兵，随即跳下高台，朝于风眠跑去。

竟然看也没看他一眼。

严元衡也不知是哪里冒出来的念头，驱使着他快步向前，站在了那个接了时停云酒壶的青年身前，指一指黑色的酒壶，问："劳驾，可以喝你一口酒吗？"

那士兵张嘴欲饮，见到十三皇子向他讨酒，差点儿把酒倒在自己的脸上。他受宠若惊，跳起身来，双手奉上酒壶，结结巴巴地请他用。

严元衡抱着酒壶，在士兵中坐下，破天荒地问了不少话。

毕竟都是同龄人，士兵们见这位十三皇子没有什么臭架子，说话虽然文绉绉的，但也不掉书袋，便也热络起来，还撕了一只羊腿给他。

严元衡捏着酒壶，一口未饮，也不再提将酒壶还给那个士兵的事情。

当夜。

褚子陵将"小心于风眠"一事写于打算寄给南疆的密信中，将自己藏好的小木筒取出来，放好信纸，将筒盖扣好，在表面盖上伪造的弧形圆印，便来到了鸽笼前。

军帐中巡夜的人仍按往常一般行事，丝毫不受狂欢的影响。

褚子陵一路避人绕行，来到鸽笼前，取出那只额前有白记的鸽子，在它的足上绑好小木筒。

身后有脚步声传来，有人问："谁在那里？"

褚子陵心脏狂跳，马上回头应道："我，褚子陵。"

"是少将军的近侍啊。"巡夜的队长不大认识褚子陵，只听过他的名字，便放下了心来，"这么晚出来？"

褚子陵调整好了脸上的神情，面不改色地道："替少将军办事。"

巡夜队长叹了一声"少将军辛苦"，便引着小队成员离开。

褚子陵背对几人，冷冷地挑一挑嘴角，放飞了手中的鸽子。

在偌大的军营中，放飞鸽子的声响不算很大，至少不可能传到主帐中去。他抚着腰间的玉佩，直到鸽子消失在他目力所及范围之内，方抬步往主帐方向走去。

他的步伐轻快，志得意满。

不过是一场小胜而已，何必这么高兴？镇南关真正的战事，由他褚子陵而始。

然而，他想不到的是，主帐中的两个人仍未入睡。

池小池问娄影："他放鸽子了？"

娄影单指轻抵着太阳穴，把注意力集中在另一件事上，只能草草应道："嗯。"

池小池便不再打扰他了。

直到娄影的身体往下软了软，长舒一口气。

池小池忙给他擦汗："成了？"

娄影闭上眼睛，微微喘着："放心，那是地磁定位算法的最优解。"

鸽子识途与人不同，是靠微妙的磁场。

娄影能够保证，在他对磁场的干扰下，褚子陵今夜放飞的第二只鸽子，会一路飞到镇南关时惊鸿将军手上去。至于今日早些时候放飞的第一只鸽子，也会去往它该去的地方。

池小池拍了拍他的肩膀："我去给你拿吃的。"

送走第一只鸽子，已经耗费了他太多的精力，让他连晚饭都没胃口吃。又送走第二只，此刻的他，怕是已经精疲力竭了。

一只手轻轻抓住了他的袖子："不用。我不大想吃东西。"

池小池还忙着穿鞋："不吃东西不行。我去给你拿。你想要点什么？"

他刚刚起身，就被娄影一把拉了回来，娄影说："我想要最优解陪着我。"

4

池小池整个人都被这一动作带得一阵僵硬。

整个帐篷陷入了一片尴尬的死寂。

许久过后，娄影的声音在他背后响起，听不出什么喜怒来："你刚才说要干什么去来着？"

池小池站起身来，将未提上的右脚软靴拉上脚踝，说："嗯，我去拿吃的。"

他走出帐篷的响动惊醒了在了帐篷外小憩的李邺书。不需池小池多言，他便起身去取小食了。

池小池独自一人，面对深碧色的天空，深吸了一口气。

他是故意的。故意曲解娄影的意思，故意回避他。

池小池不是迟钝,他只是有些害怕让娄影看到长大后的自己,害怕他们的关系会发生改变,他只希望他们一直是童年挚友就好了。

池小池想,娄影是那么温柔包容的一个人,骨子里清高,能力强,他想象不出任何一个人配和他做一辈子的知己。

至少,他不配。

现在的池小池像是个穷了很久而且以为会一直穷下去的人,突然拥有了富可敌国的财宝,财宝允许他享受、挥霍,他却只敢将财宝收进箱子里,然后睡在硬邦邦的箱子上。

非常奇怪的心理。

池小池自嘲地笑了一声,接过李邺书递来的装满精细菜品的小托盘,重新进了帐篷。

帐篷内先前的气氛被池小池摧散后,他倒是自在了一些。娄影也果然如他所料,没有再说些让他无所适从的话。

一时间,帐篷内只有杯碗碰撞的细响和热汤流入口中的吞咽声。

娄影的吃饭动作很文雅,池小池一直在旁边看着他,心情也逐渐平静下来。

因为还要睡觉,因此阿书备下的食物分量偏少。

吃到五分饱,娄影就放了筷子:"嗯,好了。"

池小池撤了放在床上的小桌和碗筷,把娄影安顿好后,回到自己床上,随即闭上眼睛,装作准备入睡的样子。

他想,人吃饱饭就该困了,等娄影睡了,他用一张催眠卡就能睡着……在长久的寂静中,池小池以为娄影应该睡着了,便偷偷点亮了显示屏。

当显示屏亮起来的瞬间,突然传来了一个毫无睡意的声音:"睡不着吗?"

池小池一指头在屏幕上戳歪了。

池小池:"先生,你怎么还不睡?"

娄影:"准备看看你要干什么。"

池小池:"选选催眠歌曲。"

娄影:"要我放给你听吗?"

池小池却在下一秒忽然没了声音。娄影似有所悟,清点仓库,发现果然又少了一张催眠卡。

娄影坐起身来,望着陷入熟睡的池小池,微微叹了一声。

他知道池小池的症结在哪里。

记忆是会美化一个人的。池小池或许自己都没有意识到,在他的心目中,"娄影"这个形象本身,被美化得太过了。

他不过是一个学习成绩优秀,精通机械,脾气不错,没什么架子的少年而已,他也会因为自己偶尔做错的一道题而苦恼,会因为沉迷做题忘记了锅里的煎鸡蛋,只能对着锅里的一团焦炭望洋兴叹。

他不想做一个高高在上的神,娄影也不是神。至少神不会死,也不会被格式化,更不会在被人指点前,对系统的秘密一无所觉。

娄影凝望着池小池,嘴角勾起一丝无奈的笑意。

"现在,我想我是什么,我就可以是什么。星星、月亮、冬飞鸿、布鲁、甘彧、甘棠、煤老板、文玉京、于风眠。但是,我不是你想象的那样。我想要的有很多,我有欲望。以后,可能要你慢慢接受,多多包涵了。"

有了大捷带来的鼓舞,将士们的行军速度快了许多。

整整半个月后,他们抵达了南疆的一条江边。因着春日渐暖,冰雪消融,江水挟冰裹玉,湍急而下,一如无缰之马。

"无缰之马"也是当地人对这条河的称呼。

在队伍中也有不少常年负责押运粮草的老兵,顺着江水,越往前走,队伍内的窃窃私语声越大,好像大家都在小声讨论一件事。

严元衡感到有些奇怪:"他们在说什么?"

时停云骑在他的白马上,银盔上的白穗被江风吹得刷拉拉作响。

他答:"回十三皇子,渡口要到了。"

渡口?

是了,看此地地形,若他所记不差,前方便是一叶舟渡口。

这个名字,叫严元衡陷入了沉默。

在他幼年时的某个冬日,南疆养精蓄锐,发动了一场战争。南疆骑兵军备优越,是有备而来,时惊鸿那时也不过是个刚二十出头的青年将军,初领兵权不久,鏖战中与大队伍失散,沿江且战且退,于一叶舟附近发生激战,以时惊鸿一方险胜暂结。

那一战,血染盈江。

追兵随时降临,尸首无法安葬,时惊鸿只好忍痛下令,将中原士兵尸首推入江水中。孤魂沿江而行,不知何年才是归家之期。

次年,天下太平。

一名在北府军做了多年火头军的老兵在某日清晨请见时惊鸿,见面便拜,语无伦次地道,多谢时将军,多谢时将军。

时惊鸿一头雾水,扶起他来,问是何事。

他举着一封信,泪眼滂沱地道,他妻子昨日来信,信中说,她梦见儿子回家来了,穿着染血的铁甲,浑身透湿,也不说话,只在门前磕了三个响头。醒来后,他的老妻踽踽着来到门前,跪在儿子刚才在她梦中跪拜的地方,抚摸了又抚摸,好似那里还有残留的水迹。那火头军泣不成声,说,若无时将军引路,他儿子魂魄难返,多谢时将军厚恩。

他久久听不到时惊鸿回应,抬头一看,愕然发现,上位的时惊鸿也在饮泣不止。

自此后,北府军定下了规矩。

凡北府军路过一叶舟，都需得下马，牵马而行。主将需得跪在渡口前祭衣，祭奠江中战士亡魂，并赠衣回家。

除此之外，还有"三不祭"的规矩：战时不祭，急情不祭，不敬不祭。

上次严元衡率军驰援时，同样路过此地，因为战况紧急，一路都未曾停歇，直接与一叶舟擦身而过，赶了过去。待返回时，他心中挂记着受伤的时停云，一路驰过，也没有人提醒他。毕竟他不是北府军人，就算是，以他过分翻涌的心绪而言，也算得上"不敬"了。

严元衡分神想着昔年之事，不到一刻，前军便停了下来。他身旁的时停云侧身下马，身上的赤色披风一闪，便被江风向一侧掀起。

一叶舟到了。那是个再普通不过的渡口，没有任何多余的装饰，车顶部的篷布被带着暖意的江风刮起了一角，因为春暖，江水流速有所加快，木制的渡桥甚至有些松动，随着时停云踏步而上微微摇晃着。

严元衡看着时停云摘下银盔，放在渡头处，随即撩袍下拜。动作干净利落，是少年军人独有的意气风发。

身为军人，他们无须燃香，只需三个结结实实的响头，足表心意。

时停云解下了他那件薄披风。红底金纹的披风，仿佛一道红云被卷入江中。

有士兵响应，将头盔，鞭子，甚至临行前老娘缝制的鞋袜投入了江中。

老兵带头喊起话来，新兵们纷纷响应。渐渐的，散乱的呼喊变成了振聋发聩的齐声大喊：

"岂曰无衣！与子同袍！"

"岂曰无衣！与子同泽！"

"岂曰无衣！与子同裳！"

祭衣完毕，时停云单手拿起银盔，牵马向前，直到后军过了渡口，方才飞身上马。

一直默默注视着他的严元衡问他："拜过多少次了？"

"四次。这次是第五次。"时停云略带遗憾地道，"去边疆探望父亲的时候拜过。打仗那次没有拜，回来也没能拜成。"

严元衡说："那次你受伤了，又病得昏昏沉沉，镇南关百废待兴，一时无药，时伯父托我看护你，特许你不用下拜。"

严元衡笨拙地试图用一个"时伯父"的称呼拉近与时停云的关系。许久没听到了，他有点想听他叫自己一声元衡。

果然，时停云道："那次……多谢元衡了。"

严元衡低下头，在他看不见的地方忍不住露出了一个开心的笑容。抬起头来，他又是一派冷肃，接着说道："这些日子，时伯父一直未曾来信……"

说话间，前方忽然传来马蹄声声。

看打扮，那是一名北府军中的信使。那个信使迎面看见了少将军，飞马至前，似是有急情要报，脸上因为受了些风，肌肉有些僵硬，也看不出是喜是忧。

时停云俯身问："何事？"

信使喘息两声，抱拳道："回少……少将军，镇南关……又有捷报！前几日，邕州白副将截了一个南疆探子，从他口中探问到了要紧情报，将裴州拿下了！"

时停云闻声喝了声彩。

裴州不算什么兵家必争的战略要地，却是分割开定远和邕州的一把利刃，如今裴州被拿下，定远与邕州打通，便能构建起新的防线了！

他从怀中掏出一封信来，说："这是将军写给您的家信。少将军，小的要赶赴国都报喜，先行告退。"

在严元衡看来，大捷后，时将军给停云写信，这是件再正常不过的事情。但严元衡目光偶然一转，发现一直骑马跟随在时停云斜后方的褚子陵虽然也面有喜色，脸上的光芒却有些黯淡，那喜色看起来也有些勉强，着实奇怪。

他暗暗记下了这点怪异，并不多提。

5

信使离去后，时停云满面喜色地拆起信来。

褚子陵微微低头，几日的担忧，如今坐实了，自己的谋划宣告落空。时惊鸿并没有落入他的圈套，还活得好好的。

他的面上即使不显，心里也难免有些苦涩，勉强道："恭喜公子。"

他安慰自己，战机瞬息万变，他又相隔千里，本来也不是什么十拿九稳的事情，不必费心去遗憾。若是时惊鸿看过信后净了手再用饭食，或是没有按习惯舔舐手指翻页，那毒也进不了他的口中。

仅仅是谋划落空的话，他还是可以接受的。

怕只怕时惊鸿会不会因此察觉到什么……越想，他抓马缰的手指便越发僵硬起来。

那信分明不长，时停云为何来来回回地看了那么多次……

在他惊疑间，时停云突然开口唤他："阿陵。"

褚子陵蓦然一惊："公子？"

时停云把信折好，放入怀里，说："通知下去，裴城大捷，今夜庆祝！"

一阵冷风吹过，褚子陵打了个激灵，才发现自己软甲内的衣服被冷汗沁了个透湿。他捏紧了湿滑的马缰，努力让自己的声音听起来足够欣喜："是。"

严元衡晓得不能在他人面前驳了时停云的面子，因此等到褚子陵离去，方才问道:"败而不怨,胜而不骄,咱们胜了,自当欢喜,但接二连三的庆祝……是不是该收敛些为好?"

他也并非有意质疑时停云的军令,不过是以他个人性情出发,就事论事而已。

时停云本欲策马前行,闻言驻马回身。白马在他胯下喷吐着热气,马蹄铁在地面踏出一道道半月形的灰印。时停云笑道:"此地非战地,此时非战时。战士们行军日久,难免疲劳,若有喜讯,庆祝一番,于士气有大益。"

他又道:"元衡,我与你不同。你是谦谦君子,我是粗人莽夫。你能行圣人道,我做不到。我时停云胜则笑,败则恼,一切听凭心意。世间万事,都抵不过'我高兴'三字。"

严元衡看他这般恣肆,略含歉意:"抱歉,是我不晓军中事,唐突了。"

"元衡,你与我之间莫谈'唐突'二字。"白马少年握紧缰绳,坦荡荡地道,"我驰骋天地,只愿保你高坐庙堂,做一世圣人。"

说罢,他一抖缰绳:"驾!"

白马受令,扬蹄突驰,激起一团朦胧的尘烟。

严元衡从没听过一个人能将"驾"字说得这般潇洒。他望着时停云驭马一路疾驰至前军处,扬声说了些什么,远远隔着也听不大分明,但严元衡想,他一定是去通报喜事的。

果不其然,前军响起一阵欢呼。

战马亦有所感,数声马嘶和着欢呼而起。而在一片喜悦的喧嚷中,严元衡的目光始终追随着时停云的白马银盔,与银盔上那一抹耀眼的红缨。

在一片欢喜声中,吃了败仗的褚子陵着实难掩烦躁。晚上安营后,他借口替阿书为公子师熬养胃安神的药,蹲在小炉前凝眉沉思。

裹城的地理位置有多重要,他心中清楚。正因为清楚,他才烦躁至此,甚至忍不住想起了过去之事。

褚子陵十二岁时,拿着靠典当家中杂物换来的盘缠,一路走到望城。在路上,他每日每夜都在想,自己该做些什么,又能做些什么。

去南疆寻亲,一块玉佩又怎能作数?谁知道南疆王还记不记得这块玉佩,谁知道他会不会被当成从死人身上摸金,妄图冒名顶替皇子之尊的小蟊贼?

倘若想踏上本属于他的青云路,就必须建立有利于南疆的功勋,且得是大功勋。

彼时,褚子陵虽然比一般稚子早熟许多,但论起偷奸耍滑,却不输给任何人。

他很快想到了一个好主意。

沿路的州县,北府军都设有招兵站,褚子陵打听清楚后,挑了一个偏僻小县的兵站,向招兵的说自己家里遭了土匪,他逃过一劫,父母却都不幸暴亡。他无处可去,想参军剿匪,为父报仇。

招兵的打量了他一下,有些为难,又有些同情。他说:"上头有令,现在非战时,严禁招收童兵。"

褚子陵不肯死心，哀求道："老爷，收了我吧。我什么都能干的，打下手，端茶倒水，洗脚，只愿为我家人复仇……"

一名十来岁的稚童扒着招兵的小桌不放，说着想要复仇的幼稚话，招兵的抵挡不住，心软了些，转身去了营内，看样子是去找本营主官商议了。

褚子陵等在营外，满以为自己已经成功。谁想不多时，一道训斥声便自远而近地传来。招兵的灰头土脸地回来了，身后还跟着一个五大三粗的男人，看打扮，应该就是主管招兵的主官了。

那人黑壮得像是一座塔。他低头看了看褚子陵，粗声道："是你？要入伍参军？"

褚子陵忍住心中的害怕，点一点头。

他问："你爹娘是被哪股土匪杀的？"

褚子陵来前已经做好了万全准备，向住店的小二打听了附近哪座山头上有土匪。

他颤颤巍巍地报出大连山的山名，仰头看向那座黑塔，眼中噙泪，试图让他产生一点点同情。谁想，下一瞬，他便被一只蒲扇似的大手狠狠推开了。

随着他跌倒在地，一只简陋的小布袋被扔在了他身上。

黑塔似的军官冷冷地看着他，说："小子，连推一下都站不稳，你还去杀人？滚滚滚，别不自量力，大人的事儿小孩儿少掺和，你往东走，找个好宅院，去做工，那才是你该干的事儿。"

周围的人群里传来善意的哄笑。

褚子陵满面通红，忍着屈辱起身，攥紧了布袋。他摸得出来，里面是足足三日的干粮，底部硬邦邦的，还有几块碎银两。

食物和银两混在一起，想也知道有多脏，但他还要向他道谢。

他屈辱地起身，满身尘灰地提着布袋，往东走去。走到无人处，褚子陵压抑的情绪才得以爆发出来。他抡起布袋，狠狠地砸向一旁的柳树，直到把那些干粮砸得四分五裂，才扔下那个脏脏的小布袋，恼怒而去。

那之后的半月，他在一个小面馆里听旁桌的旅人说，大连山的土匪被北府军剿灭了。他只觉得这个地名耳熟，听过也便罢了，并未往心里去。

大约是在两年前。

他在北府军里巧遇了那黑塔似的莽汉。他总算从那个穷乡僻壤调任到了主营，但不过是个驻扎在定远城内的小小副官，每日惯常的入帐议事都轮不到他，有的时候还要做执戟郎中的活计。而他则能随着公子一同起居，颇受公子与将军重视，甚至有资格旁听议战。

莽汉早已不认识自己，在自己路过他时，他甚至还要对自己行礼。这让褚子陵从心里泛起一股由衷的快意。

褚子陵很庆幸自己当初没有从军。

从军，需得从底层向上爬起。一路不知要打多少场硬仗，若没有在将军府中的积淀，刀枪无眼，他或许也有可能死在哪次剿匪的小仗中，一生志愿难平。

回想起自己走来的艰辛一路，褚子陵长出了一口气。他抚着腰间的佩饰，知道自己现在的心态有些异样了。

他褚子陵这半生，虽然不算顺风顺水，但也还算走运。

这一击未成，反倒让北府军夺了裴城，想必与自己传递消息的艾沙大人，闻讯也必震怒。

想到这里，褚子陵略感到有些头痛。自己蛰伏至今，仍无成绩，好不容易以情报博得了南疆人的信任，信誓旦旦，满怀信心地出拳一击，却一拳打在了棉花里。

褚子陵想也知道艾沙会对自己摆出怎样一副苛责挑剔的嘴脸。自己早在几年前与他结下同盟后，便与他约定，只去信，不回信，以免引起将军的怀疑。

以防万一，今日待公子睡下后，他还是给艾沙去信联络一下，说明下情况为好。

他丝毫没有注意到，身后的帐子被掀开了一条缝。

池小池的半张脸在缝隙中一闪而过。

帐内。

池小池放下了帘子，轻手轻脚地走到娄影面前，坐了下来。

娄影卧在榻上，手里仍捧着一本书。

这几天来，两个人总保持着有点微妙的距离。

他翻了一页书："他还在愁着呢？"

娄影一开口，池小池就悄悄把刚翘起来的二郎腿放下去了："愁着呢！"

一谈起任务，池小池的神态就自然和放松了很多："一条毒蛇，在地里盘了七八年，忍饥挨饿，为的就是等个时机一口咬死人。结果好不容易等到机会，铆足力气一口毒吐出来，半天没见到人倒。一探头，哎呀，人呢？"

娄影忍不住笑了一声："你还有意吓唬他。明明是一封无字的信，你还看了那么久。"

时惊鸿要告诉时停云的信息已经由信使转达了。那封信内，实际上空无一字。

娄影压低了声音，像是怕外头熬药的褚子陵听见："时将军是怀疑褚子陵会拆你的信？"

为了方便说话，池小池坐近了点："他多虑了。褚子陵太谨慎，还没这样的狗胆。"

娄影："在时将军看来，定然是有的了。"

池小池笑："差不多。毕竟老人家拆信时，明明看到印章，木筒，字迹都丝毫不差，但顶头明目张胆地说是写给那位艾沙大人，怕也是受惊不小。"

托时停云记忆的福，池小池记得，与褚子陵暗中联系的，是一名叫艾沙的二品文官。

在原世界线，时停云被囚南疆时，他清楚地听到有人议论，说艾沙大人买下了南疆主城西街某坊的房子,把原先的府邸规模扩大了一倍,如何煊赫,如何辉煌。

于是,娄影通过干扰地磁场,将原本要飞去南疆的鸽子,诱去了时惊鸿的帐中。而另一只鸽子,按照时停云记忆中的地点,飞去了南疆主城西街中那个还郁郁不得志的二品文官的家里。

池小池在马车里时就已经做好了万全的准备。

他在信纸上写道,艾沙大人,此信所涉及之事,事关重大,因此我特地用了特制的墨水,用眼睛难以分辨,需得与同寄去的小木筒上的火漆配合,方能显形。他又说,只需将火漆泡进热茶里,待火漆融化一些,含水喷在纸面上,等待几分钟,字迹立显。

简直是一封"饮鸩"指导手册。

而且池小池根本没有顾忌,直接用了时停云的字迹。

娄影问他:"你就不担心艾沙看了字迹后会生疑?"

"褚子陵这样的人,谁都不信,万事小心,死了都要挖三口坟预备着。"池小池说,"他做时停云小厮多年,会模仿时停云的字迹,不算稀奇。就算这封信被发现了,他也可以谎称是替时停云寄信,是时停云私通南疆,有心夺权。时家军势的确强大,他留了这一手,是想让时家与皇家离心离德。"

娄影又把声音压低了些:"如果艾沙不亲自喷水,而是交由他的手下或随从……"

"管他是谁,毒发一个就够了。"池小池又移近了些,"鸩毒总会被水稀释,药死算命差,药伤算命大。先生认为,若是被南疆人发现他在火漆里下毒,那么,褚子陵这颗棋子不管是有意背叛南疆,还是被主子察觉,行踪败露,南疆人还敢用他吗?"

"褚子陵现在知道自己被遗弃了吗?"

池小池摇了摇头:"我猜他的信都是寄单程的。况且,他为了避人耳目,选择的联络对象都不是什么紧要的人,区区一个二品文官在自家书房毒发身亡的事情,甚至不会传到战场上,管他是什么艾沙,艾傻。"

娄影提醒他:"最后那个不是姓,是骂人的。"

池小池:"哦,我知道啊。"

娄影忍俊不禁。

"毒是他下的,戳是他亲手叩上的。"池小池摊手,道,"我只是写了一封指导信而已,又没有请他害人,是他自断臂膀,与我何干。"

娄影失笑。他已经了解了池小池的全盘计划,并且成功地不知不觉地将池小池引到了身旁。

娄影浅笑:"总算把你缓和过来了。"

池小池浅浅地小吸了一口气,埋怨道:"先生耍诈。"

娄影喜欢他这样孩子气的口吻:"诈到你就好。"

二人说话间,并未听到外面轻轻的叩门声。

前几次，为了不太过显眼，严元衡总在夜深时到访，想找时停云喝茶聊天，却每每都被告知，公子与公子师已经休息了。

他私心想着，自己今日早些来，总可以了吧。

门口的褚子陵说，公子还在里面与公子师说话，应该是还没歇下。

严元衡拿好自己已经做满笔记的兵书，确认了自己准备好的聊天道具没有问题，略紧张地整理了一番仪容，方才抬手敲门。然而，数声低唤之后，并无人应。

不在吗？但他确实听到帐中有低低的人语声。

严元衡掀了帐帘进去，视线只一转，便僵在了原地。

时停云此刻脸上的笑容，是他从没见过的。

◇ 争吵，儒将，连环之计

1

气氛变得非常尴尬。

娄影的反应最快，放下书，温和谦恭地一躬身："参见十三皇子。恕鄙人体弱，不便下拜。"

池小池一惊，坐着的脚凳差点儿翻了，若不是娄影及时扶住了他的手臂，他怕是会和脚凳一起摔个人仰马翻。

凳脚磕在地上，"哐当"一声，响得惊天动地。

池小池侧过脸来，瞪了一眼娄影，也没再说什么，起身恭敬地行礼："参见十三皇子。"

严元衡压下满腹疑惑，说道："可以请你出去一下吗？"

对面的时停云愣了片刻，动手把于风眠从榻上搀扶了起来，像是打算把他搀扶上轮椅，推出门去。

严元衡补充了一句："素常，我说的是你。"

吃惊过后，严元衡慢慢平静了下来。他自认为自己的语气没什么问题，只是原本翻开的兵书卷册在他手里已经微微变了形："吾近来读了不少兵书，有些心得。听闻于先生有管鲍之才，想请教于先生一些问题，可否？"

时停云与榻上的人对视，似乎是在用目光交换意见。

在二人视线交汇时，那种被针刺着的感觉重新回到了严元衡的身上，简直叫他坐立不安。所幸他们没有对视太久，时停云便起身告退，把二人单独留在了帐中。

严元衡在距离于风眠很远的圈椅上坐下，暗自吐出一口浊气："先生久负才名，吾虽有耳闻，却是初次见面。"

榻上的于风眠不动声色地回答："十三皇子客气了。"

"先生何时入府？"

"建平十一年时，鄙人初入望城。"

建平十一年，时停云十四岁的时候。

严元衡放了些心："我与停云六岁便在一起读书，论起相识则要更早些。他为人行事一贯跳脱，若他在先生面前有什么不敬之处，还请先生谅解。"

于风眠粲然一笑："不劳十三皇子挂心，我乐意看他这样。"

这样的回答直接把严元衡噎住了。他张了张口，刚想说些什么，于风眠便将他的话头截断："十三皇子不是说有些问题想问？鄙人定当知无不言。"

严元衡把准备与时停云探讨的几个问题全用在了和于风眠的交流中。

于风眠的确是个好先生，把问题讲得深入浅出，又擅长举例子，哪怕是只对军事稍有涉猎的人也能听懂。

然而严元衡根本高兴不起来。

这些问题本来是他想与时停云私下里聊的。是他……好不容易找出来的。

将严元衡指出的几个问题一一讲解完毕，于风眠便停了下来，问："十三皇子，于某可讲明白了？"

严元衡合上书页，不开心地道："很明白。"

"于某是爱书之人，不知可否僭越提醒一句？"于风眠指着书上被他生生捏出的皱褶，"还请十三皇子爱惜些书页。"

严元衡抿了抿唇，面色更加紧绷了："是。"

问题请教完毕，于风眠便说起了客套的闲话："总听公子谈起，十三皇子乃翩翩君子，今日一见，果真不凡。"

严元衡不自觉地微微昂起下巴。他自己都不知道他这副模样落在外人眼里有多幼稚："我倒是从没听他提起过先生，只是总听六皇兄提起先生大名。今日见面，才知先生才学卓绝。"

于风眠毫不介意："鄙人身体不好，出身亦差，是见不得人的。亏得有了将军认同，公子庇护，得此厚爱，鄙人实在汗颜。"

"厚爱？"严元衡干巴巴地笑了一声，"他与谁都是这样交好。"

于风眠似乎不懂他话中之意，或是干脆懒得理会，问："十三皇子还有其他要请教的吗？"

严元衡懂他这话中之意，起身告辞："打扰了。"

他出了帐篷，与正在外面同褚子陵说话的时停云擦肩而过，未曾停留分毫，便径直走了。

池小池在后头叫了他几声，见他置若罔闻，索性跟了上来。

严元衡听到后面紧促尾随而来的脚步声，紧绷着的嘴角总算略略放松了一些。他有意放慢了脚步。果然，时停云很快便追了上来："元衡！怎么了？你和先生吵架了？你没刁难他吧？"

严元衡扭头："你认为我是这样的人？"

池小池舒了一口气，拍拍他的肩，看样子是打算回帐篷里去。

严元衡眉头一皱，脱口而出："站住！"

池小池好奇地回过身去。

严元衡铁青着脸往前走去："来我帐中，我有事要问你。"

池小池挑一挑眉，跟上了他。

—— 379 ——

严元衡满身冷肃地折返回帐,在榻上主位坐下。

池小池丝毫不认生,在他身旁落座,还主动拿了茶壶,斟了两杯茶,一边喝着,一边单手把茶杯递了过去:"喏,给你。"

严元衡接过茶杯,语气冷硬地道:"多谢。"

池小池问:"你怎么了?"

好问题。

从方才起,严元衡就一直在想同一个问题。

我这是怎么了?明明那个于风眠也没有什么不妥之处,自己为何要对他这样阴阳怪气的?

严元衡把茶杯抵在唇边,想压一压那泛到喉咙口的莫名的感觉。

他眼睛一转,无意间看到时停云的右手搭在小桌案边,食指"咔嗒咔嗒"地叩击着桌面。时停云自小便有这毛病,闲下来时就喜欢敲桌面。

严元衡纠正过他很多次,认为这不是什么好习惯。而这回,时停云这个小动作引起了他比平时高上数十倍的不满。他豁然站起身来:"仁青!"

帐门外,他的侍卫应声而入:"十三皇子,有何吩咐?"

严元衡放下了茶杯:"为时少将军打盆热水来。"

侍卫也不问缘由,答了声"是",便退了出去。

很快,一盆温度适宜的热水送进帐来,并依严元衡之言,摆在了时停云跟前。

池小池挑起一边眉毛,乖乖地把手浸在热水里,又取了被热水浸得滚烫的毛巾,一边擦手一边说道:"元衡,这是做什么?我的手是干净的,斟茶而已,不必这样嫌弃我吧。"

严元衡自然知道,但仿佛只有这样才能安心。

仁青端走水盆,再次退下。

待帐中只剩两人,严元衡终于把在心中盘桓已久的问题问出了口:"于风眠于你而言,比我们都值得信赖?"

他想要从时停云那里听到一个否定的答案。然而,时停云似乎是有意气他,喝了一口茶,慢悠悠地道:"若我说是呢?"

尽管严元衡心中早有猜想,但此话落入耳中,仍感到声若雷霆,让他失望至极。

池小池抬眼望向严元衡:"如何?"

严元衡气得嘴唇都发抖了,把茶杯往桌上一顿,脸颊因为愤怒而浮出了几分殷红:"如何?我能如何?你时停云愿意相信如此不堪之人,又与我严元衡何干?"

话一出口,严元衡便自知那"不堪"二字,着实过分了。

严元衡是君子,良好的教养让他从不会主动挑剔旁人的缺点。他看得懂南疆文,知道于风眠眼角的纹饰是何意,他也知道于风眠的残疾,他分明可以一一举出,证明他有多不值得时停云如此深信。但即使仍在生气,他也马上针对自己的用词不当道歉:"抱歉。我不是有意诋毁于风眠。我只是想……"

他支支吾吾半天，也没有说清他到底"想"什么。

池小池的脸色有了微妙的变化，他也放下了茶盏："是啊，与十三皇子何干呢？"

严元衡语塞："我……"

"十三皇子的茶不错，洗手水也挺热。"时停云站起身来，"末将享受够了，该去巡视军营了。告辞。"

"素常，等……"

时停云走得头也不回，就和刚才的严元衡一模一样。

严元衡有些颓然地坐在主座上，心里还是觉得很郁闷，把时停云方才说的话一句句颠来倒去地咀嚼着。

他说"若我说是呢"，也就是说，有可能不是了？

停云或许是试探一下，想知道自己的好友会如何对待他的亲信之人，谁想自己大加斥责，直称他"不堪"……着实过分了。

严元衡感到有些口干，拿过茶杯，把茶心不在焉地一口口喝了下去。待两杯茶喝完，静了静心，严元衡自行取了纸笔，伏案而书。

池小池折回营帐时，娄影已经在看书了。他一屁股坐回到脚凳上，仰头看着榻上斜卧的娄影。

娄影问他："处理好了？"

池小池说："嗯。"

池小池又说："你是故意的吧。"

"是。"娄影承认得很痛快。

池小池趴在床边挑眉看他。

"别误会。"娄影翻了一页书，说道，"我只是想解决问题。"

娄影说得也没错。

这些日子，与严元衡日夜相处，池小池能够感受到，严元衡对时停云的担心也越来越多。

这种担心或许连严元衡自己都没有意识到，但如此日积月累，池小池也不好替时停云处理。所以，应当趁早主动出击，进行适当的试探。

娄影问他："拒绝他了？"

池小池说："算是吧。不过，我留了点余地，任他怎么理解都行。"

"我能代时停云做的决定很多，但有限。"池小池说，"不包括决定他的未来，毕竟我也不是学校的教导主任。"

娄影笑出了声。

二人说话间，帐篷的一扇窗户被人从外面悄悄打开，一封信从窗边被塞入，落在了地上。

池小池翻身而起，走至窗边，先开窗检视一番，外面已经没了人。他把信上面沾着的尘灰掸去，确认上面未干的墨迹是属于严元衡的，才放心拆了开来。

这是一封道歉信，却不是严元衡往日端庄冷静的行文作风。

只有墨汁淋漓的"对不起"三个字端端正正地写在一页纸中间，就像惹了人生气的高中生，抓耳挠腮一番后，鼓起勇气给人递的小纸条。

池小池失笑。

娄影远远地在床上问："是什么？"

池小池把这张纸折了一下，收回怀里，扬声答道："没什么。"

2

再过几日，定远城在他们面前浮现出了雏形。

红砖砌就的都城沐浴在春日的沙尘内，呈现出灰扑扑的质感。

远远看到城边的飞云旗，时停云驻马片刻，猛喝了一声"驾"，驭马穿风，白马越过尖啸的西风，驰骋前行，行至护城河吊桥边才一收缰绳。

马头奋然昂蹄，长嘶一声，喷出一团团带着沙土腥味的暖热气流。

严元衡蹙眉，回头看李邺书。

"那是我家将军的旗帜。"李邺书替时停云解释，"将军来定远巡察了。"

时停云眯眼看了看城门之内，隐隐看到一个熟悉的身影。他飞身下马，快步奔过已经放下的吊桥，新换上的红锦披风被沙子打出啪啪的细响。

吊桥的另一头站着等候已久的时惊鸿。

时惊鸿笑着说："我算着你们今日便到，因此……"话未说完，已经比他隐隐高出一线的儿子径直扑入了他的怀中，打断了他的话。

"素常？"

怀中人把整张脸都埋入了他的怀中，双臂铁钳似的拥着他，用力得浑身发抖。时惊鸿愣了片刻，便出言下令："都转过去。"

身旁的几名副官和守门人令下即从，持剑持盾，齐齐转身。时惊鸿低头询问："怎么了？"

怀中的人不吭声，只是将父亲抱得更紧了点。

时惊鸿把怀中儿子的头盔摘了，将他被风沙吹乱的长发整理了一下。他以为这个孩子是在为挚友背叛自己而感到难过。

时惊鸿没有对他多加一句责怪。已近不惑的岁月，在他身上沉淀出奇异的力量："傻小子，别叫人看了笑话。先去跟爹迎接十三皇子，有什么想说的，晚上入帐，爹听你好好说，还可以准你哭一炷香的时间，好吗？"

时停云用尽全身力气直起身来，眼周浮出一圈红晕："好的，父亲。"

这是池小池第三次感受到原主时停云的情绪。

但不管是哪一次，都是失控的。

层层压抑的灰色浪潮之下，隐藏着让人不安的尖礁与暗涡。

奇怪的是，这种情绪在他面对褚子陵时都收敛得很好，仿佛他已经遗忘了那段不堪的记忆，或是将其掩藏在了更深、更黑的浪潮之下。

十三皇子此行，负有代王巡视的名头，本来可以摆足王族派头，好在严元衡本人低调，除了必要礼节之外，很少讲多余的虚礼。他私下里称呼时惊鸿为时伯父，入城后，又说想去探望受伤的温非儒将军，送上些慰问之物，聊表心意。

父子二人在此事上异口同声，都说温非儒重伤，需要静养，不宜见客。

说辞前后一致，因此严元衡既没起疑心，也没再坚持，只托人将礼物送去便罢，几人在城中暂时安顿下来，诸多杂事，暂且不提。

时停云此行带来的物件不少，像是打算常驻在此，褚子陵将一些不易携带的大物件放在屋中，小物件则收在几口藤箱中，整理清爽，方便带走。关上其中一口藤箱时，他力道有些失控，一声闷响后，他才回过神来，单手按在藤箱上，侧耳听着外间的动静，盼着那人没有听见。

然而，他还是没能躲过去。

于风眠的口吻如同吩咐一个最正常不过的小厮："东西需得轻拿轻放。"

他咬一咬牙，应道："是。"说罢，他跪坐在地毯上，慢慢地吐出胸中的浊气。

若在以往，面对区区吩咐，褚子陵也不会如此烦躁。但在前不久，他满怀信心的一击落了空，谁知道时惊鸿有没有生疑，有没有发现他在火漆印上动的手脚？

自己此番前来，是否算是自投罗网？

为防万一，他想过要悄悄扼死那只专门替他去南疆送信的鸽子，好湮灭证据，但每只鸽子都是将军府悉心培养出来的，莫名其妙地死了一只，公子必然要追查，说不准还要治自己一个管理不严之罪。况且，给艾沙大人第一次放去鸽子时，他没能掩藏好行踪，被夜巡队撞见过。

如果在这个时候死了只鸽子，反倒是引人注意了。

为此，他几夜辗转反侧不得入眠，加上每日行军，风沙渐大，不消几日，他便消瘦、憔悴了许多。时停云看在眼里，恐怕是认为他是疲累虚弱，不宜伺候在时将军身旁，便叫他来陪着公子师，顺便将东西收拢归置一番。

一个小少爷，怎知"收拢归置"四个字背后代表着多大的劳碌？

褚子陵扶膝沉气，半晌方才冷静下来。

莫急，莫慌，还不到时候。

他已经去信，言辞恳切地向艾沙解释过，拿下时惊鸿，绝非一朝一夕之事，并说以后他们入驻定远城内，寄送信件恐怕不再方便。定远城设有空哨，瞭望台设在八处城门角楼上，日夜换岗，专门防备城中细作向外递送消息。

好在他在军中有些地位，只要同公子说一声，叫他加入巡查队，他便能联络到在城中常驻的南疆细作，想办法把信息递出城去。

公子那般宠着他，定会同意。有朝一日，他翻身做主，也会报恩偿情，好好待公子的。

想到这里，褚子陵的心情好了不少，俯身整理起凌乱的箱箧来。但他一颗怦怦乱跳、热血沸腾的心，越整理越凉这一箱箱的书都是于风眠的。

路上他一本本取出来阅读，偏偏他读书的速度又快，如今顺序全乱了，于风眠为人又挑剔，给了他一份目录，让他按顺序整理。单是这批书，褚子陵便花了不少精力收拾，出了一身热汗，才勉强整理出了个大概来。

他抹了一把汗，抬眼看向暮色四合的窗外。

这些杂务本来不该归他做的，李邺书去哪里了？

时惊鸿与时停云二人将严元衡安顿好后，方才有机会好好叙一叙父子之情。

看长相，时惊鸿是十足的读书人模样，与时停云的英气还有不同，他的面皮天生白净，像个文采斐然的探花郎，边关的风沙也只在他的眼角留下了一点儿痕迹。在他长衫加身时，唯一能看出他武人身份的便是一双长得惊人、筋骨结实的手，还有指间粗粝的茧子。

时停云的情绪已经恢复正常，池小池恢复主导权，他拿起小桌上的点心便要咬。

时惊鸿望着他，语气中是难掩的宠溺："城前之约，不算数了吗？"

池小池含着点儿心，含含糊糊地道："有了玛仁糖，为何要哭。"

见儿子像小时候一样掏出手帕，一边吃一边想揣走，时惊鸿无奈地一笑："十三皇子的那份父亲已经送去了，这些都是你的。"

他知道儿子跟十三皇子交好，而十三皇子最爱吃这类甜点，他每每带些甜点回望城，他这孩子总是吃一小半，揣一大半，每次都是送去给严元衡的。

这还是十二三岁前的事情，直到褚子陵进府，时停云便着了魔似的，凡事都抬举他，连与十三皇子的交往都少了。

时惊鸿想问些什么，想一想，又没有问出口。先让孩子吃得开心些吧。

这当口，李邺书进来了，端着刚熬好的罗布麻茶，一一斟给两人。

澄澈的茶水顺着杯壁缓缓流下。

他以为父子二人在谈正事，因此不管是行进，还是斟茶，他都没有发出任何多余的声音。

时惊鸿着意打量着他，突然开口唤道："李邺书？"

李邺书已经很久未从将军口中听过自己的名字了，抬头茫然地道："将军？"

"画图、识字，我记得你都会些吧？"

不等他回答，时惊鸿丢了一份旧的粮站分布图给他，说："最近三个月，粮站的分布变动极大，旧图要废置了。你持此图，去东厅找孙粮官，他会把探得的新的粮站地点告知于你，比照此图，将粮站分布图重新描摹一份，你来主笔。"

他的神态仿佛不把这当作一件大事，轻轻地道："我的几名副将都有要事忙碌，一时也找不到更合适的人选，就你来做吧。"

受将军轻松的神情感染，李邺书心中刚浮现的惶恐散了不少，捧着图答了声是，毕恭毕敬地退了出去。

池小池嚼着点儿心，开心地道："老爹，你要抬举阿书啊？"

时惊鸿反问："叫他来这里伺候，不是素常想要抬举人吗？我不过是顺势而为罢了。"

池小池拱手道："时将军英明。"

"能得素常一声夸奖，可见为父此举是真顺了素常的心意了。"时惊鸿按一按腰间的佩剑，"阿书的事情料理完毕，该轮到另一个了。"

池小池略带疑惑地看他。

时惊鸿一笑，按着他的头站起身来。

"我知道吾儿心思纯善，不忍动手杀多年好友。父亲非苛责于你，这份纯善，为父珍视得很，只愿你一世都能怀此赤子之心，永不改变。你既然把他带到了这里，父亲便代你执刑。北府军可容贫子，可容异族，可容庶奴，唯独难容叛逆之人。"时惊鸿起身，仍是文人的样子，连文质彬彬的风度也没减少几分，"稍坐，为父去解决了他。"

但他的手被池小池一把按住了。时惊鸿看向他，几个目光交错间，二人心中便各自明白了各自的想法。池小池把还沾着糖浆的手缩回来。

时惊鸿坐回原位，递过一条手帕，用茶水浸湿，示意他擦一擦手。

池小池说："我有暂时不杀褚子陵的理由，想告知父亲。"

时惊鸿温和地道："你说，父亲在听。"

父子两人第一次互寄信件，一来一往之间，便确定了将军府内有叛徒。但是时停云的第一封信语焉不详，时惊鸿尚不知那幕后之人是谁。第二次去信时，时停云写了应对定远之围的防御之术与战策，还特意用朱砂勾画出了哪一部分是褚子陵献策的。

时停云未在信中提及李邺书，而拿朱砂笔重重标注了"褚子陵"三字，一收到信，时惊鸿便知道内奸是谁了，心中有数，在回信时却只字未提，只说了定远大捷之事。

待他再拆下一封信时，那封给南疆艾沙的信，便是送到他手上的证明褚子陵里通外国的最好证据。他甚至不用亲自动手，只需把此信抛出，褚子陵必会被乱斧砍死，不留全尸。所以，时惊鸿抢先动手，也是想看在爱儿的面上，给他留个全尸。他晓得儿子的性格，如今时停云阻拦他，绝不是想徇私情。

于是，他静静地等一个答案，时停云果然没有令他失望。

时停云停顿了一下，说："褚子陵留着有用，有大用。"

父子二人闭户深谈半晌，直至夜色笼罩，厅门才被重新推开。

再开门时，时惊鸿满面温煦，再不提方才想要提剑杀人之事。他说"为父吩咐厨房做了你最是爱吃的山鸡肉饺子。吃饱了就早些歇下，明日早起，陪十三皇子检阅定远城的守军。"

时停云似乎是放下了一桩心事，总算恢复了几分往日的活泼："我去知会元衡！"

时惊鸿脸色一变："为父是如何教导你的？不可直呼其名，叫十三皇子。"

"是是是，十三皇子，十三皇子。"

时惊鸿目送时停云而去，无奈地叹息。这孩子哪里都好，就是这没大没小的样子，着实令人烦恼。还好，经历此事，这孩子还有信人之能，便是最值得欣慰的了。

时惊鸿去了一趟厨房，取了一只食盒来，举步往内院走去，推开一扇西侧厅门，闪身而入。

厅内正是据传在"养病"的温非儒。

看见来人的脸，正要往屏风后躲的温非儒马上现身，抱怨道："将军，末将都快憋死了。"

"少安毋躁。"时惊鸿笑，"酒和肉都为你备上了。"

温非儒一乐："末将瞧瞧是什么……嚯，山鸡肉饺子。小公子来了吧？"

提到时停云，时惊鸿的面色便柔和了下来："是，今日到的。"

温非儒一筷子夹了两个饺子，丢入口中，边嚼边说："这便是了，往日这山鸡肉饺子金贵，哪轮得上末将吃上一口。我们这是沾了少将军的福气，什么时候请少将军相见，末将得好好谢谢他。"

时惊鸿温和地说："莫这么说，今日是为了十三皇子接风洗尘……"

温非儒嘴里嚼着饺子："将军，现在又没有外人，您跟我说这些做什么。军中谁不知道您偏宠少将军？"

时惊鸿失笑之余，略略皱眉，提起了正事："南疆那边有何讯息？"

"还真有。"

温非儒自从诈伤，听着外面打杀之声好不热闹，却不能亲自参与，闲得抓心挠肝，时惊鸿便要他躲起来，主管细作们从各处汇集来的消息。

"南疆那边死了个官儿，听说是暴亡。"温非儒说道，"此外，帕沙部好似有些异动，帕沙那老小子跑回南疆主城去了……按理说，死的那个官儿是他的连襟，也不算什么特别亲近的亲戚，他竟然跑回去奔丧了，听说铁木尔很是不满。"

时惊鸿闻讯，略有震惊。

那偷梁换柱的换信之策，还真被这小子做成了？素常的性子向来直来直去，何时有了这样谋算的心思？不过，这一手借刀杀人做得当真漂亮。

时惊鸿想到儿子在自己不知道的时候有了如此进步，心中既感到欣喜，又有些惆怅。他想了想，问道："我真有如此偏宠素常吗？"

温非儒灌下一口酒，点头不迭。

时惊鸿失笑，望着窗外的皓月，想到了亡妻。

为了她，在家里稍宠一些素常，也不打紧的吧？

3

当夜，不知道是不是因为再次见到了时惊鸿，池小池又做了噩梦。

梦里是血和火的战场，白马倒卧，散乱的鬃发上沾满新鲜的血迹，被风一吹，结成了一大块一大块的赭色硬绺。时停云一具具翻着尸首，严元衡、严元昭、李邺书、时惊鸿，一张张熟悉的血面在他的面前放大，再放大。

池小池在满鼻腔浓郁的血腥味中睁开双眼，坐了起来，熟悉的询问声没有从不远处传来，他才想起时惊鸿已经为于风眠安排了单独的房间。

他起了身，用凉茶压了压口里泛着的甜腥味，换了件轻便的劲装，翻了窗户出去，没有惊醒在院中守夜小憩的李邺书。

定远城内的将军府，时停云也来过，按照他的记忆，池小池轻车熟路地摸去了演武场。

明月高悬，月光将演武场边的石子照得闪闪发光，池小池从中挑了杆银枪，在手中掂一掂，对体内的时停云道："拿着。"

体内没有任何想要动的意思，握着枪的手还有点出汗，好像是梦中滑腻的鲜血仍附着在他掌心里似的。

池小池活动了一下脖子："打累了就睡觉，明天还有事情做。"

体内的人按照他的吩咐动了。

起先，枪路未稳，纰漏频出，而随着身体的本能，错误被渐渐修正。月下人无声地舞枪，身随意动，宛如一条年轻矫健的银龙。

枪势终结于一道锐物破空之声。少年平持枪身，脖子上汗珠闪亮，随着喘息的幅度沿着脖颈的曲线缓缓滑下。

池小池问体内的时停云："还不困吧？"

运动过后不见疲累，反倒越加清醒的头脑给了他最好的回答。

池小池把枪往原处一插，说："不困就对了。还有半个时辰天亮，你要真睡过去，还不好办呢！"

池小池一屁股坐在了演武场边回廊的台阶上。

四周是浓郁的黑暗，明月高悬，耀耀如日。

池小池伸手挡了挡有些刺眼的月光，说："跟你在一起这么久，还没单独跟你聊过天呢。"

时停云沉默着，想着自己的心事。

池小池："不用谢我。陪你是我应该做的事情。"

时停云：嗯？

池小池："你用你的命雇我，我拿我的命来跟你上战场，我们是等价交换，谁也不欠谁的。"

时停云：多谢。

池小池："哎呀，我都说了谁都不欠谁了，你还跟我客气。那我就不客气了啊。"

时停云：觉得自己和这个人没有办法好好聊天。

习习凉风如水，吹得人心静。

一道薄云自天际掠过，轻纱似的遮去了些月光，池小池的眼睛也适应了些，双肘撑着身后的台阶，一条腿支起来，懒洋洋地抬头望月："做和自己没关系的噩梦，感觉还真挺奇怪。"

时停云：抱歉。

池小池："别说对不起，这又不是你想要的。我说过了，我们是等价交换，你的一切都是我理当承受的。没道理我只享受少将军的身份，将门独子的荣华。"

痛苦、挣扎、仇恨与噩梦都是组成时停云其人的必要因素，也是他必然要承受的东西。

这次他们总算合拍了。

池小池挪了挪身体，道："不过，我这儿有一堂心理治疗课可以免费赠送，要吗？当初 Lucas 瞒着我替我买了好几个疗程，还花了很多钱呢！"

他身体里的病友始终保持着沉默。哪怕是最资深的心理医生，也没办法治疗一个失去了交流能力的病人。不过池小池无所畏惧。

他说："我有病，和你差不多的那种，病了有十来年吧，资深药罐儿，吃过的安眠药能药死两头牛，从里到外都浸着破罐子破摔的烂劲儿。Lucas 总说我一副多年守寡，天不怕地不怕的样子，我虽然把他揍了一顿，不过我知道他说得对。我总觉得我会病到死。对，不是病死，是病到死。

"我也爱做噩梦。不过我的梦不像你这样全是红色的。我总梦见我在等人，坐在家里，或是坐在餐厅、游乐场，就一直等，等到醒过来。有的时候醒过来，得过上好一会儿，才知道我醒了，不用再等了。

"我见过三个还是四个心理医生，他们都建议让我多去健身房，大量的运动能够舒缓心情，而且在健身房里会不可避免地产生身体接触，有助于脱敏治疗……什么是脱敏？打个比方，就是你不喜欢萝卜，治疗方法就是每天带你去参观萝卜地，每天在你的饭里变着花样加萝卜，一天加一点，天长日久，恐萝卜症就能好了。

"我就不。我花钱雇人在我面前运动。我喜欢一边喝运动饮料一边看他们推举。医生问我这是干什么，我说这样也能让我感觉很快乐。他们跟我说，池先生，你这样治标不治本。我说我就算推举成健美先生也是治标不治本，看谁都跟看猴儿似的，自己看着自己还闹心呢！

"他们说，池先生你别跟我们抬杠，这种快乐很短暂，你是要治病，就要听从医嘱。所有的心理疾病，都是因为你心里有个地方不通畅，你要学会遗忘，要学会往前看。久而久之，堵塞的地方就能疏通了。"

他身体内的时停云静静地听着，觉得那些医生的话倒是有道理。

或许再过些时日，他也真的会忘掉吧。忘掉过去那些不堪，面对一个崭新的开始……

谁料池小池话锋一转："可我凭什么要忘记呢？"

时停云一愣。

"人总想要忘记过去那个傻乎乎的自己，觉得忘记和放下，本身就是一种充满勇气的行为。我可不这么认为，忘记是再简单不过的逃避，比谁逃得快逃得远，顶多算你跑步速度快，算什么勇气。

"我不会忘记。我不会忘掉我是为什么变成了那个样子，为什么会得上病。因为当时的我不行，我太弱，我傻，我被人骗了。

"有多少人是不愿面对那样的自己，才选择要遗忘和往前看的呢？我不评判别人，我只是不允许我自己变成这样。害我的人巴不得我遗忘和往前看呢！我想了想，还是不了吧。让害我的人顺心如意，我满不爽的。后来，伤害我的人不在了，我那个包袱背习惯了，也就放不下了，我一遍遍地回头看，一遍遍地提醒自己，问自己下次遇到同样的事情该怎么办？答案就是绝不能让自己再把重要的人丢了。这么一年年的，也就过来了，好在我没再丢掉什么，也没碰上什么重要的人。

"医生听完我的话之后，跟我说，池先生，你或许不需要看病。

"我知道他们不是在夸我。因为我这病已经病入膏肓了，病成了我身体的一部分，治不好了。"

池小池说话没什么抑扬顿挫，三分自嘲，六分平淡，剩下一分，是一点儿混不吝的笑，"我活得挺快乐，也不讨厌这样的自己。我觉得这样做个快乐的病号，也挺好……我唯一怕的是有人讨厌这样的我，不过也不重要了。"

池小池说："我这次来，只能帮你做前一半，把害你的人解决掉；后一半人生，我不能替你活。等我走后，你愿意做我这样快乐的'庸医'也好，愿意遵医嘱，做放下的人也好，全都看你自己。"说话间，池小池的声音里带了真切的艳羡，"说实在的，你比我好很多，有老爹，有朋友，家里还有钱。不像我，当时只能抱着个念想活……还有，你还年轻。"

时停云沉默着。池小池的话中有些用词很古怪，但连蒙带猜的，他也能听懂大部分。

热汗已经退去，夜风贴着身体滑过去，很舒服。听了他的这番话，时停云的心情竟然变得前所未有地平静起来：谢谢。

池小池舒服地枕着手臂："好吧，我猜你现在肯定在心里骂我呢。"

池小池："讲来讲去，一点有用的都没说。我好歹还有个安眠药能吃呢，也没法给你……"

话音未落,他突然觉得右手突然往旁边一动,抓住了什么东西。

时停云把全部气力集中在右手,总算争取到了一点点自主权,捉住了一只误把月光当作水塘,停在台阶上的小蝴蝶。

时停云能力推百千钧的手,因为要捉住一只小蝴蝶的翅膀而微微发着抖。

他把蝴蝶送到了池小池眼前。

送给你,这回,是真的谢谢你。

池小池微怔了一下,用左手接过蝴蝶,拢在掌心里,轻笑道:"不客气。"

蝴蝶的细小足肢擦过他的手掌,池小池对掌心里吹了口气,便让那只蝴蝶离开。受了惊吓的小蝴蝶很快不见了踪影,而顺着它消失的方向,池小池看到天际浮现出了启明星的形状。

池小池活动了一下,跳起身来:"天要亮了。走……"他一转身,恰好与在回廊拐角阴影处坐着的娄影对上了视线。

池小池一惊:"先生,你什么时候来的啊?"

娄影装作拉拉衣服的样子,掸去自己肩上的夜露,说:"听到有声音,就起床了。"

自从进入这个世界线后,池小池一直以为娄影和自己之间的对接信号不好,睡着后应该就听不见自己说话了。他想到刚才那一通长篇演讲大概是吵了娄影睡觉,不禁感到有些心疼。

池小池快步上前,扶上他的轮椅,道:"我推你再去睡会儿。"

娄影低低地"嗯"了一声。

二人之间又陷入了沉默之中,一时间,唯有轮椅轧在石板上的辘辘之声不绝,将二人一路送到屋中。

池小池把娄影搀扶上床时,顺手摸了摸被子。被子已经冷了,它的主人应该是离开了很久。

池小池什么都没说,算一算时间,自己也该去梳洗了。

他把被子为娄影披好,把他的头发理好,转身离开。在走到门口时,身后传来了娄影的声音。

"对不起。"那个声音有点沙哑,其间含着的情绪叫人心里发颤,饱含着真切的心疼,"辛苦你了。"让你一个人孤独地病了那么多年,对不起。

池小池背对着他,微微垂着头。片刻后,他吸了一口气,转过头来,笑容间毫无悲伤,明晃晃的少年气动人得很:"不辛苦。"

而在池小池转过头的时候,一滴眼泪快速地掉了下来,没碰着脸,只沾湿了一点儿睫毛。

一滴眼泪的工夫,足够他调整好自己的状态。

他抬手摸了摸脸,确认自己的神态恢复了正常,便抹去了睫毛上的淡淡水迹,大踏步地朝外走去。

但他没有注意那滴眼泪的去向。现在，它以一颗水滴的形态凝缩在娄影的手掌内。张力数据被改写之后，它像是一颗柔软的透明的小球，在娄影的手掌心里来回滚动。

这个小病患啊。

娄影低头，将那颗眼泪收入他的体内，编写了一个简单的程序，将它贮藏在自己的左胸内靠近心脏的地方。

4

南疆，军帐里。

帕沙将军是个黑脸膛的汉子，他没什么表情，抬手抹了抹额上的汗水，一手拿着一页信纸，另一手抵在羊皮地图上，搜索着某个地点。

在地图前站着一个中原模样的人，是见过几面后也不会觉得眼熟的三四十岁中年汉子的标准相貌，他的手里抓着一顶羊皮帽子，脸上笑得十分谄媚，脖子向前探着，不住用帽子边滚镶着的毛皮去蹭下巴上源源不绝的汗水。

帕沙拿着信纸，比照着看了好一会儿，才冷淡地说道："下去领赏吧。"

那个汉子登时笑得更加夸张，连鞠两躬："谢老爷，谢老爷。"弯着腰，虾米似的退了出去。

待他离开，帕沙才冷哼了一声。

他的副将跟上来，脸色晦暗："帕沙大人，这个姓褚的话，您还要相信吗？"

帕沙沉吟。

"您为何还要相信他？"帕沙的副将是艾沙的侄子，他为叔叔的死恼恨至极，"艾沙大人的暴亡是他一手造成的，也从那火漆中验出了鸩毒。他的那封信，明摆着就是要害死艾沙大人！"

帕沙语焉不详地道："他传过很多有用的密讯来，是我们在北府军里埋下的一根骆驼刺。"

副将感到不平："前些日子定远大败，折了数千精兵，不就是他要我们去攻打的吗？"

帕沙觉得有些烦躁，略略提高了声音："可他给我们的消息没有错，我们三攻定远，那温非儒确实未曾出战过一次！"

副将不说话了，但看他的脸色，半点也不像是被说服的模样。他问："难道将军相信他的话，认为北府军真的要攻打扶绥？"

扶绥是南疆在前年的大战中攻下的一处城池，与裴城一样，处于镇南关边界位置，城池坚固，易守难攻，因为地理位置不算优越，又是一块难啃的硬骨头，北府军为着休养生息，面对着这座钢铁堡垒，已经有一年未动兵。

—— 391 ——

帕沙:"你为何认为北府军不会夺城?"

副将:"属下不是不相信您的判断,是不相信那个姓褚的。北府军一年未动,为何要在现在攻打扶绥?"

帕沙反问:"你知道十三皇子到边境代中原那位巡视之事吗?"

副将一愣。

帕沙低头看着羊皮地图,说:"中原人好大喜功,那时惊鸿也不会例外,自然是要找场胜仗打。裴城之胜近在眼前,他自是要趁着士气高昂,一鼓作气,再夺一城,给那代天巡视的十三皇子看。扶绥,是最佳之选。"

帕沙指着地图上的扶绥说:"扶绥不算大城,论其地形却易守难攻,他们不需强攻,只需围城,三千兵马足矣。而扶绥附近短期内能调动起来的北府军,最多也只有三千。"

副将:"城中兵马有整整两千。挟地之险,总能撑到援军到来吧?"

帕沙:"你蠢吗?你算一算,扶绥地处镇南关边,小城一座,若是中原士兵只围城,不攻城,将士们是困守危城,直至被困死,还是放弃城险,以两千兵马硬撼三千之敌?"

副将仍不信服:"扶绥虽无烽火台,但有报平安的信哨,何惧围城?况且属下记得分明,以日期推算,吴宜春吴将军的运粮军才运新粮到扶绥不久。若是扶绥五日里不燃放报平安的信号,便会有近旁守军派探子前往附近查探情况。区区五日之围,扶绥何惧?"

帕沙:"那你可记得,扶绥全城的饮用水只靠扶绥河供给?"

副将语塞。

"扶绥河不过一条支流,如今才开春,水量不算大,若北府军设计截断水流,扶绥城内水源断流,只靠几口井,能支撑多久?"

副将意识到事态严重,总算松了口:"将军以为我们该如何做?是否应该禀告铁木尔将军?"

帕沙摆一摆手:"艾沙身死,我擅自回城,已经叫铁木尔对我生出了不满。再说,我这些年给他送了多少功勋,也该让我们自己人受些益处了。"

"可没有铁木尔将军手令,我们不能私自调兵……"

"你刚才不是说了吗?"帕沙偏绿色的眼睛一转,显出几分狼似的狡诈,"吴宜春的运粮军刚离开不久。"

副将蹙眉,道:"吴将军……运粮军虽有五千之众,但论战力,咱们营中的将士足可以一敌二。"

"再加上被围困扶绥的两千精兵呢?"帕沙放下信,双手按在地图边缘,"北府军此行是秘密奔袭,打的就是一个措手不及,也不会真调大军进攻区区一小城,如今他们的战术被我们所知,突袭便成了个笑话。"他吐出一口气,"用最好的马给吴将军送信。告诉他,他不必再成天与粮草做伴,立功的机会来了。请他立即派兵支援扶绥，以扶绥的两千军为主战力，他们不必太费心力，只需从旁作辅，内外合攻，拿下北府军来犯之敌，便是大功一件。"

他继续说道，"最重要的是……十三皇子有可能前来督战，毕竟这一仗是打给他看的。他若是能抓住十三皇子，无论生死，那他便一脚上了青云梯。"

副将多嘴问了一句："以信件送出的时间，北府军应该是刚刚开拔。那为何不直接送信至扶绥，以免……"

帕沙的绿眼珠一斜，嘴角勾出一点儿冷冷的笑来。

扶绥若是早早做好准备，他们的人又如何驰援？如何立功？

副将想通了，立时道："那属下这便去写信，午后便选好马将信送出。"

走至帐前，副将犹豫一番，回过头来，说："将军，说了这许多，属下仍有一事不明……您为何这么信任一个中原人？"

帕沙不言，只挥了挥手，叫他出去。

副将领了军令，默然告退。

帕沙抚平羊皮地图的卷角，想起了两年前，艾沙珍重地捧到自己眼前的那张纸。那是一块拓印上的玉佩痕迹，印记鲜红分明，上面是南疆王才能使用的鹰标。

他兴奋地说道："你可知这是从哪里来的？你记得褚子陵吗？总为我们传递消息的那个中原人，据他说，此物是他亲生父亲留给他生母的纪念之物。"

当时的帕沙明白了艾沙话中之意，稍感震惊，却很不以为然："你怎知不是仿制？"

艾沙道："此人与我们通了三年的信，他确实是时惊鸿将军府中之人，也确实给我们提供了许多讯息。"

帕沙不屑地说："就算他当真是王之遗珠，一个私生子，能有何作为？"

时至今日，帕沙仍记得艾沙亮着的眼睛："私生子，也能做我们的青云梯。"

"青云梯"三字在帕沙脑中回响。彼时，他嘲笑艾沙太过信任褚子陵，但几年过去，他也早在无形中把褚子陵当成了一把好梯子。

细想一番，褚子陵岂不也是这样？既然是彼此利用，那便用利益说话吧。正如艾沙曾经所言，褚子陵帮了他们这么多，为何会无缘无故地毒死艾沙，白白毁了自己培植了近十年的势力？

没有道理。

信是能被替换的，也或许是哪个仇恨艾沙的小妾借机下毒，这都说不定。最糟糕的情形，也不过是时家发现了有人在向外传递讯息，拦截下了信鸽，借他之手，反将一军，铲除背后之人，却没能查到背后的主使是谁。

褚子陵心思细密，右手写一手蝇头小楷，左手却能模仿时停云潇洒行云的字迹，而且他从不以左手之字示人。而那个时小公子的字听闻在望城是一绝，经常有人临帖模仿，时停云又信赖他身边之人，想必是没有怀疑到他身上来，否则此等卖国贼，一经发现，定会立时杀之，哪有继续留在身边之理？

帕沙将羊皮地图慢慢卷好，绿色的眼睛里闪着石头般的冷酷光泽。

退一万步说，就算褚子陵的意图与身份当真被时停云发现了，此番通风报信，意在调自己所部之兵去送死，也是烂棋一步。他不会妄动，哪怕要送死，也是吴宜春去。

且看事态如何发展吧。

与此同时，在距离扶绥百里外的一处小城内，池小池已经先行来到此处安营。

奔波至此花了整整半日，一来便又安排了许多事务，如今他困倦得狠了，不及回房，就在一间临时开辟出的，当作指挥所的府邸正厅的小桌旁，撑着脑袋睡着了。

褚子陵入室斟茶，看见李邺书坐在公子的下方，皱着眉头，对着一张沙盘思考。

褚子陵把茶放下，问："你在看什么？"

李邺书"嘘"了一声，确定他没有吵醒打盹的公子，才说道："小声些，公子累极了。"

褚子陵嘴角微微一撇，心想：当真是小厮的眼界，小题大做。战场奔袭本就是辛苦之事，这等劳碌算得了什么？

不过，他也顺势压低了声音，俯身欲看李邺书手中的地图。

李邺书却收起了手中地图，说："不可，这是公子交给我的。"

褚子陵意外地看着他："公子允我参议军中之事，你忘了？"

李邺书仍捂着不给他看："公子说此事机密，只让我一人参悟，不让我同外人说，也不叫我问外人。"

褚子陵逗他："你看的不就是扶绥地图？对我而言有何机密之处？再说，我又非外人。"

没想到李邺书不吃他这套，捂着地图绕到沙盘另一侧，说："不管你怎么说，我也不会给你看的。我以前也从未过问过公子交给你的战策。"

褚子陵愣了半晌，回过神来后觉得好气又好笑。

这姓李的还真把自己当回事儿了？！

李邺书的脚步声似乎惊了上位之人，池小池醒过来，坦然地喝了口茶。

褚子陵笑道："公子，好消息，城中存放信哨的仓库已经被死士渗了进去，他们求援的信哨被咱们浇了水，全泡成了哑炮，河流也被麻袋截断了。"

池小池点了点头。

李邺书说："可……公子，我觉得有些不妥……"

池小池耐心问他："如何不妥？"

李邺书不大自信，看了一眼褚子陵，结结巴巴地道："若真能……在五日内破城呢？若是城中兵士因为缺水，鱼死网破，冲出城来决一死战……"

池小池不言，笑着转看褚子陵。

褚子陵也觉得好笑："阿书，北府军不是酒囊饭袋，南疆人也不过是两肩挑一颅，两千对三千，哪有打不过的道理？"

李邺书有点着急，略带口吃地举起地图比画："公子，我只怕有人设了个口袋，擎等着我们往里钻呢！"

褚子陵的心没来由地一跳，张口反驳："军队调动乃机密，只要没有内应，便是十拿九稳。况且，若是怕这畏那，仗就没法打了。"

李邺书没有经验，见公子没有反驳，只好缄口。

"莫想这么多了。"池小池起身，说，"阿陵，回去收拾一番，随我披挂上阵。"

褚子陵的眼睛一亮，转看了一眼有些垂头丧气的李邺书，为自己这些日子来的隐忧而觉得好笑。李邺书不过是个连想战策都要绞尽脑汁的小孩子罢了，在公子面前，自己始终要比他高出一头去。

池小池出门，绕到后院，拿凉水拍脸醒神。

娄影摇着轮椅从他的身后出现，笑道："要动手了？"

"褚子陵不就是想立个忠贞不渝、知恩图报的牌坊吗？"池小池用热水擦脸，露出一双笑眼，"我就替他文一个半永久的牌坊在脸上。"

5

两日后。

一匹秃毛瘦马在荒野上奔驰，马上骑着一个披着麻布片的瘦子，褡裢来回晃荡，交错拍打着马肚子。

任谁来看，这都像是个急于归乡的旅人。

来人绕入一片树林，对一棵树迅速出示令牌。茂密的树荫里探出一支信号旗，对他挥了一挥，示意他可以进入。

来人随即翻身下马，奔入林中。

林中只剩外圈还有树木，内里已经被伐出了一片空地，供大军休整。瘦子进入主营当中，下拜后说道："将军，我回来了。"

坐在上位的吴宜春急切地合上手中的扶绥地图，问："如何？"

"将军，是真的，河道那边确实有汉人军队看守。不仅投了麻袋断流，还挖了两条沟渠，让河水分流到洼地里，不叫水流入扶绥分毫。"

吴宜春笑骂："这姓时的还真打定了主意要把鞠琛渴死在扶绥啊！"

他的两名副将都笑了，只有一人皱眉道："将军，咱们当真不马上驰援？"

吴宜春喝了口茶，慢悠悠地道："怕什么？渴一两天，又死不了人。"

另一名副将帮腔道："可不是？鞠琛仗着他跟王上宠妃那八竿子打不着的远房姑侄关系，在咱们将军跟前摆臭架子不是一日两日了。这回，他可承了咱们的大情了。"

那人仍然有些异议："将军，咱们这回本来是要往卫陵城送粮，如今咱们改道于此,已经延期了。卫陵的襧旺不是好相与的,若是他向王告状,说咱们送粮送得晚了……"

"告状?他告什么状,告一个刚解了扶绥之危的功臣?"

不等吴宜春说话,方才替吴宜春说话的副将便忙不迭现身拍马:"将军是南疆之臣,又不是他襧旺的家丁,任他呼喝。南疆有难,将军自然是要解救,难道一城之安危,比之迟几日送到的粮草还不如?"

那参军不卑不亢地说:"将军,属下仍然认为应该兵分两路,一路送粮,一路解危,各不耽误……"

副将皱眉道:"你一个参军,怎么这么多话?你要替将军决议不成?兵分两路,万一粮草被劫怎么办?万一支援扶绥的人手不够,损失惨重又怎么办?你可负得起责任?"

那参军知道自己说不上话,索性拱手告辞,出外检查士兵安营状况如何,并叮嘱大家只吃干粮,不要生火,以免打草惊蛇。

吴宜春继续喝茶,然而眼中满是按捺不住的喜悦。

少了个唱反调的,主帐中的人都轻松了几分。爱拍马的副将殷切地道:"吴将军,咱们几时动身?业城就在扶绥不远处,五日时间一到,扶绥若没有燃放宣告安全的信弹,业城探子前去查探,并调兵驰援的话,我们岂不是白跑一趟,还让业城占了便宜?"

"我不是说了吗,渴'一两日',死不了人。"吴宜春轻松地笑道,"就后日晚上动手吧。"

后日,对吴宜春而言是转瞬即到。他才不会去费神细想,乍然断水,又失去了示警信弹,在扶绥城里煎熬,苦苦等待救援的鞠琛是怎样焦急。

后日一入夜,他便整饬军队,只带了少数马匹,做包抄和追击之用,以免闹出太大动静,做不了一只合格的黄雀。

他之所以要带五千人,自然是有自己的考量的。

他根本没想让他的兵死战。说白了,带五千人,就摆出来看的,既是给鞠琛看,也是给北府军看。他要给鞠琛一个打出扶绥城,冲散北府军战线的机会,顺便也方便自己带军入阵,擒下严元衡。

只要擒下严元衡,他后半生的荣华富贵便是稳稳当当的了。

而他野心勃勃地想要谋算的对象,此刻正在扶绥城外三里的前沿阵地中。严元衡在吞咽着杂面做的窝头,碎渣簌簌地从他嘴边落下,窝头口感粗粝,他眉头也不皱一下,眼睛只盯着扶绥方向。

身旁的时停云递给他水,他喝了一口,直到时停云擦擦壶口,他才后知后觉地有些不好意思。他想起那壶被自己藏起来的酒,心里升起一股莫名的情绪,问:"你经常这样同别人共饮一壶水吗?"

池小池咽下水:"是啊。"

严元衡严肃地道:"这样不好。以后不许。"

池小池玩笑:"是,十三皇子。"

严元衡扭过脸,有点高兴。

待他把目光重新聚焦在扶绥城时,神色又重归凝重。他道:"不该打这一仗的。我来边城,确实是代王巡狩,但也不必非要打一场给我看的胜仗……"

池小池笑了,单肘撑在膝上,说:"不是为了你。"

严元衡也不尴尬,"唔"了一声:"那是……"

池小池举起水囊,对他作敬酒状,坦荡地笑道:"为了我的国。还有,我的王。"

严元衡吃了一惊,迅速压低了声音:"无礼!你喝水也能醉倒吗?这话怎么能乱说!"

池小池眯着眼睛看他:"此地就我们两人,你会说出去吗?"

严元衡一噎:"我……"

池小池目不转睛地看他:"那多谢十三皇子。"

严元衡转过脸,生硬地转开话题:"我还是认为贸然攻打扶绥,实在是太冒险了。若是有人来援呢?若是城中之人打算鱼死网破呢?我看兵法说,莫迫穷寇,他们若是被逼急了,什么都做得出来。"

池小池说:"十三皇子说得对。就是一句话说错了三点。"

严元衡看他一眼,表示自己洗耳恭听。

"首先,他们不是穷寇。"池小池道,"我们断了水流,他们城中还有井,靠着地下水,虽然紧巴,但也能撑过五天。"

严元衡:"五天?"

池小池:"我们的城池是每三日一放信,确保平安。南疆这边是五日。而扶绥没有烽火台,一旦信弹没有办法使用,就只能干等着来救援。他们知道,至多六日,援军即至。仍怀希望的军队,又何谈'穷寇'二字?"

严元衡想,难怪这几日以来,扶绥只尝试过用信鸽送信出去,被射杀几回后,索性连鸽子都不放了。

"其二,他们不会鱼死网破的。因为他贸然冲出来,鱼会死,网不会破。就像多足的蜈蚣,若是每一节蜈蚣都有了自己的头脑,就一个往东走还是往西走这个问题,它们也能吵得不可开交。正如我方才说过的,他们既有出战的理由,又有避战的理由,因而,城中定有主战和主和两派,正争得不可开交。单是这样的争执,已经够他们的将军头痛了,而城中缺水,也会致使民怨沸腾。水若是多分给军队,百姓会不满;若是军队喝不着水,也会躁动不安,军民一旦对立,定然内患无穷。在这种彼此掣肘,小乱不断的情况下,只要他们的主官不是猪,都会选择缩在城内,以安抚民心为主。"

严元衡听得入神:"嗯。"

谈论军事的时停云从不会引些佶屈聱牙的名家之言来佐证自己的观点。那些兵书都是他的启蒙书籍,就像哪个举人也不会拿自己会背诵三字经来炫耀自己的博学多才。他说着哪怕是爱听书的小老百姓都能听懂的话,和以前一样。

在望城,严元衡总觉得时停云这样于礼不符。

直到现在,严元衡才发现,这样的时停云与边疆的星空、烈风和快马最是相配。

但他等了半天,都没有等到时停云的下文。严元衡忍不住问:"然后呢?"

池小池:"什么然后?"

严元衡:"你方才说我错了三处。你只说了两处。"

池小池:"啊,我就凑个整。觉得三听起来比较有气势。"

严元衡无言以对。

池小池笑了起来,高马尾被夜风吹起,顺着脸颊拂过,有几丝贴着他的唇飞过,因为他的唇才被水润过,发丝沾在了唇畔。

严元衡未经思考,抬起手,帮他把头发别到了耳后。

池小池顿住了,略带惊讶地看着他的手。

严元衡的手还停留在他的耳后。

严元衡迅速把手收回来,抓住了时停云放在地上的水壶。

严元衡轻声地叫:"素常。"

池小池挑眉:"嗯?"

严元衡:"停云。"

池小池点点头。

严元衡:"时停云。"

池小池都要笑了:"十三皇子,你叫了我三个名字,想说什么?"

严元衡低声说:"你说点什么。"

池小池:"说什么?"

严元衡也不知道他想让时停云说点什么。他只是感觉,如果时停云不说点什么,他就要忍不住说点什么了。

池小池见严元衡脸色不对,道:"你——"

严元衡同时开口:"你——"

两个"你"字合为一处时,褚子陵与李邺书匆匆而来,径直打断了二人。

"少将军!"

严元衡握紧的拳头松了开来,心里微微松了一口气,但一股失落感随之而来,一时说不清心中是什么滋味。

然而,片刻之后,他便什么想法都没有了。

李邺书从未见过这么大的阵仗,脸色煞白:"探子……探子回报,扶绥四周突然出现大量南疆军队……"

似乎是为了呼应他的话,喊杀声呈环形震天而起,竟然悄无声息地在扶绥城外围构起了一个包围圈,宛如群狼窥伺在后,准备攻击时发出的高声厉嚎,刺得人头皮发麻。

好一个3D环绕立体声。

严元衡腾然起身，脸色遽变："南疆兵马？"

"我们将扶绥围得铁桶一般，这个消息是如何走漏的？"褚子陵急忙道，"少将军，听这声音少说也有三四千人！再加上扶绥城内的两千兵马……少将军，你带着十三皇子走吧，子陵在旁翼护，一定能保护你们突出重围！"

池小池前跨两步，侧耳倾听片刻，道："你们是怎么听的？"

褚子陵与李邺书都是一怔："嗯？"

池小池道："什么三四千，围过来的起码有五千余人。"

而紧闭了数日的扶绥城门渐渐落了下来，发出"嘎吱嘎吱"的闷响。

扶绥城内蓄势待发的两千士兵在听到喊杀的号角后，也亮出了早已擦拭多日的战甲银枪，准备里应外合，杀尽围城的三千北府军。

在通天的喊杀声中，严元衡却望着时停云的后背，眼中渐渐亮起了光，难道……

池小池扭过头来，笑说："其三，元衡，我等的就是'有人来援'。"

他从腰间抽出信弹，引燃过后，松手任其入天。

火药嗤嗤推动着信弹升上天空，刺鼻的松香味随着漫天散开的白星弥漫开来，映亮了李邺书略带迷茫的眼睛和褚子陵刹那间惨白下去的脸。下一瞬，比南疆军更加震耳欲聋的喊杀声冲天而起，悬于九霄，响遏行云，只凭层层回音，便压住了那五千虚张声势的运粮军的喊杀声。

听声可辨，足有八千之多！

李邺书回过神来，既惊且喜地问："扶绥附近何来这么多北府军？"

池小池笑道："调兵啊。他们等了四天，我们也等了四天啊。"

"这次抽查不合格。"说着，池小池回身点了点李邺书的脑门，"我可是那好大喜功之辈？没有察觉出我围城的意图，扣二十分；一味担忧多日，连茶的味道都不对了，害我没有口福，再扣二十分。"

李邺书红着脸不说话，转身去取时停云的银枪与弓箭。

见褚子陵还在发呆，池小池没有管他，一声呼哨，他的白马便奔驰而来。

池小池跃身上马，调整马缰。李邺书飞奔而至，将银枪与箭匣凌空抛出："公子！"

池小池双手接住，箭匣背于背上，银枪握于右手，道："褚子陵，分五百兵，去助我父亲冲散外围的包围圈，里应外合，务必活捉对方将领！李邺书，留在营中，看顾好十三皇子！"

说罢，他低下头来，目光如星。

"扶绥小城一座，与十三皇子不很相配。"在惊心动魄的喊杀声中，池小池高声道，"五千人来送，勉强还够。十三皇子，末将去去便回，稍后带扶绥守城将领来见。"

褚子陵面如死灰。

怎么会？他以为时惊鸿与时停云突然提出要打扶绥，只是想打场必胜的仗给严元衡看一看。谁能想到公子竟然是冲着来救援的军队去的？

褚子陵早有设想，扶绥附近能迅速调动的南疆军队唯有送粮的吴宜春部，他们能神不知鬼不觉地扮演那个黄雀在后的角色，甚至能杀掉严元衡，借此大挫北府军锐气……可是，谁会想到本打算里应外合的他们却反被北府军给包了饺子？以吴宜春那批运粮军的战力而言，别说八千人来围，就算只来三千，也足以冲得他们溃不成军。

最糟的是，来的是吴宜春。

公子"务必活捉"四字言犹在耳，虽然吴宜春或许会死在乱战当中，或许会成功脱身，但褚子陵万万赌不起这个"或许"。若是吴宜春活着被押回营，那他就彻底完了！

有那么一瞬，褚子陵甚至怀疑，公子是否已经发现南疆在北府军内安插了细作，因而有意放出假消息设计自己，但心念一转，又觉得并无可能。

他如何能料到这么多步？又如何能算到是吴宜春来援？

公子说了，他是在考验阿书而已，因此才没有明言……

褚子陵敛起所有杂念，沉默着转身奔去，清点五百军士，直扑那已经乱作一团的五千人的阵中。

吴宜春，绝不能活！

而在褚子陵策马离开后，严元衡沉下一口气，转头对李邺书道："备马。"

李邺书还沉浸在局势反转的快感中，热血难免澎湃，一时间难以平复："十三皇子？"

严元衡按住腰间佩剑，道："我是三千围城兵士之一，我也该进入战场。"

与此同时，吴宜春阵内已经慌了神。

为了方便潜行，他们根本没有携带马匹，而一直守在外围的北府军却带了千乘骑兵军。战事方起，蹄上系有铁链的千乘兵马长驱直入，把阵形径直冲散，又左右包抄，把整个包围阵冲了个人仰马翻。

吴宜春下达的命令分明是坐山观虎斗以及坐收渔利，士兵们根本没想到会被人当作渔利坐收，阵脚一乱，立时溃不成军，弃甲曳兵，望风而逃。

吴宜春在听到排山倒海般的喊杀声时便已经慌了手脚，急忙下令撤退，可发现漫山遍野都是北府军后，他的胆子立刻被吓破，急忙扒掉自己身上的醒目甲胄，拉过一名士兵，强逼他脱下衣服，自己则草草套上，混入了逃散的士兵当中。

那五千士兵恍若成了五千只不知要往何处逃的羊，对上八千严阵以待的精锐将士，溃败也不过是转瞬间的事情。

不消三刻，五千人被杀了一千余人，几百人藏入附近林中负隅顽抗，剩下的纷纷缴械。

慢了一步，被北府军所俘的吴宜春身着普通士兵的甲胄，蹲在士兵中，夹紧双腿，生怕叫北府军的士兵瞧见他那双没来得及换下的镶了玉的靴子。他抱紧头，满身冷汗，拼命想着自己是哪里做错了，然而脑中轰鸣一片，白茫茫的，抓不到一个确实的念头。

直到他隐隐听到一个声音："褚副将？是少将军派你来的？"

褚？难不成是那个未曾谋面的南疆密探？

紧接着，他听到一个青年的声音："是。抓到的所有俘虏都在这里了？"

"是。"

吴宜春抬起头，恰好与一双满是探询的眼睛撞了个正着。

虽然讶异于眼前人的年轻，但吴宜春已经无暇去管了。他露出了求助的眼神，悄悄让开身，指了指自己的靴子，暗示自己的身份不凡。

果然，这个南疆密探如艾沙形容的一般聪明。与那个看守俘虏的士兵谈过后，青年信手点了吴宜春出来，说是要让他去另一处俘虏营，指认谁是主官。

吴宜春满怀希望地走出了队伍，低眉顺眼地跟在褚子陵的身后，走至圈束他们的笆篱边，周围恰好没有巡逻的兵士经过。

褚子陵左右张望一番，朝着笆篱外无边的黑暗轻轻一抬下巴。吴宜春如遇大赦，对他拱一拱手，来不及言谢，便拔足狂奔。

褚子陵在后笑望。

十步、二十步、三十步、五十步。

够了。

他抽出弓来，引弓搭箭，眯起眼睛，瞄准了吴宜春的后心。

在吴宜春往前跌跌撞撞地跑了两步，不可置信地望向洞穿了自己胸口的铁镞，向前扑倒时，耳边又响起了那个青年的呼喊："来人！有俘虏想要逃跑！"

很快，他就只能听到呼呼的风声了。

再然后，吴宜春的世界彻底安静了下来。

扶绥那边的战斗，结束得也很顺利。

外面的冲杀声响成一片，城中人还以为来了千军万马，满怀欣喜地冲出来，直到快与北府军短兵相接时才察觉出来敌人数量不对。有的硬着头皮要战，有的见敌众我寡，直接萌生了退意，其结果可想而知。

混战之中，要找到一个人着实太难了。严元衡剑杀数敌，一路寻找时停云而去，却也只能在乱战中看到一抹白，更多的是掺杂其中的格外醒目的红。

待他定睛去看，却又什么都看不见了。

在定下胜局后，北府军绞杀守城士兵，顺着扶绥守城之兵自行打开的城门冲进去，严元衡才看见了坐在城门高地前的时停云。

严元衡往前走了两步，走到近旁，却被一名士兵拉住了。

因为严元衡换了一身士兵的甲胄,那名士兵并不认得十三皇子,只好心地说道:"莫理会少将军了。少将军今日有些古怪。"

严元衡诧异地问道:"怎么说?"

"一遇上南疆兵,他像是疯了一般。"那士兵压低声音,"我一直在少将军近旁,亲眼瞧见他把一个南疆兵拖在枪尖上,生生拖了五十尺。有好几次,少将军刹不住枪势,那枪差点儿落在我身上……"

严元衡:"多谢。"说罢,他径直走了过去,在时停云身前半跪下去。

他轻声唤道:"停云。"

池小池抬眼,眼底下蜿蜒着一行可怖的血痕,血泪一般,让人看了心惊。他看了严元衡一眼,便低下头,左右打量了一下自己满手的鲜血,突然笑了一声。他说:"原来如此。"

严元衡:"什么'原来如此'?"

池小池没有回答他的问题。他将银枪插入地面,说:"麻烦十三皇子代我前往父亲的中军传令,趁战势未歇,奔袭卫陵。"

严元衡直觉时停云的确与寻常不同了,但是他决定先关心军事,毕竟他知道时停云最关心这个:"卫陵?"

池小池一笑:"吴宜春的运粮军没有去。卫陵……怕是要断粮了。只要扒了那些俘虏的衣服,装作运粮军,便能轻而易举地混入城中。"

严元衡:"你呢?"

池小池向后一撑,站起身来:"我回去,有事要请教先生。"他跨上被鲜血染污的战马,神情有些倦怠,"十三皇子,劳烦。"

严元衡见状,不再多问,只说了两字:"放心。"

向严元衡交代了应做的事情,池小池驭马,向他们目前安营的,距此约十里的小镇而去。

滑腻的鲜血在他掌心被风吹干,结成了一片片龟裂血纹,血屑在缰绳的摩擦间不断落下。他没有呕吐,也没有反胃,而是很冷静地判断着眼前的局势。

他杀人了,亲手杀的。

怪不得,他先前还在想,为什么已经是第八个世界线了,一直针对自己的主神却会给自己一个这样优越的身份。世家公子,贵胄出身,攻略对象虽然有南疆皇子之尊,目前也不过是个仰他鼻息的小小奴才。原来是在这儿等着他呢?

时停云是将军,还是以善战骁勇闻名的将军。但池小池不是,如今他自己的手上沾了血腥,就会离原来的世界线越来越远。即使这并非他所愿,也不可能推脱得干净。在战场上亲身经历了这些,想要忘记可不是那么简单的。

因此他急着回去,想要见到娄影。

小镇中热闹得很,几个南疆军中有头有脸的军官已经被连夜押送到小镇里关押。

来到镇外，池小池驻马，稍停了一会儿。他蹲在镇外的小溪边，一点点洗去了手上、脸上的血迹，又从仓库里取了薄荷味的香膏涂抹在身上，确认嗅不出血腥气之后，方才起身。

他上马，入城，进府，熟练地找到了娄影的房间。

娄影身子弱，果然是先睡下了。毕竟，左右也是一场预料之中的胜仗，不必费神等待。

池小池脱去甲胄，轻手轻脚地推开门，走到床边，轻轻坐下。

那个人或许是觉浅，他刚一坐下，便睁开了眼睛。

池小池说："先生，我们打了胜仗。"

娄影点一点头："是，我看见了。"

池小池："先生没有睡？"

娄影说："担心你。"

池小池眼睛一弯："就是怕先生担心，我才跑回来的啊。"

"只是为了这个？"

池小池爽朗地道："嗯。"

娄影心中微微有些怅然。他一夜未睡，就是想等小池回来。他如何能不知道小池现在的感受？池小池哭也好，骂也好，责备主神也好，娄影唯独不想看他这样忍着，把最真实的自己遮掩起来，不肯叫旁人看到。

还未想完，池小池轻得像是一阵窗下之风的声音便传来了："先生，让我充会儿电，好吗？"

娄影失了声。

半晌后，他温柔了声音，轻声道："嗯。"

两人就这样沉默着，直到外面喧嚣声渐起。

有士兵看到池小池进来，此刻看到屋内熄了灯，但那喜讯着实不小，他踌躇一番，还是决定报喜。士兵在院子里扯着嗓子大声喊道："少将军！少将军！您睡下了吗？褚副将立功了！他射杀了南疆的吴宜春！"

池小池猛地抬起头，电量满满地拉开门："当真？"

"千真万确！"传令兵喜道，"听说是褚副将在俘虏营中看到一个人，觉得可疑，便打算带去给将军看，孰料他半途想要逃跑，被褚副将当场格杀！后来我们搜了他的身，从他身上搜出了吴宜春的印信！"

"好！"池小池拊掌大悦，高声道，"这是大功！通告全军，张贴喜榜！褚子陵杀了敌方重将吴宜春，提拔为骁骑营参军！事后，我要大宴三日，也好鼓励底层出身的将士，只要杀敌勇猛，便有拔擢赏赐！"

经少将军一提，传令兵这才意识到，虽然大家褚副将褚副将地称呼褚子陵，但也是看他在少将军身边出谋划策，便高看了他一眼。说到底，他还是个卑贱的仆籍啊！

褚子陵虽说杀了一个将军，但不过是个运粮的草包将军，若是赏赐过分，反倒不美。现在，他得了个小小的参军之职，可见少将军也不算偏私，而大宴也可说是为全军将士庆贺而开，此外，大家难免会想，一个仆籍立了功，都能得到参军的职位，若是平常人家的呢？

传令兵出身也不高，闻言亦受了不小的鼓舞，兴奋地一拱手，道："是，少将军，我这便通令下去！"

池小池贴心地提醒道："传得越远越好，最好让南疆人也知道，他们的将军被我们一个名叫褚子陵的小厮杀了。"

娄影不用亲眼去看，都能想到外面人眼冒精光的得意模样，不由得勾了勾嘴角。

看来，电量补充得不错。而且如果他没有记错，如今的骁骑营营长，恰是当初向褚子陵施恩的黑塔大汉。

◇ 口疮，三城，兄友弟恭

1

褚子陵合上眼前的名册，脸色并不好看。

他进入骁骑营已经有两个多月，而在他进入骁骑营的第一天，便接到了时少将军的军令，立时开拔，一路收购马匹，数量越多越好，前往一处边陲小镇安营，休养生息。

军营虽无战事，但也清闲不下来。褚子陵每天一睁眼就得忙到天黑，军务杂活层出不穷，还要安排训练马匹，弄了一身的马粪味儿。甚至营地附近的当地人跑丢了一头驴，也要来营里闹上一闹，硬说是被北府军给征走了。

单是应付这些光杆刁民，就足以让褚子陵焦头烂额。他再周到圆滑，十几年来应付的也多是贵胄名流，那些刻意来寻事讨食的刁民可不会听他的那套文辞雅句。

而更加叫他难以忍受的是……

"褚参军。"

另一名姓岑的参军挑开帐幕，对正在清点马匹的褚子陵喊道："帐中的墨锭不够了，取些来。"

一个骁骑营内往往会配备数名参军，职责各不相同。有的入帐议事，赞画方略；有的安排粮草，分管杂务；有的主笔文簿，举弹善恶，等等，各司其职。

褚子陵初受任命时，震惊不已。他一直以为，人人都称他一声"副将"，他便早已是名副军了。谁想，浮沫散去，其实他还是一个一文不名的小厮。

等他抖擞精神，以为自己即使是个参军，至少也会成为幕宾参军时，那昔日拒绝他加入北府军，今日又莫名其妙地成了他顶头上司的黑塔大汉鲁大远，竟然安排他去做了管杂务的参军！

他曾亲耳听到鲁大远对劝他多多照顾自己的主笔参军道："是，褚子陵是少将军跟前的红人没错，可他初来乍到，不晓咱们骁骑营的核心军务，让他来指点，不就是瞎子摸象，能摸出个什么道道来？再说，他以前在少将军身旁也是做杂务的，从熟悉的事情做起，总不会差。等他对骁骑营有了个了解，到时候再往上提，也不算迟。"

字字都没错，但也是字字恶心人。

褚子陵咽下满腹怨愤，堆出一个有些潦草的笑，转身去取墨锭了。

一路上，不停地有下级军官向他请教杂事，不是问下次何时征粮，便是巡逻小队抓了一个疑似探子的人，要往何处关押。直到他进了存放杂物的军帐，才得到了短暂的清静。

迅速在一干杂物中取到一方劣质的墨锭后，褚子陵甚至都不想出去了。他在帐中坐下，扶着脑袋，满耳犹是"褚参军""褚参军"的询问声。

褚子陵把脸埋在掌心，无声地骂了一句。

褚子陵离开了时停云，到这个边陲小镇喝风饮沙，已经两个多月了。他没有了和公子共享的小厨房，没有了可以每日一换的衣裳，没有了单独的帐篷，甚至需要和另一名参军共用一顶臭烘烘的老羊皮帐篷，在主营和几处主城内培植的心腹更是统统与他断了联系。

公子没有交代任何人，要对褚子陵多加照顾。这也的确是时停云的性格，行事潇洒，若是婆婆妈妈地交代这个，叮嘱那个，反倒与他行事作风不符。褚子陵却在这短短的两个月间知道了何谓拜高踩低。

像鲁大远这样本来就性格耿直的人，根本不会顾忌公子对他的宠爱，如对待一个平常参军似的对待他；而有意拍马屁的人，讨好了他一阵儿，发现时停云并没有照拂褚子陵的意思，便疑心他是得罪了时停云，才会被明升实降，扔到这犄角旮旯里来做苦活，渐渐也疏远了他。

好在，他带来了那只额头带斑的信鸽。

缓过神来后，褚子陵从怀里摸出两张信纸，趴在一堆木箱间，取出一根秃头笔，继续写信。

他与南疆的来往，绝不能断。

"艾沙大人，子陵本月未曾修书陈情，在此拜叩请罪。吴宜春将军意外身死，实非吾愿，拜祈……"写到此处，褚子陵愤然搁笔，在纸面上烦躁地划了一个墨汁淋漓的大叉，随即狠狠揉了纸张，塞入口中。

这个英雄，他当得着实憋气！

扶绥之战中，他不过是杀了一个想要逃跑的草包将军，在中原这边算不得大功，身为仆籍，他能得到这个参军的职位，的确算是了不得的恩赏了。

可在南疆看来，他们此番一连丢了扶绥、卫陵两座城池，逾万名士兵折损，大批粮草直接落入北府军手中，而"褚子陵"在这一战后却声名鹊起，仿佛此战功成，全在他一人身上一般。

更重要的是，此战也确实是他一封信寄到南疆去，亲手促成的！若不是他通风报信，小小扶绥，被围也就围了，绝不至于搭进去一个卫陵和整整一支运粮军。白纸黑字摆在那里，他褚子陵有口也说不清，把整件事梳理下来，倒像是他里应外合，要帮着北府军谋算南疆似的。

他以往与南疆合作，自诩有着皇子身份，哪次不是怀着隐隐的掌控全局的优越感，现如今出了这样的事，他自己都觉得心虚，每每提笔去信，遣词造句都不自觉地矮了一头，自己读来都觉得奴颜婢膝，心中窝火得很。

而去信不返，更是害得他寝食难安。南疆那边会如何看待自己？他们还会信任自己吗？

当时情势紧急，那个吴宜春胆小怕事，未尝不会为了活命，招出自己来。不杀吴宜春，他就得死！

褚子陵心烦意乱，索性撂下笔，拿起墨锭，起身出了营帐，打算细细遣词，再写一封信。

他花了近十年光景，好不容易才博得了南疆人的信任，不能这样功亏一篑！

出了营帐，他恰与鲁大远的副官迎面撞了个正着。褚子陵想着心事，只与副官微微一点头，权当打过了招呼，随即错身而去。

副官有些吃惊。

三个月前，他初见褚子陵时，他分明还是个意气风发的青年模样。

起先，副官对褚子陵的印象很不错。他本来以为，在褚子陵这个年纪，亲手射杀了一名南疆将军，不说自傲，也应该是春风得意，但见到他时，副官发现他的表情并没有多么欢喜，时时皱着眉，也不爱听别人吹嘘他的功绩，应该是个谦逊的人。

短短三个月，边境的风沙和粗粝的饮食便将他这张俊俏的脸打磨得粗糙起来，他的口角都生起了燎泡，左唇角的泡刚刚干瘪下来，结出了深褐色的血痂，右唇角便又鼓胀了起来，晶晶亮地绽出一个大泡。

他显得心事重重的，也不爱与人说话，与传闻中的健谈爱笑，倒是不太相符。

鲁大远的副官是出了名的心肠软，他摇一摇头，心想，听说褚参军自小随公子一起长大，怕是从未分别过这么长的时间。况且，他吃惯了精细饮食，住惯了好帐篷，突然落到这鸟不拉屎的边陲，成日里和一帮流民打交道，不习惯也是正常的。

想到这里，他叫住了褚子陵："子陵，你过来。"

褚子陵回过头来。

副官把他拉到一边，说："不是叫你干活，是好事。上头刚刚传来消息，我们骁骑营，有仗打了。"

饮食不佳外加心情烦躁，生出了满口燎泡和溃疡的褚子陵总算得到了一个好消息，并在几日后拟好了一封信件，把鸽子放入了漫天的风沙之中。

数日之后。

这封信几度辗转，又摊放在了帕沙的桌案之上。

一双冒绿光的眼睛盯着发黄的信纸，帕沙面色沉郁，看不出在想些什么。

帕沙的副将已经极为不耐烦："将军！您还要相信他的鬼话不成？我叔父惨死，吴将军战死，难道还不足以使您警醒？"

帕沙冷冷地道："战死？吴宜春分明是蠢死的。"

他指着信纸上端，自言自语地道："为何他还写着给艾沙？难道他还不知道艾沙已经死了？"

副将只觉头大如斗："将军，恕属下冒犯，属下实在不知，您对那个褚子陵何来这等的信任？"

"人说上辈子杀猪，这辈子教书；我看我是上辈子杀人，这辈子教猪。"帕沙道，"实在不知，就闭上嘴，我不必向你交代我的想法。"

副将只好不甘心地闭上了片刻的嘴。片刻之后，他仍是忍不住，冲口而出："那您难不成要听那姓褚的话，撤出归宁？"

帕沙冷笑一声，反问："你当真相信北府军敢举兵，渡江来打归宁？"

副将略有讶异："您……"

"北府军打归宁？笑话，归宁有天险，与北府军亲军隔了一道苍江，是铁木尔将军放重兵把守的要塞之一。且不论北府军有没有那个狗胆与我们正面作战，我们若是避其锋芒，未战先撤，在铁木尔将军那里又要如何交代？"

"但那褚子陵信中说得也很明白……"

见帕沙如此笃定，副将反倒不安起来："说是那姓时的小东西有秘密战术，会趁夜渡江夺城，还提前定下了您头颅的赏格……"

一百金，饶一串苍江浅滩的特产王八。

这赏格听起来着实令人火大。

"哈。"帕沙倒是不怒，"小小竖子，信口诌能罢了。"

副将道："褚子陵倒是建议得很仔细，叫我们避其锋芒，撤到西侧的稻城去，与索将军合流，让开一个缺口，形成一个口袋阵，让时停云扑个空，再趁机与东边的仡卡将军部一道，东西呼应，把北府军绞杀其中……"

帕沙的眼睛狡黠地眨了一眨："我问你，若北府军不是冲着我来的呢？"

"咱们与长陵的仡卡将军还有稻城的索将军形成了一个互相翼护的品字形，长陵与归宁相距二百里，归宁又与稻城相距百里，互相照应，横锁苍江，便是铁桶一只。然而，如若北府军是冲着仡卡去的……"

副将恍然大悟。

"是了！中原人果真狡猾！仡卡将军在西，恰好在苍江的上游，北府军不需要渡江，便能悄悄绕行至其背后，出其不意，攻城夺地。北府军那边口口声声地说要渡江，可他们哪里来的胆子与咱们在江面上正面相抗？若是咱们听了这姓褚的话，当真撤到最近的索将军处，岂不是把仡卡将军孤立了，叫他破坏了我们的联盟？"他越说越觉得有道理，"果然！那姓褚的是在诓将军！"

帕沙却道："我想，褚子陵他的确是被蒙蔽了。有人怕是在利用他，向我们递传假的情报。"

他不理会副将的又一次质疑，垂目沉思。

帕沙仍相信，有利益驱动，褚子陵绝不会轻易背叛。但不管是艾沙之死，还是吴宜春之死，都确证了一点：有人在利用褚子陵。

那他何不好好利用这一层"利用",为自己多牟些好处呢?

副将说破了嘴皮,也不见帕沙对褚子陵的"信心"有何动摇,只好叹息一声:"将军,您说吧,我们该如何做。"

"莫理会他信中所说,北府军要'来',那便叫他们'来'吧。多派探子,监视着长陵那边。如果有中原的探子出现,莫打草惊蛇,佯装不知,放他们回去。"

"不知会两位将军一声吗?"

帕沙笑道:"若是不叫北府军把仡卡打疼,铁木尔将军是不会记得我率兵驰援的功绩的。功劳我一人揽了便够。我胃口够大,不怕撑着。"

褚子陵这颗棋子很有可能已经废了,那他为何不拿这步废棋,自己搭一道青云梯?

末了,他笑着自言自语地道:"时家小儿啊时家小儿,同样的招数,吴宜春中了,还想要我中一次?我便顶着这颗价值一百金的脑袋,恭候大驾。"

2

帕沙对胜利是志在必得了。

数日后的傍晚,他在苍江沿岸走了两圈,在扑面而来的潮气间听着探子的回报。

探子道:"有消息说,中原人早在三个月前就开始造船了,花高价征集懂造船的木匠与铁匠,听说造的都是坚船、大船……"

帕沙哂笑,将一颗小石子踹入滚滚江水之中。

待探子退下,一旁的副将走上来,也是一副了然于胸的模样。

帕沙:"你可明白了?"

副将:"属下明白,北府军这是做给我们看呢!"

帕沙笑道:"若是真要渡江正面硬撼,又何必这样大张旗鼓,四处宣扬?像是生怕我们不知道他们会把主力都集中在江边,要来一场轰轰烈烈的江战似的。"

副将:"那……"

"台子搭好了,演戏就算再假模假式,也该好好唱上一段。"帕沙道,"我想,北府军定会选一个顺风势的日子,趁夜渡江。若我是时停云,会将声势做得越大越好,甚至诱导长陵与稻城出兵来援。"

副将道:"没错,中原人就是这般爱玩弄心术。"

"玩弄心术好啊,就怕他们玩弄不好,反受其累。"帕沙道,"突袭战术,利用内探干扰视听,故布疑云;再辅以侧击战术,不过是想要我等分兵而战。细细论起来,这时家的小狗子倒是很有几分小聪明。可他忘了兵家最讲究避实就虚,他在我面前玩这样一套实实虚虚的把戏,反而与自戕无异……陆上防御做得如何了?"

副将:"陆地上的防御之事请将军放心,属下计算得清清楚楚,北府军此次能调动的人马,最多也只有三万人。我们归宁地处江中地带,有精兵三万;长陵在江之上游,有一万五;稻城居下游,也有两万精兵,哪怕北府军倾巢出动,我们亦是无惧。我们的主要兵力已经秘密向归宁方向进发了,所有探子都放出去了,日夜监视,时刻回报。"

帕沙点一点头。

副将又说:"属下这次来,是想请教将军,江防要如何布置?"

"江防绝不可弃。"

帕沙虽然蔑视中原之人,但也绝不至于自大忘形。他斩钉截铁地道:"他们既然乘兴而来,我岂能叫他们败兴而归?选二十艘铺好稻草的空船,泼上火油,选三百名懂水性的士兵驾船相迎,鼓噪呐喊,待驶到近旁,等他们避无可避,船上人便点起火来,潜入水底,游回岸上。岸上备好充足的火油,以资火箭之用。"

他俯身捡起一块石头,发力扔至江中。石头溅起的浪花迅速被江涛吞没。

帕沙道:"彼时,我要让整条苍江变成一条火江。我要那火光,烧得南疆王宫里都看得见。"

与此同时,在江对岸。

坐在山崖上的池小池将口中吃净的酸梅核吐出,扬手抛至江中。

江面宽阔,浪急风大,尽管他臂力过人,小小的酸梅核落入江水中,仍是连个水花都看不见。汹涌的江涛毫无停顿,从他和严元衡的脚下滔滔流过。

二人穿着寻常百姓的衣服,身后还有两头牛在低头吃草,远远看去,像两个年轻的牧牛人在山顶闲坐吹风。

而他们实则在观察前线。

池小池又拈了一枚酸梅送入口中:"象五进三。"

严元衡:"马六退七。"

池小池不再说话,笑眯眯地看着他。

严元衡沉吟片刻,无奈地叹了一口气:"这盘我认输。"

池小池笑:"六比六,总算打平了。"

他们面对江水,你来我往地已经下了一个下午的盲棋了。池小池拿着装酸梅的小瓷罐向他示意,严元衡摆手拒绝。

在三天前与南疆小股军队的一场交战中,严元衡左手的手背被剑划了一道,伤口不深,但还是在营中惹起了一阵不小的风波,他的左手被麻布整个儿包裹起来,直接缠到了指尖。

池小池闲来无事,索性拿过他缠了麻布的左手涂鸦。

这是原主时停云的老习惯。他觉得,若是身上有伤,被白布裹着,总觉单调无趣,看着也闹心,因此酷爱在别人和自己包扎的地方作画。不少伤兵营的军士身上有他留下的墨宝。

如今池小池所扮演的时停云持着半根木炭笔勾勾画画，严元衡便低头看着他的发顶。

池小池画了一只大雁，抬头问："我画得如何？"

严元衡抬头看着山边归巢的鸟儿，说："嗯。还不错。"

池小池放开了手。

严元衡上扬着的嘴角落下来了一点儿。他问："怎么不画了？"

池小池："天黑了，看不清。"

严元衡从怀里摸出一截蜡烛。

池小池："你来干吗的啊。"

严元衡感到有些局促，不好说自己想与他在山间观察一夜，便装作低头点蜡的样子，镇定地道："我……以防万一。"

有了细微的光照，池小池把收好的笔又拿了出来。

严元衡提要求："再画一只。"

池小池笑道："好，末将遵命。"

很快，严元衡抽回手来，看着手背上的两只大雁，心里很高兴，嘴角不自觉地微微翘了起来。

素常果然与旁人不同，信笔涂抹都是这样的好看。

夏季白日酷热，夜间寒冷，唯有在将入夜时，气温才宜人些。微凉的山风吹到脸上，严元衡看着逐渐变成深色的江水，问道："观察得如何了？"

池小池仰面躺在地上，手上拿着一条护颈用的黄巾。

黄巾被直直地吹向西南方，池小池将黄巾卷起来，说："不是今夜，还不到时候。"

严元衡吸了一口气。

池小池似乎料到了他会说什么，侧过身来，用胳膊垫住一只耳朵，用黄巾把另一只耳朵塞上。

果然，严元衡说道："虽然时伯父赞同你的战策，可我仍然认为，让全部主力渡江作战，太过冒险。我们造船的消息很难瞒住，如今连附近镇子中的人都在问是否真要有一场大仗要打。若是帕沙部早有准备，我们此去，岂非自投罗网……"

他说了许多自己的担忧，不承想半晌也得不到回应，目光再一转，他的说话对象已经堵着耳朵睡着了。

严元衡低头看着时停云的睡相。

时停云睡着的时候，不像他白日里那样恣肆，眉头轻轻皱着，像是有心事。

在严元衡回过神来时，他的手竟已落在了时停云的眉间，他竟想帮这个从小一起长大的伴读抚平眉头。

他被自己的举动吓跑了。在远离时停云的地方深深吸了两口气，严元衡又折返回来，将熟睡的青年扶起来，轻手轻脚地把他放上牛背，随后牵着两头吃饱了草的牛，往营盘方向慢慢走去。

他反反复复地想，我在干什么？

牛身的颠簸让池小池苏醒了一会儿。他看着前面一边牵牛一边埋头想心事的人，睡眼惺忪地叫："元衡。"

严元衡转身："嗯？"

池小池："没事儿，叫叫你。"

严元衡："嗯。"

池小池想起身，严元衡却说道："你不用下来，再睡会儿吧。这个我牵着。"

是夜。

严元衡回到帐中，军医为他换药，那微微染血的麻布被拆了下来，堆放在旁边。

军医殷切地说道："十三皇子，您的伤口本来就浅，自身底子又好，只要再敷两日的药，连疤都不会留。"

严元衡点一点头，并不是很在意这些。

军医低头，准备将拆下的旧麻布带走时，却遍寻不着。

哪儿去了？莫不是方才没能照顾到，被十三皇子的贴身之人拿去处理了？

军医一头雾水地走后，严元衡躺在被中，就着烛光，用铰烛芯的剪子把那画着两只大雁的麻布裁下来，又趁着夜色，悄悄把剪坏了的麻布在帐篷根埋了。回到帐篷中，严元衡重新躺平，仍然想不通，为何时停云与时惊鸿会那般确定帕沙部的主力已经不在归宁之中？

三日后，风势终于转为正南。

帕沙坐镇归宁军帐主帐之中，把四下里的烛光点了个通明，看着帐外朝着正北方猎猎飞扬的旗帜，喝了几口茶，尤嫌不足悠远雅致，索性盼咐人取了"喀尔奈"来，将一把七十二弦琴弹出铮铮雄音，静待北府军自投罗网。

果真，子时方过，便有隐隐的喊杀声自苍江上传来。

来了！

帕沙唇角含笑，镇定抚琴，琴声泠泠，宛若凤凰清歌。他的副将负责支应陆上来军，不在身边，一名幕宾一边为他添茶，一边说道："将军弹得一手好琴啊！"

帕沙道："此乃祖传，吾父擅于琴道，自幼教授。我自小便通五音六艺，此时弹奏战歌一曲，也算是鼓舞前阵将士了。"

幕宾笑道："南疆之风，必能将将军心意传达至各军之处……"

孰料，话音未落，便有一阵嘹亮的乐声自江边传来，相隔数里，仍旧雄浑壮阔，直冲云霄。

幕宾："谁在吹唢呐？"

不仅吹的是唢呐，曲子还是《百鸟朝凤》。即使是见多识广的帕沙，也难以想象出一支军队吹着唢呐打过江来是怎样一副光景。他不禁嗤笑："小儿伎俩。"

Chapter 03 霸道将军智军师（上）

越是如此，可不越是虚张声势？

陆上的传令兵很快策快马到来，大声呼报："将军，有北府军行踪！正在往长陵靠近！"

帕沙不动声色地放下琴，问："来了多少人？"

传令兵道："对方是夜行军，没有点火把。入夜后天黑得很，也看不清有多少人，但副将军远观，尘烟滚滚，前后相连，队伍绵延起码百里！"

帕沙拊掌："下去休息。"

幕宾不失时机地上前拍马："将军料事如神！绵延百里的军队，起码得来了两万多人吧。"

帕沙不是吴宜春，并没有让身边人捧臭脚的恶习，但好听话谁都爱听。他优哉游哉地抿了一口茶，见江边天际被染红了大片，便知江边的火箭也准备好蓄势待发了。

约一刻钟后，第二名传令兵满含喜色，奔入营中："将军！那中原人放船下水，顺风之势，百里江面已行过一半，但有识水性的参军瞧出，中原人的船为保持平稳，竟然是用铁锁与舢板相连的！"

这下，就连帕沙也难免喜形于色。

幕宾更是连连赞叹："大善！大善！真是天助将军！时家小儿熟读兵书，竟不知昔日周郎在赤壁计败曹操，正是因曹操用铁锁连船，方使得火攻之计得获大成！"

帕沙坐回铺着毛皮的椅上，眉眼含笑，连道三个"好"字，可见心情愉悦，难以抑制。

褚子陵不中用了又如何？他帕沙单凭自己，便将这步废棋走出了奇效！江边火光沸反，隐隐有号哭声自江面传来，听着便觉得悦耳。

然而，不消半刻，便又有马蹄声答答传来。

幕宾笑道："不知道又是哪里的好消息。"

话毕，从帐外奔来一个满身黑污的南疆士兵，哭喊着跪倒在帕沙面前："将军！将军——北府军……打过江来了！"

帕沙勃然变色，把人自地上拎起来："什么？火船队呢？"

那满面黑污的传令兵哭道："咱们的火船队都是轻舟，驶到近旁，就燃起火来，咱们的人纷纷跳水，可谁料……水底下都是北府军的伏兵！他们也懂水性，手里又拿了兵刃，凡是从船上跳下的人，一个个都被杀死在了水中……"

"火箭呢？！"

"发了……我们起码发了万箭有余，然而他们的船根本不着火……"

"怎么可能？！木船遇火，岂有不着之理？！"

"小的们也是等船驶近才察觉！他们用黑泥涂覆在船身上，把船生生涂成了黑泥船……黑泥厚实坚韧，火箭落于其上，不能伤其分毫……他们还在船身上横出巨

— 413 —

木,凡是靠近的火船,都被巨木拦在了数丈之外……"

传令兵啜泣着道:"他们有风势相助,转眼已近岸边。他们全副武装,蒙头盖脸,不仅备了火箭,还在后船上带了水龙和投石车……未近岸边,北府军的领头人,那个时停云就下令开了水龙,朝岸边喷洒,水龙里装的全是火油。时停云下令投石,只打岸边用来存火种、点火箭的铜炉,现在江岸边已经成了一片火海……"

幕宾有些慌神了:"将军……"

帕沙咬牙切齿地道:"不要慌,他们也分了兵,只剩下几千人,最多一万!归宁还有一万两千人留守!"

实际上还有两千伤兵,刨去之后,还剩一万,总能抵挡一阵的。

但是,帕沙心中却有不祥的预感。为何时停云要动用水战中最忌讳的铁锁连江之策?

不等帕沙往下想去,又一名传令兵跌跌撞撞地闯入营帐间:"将军!北府军打来了!正,正往此处来……"

"打来了?来了多少?"

传令兵瑟瑟发抖:"都是人……都是人。至少有五万,不,十万……"

"放屁!"帕沙终于暴怒,"哪里来的十万?"

"他们都在喊……"传令兵哆嗦着道,"十万阎罗渡苍江……诛,诛帕沙,送王八……"

帕沙一脚将人踢翻,暴喝一声:"虚张声势!这是虚张声势!传令留守将士,准备作战!"

刚才,电光石火间,他总算想通对方为何要用铁锁连江之阵了。他竟然让时停云在自己的眼皮底下搭了一座从彼岸到此岸的运兵长桥!

他冲出营地,远见苍江边的天火红一片。

百里江面,坚船锁江。烧起来的,是他的兵马,烧毁的,是南疆军士的斗志。

惊慌的喊叫声源源不绝地传来:

"十万军马!北府军来了十万军马!"

"有十万人打过江来了!"

传令兵说,江边的两千前锋军,在火烧的恐惧中,已经被尽数剿灭。而北府军来了十万人的消息,宛如裹挟着焦煳味道的江风,瞬间刮遍了整个归宁。

帕沙算得分明,北府军怎么可能有十万人?但他又要如何让恐慌的士兵相信他的判断呢?

帕沙从怀中掏出褚子陵寄给他的书信,展开看了片刻,一把揉皱,面目狰狞扭曲地怒喝一声:"褚子陵!"

帕沙总算知道褚子陵的谋算了。

他怕是真的起了异心!眼见南疆式微,他一个私生子,就算做了皇子,也未必能真正逍遥快活,所以他想立中原的军功,做中原的将军!毕竟皇子之位虚无缥缈，唯有军功是可以牢牢攥在手上的。

他怕是当真被时停云发现了，因此顺势推诿，称自己明着为南疆效力，暗中为中原谋划，以他的巧言令色，想必不难说服时停云。他只需要利用自己这些人对他的信任，就可以代中原步步经营，将他们一一除去，把他们的性命当作投名状——

真是一尾毒蝎！

说不定，说不定从一开始便是错的，就连私生子一事都是他蓄意造假……

北府军的唢呐队吹着愈加响亮的《百鸟朝凤》，越逼越近了。

帕沙回过神来，来不及再多想，厉声下令："传令！撤退！撤退！速速退往长陵！与我军汇合！"

与此同时，百里之外，率万余名士兵静静潜伏的副将等来了一个奇怪的消息。

"你说什么？"

"回副将，远处激起百里土灰尘雾的，似乎是……马群。"传令兵同样满腹疑窦，"马尾上束了草靶，在地上拖行，因此尘烟纷起。那马群之中似乎有人指挥驱赶马匹，让马来回奔腾，但马多人少，在其中赶马的，最多不过几十人。"

副将身边的参军数次回望归宁，只见那边火光盈天，不禁忧心："不知归宁战事如何？"

副将成竹在胸："有帕沙将军在，有何可惧？遣人再探，我倒要看看这北府军要搞什么鬼。"

混在尘烟之中指挥着数月来集合的马匹，褚子陵落了满头满脸的灰，只觉浑身散发着马粪味儿，臭不可当。

他比许多人更忧心归宁的战事。

"他们这群蠢货在做什么？"褚子陵焦头烂额，舔了舔满嘴的口疮，抹去嘴角的灰沫，又望向归宁方向，"我明明要他们速速撤出归宁，他们为何不撤？"

3

两万五千名北府军，一支训练了三个月的唢呐队，加上一张"十万大军"的空头支票，愣是把分兵到只剩一万守军的帕沙部生生给吓出了归宁。

坚固的大船从苍江南岸连接到北岸，铁链相连，舢板互搭，一座运兵的浮桥自此搭好，北府军的正面大军浩浩荡荡地开入了归宁。

池小池从浮桥上轻巧地跳下来，跺去脚底的黑泥。他问一名参军："战况如何？"

"一切如少将军所料！"参军喜道，"帕沙弃城而走，往长陵寻他的主力部队去了。"

池小池点头，还不忘抬一抬娄影："有赖军师献策。"

黑泥覆船，以避火攻的正经战策，的确是娄影设计的。至于王八和唢呐，包括北府军现在正在做的事情，都是池小池的主意。

在北府军占了上风后，池小池便示意己方士兵在南岸点起狼烟。

收到信号后，早早等在上游的二百名士兵放舟入江。轻舟顺流而下，二百人在江面上擂鼓喊叫："长陵败矣！帕沙亡矣！"

开着"全服喇叭"嘲讽对手这种事情，池小池做得非常熟练。

至此，计成连环。

池小池托人告知褚子陵正确的军情，是为了将他拉入计划之中。

先后经历艾沙、吴宜春之事，以帕沙之疑心，不可能再对褚子陵的情报全盘信赖。

三城实力之优劣，帕沙心中有数，因此，他断不会相信北府军会从正面强攻，最有可能的是佯攻归宁，实则让主力部队绕行上游，在长陵的仡卡率兵离开长陵后，伺机攻打长陵。

帕沙性情如狼，一为谨慎，二为贪婪，得了情报，绝不肯分功于旁人，誓要占了全部的便宜，既可彰显仡卡之无能，又要一口气吃掉妄图"声东击西"的北府军主力。因此，他定会调拨主力去归宁附近守株待兔，却丝毫没有察觉，对垒的强弱双方在不知不觉中调了个个儿。

三城当中最强的归宁反倒成了软肋。

池小池叫骁骑营花费三个月，收买、训练马匹，是为在计划当夜，在长陵附近驱马扬尘，制造大军压境的错觉。

而他乘南风之势，率军渡江，带着两万五的主力军"佯攻"而来。

锣鼓喧天，鞭炮齐鸣，红旗招展，人山人海。

情势也正如帕沙预料的那般，长陵、归宁与稻城形成掎角之势，一方遭袭，另外两方必然出兵。现在，帕沙分出的主力军也该察觉出自己中了声东击西之策了，必然联合长陵仡卡部，一同反扑，意图夺回城池。

仡卡部人数不算多，有一万五千军马，发现归宁失陷，不说倾巢而出，也必定会率主力来救，到时，城中留守之人怕是不会多于五千。然而，北府军此次调集到的总兵马足有三万四千人。

两万五千人是渡江强攻的主力，剩下的人则正在暗处虎视长陵，擎等着城中空虚之机。

所谓计谋，自然不可能面面俱到。

若是帕沙坚决不弃城，或是有能力稳住被搅乱的军心，死守归宁，等人来支援，那池小池也只能即刻令北府军主力绕行，避其锋芒，抄了仡卡的老家，也能借此重挫南疆的锐气。

但可惜，帕沙是个谨慎又惜命的人。他不敢赌时停云是否真的带来了十万军马，亦不敢将希望寄托在南疆军士低迷的士气上，只好弃城，去找他的主力部队，好杀上一记回马枪。

因此，他将一座门户大开的归宁城直接送给了北府军。

池小池指挥道："迅速占领归宁，巩固城防，点出一万兵马，换上先前备好的衣服，准备应战！"

那参军道了声"是"，快步退下了。

池小池走出几步，左右张望。

一名跟随在时停云身边的校尉抹一抹额头亮晶晶的汗水，说："少将军，等长陵那边也闹将起来，这夹在归宁与长陵正当间的几万南疆军定然就废了，头尾不得兼顾，士气必损，甚至会因先救援哪边而起内讧。可……稻城的那两万人又该如何应对？"

池小池抬头看了看月亮的位置，道："放心。按时间推算，我那'全服喇叭'，也该开到稻城了。"

校尉："您的什么？"

"稻城的索祥将军是有名的多疑之人。"池小池收了不正经的腔调，"你觉得，他若是听说长陵与归宁已经折损，是会继续率兵不管不顾地往归宁扑杀，还是回去自己守好自己的窝，看好自己的家？"

"您是说……"

"我派了一千人抄他的后路，去稻城周边敲锣打鼓送温暖了。"他又在四下里看了一圈，"战机转瞬即逝。索部若是坚守稻城不出，在天亮前还未派援军到来，那我便能让长陵与归宁都姓了严。"

话音落下时，他在穿梭的人群里看见了他想找的人。

仁青，十三皇子的侍卫。

池小池快步上前，一把抓住他的胳膊，问："十三皇子人呢？"

仁青脸色一片惨白，道："回时少将军，属下不知……战事起后，十三皇子便与属下失散。方才属下听闻，十三皇子拿下了一名帕沙的亲兵，问清了帕沙的去向，便点了一百骑兵，追帕沙残兵去了。"

"什么？"

时停云的情绪瞬间失控，不管池小池如何控制，四肢也难以抑制地颤抖起来，银甲碰撞，发出窸窸窣窣的轻响。

仁青："时少将军……"

时停云不等他将话说完，便大步奔至一匹高头大马前，一把扯过马缰，正欲翻身上马，就见严元衡一身是血，从西城门方向快马进入，身后约有五十余骑跟随着他。

他右手提了个柚子样的东西，驭马至时停云身前，他单手扯缰，让马原地踏步，随即松开了手。

一颗人头滚落在地，是帕沙的，他眼中倒映着看不出是惊恐，还是愤怒的表情。

严元衡抹去脸上的血污，轻声道："时将军，我提了帕沙的人头来，可领那一百金的赏钱吗？"

时停云嘴唇哆嗦了两下，一把拉住严元衡，把他摔下马来，骑坐在他身上，照他肩膀就是劈头盖脸的两下抽打，在仁青还未反应过来时，又紧紧地按住了严元衡的双肩，头抵在他的甲胄上，一言不发，身体却忍不住微微颤抖着。

两个青年在地上滚了一头一脸的灰。

严元衡没料到他会是这等反应，颇感到有些无措，又不想用满手血污弄脏了时停云，因而不敢动弹："素常，我没事。"

时停云哑着嗓子嘶吼："胡闹！你简直是胡闹！"

仁青在一边瞧着，不知是不是该提醒时少将军，私下里如何暂且不论，他这样当着众人斥责十三皇子，简直是大大的不敬。

然而，严元衡却是半分也不介意。他温和地解释："我给自己设了界限，只追二十里，若是不得其踪，那便算了。好在我追上他了，他身边只有八十余人的亲卫，不算难对付……我想为你做点什么。这个，够吗？"

时停云的精神总算渐渐松弛了下来，但情绪仍主导着池小池。他说："够了。很够。"

又缓了片刻，他狠狠地抹一抹脸，站起身来，对那个目瞪口呆的校尉道："传令下去，叫将士们换口号！"

校尉道："要将帕沙的死讯宣扬开来？"

"不，先不提帕沙的死活。"时停云情绪的负面影响渐渐退去，池小池的智商总算又占领了高地，"找不到帕沙，能叫他们始终保持不安；但若是把帕沙的头挂出去，谁晓得他们会不会被激怒，同仇敌忾，前来夺城？"

"少将军考虑的是，那将士们换些什么口号呢？"

池小池不假思索地说："诛伉卡，送王八。"

校尉：您能不能换个东西送？

但令出既行向来是北府军的传统，况且这个口号出乎意料地管用，喊着既顺口又提气，因此校尉拱一拱手，便退下去传令了。

池小池快步走回严元衡身边，拉着他径直往城中而去："严元衡，今夜怕是不眠之夜，守在此处，万勿乱跑。若是再有下次，我便再不认你这个朋友了。"

严元衡摘下铁盔，抱入怀中，言简意赅地答："是。"

他凶我，素常方才凶我了。

被凶了约一盏茶的时间后，严元衡总算意识到了这个事实，兴奋得不能自已。

仁青经过方才那一幕，现在是无论如何也不肯让视线再离开严元衡的。严元衡倒是很配合，听了时停云的话，在归宁城总府内等待，他抱着铁盔，盘弄着上面的红缨穗，心情很不错的样子。

仁青无奈之余，倒也理解他。

十三皇子虽然年逾二十，至今却仍未成婚，因此偶尔做出些幼稚举止，也不奇怪。他亲手诛杀了帕沙，着实是大功一件，消息传回去，皇上定会十分喜悦，赞他勇武。然而他作为皇子的身边人，也该劝着些。

于是仁青试探着道："皇子武艺绝伦，仁青知晓，也向来敬佩。只是皇子这样贸然行事，追敌而去，着实太过冒险，难怪时少将军发怒至此。您没有看见，时少将军听说您去追帕沙时，脸和嘴唇都吓得煞白煞白的。"

严元衡不语。

他是看见了的，近距离看得一清二楚。

他的确想要得到时停云的关心，又不想再看到那样紧张惶恐的时停云。想到这里，严元衡谨慎地点一点头："是，一生只得这一次，再不会有了。"

今夜，确是个不眠之夜。

两个月之后，苍江两岸三城均飘扬起了北府军的旗帜。

镇守归宁的帕沙将军，守江防不利，被北府军攻入归宁，帕沙意欲逃窜，却被中原皇室的皇十三子严元衡一剑斩于马下。

长陵仡卡将军，带兵出城援救归宁，反致自身城池空虚，被八千北府军抄了后路。仡卡欲撤兵回援，却与帕沙部副将发生龃龉，争执间，北府军竟主动进攻，而且其穿着南疆军的军服，操一口南疆文，如同鲇鱼，灵活机动，在万军中穿梭喊杀，一度引起南疆军的踩踏和自相残杀。

长陵不保，归宁失陷，稻城的索祥将军却图谋自保，延宕不前，以至于贻误战机，给了北府军休养生息的时机。在后期的正面交战中，稻城的两万士兵不敌源源不断增兵而来的北府军，索祥将军只好率众弃城而逃，回到主将铁木尔主营，被判为临阵脱逃，施以腰斩之刑。

此战过后，苍江流域，尽归中原。

这场战役，池小池唯一不大满意的是，褚子陵竟然全身而退，没被他的"自己人"抓去砍杀。

不过也够了。从头至尾，池小池只用了三封信，便斩断了他的全部生路。听说他知道了帕沙的死讯，回到骁骑营后便大病了一场。

池小池生怕他病死，甚至亲自前去探望了一番，确认他只是急火攻心，死不了，就拍拍屁股又回来了。

接手三城后，军务繁多，他成日忙得很，还要抽空去检查李邺书的功课，没工夫去关心褚子陵的心理健康。他只要别一口气没倒上来把自己憋死就行。

某日，他正在帐中忙碌着，突闻通传之声："少将军，皇上的犒赏特使来了，马上就到营外。香案已经摆好了，您速速更衣来见吧。"

—— 419 ——

池小池依言而行，与同在营中的严元衡恭敬地候于香案之后，垂手低头，只待特使宣旨。然而，在看见特使穿着的镶嵌着夜明珠的军靴后，池小池险些笑场。

他一抬头，果真是严元昭那张吊儿郎当、似笑非笑的脸。

但他笑不出来了。严元昭穿着的那套盔甲，像极了他原世界线里死时所穿的那一身。

感受到时停云指尖的抽动后，他体内的池小池叹息一声。

时停云的毛病又犯了，好在这一次情况没有那么严重，时停云至少没有失控，而是安静地跪下接旨。

严元昭宣读完圣旨，分发完赏赐，便兴冲冲地拉着时停云入了营帐，拉着他打量一番："不缺胳膊不少腿儿，挺好。"

严元衡看着严元昭拉着时停云，不说话。

池小池笑："你就不盼我好。"

"是不是没良心？"

近半年未见，二人只攀谈两句，便自动回归了挚友的熟稔，严元昭扒开他的外甲，按住他的胸口："来，我替你摸着你的良心啊，你说，六爷这半年来又是给你写信，又是给你寄东西的，是不是真惦记你？"

池小池："就那样吧。"

严元昭："得，就知道。喂狗我还能听个汪。"

池小池："敢问您寄块女子用的手帕来，是打算给我们哪位用啊？"

严元昭："这你就不懂了。我寄的哪是帕子？是上头的香。那鸿雁香是锦柔自己制的，香味能七日不散，我觉得有些趣味，便寄来给你赏一赏。"

池小池："我哪有空闻这个，鼻子里成日都是血腥气。"

严元昭："那六爷岂不是雪中送炭，正好能叫你压一压那血腥气？"他抬起手臂，献宝似的凑在时停云鼻尖，"你闻，这便是鸿雁香。"

池小池当真俯身去嗅了。

严元昭得意地道："好闻吧。"

身着盔甲，还不忘给自己熏香，这等作风，确是严元昭应有之态。

注意到他在打量自己身上的铠甲，严元昭站远了些："六爷这身是否玉树临风？"

池小池笑道："不如你往日的缁衣紫袍好看。"

眼见他们二人你来我往地叙着交情，在旁的严元衡轻咳了一声。

听到咳嗽声，严元昭仿佛才察觉严元衡在他们身边似的，睁大了眼睛，浮夸地说道："啊呀，这不是十三皇弟吗？久违了。"

严元衡："六皇兄，久违了。"

严元昭："听说你立下奇功，父皇大喜。我也看了停云的来信，知晓你英姿飒爽，单骑斩将，果真是有出息。"

左右无人，严元昭又不是什么顾忌天家颜面的人，信手搭上了时停云的肩膀，由衷地赞道："不过还是我们云弟更有出息，能指挥万人作战，真不负六爷对你的栽培赏识。"

严元衡抿唇不语。

私下里，素常会写信给六皇兄，可素常从没给他写过信。

在另一个帐中休息的娄影将池小池与两人对话的情形尽收眼底，忍了又忍，终是一把将手中的书捏皱，坐直了身子，抬手抚上了自己的右耳。

下一秒，池小池的脑子里响起了061略带隐忍的声音："小池。"

池小池突然听到娄影的声音，愣了一下："先生，你能说话啦？"

娄影："回来。"

池小池："啊？"

娄影的声音稍稍柔和了些："有事跟你商量。"

4

于是，池小池借军务之故告辞，找先生去了。

严元衡把严元昭引入自己的营帐之中，吩咐仁青备好酒后，兄弟二人相对而坐，一时无言。

严元昭早已经习惯了这个锯嘴葫芦，自己负手在帐内逛来逛去。虽然不抱希望，但他仍是习惯性地想在这找点乐子。没承想，他还真找到了个稀罕物。

帐内的角落里挖了一方土池子，里面放了清水，养着三只巴掌大小的小江龟。两黑一黄，两只黑的在水里凫着，好不悠哉，一只黄的爬上了岸来，看起来不怎么怕生人，正好奇地和严元昭互相打量。

严元昭瞧着稀罕，蹲下身来，拿指节轻轻敲着它的壳。

小龟安静得很，抬着小脑袋任他摆弄。

严元昭问："这什么？"

严元衡："龟。"

严元昭："我还没见过龟？没见过龟跑我还见过鳖汤呢！我是说，你怎么在这儿养龟？"

"素常送的。"严元衡特意把"素常"两个字咬得很重。

严元昭哈哈一笑："行，停云这个礼物好。养得不好你送它，养得好了它送你。"

严元昭把不怕人的小黄龟捧在手心里把玩，严元衡在一边坐着喝茶。

严元昭玩得兴起，笑道："跟你挺像的，都不会说话。"

严元衡觉得他这位六皇兄也不是很会说话。

他把茶盏放下，走到严元昭的身边。

严元昭逗乌龟逗得兴起，只分给了弟弟一个斜眼。

严元衡轻咳一声:"六皇兄,素常经常跟你写信吗?"

严元昭头也不抬:"啊,如何?"

严元衡:"无事。"

严元昭跟那只小黄乌龟相处得不赖,捧回座位上接着逗弄,还企图喂它喝酒,被严元衡阻止后,才取了些新鲜的鱼肉来喂。

严元衡忍了半晌,问:"你们在信中都说些什么?"

严元昭答:"边关战况,身体如何,是不是还活着。不然还能说什么?"

严元衡垂下眼睛,"嗯"了一声,心情说不上好,也说不上坏。

那边,严元昭停顿了一下,拎起一小条鱼肉:"偶尔也说起你。"

严元衡竖起了耳朵。

严元昭却没下文了:"就这些。"

严元衡失望地道:"嗯。"

兄弟两人又沉默了一阵。严元衡仔细斟酌后,尝试打破沉默:"六皇兄同素常有信件往来时,可否知会元衡一声?元衡也该写信,向几位皇兄通报平安……"

"免,为你我二人好,十三弟可少费心思。"严元昭也不给严元衡面子,"想也知道跟你通信是怎样一番光景。我问你一句好,你给我回句多谢,咱们在信中只剩客套了。我还不知道你?你是最没劲的。"

兄弟二人再次陷入冷场。

问来问去,都未能问出他真正想问的东西。

严元衡按捺不住,终于下定决心,不再绕圈子了:"素常在信中说我什么?"

严元昭把小黄托起来,叹了一口气,深深感到无聊。

还是去找停云吧……这个闷葫芦明摆着是没话找话,跟他咬着牙硬聊也聊不出花儿来。他才没那个闲心去跟严元衡演兄友弟恭。

他起了身:"他说严元衡凡有战事,总是冲锋在前。"

严元衡颔首,心里是抑制不住的欢喜。

在余光里看到他这副模样,严元昭心内却忍不住烦躁起来。他伸手扶了扶发冠,说道:"他还说,严元衡有心报国,点百骑轻骑,夜追帕沙,斩首而归,在军中扬名,受众将士爱戴。可在他看来,不过是小儿自恃武功,逞能冒进,不知好歹罢了。"

严元衡听出来味道不大对,不觉一愣。

这种话不像是时停云会说的。

严元昭背对着他走出两步,在帐前驻足:"他说,他愿你建功立业,也愿你贪生畏死。愿你做国之栋梁,莫做死后英雄。"

严元衡心念陡转,想明白这话究竟是谁想对他说的之后,只觉胸口微微发起热来。他深行一礼:"十三弟晓得了,谢六皇兄。"

严元昭有些不自在地摆一摆手。

兄友弟恭那一套，真不适合他。

在他抬步欲出帐之际，严元衡却再次在身后叫住了他："六皇兄，那只小龟是素常送我的。"

严元昭就是不喜欢严元衡这一板一眼的性子！

严元昭愤愤地说："拿你一只乌龟玩，又不是拿去炖汤，怎么这般小气？"

严元衡认真地道："此物是我斩杀帕沙的奖励，是素常亲去江中为我捉的。"

严元昭不可思议地捧起那只乌龟，对上那双圆溜溜的红眼睛，啧啧称奇："你冒着性命危险斩杀帕沙，时停云捞了三只王八送你，就算奖励？"

严元衡："嗯，我很喜欢。"

严元昭正打算把小黄龟放下，闻言，神情微变。他索性停住了向外走的脚步，去而复返，在主位落座，端起酒杯："我且尝尝这南疆的白酒滋味儿如何。"

严元衡把小黄龟托起来，放进水池里，让它去寻它的其他两名玩伴去也。

严元昭喝了两口酒，一手支颐，一手把玩着酒杯，状似无意地道："十三弟，与停云来边关这些时日，你觉得如何？"

池小池进入娄影的帐篷时，娄影已经坐上了轮椅，在一页页抚平被他捏皱的书。见他入内，娄影动作自然地把书放在了一遍，随即拍拍身边的椅子："坐这儿。"

池小池坐下："先生，我那儿正聊着天呢。"

娄影说："我叫你来，是想说褚子陵的事情。"

池小池若有所思："哦——"

娄影笑："哦什么。"

池小池一本正经道："练美声。"

娄影咳了一声："褚子陵。"

池小池煞有介事地把话题拉回正轨："褚子陵、褚子陵。"

褚子陵的日子，现在是相当不好过。但他的悔意值还停留在10点以下。

死了帕沙和吴宜春，无疑让他元气大伤，但在他心里，艾沙还没有死。退一万步说，哪怕他得知艾沙的死讯，对褚子陵来说，他也只是丢了几个可以操弄的傀儡而已，知道他是南疆卧底的人不在少数，他仍大有可为，何必后悔呢？

池小池自言自语地说："都两个月了，'那人'也该有些动作了吧。"

娄影说："他既然没死，总会来的。只是他这两个月都在跟北府军周旋，听说中了一箭，失了一只眼睛，大概是因为养伤，才来得迟了些。"

池小池说："希望他尽快吧。十三皇子最近有点失控，我可未必控制得住。"

娄影："这点我可以帮你。"

池小池故意道："你怎么帮我啊？遇到事儿就赶紧叫我回来？我要是不回来呢？"他近来觉得自己不是很怕娄影了，有时也能和他开两句玩笑。

娄影直视着他的眼睛，指尖在轮椅的扶手上轻轻敲打两下，温柔而且坚定地道:"要是你刚才不回来,我就去接你回来。"

池小池愣了愣,睫毛一垂,乖乖地缩回椅子上,捧着杯子咕嘟咕嘟地喝水。

谁知,提谁谁便有消息,二人对坐一会儿后,便有一名信使匆匆而来,递了一封信来。信封很是厚实,捏起来里面起码有几十张纸。

池小池还以为是和战事有关的事情,拆开只瞧了一眼,眼里就冒起了光。

娄影细细辨认了一下他眼中的光芒,心里也跟着有了数。

他问:"来了?"

池小池把信草草翻阅一遍后,便往地上一扔,说:"是,总算来了。"

他把娄影的轮椅推到安全的地方,抓起刚喝了一半的茶盏,还不忘提醒娄影:"配合一下,堵下耳朵。"

娄影:"嗯?"

池小池说:"我要发脾气了。"

娄影堵住耳朵后,池小池飞起一脚,踹翻自己方才坐的圈椅,又抄起茶杯摔在地上,将茶杯砸了个粉身碎骨。

声音之大,附近十顶营帐都能听见。

听到帐篷里的异动,外面安静了一下。

不消片刻,严元衡撩开帐帘,匆匆而入:"出什么事了?"

池小池不答,嘴唇咬得煞白,又一言不发地掀倒了桌案。

严元昭跟着严元衡进帐,看到这一地混乱,不动声色,先是示意自己的随从把附近听到响动的士兵屏退,方才合上帐帘,皱眉道:"时停云,你在闹什么?"

严元衡注意到地上躺着的一沓信,俯身捡起,翻看了起来。越翻,他的表情越难看。

那一张张的信函,分明是给南疆通报军情的密函!纸张有的偏新,有的偏旧,信函上虽然没有明写日期,但根据内容推算,最早的密信,是七年前的双城之战。

那一战,本来是一场北府军势在必得的奇袭。

但不知为何,双城的南疆军早有准备,在城南外埋设火雷,重创北府军,时惊鸿肩膀中箭,险些死在乱军之中。而那些最早的信件中,将奇袭之策讲得巨细靡遗,甚至点明了北府军会从城南方向进攻。

严元昭见他们的神色都如此难看,心中不免生疑,抢过来翻了两页后,便是一阵惊怒交集:"停云,这不是你的字吗?"

"这不是素常的笔迹。"严元衡的脸色阴沉下来,"架构与笔锋都一模一样,但绝不是同一人写的。素常写字时总会有些不寻常的小习惯,譬如在写'之'字时,最上方的一点末尾会略往上提一点,这是有人冒写。"

严元昭问:"这些信件是谁寄来的?"

严元衡拿出最上面的一张信纸,读了片刻,道:"这一包信应该是从主营送来的。时惊鸿将军已经过过目了,并附信来说,这些信是一名来商议停战之事的南疆特使亲自送来的，并说，他们有一名安插在中原军队内部的细作……名唤褚子陵。"

严元昭倒吸一口冷气，转头去看时停云。

池小池所扮演的时停云肩膀都在颤抖，手指像是被一股心火烧得发痒，一下下蜷缩痉挛着。

严元衡靠近了时停云一些，抬手想扯住他的袖子，碍于礼数，最终还是垂下了手，只站在了他的身边。他想，他若是站不住了，自己站得近些，就能快一些扶住他。

这般想着，严元衡把那张时惊鸿的亲笔信递给严元昭，叫他过目："如今那个特使被扣押在主营里。说他诚心前来和谈的，供出褚子陵的身份是为了表示诚意，他愿与褚子陵当面对峙。时将军已经遣人去骁骑营里带人了，也叫素常马上去看一看。"

严元昭将信一目十行地看完，看了一眼面色灰白的时停云，决定先不落井下石。

"南疆人？他们会这么好心，来替我们抓内奸？"严元昭皱眉，"别是挑拨离间吧？那名南疆特使是顶着谁的名头来的？"

一旁的娄影轻声道："派他来的人是铁木尔，但叫他送信来的，是一名副将。那人是艾沙的侄子，也是帕沙的副将。"

严元昭冷冷地道："这样的人，说的话能信吗？"

严元衡就事论事："要说栽赃，他完全可以拿这些信件，证明是素常私通外国，为何要指名道姓，栽赃一个小小参军？有何好处呢？"

严元昭没话了，只好拿眼睛不断地斜着严元衡。

你会不会看脸色？褚子陵是时停云一手提拔上来的，又是一同长大，情谊非比寻常。若褚子陵是被诬陷的还罢了，若他不是，那停云又该如何自处？

时停云看样子活像是刚从一场噩梦中苏醒过来，茫茫然地四下里看了一圈，环视满地狼藉过后，目光里才慢慢有了实质。

仿佛确认了这不是一场梦，他拔腿向外奔去。

严元昭一惊，追出帐外几步："你做什么？"

池小池快步拉过一匹好马，跨坐其上："我亲自去找褚子陵。我要向他问个分明！"

褚子陵是直接被人从马厩里拖出来的。

来带他的人，看服饰是北府军亲军，领头人与黑塔大汉鲁大远耳语两句，鲁大远的脸上便勃然变色，呼喝了两个更强壮的军士，不由分说便将褚子陵捆将起来，拿油布草草堵上嘴，扔上马背，运牲口似的上了路。

这是怎么了？

褚子陵有口难言，心中惊慌了一阵，很快便又镇定了下来。他的身份特殊，有公子庇护，会遭到如此对待，缘由自不必说。

他一向手脚干净，自信不会留下什么痕迹，除非南疆人将他曾经寄送去的信件送回，否则绝对找不到实证，能证明他与南疆通信。

而唯一的纰漏，应该是城内的那些细作吧。说不定是北府军抓到了一个恰巧为自己送过信的细作，而那个细作为了活命，供出了自己来。

这并不足为惧。只要一口咬定那个人是栽赃陷害，对方一无信物，二无人证，又能奈他何？

还未抵达目的地，褚子陵便将应对之策一一想好了。

在他打腹稿时，忽听得一阵马蹄声由远及近而来，紧接着，负责押送他的军士驻马行礼："少将军。"

褚子陵眼前一亮，抬头含糊地唤道："停……"

下一秒，他便被翻身下马的时停云一脚踹下了马背，跌倒在地，接连在地上滚了好几圈，险些扭断脖子。

池小池不由分说，取了马鞭便往他的身上抽去。

不知是否是巧合，马鞭蘸饱了水，而且还是盐水，又重又沉，更何况时停云行伍出身，力大无比，鞭锋一沾身体就痛入骨髓。褚子陵吃了痛，又逃不掉，只好滚爬着狼狈地躲避，含含糊糊地呼叫："公子……停云，你听我解释，让我解释——"

眼前的时停云却像是疯了似的，不管不顾地抽打他，一鞭鞭密雨似的挥来，劈头盖脸，其中一记落在他的脸颊上，竟生生抽出了一道口子！

褚子陵以前何时吃过这种苦头，他险些疼疯了，也不再费神解释，将全部精力都用在了躲避之上。

躲避间，一样被他妥善藏好的东西从他身上松脱，掉落在了地上。

褚子陵滚出了五六尺远后，才突然觉心头一惊，扭头去看，只见那块能证明自己身份的南疆王玉佩，竟在不断地躲避中，从他衣襟内的口袋中掉了出来！

褚子陵一时间寒毛倒竖，心神俱丧，竟是迎着鞭锋扑了上去，想将玉佩护在身下。

这块玉佩绝不能被时停云看见！若是被他看见，那就全完了！

然而，时停云却根本没有打算去看。

或者说，他根本就没看。

因为下一秒，他的长靴便踏上了那块玉佩。

"喀喀喀"。

褚子陵眼睁睁地看着，那枚他从幼年起便贴身携带，以恐有贪财之人盗去的玉佩，在时停云的脚下四分五裂，残渣飞溅。

褚子陵当场愣住，盯着时停云的脚下，结结实实地被时停云抽了十几鞭子，才回过神来，他的眼泪、冷汗刹那间炸出来，牙齿咯咯地直打战，仿佛被踩碎的不是玉，而是他的心脏。

隔着一块堵在嘴里的油布，池小池仍能听清他在嘶吼什么。

褚子陵在带着哭腔咆哮："我的玉！"

（未完待续）

番
外

Special Episode

Waste recycling system

◇ 番外一：煤球

近来，丁秋云有些苦恼。

事业上，中心城已和舒文清的商业小镇成功接壤，更胜以往，可谓一片欣欣向荣。

生活上，几个队员还是打打闹闹，住在一抬腿就能到达彼此身边的地方。

在谷心志身上，倒是略有波折。他回来后，看起来和以前并没有什么区别。仍然是不爱和人打交道，一个人坐着，看他们的热闹，或是想自己的心事。偶尔和众人搭两句话，还尽是让全场气氛当场冷掉的冷笑话。

丁秋云就怕他瞎琢磨，所以他决定和谷心志一起养个什么。

他去征求谷心志的意见。

谷心志说："行。"

丁秋云"啧"了一声："没问你行不行，问你养什么，不能说随便。"

谷心志低下头想了半天，他说出口的是："狗。"

他没说出口的是：养肥了，到万不得已的时候还算个储备粮。

谷副队向来是个务实的人。

狗很快就找到了，是只受伤的大丹犬。

刚被丁秋云捡上卡车的时候，它不到三个月大，半条腿完全溃烂，营养不良到肋骨直戳着皮，几乎只有出气没有进气了。

谷心志看着这条狗，默不吭声地从腰后抽出了短刀。

丁秋云问："你干吗？"

谷心志说："这狗要死了，给它一个痛快。"

丁秋云用马丁靴轻轻踹了他小腿一脚："医药箱。"

狗被救回来了，但经检查，它的皮肤病很严重，不得不被剃成了秃瓢。

丁秋云一边给它上药，一边问谷心志："可爱吗？"

谷心志漫不经心地撸了两把，抬头盯住了丁秋云："嗯。"

丁秋云："想想，叫什么名字？"

谷心志一点儿都不犹豫："丑狗。"

丁秋云：这么白描的吗？

他以前还不知道谷心志是个颜控。

丁秋云循循善诱："再想想，丑狗像话吗？"

这回，谷心志想了很久，才说："那就叫煤球。"

就当是纪念秋云那只煤老板了。再说，煤球是能源，也算是对中心城美好未来的祝愿。

定下名字后，煤球自然而然地被养在了谷心志的房间。

丁秋云设想得很好，要让煤球给谷心志搭建一条和外界沟通的桥梁。但当煤球第一次尿到谷心志被子上的时候，丁秋云开始认真考虑"桥梁"的生命安全问题了。

谷心志盯着被子上的污渍，手微微发抖。但当着丁秋云的面，他不愿意表现得太过凶残。

他默不吭声地抱着被子去洗了。

当夜，煤球再接再厉，来了个梅开二度。

颜兰兰路过时，看到了大半夜在搓褥子的谷心志，莫名地从他的背影看出了一股杀意。她正要绕路保命，就听到背后传来一个冷冰冰的声音："颜兰兰。"

颜兰兰从脚后跟麻到了太阳穴，她弱小可怜又无助地回过头。

冰冷的水珠顺着谷心志的手指一点点落下来。他冷声问道："狗，要怎么样才不会随便排泄？"

经过长达一周的训练和斗智斗勇，煤球终于学会了在固定地点解决生理问题，但它现在的身体很弱，还不能随便出去遛。

于是，煤球的日常就是和谷心志一起依偎在火炉前看书。

当然，是它单方面的依偎。

煤球很喜欢用湿漉漉的鼻子去蹭谷心志的手腕。

谷心志不含感情地看向它。

这一眼扫过去，非但没有扫灭它的热情，反而让它异常地兴奋起来，跑到谷心志面前东一蹦、西一跳地撒欢。

谷心志无奈，它为什么不懂我不想理它？

他垂下头，继续翻书。

煤球跳累了，又凑过来舔他的手。

不久，它就靠着他的腰睡着了。

谷心志继续看书，看得倦了，倚着旁边的丁秋云，也睡着了。

丁秋云故意恶作剧，把谷心志手里的《枪械指南大全》抽去，换成了一本童话书。

他就任谷心志躺着，想看看他醒过来后那一瞬间的表情。

两人一狗，在末世暖烘烘的暖炉前倚靠着睡着，格外安心和融洽。

在煤球快速成长起来后，丁秋云迅速沦陷。

煤球的体型完美符合他对浪漫主义的定义，通体乌黑油亮，肌肉健旺，体态呈孔武有力的流线型，而且它的举止很是优雅得体。

如果过路的人掉了什么东西，它会主动上去叼起来送还，非常绅士。

但问题是，一到谷心志面前，它立马变身为"嘤嘤怪"，把狗嘴往谷心志大腿上一搭，一阵乖巧讨好地哼唧。

颜兰兰对此很不能理解："为什么啊？"

她之前还担心，谷心志这样性格的人养狗，容易把狗养抑郁了。

连丁秋云也有些眼馋："大概是因为……当初给煤球上药的是他吧。"

谷心志不置可否，也并没有分给撒娇的煤球一点点眼神。但他挺自然地腾出了一只手，轻轻拍了一下煤球的狗头。

◇ 番外二：巴蜀

巴蜀潮湿，山间多蛇。

所以早就忘记自己出身何地、父母何在的蛇君叶既明，常以巴蜀为家乡。

他酷爱当地的湿润气候、辛辣美食、养眼美人，可以说百般顺心。唯一不喜的，就是自己上辈子占据的那片山头附近，常有村民称自己为"西山那条长虫"。

这实在过于伤害蛇君光辉伟岸的形象，因此叶既明每每听到，都要跳脚一番。

如今重来一次，他要带这闭塞一方的小鱼回趟家乡，见见世面。也要让这四平八稳的君子在这里好好翻一回车，好一雪他剑技不如人之耻。

刚一入城，蛇君就迫不及待地拉着段书绝去了当地最好的川菜馆。

瞧着他那张如玉的端方面庞在一筷子红椒牛肉后微微呆愣的模样和慢慢涨起的红色，叶既明再也忍不住，笑得直拍桌子。

"切勿浪费啊。"蛇尾得意洋洋地翘了起来，藏也藏不住，"非君子所为。"

段书绝："嗯。"

他也的确想尝一尝叶兄喜爱的口味是什么。他是骨子里的斯文，辣得狠了，会停下来抿着嘴缓一会儿，或是托着杯子小口小口抿水。

在叶既明看来，就是一头"衣冠禽兽"在这里端着架子。最可气的是，不明真相的人还偏偏吃他这一套。

譬如那个给他们送菜的妙龄少女，竟特地给段书绝一人送了红糖冰粉，说作解辣之用。

段书绝收下，温和道谢。

在姑娘粉面含羞地离开后，他把冰粉碗轻轻推到了叶既明眼前："叶兄，请。"

他记得蛇君嗜甜。

叶既明抚摸着自觉俊美无匹的脸，揽过碗来，咬牙切齿地道："段君子真是讨人喜爱啊！"

段书绝唇色艳丽，面颊水红，桃花似的对叶既明浅浅一笑："不及叶兄。"

叶既明：行吧，算他会说话。

漫不经心地舀了一勺略尝了尝，叶既明"喊"了一声："不好吃。"

段书绝："不够甜吗？"

叶既明看向窗外，把一碗剔透冰粉搅了个稀碎。

段书绝轻轻一笑："是了，叶兄不爱吃酸。"

叶既明看他这副了然模样，牙根直痒，突然很想吃一顿本地名菜剁椒鱼头。

不过很快，叶既明就被咬到花椒后的段书绝的表情取悦了。

心情一佳，饮酒百觞。

醉后的蛇君愈发无理取闹，不肯安心住店，非要去西山不可。

西山之巅是上一世叶既明的洞府所在之地。听打樵人说，原本这里是有一条恶蛇设了洞府，为非作歹，祸害乡里。

从前，这条恶蛇被叶既明拆成了蛇骨。

如今，恶蛇不等他们来，就被附近的门派灭了个干净，徒留圮塌的石门与雕花的栏柱。

叶既明醉得连脸上的蛇纹都掩盖不住了。他甩开了段书绝搀扶的手，跌跌撞撞地四下里走了一遭。

他面露疑惑。

待段书绝赶上来时，他正在自言自语。

"我挖的鱼塘呢？"叶既明比了个圆圆的形状，"这么大一个鱼塘呢？"

段书绝似有所感，轻声顺着他说话："挖鱼塘做什么？"

叶既明说："等他来。"

段书绝问："万一……他一直没有来呢？"

叶既明含混不清地骂了一声，说："那我就再多等一天。"

这一等，就是两世光景。

段书绝没有再说话。

在叶既明再次背过身寻找时，他停在原地，顿了片刻，流云长袖一摆，常服就换作了他做静虚峰弟子时的装扮。

他缓步上前去，搭住了叶既明的肩膀。

"叶兄。"

落入叶既明耳中的，是段书绝清清冷冷的文士调调。

"我来了。"

他回头得太急，以至于跟跄了一下。

注视眼前人许久，叶既明突然舒展双臂，狠狠地缠了上去。光是胳膊还不够，腿也缠了一条上来，做足了缠人劲头。

"你来了。"

叶既明耍无赖："我要喝东城酒肆里五十金一坛的醉花阴，你请客。"

一日之后，巴蜀的醉花阴皆被买尽。

图书在版编目（CIP）数据

入池 . 3 / 骑鲸南去著 . -- 南京：江苏凤凰文艺出版社, 2021.2（2023.3 重印）
ISBN 978-7-5594-4534-6

Ⅰ . ①入… Ⅱ . ①骑… Ⅲ . ①长篇小说 – 中国 – 当代
Ⅳ . ① I247.5

中国版本图书馆 CIP 数据核字 (2020) 第 225875 号

入池 . 3

骑鲸南去 著

责任编辑	王昕宁
特约编辑	薛天舒　夏君仪
装帧设计	八牛·设计
责任印制	刘 巍
出版发行	江苏凤凰文艺出版社
	南京市中央路 165 号，邮编：210009
网　　址	http://www.jswenyi.com
印　　刷	天津旭丰源印刷有限公司
开　　本	680 毫米 ×970 毫米 1/16
印　　张	27.5
字　　数	570 千字
版　　次	2021 年 2 月第 1 版
印　　次	2023 年 3 月第 5 次印刷
书　　号	ISBN 978-7-5594-4534-6
定　　价	49.80 元

江苏凤凰文艺版图书凡印刷、装订错误，可向出版社调换，联系电话 025-83280257